KARA ATKIN
Forever mine
San Teresa University

KARA ATKIN

FOREVER
mine

SAN TERESA UNIVERSITY

Roman

LYX in der Bastei Lübbe AG
Dieser Titel ist auch als E-Book erschienen.

Die Bastei Lübbe AG verfolgt eine nachhaltige
Buchproduktion. Wir verwenden Papiere aus nachhaltiger
Forstwirtschaft und verzichten darauf, Bücher einzeln in
Folie zu verpacken. Wir stellen unsere Bücher in Deutschland
und Europa (EU) her und arbeiten mit den Druckereien
kontinuierlich an einer positiven Ökobilanz.

Originalausgabe

Copyright © 2020 by Bastei Lübbe AG, Köln

Zitat Neil Gaiman, The Sandman, Vol. 6: Fables & Reflections
mit freundlicher Genehmigung von DC Comics.
© 1993 DC Comics. Written by Neil Gaiman.

Textredaktion: Stephanie Janek
Covergestaltung: Sandra Taufer, München,
unter Verwendung von Motiven von Shutterstock
(© Tonktiti; © Kathie Nichols; © LuckyDesigner)
Satz: Greiner & Reichel, Köln
Gesetzt aus der Adobe Caslon
Druck und Einband: GGP Media GmbH, Pößneck Printed in
Germany
ISBN 978-3-7363-1330-9

3   5   7   6   4

Sie finden uns im Internet unter: lyx-verlag.de
Bitte beachten Sie auch: luebbe.de und lesejury.de

Liebe Leser*innen,

dieses Buch enthält potenziell triggernde Inhalte.
Deshalb findet ihr auf der letzten Seite eine Triggerwarnung.

Achtung: Diese enthält Spoiler für das gesamte Buch!

Wir wünschen uns für euch alle
das bestmögliche Leseerlebnis.

Euer LYX-Verlag

Für dich

Ich weiß, es ist nicht einfach, immer du selbst zu sein.
Besonders dann nicht, wenn es manchmal Tage gibt, an
denen du dich selbst nicht leiden kannst.
Aber ich hoffe, dass du, wenn du dieses Buch in der Hand
hältst, verstehst, dass es so etwas wie *perfekt* nicht gibt und
dass du genau richtig bist, ganz genau so, wie du nun mal bist.
Mit all deinen Narben, all deinen Sorgen und all den Dingen,
die du an dir selbst nicht magst.
Du bist nicht allein. Du wirst geliebt. Du bist genug.
Und das wird immer so sein.

»Sometimes you wake up. Sometimes the fall kills you.
And sometimes, when you fall, you fly.«

– Neil Gaiman

PLAYLIST

DEAN – Instagram
Beyoncé – Pretty Hurts
blackbear – hot girl bummer
Lilianna Wilde – Grind Me Down (Jawster Remix)
Taylor Swift – You Need to Calm Down
BTS – Louder than bombs
Incubus – Dig
Twenty One Pilots – My Blood
NIve – Tired
Crush feat. Garibay – Lay Your Head On Me
BTS feat. Lauv – Make It Right
Khalid feat. Disclosure – Talk
Tommee Profitt – In The End (Mellen Gi Remix)
Jaymes Young – Habits of My Heart
Ruel – Dazed & Confused
Kalin White – more than just a fuck
Harry Styles – Adore You
Drake – Fake Love
Maroon 5 – Lips On You
Jaymes Young – Moondust
Sam Smith – Too Good at Goodbyes
Post Malone – Circles
Halsey – Graveyard
Lauv feat. Anne-Marie – fuck, i'm lonely
Ali Gatie – It's You
Marshmello feat. Kane Brown – One Thing Right
NIve – Who I Am

PROLOG

Kate

thatoneryan: Als hätten wir nicht alle gewusst, dass die Mädels von Kappa Schlampen sind.
r_i_t_a: Und dann auch noch mit dem? Widerlich.
dpn: Jetzt wissen wir auch endlich, was es mit dem Süden in SouthSideGirl auf sich hat. Hoffentlich hat sie sich nicht die Knie aufgeschürft :D
kayl_ee: Was für eine Schlampe.
0owe1: Billige Hure.
Morgan_YourGirl: Wird Zeit für eine Untersuchung, Schätzchen. Niemand will eine Krankheit an seiner South-Side.

Meine Hände fühlten sich klamm an, und ich versuchte, tief durchzuatmen, während ich die Kommentare unter dem Instagram-Beitrag las, der mein ganzes Leben für immer verändert hatte. Meine Kehle war völlig ausgetrocknet, und meine Fingerspitzen zuckten, als meine Augen wieder und wieder über die Worte glitten, die noch immer wie Messerklingen durch meine Haut schnitten und die ihre Wirkung nicht verloren, ganz gleich, wie oft ich sie in den letzten Wochen und Monaten gelesen hatte. Ich wollte schreien, wollte sarkastische Nichtigkeiten von mir geben, die ihre grässlichen Worte Lügen straften, doch ich brachte keinen Ton heraus. Ich scrollte weiter nach unten, meine linke Hand schloss sich fester um meine Teetasse, und ich biss die Zähne aufeinander, um den Würgereflex zu unterdrücken, der mit jedem weiteren hässlichen Kommentar beinah übermächtig wurde. Mein Magen krampfte und rebellierte so wie das Herz in meiner Brust, das mit jeder weiteren Silbe nur noch schneller und holpriger zu schlagen schien.

Dieser Post, durch den meine Welt aus den Fugen geraten war, hatte über zweihunderttausend Likes. An die Viertausend hatten kommentiert. Und sie hatten alle etwas zu sagen gehabt. Über mich. Über meinen Körper. Über meinen Verstand. Obwohl der Großteil von ihnen mich nicht einmal kannte.

Doch das hatte sie nicht davon abgehalten, über mich und mein Leben zu urteilen, das mit diesem Post so grausam an die Öffentlichkeit gezerrt worden war. Nur ein Bruchteil der Kommentierenden war mir zu Hilfe geeilt und hatte mich verteidigt. Sie waren wie ein Lichtschein, der den Morast an Hässlichkeit durchdrang. Die meisten jedoch hatten ihre Finger wie Kugeln über ihre Tastaturen jagen lassen. Sie hatten mit jedem Buchstaben, den sie getippt hatten, gezielt und in dem Moment abgedrückt, als sie ihren Kommentar gepostet und damit mein Leben in einen Scherbenhaufen verwandelt hatten.

Mein Leben.

Das Leben einer Frau, die sie zwar nicht kannten, aber trotzdem so schnell verurteilt hatten, wie sie nur konnten. Ich wagte nicht einmal, auf den kleinen Papierflieger zu klicken, der mir mit einer roten Nummer die unzähligen privaten Nachrichten anzeigte, die ich erhalten hatte. Den Fehler hatte ich ein einziges Mal gemacht, und ich würde ihn sicherlich nicht wiederholen. Ich würde nicht zulassen, dass auch nur eins dieser Worte jemals wieder meinen Verstand vergiftete und mich dazu bringen würde, auch nur eine Silbe von dem zu glauben, was diese völlig Fremden über mich schrieben.

Ich wandte den Blick vom Bildschirm meines Computers ab und sah aus dem Fenster. Die Zweige der großen Zitronenbäume auf der Plantage meiner Großeltern wogten sanft in der Frühlingsbrise und trugen ihren vertrauten Geruch durch das offene Fenster zu mir herein. Ich schloss die Augen und lauschte dem Rascheln der Blätter, das sich mit dem leisen Ächzen der Terrassendielen mischte, als jemand die Stufen zum Haus erklomm. Ich konnte das Klappern von Geschirr hören und stellte mir vor, wie Nanna unten in der Küche stand und ihre berühmte *Tarte au citron* mit selbst gemachtem *Lemon Curd* backte, während sie einen Song mitsummte, der im Radio lief. Grandpa war sicherlich gerade die Treppen zum Haus hochgestiegen, um nach Nanna zu sehen. Vermutlich würde er, wie üblich, wenn Nanna in der Küche summte, ihr, was auch immer sie gerade in der Hand hatte, abnehmen und ein kleines Tänzchen mit ihr auf den altmodischen schwarz-weißen Fliesen wagen, die die Küche meiner Großeltern in eine Zeitkapsel verwandelten.

Dieser Ort war mein Zuhause. Der einzige Platz auf der Welt, an dem ich so sein konnte, wie ich wirklich war. Der einzige Ort, an dem niemand mir etwas zuleide tun würde. An dem es nichts außer Liebe, Zuneigung und ein unerschöpfliches Maß an Verständnis gab und dessen Bewohner mir so viel mehr bedeuteten als diese Schar gesichtsloser Fremder, denen ich die Macht über mein Leben gegeben und zugelassen hatte, dass sie dermaßen darüber bestimmten.

Tränen brannten hinter meinen Augenlidern, und ich schlug sie auf, als es unerträglich wurde. Ich nahm die Hand von meiner Teetasse und wischte mir über die Wangen. Ich wollte auf keinen Fall, dass meine Nanna mich weinen sah, und das würde definitiv passieren, wenn sie gerade wirklich in der Küche backte. Denn dann würde es keine halbe Stunde mehr dauern, bevor sie die Treppe heraufkam, um mir etwas von ihren süßen Köstlichkeiten zu bringen, die jede Wunde zu heilen vermochten. Nur wusste ich, dass sie auf diese Wunde keines ihrer süßen Trostpflaster kleben konnte, die mich schon durch so viele tränenreiche Tage und Nächte gebracht hatten.

Diese Wunde musste ich selbst zunähen. Und jeder Stich würde wehtun, das wusste ich längst. Aber es gab kein Schmerzmittel, das mich davor bewahren konnte. Kein süßes Vergessen, in das ich mich flüchten konnte. Ich musste mich dieser Situation stellen. Mit offenen Augen und für die Dinge gewappnet, die mich erwarten würden.

Denn das hier war *mein* Leben. Und ich hatte lange genug zugelassen, dass andere darüber bestimmten.

Ich stand von meinem Schreibtischstuhl auf und ging mit langen Schritten zu meinem Koffer, der noch immer so gut wie unangetastet auf dem Boden lag. Gestern Nacht hatte ich keine Lust mehr gehabt, ihn auszupacken, und heute Morgen hatte ich einfach nur ein paar Kleidungsstücke achtlos herausgezogen, bevor ich nach unten gegangen war, um mit Nanna zu frühstücken.

Ich suchte zwischen all den Sachen nach etwas ganz Bestimmtem, und als meine Finger das kalte Metall ertasteten, hielt ich einen Augenblick inne. War ich wirklich schon wieder bereit dafür? Nein, kein bisschen. Allein bei dem Gedanken an mein Vorhaben brach mir kalter Schweiß aus, und meine Hände begannen zu zittern. Aber scheiße, ich hatte mich lange genug versteckt. Hatte mich lange genug gedrückt.

Ich zog die Handyhalterung mit dem Ringlicht hervor, ging zurück zu meinem Schreibtisch und baute sie auf. Meine Hände erinnerten sich noch an jeden einzelnen Handgriff, und schneller, als mir lieb war, sah ich in den hell erleuchteten Kreis, der mir früher ein Lächeln aufs Gesicht gezaubert hatte, mir jetzt aber eine Heidenangst einjagte. Ich nahm mein Handy, das mit dem Display nach unten auf dem Schreibtisch gelegen hatte, und spannte es in die Halterung ein. Ich öffnete Instagram. Mein Herz schlug mir bis zum Hals. Und als ich einen Moment später das Instagram Live begann, pochte es vermutlich so laut, dass Nanna es unten in der Küche hätte hören können.

Ich ließ die Hände sinken und betrachtete mich auf dem Bildschirm.

Ich trug einen übergroßen Pullover, kein Make-up, und meine Haare waren ein einziges Chaos. Doch das interessierte mich kein bisschen. Nicht mehr.

Ich sah auf die Zahl der Zuschauer. Erst waren nur wenige dort. Aber dann sprang die Zahl plötzlich in die Höhe.

»Hallo, ihr da draußen.« Ich räusperte mich, als mir auffiel, wie dünn meine Stimme klang. »Ist eine Weile her, nicht wahr?« Ich zwang mich zu einem Lächeln und drückte die Schultern durch. »Also, seid ihr bereit, mir zuzuhören?«

Kommentare poppten auf, doch ich schenkte ihnen keinerlei Beachtung. Stattdessen wurde ich ganz ruhig, und das Atmen fiel mir plötzlich deutlich leichter, weil ich realisierte, dass ich das hier wirklich tun würde.

Monatelang hatte ich geschwiegen. Hatte mich verschanzt, so als hätte ich etwas zu verstecken gehabt. Als gäbe es etwas, für das ich mich schämen sollte. Mich schämen musste.

Dabei entsprach das nicht mal ansatzweise der Wahrheit.

Es wurde Zeit, dass ich *meine* Geschichte erzählte.

Zeit, dass ich mir *mein* Leben zurückholte.

»Also, am besten fangen wir ganz am Anfang an.«

1. KAPITEL

Kate

6 Monate vorher

Schlaf nicht im Gehen ein. Schlaf nicht im Gehen ein. Schlaf verdammt noch mal nicht im Gehen ein!

Ich wiederholte diese Worte gedanklich wie ein Mantra, als ich den großen Frühstückssaal im Erdgeschoss der Beauvoir-Mensa betrat, peinlich darauf bedacht, nicht über meine eigenen Füße zu stolpern. Ich konnte die Augen kaum offen halten und wollte einfach nur zurück ins Bett kriechen. Dennoch zwang ich mich zu einem Lächeln, als mir zwei meiner Kommilitonen entgegenkamen. Ich konnte es nicht riskieren, müde auszusehen. Oder gestresst. Oder gar genervt. Nicht, wenn mir über 850 000 Menschen täglich dabei zusahen.

Ich zog meinen hohen Pferdeschwanz auf meinem Hinterkopf fest und stellte mich dem lauten Chaos der Mensa. Warum zum Teufel musste es ausgerechnet jetzt nur so verdammt voll sein? Der Frühstücksraum der Mensa war nicht annähernd so riesig wie der große Speisesaal im ersten Stock. Dennoch passten eine Menge Studenten hinein, und heute Morgen platzte er bereits um acht Uhr aus allen Nähten. Wenig überraschend, wenn man bedachte, dass ein Großteil der Studentenschaft der San Teresa University hier für gewöhnlich den Tag mit einem heißen Kaffee und einem guten Frühstück begann. Vielleicht wäre es besser gewesen, mir schnell ein Müsli in der Küche meiner Verbindung zu genehmigen, denn heute war es noch voller als sonst. Gerade rechtzeitig wich ich einem Studenten aus, der mit einer Scheibe Toast zwischen den Zähnen an mir vorbei in Richtung Ausgang hastete und entschuldigend die Hand hob. Im Frühstückssaal war es laut und lebendig, und normalerweise wusste ich solch eine pulsierende, positive Energie um diese Uhrzeit zu schätzen. Sie weckte mich besser auf als jeder Kaffee und elektrisierte mich regelrecht. Aber heute wollte der Funke einfach nicht überspringen. Was vermutlich an den gerade mal zwei Stunden Schlaf und den stechenden Kopfschmerzen lag, mit denen ich zu kämpfen hatte.

Ich strich über die Bügelfalten meiner High-Waist-Hose und widerstand dem Drang, mir wie ein kleines Kind vor Müdigkeit die Augen zu reiben. Ich wollte nur ungern mein Make-up ruinieren, das mich davor bewahrte, wie ein Waschbär-Double auszusehen. Die letzten drei Nächte hatte ich so gut wie nicht geschlafen, und es hatte mich eine extra Schicht Concealer und eine Menge Geduld gekostet, mich halbwegs wiederherzurichten. Ich presste die Lippen aufeinander, um ein Gähnen zu unterdrücken. Ich war so unfassbar müde und wollte nur noch schlafen, doch mein voller Terminkalender machte mir – wie so häufig – einen gehörigen Strich durch die Rechnung.

Warum konnte mein Tag nicht achtundvierzig Stunden haben? Das würde es deutlich leichter machen, meine heutige Agenda abzuarbeiten, ohne wieder die Nacht durchackern zu müssen. Meinen Vormittag würde ich mit Vorlesungen verbringen, bevor ich am Nachmittag dem Planungsmeeting meiner Verbindung beiwohnen musste, um das Thema der Kennenlernparty zwischen Delta und Kappa zu besprechen. Am Abend wollte ich dann das nächste Video für meinen Blog *SouthSideGirl* drehen und den entsprechenden Ankündigungspost für Instagram vorbereiten. Da blieb keine Zeit für eine erholsame Nacht mit acht Stunden Schlaf. Verdammt, meine Zeit reichte ja nicht einmal für ein kleines Nickerchen in der Bibliothek. Leider waren meine Aussichten für dieses Wochenende auch alles andere als rosig. Ein Termin würde den nächsten jagen, und ich hatte keine Ahnung, wie ich das überstehen sollte. Im Gegensatz zu meinem besten Freund Hunter brauchte ich ein gewisses Maß an Schlaf, um funktionieren zu können. Beim Gedanken an diesen hochgewachsenen, tätowierten Langhaardackel zog sich mein Herz zusammen. Ich vermisste den Vollidioten wirklich. Seitdem er im März seinen Abschluss gemacht hatte und für seinen Job nach New York City gezogen war, war einfach nichts mehr wie vorher. Er hatte eine schmerzhafte Lücke hinterlassen. Aber ich konnte mir nichts anmerken lassen. Es war für Raelyn so oder so schon schwer genug, von ihm getrennt zu sein. Da musste ich ihr nicht auch noch die Ohren volljammern.

Entschlossen schob ich die düsteren Gedanken von mir und verbarg ein Gähnen hinter meiner Hand, während ich mich zum Buffet umwandte. Ein starker Kaffee und etwas Süßes würden meine schlechte Laune sicherlich vertreiben. Ich gähnte noch mal. Wenn ich nicht bald wieder einen einigermaßen regelmäßigen Schlafrhythmus in mein Leben bekäme, dann –

»Hey, Kate.« Als mich plötzlich eine junge Frau mit honigblondem Haar und grünblauen Augen ansprach, quietschte ich fast vor Schreck.

Wow. Ich war echt alles andere als wach.

Sie winkte mir im Vorbeigehen mit einem erwartungsvollen Lächeln zu, und schnell hob ich die Hand, um ihren Gruß zu erwidern.

»Hey«, beeilte ich mich zu sagen und durchforstete die Untiefen meines Gedächtnisses nach ihrem Namen. Er fiel mir nicht ein, und höchstwahrscheinlich hatte ich noch nie ein Wort mit ihr gewechselt. Ich konnte mich nicht einmal daran erinnern, ihr jemals auf dem Campus begegnet zu sein. Ich sah ihr nach, wie sie mit federnden Schritten davonging, und umfasste den Schulterriemen meiner Handtasche so fest, dass das Leder sich in meine Haut drückte.

Eigentlich sollte ich mich mittlerweile an Situationen wie diese gewöhnt haben, denn in den letzten zwei Jahren war die Anzahl meiner Follower kontinuierlich gestiegen, sodass ich längst den Überblick verloren hatte, wen ich tatsächlich kannte oder wer von ihnen auch an der San Teresa University studierte. Es gehörte zu meinem Alltag, von völlig fremden Menschen angesprochen oder angeschrieben zu werden. Aber ich fand es nach wie vor befremdlich, insbesondere früh morgens vor meinem ersten Kaffee.

Ich zog meine Handtasche dichter an mich heran und beschäftigte mich mit der reichhaltigen Auswahl des großen Frühstücksbuffets. Meine Nanna sagte immer, dass das Frühstück die wichtigste Mahlzeit des Tages sei, und die STU schien diese Philosophie zu teilen. Von Waffeln über Bagel bis hin zu Joghurt war für jeden Geschmack etwas dabei, und der Duft von frisch gebrühtem Kaffee lag in der Luft. Ich begutachtete die goldbraune Färbung der Pancakes, die das Küchenpersonal frisch in der Pfanne ausbackte, und mein Magen knurrte laut, als ich mir ihren süßen Geschmack vorstellte. Ein Pancake mit Ahornsirup war jetzt genau das Richtige, um meine angeschlagene Laune zu heben. Ich streckte meine Hand nach den vorgeheizten Tellern aus, stockte aber, weil ich plötzlich einen Blick im Nacken spürte. Ich drehte mich um und begegnete dem skeptisch dreinschauenden Augenpaar einer anderen Studentin. Laut und deutlich stand ihr der Vorwurf ins Gesicht geschrieben. Sie verlagerte ihr Gewicht von einem

Bein aufs andere, und ihre Augen schienen zu sagen: *Wenn du deinen Followern so eine ungesunde Ernährung vorleben willst, dann tu dir keinen Zwang an.*

Ich presste die Lippen zu einem schmalen Strich zusammen und hätte am liebsten laut aufgeschrien und aus lauter Protest eine extra große Portion Pancakes mit Schokolade und Schlagsahne verputzt, nur um ihr zu zeigen, dass ihre urteilenden Augen mich nicht im Mindesten störten. Ich wollte mit dem Fuß aufstampfen und wie ein kleines Kind meinen Dickkopf durchsetzen. Aber die Wahrheit war, dass ihre Meinung mich sehr wohl interessierte. Ihre und die der 850 000 Menschen, die mein Leben täglich auf meinem Blog und auf Instagram verfolgten.

Ich zog meine Hand zurück und ging an all den süßen Köstlichkeiten vorbei, die ich eigentlich gern zum Frühstück aß, und füllte eine Schale mit Joghurt und viel frischem Obst. Ich wusste genau, dass das nicht annähernd reichen würde, um mich durch meinen langen Tag zu bringen, der jegliche Pausen für Essen bis mindestens zweiundzwanzig Uhr ausschloss, doch das war nebensächlich. Wenn ich weiterhin ein paar meiner Kooperationen behalten wollte, die mein regelmäßiges Einkommen sicherten, dann hatte ich ein gewisses Bild zu vermitteln.

Ich griff nach den Cornflakes, hielt dann jedoch inne. Ich hatte dieses Wochenende ein Fotoshooting für eine Kooperation. Man würde jedes Gramm zu viel ganz genau sehen können, und diese Fotos würden niemals verschwinden. Wenn ich jetzt diese Cornflakes aß, dann würde ich eine weitere Runde joggen gehen müssen. Also vielleicht doch lieber Haferflocken?

Als ich bemerkte, worüber ich mir gerade den Kopf zerbrach, biss ich mir frustriert auf die Unterlippe. Ich hatte nie eins dieser Mädchen sein wollen, die der Zahl auf ihrer Waage mehr Bedeutung beimaßen als dem Nährwert ihres Essens.

Sicher, dass du das noch essen solltest, Schätzchen? Das Kleid war schon im Laden recht eng, als wir es gekauft haben. Wir wollen doch nicht riskieren, dass wir dich nachher noch reinnähen müssen.

Das affektierte Lachen meiner Mutter hallte in meinem Kopf wider und das Tablett in meiner Hand schien plötzlich eine Tonne zu wiegen. Ich schüttete die Haferflocken über meinen Joghurt, füllte eine extra große Tasse mit schwarzem Kaffee und verließ das Buffet.

»Guten Morgen, Kate.«

»Guten Morgen.« Das Lächeln auf meinem Gesicht fühlte sich an wie festgetackert, erneut grüßte ich jemanden, dem ich noch nie zuvor begegnet war. Als ich mit meinem Tablett durch den Speisesaal eilte, um einen freien Tisch zu ergattern, nickte ich immer wieder Studenten zu, die mich anglotzten, und lächelte freundlich, wenn mich jemand ansprach.

Rücken gerade. Lächle. Sei immer freundlich.

Es dauerte ein wenig, aber schließlich fand ich einen freien Tisch direkt vor der großen Fensterfront, die das goldene Licht der morgendlichen Novembersonne hineinließ und einen wunderschönen Blick auf die große Wiese freigab, die viele der wichtigsten Gebäude der STU miteinander verband.

Meine Beine fühlten sich wie Blei an. Erschöpft und erleichtert sank ich auf einen der Stühle, die um den kleinen runden Tisch herumstanden. Ich stieß ein zufriedenes Seufzen aus, ehe mein Blick an den drei übrigen Stühlen hängen blieb. Zwei davon würden bald von Raelyn und April besetzt werden. Doch der dritte, der würde frei bleiben.

Allein bei dem Gedanken verschwamm kurz meine Sicht, und ich blinzelte hektisch. Schnell sah ich aus dem Fenster, damit niemand etwas bemerkte. Große Bäume säumten die Wiese, und ihre roten, braunen und orangenen Blätter fielen langsam zu Boden und verteilten sich mithilfe des Windes über den gesamten Campus. Es war ein wunderschönes Farbenspiel, das mich eigentlich hätte ablenken sollen, doch alles, woran ich denken konnte, war die Tatsache, dass ich bis vor Kurzem an einem so kleinen Tisch einfach vorbeigegangen wäre.

Doch jetzt war alles anders.

Ich griff nach meiner Tasse und trank einen Schluck Kaffee. Ich musste mit dem Trübsalblasen aufhören, das würde mir auch nicht weiterhelfen. Mein Daumen strich über den Rand der Kaffeetasse, und ich nahm noch einen Schluck.

Bitteres Koffein. Genau das hatte ich gebraucht.

»Kate!«

Ich lächelte, April kam direkt auf mich zu. Wie eine Feder schwebte sie durch den Raum, obwohl sie eine riesengroße Sporttasche über der Schulter trug, die ihre knapp ein Meter sechzig eigentlich zu Boden hätte ziehen müssen. Das seit Neuestem feuerrote, sonst lockige Haar hing in dunklen, nassen Strähnen auf ihre Schultern, und ihre rosigen Wangen glühten förmlich. Sie stellte ihr Tablett auf dem Tisch ab und drückte mir einen Kuss auf die Wange.

»Guten Morgen, Sonnenschein«, sagte ich schmunzelnd. April ließ sich auf den Stuhl neben mir fallen. »Wie war das Training?«

»Gott, fang bloß nicht davon an.« Mit einem Ächzen beugte April sich vor und legte den Kopf auf der Tischplatte ab. »Mir tut alles weh.«

»Warum tust du dir das morgendliche Training auch an?« Ich lehnte mich vor und strich ihr sanft eine verirrte Strähne aus der Stirn. »Ist das nicht freiwillig?«

»Freiwillig am Arsch.« Gequält schloss sie ihre haselnuss-braunen Augen. Die grünen Flecken darin erinnerten mich immer an dunkles Moos, das an Baumrinden wuchs. »Alec sagt zwar, dass wir nicht kommen müssen, aber diejenigen, die nicht beim morgendlichen Training erscheinen, ziehen später meistens die Arschkarte.« Sie verzog das Gesicht und seufzte leise. »Diesem Sadisten hätte es echt nicht erlaubt werden sollen, Kapitän der Mannschaft zu werden.«

Ich presste die Lippen fest aufeinander, um nicht laut loszulachen. Seit letztem Jahr hatte das Schwimmteam einen neuen Kapitän, der, seitdem Coach Silver in Rente gegangen war, auch das Training leitete. Und Alec Volkov eilte sein Ruf voraus. Auf mehr als nur einer Ebene. »So schlimm?«

»Frag meinen Muskelkater.« April hob den Kopf und öffnete die Augen. »Wo ist Rae eigentlich?«

Ich zog mein Handy aus der Innentasche meiner Jacke und entsperrte den Bildschirm. Ich hatte unzählige Benachrichtigungen von Instagram, die ich geflissentlich ignorierte. Ich schmunzelte, als mir eine Nachricht von Raelyn angezeigt wurde, die ich nicht einmal öffnen musste, um ihren Inhalt zu kennen. »Sie verspätet sich.«

»Also alles wie immer.« April kicherte. »Das nächste Mal sagen wir ihr einfach, wir treffen uns um viertel vor sieben. Vielleicht ist sie dann mal um acht da.«

Ich legte mein Handy neben dem Löffel auf dem Tisch ab. »Hat sie wieder die halbe Nacht mit Hunter telefoniert?«

April warf mir einen eindeutigen Blick zu. »Was denkst du denn?«, fragte sie und rieb sich die Schläfen. »Ein Hoch auf meine Kopfhörer, sonst würde ich kein Auge zumachen. Als ihre Freundin verstehe ich, dass sie ihn vermisst, jetzt wo er in New York ist. Aber als ihre Mitbewohnerin geht es mir manchmal ein wenig auf den Zeiger.« April sah auf ihre Hände hinab und begann, an ihren unzähligen farbigen Armbändern herumzuzupfen. Sie sah mich verstohlen von der Seite an, bevor sie betreten hüstelte und den Rücken durchdrückte.

»Wo wir gerade von Vollidioten in anderen Zeitzonen sprechen: Hast du eigentlich mal wieder was von Tyler gehört?«

Sehr subtil, April. »Ja, vor ein paar Tagen.« Ich beobachtete belustigt, wie sie auf ihrem Sitz herumrutschte, und ließ mir mit meiner Antwort extra viel Zeit. »Er hat sich gut in Seoul eingelebt. Er sagt, es gefällt ihm sogar noch besser als in Tokio.«

»Schön.« Sie wich meinem Blick geschickt aus, indem sie nach ihrer Waffel griff und etwas Marmelade darauf verteilte. »Wann kommt er wieder?«

Ich dachte an unser letztes Skype-Telefonat zurück und runzelte nachdenklich die Stirn. »Ich glaube, irgendwann zwischen Weihnachten und Neujahr.«

»Geht's um Tyler?« Als ich plötzlich Raelyns Stimme neben mir hörte, zuckte ich zusammen. Geräuschvoll zog sie den Stuhl neben mir hervor und setzte sich. Auf ihrem Teller stapelten sich ein paar Pancakes, die in Ahornsirup zu ertrinken schienen, und mir lief allein bei ihrem Anblick das Wasser im Mund zusammen. »Wird Zeit, dass er nach Hause kommt. Oder hat er vor, noch mal zu verlängern?«

Ich überlegte einen Moment. Unser Gespräch war ein paar Tage her. Vielleicht hatte er seitdem seine Meinung geändert. »Nicht, dass ich wüsste.«

April schüttelte mit einem Lächeln auf den Lippen den Kopf. »Dir auch einen wunderschönen Morgen.«

»Morgen.« Raelyn verengte die Augen, während sie zwischen April und mir hin und her sah. »Ihr seht beide etwas fertig aus.«

»Sehr charmant.« Ich schnaubte leise. »Du klingst schon wie dein Freund.«

April schnalzte mit der Zunge. »Keine Sorge, das kriegt sie auch ohne Hunters Einfluss hin.«

Raelyn grinste breit, und das Sonnenlicht ließ ihr zurzeit dunkelblondes Haar golden strahlen. Auch wenn ich all ihre Veränderungen seit der ersten Stunde begleitet hatte, musste ich mich immer noch an diese neue Raelyn gewöhnen, deren rechter Arm mit Tattoos überzogen war und die ihre Haarfarbe spätestens nach drei Monaten wechselte. »Danke.«

»Das war kein Kompliment,« stellte April klar und boxte Raelyn gegen den Oberarm.

Doch Raelyn zuckte nur mit den Schultern. »Liegt im Auge des Betrachters.« Zufrieden schnitt sie ein Stück von ihrem Pancake ab und schob es sich in den Mund. »Außerdem liebt ihr mich trotzdem.«

Als sie ihre Hand nach meinem Kaffee ausstreckte, schlug ich ihr spielerisch auf die Finger. »Sei dir da mal nicht so sicher.«

»Bin ich mir aber.« Raelyn warf mir ein so unverschämtes Grinsen zu, wie ich es sonst nur von Hunter kannte, bevor sie sich meinen Kaffee schnappte und einen großen Schluck trank. Es stimmte wohl, dass Paare sich einander irgendwann ähnlich wurden.

»Gott, ich hab so einen Hunger.«

Bei Aprils Worten sah ich auf mein Frühstück, das ich vollkommen vergessen hatte. Mein Magen knurrte, und ich nahm meinen Löffel, hielt dann jedoch inne. Ich hatte heute noch keine Story gepostet, und das tat ich eigentlich jeden Morgen. Ich legte den Löffel beiseite und knipste stattdessen mit meinem Handy ein paar Fotos von meinem Joghurt. Als ich die Bilder durchguckte, rümpfte ich die Nase. Ich verrückte die Schale um wenige Zentimeter, änderte den Winkel der Kamera und schoss neue Fotos. Es dauerte etwas, bis ich ein zufriedenstellendes Ergebnis hatte. Erst dann öffnete ich Instagram und postete das Bild in meine Story. Ich setzte die Hashtags und wollte schon auf »Posten« drücken, aber irgendetwas hielt mich davon ab.

#frühstück #lecker #gesund #gutenmorgen

Lecker? Im Ernst? Dabei hatte ich noch nicht einmal einen einzigen Bissen probiert. Mein Kopf war plötzlich wie leer gefegt. Was zur Hölle tat ich hier eigentlich?

Wie von allein klickte ich auf das schwarze Icon, das mich zu dem Account führte, den ich mir mittlerweile täglich anguckte. Der Account von *The face of …?* erschien, und ich scrollte etwas weiter nach unten, um die wunderschönen Schwarz-Weiß-Porträtaufnahmen zu bewundern, die mich melancholisch werden ließen. Ich öffnete den letzten Beitrag und sah in die Augen einer wunderschönen Frau, deren Blick so traurig war, dass es mir das Atmen schwer machte. Auch ohne ihre Geschichte in der Beschreibung zu lesen, konnte ich an ihren Augen erkennen, wie viel sie durchgemacht hatte. Ihre Augen waren nicht leer. Sie waren nicht wie meine.

»Hallo?« Ich zuckte zusammen, als April mit ihrer Hand vor meinem Gesicht herumwedelte. »Erde an Kate?«

»Entschuldigung.« Ich lächelte müde. »Ich war irgendwie mit meinen Gedanken woanders.«

»Das haben wir mitbekommen.«

»Ist alles okay?« Raelyn lehnte sich mir entgegen, ihre wachsamen Augen direkt auf mich gerichtet.

»Ja, alles bestens.« Sogar in meinen eigenen Ohren klangen diese Worte hohl und unglaublich stumpf. »Wirklich, es ist alles okay. Macht euch mal um mich keinen Kopf.«

»Wir sind deine Freunde. Es ist unsere Aufgabe, uns Sorgen zu machen«, widersprach April mit ihrer tiefen, ruhigen Stimme. Augenblicklich spürte ich einen fetten Kloß im Hals.

Raelyn nickte. »Besonders wenn du so aussiehst, als würdest du jeden Moment auf deinem Stuhl einschlummern.«

»Ich hab heute Nacht nur schlecht geschlafen, das ist alles.«
Die beiden sahen nicht überzeugt aus, also zwang ich mich zu
einem weiteren Lächeln. »Es ist wirklich alles okay.«

Ich wich Raelyns skeptischem Blick aus und steckte mir
einen Löffel von meinem Joghurt in den Mund. Die Haferflocken waren längst durchgeweicht, und ich schob die Schale
weg. Dann halt nur Kaffee zum Frühstück. Nach Raelyns und
Aprils Fragerei war mir eh der Appetit vergangen.

»Okay.« April legte die Hand auf meinen Unterarm und
drückte sanft zu. »Sollte sich das ändern, weißt du hoffentlich,
dass du immer zu uns kommen kannst.«

Ich sah meine beiden besten Freundinnen an, und mir
stockte der Atem, als sie mich so warmherzig und verständnisvoll anlächelten.

Ich öffnete die Lippen, um etwas zu sagen. Irgendetwas.
Doch ich blieb stumm und horchte in mich hinein.

War wirklich alles okay mit mir?

Ich wusste es nicht.

2. KAPITEL

Alec

»Jetzt leg doch mal die dämlichen Trainingspläne weg, Alec.«
Bevor ich reagieren und die Hand fester um den dünnen
Stapel Papier schließen konnte, war er schon verschwunden.
Dean Harris, der rechts von mir an dem kleinen Tisch in der
Mensa saß, betrachtete mich mit zusammengezogenen Augenbrauen. Er legte die Trainingspläne, die im Moment jeden meiner Tage bestimmten, umgedreht auf den Tisch und
stellte demonstrativ sein Tablett darauf. »Das Team wird es
überleben, wenn du dir mal zwanzig Minuten Zeit zum Essen
nimmst.«

Meine Hand fühlte sich ungewohnt leer an, und ich streckte sie nach den Zetteln aus. Doch meine Fingerspitzen hatten
noch nicht mal den Rand von Deans Tablett berührt, da schob
er es schon, mitsamt den Papieren, unsanft weg. »Hey!«

Dean verpasste mir einen beherzten Schlag auf den Hinterkopf und deutete dann auf das Frühstück vor mir, das ich noch
immer nicht angerührt hatte, obwohl wir schon seit zehn Minuten im großen Frühstückssaal der Beauvoir-Mensa saßen.
Oder waren es fünfzehn? »Halt die Klappe und iss.«

Bei dem Anblick von Rührei, Toast und Speck zog sich
mein Magen vor Vorfreude zusammen. Ich hatte einen Bären-
hunger. Mein Wecker hatte, wie jeden Morgen, um fünf Uhr
geklingelt, und ich war direkt zur Schwimmhalle aufgebro-

chen, um mein eigenes Trainingsprogramm auf die Kette zu kriegen, bevor der Rest vom Team gegen halb sieben zum morgendlichen Training erschienen war. Das Frühstück war meine Rettung, aber das würde ich Dean auf keinen Fall auf die Nase binden. Der Mistkerl sah auch so schon viel zu selbstzufrieden aus. »Du lehnst dich echt ganz schön weit aus dem Fenster für jemanden, dem immer noch zwei Zehntel fehlen, um sich für die Nationalmeisterschaften im Frühjahr zu qualifizieren.« Ich steckte mir den ersten Bissen Rührei in den Mund und verzog das Gesicht. Es war natürlich längst kalt. Ekelhaft.

Ein Lächeln umspielte Deans schmale Lippen, und seine schilfgrünen Augen funkelten belustigt. »Ich weiß, das ist für dich schwer vorstellbar, Captain, aber *mein* Leben dreht sich nicht nur ums Schwimmen.«

»Meins auch nicht.«

»Nicht?« Dean richtete die schwarze Beanie-Mütze, die er in den kälteren Monaten immer nach dem Training trug, um sein nasses schwarzes Haar zu verbergen. »Dann muss ich die letzten zwei Jahre mit einem anderen selbstgefälligen Arschloch im selben Team geschwommen sein.«

Ich suchte gerade nach einer schlagfertigen Antwort, als mein Handy lautstark vibrierte. Also zeigte ich ihm stattdessen den Mittelfinger und griff danach. Gegen diesen Idioten konnte man eh nicht gewinnen. Eine Benachrichtigung von Tinder erschien auf dem Display, und ich öffnete den Chat. Als ich den Absender sah, schmunzelte ich. Mein Entertainment für heute Abend war also gesichert.

»Ah, hatte ich vergessen. Dein Leben besteht noch aus so viel mehr als Schwimmen.« Dean nickte in Richtung meines Handys, die Mundwinkel nach unten gezogen. »Flachgelegt zu werden zum Beispiel.«

Ich lachte leise. »Höre ich da eine Spur von Neid?«

»Nicht nur die Spur, mein Freund.« Dean nahm seine Tasse und trank einen Schluck. »Ich würde dir liebend gern das dämliche Grinsen mit der Faust aus dem Gesicht wischen, für den Fall, dass das deiner Einschätzung weiterhilft.«

Seine Stimme hatte etwas von dem spielerischen Unterton verloren, und ich musterte ihn eindringlich. Dean sah blass aus. Die Lippen hatte er fest zusammengepresst. In den zwei Jahren, die ich ihn kannte, hatte ich Dean nur sehr selten so gesehen. Der Auslöser war jedoch stets der gleiche gewesen. Zeit, meine Theorie zu überprüfen. »Ruf doch Gale an.«

Sein Gesichtsausdruck verdunkelte sich. Bingo. »Wir reden gerade nicht miteinander.«

»Man muss nicht unbedingt miteinander reden, um flachgelegt zu werden.« Ich stieß ihn mit der Schulter an und versuchte, meinem besten Freund ein Lächeln zu entlocken. Leider ohne Erfolg. »Spaß beiseite.« Ich steckte mein Handy in die Hosentasche. Dieses Mädchen konnte warten. »Er spricht nicht mit *dir* oder du nicht mit *ihm*?«

Dean wand sich unbehaglich auf seinem Stuhl. »Können wir diese ganze Therapeutenscheiße nicht einfach lassen?«

»Also, du nicht mit ihm.« Dean wich meinem Blick aus. »Was ist passiert?«

»Spar dir die Sitzung, Freud. Guck lieber in dein goldenes Telefon und gib mir die Nummer von diesem Kerl, mit dem du sogar zweimal hintereinander in der Kiste warst.« Dean rieb sich die Schläfen. »Fuck, wie hieß der noch gleich?«

»Der hieß Ryan, und jetzt wechsle nicht das Thema.«

Hektisch tippte Dean mit seinen Fingern auf das Tablett. »Weißt du was, ich nehme alles zurück. Kümmere dich doch lieber um den Trainingsplan.«

»Dean.« Ich wartete, doch Dean blieb stumm. »Komm schon. Spuck's aus.«

Er zog sich mit einem Ruck die Mütze vom Kopf und warf sie auf den Tisch. »Die gleiche Scheiße wie immer.«

»Kaycee?«

Dean blinzelte, seine Fingerspitzen wanderten über den Rand der Mütze. »Fuck.« Seine Hand krallte sich in den Stoff, und er schloss gequält die Augen. »So langsam glaub ich echt, er verlässt sie nie.«

Ihn so zu sehen, versetzte mir einen Stich. Dean war ein guter Kerl. Er hatte etwas Besseres verdient als diese Scheiße, die Gale Cunnings seit unserem Freshman-Jahr mit ihm abzog. Konnte doch nicht so schwer sein, sich zwischen seiner Highschool-Flamme und seinem derzeitigen Liebhaber zu entscheiden. »Willst du eine ehrliche Antwort?«

»Immer«, murmelte Dean leise, unfähig, mir ins Gesicht zu sehen.

»Er hätte sie längst verlassen, wenn er das wirklich jemals vorgehabt hätte.« Ich wusste, dass meine Worte ihn verletzen würden, aber das war nun mal die Wahrheit, die er hören musste.

Stille machte sich breit. Zumindest so lange, bis Dean zitternd und hörbar die Luft einsog. Er fuhr sich mit einer Hand übers Gesicht. Das Lächeln, das seine traurigen Augen nicht erreichte, erinnerte mich daran, warum ich Beziehungen abgeschworen hatte. »Und genau deshalb wollte ich nicht mit dir darüber reden.«

Ich konnte Dean nicht wirklich folgen. »Weshalb?«

Seitdem wir angefangen hatten, über Gale zu sprechen, hatte er mich nicht angesehen. Jetzt blickte er mir direkt in die Augen. »Weil du mir immer die beschissene Wahrheit sagst, auch wenn ich sie nicht hören will.«

Ich zuckte mit den Schultern. »Als dein bester Freund ist das nun mal mein Job.«

Dean rümpfte seine lange schmale Nase. »Ist sicherlich kein toller Job.«

»Geht so. Immerhin wird er nie langweilig.«

Dean lachte, und diesmal klang es tatsächlich halbwegs ehrlich. Damit konnte ich leben.

»Was wird nie langweilig?« Die tiefe Stimme kam mir verdammt bekannt vor. Ich drehte mich um und entdeckte Malik Green, der in unsere Richtung schlurfte.

»Deans Leben.« Ich schlug mit ihm ein. Seitdem er regelmäßig in Clubs auftrat, bekam ich ihn kaum noch zu Gesicht. »Wie geht's dir, Mann?«

»Gut so weit. Und selbst?« Malik zog einen der zwei freien Stühle an unserem Tisch hervor und ließ sich darauffallen. Irgendwie sah er müde aus. »Hab gehört, der Dekan hat dir mehr Geld versprochen, wenn du die Hälfte des Teams in die Nationalmeisterschaften kriegst.«

Ich gab nur ein Grummeln von mir. Na, das minderte den Druck ja erheblich. Als würde dieser Deal nicht eh schon wie ein Damoklesschwert über mir hängen. Aber der Dekan hatte mir klargemacht, dass er nur mehr Geld aus dem Sportetat – der zu neunzig Prozent für unsere glorifizierte Footballmannschaft draufging – für unser Schwimmteam locker machen würde, wenn ich ihm Ergebnisse lieferte. Als wäre Football der einzige Sport auf dieser Welt.

Malik stieß Dean an der Schulter an und nickte in meine Richtung. »Meinst du, er kriegt das hin?«

»Wenn einer das packt, dann er.« Dean fuhr sich mit einer Hand durch das nasse Haar, bevor er seine Mütze wieder aufsetzte. »Auch wenn die Hälfte vom Team bis dahin vor Erschöpfung beim Training ertrinkt.«

»Halt die Klappe, Harris.« Bei meinen Worten lächelte Dean mich nur dämlich an und rollte die Augen. Dieses Team war einfach kein richtiges Training gewöhnt. Das war das Problem. Ein Tag mit dem echten Coach Volkov, und sie würden aufhören, sich in einer Tour zu beklagen.

Malik grinste schief. »Du bist also echt so ein Sadist, wie alle sagen?«

»Nei–«

Dean schnitt mir das Wort ab. »Ist er auf jeden Fall.«

Malik brach in schallendes Gelächter aus, und ich konnte all die Blicke um uns herum förmlich spüren. Ein heterosexueller Rapper, ein homosexueller Fotograf und ein bisexueller Leistungssportler an einem Tisch. Das war vermutlich mehr Diversität, als die meisten von ihnen an einem Morgen verkraften konnten.

Ich schnaubte und sah Malik an, der nicht aufhören konnte zu lachen. »Bist du rübergekommen, um mir auf den Sack zu gehen? Das kann Dean nämlich auch ganz gut allein.«

»Nein.« Malik schüttelte den Kopf und räusperte sich, vermutlich in dem verzweifelten Versuch, sich wieder in den Griff zu kriegen. »Ich wollte euch eigentlich nur an heute Abend erinnern.«

Heute Abend? Scheiße. Maliks Auftritt im *Nightingale*. Ich überlegte einen Moment. Ein Abend in einem stickigen Club oder eine Runde Training mit anschließendem Tinderdate? Die Wahl fiel mir verdammt leicht. »Sorry, Mann. Ich muss noch …« Meine Worte erstarben auf meiner Zunge, und ich fluchte laut, als Dean mir auf den Fuß trat.

»Wir werden da sein, Malik.« Dean warf mir einen warnenden Blick zu. »Wir würden deinen Auftritt doch ums Verrecken nicht verpassen, stimmt's, Alec?«

»Im Leben nicht«, presste ich zwischen zusammengebissenen Zähnen hervor. Dean würde heute definitiv einen Extrakilometer schwimmen.

»Danke, Leute.« Malik sprang auf und klopfte mir auf die Schulter. Entweder tat er so, als hätte er nichts mitbekommen, oder er war wirklich schwer von Begriff. Beides war, so wie ich Malik einschätzte, gleichermaßen möglich. »Dann bis heute Abend.«

»Bis dann.« Dean schlug mit Malik ein und sah ihm einen Moment lang nach, bevor er seinen Blick wieder auf mich richtete. Seine Augen verengten sich. »Denk nicht mal daran, dich in letzter Sekunde zu drücken. Wir haben ihm das vor Wochen versprochen.«

»Nicht wir. Du.« Ich beugte mich vor und rieb über meinen schmerzenden Fuß. »Kommt mir langsam so vor, als wäre ich nicht dein bester Freund, sondern dein fester Freund.«

»Sorry, aber du bist nicht mein Typ.« Dean legte den Kopf in den Nacken und seufzte leise. »Du kannst mich da nicht allein hingehen lassen.«

Ich wollte lautstark protestieren, bis mir etwas einfiel. Malik war ein Freund von Gale. Scheiße. So viel zu meiner entspannten Abendplanung. »Ich hol dich um zehn an deiner Zimmertür ab, okay?«

Dean grinste breit. »Du bist der Beste.«

Schicksalsergeben zog ich mein Handy aus meiner Hosentasche und öffnete Tinder. Aufgeschoben war hoffentlich nicht aufgehoben. Ich bereute es bereits in dem Moment, in dem ich auf »Senden« klickte. »Fragt sich nur, der Beste was?«

Dean klimperte übertrieben mit den Wimpern und lehnte sich so weit in meine Richtung, dass ich seinen Atem auf meiner Wange spüren konnte. »Der beste Freund aller Zeiten.«

Ich legte ihm die Hand an die Stirn und schob ihn lachend weg. »Schon gut, schluck deine Schleimerei runter.«

»Sorry, schlucken ist nicht mein Ding.« Dean griff nach seinem Kaffee. »Ist immer so bitter.«

Endlich war er wieder ganz der Alte. »Perversling.«

»Gleich und gleich gesellt sich gern.«

»Jetzt, wo du deinen Kopf aus dem Arsch gezogen hast …« Ich deutete auf Deans Tablett. »Krieg ich endlich meine Trainingspläne zurück?«

Dean schüttelte entschlossen den Kopf. »Erst wenn du deine Portion Rührei aufgegessen hast.«

Ich schaufelte das Rührei in mich hinein und streckte Dean die Hand entgegen, doch der schüttelte wieder den Kopf.

»Inklusive Bacon und Toast.«

Genervt verdrehte ich die Augen, verputzte dann aber auch den Rest auf meinem Teller, bis kein Krümel mehr übrig war. Weil ich alles so schnell herunterschlang, verschluckte ich mich und versuchte verzweifelt, meinen Hustenanfall mit dem Orangensaft zu ersticken. Doch das brachte nichts, Tränen schossen mir in die Augen, und ich klopfte mir würgend auf die Brust, ehe ich die Hand erneut ausstreckte. »Jetzt gib her!«

Dean schmunzelte und reichte mir den Stapel Zettel. »Die Nationalmeisterschaften sind nicht alles.«

»Schon klar.« Für ihn vielleicht nicht, aber für mich hing eine ganze Menge davon ab. Meine Augen glitten sofort zur obersten Zeile. Der Plan für April King. Ich musste dringend was an ihren Kurzstrecken machen.

»Wirklich?« Dean sah mich skeptisch an, und ich öffnete den Mund, um etwas zu erwidern, doch er ignorierte mich einfach, als sein Handy ein helles Klingeln von sich gab. Aus dem Augenwinkel erkannte ich das kleine Icon, bei dem sich mir sofort der Magen umdrehte. Instagram. Natürlich.

Dean nahm sein Handy sofort vom Tisch und lächelte. Er rutschte auf seinem Stuhl herum, bevor er sich aufrichtete und den Hals reckte.

»Sie hat wieder mein Bild geliked.«

»Wer?«

Ich zuckte zurück, als Dean mir plötzlich sein Handy unter die Nase hielt. »Kate Benoit.«

Ich wusste so gut wie nichts über die Sternchen unserer Universität, aber diesen Namen kannte sogar ich. Was weniger an ihrem Bekanntheitsgrad, sondern mehr an ihrem Aussehen lag. Ich hätte verdammt noch mal blind sein müssen, um jemanden wie Kate Benoit nicht zu bemerken.

Ich sah auf den Post, den Dean geöffnet hatte, und schluckte den Fluch, der mir über die Lippen kommen wollte, gerade noch rechtzeitig herunter. Scheiße, diese Frau war wirklich unbeschreiblich schön. Auf diesem Bild trug sie ihr anscheinend endlos langes, kastanienbraunes Haar offen und lachte in die Kamera. In ihren bernsteinfarbenen Augen schienen Funken zu tanzen, und ihre vollen Lippen brachten mich auf Ideen, die ich nur zu gern mit ihr in die Tat umsetzen würde. Es war eine Porträtaufnahme, und automatisch fragte ich mich, wer wohl hinter der Kamera stand, dass sie so ehrlich lachte. Ich hatte Kate Benoit bisher nur ein paarmal auf dem Campus gesehen, und kein einziges Mal hatte sie so entspannt gewirkt. Eher im Gegenteil.

Das Handy, das Dean mir gerade noch direkt ins Gesicht gehalten hatte, verschwand, und ich blinzelte irritiert, als er plötzlich wie wild neben mir mit den Armen ruderte.

»Hey, Pril!« Dean rief so laut, dass uns jetzt die halbe Mensa anstarrte. »Hey, Pril! Komm mal her.«

April King, die wohl gerade von ihrem Tisch aufgestanden war, zuckte zusammen. Ihre Wangen färbten sich so rot wie ihre Korkenzieherlocken, während sie mit hastigen Schritten auf uns zukam.

Sie erreichte uns deutlich schneller, als ich es bei ihren kurzen Beinen für möglich gehalten hatte, und ihre Hand landete sofort auf Deans Mund, um ihn zum Schweigen zu bringen. »Ich hab dir schon tausendmal gesagt, dass du mich nicht so nennen sollst.«

Dean schob ihre Hand von seinem Mund und wackelte grinsend mit den Augenbrauen. »Und ich werde es weiterhin ignorieren.« Er bückte sich zu seiner Sporttasche hinunter, die er neben sich abgestellt hatte, und kramte darin herum. Schließlich zog er einen grellgelben Pullkick heraus, den April eben noch beim Training zur Stärkung ihrer Armzüge benutzt hatte. Jemand hatte mit Edding verschiedene Blätter und Ranken daraufgemalt. »Den hast du in der Halle vergessen.«

»Ich war heute beim Training wohl echt noch nicht wach.« April warf mir einen vorwurfsvollen Blick zu, den ich gekonnt ignorierte, und schnappte sich den Pullkick. »Danke, Dean.«

»Kein Thema.« Er lächelte sie warmherzig an. »Sehen wir uns heute Abend beim Training?«

April zog den Reißverschluss ihrer Sporttasche auf und stopfte den Pullkick hinein. »Hab ich denn eine Wahl?«

»Nein, hast du nicht.« Ich lehnte mich auf meinem Stuhl zurück und sah sie an. Sie hatte eine Menge Talent, musste aber auch noch einiges an Trainingszeit investieren, wenn sie ernsthaft vorhatte, sich zu platzieren. »Zumindest nicht, wenn du dich für die Nationalmeisterschaften qualifizieren willst.«

April presste die Lippen fest aufeinander und fluchte leise. »Du bist echt so ein Sadist.«

Ich tippte mit den Fingern auf ihren Trainingsplan, der noch immer vor mir lag. »Sicher, dass du mir das sagen möchtest, während ich die Trainingspläne schreibe?«

»Ich krieche dir bestimmt nicht in den Allerwertesten, nur weil du deinen Stift zückst, Volkov.« April reckte aufmüpfig das Kinn. »Ich werde am Ende des Trainings so oder so meine

Lunge hochkotzen. Das eine Set mehr oder weniger macht es dann auch nicht wett.«

»Na, wenn das so ist.« Ich sah Dean an. »Hast du grade mal einen Stift?«

Dean kicherte und förderte aus seiner inneren Jackentasche einen Kugelschreiber zutage.

»Das war ein Scherz.« April schloss die Hand um Deans Handgelenk, als er mir gerade den Stift geben wollte. »Nur ein Scherz.«

»Natürlich.«

April zog die Nase kraus und warf mir einen vernichtenden Blick zu. Schon scheiße, wenn man sich zu weit aus dem Fenster lehnte.

»April, kommst du?« Ich folgte Aprils Blick zu ihrer Freundin mit den dunkelblonden Haaren und den vielen Tattoos, die sie gerade gerufen hatte. Ich hatte sie schon häufiger abends an der Schwimmhalle auf April warten sehen, doch ihr Name wollte mir absolut nicht einfallen.

»Ja, komme!« April wandte sich zu Dean und mir um und hob die Hand zum Gruß. »Ich muss los. Vielen Dank noch mal, Dean.«

Dean winkte ab. »Gar kein Thema, Pril.«

»Bis heute Abend, King.«

Ich sah April nach, die zu ihrer Freundin hinübereilte. Sie legte ihr die Hand auf den Arm, und die beiden sprachen kurz miteinander, bevor sie in Richtung Ausgang gingen. Ich hielt inne, als ich bemerkte, wer unweit der Tür stand und offensichtlich auf die beiden wartete.

Kate Benoit lehnte mit dem Rücken an der Glasfront und blickte auf ihr Handy. Ihre schlanken Finger flogen nur so über das Display, und das Licht erhellte ihre Züge. Anders als in ihrem letzten Instagram-Post trug sie ihre Haare heute zu einem hohen Pferdeschwanz zusammengebunden. Mit der dunkelroten Hose mit akkurater Bügelfalte und der weißen Bluse sah sie aus, als wäre sie einem Hochglanzmagazin entsprungen. Alles an ihr war aufeinander abgestimmt. Von den schmalen goldenen Armreifen über die Handtasche bis hin zu ihren hohen Schuhen und dem Make-up. Alles war perfekt. Wie bei einer Schaufensterpuppe.

Als hätte sie bemerkt, dass jemand sie beobachtete, hob sie den Kopf. Das Bernstein ihrer Augen wirkte nicht warm, sondern beinah alarmiert, und sie ließ den Blick durch den Raum schweifen. Gehetzt. Angespannt. Es dauerte ein paar Sekunden, doch dann entdeckte sie mich. Verwundert zog sie die Augenbrauen zusammen, als sich unsere Blicke trafen.

Meine Finger zuckten. Unwillkürlich fragte ich mich, wie sie wohl mit verschmiertem Lippenstift und offenen, wilden Haaren aussehen würde?

»Sag mal, pennst du?« Dean schnipste vor meinem Gesicht herum, und widerwillig wandte ich mich ihm zu. Er war schon aufgestanden, hatte seine Sporttasche geschultert und das Tablett in der Hand. Auffordernd guckte er mich an. »Können wir?«

Ich blickte zurück zur Tür, doch Kate Benoit war bereits verschwunden.

»Ja.« Ich räusperte mich und sprang auf. »Lass uns gehen.«

3. KAPITEL

Kate

Meine Augen schmerzten von dem hellen Ringlicht, als ich es endlich abschaltete. Mit dem Zeigefinger berührte ich den Auslöser der Kamera, und das rote Licht erstarb sofort und verkündete mir, dass die Aufnahme beendet war. Endlich. Bevor ich etwas dagegen tun konnte, fiel meine Hand von der Kamera zurück in meinen Schoß. Das Geräusch des dumpfen Aufpralls kam mir unerträglich laut vor, und ich schloss die Augen, genoss die Ruhe, die den Raum füllte, nachdem ich zwei Stunden lang meiner eigenen Stimme zugehört hatte. Nur das Ticken der Uhr erklang leise in der Stille. Und irgendwo in der Ferne vernahm ich Klappern von Geschirr.

Es brannte wieder in meinen Augen, schnell wischte ich mir über die Wangen, als ich die Tränen spürte. Ich sollte wirklich mal die Augentropfen ausprobieren, die April mir empfohlen hatte. Vielleicht würden sie gegen dieses lästige Brennen helfen, das mittlerweile jeden Tag hinter meinen Augenlidern zu Gast war.

Du weißt, dass nicht deine Augen das Problem sind.

Ich wischte noch einmal über meine Wangen, bevor ich mich von meinem Schreibtischstuhl erhob und auf die Uhr sah. Es war kurz vor zehn. Ich war deutlich früher fertig geworden als vermutet. Vielleicht konnte ich ein wenig Schlaf nachholen, den ich so dringend brauchte. Ich blickte auf das

Chaos aus Kleidern auf dem Fußboden, die ich für mein Video benötigt hatte, in dem es um die farbliche Koordination von Outfits gegangen war. Einen Moment lang dachte ich darüber nach, sie einfach liegen zu lassen, diese Unordnung zu ignorieren, aber dann bückte ich mich doch mit einem schweren Seufzen nach dem erstbesten Teil, das ich in die Finger bekam. Nur noch schnell aufräumen. Wie ferngesteuert hob ich ein Kleidungsstück nach dem anderen auf, schlurfte zu meinem Wandschrank und hängte sie weg.

Meine Gedanken waren wie leer gefegt. Ich musste mich regelrecht darauf konzentrieren, alles an seinen Platz zurückzuhängen. Rot zu Rot. Weiß zu Weiß. Braun zu Braun. Eins nach dem anderen. In aller Ruhe.

Ich war dermaßen auf meine Aufgabe fokussiert, dass ich vor Schreck zusammenfuhr, als es plötzlich an meiner Zimmertür klopfte.

»Ja?« Ich sah zur Tür. Laura Rinehart trat ein, und ich verspannte mich. Sie war die Vorsitzende der Verbindung und kam eigentlich nie einfach mal so ohne Grund vorbei. Meine Hand krallte sich fester um das anthrazitfarbene Kleid, das ich gerade auf einen Bügel hängen wollte, und ich rang mir ein unverbindliches Lächeln ab. »Hey, Laura. Was gibt's?«

»Hey, Kate.« Laura ließ ihre saphirblauen Augen durch mein Zimmer wandern, bevor sie mir ins Gesicht sah. Mit ihren perfekt gezupften Augenbrauen, dem langen blonden Haar und dem vollen Schmollmund entsprach sie genau dem Bild, das die meisten von Mädchen aus Studentenverbindungen hatten. »Hast du einen Moment Zeit für mich?«

»Natürlich.« Ich hängte das Kleid auf den Bügel und in den Schrank und bot ihr mit einer Handbewegung den Platz auf meinem Bett an. Eigentlich hätte ich lieber mein Vorhaben, ein kurzes Nickerchen zu halten, in die Tat umgesetzt, aber wenn die Vorsitzende einen um ein Gespräch bat, schlug man es nicht einfach so aus. Zumindest nicht, wenn man Teil der Verbindung bleiben wollte.

Laura setzte sich auf meine Bettkannte und schlug ihre langen Beine übereinander, die in einem Paar enger Leggings steckten. Sie ließ ihren Blick erneut durch den Raum schweifen, und ich bemerkte, wie er kurz an den zwei Kisten in der Ecke hängen blieb, die ich aus Zeitmangel noch immer nicht ausgepackt hatte. »Wie gefällt dir dein neues Zimmer?«

»Es ist sehr schön.« Ich setzte mich auf den Schreibtischstuhl und legte die Hände in den Schoß. Mein Herz hämmerte laut in meiner Brust, ich fühlte mich wie bei einem Kreuzverhör. »Auch wenn ich Melody manchmal vermisse.«

Laura runzelte die Stirn. »Möchtest du zurück in den zweiten Stock?«

»Nein!« Abwehrend hob ich die Hände. Dieses Einzelzimmer war das Beste, was mir je passiert war. Hier konnte ich abschalten und musste mich nicht die ganze Zeit beobachtet fühlen. »Nein, so war das nicht gemeint. Ich hab nur seit dem ersten Jahr mit ihr zusammengewohnt und hab mich wohl einfach an sie gewöhnt.«

»Wenn es nur das ist.« Laura sah aus, als würde sie verstehen, doch die Züge um ihren Mund verhärteten sich. »Dir ist klar, warum wir dir dieses Zimmer gegeben haben, richtig?«

Ich presste die Lippen aufeinander und nickte. Ich wusste, dass es eine große Ehre war, im selben Stockwerk wie die einflussreichen Seniors – die die Geschicke der Schwesternschaft lenkten und zum Ansehen von Kappa beitrugen – zu wohnen. Seniors wie mir, die nicht zum Vorstand der Schwesternschaft gehörten, blieb der dritte Stock in der Regel verwehrt. Und ein Einzelzimmer war selbst unter uns Seniors eine echte Seltenheit. Dieses Privileg war anderen innerhalb der Schwesternschaft vorbehalten. Und ich war einer der wenigen Seniors, dem dieser Vorzug jemals zuteil geworden war.

»Gut.« Laura strich über das gelbe T-Shirt mit den griechischen Buchstaben unserer Verbindung und sah mir dann direkt in die Augen. »Ich habe mich persönlich für dich stark gemacht, Kate. Weil ich große Hoffnung in dich setze. Aber bisher …« Sie hielt einen Moment inne und seufzte wie eine Mutter, die von ihrem Kind enttäuscht worden war. »Bisher betreibst du nicht besonders viel Aufwand, um dieses Zimmer wirklich zu verdienen.«

Ich hob ein weiteres Kleid vom Fußboden auf und legte es mir in den Schoß. Ich strich über die Pailletten, die unter dem Licht der Deckenlampe rosa und golden schimmerten, und biss die Zähne fest aufeinander. »Entschuldige.« Ich zwang mich dazu, den Blick zu heben und Laura direkt ins Gesicht zu sehen. »Ich versuche, mich zu bessern.«

»Das wird nicht reichen.« Laura rückte auf meinem Bett weiter nach hinten und setzte sich in den Schneidersitz. »Ich weiß, du hast wahnsinnig viel um die Ohren mit all deinen Videos und den Werbeverträgen und dem ganzen Kram. Dafür haben wir alle auch volles Verständnis, aber wenn du diese Schwesternschaft mit einem bedeutenden Erbe verlassen willst, dann musst du dich mehr reinhängen.«

Ich blieb stumm. Mit den Fingerspitzen zog ich vorsichtig einen losen Faden aus dem Kleid. Millimeter für Millimeter.

»Viele Follower auf Instagram allein genügen nicht. Du musst dich für deine Schwestern einbringen, verstehst du?«

Ich holte durch die Nase tief Luft. Noch ein Millimeter.

»Die Schwestern vermissen dich, Kate.« Lauras Stimme wurde immer eindringlicher, und sie rückte wieder etwas mehr nach vorn in meine Richtung. Mein fünfzehn Quadratmeter großes

Zimmer kam mir wie ein Schuhkarton vor. »Ich kann mich nicht erinnern, wann du, außerhalb der offiziellen Veranstaltungen und Meetings, das letzte Mal Zeit mit uns verbracht hättest.«

Ich hob den Blick. »Es tut mir leid. Ich hab einfach nicht besonders viel Freizeit und –«

»Die verbringst du lieber mit April und Raelyn«, beendete Laura meinen Satz.

Ich öffnete den Mund, wollte widersprechen. Wollte irgendeine Ausrede finden. Doch ich blieb stumm. Es gab nichts, was ich hätte sagen können, denn das war schlicht und ergreifend die Wahrheit. Raelyn und April waren meine besten Freundinnen. Das war kein Geheimnis. Und warum sollte ich mich für etwas entschuldigen, das eigentlich überhaupt kein Problem sein sollte?

Frust und Wut stiegen in mir auf. Wer sagte denn überhaupt, dass ich als bedeutende Schwester in die Geschichte der Kappa eingehen wollte? Und nach diesem verdammten Zimmer hatte ich auch nicht gefragt. Mit keiner Silbe hatte ich jemals erwähnt, dass ich irgendwelche Ambitionen hatte, in der Schwesternschaft aufzusteigen. Das Zimmer hatte ich doch nur bekommen, weil Kappa sich erhoffte, von meinem Bekanntheitsgrad profitieren und ihr Image dadurch aufpolieren zu können. Ich hatte nicht den blassesten Schimmer, ob ich ihre Erwartungen erfüllen konnte. Oder wollte.

»Es tut mir leid.« Ich würgte die Worte regelrecht hervor. Sie schmeckten so bitter wie Galle auf meiner Zunge.

»Es muss dir nicht leidtun. Nicht, wenn du vorhast, es zu ändern.« Laura zog ihren Pferdeschwanz nach. »Du weißt, ich habe kein Problem damit, wenn ihr Freundschaften außerhalb der Schwesternschaft pflegt. Ich halte das sogar für gesund. Aber du …« Sie brach ab, als würde sie nach den richtigen

Worten suchen. »Du trägst einfach eine besondere Verantwortung, Kate. Viele der Schwestern sehen zu dir auf. Ich hoffe, das ist dir bewusst.«

Oh, das war mir bewusst. Sogar so sehr, dass ich es vermied, mein Zimmer ohne Make-up zu verlassen. Die Schwesternschaft war früher mal ein Ort für mich gewesen, an dem ich hatte abschalten können, aber diese Zeiten waren lange vorbei. Jetzt fühlte ich mich beobachtet, konnte kaum atmen unter diesem Druck, der auf meinen Schultern lastete, und um den ich nie auch nur mit einem Wort gebeten hatte.

Unauffällig rieb ich mir mit dem Handballen über das Brustbein, meine Lunge fühlte sich wie zugeschnürt an. »Ich werde mein Bestes geben, um deinen Erwartungen und denen meiner Schwestern gerecht zu werden.«

»Ich weiß das sehr zu schätzen, Kate.« Laura lächelte mich an, doch obwohl sie wunderschöne weiße und gerade Zähne hatte, sorgte dieses Lächeln bei mir für eine Gänsehaut. »Aber genug davon.« Sie deutete auf das Kleid in meiner Hand. »Wolltest du noch weg?«

Ich schüttelte schnell den Kopf. »Nein, das war nur für ein Video.«

»Wenn das so ist, warum gehst du dann nicht runter in den Gemeinschaftsraum und guckst mit den anderen einen Film?« Laura stand vom Bett auf, was wohl bedeutete, dass unsere Unterhaltung beendet war. »Die Mädels würden sich bestimmt freuen.«

Allein die Vorstellung, dort unten zu sitzen, vollkommen verkrampft zwischen den anderen Mitgliedern der Schwesternschaft, während hier oben mein Bett auf mich wartete, klang alles andere als verlockend. Doch ich wusste genau, was Laura jetzt von mir erwartete, und ins Bett zu gehen stand völlig außer Frage.

Ich lächelte unverbindlich, und meine Mundwinkel fühlten sich wie festgetackert an. »Ja, ich könnte ja viellei–«

Der laute Alarm meines Handys unterbrach mich augenblicklich, und ich nahm es vom Schreibtisch. Wieso hatte ich mir denn einen Erinnerungsalarm für Freitagabend gestellt? Noch dazu, wenn ich vorgehabt hatte, zu filmen? Ich öffnete die Erinnerung und riss die Augen auf.

Malik Auftritt Nightingale

»Fuck.« Als das Wort meine Lippen verließ, hörte ich Laura missbilligend mit der Zunge schnalzen. Rasch sah ich von meinem Handy auf. »Entschuldige, Laura. Ich habe ganz vergessen, dass ich doch noch mal wegmuss.«

Sie spitzte die Lippen. »Wohin denn?«

»Ins *Nightingale*.« Ich umklammerte mein Handy fester. »Ein Freund von mir tritt da heute auf.«

Laura nickte abrupt. »Okay. Mit wem gehst du hin?« Ich öffnete den Mund, aber sie hob nur abwehrend die Hand. »Vergiss es. Ich weiß es ja eigentlich eh schon.« Sie schüttelte den Kopf und wandte sich zum Gehen. »Viel Spaß heute Abend mit Raelyn und April. Ich hoffe, ab nächste Woche nimmst du dir unser Gespräch etwas mehr zu Herzen.« Dann zog sie die Tür hinter sich zu und ließ mich in der erdrückenden Leere, die ihre Worte hinterlassen hatten, allein zurück.

Erst jetzt bemerkte ich, dass die Hand, mit der ich mein Handy umfasst hatte, zitterte. Ich schüttelte sie hektisch und las mir die Notiz auf meinem Handy weiter durch, die von dem Alarm ausgelöst worden war.

Vortrinken bei R & A 22:30

»Oh, Scheiße.« Ich legte das Handy zur Seite, zog meine Sachen aus und hastete zum Schrank. Es war ein Rap-Konzert, also war ein Paillettenkleid fehl am Platz. Ich riss eine schwarze High-Waist-Cargohose aus dem Schrank, schlüpfte hinein, danach in ein Paar schwarze Boots und stülpte mir zum Schluss noch eines meiner unzähligen Crop-Tops über den Kopf. Für das Video hatte ich zum Glück neutrales Make-up aufgelegt, sodass ich mich zumindest darum nicht mehr kümmern musste. Auf dem Weg zur Tür band ich mein Haar zu einem hohen Pferdeschwanz zusammen, ehe ich mir mein Handy griff und einen letzten prüfenden Blick in den Spiegel warf.

Nicht perfekt, aber es würde gehen.

Ich schnappte mir meinen Schlüssel und zog noch einen Zwanziger aus meiner Geldbörse, dann war ich auch schon auf dem Weg die Treppe hinunter zur Haustür. Im Laufschritt tippte ich eine Nachricht an April und Rae, dass ich mich verspäten würde. Ich sprang die Stufen der Terrasse mit einem einzigen großen Satz herunter. Erst auf dem Gehweg hielt ich kurz inne, bis ich ein leises Klicken hörte, das mir verriet, dass die Tür hinter mir ins Schloss gefallen war. Ich blickte zurück, und mein Herz zog sich für einen Moment schmerzhaft zusammen. Ich atmete tief durch, wandte mich um und ging los.

Meine Schritte wurden immer schneller. Dann joggte ich. Und obwohl ich irgendwann zu rennen begann, fiel mir das Atmen mit jedem Schritt leichter, den ich zwischen mich und mein Verbindungshaus brachte.

4. KAPITEL

Kate

»Sorry, Leute, aber ich glaube, ich kann nicht mitkommen. Ich –« Aprils gedämpfte Stimme, die ich hinter der Badezimmertür hören konnte, brach abrupt ab und wurde von einem heftigen Würgen abgelöst, als sie sich erneut übergab. Raelyn, die mir gegenüber auf der anderen Seite des Türrahmens stand, sah mich mit ihren großen aquamarinblauen Augen besorgt an.

Ich legte die Hand an den Knauf und drehte ihn. Die Tür war jedoch verschlossen, was mich wenig überraschte. »April, lass uns wenigstens rein und –«

»Auf gar keinen Fall.« April ächzte. »Falls ich einen Infekt habe, steckt ihr euch nur an.«

Wieso zum Teufel war sie nur so stur? Seitdem ich vor zehn Minuten hier angekommen war, hatte sie sich schon dreimal übergeben, und trotzdem spielte sie weiterhin die Starke. »Irgendjemand muss sich doch um dich kümmern.«

»Ich komm schon klar.« Ihre Stimme klang angestrengt, und ich konnte mir vorstellen, wie elend sie aussah. »Geht ihr zwei bitte einfach und sagt Malik, dass es mir leidtut.«

Ich dachte einen Moment nach. Mir war nicht wohl bei dem Gedanken, April in diesem Zustand allein zu lassen, kannte sie aber auch gut genug, um zu wissen, dass sie diese Tür niemals öffnen würde, solange Raelyn und ich noch da waren. Ich verschränkte die Arme vor der Brust und lehnte meine Schulter gegen die Wand. »Bist du dir sicher?«

»Ganz sicher.« Die Worte kamen mit so viel Nachdruck, dass ich schmunzeln musste. Dazu reichte ihre Kraft also noch. Typisch April. »Außerdem, was willst du machen, hm? Mir die Haare halten?«

Meine Mundwinkel zuckten. »Zum Beispiel.«

»Dafür gibt es Haarbänder. Und jetzt verschwindet endlich!«

Mit einem frustrierten Schnauben stieß ich mich von der Wand ab und ging kopfschüttelnd in Richtung Gemeinschaftsraum. Aprils und Raelyns Mitbewohner schienen alle ausgeflogen zu sein, es war stockdunkel. Ich hörte Raelyns Schritte direkt hinter mir und schaltete das Licht ein. Der Gemeinschaftsraum lag verlassen vor uns. Niemand hockte auf der Couch, auf der sich sonst immer mindestens einer der acht Bewohner dieser Wohnung breitmachte. Ich stieg über die Kissen, die auf dem Fußboden verteilt lagen, und widerstand dem Zwang, die leeren Bierdosen vom Couchtisch wegzuräumen. Als ich am Esstisch vorbeiging, an dem ich selbst schon sehr häufig gesessen hatte, rümpfte ich die Nase. Drei leere, offene Familienpizzakartons lagen darauf, und hier und da hatte jemand ein bisschen was von der Kruste übrig gelassen, dabei war doch genau die das Beste. Anscheinend hatten sich alle beim Vortrinken eine Grundlage für die lange Nacht schaffen wollen, bis auf eine Person, deren Nudelreste noch herumstanden. Den leeren roten Plastikbechern, der Flasche Whisky und den zwei großen Flaschen Cola nach zu urteilen, war man wohl auf Nummer sicher gegangen, dass davon keine Reste übrig blieben.

Ich öffnete einen der dunkelbraunen Hängeschränke in der Küchenzeile. Ich wusste, dass April dort ihre Medikamente aufbewahrte, weil im Badezimmer nicht genug Platz dafür war. Ich zog die durchsichtige Plastikbox hervor und begann zu suchen.

Raelyn setzte sich auf einen der Barhocker am Tresen der Küche und rieb sich mit den Händen über ihre Oberschenkel, die in einem Paar aufgerissener Bluejeans steckten. »Meinst du wirklich, dass wir sie allein lassen können?«

»Nein, aber sie wird uns zum Teufel jagen, wenn wir versuchen zu bleiben.« Ich entschied mich für ein Medikament gegen Übelkeit und ein Schmerzmittel, das auch gleichzeitig Fieber senkte, und nahm ein kleines Tablett von der Anrichte. »Außerdem hat sie recht. Wenn es ein Magen-Darm-Virus ist, dann liegen wir am Ende alle flach, und das kann keiner von uns gebrauchen.«

»Stimmt.« Raelyn klang so frustriert, wie ich mich fühlte. »Mir ist trotzdem nicht wohl dabei, sie allein zu lassen.«

»Mir auch nicht, aber wir sollten Aprils Wunsch respektieren.« Ich holte ein paar Cracker und Salzstangen aus einem der anderen Schränke und stellte sie mit einer kleinen Flasche Wasser auf das Tablett. »Außerdem wartet Malik auf uns. Wir sollten zumindest kurz vorbeischauen.« Ich schnappte mir das Tablett, ging damit zurück zum Badezimmer und stellte es dort vor der Tür auf den Fußboden. Zaghaft klopfte ich und bekam als Antwort nur ein unzufriedenes Brummen. »April, ich habe dir eine Wasserflasche und ein paar Cracker und Salzstangen vor die Tür gestellt. Du solltest versuchen, zumindest ein bisschen was zu essen, damit du nicht einfach nur Galle hochwürgst«, sagte ich leise. »Ich bringe dir morgen eine Hühnersuppe vorbei, okay?«

»Gott, hör endlich auf, über Essen zu sprechen!« Wieder ein lautes Würgen. »Haut bitte einfach ab!«

»Wird gemacht.«

Raelyn starrte weiterhin auf die geschlossene Badezimmertür und kaute auf ihrer Unterlippe herum. Kurzerhand schleifte ich sie am Unterarm Richtung Wohnungstür mit mir.

»Bis später, April.«

Als Antwort folgte ein lang gezogenes Würgen. Ich wartete an der Tür, bis Raelyn sich Schuhe und Jacke angezogen hatte. Sie hielt mir auch eine hin, aber ich winkte ab. »Ich brauche keine Jacke.«

»Wie du meinst.« Raelyn zuckte mit den Schultern und richtete ihre Haare mit einem prüfenden Blick in den Spiegel, bevor sie sich bei mir unterhakte und wir das Wohnheim verließen.

Es war eine laue Novembernacht, und die Dunkelheit hatte den Campus fest im Griff. Die Äste der Bäume wiegten sich sanft im Wind, und die ungewohnte Stille wirkte beinah gespenstisch. Höchstwahrscheinlich waren an diesem Freitagabend alle entweder im *Nightingale* oder woandershin ausgegangen. Der Campus glich jedenfalls einem verlassenen Filmset.

»Die arme Maus.« Raelyn zog einen Schmollmund, und sie sah trotz ihrer vielen Tattoos und dem starken Eyeliner noch immer so was von niedlich aus. »Sie hat sich so auf diesen Abend gefreut.«

Ich rieb mit der Hand über Raelyns Unterarm und warf ihr ein zuversichtliches Lächeln zu. »April geht es schon bald besser, da bin ich mir sicher.«

»Kannst du das von dir auch behaupten?« Der niedliche Schmollmund und die großen Rehaugen waren verschwunden. An ihre Stelle war ein so aufmerksamer und durchdringender Blick getreten, dass es mir die Luft aus den Lungen trieb.

»Was?«, brachte ich krächzend hervor.

Raelyn ging unbeirrt weiter. »Kannst du auch von dir behaupten, dass es dir bald besser gehen wird, Kate?«

Ich lachte nervös. »Ich kotze mir nicht die Seele aus dem Leib, also denke ich, dass es mir gut geht.«

»Kommt mir aber irgendwie nicht so vor.« Raelyn blickte stur geradeaus, doch auch wenn sie mich nicht ansah, wusste ich genau, dass sie jede noch so kleine Regung auf meinem Gesicht wahrnahm. Diese Frau war noch aufmerksamer geworden, seitdem sie mit Hunter zusammen war, was sie auch sein musste, mir kam das gerade allerdings absolut nicht gelegen. »Ich mach mir Sorgen um dich, Kate.«

Ich fuhr mit der Zungenspitze von innen über meine Wange. Ich wusste, wie sehr Raelyn Lügen hasste, also wählte ich meine Worte mit Bedacht. »Dafür gibt es keinen Grund.«

Raelyn blieb so abrupt stehen, dass ich, immer noch bei ihr untergehakt, ins Straucheln geriet. »Deine Augenringe und die Tatsache, dass du langsam von dünn zu dürr wechselst, sind also keine Alarmsignale, derentwegen ich mir Gedanken machen sollte?«

Ihre aufrichtige Sorge um mich versetzte mir einen Stich. Ich versuchte es mit einem beruhigenden Lächeln. »Es geht mir gut.«

»Bullshit.« Sie löste sich von mir und verschränkte die Arme vor der Brust. Mit dem grellgrünen Crop-Top und den zerrissenen Bluejeans sah sie zugegebenermaßen etwas härter aus als sonst. Doch auch die Bomberjacke und die Boots konnten ihrer Lieblichkeit und ihrem niedlichen Aussehen nichts anhaben. »Es geht dir überhaupt nicht gut, du bist nur mal wieder zu stolz, das zuzugeben.«

Laura tauchte vor meinem inneren Auge auf. Auf noch so ein Gespräch dieser Art konnte ich echt verzichten. »Raelyn, nicht heute, okay?«

»Wann dann, Kate?« Raelyn warf die Hände in die Luft und ging weiter, diesmal aber deutlich langsamer als eben. »Dein

Terminplan ist so vollgepackt, dass ich dich eigentlich nur noch bei unseren Verabredungen in der Mensa zu Gesicht bekomme, und da bin ich froh, wenn du überhaupt etwas isst, und will dir mit so einem Gespräch nicht den Appetit verderben.« Wie ein kleines Kind balancierte sie auf der Kante vom Bürgersteig, während ihre Worte unbarmherzig auf mich einprasselten. »Du bist hoffnungslos überlastet. Du hastest von einem Termin zum nächsten, versuchst noch, deinen GPA zu halten und der Schwesternschaft sowie April und mir gerecht zu werden. So was geht doch auf Dauer nicht gut.« Erst als sie mir einen Blick über die Schulter zuwarf, realisierte ich, dass ich wie angewurzelt dastand. »Du musst mal einen Gang zurückschalten. Am besten sogar gleich zwei.«

Schnell schloss ich zu ihr auf, wagte aber nicht, sie anzusehen. »Das kann ich mir nicht leisten.«

»Warum nicht?«

Nicht einmal der Sprint zu ihrem Wohnheim heute Abend hatte mich so ins Schwitzen gebracht wie diese einfache Frage. »Du weißt genau, warum.«

Raelyn nickte, aber der unnachgiebige Ausdruck in ihren Augen sagte mir, dass sie dennoch nicht nachgeben würde. Hatten sich heute eigentlich alle gegen mich verschworen? »Ja, aber ich will es von dir hören.«

Ich öffnete die Lippen, um etwas zu sagen, blieb jedoch stumm. Das leise Rascheln der Blätter im Wind kam mir plötzlich unerträglich laut vor, und das entfernte Meeresrauschen, das mich sonst immer beruhigte, hatte in der Dunkelheit der Nacht beinah etwas Bedrohliches an sich. Mein Handy in der Hosentasche schien eine ganze Tonne zu wiegen, und ich schaffte kaum, einen Fuß vor den anderen zu setzen, obwohl ich doch so verzweifelt versuchte, mir nichts anmerken zu lassen.

»Was willst du von mir hören, Rae?« Ich sah auf meine Hände. Sie kamen mir seltsam nackt vor. Ich hatte nicht einmal daran gedacht, irgendwelche Accessoires auszusuchen, bevor ich so überstürzt mein Zimmer verlassen hatte. »Das ist nun mal mein Leben.«

»Das mag sein, aber macht es dich auch glücklich?«

Ich wollte zu einer Antwort ansetzen, doch Raelyn hob abwehrend die Hand. »Du brauchst heute Abend gar nichts dazu sagen. Ich möchte nur, dass du mal darüber nachdenkst. In aller Ruhe, für dich allein.« Sie legte mir den Arm um die Schulter, während wir langsam weiterliefen. Ihre Wärme sorgte dafür, dass ich plötzlich einen dicken Kloß im Hals hatte. »Mach dir einfach mal Gedanken, ob dich dieses Leben gerade wirklich glücklich macht. Wenn ja, ist alles prima, und ich lass dich in Ruhe. Aber wenn nicht, dann weißt du hoffentlich, dass ich immer hinter dir stehe und dir helfe, falls du etwas daran ändern willst.«

Ich legte meinen Kopf an ihre Schulter und schlang einen Arm um ihre Taille. Ob sie merkte, wie sehr ich sie an mich drückte? »Danke, Rae.«

»Gar kein Thema.« Sie grinste mich schief von der Seite an, wie es sonst eigentlich nur Hunter tat. »Also, jetzt da unser kleiner Aufpasser nicht dabei ist: Wie wäre es mit einer Runde Tequila?«

Ich lachte auf. April war von uns dreien auf Partys immer die Stimme der Vernunft, und offensichtlich hatte Raelyn heute Abend vor, diese über Bord zu werfen. Nach dem Tag, den ich hinter mir hatte, konnte ich eine extra Runde Shots auf jeden Fall gebrauchen. »Ich bin dabei.«

»Das hab ich mir gedacht.« Raelyn machte extrem große Schritte, und wir beide verfielen in einen Hüpferlauf. »Weißt du eigentlich, welche Songs Malik heute performen will?«

»Ich glaube, alle neuen von seinem Mixtape.« Schuldgefühle versetzten meiner Vorfreude augenblicklich einen massiven
Dämpfer. Malik hatte das Mixtape schon vor drei Wochen auf
SoundCloud hochgeladen, aber ich war noch immer nicht dazu
gekommen, mir auch nur einen einzigen Track anzuhören.

»Echt?« Die Begeisterung in Raelyns aquamarinblauen Augen war ansteckend. »Das wäre wirklich cool. Ich mochte ja – «

Ich fuhr zusammen, als in der Stille der Gassen plötzlich
laut der Song *Yours* von Andrew Huang erklang, und drehte mich sofort zu Raelyn. Sie nahm ihren Arm von meiner
Schulter, zog ihr Handy aus der hinteren Hosentasche und betrachtete lächelnd das Display. Es war dieses spezielle Lächeln,
bei dem Raelyn regelrecht zu strahlen schien. Das konnte nur
Hunter sein.

»Hey, Hunter.« Ihre Stimme klang so weich, dass mir direkt
ganz warm ums Herz wurde. Dennoch würde ich sie definitiv gleich ein wenig damit aufziehen. Mein fieser Vorsatz verschwand jedoch wieder, als ich sah, wie das Lächeln auf Raelyns Zügen erstarb. »Ganz langsam. Was ist los?«

Bei ihrem Tonfall verspannte ich mich. Irgendetwas war
eindeutig nicht in Ordnung. Ich trat beiseite, um Raelyn ein
wenig Privatsphäre zu geben.

San Teresa lag schlafend da. Alle Geschäfte waren geschlossen, und nur vereinzelt brannte hinter den Fenstern noch Licht.
Auch auf den Straßen war keine Menschenseele mehr unterwegs, wahrscheinlich weil alle Studenten mittlerweile schon
längst im *Nightingale* waren.

Ich warf einen Blick auf Raelyn. Sie lehnte mit dem Rücken
an einer Hauswand und malte mit ihrem Fuß Kreise auf den
Bürgersteig. Im hellen Schein der Straßenlaterne fiel mir auf,
wie blass sie auf einmal aussah. Ich wandte mich ab und schaute zum Himmel hinauf. Die Sterne am Nachthimmel funkel-

ten hier genauso wie zu Hause. Zu Hause. Ob mit Nanna und Grandpa alles okay war? Wann hatte ich sie eigentlich das letzte Mal angerufen? Ich fröstelte, als eine kühle Brise mich vom Meer her erfasste, und schlang die Arme um mich.

»Hunter, warte kurz.« Raelyn kam auf mich zu und presste sich das Handy gegen die Brust. Sie hielt es so fest, dass ihre Knöchel weiß hervortraten. »Kate, Hunter geht es nicht gut. Ich denke nicht, dass ich heute Abend auf die Party gehen kann.«

»Kein Thema.« Ich lächelte sie an, wollte sie aufmuntern, auch wenn das in diesem Moment ziemlich zwecklos zu sein schien. Aber es war besser, als sie mit all den Fragen zu löchern, die mir auf der Zunge brannten. »Ich geh einfach allein und richte Malik liebe Grüße aus.«

»Kommt gar nicht infrage.« Energisch schüttelte sie den Kopf. Sie packte mich am Oberarm, und ich versuchte, keine Miene zu verziehen, als ihre Finger sich in meine Haut krallten. »Ich möchte nicht, dass du ganz allein auf diese Party gehst.«

»Rae, ich bin ein großes Mädchen. Außerdem sind sicher auch ein paar meiner Verbindungsschwestern da.« Ich legte meine Hand auf ihre und tätschelte sie sanft. Ich wusste, dass sie sich Sorgen machte wegen all der Dinge, die an Unis passierten, über die man aber niemals sprach. »Ich verspreche dir, ich sehe mir nur Maliks Performance an, gratuliere ihm zum neuen Mixtape und verschwinde wieder, wenn ich niemanden finde, den ich kenne, okay?«

»Ich weiß nicht.« Raelyn ließ meinen Arm los und ergriff stattdessen meine Hand. Ihr Daumen fuhr über meinen Handrücken. »Mir wäre es lieber, wenn du nach Hause gehst.«

Ich entzog ihr vorsichtig meine Hand. »Nimm es mir nicht übel, Rae, aber eine von uns sollte hingehen.«

»Scheiße.« Raelyn schloss kurz die Augen, der innere Kampf, den sie mit sich selbst ausfocht, lief wie ein Film auf ihrem Gesicht ab. Mit einem weiteren Fluch öffnete sie die Augen und sah mich eindringlich an. »Und du gehst auch wirklich direkt nach der Performance nach Hause, wenn keine deiner Verbindungsschwestern da ist?«

Ich nickte schnell, bevor sie es sich anders überlegen konnte. »Versprochen.«

»Okay.« Sie deutete auf ihr Handy. »Es tut mir echt leid.«

Ich stieß sie mit der Schulter an. »Kein Problem. Hunter ist wichtiger.«

»Danke, Kate. Ich schulde dir was.«

»Schwachsinn.« Ich drückte ihr einen schnellen Kuss auf die Wange. »Dafür sind Freunde da, oder nicht? Und jetzt sieh zu, dass du nach Hause kommst.«

Sie legte das Handy wieder an ihr Ohr und ging rückwärts Richtung Campus, so als würde sie mich nur sehr ungern aus den Augen lassen. »Schreib mir, wie es war.«

»Wird gemacht.« Ich hob die Hand und winkte ihr zu. »Bis morgen.«

»Bis dann.«

Ich blickte Raelyn noch nach, bis sie hinter der nächsten Straßenecke verschwunden war, bevor ich die Hände in meinen Hosentaschen vergrub und mich Richtung Süden wandte. Malik war ein guter Freund von uns. Ich konnte ihn auf keinen Fall hängen lassen, auch wenn ich ohne April und Raelyn eigentlich gar keine Lust mehr hatte hinzugehen. Aber ich würde es einfach kurz und schmerzlos durchziehen. Ich bog um die Häuserecke und konnte aus der Ferne schon die wummernden Beats des *Nightingale* hören. Ein paar Songs, ein Drink und dann Malik gratulieren. Anschließend würde ich direkt nach Hause gehen und ein paar Stunden Schlaf nachholen.

Ich hatte den perfekten Plan, was sollte schon schiefgehen?

5. KAPITEL

Alec

»Der Mann hat echt zu viel Energie.«

Dean war völlig außer Atem, und ich nickte zustimmend, während wir die paar Stufen von der Tanzfläche zur Sitzecke hochgingen, wo einige aus dem Schwimmteam saßen, die wir durch Zufall im *Nightingale* getroffen hatten. Ich grüßte Jonathan, der sofort auf der Bank etwas Platz für mich machte. Ich schnappte mir mein Glas Whisky und trank es gierig aus. Der Alkohol brannte in meiner trockenen Kehle, aber das war mir vollkommen egal. Scheiße, genau das hatte ich gebraucht. Mir war gar nicht bewusst gewesen, wie angespannt ich war, bis ich mich in die Menge gestürzt und einfach mal losgelassen hatte.

»Mach mal halblang.« Dean schob mich an der Schulter zurück auf meinen Platz, als ich aufstehen wollte. »Die Bar hat gleich auch noch auf. Das ist Whisky und kein Wasser, Lawrence von Arabien.«

Ich stieß ein trockenes Lachen aus und nahm dankend die Wasserflasche entgegen, die Dean mir reichte. »Seit wann bist du meine Mutter?«

»Seitdem du mir neulich aufs Shirt gekotzt hast.«

»Nur fair.« Ich schraubte die Kappe ab und leerte die Flasche mit großen Schlucken, bevor ich sie ihm zurückgab.

Dean hob die Flasche an und verengte die Augen. »Arschloch.«

Ich zog meinen imaginären Hut und verbeugte mich auf meinem Platz. »Immer zu Diensten.«

Dean wuschelte sich durch das schwarze Haar, das ihm an der Stirn klebte. »Hol mir wenigstens eine neue.«

»Nur wenn du ganz lieb Bitte sagst.«

Dean grinste schief und zeigte mir den Mittelfinger. »Noch einen Whisky?«

»Ich dachte, ich darf keinen mehr.«

»Ich mach heute mal 'ne Ausnahme.« Dean zuckte mit den Schultern und öffnete noch einen Knopf an seinem Hemd. »Außerdem bist du es ja, der es morgen bereuen wird.«

Ich dachte an die Kilometer, die ich morgen schwimmen musste, um die Zeit, die ich als Coach außerhalb des Beckens verbrachte, wieder auszugleichen, und verzog das Gesicht. »Ich nehme auch ein Wasser.«

»Geht doch.« Dean drehte sich auf den Hacken um und verschwand Richtung Bar, die vollkommen überfüllt war und an der mit so viel Geldscheinen herumgewedelt wurde wie in einem Stripschuppen.

Ich ließ meinen Blick durch den Club und zur Bühne schweifen, auf der Malik noch immer unermüdlich seine Show abzog. Der Schweiß auf seiner dunklen Haut glänzte im Scheinwerferlicht, und ich fragte mich, wie heiß es wohl auf der Bühne sein musste, wenn es sich hier unten schon wie in einer Sauna anfühlte. Selbst nach der Flasche Wasser, die ich gerade geext hatte, kühlte mein Körper kein bisschen runter. Wie auch? Die Luft war stickig, die Stimmung aufgeheizt und der Laden zum Bersten voll.

Das *Nightingale* war sehr klein und lebte von den wöchentlichen Studentenpartys und gelegentlichen Konzerten aufstrebender Bands. Die Einrichtung war uralt und hatte ihre besten Tage hinter sich. Die Drinks waren billig, und der Boden klebte. Heute Abend interessierte all das aber offenbar niemanden, die halbe Uni schien hergekommen zu sein, um Maliks Auftritt zu sehen. Und er war es auch wert.

Für mich war es nach wie vor seltsam, diesen Malik auf der Bühne, der von seinen Fans bejubelt wurde und Wasser in die Menge spritzte, mit dem Malik in Verbindung zu bringen, der mein Kumpel war. Egal wie oft ich ihn auch rappen sah, es blieb ungewohnt. Und, um ehrlich zu sein, war es auch ein bisschen befremdlich, den Kerl mit der großen Lesebrille, der kaum mit Frauen sprechen konnte und auf Tinder kläglich versagte, dort oben so zu sehen. Doch das war eindeutig der Ort, wo er hingehörte.

Selbst von meinem Platz in einer der wenigen Sitzecken aus konnte ich das Funkeln in seinen Augen erkennen, das von absoluter Euphorie zeugte, die einen einfach mitriss. Er hatte es sogar geschafft, mich auf die Tanzfläche zu kriegen, dabei war ich weder ein begeisterter Tänzer noch ein regelmäßiger Konzertgänger. Auch jetzt fiel es mir schwer, still sitzen zu bleiben, und das, obwohl ich völlig außer Atem war und meine Klamotten klamm an mir klebten. Ich bewegte meinen Kopf zum Beat, den ich in meinem ganzen Körper spüren konnte und der meine Finger zum Zucken brachte.

»Geht dem Typen überhaupt irgendwann mal die Puste aus?« Jonathan musterte Malik ungläubig, dessen Shirt völlig durchnässt wie eine zweite Haut an ihm klebte. Sein Rap war genauso energiegeladen wie er selbst, und er hatte die Menge vollkommen im Griff. Alle hingen an jeder seiner Bewegungen, teilten seine Begeisterung und spiegelten seine Leidenschaft mit lauten Begeisterungsrufen und wildem Tanzen.

»Sieht nicht so aus«, rief ich über den Lärm der Musik hinweg. Maliks Energie war ansteckend. Elektrisierend. Er schien von innen heraus zu leuchten, eine absolute Seltenheit, die nur

Menschen zuteilwurde, die ihre Bestimmung gefunden hatten. Das, wofür sie geboren worden waren.

Ich wandte den Blick ab, weil ein bitterer Geschmack sich auf meiner Zunge ausbreitete, und ich blickte auf meine Hände. Die zuckenden Lichter des Clubs wurden in dem schmalen Goldring an meinem rechten Daumen reflektiert. Gedankenverloren strich ich mit dem Zeigefinger darüber.

»Sorry.« Dean stellte die Wasserflasche vor mir ab. »An der Bar herrscht Krieg.«

Ich griff nach der Flasche, um den Kloß in meinem Hals schnellstmöglich hinunterzuspülen. Ich wünschte mir insgeheim, ich hätte einen Scheiß auf mein Training gegeben und einfach einen Whisky bestellt. Oder besser noch einen Doppelten. Aber selbst ein Dreifacher würde nicht helfen, und das wusste ich natürlich ganz genau.

»Alles okay?« Dean umfasste über den Tisch hinweg mein Handgelenk. Jonathan hustete geräuschvoll und rückte ein Stück von mir weg, bevor er den Kopf mit den anderen zwei Jungs aus unserem Team neben sich zusammensteckte. Sie waren Freshmen und hatten beide schwere Defizite im Brustschwimmen.

»Ja, alles okay.«

Dean sah mich noch einen Moment lang eindringlich an und ignorierte, dass die drei homophoben Idioten vom Dienst uns jetzt unverblümt anstarrten, ehe sein Blick auf meinen Ring fiel. Doch er sagte nichts. Stattdessen ließ er mein Handgelenk los und deutete auf die Bühne zu Malik, der noch mehr aufdrehte. Ich wusste genau, warum Dean mein bester Freund war. »Scheiße, Malik ist echt klasse.«

»Hattest du was anderes erwartet?«

»Nein, aber ich hatte nicht damit gerechnet, dass er live *so* gut ist.« Dean sank tiefer in die durchgesessenen Polster, seine

Finger klopften im Rhythmus auf seinen Oberschenkeln. »Ich meine, viele Sänger und Rapper sind auf ihren Tracks total genial, und dann siehst du sie live und fragst dich, warum du 'ne Menge Kohle dafür ausgegeben hast, jemandem zuzuhören, der klingt wie eine sterbende Katze.«

»Wusste gar nicht, dass du auch außerhalb der Dusche performst.«

»Nicht? Dabei ist meine Welttournee doch ausgebucht.« Dean trank einen Schluck Wasser und zwinkerte mir zu. »Aber keine Sorge, von dir werde ich nie Eintritt nehmen.«

Ich schüttelte mich, als ich mich an Deans letzte Perfomance erinnerte. Ich hätte echt nie für möglich gehalten, dass es jemand mal schaffen würde, mir ACDC zu versauen. »Du würdest auch keinen beschissenen Cent von mir kriegen.«

»Nicht?« Dean legte den Kopf schief, was ziemlich bescheuert aussah. »Ich dachte, gerade wegen meiner Gesangseinlagen gehst du immer mit mir duschen.«

Meine Mundwinkel zuckten. Dieser Kerl war so ein Vollidiot. »Wir sind im gleichen Team, du Flachpfeife.«

»Das hält andere nicht davon ab zu warten, bis ich aus der Dusche raus bin.« Dean zeigte mir zwar sein berühmtes Grinsen, aber ich wusste genau, dass diese Worte keinesfalls als Scherz gemeint waren. Jonathan und seine zwei Begleiter rutschten unruhig auf ihren Plätzen hin und her und mieden jeglichen Augenkontakt.

Dean und ich waren beide als Freshman dem Schwimmteam beigetreten, doch auch nach zwei Jahren gab es immer noch engstirnige Scheißkerle, die Dean wie die Pest mieden, weil er homosexuell war. Was sicherlich auch mit unserem Coach zu tun hatte, der uns bis vor Kurzem trainiert hatte und von dem Dean wie ein Aussätziger behandelt worden war. Ich hatte Coach Silver darauf angesprochen, als er mich zum Kapitän ernannt hatte, doch er hatte mir nur mit einem Schmunzeln auf die Schulter geklopft.

Es ist eine Sache, sich dauernd für andere Kerle zu bücken, es nur mal auszuprobieren, eine völlig andere. Mit dir habe ich deshalb kein Problem, Volkov. Diese Phase bei dir geht auch wieder vorbei.

Phase. Klar. Sein dämlicher Kommentar reihte sich direkt in die Riege der beknackten Sprüche wie *Ihr Bisexuellen wollt euch nur nicht entscheiden* und *Bisexuelle sind alle sexsüchtig.* Ich war immer noch froh, dass wir Silver endlich los waren. Auch wenn das für mich doppelte Arbeit bedeutete, weil die Uni sich weigerte, einen neuen Coach einzustellen, solange die Mannschaft so mittelmäßig blieb.

»Die sind halt alle zu sehr von sich selbst überzeugt.« Ich zuckte mit den Schultern. »Die meisten würdest du ja eh nicht mal mit der Kneifzange anpacken. Also was interessieren dich diese Arschlöcher überhaupt?« Ich warf Dean einen prüfenden Blick zu. Jonathan schien sich immer unbehaglicher in unserer Anwesenheit zu fühlen, und ich genoss seine Verlegenheit. »Oder hast du deine Ansprüche echt so weit runtergeschraubt?« Ich zog mein Handy hervor und wedelte damit vor Deans Gesicht herum. Er lachte. »Nur ein Wort, Bruder, und ich gebe dir jede Nummer, die du willst. Verzweiflungstaten sind wirklich nicht notwendig. Vorher spring ich mit dir in die Kiste.«

Jonathan stand ruckartig auf. »Sorry«, sagte er abgehackt. »Ich müsste mal wohin.«

»Klar.« Ich ließ ihn und die beiden anderen vorbei, wohlwissend, dass sie nicht zurückkommen würden. Beim nächsten Training würden die drei jedenfalls definitiv nichts zu lachen haben. »Also, was sagst du? Mein Angebot steht.«

»Nein, danke. So verzweifelt kann ich gar nicht werden. Außerdem verliere ich nachher noch meinen guten Ruf, wenn ich mit dem Callboy der Uni ins Bett hüpfe.«

»Autsch.« Ich ließ meine Stimme so brüchig wie möglich klingen und wischte mir theatralisch über die Wangen. Solche Kommentare trafen mich schon lange nicht mehr. Ich hatte mich längst daran gewöhnt, dass die Leute meinen Spaß an Sex auf meine Sexualität schoben, obwohl das damit absolut nichts zu tun hatte, und ich war es leid, mich zu erklären.

»Irgendwer muss dein Ego ja auf den Boden der Tatsachen zurückholen.« Dean riss mir das Handy aus der Hand und entsperrte es. Er war der einzige Mensch auf der Welt, dem ich genug vertraute, um seinen Fingerabdruck in meinem Handy einzuspeichern. Seine Finger schwebten über dem Display. »Das hättest du übrigens nicht tun müssen.«

»Ich weiß.« Ich zuckte mit den Schultern.

»Danke.« Dean tippte auf meinem Handy herum, ehe er verdattert innehielt. »Sag mal, sind da schon wieder zehn Nummern mehr drauf?«

Ich schmunzelte, anstatt zu antworten.

»Du Monster.« Dean schüttelte den Kopf. Er gab mir mein Handy zurück, und, ohne es zu überprüfen, wusste ich, dass dieser Vollidiot sich nicht eine einzige Nummer geschickt hatte. »Hast einfach Glück, mit diesem Gesicht gesegnet worden zu sein.« Er streckte die Hände aus und legte sie an meine Wangen, bevor er es im Licht hin und her bewegte und mich mit dem analytischen Blick eines Fotografen begutachtete. »Dein Gesicht ist echt perfekt symmetrisch. Ein Bild von dir würde mir Tausende Likes einbringen.«

Bei dem Gedanken, dass mein Porträt auf Deans Instagram-Seite mit über zweihunderttausend Followern zu sehen sein würde, lief es mir eiskalt den Rücken herunter. Ich rutschte auf der Bank rückwärts, bis Deans Finger mich nicht mehr erreichen konnten. »Vergiss es.«

»Komm schon.« Dean stützte seine Ellenbogen auf den Tisch und legte sein Kinn auf die Hände. »Ein einziges Bild wird dich nicht umbringen.«

»Nein.« Ich erkannte meine Stimme kaum wieder. Sie klang wie das dunkle Grollen eines verletzten Tiers.

Dean zuckte mit den Achseln. »Einen Versuch war's wert.« Seine schilfgrünen Augen funkelten schelmisch. »Außerdem stehen meine Follower eh nicht so auf makellose Schönlinge. Also mach dir mal nicht gleich ins Hemd, Volkov.« Er grinste und hob die Flasche wieder an seine Lippen, hielt dann jedoch mitten in der Bewegung inne. So schnell wie die zuckenden Lichter im Club die Farbe wechselten, wechselte auch Deans Gesichtsausdruck von offen und entspannt zu verschlossen und angriffslustig. Sein Kiefer verspannte sich, als er die Zähne fest aufeinanderbiss, und ich musste gar nicht erst über die Schulter sehen, um zu wissen, wer da auf unsere Sitzecke zukam.

Gale Cunnings war genau das, was man sich unter einem Arztsohn vorstellte. Perfekt angezogen, perfekt frisiert und total verklemmt. Er war groß, eher schmächtig, mit rotblondem Haar und einem antrainierten Lächeln, das jetzt gerade aber eher einem unsicheren Zucken der Mundwinkel glich.

»Hallo, Dean.« Gale sprach gerade laut genug, dass man ihn über die Musik hinweg hören konnte. Seine Stimme war samtig, für mich klang sie allerdings mittlerweile wie das Kreischen von Kreide auf einer Tafel. »Können wir reden?«

Dean lehnte sich zurück, scheinbar vollkommen gleichgültig. »Ich wüsste nicht, was wir noch zu besprechen hätten, Gale. Du hast deinen Standpunkt letztens verdammt deutlich gemacht.« Er zog spöttisch eine Augenbraue hoch. »Oder brauchst du jemanden, der es dir besorgt?« Dean deutet nachlässig in meine Richtung. »Ich bin sicher, Alec kann dir die eine oder andere Telefonnummer geben.«

»Sei nicht so.« Gale wurde feuerrot und schaute sich hektisch um, die Panik, dass jemand Deans Kommentar gehört haben könnte, stand ihm ins Gesicht geschrieben. »Ich weiß, du bist sauer, aber lass es mich wenigstens erklären.«

»Sorry, meine Bullshit-Toleranz ist für heute ausgereizt.«

»Dean …« Gale machte einen Schritt auf ihn zu, doch der wandte den Blick ab.

Meine Hand schnellte vor, ich packte Gale unsanft am Ellenbogen und zog ihn ein paar Schritte rückwärts. Gale stieß ein Zischen aus, das ich geflissentlich ignorierte. Ich schuldete diesem Scheißkerl nichts. Schon gar keine Entschuldigung. »Er hat gesagt, dass er nicht mit dir reden will. Respektier das gefälligst. Oder hast du nicht mal dafür genügend Anstand?«

Gales blassblaue Augen huschten unsicher zu mir, so als würde er erwarten, dass ich gleich aufsprang und ihm eine reinhaute, was zugegebenermaßen gar nicht so unwahrscheinlich war. Doch dann schenkte er Dean wieder seine volle Aufmerksamkeit. Er wusste genau, wie er an mir vorbei und sein Ziel erreichen würde. Manipulative, kleine Ratte. »Bitte, Dean.« Er klang so flehend, dass mir längst klar war, wie diese Nummer ausgehen würde. »Bitte.«

Dean senkte den Blick auf seine Wasserflasche. Er wand den Kopf hin und her und fluchte dann. »Du hast fünf Minuten.«

Ich schnaubte und ließ Gale mit einem Ruck los. Wortlos stand ich auf, diesen Mist musste ich mir echt nicht antun. Dean würde sich von diesem Idioten wie immer einwickeln lassen, und ich durfte dann nachher wieder die Scherben aufsammeln. Aber wer war ich denn schon, irgendwem Beziehungstipps geben zu wollen? Mit dem Thema war ich bereits eine ganze Weile durch.

Gale trat hastig zur Seite und machte mir Platz. Dabei stolperte er fast über seine eigenen Füße. Er war kaum kleiner als ich, also musste er knapp unter einem Meter neunzig sein. Unsere Blicke trafen sich für den Bruchteil einer Sekunde, und meine Finger zuckten kurz. Er setzte sich auf meinen Platz, und ich ging rüber zu Dean und lehnte mich zu ihm hinunter. »Ich bin draußen, wenn du mich brauchst.«

Dean sah mich nicht an. Stattdessen nickte er nur schnell. Schon klar, ich würde mich nicht weiter einmischen. Dean war ein erwachsener Mann und konnte selbst entscheiden, von wem er sich verarschen lassen wollte.

Ich schob mich am Rand der Menge entlang zur Theke, warf meine guten Vorsätze über Bord und bestellte einen Whisky. Irgendwie musste ich schließlich den bitteren Nachgeschmack loswerden, den Deans Dummheit auf meiner Zunge hinterließ. Ich hielt dem Barkeeper meine fünf Dollar hin, als er mir den Whisky brachte, nahm das Glas und kämpfte mich zu der leicht ramponierten Tür ganz hinten im Club durch.

Sie war schwarz angestrichen, und diverse Aufkleber verschiedener Musiker erhellten das Dunkel und bildeten ein wildes Chaos aus nicht miteinander harmonierenden Farben, die in ihrer wilden Zusammenstellung doch ein eigenwilliges stimmiges Ganzes bildeten. Ich stieß die Tür mit einer Hand auf. Die kühle Nachtluft schlug mir entgegen, und ich atmete erleichtert auf. Nachdem ich den ganzen Abend in dem stickigen und überhitzten Club verbracht hatte, tat das richtig gut.

Auf der kleinen Terrasse hinter dem Haus tummelten sich normalerweise die Raucher, aber jetzt gerade waren anscheinend alle zu sehr mit Malik beschäftigt, sodass ich den Salzgeruch, der vom Meer herüberwehte, in aller Ruhe und ganz für mich allein genießen konnte.

Ich machte es mir auf einem der Palettensofas gemütlich. So hatte ich mir meinen Abend echt nicht vorgestellt. Anstatt mich über Deans grenzenlose Dummheit aufzuregen, hätte ich jetzt zu Hause sein können, mit dem Kopf zwischen den Beinen dieser niedlichen Blondine. Und jetzt saß ich hier wie das unbeliebte Mädchen auf dem Abschlussball, von allen verlassen, und kippte mir Whisky hinter die Binde, um meinen Ärger hinunterzuschlucken. Wenn ich Blondi schrieb, dann würde sie ja vielleicht –

Ein lautes Klirren riss mich aus meinen Gedanken, und mein Kopf schnellte Richtung Tür.

»Nein, nein, nein!«

Meine Hand verkrampfte sich um mein Glas, als ich eine angenehme, sanfte Stimme hörte. Ich kannte diese Stimme. Aus zahllosen Interviews im Campusradio. Aus Instagram-Storys, die Dean mir unter die Nase gehalten hatte. Sogar aus dem ein oder anderen YouTube-Video, das ich mir heimlich angesehen hatte, auch wenn ich das nie zugeben würde.

Kate Benoit stand in der Tür, die Augen auf die Scherben auf dem Boden gerichtet, die bis gerade vermutlich noch die Flasche mit ihrem Drink gewesen waren. Ihr Teint strahlte golden im Schein der Lichterkette, die um die Terrasse gespannt war. Das lange braune Haar hatte sie zu einem Pferdeschwanz hochgebunden, und ihr Profil war ebenso makellos wie der Rest an ihr, auch wenn ich fand, dass ihre Taille in diesem Crop-Top etwas zu schmal aussah. Das Braun ihrer wunderschönen Augen wurde von dezenten Erdtönen hervorgehoben, die Wimpern schienen endlos lang zu sein. Ihre vollen Lippen hatte sie mit einer Extraschicht Lipgloss betont, sie glänzten feucht und verführerisch. Als der Wind einen Hauch von ihrem Parfum zu mir herüberwehte, konnte ich Sandelholz und Jasmin riechen. Sie war absolut perfekt.

Mit einem frustrierten Stöhnen legte sie den Kopf in den Nacken und stemmte die Hände in die Hüften. »Fuck. Das passt ja zum Rest des Abends.«

Aha, die perfekte Kate Benoit konnte also auch fluchen. Nicht das, was ich erwartet hatte. Überhaupt nicht. Aber das machte sie nur noch faszinierender. Denn dieses Sauberfrau-Image kaufte ich ihr eh nicht ab. Nicht eine einzige Sekunde. Höchste Zeit, der Sache auf den Grund zu gehen.

Ich stand auf und schlenderte lässig zu ihr rüber. Mit meinem Fuß schob ich vorsichtig die Scherben zusammen und hielt ihr mein Glas Whisky hin, das noch halb voll war. »Du siehst so aus, als hättest du den nötiger als ich.«

Kate starrte auf den Whisky, bevor sie den Blick hob. Sie musste den Kopf in den Nacken legen, um mir direkt in die Augen zu sehen. Ungläubig runzelte sie die Stirn. Es machte fast den Anschein, als ob sie mit jedem anderen Menschen auf diesem Planeten gerechnet hatte, außer mit mir. Doch die Überraschung auf ihrem Gesicht hielt sich nur wenige Sekunden, ehe sie sich wieder fing.

»Danke«, sagte sie und setzte ein professionelles Lächeln auf. »Aber ich nehme keine Drinks von Fremden an.«

»Ich muss ja kein Fremder bleiben.« Ich grinste schelmisch und streckte ihr die Hand entgegen. »Alec Volkov.«

Kate blickte auf meine Hand hinab, und ihre vollen Lippen umspielte der Ansatz eines kecken Schmunzelns, das einen elektrischen Schauer meine Wirbelsäule hinunterjagte. Mein Plan, mich auf der Terrasse ein wenig abzukühlen, ging in Anwesenheit dieser Schönheit nicht so recht auf.

»Oh, ich weiß *genau*, wer du bist.« Ihre Stimme ließ meine Haut prickeln, und als sie meine Hand ergriff, spürte ich, wie die Wärme ihrer Haut sich in meinem ganzen Körper ausbreitete.

Kates Augen weiteten sich für den Bruchteil einer Sekunde, und sie öffnete ihren Mund ein bisschen. Das hier bildete ich mir definitiv nicht ein. Zwischen uns beiden herrschte eindeutig eine Art Anziehungskraft. Und ich war nicht der Einzige, der sie spürte. Interessant.

Ich trat einen Schritt näher an sie heran, bis meine Lippen direkt neben ihrem Ohr waren. »Dann sind wir ja jetzt keine Fremden mehr.« Ich zog meinen Kopf gerade so weit zurück, um Kate in die Augen sehen zu können, doch ihr Blick war auf meine Lippen geheftet.

Sie blinzelte ertappt, und ich hörte sie tief einatmen, bevor sie meine Hand losließ und etwas Abstand zwischen uns brachte.

Vielleicht war ich etwas voreilig gewesen und –

Kates schlanke Finger schlossen sich um mein Whiskyglas, und sie blickte mich über den Rand hinweg an, während sie den Rest in einem einzigen Zug trank. Meine Augen folgten gespannt ihrer Zunge, als sie den letzten Tropfen damit auffing.

»Sieht ganz so aus.«

6. KAPITEL

Kate

Genau so muss es sich anfühlen, wenn man erstickt.

Obwohl ich ein lockeres Crop-Top trug, war mein Brustkorb wie zugeschnürt, als ich mich mit einem Dauerlächeln durch die Menge an Studenten schob, die heute Abend im *Nightingale* zusammengekommen waren. Ich hatte längst aufgehört, die Hände derer zu zählen, die mich an der Schulter berührten und versuchten, meine Aufmerksamkeit zu ergattern, während all die Augen, die auf mir lagen, sich auf meiner Haut genau so angenehm anfühlten wie kriechende Maden. Ich hielt den Rücken gerade, blieb hin und wieder stehen und begrüßte jemanden, den ich tatsächlich kannte. Ein Küsschen hier, eine flüchtige Umarmung da, immer das gleiche Lächeln, immer die gleichen Floskeln, bis ich endlich den Rand der Bühne erreichte, auf der Malik alles gab.

Die halbe Uni schien hergekommen zu sein, um diesen Abend mit ihm zu feiern, und auch wenn ich Malik diesen Erfolg von Herzen gönnte, wünschte ich mir gerade, er würde einfach in irgendeinem Keller auftreten. Klein und intim, mit nur einer Handvoll Leuten. Dann wäre ich mir vielleicht nicht so vorgekommen, als hätte ich mich in einem Spinnennetz verfangen, in dem ich festklebte, hilflos mit Armen und Beinen strampelnd, nichtsahnend, dass genau das mein Schicksal besiegeln würde.

Ich schloss die Augen und ließ mich vom Beat davontragen, erlaubte, dass er in meinen Kopf eindrang und die düsteren Gedanken herausspülte wie die Flut. Ich lockerte meine Schultern und verdrängte die Finsternis, konzentrierte mich einzig und allein auf die Musik, die den Boden unter meinen Füßen zum Beben brachte. Der Bass hämmerte wie wild in meiner Brust, und mein Herz hüpfte auf und ab, was vielleicht auch daran lag, dass ich direkt neben einer der großen Boxen stand. Der Bass überlagerte so gut wie alles andere, und das Mikrofon war auch ein wenig übersteuert. Aber Malik klang trotzdem fantastisch. Seine Worte, mit denen er die Gesellschaft anprangerte, waren noch genauso scharf, wie ich sie in Erinnerung hatte. Dieser kleine technische Fehler tat dem keinen Abbruch. Unwillkürlich lächelte ich, als ich plötzlich an jemanden denken musste, der mir lautstark widersprechen würde.

Mein bester Freund Hunter hätte nie zugelassen, dass Malik mit einem übersteuerten Mikrofon auf die Bühne ging. Er wäre zum Soundcheck hier gewesen, hätte das Equipment geprüft und den Tontechniker so lange genervt, bis alles perfekt gewesen wäre. Er würde jetzt mit grimmiger Miene neben mir stehen, die Arme fest um Raelyn geschlungen, und jede noch so kleine Bewegung von Malik beobachten, um ihm später ausführliches Feedback zu geben.

Ich öffnete die Augen und schluckte schwer. Hunter war nicht hier. Natürlich nicht. Er war mit der Uni fertig und auf der anderen Seite des Landes, wo er einen Job ergattert hatte, und eine Wohnung in Brooklyn, die einem Schuhkarton glich.

Ich legte mir die Hand auf die Brust und atmete tief durch, was mir wahnsinnig schwerfiel. Ich vermisste Hunter. Und ich vermisste Tyler. Neben April und Rae waren diese beiden Idioten die einzigen Menschen auf der Welt, bei denen ich nicht so tun musste, als wäre ich perfekt. Wenn ich mit ihnen zusammen war, musste ich nicht jedes Wort, jede Bewegung und jeden Augenaufschlag kalkulieren.

Ich geriet ins Schwanken, als sich plötzlich jemand mit vollem Gewicht auf meine Schulter stützte. Ich fing mich gerade noch so mit der Hand am Rand der Bühne ab und sah zu dem schwarzhaarigen Hünen auf, der den Arm um meine Schulter gelegt hatte und mit mir, befreit von jeglichem Takt, zur Musik schunkelte.

»Mach dich mal locker, Kate!«, rief Scott mir über die Musik hinweg zu. »Du siehst aus, als würde gleich die Welt untergehen.«

Ich lächelte schwach. Scott Brooks war der Vorsitzende von Delta Alpha Phi und der einzige männliche Verbindungsvorsitzende, den ich tatsächlich als Freund bezeichnen würde. Ich hatte schon unzählige Verbindungspartys mit ihm zusammen organisiert, und ich respektierte ihn. Und das nicht nur, weil er nicht, wie manch anderer, ständig frauenverachtende Sprüche von sich gab. Nein, Scott hatte seine Jungs fest im Griff, was zugegebenermaßen ziemlich schwierig sein musste und vermutlich nur funktionierte, weil er als Quarterback der *San Teresa Saints* noch viel Schlimmeres gewohnt war.

Ich zwang mich zu einem gut gelaunten Lächeln und widerstand dem Drang, mich an Scotts starke Schulter zu lehnen, wohl wissend, dass sicherlich gerade mehr als nur eine Kamera auf meinen Rücken gerichtet war. »Sorry, aber wenn es um das Thema Rassismus geht, ist mir meistens nicht so nach fröhlichem Grinsen zumute«, sagte ich und nutzte Maliks kritische Songtexte als Ausrede für meine Grabesmiene. Ich betrachtete Scotts glasige Augen. »Sieht aus, als hättest du eine Menge Spaß. Ich sehe schon die Schlagzeile in der Campuszeitung.« Theatralisch malte ich mit den Händen eine Anzeigetafel in die Luft. »Star-Quarterback der Saints übergibt sich an der Sideline. Eine Ausnahme oder ist er doch Alkoholiker?«

Scott warf den Kopf in den Nacken und lachte, den Mund weit geöffnet. »Klingt exakt nach diesem Käseblatt.« Er tätschelte mir die Schulter. Er roch nach Bier und Aftershave. »Bist du allein hier?«

»Ja. Ich wollte nur kurz vorbeikommen, um Malik zu unterstützen und ein Video für Hunter zu machen.«

»Verstehe.« Scott ließ den Blick schweifen. »Bist du mit keiner deiner Schwestern hier?«

»Nein.« Ich zuckte mit den Schultern. »Du kennst sie doch. Die meisten stehen nicht so auf Rapmusik.«

»Stimmt. Da bist du wohl die Ausnahme. Wie immer.« Ich wusste nicht so richtig, was Scott mir damit sagen wollte, mochte diesen Tonfall in seiner Stimme aber gar nicht.

Ich öffnete die Lippen, um ihm genau das zu sagen, schloss sie jedoch gleich wieder, weil ich aus dem Augenwinkel jemanden mit einer großen Spiegelreflex direkt auf uns zukommen sah. Ein schneller Blick auf den Presseausweis reichte. Die Campuszeitung. Natürlich.

»Hallo, ihr zwei. Dürfte ich ein Foto von euch beiden machen?« Die junge Frau mit dem pastellrosa Haar und der großen Hornbrille lächelte ausdruckslos, als Scott und ich uns zu ihr umdrehten. Ihre Augen hefteten sich auf Scotts Hand, die noch immer auf meiner Schulter lag. Sofort wollte ich einen großen Schritt zur Seite machen, doch Scott verstärkte seinen Griff und zog mich näher an sich.

»Klar doch.« Er legte sein einstudiertes Presselächeln auf, das ich nur zu gut von den Covern der College-Football-Zeitschriften kannte und das meinem in nichts nachstand. Ich drückte den Rücken durch, strahlte in die Kamera und entspannte meine Gesichtszüge wieder, nachdem der Blitz erloschen war.

»Vielen Dank«, sagte die junge Frau, während sie das Bild auf ihrer Kamera überprüfte. »Ihr seht toll zusammen aus.«

»Danke.« Scott hatte noch immer dieses Lächeln auf seinen Lippen, und er zwinkerte mir zu. Als die junge Frau verschwunden war, drückte er mich noch mehr an sich. »So eine Story würde mir besser gefallen als die, die du vorhin im Sinn hattest.« Seine Stimme klang auf einmal viel tiefer, und er heftete seinen Blick auf meine Lippen. Augenblicklich verspannte ich mich. Doch im nächsten Moment nahm er seinen Arm weg und grinste jungenhaft, als wäre ihm gerade wieder eingefallen, wo wir waren. »Aber dann würde Laura mir ganz bestimmt den Arsch aufreißen.«

Was war das denn bitte gewesen? Ich lachte tonlos und etwas steif, als mein heutiges Gespräch mit Laura mit voller Wucht zurück in mein Bewusstsein drang. Scott hatte Bestnoten, war innerhalb der Universität hoch angesehen und gehörte zu einer Familie mit ausgezeichneter STU-Vergangenheit. Wenn irgendeine von uns Scott Brooks daten würde, wäre das für sie wohl eher der Anlass für eine riesige Party. »Ganz bestimmt.«

»Ich sollte zurück zu den Jungs.« Scott deutete auf die Menge hinter uns. Ich legte den Kopf etwas schief, als ich die bekannten Gesichter sah. Himmelherrgott, hatte er die ganze Mannschaft mitgebracht? »Nicht dass einer von denen noch etwas richtig Dämliches anstellt. Wäre ja nicht das erste Mal.« Scott lachte betreten, anscheinend erinnerte er sich noch lebhaft an den letzten unangenehmen Vorfall. »Ich wollte eigentlich nur kurz rüberkommen, um Hallo zu sagen.« Er hob die Hand, stoppte aber mitten in der Luft, bevor er sie wieder fallen ließ. »Viel Spaß noch, Kate.«

»Danke. Dir auch.« Ich schaute ihm noch einen Moment lang nach, als er sich durch die Menge zurück zu seinen Jungs schob, ehe ich mich wieder zur Bühne umdrehte.

Malik war schweißgebadet, die Leidenschaft für die Musik ließ seine Augen jedoch strahlen und gab ihm anscheinend genug Energie, die ganze Nacht durchzuhalten. Verrückt. Dinge, die uns wirklich glücklich machen, verleihen uns die Kraft, auch die größten Anstrengungen durchzustehen.

Unwillkürlich kam mir meine erste Nacht, die ich durchgemacht hatte, in den Sinn. Unermüdlich hatte ich Nadelstich für Nadelstich Pailletten und meine mühsam gesammelten Aufnäher auf Marys abgetragene Jeansjacke genäht. Immer wieder hatte ich mir in den Finger gepikst und ein Pflaster nach dem anderen verbraucht. Aber egal, wie oft ich mich auch gestochen hatte, der Spaß, den ich dabei empfunden hatte, war das, was mir im Gedächtnis geblieben war. Jeder Nadelstich hatte mich näher an mein Ziel geführt, und als Mary morgens mit einem glücklichen Quietschen ihre Jacke, die meine Mutter einfach weggeworfen und der meine kleine Schwester bittere Tränen nachgeweint hatte, angezogen hatte, war das mit Abstand das beste Gefühl der Welt gewesen.

Marys Gesicht blitzte vor meinem inneren Auge auf, und ich tat einen langen Atemzug. Wann hatte ich meine Schwester eigentlich das letzte Mal angerufen? Das war auch schon Monate her, oder? Ich schüttelte den Kopf. Was war heute nur los mit mir? Hier war weder der Ort noch die rechte Zeit, um an Mary zu denken. Oder an meine Eltern. Die drei hatten hier nichts zu suchen. Solange ich nicht allein auf meinem Zimmer war und mir sicher sein konnte, dass es vollkommen egal war, welche Emotionen über mein Gesicht huschten, war der Gedanke an meine Familie fehl am Platz.

Kurzerhand zog ich mein Handy aus der Hosentasche und öffnete die Kamera. Ich nahm ein paar Videos auf, und als Malik auf mich zusteuerte und direkt in die Linse rappte, kam ich nicht umhin, ihm laut zuzujubeln. Ich ließ mein Handy für einen Moment sinken und ergriff seine Hand, die er mir entgegenstreckte. Er grinste mich hinter seinem Mikrofon breit an, und nachdem die letzten Töne des Songs verklungen waren, formten seine Lippen ein lautloses *Schön, dass du da bist*, bevor er sich wieder seiner Performance widmete. Genau dafür war ich hergekommen. Um meinen Freund zu unterstützen. Um für ihn da zu sein und wettzumachen, dass ich kaum Zeit für ihn gehabt hatte. Oder vielmehr, dass ich mir den Luxus nicht erlaubt hatte, mir die Zeit für ihn zu nehmen.

Während Hunters letztem Jahr an der Uni war ich Malik oft in Hunters Studio begegnet, und ohne es zu merken, war er irgendwann ein guter Freund geworden. Vermutlich deshalb, weil wir gemeinsam Hunter aufgezogen hatten, oder weil Malik mit mir auf Samuels Konzerten so lange getanzt hatte, bis wir vom Schweiß völlig durchnässt gewesen waren. Er hatte nichts auf meinen Status gegeben. Hatte nie versucht, davon zu profitieren. Und genau das hatte ich immer an ihm gemocht. Aber seitdem Hunter fort war, hatte ich kaum Zeit mit Malik verbracht. Oder mit sonst irgendjemandem.

Plötzlich kam mir die Menge vor wie eine Welle, in der ich zu ertrinken drohte, und ich rang nach Luft. Die Körper, die sich vor der Bühne dicht aneinanderdrängten, lösten bei mir Beklemmungen aus, und ich zog mich an die Wand zurück. Ich spürte die Blicke der Leute auf mir. Ein paar von ihnen wirkten besorgt, aber die meisten reckten einfach neugierig die Hälse, so als würden sie nur darauf warten, dass ich etwas tat, worüber es sich zu reden lohnte. Ich fühlte mich allein. So furchtbar allein.

Ich presste den Rücken an die Wand und atmete tief durch, fest entschlossen, die aufkommende Panik direkt im Keim zu ersticken. Gott, diese Selbstmitleidstour musste ich wirklich dringend mit einem Drink ausschwemmen, sonst würde ich noch darin versinken.

Ich umklammerte mein Handy und drängelte mich durch die Menge Richtung Theke, die genauso überfüllt war wie der Rest des *Nightingale*. Ich positionierte mich am Rand, relativ weit vom Barkeeper entfernt, aber er sah mich trotzdem sofort. Ich bestellte ein Bier, und während ich darauf wartete, öffnete ich Instagram. Mit geübtem Blick wählte ich die Videos aus, die sich am besten für eine Instagram-Story eigneten, und markierte Malik, um ihm über meinen Kanal mehr Reichweite zu bieten. Das war das Mindeste, das ich für ihn tun konnte. Ich fügte ein paar eingängige Hashtags hinzu und schloss das Ganze mit einem Boomerang, der mein Gesicht in den zuckenden Lichtern und mein breites Grinsen zeigte, das den Eindruck erweckte, als hätte ich den Spaß meines Lebens, bevor ich alles hochlud.

Ich betrachtete mein Gesicht mit dem unterlegten Filter, der das Licht im Club etwas abdämpfte. Mein Make-up. Meinen Schmollmund, der sich zu diesem falschen Grinsen verzog.

War das wirklich ich?

Der Barkeeper stellte das Bier vor mir ab, und ich drückte ihm schnell das Geld in die Hand. Dann ergriff ich die Flucht. Ich musste hier raus. Und zwar sofort. Die erlösende Terrasse war nicht weit entfernt, aber so oft, wie ich unterwegs von irgendwem aufgehalten wurde, dauerte es eine halbe Ewigkeit, bis ich die Tür endlich aufstieß. Sie war schwerer, als ich eingeschätzt hatte, und ich riss schnell den Arm hoch, damit sie mir nicht direkt wieder vor der Nase zuschlug. Dabei vergaß ich allerdings völlig die Bierflasche in meiner Hand, die klirrend auf den großen Bodenplatten der Terrasse zersprang.

»Nein, nein, nein!«

Ich sah auf die Scherben zu meinen Füßen. Im Ernst jetzt? Was hatte ich dieser gottverdammten Nacht eigentlich getan?

Erst diese grässliche Unterhaltung mit Laura. Dann die Sache mit April und Raelyns und mein Gespräch. Von der Panikattacke, die ich eben gerade noch rechtzeitig unterdrückt hatte, ganz zu schweigen. Und jetzt war mir nicht mal ein einziges Bier vergönnt? Mit einem frustrierten Aufstöhnen legte ich den Kopf in den Nacken und schloss die Augen. »Fuck. Das passt ja zum Rest des Abends.« Vielleicht sollte ich einfach nach Hause gehen und –

»Du siehst so aus, als hättest du den nötiger als ich«, sagte eine rauchige, tiefe Stimme direkt neben mir, und ich öffnete die Augen. Eine große Hand mit einem schmalen Goldring am Daumen hielt mir ein halb volles Whiskyglas hin. Ich sah dem Fremden ins Gesicht, bereute meine Entscheidung aber gleich wieder, als ich ihn erkannte.

Alec Volkov stand vor mir, und einen Moment lang war ich mit seinem unverschämt guten Aussehen restlos überfordert, auch wenn ich ihm schon unzählige Male vorher auf dem Campus begegnet war. Mit seinen markanten Wangenknochen, dem militärisch kurzen, dunkelblonden Haar und den dunklen Augenbrauen sah er aus wie ein Filmstar und brachte meine Gedanken zum Stillstand. Da half es auch überhaupt nicht, dass seine rauchgrauen Augen direkt auf mich gerichtet waren. Ich atmete tief durch, und meine Finger zuckten.

Warum passierte das immer, wenn unsere Blicke sich trafen? Heute Morgen in der Mensa genau das Gleiche: elektrisierte Fingerspitzen und Hitzewellen. Als wäre der Tag nicht so schon kompliziert genug gewesen.

Ich schluckte leise und ließ meine Hände betont locker in meinen Hosentaschen verschwinden, in der Hoffnung, er würde es nicht bemerken.

»Danke«, sagte ich und bemühte mich um ein neutrales Lächeln. »Aber ich nehme keine Drinks von Fremden an.«

»Ich muss ja kein Fremder bleiben.« Als er schief grinste und mir die Hand entgegenstreckte, wurde mir klar, warum so viele am Campus Alec Volkov verfallen waren. Dieses Lächeln, gepaart mit dem verheißungsvollen Funkeln in den Augen, war entwaffnend. Und auf seltsame Weise absolut ansteckend. »Alec Volkov.«

Er glaubte doch nicht ernsthaft, dass ich noch nie von ihm gehört hatte. Auf dem Campus war er berühmt-berüchtigt, ständig wurde über ihn geredet. War ihm sein Ruf gar nicht bewusst? Wenn man sich durch unzählige Betten schlief und auch noch so unverschämt gut aussah wie Alec, dann musste einem doch klar sein, dass man seinen Platz in der Gerüchteküche sicher hatte. Selbst seine Bisexualität spielte dort für manche Menschen mit hinein, auch wenn es mir persönlich total egal war.

Kümmerte sein Ruf ihn einfach nicht? Schien jedenfalls so, wenn man denn auch nur einen Deut auf das geben konnte, was man sonst so über ihn hörte. Aber anscheinend waren die Gerüchte über Alec nicht annähernd so weit hergeholt wie die über Hunter, denn sein außerordentlich ausgeprägtes Selbstbewusstsein war ihm mehr als deutlich anzumerken, und das belustigte Schmunzeln schrie mir seine Scheiß-egal-Haltung laut entgegen. Ich schluckte meinen Neid herunter und lächelte, angesteckt von Alecs schiefem Grinsen.

»Oh, ich weiß *genau*, wer du bist.« Ich legte meine Hand in seine, doch als seine Haut meine traf, hätte ich sie am liebsten gleich wieder zurückgezogen. Ein Kribbeln breitete sich von dort, wo unsere Hände sich berührten, in meinem ganzen Körper aus, und ich hatte das Gefühl, nicht atmen zu können, sodass ich leicht die Lippen öffnete und die Luft einsog. Meine Augen fanden Alecs, und das Rauchgrau schien noch etwas dunkler geworden zu sein, wie Gewitterwolken, die sich unheilvoll am Himmel zusammenbrauten, kurz bevor der Blitz einschlagen würde.

Als Alec sich zu mir herunterbeugte, wurde meine Kehle trocken. Er roch ein wenig nach Chlor und einem Anflug von Citrus. Sein Atem strich über mein Ohr, und ich ballte meine freie Hand in meiner Hosentasche zur Faust.

Ich hatte mich schon öfter mal zu einem Mann hingezogen gefühlt. Aber das hier, das war definitiv etwas völlig anderes. Etwas, das ich nicht in Worte fassen konnte und das mir gleichermaßen Angst machte, wie es mich faszinierte.

»Dann sind wir ja jetzt keine Fremden mehr.« Alec entfernte sich wieder ein Stück von meinem Ohr, und meine Augen blieben automatisch an seinen vollen Lippen hängen, die von einem Bartschatten umrahmt wurden. Ob seine Lippen nach Whisky schmecken würden?

Was zur Hölle stellte ich mir da eigentlich gerade vor? Ich blinzelte und zog den Kopf zurück, bevor ich seine Hand losließ, als hätte ich mich an ihr verbrannt. Mein Herz hämmerte in meiner Brust, und ich brachte etwas Abstand zwischen uns in dem Versuch, dieser Anziehung zu entkommen, die Alec auf mich ausübte. Mein ganzer Körper kribbelte. Aber nicht auf eine unangenehme Weise. Mehr wie das Kribbeln von Champagner auf der Zunge. Und es hatte auch eine ähnliche Wirkung, denn mir war ein bisschen schwindelig, ich fühlte mich wie berauscht. Trotzdem wollte der unvernünftige Teil in mir mehr davon, auch wenn man nach einer Nacht mit zu viel Champagner am nächsten Morgen so sicher wie das Amen in der Kirche durch die Hölle ging.

Ich erwachte aus meiner Trance, als ich realisierte, dass wir beide ganz allein hier draußen waren. Sofort war da diese innere Stimme, die mir einflüsterte, dass das hier eine ganz dumme Idee war. Dass es besser wäre, mich auf den Hacken umzudrehen und zu verschwinden, bevor irgendjemand nach draußen kam und uns beide hier zusammen sah.

Der Campus-Playboy und das Verbindungsmädchen.

Ein waschechter Skandal und ein gefundenes Fressen für alle, die nur auf einen Fehltritt von mir warteten.

Automatisch erschien Lauras Gesicht vor mir. Wie sie auf meinem Bett gesessen und eindringlich auf mich eingeredet hatte. Wie jedes ihrer Worte mich mehr und mehr in eine Zwangsjacke geschnürt hatten. Wenn sie davon erfuhr, würde sie vermutlich vollkommen ausflippen. Alecs zweifelhafter Ruf würde schon dafür sorgen.

Aber warum musste mich das überhaupt interessieren? Warum konnte ich es nicht einfach genießen, dass ein so schöner Mann wie Alec mit mir flirtete? Warum sollte ich dieser Anziehung nicht etwas mehr auf den Grund gehen? Warum musste ich immer nachgeben und mich dem Bild anpassen, das die Menschen sich von mir gemacht hatten? Warum musste ich immer in diese Schublade passen, in die sie mich zwängten und in der ich kaum atmen konnte?

Nur für ein paar Stunden. Nur für ein paar Stunden würde ich mal nicht *SouthSideGirl* oder eine Schwester von Kappa Alpha Phi sein. Für ein paar wenige Stunden wollte ich nur Kate sein. Das war doch nicht zu viel verlangt, oder?

Bevor ich weiter darüber nachdenken konnte und obwohl ich April und Raelyn für so eine dämliche Aktion die Hölle heiß gemacht hätte, streckte ich die Hand nach Alecs Whiskyglas aus und leerte es in einem Zug. Das Prickeln in meinem Körper flammte wieder auf, als ich bemerkte, wie Alecs Augen an meinen Lippen hingen. Mit meiner Zungenspitze fing ich gekonnt den letzten Tropfen des bitteren Alkohols auf.

»Sieht ganz so aus.«

7. KAPITEL

Kate

Meine Hand lag auf Alecs Unterarm, und ich krümmte mich vor Lachen. »Quatsch«, japste ich, als ich mich wieder genug im Griff hatte, um ein Wort herauszubringen. »Du lügst.«

Alec sah mich grinsend an, in seinen rauchgrauen Augen stand der nackte Schalk. »Ich wünschte, es wäre so. Ich hätte echt darauf verzichten können, nur in Boxershorts gekleidet eine Prüfung zu schreiben.« Er lehnte sich etwas in meine Richtung, seine Nähe so allgegenwärtig wie das Brennen des Whiskys in meiner Kehle. »Seitdem stelle ich meinen Wecker extra laut. Mein Zimmernachbar hat sich deshalb schon bei der Hausverwaltung beschwert und mit Auszug gedroht.«

Kichernd schüttelte ich den Kopf. Zeit mit Alec zu verbringen war so unglaublich leicht. Und ich hatte mich geirrt, denn ich wusste überhaupt nicht, wer er war. Als er angeboten hatte, uns eine weitere Runde Drinks nach draußen zu holen, war ich erst skeptisch gewesen. Bei seinem Ruf als Campus-Playboy hatte ich mit plumpen Anmachsprüchen gerechnet. Mit flachem Small Talk ohne jegliche Substanz. Mit anzüglichen Blicken und Machogehabe.

Aber nichts davon hatte sich bewahrheitet.

Stattdessen hatte er mich in ein Gespräch verwickelt und das getan, womit ich im Leben nicht gerechnet hätte: Er hatte mich zum Lachen gebracht. Wieder und immer wieder.

Der ganze Stress dieses Tages war von mir abgefallen, und ich hatte mit ihm tatsächlich auch über mich gesprochen, während er einfach nur zugehört hatte. Wir hatten in den letzten Stunden über alles Mögliche geredet. Über meinen Blog, sein Schwimmteam, die Politik der Uni. Und irgendwann hatte ich völlig vergessen, dass wir noch immer hier draußen auf der Raucherterrasse saßen. Ich ließ mich tiefer und tiefer fallen, fühlte mich wohl und federleicht bei diesem Mann, der mich so mühelos zum Lachen brachte und der mich wieder und wieder ganz sanft und wie durch Zufall berührte, so, als wüsste er genau, dass das schon ausreichte, damit mein Herz einen Schlag lang aussetzte. Was davon kalkulierte Verführung war und was echt, spielte grad keine Rolle für mich. Es war einfach nur ein fantastisches Gefühl. In seiner Anwesenheit gelang es mir, alles um mich herum zu vergessen. Sogar die Zeit. Denn ich wusste nicht mehr, wie lange ich schon hier draußen seinen Anekdoten lauschte, aber ich wusste, ich könnte es die ganze Nacht tun, ohne mich auch nur eine Sekunde zu langweilen.

»Was hast du denn für einen Klingelton als Wecker, wenn dein Nachbar sich sogar darüber beschwert?« Ich glückste noch immer ein wenig. Keine Ahnung, ob es an der saukomischen Vorstellung lag, wie Alec seine BWL-Klausur in Unterwäsche hatte schreiben müssen, oder ob der dritte Whisky so langsam, aber sicher seine Wirkung zeigte. »Nein, warte, verrat es mir nicht«, sagte ich und hob schnell die Hände, als Alec mir antworten wollte. »Lass mich raten.«

Ich rückte etwas von ihm ab, insgeheim froh über die willkommene Ausrede, ihn genauer zu betrachten. Es bestand kein Zweifel, Alec war so was von mein Typ. Gut aussehend, intelligent, witzig, charmant und zu allem Überfluss auch noch ziemlich gut gekleidet. Mal im Ernst, hatte jemand die Blaupause für den perfekten Kerl in einen Baukasten verwandelt und ihn dann Alecs Eltern überreicht? Das war doch unfair. Ich unterdrückte ein zaghaftes Seufzen, während ich jeden Zentimeter von ihm in Augenschein nahm.

Alec war groß. Er lehnte mit dem Rücken an dem hinteren Teil der Palettencouch und musste seine Beine trotzdem noch komplett ausstrecken, um halbwegs bequem auf dem niedrigen und amateurhaft zusammengeschraubten Sofa sitzen zu können. Ich schätzte ihn auf knapp über einen Meter neunzig. Seine Statur war die eines klassischen Schwimmers: Breite Schultern und ausgeprägte Oberschenkel mit langem Oberkörper und scheinbar endlosen, starken Armen. Ich ließ meine Augen über seine aufgerissene schwarze Jeans und das schwarze, mit großen Quadraten gemusterte Hemd gleiten, das er ein großzügiges Stück weit aufgeknöpft trug und das an den Schultern, aufgrund seiner breiten Brust, ein wenig spannte. Die Ärmel hatte er bis zu den Ellenbogen hochgekrempelt, sodass mein Blick unwillkürlich an seiner hellen Haut hängen blieb, die verriet, wie viel Zeit dieser Mann im Schwimmbecken verbrachte, anstatt draußen die kalifornische Sonne zu genießen. Seine Hände, mit denen er gerade sein Whiskyglas auf dem Boden abstellte, waren groß, und außer dem goldenen Ring an seinem Daumen trug er keinerlei Schmuck, auch wenn ich an seinem rechten Ohrläppchen vier kleine Punkte erkennen konnte, die auf Ohrlöcher hinwiesen.

»Trägst du Ohrringe?«, wollte ich wissen und streckte die Hand aus, ließ sie aber sinken, kurz bevor ich sein Ohrläppchen berühren konnte. Das ging dann doch etwas zu weit. Oder?

»Normalerweise schon, aber heute habe ich sie vergessen.« Alec drehte seinen Oberkörper ein bisschen in meine Richtung, und seine Lippen umspielte ein für mich nicht zu deutendes Grinsen. »Willst du den Song erraten oder mich weiterhin anstarren?«, fragte er belustigt, und als seine Augen über meine Wange zu meinem Hals glitten, konnte ich das genauso spüren wie seine Finger, die mir gerade eine verirrte Strähne aus dem Gesicht strichen.

Er war unfassbar gut darin. In diesem ganzen subtilen Flirten, womit er schon den ganzen Abend mein Herz zum Hüpfen brachte. Warum ließ ich überhaupt zu, dass er dermaßen mit mir flirtete? Ich hatte seit dem ersten Jahr an der STU direkt jeden abblitzen lassen, weil es in meinem übervollen Leben keinen Platz für eine Beziehung gab und ich einfach nicht der Typ für One-Night-Stands war. Meine Nanna hatte immer gesagt, dass Sex etwas mit Gefühlen zu tun hatte. Dass es etwas sehr Intimes war, das man nicht kopflos mit jedem teilen sollte.

So als wäre ich beschädigt, wenn ich mit jemandem schliefe, den ich nicht liebte. Lächerlich. Schwestern von Kappa ließen sich nicht auf Fuckboys ein. Blogger hatten eine Vorbildfunktion und sollten deshalb immer genau darauf achten, auf wen sie sich einließen. Mädchen von Wert gingen nicht mit jedem x-beliebigen Typen ins Bett.

Warum eigentlich nicht?

War ich wirklich weniger wert, wenn ich mich auf Alec einließ? Wenn ich diesem Kribbeln nachgab, das genauso aufregend und elektrisierend war wie seine Nähe? Was würde das ändern?

Gar nichts. Am nächsten Morgen wäre ich immer noch Kate.

Nur dass die Kate von morgen es nicht bereuen müsste, diesem Ziehen in ihrer Magengegend nicht nachgegeben zu haben, nur weil sie sich, wie immer, Sorgen wegen der Konsequenzen gemacht hatte.

Ich war an Alec interessiert. Und er offenbar auch an mir. Und der Rest der Welt sollte die nächsten Stunden einfach mal aufhören, jeden meiner Schritte zu diktieren.

Eine Nacht, nur eine einzige Nacht, wollte ich dieser Neugierde nachgeben, die sein Blick in mir entfachte. Denn das Prickeln, das seine Berührungen auf meiner Haut hinterließ, versprach süße Zerstreuung. Und genau die brauchte ich so sehr. Diesen ganzen Tag vergessen. Und vielleicht, ganz vielleicht, auch mich selbst.

Alles, was ich dafür tun musste, war, mich darauf einzulassen.

Nur für eine einzige Nacht.

»Kann ja sein, dass ich beides will.« Ich neigte den Kopf zur Seite. »Du bist übrigens ziemlich gut darin.«

Alec zog eine Augenbraue hoch. »Ziemlich gut in was?«

»In dieser ganzen subtilen Verführungsnummer.«

Er sah mich verschmitzt an, seine Augen blitzten übermütig, und ihm war sichtlich anzumerken, wie viel Spaß ihm das hier gerade machte. »Also hast du endlich bemerkt, dass ich mit dir flirte?«

»Das war mir schon die ganze Zeit klar.« Ich nahm all meinen Mut zusammen und lehnte mich ihm etwas entgegen. Mir war vollkommen bewusst, dass es ab jetzt kein Zurück mehr geben würde. »Was glaubst du, warum ich geblieben bin?«

Alec rückte auf dem Sofa zu mir herüber, bis sein Oberschenkel gegen meinen stieß, und überwand damit die Distanz, die ich zuvor zwischen uns geschaffen hatte, um ihn genauer in Augenschein zu nehmen. Er hatte die ganze Zeit neben mir gesessen, war mir mit jeder noch so beiläufigen Berührung Stück für Stück näher gekommen, ohne mich zu bedrängen. Jetzt aber war er so dicht neben mir, dass sein Arm gegen meinen stieß und ich den Kopf in den Nacken legen musste, um ihm weiterhin in seine rauchgrauen Augen zu sehen.

»Ich dachte, weil du wissen willst, von welchem Song ich mich wecken lasse«, hauchte er leise, und ich nahm nur noch den Citrusduft wahr, der genauso gut zu Alec passte wie die zarte Whiskyfahne, die seinem Atem anhaftete, als er über meine Wange strich.

Mein Kopf war wie leer gefegt. Seine bloße Nähe sorgte dafür, dass mein Hirn den Dienst quittierte. Ich war nicht in der Lage, auch nur ein vernünftiges Wort über die Lippen zu bringen. Mein Verstand war vollends damit beschäftigt, mir vorzustellen, wie Alec sich auf dem Bett hin und her wälzte, die Decke bis zu den Hüften heruntergerutscht, und mit der Hand blind nach seinem Handy tastete, unwillig und grollend, weil er aus seinen süßen Träumen gerissen wurde. Ob seine Stimme wohl frühmorgens noch rauer und tiefer klang als so schon? Der tiefe Bariton darin war nämlich genauso unverkennbar wie seine dunklen und dichten Augenbrauen. Die rechte hatte einen kleinen Knick, weswegen es immer ein wenig so aussah, als würde er sie sarkastisch hochziehen.

Ich setzte mich auf und legte die Hand auf die Palette. Meine Finger klammerten sich um die hölzerne Kante, auf der verzweifelten Suche nach irgendetwas, das mir Halt geben würde. »Ich hatte eigentlich gehofft«, ich legte den Kopf noch mehr in den Nacken, um weiterhin in seine grauen Augen gucken zu können, die mit jedem Zentimeter, den er sich meinem Gesicht näherte, dunkler zu werden schienen, »dass ich das morgen früh vielleicht selbst herausfinden kann.«

Alecs Blick lag intensiv auf mir, er suchte in meinem Gesicht wohl nach einem Anzeichen von Unsicherheit, wollte sich vergewissern, ob ich scherzte oder es ernst meinte. Ich hielt den Atem an, als er seine Hand hob, und als er sie mir seitlich auf den Hals legte, erbebte ich unwillkürlich. Alles in meinem Körper war bis zum Zerreißen gespannt, während ich auf seine Antwort wartete. Doch Alec ließ sich Zeit. Träge strich sein Daumen über die Linie meines Kiefers. Vom Ohr, weiter hinab, bis zu meinen Lippen. Er neigte sich zu mir herunter, und ich glaubte, den Verstand zu verlieren, mir schlug das Herz bis zum Hals.

Ich hatte keine Ahnung gehabt, wie sehr ich Alec küssen wollte. Doch jetzt, wo seine Lippen meinen so nah waren wie nie zuvor, konnte ich an nichts anderes mehr denken. Ich streckte die Hände nach ihm aus und krallte sie in sein Hemd. Ungeduldig zog ich ihn an mich. Seine Brust war nun fest an meine gepresst, aber Alec erbarmte sich immer noch nicht, sondern ließ seinen Daumen qualvoll langsam über meine Unterlippe gleiten.

Mein Atem stockte. Diese Berührung war noch lange kein Kuss. Und doch spürte ich sie bis in meine Zehnspitzen. Ich schloss die Finger noch fester um den Stoff seines Hemdes, während wir uns in die Augen sahen. Bei Gott, ich hatte schon Männer geküsst und nicht annähernd das gefühlt, was ich jetzt spürte, wenn Alecs Blick einfach nur auf mir ruhte. Ich wollte, dass er mich küsste. Hier und jetzt.

Alec atmete tief ein, seine Nasenflügel bebten. Er beugte sich weiter herunter zu mir. Doch anstatt mich auf die Lippen zu küssen, drehte er meinen Kopf sanft zur Seite und drückte mir einen Kuss direkt auf die Haut hinter meinem Ohr.

»Hast du Scott gesehen? Er ...« Das laute Geschnatter einer Frau drang wie durch Nebel zu mir hindurch, und ich zuckte zusammen, ehe ich instinktiv reagierte und mein Gesicht an Alecs Schulter verbarg, damit mich niemand erkannte.

Jetzt raste mein Herz aus einem völlig anderen Grund, und ich verspannte mich, während die Sekunden sich in Minuten zu wandeln schienen, in denen wir reglos verharrten.

»Oh, sorry«, sagte eine andere Stimme, die auch verdächtig nach einer Frau klang. Ich rückte noch etwas näher an Alec heran. »Wir wollten nicht stören.«

»Schon okay.« Alecs Stimme klang rau. »Würde es euch was ausmachen, in fünf Minuten wiederzukommen?«

»Klar. Kein Ding.«

Die Frau, die zuerst gesprochen hatte, schien damit nicht einverstanden zu sein. »Aber –«

»Emma, komm!«

Ich hielt den Atem an, bis ich hörte, wie die Tür wieder ins Schloss fiel. Erst als ich mir ganz sicher war, dass wir wieder allein waren, wagte ich den Kopf zu heben und Alec anzusehen.

»Lass uns verschwinden«, murmelte er, und ich presste die Lippen fest aufeinander, um ein Stöhnen zu unterdrücken, als ich seine Zähne an meinem Ohrläppchen spürte.

Ich konnte nicht antworten. Brachte kein einziges Wort zustande. Stattdessen nickte ich nur hastig. Meine Finger fühlten sich steif an, als ich sie aus seinem Hemd löste.

Alec ließ mich los, gab mir jedoch kaum Zeit durchzuatmen. Er sprang auf, nahm meine Hand, zog mich auf die Füße und führte mich mit festem Griff von der Terrasse durch den stickigen Club zu den Treppen am Ausgang. Nachdem wir den Club verlassen hatten, holte ich tief Luft. Versuchte, meinen Verstand zurückzuerlangen.

Doch als Alec seine Finger mit meinen verflocht und wir Richtung STU liefen, gab ich diese Bemühung kurzerhand wieder auf. Er legte ein gutes Tempo vor, und ich folgte direkt an seiner Seite, mindestens genauso ungeduldig. Keiner von uns sagte ein Wort, aber die Stille empfand ich nicht als unangenehm. Im Gegenteil, sie war fast elektrisierend, unsere schnellen Schritte mischten sich mit unserem stockenden Atem, und wir hasteten durch die Nacht wie auf der Flucht.

Ich glaubte, den Weg vom *Nightingale* bis zur STU noch nie so schnell zurückgelegt zu haben wie heute. Doch nicht nur deshalb war ich völlig außer Atem, als Alec auf ein kleineres, dreistöckiges Gebäude am Rand des Campus zusteuerte. Es war modern, und vage erinnerte ich mich daran, dass die Leute sich nach der Fertigstellung vor zwei Jahren um die Zimmer gerissen hatten.

Wir stoppten, und Alec zog seinen Studentenausweis aus der hinteren Hosentasche und hielt ihn vor einen Sensor. Lautlos öffneten sich die gläsernen Schiebetüren, und er führte mich durch ein großes Foyer direkt zu den Treppenstufen. Eilig erklommen wir sie, und Alec umfasste meine Hand nur noch fester, als das Licht im Flur des dritten Stocks ansprang. Vor einer schwarzen Tür mit silbernen Ziffern blieb er endlich stehen. Anstatt die Tür zu öffnen, ließ er meine Hand los und drehte sich zu mir um.

Verwirrt sah ich zu ihm auf. Was war denn jetzt los?

Alecs Blick fiel sofort auf meine Lippen, bevor er kaum merklich den Kopf schüttelte und meine Augen mit seinen gefangen hielt. »Bist du dir sicher?« Er deutete auf die Tür hinter sich, und es war unmissverständlich, was er damit meinte. »Das soll keine dämliche Ausrede sein, aber ich weiß nicht, wie gut ich mich im Griff habe, wenn diese Tür erst mal hinter uns ins Schloss fällt.« Er legte die Hand wie eben seitlich an meinen Hals. Sein Daumen strich über meinen Puls, und durch den dichten Nebel meiner verhangenen Gedanken fragte ich mich kurz, ob er wohl spüren konnte, wie schnell mein Herz schlug.

»Also …« Er ließ die Hand sinken und trat einen großen Schritt zurück, so als wollte er mir genug Raum geben, um eine Entscheidung zu treffen. »Bist du dir wirklich sicher?«

Ob ich mir sicher war?

Verdammt ja! Alles, woran ich denken konnte, war, seine Lippen auf meinen und seine Hände auf meiner Haut zu spüren. Ich wollte seine Stimme hören, während er mir leise Dinge zuraunte, und ich wollte mich von diesem Prickeln vollkommen verschlingen lassen, das ich jedes Mal empfand, wenn er mich berührte. Ich wollte mich verlieren. In ihm. Und in allem, was er mir geben konnte.

Statt einer Antwort stellte ich mich auf die Zehenspitzen und schlang die Arme um Alecs Hals, der mich sofort mit einem zufriedenen Grollen so dicht an sich zog, dass nicht einmal mehr ein Blatt Papier zwischen uns gepasst hätte. Ich spürte seine Hand in meinem Nacken und wie seine Finger sich in meine Haut drückten. Und als seine Lippen endlich auf meine trafen, schloss ich mit einem erleichterten Seufzen die Augen und ließ mich in seine Arme sinken.

Er schmeckte genauso, wie ich es mir vorgestellt hatte. Nach Whisky, Hitze und nach etwas, das ich zwar nicht benennen, von dem ich aber gar nicht genug kriegen konnte. Der Kuss war ungeduldig, und Alecs Zähne stießen leicht gegen meine, als seine Zunge in meinen Mund eindrang.

Noch nie hatte mich ein Kuss so erschüttert wie dieser. Das elektrische Zucken, das ich vorhin gespürt hatte, war nichts im Vergleich zu dem Gefühl, als Alecs Zunge über meine strich. Was eben ein kleiner Funke gewesen war, bahnte sich jetzt rasend schnell als lodernde Glut den Weg durch meine Nervenenden und raubte mir den Atem und den letzten vernünftigen Gedanken, der in meinem Kopf qualmend erlosch. Ich verlor mich vollkommen in dem Kuss und bemerkte erst, dass Alec sich mit mir im Arm bewegt hatte, als mein Rücken hart gegen die Zimmertür prallte. Alecs Hand lag schützend an meinem Hinterkopf und drückte mich fester an seine Lippen. Noch bevor ich etwas dagegen tun konnte, hatte sich meiner Kehle schon ein leises Stöhnen entrungen, das Alec so gierig von meinen Lippen trank, als würde er ohne es verdursten.

Ich nahm vage das Klicken der Tür wahr, und als Alec den Kuss löste und sich etwas herunterbeugte, verstand ich sofort.

Seine Hände legten sich unter meine Oberschenkel, ich schlang ihm die Beine um die Hüften, und er hob mich hoch. Ich fuhr mit den Händen durch Alecs kurzes Haar, und als hätte er geahnt, was ich wollte, was ich brauchte, legte er seine Lippen wieder auf meine, während er mich über die Schwelle trug.

Alecs Kuss war stürmisch und fordernd. Krachend landete etwas auf dem Boden, als er mich auf einer Anrichte absetzte. Er löste sich von mir und stützte sich neben meinem Kopf an der Wand ab, so, als bräuchte er einen Moment, um sich zu fangen. Seine Brust hob und senkte sich genauso schnell wie meine. Die perfekten Züge seines Gesichts waren im Schein des Flurlichts zu sehen, und ich erkannte den hungrigen Ausdruck in seinen Augen. Aufgeregt schnappte ich nach Luft.

Die Zeit schien stillzustehen. Zumindest bis die Tür hinter uns mit einem leisen Klicken ins Schloss fiel.

8. KAPITEL

Kate

Ich sah Alec an, unser beider Atem verklang rasselnd in der Stille. Die Dunkelheit wurde vom blassen Mondlicht, das durch ein Fenster fiel, ein wenig zurückgedrängt. Fasziniert betrachtete ich die Schatten, die es auf Alecs Gesicht zeichnete und die seine symmetrischen Züge noch mehr betonte. Alles an seinem Gesicht war perfekt. Von der geraden Nase über die vollen Lippen bis hin zu der ausgeprägten Linie seines Kiefers, die ihm etwas unverkennbar Maskulines verlieh, ohne ihn grobschlächtig aussehen zu lassen. Seine grauen Augen, die mich jetzt an die düsteren Sommergewitter in Louisiana erinnerten, die ich so sehr liebte und die in der trockenen Hitze das lebenswichtige Wasser brachten, passten so gut zu ihm und seinem ungenierten, direkten Blick, dass ich mich fragte, ob er wirklich echt war. Ich hatte ihn zigmal auf dem Campus gesehen. War unzählige Male an ihm vorbeigegangen und hatte bemerkt, wie attraktiv er war. Aber ich hatte immer Abstand gehalten aus Angst vor diesem Zucken, das ich in meinen Fingerspitzen spürte, wann immer ich ihn ansah.

Aber heute Nacht würde ich keine Angst davor haben.

Heute Nacht würde ich mich einfach fallen lassen.

Und wenn man den Gerüchten um Alec Volkov trauen konnte, dann war ich mir sicher, dass ich jede einzelne Sekunde davon in vollen Zügen genießen würde.

Alec fuhr mit seinen Händen über meine Oberschenkel und holte mich damit ins Hier und Jetzt zurück. Als ich sein sinnliches, schiefes Grinsen sah, durchfuhr es mich wie ein Blitz, der in meinem Körper einschlug und zwischen meinen Beinen explodierte. Seine Augen glitten über meine Lippen zu meinem Hals, ehe seine Hand zu meinem Haar wanderte. Mein Atem stockte, als er an dem Haarband zog, und ich blinzelte träge, während ich spürte, wie mir die langen Strähnen auf die Schultern fielen. Ich trug mein Haar nur sehr selten offen. Es war unpraktisch und war mir im Alltag häufig im Weg. Eigentlich hätte ich es am liebsten abgeschnitten, allein schon aus Zeitgründen, aber jetzt gerade, wo Alec mit seinen großen Händen durch die langen Strähnen strich, war ich froh, dass ich das nie getan hatte.

»Viel besser.« Alec betrachtete zufrieden sein Werk und wickelte eine Strähne um seinen Zeigefinger. »Ich hab mich schon immer gefragt, wie du mit zerwühlten Haaren und geschwollenen Lippen aussiehst.« Seine Worte verjagten auch den letzten Funken Verstand aus meinem Hirn. Er stülpte das Haarband über sein Handgelenk und musterte meinen Mund. »Das mit den geschwollenen Lippen hat ja schon mal geklappt.« Er lachte leise. Der raue Klang sorgte für eine Gänsehaut auf meinem Körper und entlockte mir ein unterdrücktes Seufzen.

Er packte mich und zerrte mich mit einem einzigen Ruck an die Kante der Anrichte. Seine Hüften drängten sich gegen meine, und als er eine Hand in meinem Haar vergrub und daran zog, um meinen Kopf in den Nacken zu zwingen, zischte ich leise. Aber nicht, weil es wehtat, sondern weil ich der Hitze, die mehr und mehr von meinem Körper Besitz ergriff, absolut nichts entgegenzusetzen hatte. »Ich habe dir ja gesagt, dass ich nicht vorhabe, mich zurückzuhalten.«

Alecs Mund traf hart auf meinen, und selbst wenn ich es gewollt hätte, hätte ich das Stöhnen gar nicht zurückhalten können, das mir über die Lippen kam, glücklicherweise aber von seinem gedämpft wurde. Als seine Zunge meine fand, bog ich mich ihm instinktiv entgegen, mein Kopf zum ersten Mal seit Jahren vollkommen leer, während ich einfach nur fühlte. Ich gab diesem alles verzehrenden Verlangen nach, das mich alles andere vergessen ließ. Alles, woran ich denken konnte, war Alec. Und wie sehr ich ihn wollte. Und das jetzt sofort.

Meine Hände glitten zu seinem Hemd. Ich hatte nicht die Geduld, jeden einzelnen der Knöpfe vorsichtig zu öffnen. Stattdessen riss ich ungeduldig daran. Ich wollte seine Haut auf meiner. Wollte jeden Zentimeter davon unter meinen Lippen spüren. Wollte die Muskeln sehen, deren harte Konturen ich bisher nur durch den Stoff hatte ertasten können. Ich kriegte kaum mit, wie die Knöpfe mit einem Mal nachgaben und sich auf dem Fußboden verteilten. Als ich ein zufriedenes Kichern hörte, hatte ich Probleme, es als mein eigenes zu erkennen. Ich kicherte nicht. Schon gar nicht so. Aber ich konnte die Zufriedenheit nicht leugnen, die sich in mir breitmachte, als meine Hände endlich Alecs Haut berühren konnten.

Ich löste den Kuss, womit ich mir ein protestierendes Grollen von Alec einhandelte, das ich jedoch geflissentlich ignorierte, während ich ihm das ruinierte Hemd von den Schultern strich und es achtlos zu Boden warf.

Alec war noch besser gebaut, als ich erwartet hatte.

Seine Brust war massig, mit starken Muskeln, die sich deutlich wölbten, aber nichts mit den grässlichen Polstern zu tun hatten, die sich Bodybuilder so zwanghaft antrainierten. Nein, das hier war ungefilterte Kraft, die zu den Bauchmuskeln passte, die klar hervortraten. Beinahe ehrfürchtig, weil ich wusste, wie viel harte Arbeit hinter so einem Körperbau stecken musste, streichelte ich darüber. Sie zuckten unter meinen Berührungen, und ich musste lächeln. Ich spreizte meine Finger über seine Brustmuskeln und ließ spielerisch meine Fingerspitzen über Alecs Brustwarzen gleiten, was er mit einem lang gezogenen *Fuuuuck* belohnte. Seine Hand verkrampfte sich in meinem Haar, und ich atmete tief und gelöst ein. Wer hätte geahnt, dass es genau das war, was ich brauchte?

Von jemandem wie Alec begehrt zu werden war wie ein Rausch, der alles andere mit sich forttrug. Und ich wollte, dass wir beide uns darin verloren. Zumindest bis morgen früh.

Ich beugte mich vor, schloss die Lippen um Alecs Brustwarze und ließ meine Hände tiefer gleiten. Ich hörte, wie Alec etwas vor sich hinmurmelte, aber mein Verstand war längst zu vernebelt, um die Bedeutung seiner Worte auszumachen. Ich nahm mir Zeit, ließ meine Zunge kreisen und meine Finger neckende Muster zeichnen, bevor ich mit den Nägeln über die Haut direkt an seinem Hosenbund kratzte. Er sog scharf die Luft ein. Aber das reichte mir nicht. Nicht annähernd. Ich ließ die Hände tiefer wandern und konnte seine harte Erektion spüren.

»Verflucht, Kate.« Alec zog meinen Kopf zurück und sah mich an. Seine Augen waren verhangen, und er hatte die Lippen leicht geöffnet. »Hast –« Seine Worte gingen in seinem Stöhnen unter, als ich mit dem Handballen über seine ganze Länge strich. Er packte mein Handgelenk und hielt es fest, der Blick warnend, während seine Pupillen so sehr geweitet waren, dass von dem dunklen Grau fast nichts übrig war. »Hast du es eilig?«

Ich lachte auf, überrascht, wie voll und sinnlich es klang. »Vielleicht.« Ich zeichnete mit dem Zeigefinger meiner anderen Hand die tiefe Einkerbung des Muskels nach, der wie ein V verlief und unter Alecs Hosenbund verschwand. »Wäre das schlimm?«

Sein Griff war fest, als er die Finger um meinen Unterarm schloss. Ich fragte mich, ob es dunkle Male hinterlassen würde, und mein ganzer Unterleib zog sich vor Erregung zusammen.

»Nicht zwangsläufig.« Sein Blick entfachte ein Feuer in mir. »Solange dir klar ist, dass ich dann mit einer Runde nicht zufrieden sein werde.«

»Gut.« Der Gedanke an eine lange Nacht mit Alecs Lippen auf meiner Haut ließ mich erschauern. »Genau darauf hatte ich nämlich gesetzt.«

Ich glaubte, so etwas wie Überraschung über Alecs Gesicht huschen zu sehen, doch so schnell, wie sie gekommen war, war sie auch wieder verschwunden. Stattdessen erschien ein so selbstsicheres, fast schon arrogantes Grinsen auf seinem Gesicht, das mich auf zerwühlte Laken und Orgasmen hoffen ließ. Viele, viele Orgasmen.

»Sehr gut.« Alec küsste mich, bis mir der Kopf schwirrte. »Mal sehen, ob du wirklich mithalten kannst.«

»Wie wäre es, wenn du aufhörst, große Reden zu schwingen?« Ich schlang ihm die Beine um die Hüften und zog ihn nah an mich, frustriert darüber, dass er mich so warten ließ. Mit seiner verfluchten Selbstbeherrschung trieb er mich langsam, aber sicher an den Rand des Wahnsinns. Ich wollte, dass er genauso ungeduldig war wie ich. Genauso atemlos und bebend. Sein Griff wurde fester, und ich wehrte mich dagegen, in der Hoffnung, mich befreien zu können, aber es war aussichtslos. Alec war sicherlich doppelt so stark wie ich. Und dem rauen, männlichen Lachen nach zu urteilen, genoss er das in vollen Zügen.

»Geduld ist echt nicht deine Stärke, was?«

»Muss ich erst bitte, bitte sagen?«

Etwas Dunkles blitzte in Alecs Blick auf, das mir die Sprache verschlug. Er senkte den Kopf und legte seine Lippen seitlich auf meinen Hals. Seine Zunge strich über meine Haut, und ich erschauderte, als er an der empfindlichen Stelle unterhalb meines Ohrs zu saugen begann. Seine Zähne gruben sich in meine Haut, und ich legte den Kopf noch weiter in den Nacken. Mein kehliges Stöhnen war das Einzige, was in der Stille zu hören war. Er ließ die Lippen tiefer wandern bis zu meinem Schlüsselbein, wo er abermals zubiss, und ich bog mich ihm instinktiv entgegen. Als er den Kopf hob, erwartete ich eigentlich, dass er mich loslassen und mir endlich das Top ausziehen würde. Doch Alec schien keine Eile zu haben, er küsste mich wieder, bis ich glaubte, sogar meinen eigenen Namen vergessen zu haben.

»Verdammt, Alec.« Mein Herz schlug so wild, als wäre ich einen Marathon gerannt, während das Feuer in meinen Adern mich vollständig zu verglühen drohte.

»Was ist?« Alec legte den Kopf ein wenig schief, ein miserabler Versuch, unwissend zu wirken. Denn seine Lippen umspielte noch immer dieses süffisante und sinnliche Grinsen, das mich um den Verstand brachte.

Ich wusste genau, was er von mir wollte, hatte es in seinen Augen gelesen, bevor er mit seiner Tortur begonnen hatte. Er liebte Kontrolle, und für heute Nacht war ich gewillt, sie abzugeben. Anscheinend zusammen mit meinem Stolz.

»Bitte.«

Alec sah mir in die Augen, und ich spürte, wie meine Wangen zu glühen begannen, doch mein Schamgefühl erstarb in dem Moment, als er seine Lippen wieder auf meine heftete, so hungrig, dass ich ihm kaum etwas entgegenzusetzen hatte. Er ließ mich los, aber ich streckte die Hände sofort wieder nach ihm aus und stöhnte zufrieden in den Kuss hinein, als ich seine Haut zu fassen bekam.

Alec unterbrach den hitzigen Kuss gerade lange genug, um mir das Top und den BH auszuziehen. Er warf beides achtlos beiseite und legte beinahe grob die Hand an mein Kinn. Ich ließ mich vollkommen in den nächsten, alles verzehrenden Kuss sinken.

Als er sich von mir löste, folgte mein Blick ungeduldig seinen Lippen. Jede noch so kleine Berührung versetzte mich in einen Rausch, und ich fühlte mich wie beraubt, wenn er auch nur eine Sekunde von mir abließ.

Alec schlang die Arme um meinen Oberkörper, und ich bog mich weit genug zurück, bis er die Lippen auf meine Brüste pressen konnte. Ich stöhnte auf und drängte mich seinem kundigen Mund entgegen, während er sich küssend und knabbernd seinen Weg meinen Oberkörper hinab bahnte. Bei jedem dieser sanften Küsse zuckte ich zusammen, meine Haut war wie elektrisiert, sodass ich alles doppelt so intensiv zu fühlen glaubte. Ich krallte die Nägel in seine Schultern, wollte irgendwo Halt finden, aber ich war meinen Empfindungen hoffnungslos ausgesetzt.

Alles war zu überwältigend. Und doch wollte ich immer nur noch mehr.

»Stütz dich hoch«, forderte Alec.

Ich nahm die Hände von Alecs Schultern und legte sie auf die Oberfläche der Anrichte. Ich stützte mich hoch und schob die Hüften vor, Alec öffnete meine Hose und zog sie mit fahrigen und eiligen Bewegungen von meinen Beinen, nachdem er mit meinen Boots kurzen Prozess gemacht hatte. Mein Slip folgte kurz darauf, und als ich ganz nackt war, stieß er ein so zufriedenes Stöhnen aus, dass ich am ganzen Körper eine Gänsehaut bekam.

Alec küsste mich innig und leidenschaftlich, und ich hörte, wie er den Gürtel seiner Hose öffnete, während ich meine

Hände über jeden Zentimeter seines Körpers gleiten ließ, den ich erreichen konnte. Als ich das Aufreißen von Folie hörte, löste ich den Kuss und öffnete die Augen, gerade noch rechtzeitig, um zu sehen, wie Alec sich das Kondom überstreifte. Ich rutschte noch etwas weiter nach vorne, wollte ihn in mir spüren. Jetzt. Sofort.

Alec schien es ähnlich zu gehen, denn er legte mir eine Hand in den Nacken, bevor er mit der anderen meine Beine weiter spreizte.

»Festhalten.« Er deutete auf die Kante der Anrichte, und ich löste widerwillig eine Hand von seiner Brust und schloss sie um das Holz.

Ich keuchte, als Alec sich endlich an meiner intimsten Stelle positionierte. Und dann, mit einem einzigen kraftvollen Stoß, versank er vollständig in mir. Er presste seine Lippen auf meine und dämpfte damit mein Stöhnen, das sich meiner Kehle entrang. Er verharrte reglos in mir und küsste mich innig, während er mir Zeit gab, mich an seine Länge zu gewöhnen. Erst als ich begann, ihm ungeduldig die Hüften entgegenzuschieben, bewegte er sich wieder.

Und ich war froh, auf Alec gehört zu haben.

Seine Stöße waren schnell und hart, und alles, was verhinderte, dass mein Körper gegen die Wand knallte, war mein Griff um die Holzplatte und Alecs starke Hand in meinem Nacken. Mit jedem Stoß trug er mich näher und näher zum Höhepunkt. Dieses elektrische Kribbeln, das ich schon bei unserer ersten Begegnung gespürt hatte, breitete sich jetzt in meinem ganzen Körper aus, wurde immer explosiver und mischte sich mit dem Feuer in meinen Adern, das mich zu verbrennen drohte. Ich rang verzweifelt nach Atem, als es kaum noch auszuhalten war. Doch ich konnte nicht loslassen. Ich klammerte mich an diesen Moment, hielt daran fest, wusste nicht, was passieren würde, wenn ich diesem Feuer nachgab. Was von mir übrig blieb, wenn ich ihm erlaubte, sich vollständig in mir auszubreiten.

»Lass los«, raunte Alec und sah mir tief in die Augen, seine Haut glänzte vor Schweiß.

Ich öffnete den Mund, um ihm zu sagen, dass ich nicht konnte, doch ich brachte kein einziges Wort zustande. Stattdessen stieß ich ein wortloses Wimmern aus und krallte die Hand nur noch fester in seine Schulter, in der Hoffnung, ihm irgendwie begreiflich zu machen, was meine Lippen längst nicht mehr zu formulieren vermochten.

Alecs Mund legte sich wieder auf meinen, und ich spürte, wie er die Hand von meinem Oberschenkel nahm und mich stattdessen an meiner intimsten Stelle berührte. Und unter seinen erfahrenen Fingern explodierte das Feuer vollends in mir und riss mich in eine bodenlose Tiefe, aus der es kein Entkommen gab.

Ich kam mit einem lauten Aufstöhnen, das Alec von meinen Lippen trank, bevor er mir kurz danach über den Rand der Klippe folgte. Mein Hirn war völlig leer gefegt, und ich konnte nur noch fühlen, während die letzten Wellen meines Orgasmus verklangen.

Alecs Bewegungen wurden langsamer und flacher und erstarben schließlich ganz. Er legte die Stirn an meine Schulter, so als müsste er, wie ich auch, erst mal wieder zu Atem kommen.

Nur langsam verklang das Hoch, das mich ganz schwindelig gemacht hatte, und instinktiv verspannte ich mich. Ich wartete darauf, dass die Schuld mich mit einem lauten Schrei anklagte oder all die Gedanken zurückkehrten, die mir die letzten Wochen die Luft abgeschnürt hatten.

Aber in meinem Kopf blieb es still. So unendlich still.

Ruhe und süße Erschöpfung, die sich angenehm in mir breitmachten, waren als Einziges dort zu spüren. Ich summte leise, als Alecs Mund zärtlich über meinen Kiefer strich. Ich öffnete träge die Lider und begegnete seinem zufriedenen Grinsen. Gott, dieser Mann sah verschwitzt und mit diesem Nachglimmen in den Augen nur noch besser aus. Das war doch unfair.

»Müde?«, fragte er mich in neckendem Tonfall, und ich lachte laut auf, ehe ich den Kopf schüttelte.

»Nein.« Ich schlug ihm kraftlos gegen die Brust. »Sei mal nicht so von dir selbst überzeugt.«

»Gut.« Alec drückte mir einen weiteren Kuss auf den Hals, bevor er sich von mir löste. Er drehte sich um und ging zum Mülleimer, wo er das Kondom entsorgte. Als er zu mir zurückkam, betrachtete er mich eindringlich. »Ganz sicher?«

Ich kicherte. »Ja, ganz sicher.«

»Perfekt.«

Überrascht japste ich nach Luft, weil Alec mich plötzlich in einer einzigen flüssigen Bewegung auf seine Arme hob. Woher nahm er verdammt noch mal die Kraft dazu? Meine Beine fühlten sich an wie Pudding.

Schnell schlang ich ihm die Arme um den Nacken und hielt mich fest, als er auf das große Bett zusteuerte, das den meisten Platz in dem kleinen Einzimmerapartement beanspruchte.

»Ich hatte dir ja gesagt, dass ich mich mit einer Runde nicht zufriedengeben werde.« Alec versiegelte meine Lippen mit seinen, bevor ich mit klugen Sprüchen um mich schmeißen konnte. Er warf mich aufs Bett, und ich lachte laut los. Einen Moment lang blieb er an der Bettkante stehen und sah mich an, ehe er sich neben mich fallen ließ. »Das steht dir.«

Ich gluckste. »Was, nackt zu sein?«

»Das auch.« Er drehte sich auf die Seite, sein Körper dicht

an meinem, und ließ seine Augen über mich gleiten, ganz so, als würde er ein Gemälde betrachten. Er hob die Hand und legte sie auf meine Rippen. Mit dem Daumen fuhr er jede einzelne nach, die Stirn nachdenklich in Falten gezogen. Mir verging das Lachen augenblicklich. Stattdessen zog sich mein Herz schmerzhaft zusammen, als er mich wieder ansah. »Aber ich meinte eigentlich das ehrliche Lachen.«

Ich öffnete die Lippen, um mich zu erklären, mich irgendwie zu rechtfertigen. Den indirekten Vorwurf zu entkräften, der zwischen uns im Raum stand. Doch ich brachte keinen einzigen Ton heraus.

Alec musterte mich abwartend, vermutlich glaubte er, dass ich aus dem Bett springen und ihn zum Teufel jagen würde. Vielleicht hätte ich auch genau das tun sollen. Alec wusste absolut gar nichts über mich. Eine Nacht würde das nicht plötzlich auf magische Art und Weise ändern. Doch anstatt ihm genau das an den Kopf zu werfen, streckte ich die Hände nach ihm aus und zog ihn ungeduldig an den Schultern auf mich.

Er stützte sich mit den Unterarmen auf, wollte mich wohl nicht zu sehr mit seinem Gewicht belasten, und ließ sich dann behutsam auf mich sinken. Sein Blick war fragend, doch ich schüttelte nur den Kopf und küsste ihn wieder leidenschaftlich. Er verstand und vertiefte unseren Kuss, bis die ganze Welt um mich herum erneut verschwamm.

9. KAPITEL

Kate

Ich klaubte meine Sachen vom Boden auf, peinlich darauf bedacht, kein einziges Geräusch zu machen, was schwerer war, als ich erwartet hatte. Wenigstens musste ich mich nicht blind durch die Dunkelheit tasten, denn der Morgen graute bereits und warf ein sanftes Licht durch die geöffneten Vorhänge.

Während ich mich anzog, sah ich mich verstohlen in Alecs Zimmer um. Es war genau so klein, wie es gestern in der Dunkelheit auf mich gewirkt hatte. Ich schätzte es auf ungefähr zwölf Quadratmeter. Das war zwar nicht unbedingt winzig, wenn man allerdings sein ganzes Leben darin unterbringen musste, glich es einem Schuhkarton.

Ich bückte mich nach dem Rucksack, der auf dem Boden lag, und stellte ihn zurück auf die schmale schwarze Anrichte, die ziemlich direkt an der Tür stand. Meine Wangen glühten, als ich mich daran erinnerte, was darauf vor wenigen Stunden passiert war. Die Vorhänge wehten leicht im Wind, der durch die halb geöffneten, großen Fenster hereinkam, und ich zog mir schnell mein Top an, weil ich zu frösteln begann.

Alarmiert machte ich einen Satz nach vorn, als einer der Vorhänge gegen die schwarzen Tasse, die auf dem Schreibtisch stand, flatterte und sie bedrohlich in Richtung der Tischkante verschob. Ich stellte die Tasse leise in die Mitte des kleinen Schreibtischs zurück, vor dem ein schlichter Stuhl stand. Mit den Fingerspitzen strich ich über das aufgeschlagene Buch, in dem Alec mit einem gelben Textmarker eine Formel markiert hatte. Es hätten genauso gut ägyptische Hieroglyphen sein können, so wenig, wie ich davon verstand. Vor dem Buch lagen sorgfältig organisierte Lernzettel mit verschiedenfarbigen Heftnotizen darauf, die alle unterschiedlich wichtige Punkte hervorzuheben schienen. Automatisch dachte ich an Raelyn, die ähnliche Lernzettel vorbereitete und damit stets Bestnoten erzielte. Vielleicht sollte ich ihn kurz vor den Abschlussprüfungen mal um Lerntipps bitten, so clever und intelligent, wie er anscheinend war.

Seltsam, wenn ich mir bisher Gedanken über Alec gemacht hatte, waren seine akademischen Leistungen nie Teil davon gewesen.

Meine Augen weiteten sich, als ich den Medaillenaufhänger entdeckte, der an der Wand direkt neben seinem Schreibtisch angebracht war. Er war schlicht schwarz, ohne schnörkelige Verzierungen, nur mit einem einfachen Kalender darüber, der die Tage runterzählte. Worauf dieser Countdown hinauslief, stand allerdings nirgendwo.

Gott, das Ding musste doch bald abfallen!

Medaille reihte sich an Medaille, und ich trat etwas näher, um sie genauer zu betrachten. Hauptsächlich Gold, deutlich weniger Silber und nur vereinzelt Bronze. Ich hatte ja davon gehört, dass Alec ein ausgezeichneter Schwimmer war, aber mir war nicht klar gewesen, wie gut eigentlich. Die Medaillen fühlten sich kalt unter meinen Fingern an, als ich sie vorsichtig betastete, ganz anders als Alecs Haut, die immer zu glühen schien. Die Medaillen stammten aus den unterschiedlichsten Jahren und von den unterschiedlichsten Wettkämpfen. Einige waren von regionalen Events, andere hatte er auf nationaler Ebene gewonnen. Und die ein oder andere schien sogar auf internationaler Ebene erkämpft worden zu sein, doch die waren deutlich älter. Die meisten hatte er in den letzten zwei Jahren ergattert.

Wenn er so gut war, was machte Alec dann an der STU?

Klar, unsere Uni war nicht klein und genoss auch ein hohes Ansehen, aber wir waren nicht vergleichbar mit Stanford, Cal oder Duke, die sich durch sehr starke Sportmannschaften auszeichneten. Der Fokus der STU lag mehr auf den bildenden Künsten mit einem starken musikalischen und künstlerischen Programm. Und wenn die STU überhaupt Geld für ihre Sportlerprogramme ausgab, dann hauptsächlich für Football, so wie jede andere Universität des Landes. Was machte also jemand wie Alec, der offenkundig wahnsinnig gut in dem war, was er tat, mitten im Nirgendwo an der Küste Kaliforniens? Wieder spürte ich diese Faszination in mir aufsteigen. Ob ich ihn darauf ansprechen könnte, wenn wir uns das nächste Mal sahen? Oder war das zu persönlich?

Verwirrt runzelte ich die Stirn. Da war eine Lücke in der Chronologie seiner Medaillen. Es gab eine Überfülle in seinen ersten drei Jahren an der Highschool. Dann plötzlich anderthalb Jahre gar nichts. Fast so, als hätte er an keinerlei Wettkämpfen teilgenommen, bis er an die STU gekommen war.

Ob er wegen einer Verletzung hatte pausieren müssen?

Aber dann hätte er doch sicherlich eine Narbe, oder? Wenn Sportler so lange ausfielen, dann wegen schwerwiegenden Verletzungen, die eine Operation erforderten. Aber mir war keine Narbe an Alecs Körper aufgefallen. Zumindest keine, die groß genug wäre, um diesen Ausfall zu erklären.

Ich ließ die letzte Medaille, die ich in der Hand gehabt hatte, vorsichtig los, und das metallische Klicken hallte einen Moment lang wie ein Windspiel in der Stille des Zimmers nach, als ich mich zum Bett umdrehte.

Alec lag auf dem Bauch in der Mitte des Betts, die Arme um sein Kissen geschlungen. Das Gesicht hatte er den bodentiefen Fenstern zugewandt, und sein rechtes Bein war angewinkelt, das linke ausgestreckt. Er wirkte friedlich und vollkommen entspannt, wie er so dalag und gleichmäßig atmete. Sein Haar war zu kurz, um verwuschelt zu sein, und ich versuchte mir vorzustellen, wie ihm wohl längere Haare stehen würden. Es gelang mir nicht so richtig. Dunkle Schatten lagen unter seinen Augen, aber ich sah bestimmt keinen Deut besser aus, so lange, wie wir wach gewesen waren. Der Wind schien ihn nicht zu stören, denn obwohl er noch immer nackt war, erkannte ich nicht die Spur einer Gänsehaut. Dafür sprangen mir überdeutlich die roten Striemen, die sich über seinen Rücken zogen, ins Auge. Dunkle Flecken schimmerten unter seiner blassen Haut direkt an der Schulter an den Stellen, auf die ich meinen Mund gepresst hatte, und ich biss die Zähne fest zusammen, um bei dem Gedanken an letzte Nacht nicht verzückt aufzuseufzen.

Mit einem Mal war mein Kopf nicht mehr leer. Er war voller Erinnerungen. Wie Alecs Lippen sich um meine Brustwarzen geschlossen hatten. Wie er meine Hüften auf das Bett gedrückt hatte. Wie seine Hände sich in meinem Haar verkrallt hatten. Wie er mich ausgefüllt hatte.

Ich blinzelte und schlüpfte in meine Hose. Ich sollte wirklich gehen, wenn ich zurück im Verbindungshaus sein wollte, bevor der ganze Campus aufwachte. Ich hätte eigentlich schon längst zur Tür hinaus sein sollen, obwohl ich am liebsten wieder zu Alec ins Bett geklettert wäre.

Ich zog mein Handy aus der Hosentasche und überprüfte, ob es irgendwas abgekriegt hatte, als Alec mir die Hose gestern ausgezogen und so achtlos beiseitegeworfen hatte. Erleichterung durchflutete mich, nachdem ich weder tiefe Risse im Display noch sonst einen Schaden erkennen konnte. Doch meine Erleichterung war nur von kurzer Dauer. Ich zuckte zusammen, es war bereits halb sechs. Um acht Uhr musste ich für das Shooting nach Los Angeles aufbrechen, und ich hatte weder meinen Koffer gepackt noch sonst irgendetwas vorbereitet. Mir lief die Zeit davon.

»Fuck.« Das Wort war mir entschlüpft, bevor ich es hatte aufhalten können, und ich erstarrte, als ich das Rascheln von Laken hörte. Doch Alec hatte sich nur auf den Rücken gedreht, noch immer tief im Schlaf versunken. Brummend legte er den Arm über die Augen, und ich musste unwillkürlich lächeln. Um sein Handgelenk war nach wie vor mein Haarband von gestern gespannt. Ob ich ihn wecken sollte, um mich zu verabschieden? Schnell schüttelte ich den Kopf. Er war vermutlich völlig fertig. Ich sollte ihn besser schlafen lassen. Und auch wenn ich absolut keine Ahnung von One-Night-Stands hatte, wusste ich, dass man für gewöhnlich nicht zum Frühstück blieb.

Ich wandte mich ab und ging Richtung Tür, an der Alec einen Spiegel angebracht hatte. Für einen Augenblick blieb mein Blick an meinem eigenen Spiegelbild hängen, und ich erstarrte. Die Frau, die mir entgegenblickte, war mir vollkommen fremd. Ihr langes Haar fiel ihr unordentlich über die Schultern, und es war völlig zerzaust. Ihre Lippen waren geschwollen, und über ihren Hals und ihr Dekolleté zogen sich so viele dunkle Flecken, als hätte ein Bär sie angefallen. Ihre Kleidung hatte unzählige Falten, und ihr Make-up war verschmiert, sodass auch die Augenringe darunter durchscheinen konnten. Aber es war dieses Leuchten in den Augen, das sie zu einer Fremden machte.

Ich trat einen Schritt näher an den Spiegel heran und sah in meine eigenen braunen Augen, die mir in den letzten Wochen und Monaten so leer vorgekommen waren. Jetzt lag ein so befriedigtes Funkeln darin, dass mir der Mund offen stehen blieb. Das konnte unmöglich ich sein. Doch als ich in mich hineinhorchte, wurde da tatsächlich nicht das übliche Chaos an Gedanken und Vorwürfen laut. Stattdessen war da nichts als ruhige und entspannte Stille. So, als hätte die letzte Nacht einen Schalter umgelegt, den ich bisher selbst nicht gefunden hatte.

Ich versuchte mit den Händen, meine Haare zu ordnen, doch da war Hopfen und Malz verloren. Schmunzelnd gab ich es auf. An einem Samstagmorgen um kurz vor sechs würde mich schon niemand sehen. Und wenn ich zurück zum Verbindungshaus joggte, dann wäre ich auch so schnell, dass niemand mir wirklich Beachtung schenken würde. Ich schlüpfte in meine Schuhe, bei denen ich mich nicht mal erinnern konnte, wann oder wer sie mir ausgezogen hatte, ehe ich die Tür aufzog und in den Hausflur trat. So lautlos wie möglich schloss ich sie hinter mir, bevor ich die Treppen ansteuerte.

Tänzelnd eilte ich die Stufen hinab, und als ich hinaus in die Morgensonne trat, blieb ich einen Augenblick stehen und genoss ihre sanfte Wärme auf meiner Haut. Aber so gerne ich auch noch mehr Zeit in der Sonne verbracht hätte, ich musste jetzt wirklich los. Ich konnte keine weitere Zeit mehr verlieren. Immerhin hatte ich das Chaos auf meinem Kopf in Ordnung zu bringen und einige Knutschflecke zu überschminken. Und während mich dieser Gedanke wohl sonst in Panik versetzt hätte, zauberte er mir heute ein breites Lächeln aufs Gesicht.

Ich streckte mich kurz, bevor ich losjoggte. Und das erste Mal seit Wochen hatte ich wieder das Gefühl, einigermaßen befreit atmen zu können.

»Ist das sein Ernst?« Ich trug eine weitere Schicht Concealer auf, doch alles, was es bewirkte, war, die Flecken auf meinem Hals etwas weniger sichtbar zu machen. Zum Verschwinden brachte ich sie dadurch nicht. Übers Wochenende waren die Knutschflecke an meinem Hals deutlich nachgedunkelt, und anscheinend hatten sie heute Morgen ihren Höhepunkt erreicht. Zum Glück hatte die Visagistin in L.A. nicht weiter nachgefragt, sondern grinsend einfach ihre Arbeit verrichtet, sodass die dunklen Male unter einer extra Schicht Make-up verschwunden waren. Aber jetzt war ich auf mich allein gestellt und, egal wie oft ich auch nachlegte, diese Biester wollten einfach nicht weggehen. Sicherlich sah Alec besser aus als ich. Immerhin hatte ich mich ansatzweise zurückgehalten.

Frustriert warf ich meinen Make-up-Schwamm zurück auf den Schreibtisch und löste mein Haar aus dem adretten Dutt, der so gut zu dem knöchellangen dunkelblauen Kleid passte, das ich heute hatte tragen wollen. In langen Wellen fiel es mir bis zur Mitte des Rückens, und ich suchte in meinem Schrank nach einem wadenlangen dunkelgrünen Kleid, das ich mit Boots und einer leichten Lederjacke kombinierte, für die es heute eigentlich zu warm war. Wir hatten zwar Ende November, aber der Spätsommer schien nicht lockerlassen zu wollen, und das Thermometer kletterte gerne noch bis an die fünfzehn Grad hinauf.

Diese Jacke hatte jedenfalls einen Stehkragen, der in Kombination mit dem Make-up und den offenen Haaren eigentlich genug ablenken sollte. Frustriert legte ich den silbernen Schmuck ab und tauschte ihn gegen goldenen aus, ehe ich einen Blick auf meine Armbanduhr warf.

Fantastisch. Jetzt war ich erst recht spät dran.

Ich packte die Unterlagen, die ich bis zur Mittagspause brauchen würde, in eine andere Tasche, die besser zum Outfit passte, und verließ mein Zimmer. Hastig eilte ich die Treppe hinunter, das Handy in der Hand, um Raelyn Bescheid zu sagen, dass ich es heute nicht zu unserem üblichen Frühstücksdate schaffen würde.

In der großen Küche, an die auch das Esszimmer mit den vielen Tischen grenzte, herrschte wie immer emsige Betriebsamkeit. Meine Schwestern wuselten um mich herum und bereiteten ihr Frühstück zu. Ein paar von ihnen wünschten mir einen guten Morgen, doch die meisten mieden meinen Blick. Vermutlich sah ich gestresst aus und sie wollten mir nicht in die Quere kommen, und irgendwie kam mir das heute Morgen sogar ganz gelegen, denn ich hatte es tatsächlich eilig. Ich machte mir gar nicht die Mühe, meine Tasche abzulegen, sondern ging direkt zum Kühlschrank und nahm mir einen Becher Sojajoghurt heraus, bevor ich aus dem gemeinschaftlichen Obstvorrat eine Handvoll Blaubeeren hineinwarf. Auf eine Schüssel verzichtete ich bewusst, zu viel Abwasch und zu wenig Zeit. Ich schloss den großen doppeltürigen Kühlschrank mit einem gezielten Schwung meiner Hüften, bevor ich eine der Schubladen zu meiner Rechten aufzog. Ich klemmte mir einen Löffel zwischen die Lippen und lehnte meinen Rücken gegen die Arbeitsplatte. Mein Handy gab ein leises Pling von sich, und ich sah aufs Display.

Rae [8:31]: Kein Thema, Schönheit. Ich lieg auch noch im Bett, und April muss heute Extrarunden im Becken drehen. Volkov ist wohl am Wochenende irgendwas über die Leber gelaufen.

Ich biss mir auf die Unterlippe und ein unruhiges Kribbeln machte sich in meinem Bauch breit. Alec war schlecht drauf? Warum? Eigentlich hatte ich gedacht, dass wir die Nacht beide genossen hatten. Ich meine, die drei Runden sprachen doch für sich, oder nicht? Ich tippte mit einer Hand und passte auf, dass ich meinen Joghurt nicht fallen ließ. Auch wenn mir jetzt der Magen flatterte, sollte ich doch versuchen, etwas zu essen. Für das Fotoshooting hatte ich komplett auf alle Mahlzeiten verzichtet und nur ein paar Schlucke Wasser getrunken, damit ich nicht aufgedunsen aussah. Und als ich gestern Abend zurückgekommen war, hatte ich nur schnell einen Muffin heruntergeschlungen, bevor ich mich todmüde ins Bett gekuschelt hatte.

Eigentlich hatte ich heute Morgen ausgiebig und in aller Ruhe frühstücken wollen, aber weil ich in Sachen Knutschflecken Schadensbegrenzung hatte betreiben müssen, damit sich die Campuszeitung nicht mit gewetzten Messern auf mich stürzte, konnte ich mir das jetzt wohl abschminken. Vielleicht ließen sich April und Raelyn ja dazu verführen, heute Abend mit mir zu *Ikigai* zu gehen. Ramen waren das Beste nach einem Wochenende ohne Essen.

Kate [8:32]: Wieso denn das?
Rae [8:33]: Keine Ahnung. April meinte nur, dass er alle anbellt wie ein lästiger Kläffer und sie heute vielleicht sogar zu spät zu ihrer Vorlesung kommt.

Arme April. Sie würde sich heute Abend sicherlich kaum noch bewegen können, wenn das morgendliche Training schon so hart war. Ob ich sie dazu überreden konnte, das Training sausen zu lassen? So schnell, wie mir die Idee gekommen war, schob ich sie auch wieder beiseite. Dann wäre sie erst recht in Schwierigkeiten. Sie hatte sich einmal vor dem Training gedrückt und danach noch tagelang über den Muskelkater geklagt, den sie den Strafbahnen verdankte, die ihr das Schwänzen eingebracht hatte.

Automatisch wanderten meine Gedanken zurück zu dem

Mann, der die Macht über den Trainingsplan hatte, und ich schluckte leise. Eigentlich sollte es mir vollkommen egal sein, und doch drängte sich mir die Frage auf, ob seine schlechte Laune etwas mit mir zu tun haben könnte. War es vielleicht nur für mich gut gewesen?

Nein. Das konnte nicht sein. Alec war genauso auf seine Kosten gekommen wie ich. Vermutlich war irgendetwas anderes passiert, was ihn jetzt so unausstehlich machte. Ja, es konnte unmöglich mit mir zu tun haben. Das war –

Als ich den Blick vom Handy hob, erstarrte ich, und augenblicklich stellten sich mir die Nackenhaare auf.

In der Küche war es entschieden zu still. Keine Gespräche. Keine Musik. Nicht mal das leise Klappern von Geschirr. Ich war so von meinem Handy abgelenkt gewesen, dass ich die drückende Atmosphäre, die in der Küche herrschte, gar nicht bemerkt hatte. Genauso wenig, wie mir die zehn Augenpaare aufgefallen waren, die unmissverständlich auf mich gerichtet waren und die sich wie große Hände anfühlten, die sich um meinen Hals legten und zudrückten.

Mein Magen krampfte sich so heftig zusammen, dass mir speiübel wurde, und ich stellte den Joghurtbecher auf der Arbeitsplatte ab, um ihn nicht fallen zu lassen, weil meine Hände zu zittern begannen.

Ich war es beim besten Willen gewöhnt, angestarrt zu werden. Selbst in meinem eigenen Zuhause wurde ich stets gemustert, begutachtet und bewertet. Das war eine der Nebenerscheinungen, die das Leben mit meinem Bekanntheitsgrad mit sich brachte. Jeder interessierte sich für einen, insbesondere für das Privatleben. Aber das hier ging über die übliche Neugierde hinaus. Das hier war anders.

Es war dunkler. Beklemmender. Und irgendwie machte es mir Angst.

Ich drückte die Schultern durch, unwillig, mich davon beunruhigen zu lassen. Ich lachte auf, doch anstatt locker und scherzhaft zu klingen, kam es eher hölzern und nervös rüber.

»Was ist los?«, zwang ich mich in dem unbekümmertsten Tonfall zu fragen, den ich zustande brachte. »Habe ich Lippenstift auf den Zähnen oder so?«

Als ich in die Runde blickte, sahen plötzlich alle weg, so, als wäre ich nicht einmal die Antwort wert. Ich krallte die Hände in mein Kleid, während mir der kalte Schweiß ausbrach.

Was zur Hölle passierte hier gerade?

»Musst du nicht los?« Ich sah zur Küchentür, und Laura starrte mich ungerührt an, die kühlen blauen Augen direkt auf mich gerichtet. Ihre Lippen waren zu einer harten Linie zusammengepresst, und sie hatte die Arme vor der Brust verschränkt, während sie mich eindringlich musterte. Ihr Blick blieb für den Bruchteil einer Sekunde an meinem Hals hängen, ehe sie nachlässig in Richtung der Haustür deutete. »Oder willst du jetzt auch noch die Uni schleifen lassen?«

Verwirrt runzelte ich die Stirn. *Auch noch?*

Okay, jetzt verstand ich wirklich absolut gar nichts mehr. Ich wollte sie fragen, was sie damit meinte, doch die Worte blieben mir im Hals stecken, als ich Lauras feindseligen Blick bemerkte und sie kaum merklich den Kopf schüttelte.

Ich senkte den Kopf und hastete zur Tür, ich hielt es keine Sekunde länger in diesem Haus aus. Als ich in die Sonne trat, konnte ich ihre Wärme nicht spüren, denn mir war eiskalt. Was zum Henker war das denn gerade gewesen? Was war hier eigentlich los?

Ich wandte mich Richtung Uni und marschierte mit zügigen Schritten los, während sich die Situation in der Küche wieder und wieder vor meinem inneren Auge abspielte. Wie meine Schwestern mich anglotzten, als wäre ich von einem anderen

Stern. Wie Lauras feindseliger Blick sich in meinen Schädel bohrte und sie nicht einmal ein einziges Wort der Erklärung duldete.

Doch egal, wie sehr ich auch versuchte, dieses Chaos aus Einzelteilen zu einem großen Ganzen zusammenzusetzen, wollte es mir einfach nicht gelingen. Ich schaffte es nicht einmal, mir einen Rahmen zu basteln und die Teile von dort aus Stückchen für Stückchen an ihre Stelle zu legen. Es blieb ein einziges Wirrwarr.

Mechanisch stieß ich die Türen zu meinem Vorlesungssaal auf. Jetzt war ich sogar etwas zu früh dran, sodass ich die freie Platzwahl hatte. Ich setzte mich in die letzte Reihe, um den Fragen des Professors zu entgehen, für die ich jetzt gerade einfach keinen Kopf hatte.

Ich ließ mich auf den Stuhl fallen, zog mein Handy hervor und öffnete Instagram. Hatte ich in dem Interview vom Wochenende vielleicht etwas Falsches gesagt?

Das Fenster ploppte auf, und im nächsten Moment erstarben alle meine Gedanken. Ich starrte auf eine der Benachrichtigungen. Sie war zwei Stunden alt.

The Teresa Eagle hat dich in einem Foto markiert.

Unsere Campuszeitung.

Ich schüttelte den Kopf. Machten deshalb alle so einen Aufriss? Wegen des Fotos von Scott und mir? Ganz unmöglich war es nicht. Aber Laura müsste dann eigentlich völlig aus dem Häuschen sein und nicht so aussehen, als wollte sie mir am liebsten den Hals umdrehen.

Ich klickte auf die Benachrichtigung, und obwohl es nur wenige Millisekunden dauerte, bis das Foto sich aufbaute, fühlte es sich wie eine Ewigkeit an. Endlich erschien der Post auf meinem Handy. Und alles, was ich tun konnte, war fassungslos auf das Display zu starren.

»Oh mein Gott.« Ich schlug mir die Hand vor den Mund, als ich das Foto sah. Es war nicht das Foto von Scott und mir, um das alle so ein Theater machten.

Nein.

Es war ein Foto von Alec und mir. Ein Foto, auf dem ich auf Alecs Hüften saß, die Augen geschlossen, während er mich küsste und in sein Zimmer trug. Das Foto war verschwommen, anscheinend hatte es jemand auf die Schnelle geschossen. Aber leider war es scharf genug, um unsere Gesichter ganz klar erkennen zu können.

Es gab keine Ausrede, die ich mir einfallen lassen und keine Erklärung, die ich mir aus den Fingern saugen konnte. Das Foto war eindeutig. Da war man sich wohl auch bei der Campuszeitung drüber einig, denn die Beschreibung las sich genauso reißerisch wie vernichtend.

Alles nur Fake: Sauberfrau Kate Benoit zeigt ihr wahres Ich in leidenschaftlicher Nacht mit Campus-Playboy.

10. KAPITEL

Alec

Okay, diese Scheiße würde ich mir auf keinen Fall noch eine Sekunde länger ansehen. Frustriert verschränkte ich die Arme vor der Brust, während ich an der Seite des Beckens entlangging, die Augen fest auf Dean gerichtet, der gerade ein Set von viermal zweihundert Metern Rücken schwamm, für das er entschieden zu lange brauchte.

Wobei man den Mist wohl kaum Schwimmen nennen konnte.

Seinem Körper fehlte jegliche Spannung, was seine Rückenlage hässlich anzusehen und noch dazu vollkommen instabil machte. Die Arme hatte er nicht richtig durchgestreckt, wenn er sie aus dem Wasser hob, von seiner lächerlichen Entschuldigung eines Beinschlags mal ganz zu schweigen. Dabei war Dean normalerweise einer der besten Schwimmer im Team.

Ich ging zu der Bahn, die Dean sich mit April teilte, und hockte mich neben den Startblock. Das Wasser schwappte sacht gegen meine Füße, und als Dean nah genug dran war, streckte ich die Hand aus und winkte ihn zu mir herüber. Ich wusste genau, dass er mich gesehen hatte, denn es brachte ihn für eine Sekunde lang aus dem Tritt. Sein Kopf verschwand unter Wasser, und ich knirschte mit den Zähnen, weil er sich für das letzte Stück ordentlich Zeit ließ. Aber dann endlich schlug er mit der Hand am Beckenrand an. Mit der vollen Hand. Nicht mit den Fingerspitzen. Der wollte mich doch verarschen.

»Raus mit dir.« Ich hasste es, meinen strengen Coach-Tonfall bei Dean einsetzen zu müssen, doch er ließ mir keine andere Wahl. Er hatte sich echt den falschen Montag ausgesucht, um mir auf den Sack zu gehen. »Jetzt sofort.«

Dean nahm seine Schwimmbrille ab und warf sie frustriert vor meine Füße, bevor er sich die Badekappe vom Kopf riss und sie daneben hinschleuderte.

Ich stand auf und trat einen großen Schritt zurück. Er holte tief Luft, tauchte einmal unter und hievte sich mit einem Ruck aus dem Becken. Seine Arme zitterten, als er sein Gewicht darauf verlagerte, und seine Bewegungen waren ungewöhnlich schwerfällig.

Ich fluchte leise. »Du siehst richtig scheiße aus.«

»Danke, Schatz.« Dean warf mir einen sarkastischen Kussmund zu. »Wenn du mit noch mehr so feinfühligen Komplimenten um dich wirfst, falle ich gleich hier über dich her.«

»Lass den Mist.« Ich hob die Hand an Deans Kinn und betrachtete sein Gesicht etwas genauer im grellen Licht der Leuchtstoffröhren. Ich wusste, ich war zu hart zu ihm, aber ich konnte meine miese Laune nicht wirklich herunterschlucken, nachdem Kate mich das ganze Wochenende heimgesucht hatte. Seine Augen waren gerötet, was auf keinen Fall allein an dem Chlor im Wasser lag, und die Schatten darunter waren noch schlimmer, als ich befürchtet hatte. Deshalb also war er mir das ganze Wochenende aus dem Weg gegangen. »Was ist los?«

»Nichts.« Sauer stieß Dean meine Hand weg und machte einen Schritt rückwärts. »Gar nichts.«

»Bullshit.« Ich war definitiv nicht gewillt nachzugeben,

dankbar, mich auf etwas anderes konzentrieren zu können als die Frage, warum Kate einfach abgehauen war. »Deine Form ist zum Kotzen, dein Beinschlag ist ein Witz, und deine Zeiten sind eine einzige Katastrophe. Wenn du in dem Tempo weiter trainierst, sind wir morgen noch hier.«

Dean verzog spöttisch die Lippen. »Danke für die detaillierte Analyse, *Coach*.«

Ich trat auf ihn zu. Er war mir jetzt so nah, dass seine Nase fast an meine stieß. »Jetzt hör mir mal zu, Arschloch«, grollte ich leise. »Du magst zwar mein bester Freund sein, aber jetzt gerade redest du nicht mit deinem Kumpel, sondern mit deinem Coach. Also reiß dich verdammt noch mal zusammen und sag mir, was los ist.« Ich schubste ihn an der Schulter rückwärts. »Du kannst froh sein, dass ich mich überhaupt dafür interessiere, anstatt dich direkt wegen deiner beschissenen Leistung aus der Halle zu werfen.«

Dean fuhr sich mit beiden Händen über das Gesicht, bevor er sie hinter seinem Nacken verschränkte. Sein Blick war auf den Boden gerichtet, der Kiefer angespannt. »Macht der große Coach Volkov das so? Seine Leute aus der Halle werfen, wenn sie sich im Training nicht genug anstrengen?«

Ich blieb stumm, doch das war Dean wohl Antwort genug.

»Auch seinen eigenen Sohn?«

»Was glaubst du?« Ich schnalzte missbilligend mit der Zunge. Was sollte diese dämliche Frage? Dean kannte meinen Vater. Und er wusste auch ganz genau, dass ich bereits in der Highschool mit den Jungs von der Duke hatte mithalten müssen. »Es gibt keine Sonderbehandlungen. Für niemanden. Also überspann den Bogen nicht.«

Ich konnte hören, wie Deans Zähne gegeneinandermahlten, als er sie fest aufeinanderbiss, ehe er schwer ausatmete. Seine Schultern sanken herab, und er ließ die Hände fallen, so als hätte er keine Kraft mehr, sie länger an Ort und Stelle zu halten.

Na endlich. »Also, was ist los?«

»Gale und ich haben uns getrennt.« Er verzog kurz das Gesicht, bevor er bitter auflachte. »Wenn man das überhaupt so nennen kann. Eigentlich waren wir auch nicht wirklich zusammen.« Er sah an die Decke, und ich verspannte mich, als er hektisch zu blinzeln begann. »Ich war ja nur der Kerl, den er gefickt hat. Mehr nicht.«

Genau das, was ich befürchtet hatte. »Was ist passiert?«

»Das, was halt passiert, wenn man sich trennt. Man redet, wird sich nicht einig und beschließt, dass es vorbei ist.« Dean schnaubte. »Sorry. Hatte vergessen, dass du dich mit so einem Scheiß ja nicht auseinandersetzt. Bei dir ist es ja immer nur rein, raus und auf Nimmerwiedersehen.«

Ich zeigte keine Regung, sondern blieb einfach stumm stehen und wartete. Einundzwanzig, zweiundzwanzig, dreiundzwanzig. Und wie ich erwartet hatte, weitete Dean erschrocken die Augen, bevor er einen Schritt auf mich zutrat.

»Sorry, Mann. Das hab ich nicht so gemeint!« Er warf hilflos die Hände in die Luft. »Was ich sagen wollte, war –«

»Dass es dir beschissen geht und du deshalb mal wieder verbal um dich schlägst. Schon klar.« Ich klopfte ihm auf die Schulter, obwohl ich ihm am liebsten eine reingehauen hätte. Es war eine Sache, diesen Mist ständig von anderen zu hören, aber so einen Spruch von seinem besten Freund um die Ohren gehauen zu bekommen, der eigentlich wusste, warum ich einen großen Bogen um Beziehungen machte, tat schon weh. »Ich kenn dich nicht erst seit gestern, also mach dir mal nicht gleich in die Badehose.« Ich zuckte mit den Schultern, auch wenn es mich schon irgendwie getroffen hatte. »Außerdem, wenn ich jedes Mal heulen würde, wenn mich jemand direkt oder indirekt eine herzlose Schlampe nennt, dann würde ich gar nicht mehr aufhören. Also vergiss es einfach.«

Dean schien noch mehr in sich zusammenzufallen. »Scheiße, ich bin echt so ein Arschgesicht.«

»Manchmal.« Ich deutete Richtung Becken. »Ist das der Grund, warum du so ein beschissenes Training ablieferst?«

Dean nickte zögerlich. »Denke schon.«

»Sorry, aber dann zieh den Kopf aus dem Hintern und mach weiter.« Dean sah mich fassungslos an, als hätte ich vollkommen den Verstand verloren, doch ich schüttelte lediglich den Kopf. »Was? Hast du ernsthaft erwartet, dass du jetzt ein Okay von mir kriegst, das Training heute ausfallen zu lassen, nur weil du Herzschmerz hast?« Ich strich mir über mein kurzes Haar. »Gale interessiert es einen Scheißdreck, ob du dich für die Nationalmeisterschaften qualifizieren kannst oder nicht. Das juckt ihn kein bisschen. Aber es sollte dich jucken, da eine Menge davon abhängt. Die Sportlerförderung, mit der du dein Gehalt aufbesserst? Wenn du nachlässt und deine Zeiten und Noten schleifen lässt, dann ist die weg. Und ist dieser Wichser das wirklich wert?« Ich legte Dean die Hand auf die Schulter und drückte sanft zu. »Im Wasser ist kein Platz für dein Liebesleben, Mann. Und das weißt du auch.« Ich sah in sein ausgezehrtes Gesicht. »Betrachte das Training als die zwei Stunden, in denen du alles, was dich belastet, einfach vor den Türen der Halle lassen kannst. Der Kram ist immer noch da, wenn du mit allem fertig bist. Aber in diesen paar Stunden im Wasser braucht er dich nicht zu interessieren.«

Dean schüttelte den Kopf. »Funktioniert das bei dir?«

Ich antwortete, ohne auch nur eine einzige Sekunde lang zu zögern. »Jeden verdammten Tag.«

»Du schaltest dein Hirn echt auf Autopilot, sobald du Chlor riechst, oder?«

»Ja.« Unwillkürlich lächelte ich, als ich das in die Jahre gekommene Wettkampfbecken betrachtete, in dem das Team noch immer trainierte. Wasser war für mich schon immer der Ort gewesen, an dem ich einfach alles hinter mir lassen konnte. Und da war es auch egal, ob die Halle modern war oder halb auseinanderfiel. Solange ich meine Bahnen ziehen konnte, war es mir vollkommen schnuppe. Ich überlegte kurz, um einen passenden Vergleich zu finden, damit Dean mich nicht länger so ansah, als hätte ich zwei Köpfe. »Ist ein bisschen wie mit dir und deinen Fotos. Wenn ich die Schwimmhalle betrete, bleibt der Rest der Welt da draußen.«

Es dauerte einen Moment, aber dann nickte Dean, so als hätte es bei ihm endlich klick gemacht. »Ergibt Sinn.« Er kratzte sich am Hinterkopf. »Hab mich ehrlich gesagt schon gewundert, warum du trotz allem so ruhig bleiben kannst.«

Verwirrt runzelte ich die Stirn. Meine Noten waren gut, meine Zeiten fantastisch. Was also sollte mich aus der Ruhe bringen? Wovon sprach er?

Das Bild von Kate Benoit schob sich vor mein inneres Auge. Wie sie mit geschlossenen Augen und geöffneten Lippen wieder und wieder für mich gekommen war. Wie sie sich eng um mich zusammengezogen hatte und wie sie die Nägel in meinen Rücken gebohrt hatte, während ihr Stöhnen in meinen Ohren widerhallte. Konnte Dean mitgekriegt haben, dass wir Freitagnacht miteinander verbracht hatten?

Eigentlich ausgeschlossen.

Dean und ich wohnten zwar im Wohnheim auf dem gleichen Flur, aber als ich mit Kate in meinem Zimmer verschwunden war, war Dean noch im *Nightingale* gewesen. Und sie hatte sich so früh rausgeschlichen, dass nicht einmal ich sie hatte gehen sehen. Von ihr war nichts geblieben außer ihrem Duft in meinen Laken und ihrem Haarband, das einen tiefen Abdruck auf meiner Haut hinterlassen hatte. Bei der Erinnerung an die leere Seite des Bettes rollte ich mit den Schultern. Sie hätte sich wenigstens verabschieden können, wenn sie schon nicht für eine weitere Runde am Morgen hatte bleiben wollen. Ich sollte nicht über sie nachdenken. Es war zwar eine verdammt fantastische Nacht gewesen, aber es würde keine zweite geben. Das hatte sie ziemlich deutlich gemacht. Sonst wäre sie nicht einfach so abgehauen, ohne zumindest ihre Nummer oder eine kleine Notiz zu hinterlassen.

Ich schüttelte die Hände aus, als ich wieder dieses Brennen in meinen Fingern spürte, und blickte Dean direkt an. »Ich hab keine Ahnung, wovon du sprichst, Mann.«

Dean öffnete den Mund. Schloss ihn wieder. Kurz schien er zu zögern, so, als würde er abwägen, ob er den nächsten Schritt wirklich wagen sollte. Doch dann machte er den Mund wieder auf. »Du hast es also echt noch nicht gesehen?«

»Was denn?« Ich zog skeptisch eine Augenbraue hoch. »Oder willst du grad nur nicht wieder ins Wasser und schindest Zeit?«

Abwehrend hob er der Hände. »Das ist es nicht. Warte kurz.« Dean ging zu den Bänken an der großen Fensterfront der Halle, auf denen alle Schwimmer ihre Taschen abgestellt hatten, und kramte kurz in seiner herum. Als er sich aufrichtete, konnte ich sehen, wie seine Schultern sich von einem schweren Atemzug hoben und senkten, ehe er mit seinem Handy in der Hand zurückkam.

Er stellte sich neben mich und öffnete Instagram. Nicht wahr, oder? Genervt entriss ich es ihm. »Wenn du Zeit für so eine Scheiße hast, dann kannst du auch trainieren.« Ungeduldig deutete ich Richtung Becken. »Und beeil dich diesmal ein bisschen. Ich hab nachher noch eine Vorlesung, zu der ich nicht zu spät kommen will.«

»Jetzt warte.« Sanft zog er mir das Handy wieder aus der

Hand. Seine Finger glitten so quälend langsam über das Display, dass ich mich zusammenreißen musste, nicht auszuflippen. »Du hast es also wirklich noch nicht gesehen?«

Ich verdrehte die Augen. »Ich hab kein Instagram, schon vergessen?«

»Nein.« Er holte tief Luft. »Nein, das habe ich nicht vergessen. Aber ich dachte, dass dir vielleicht schon irgendwer aus dem Team das hier«, er brauchte einen Moment, ehe er das Handy hob, das er mir allerdings so dicht unter die Nase hielt, dass ich erst einen Schritt zurücktreten musste, um überhaupt etwas erkennen zu können, »gezeigt hat.«

Ich nahm Dean das Handy aus der Hand und wollte ihn schon wütend daran erinnern, dass ich mit diesem grässlichen Social Media-Mist nichts mehr zu tun haben wollte, doch die Worte blieben mir im Hals stecken, als mein Blick auf das Bild fiel. Sofort stellten sich mir die Nackenhaare auf, und mein Magen fühlte sich wie ein Eisklumpen an.

Es war ein Foto von mir und Kate, wie wir uns küssten und ich sie in mein Zimmer trug. Die Qualität war beschissen, was darauf schließen ließ, dass irgendwer diesen Schnappschuss mit dem Handy geschossen hatte, nur um es ins Internet zu stellen. Das Bild schien vor meinen Augen zu verschwimmen und sich zu einem anderen Schnappschuss zu verwandeln, doch ich schüttelte schnell den Kopf und drängte es zurück. Als ich die reißerische Beschreibung las, krampfte meine Hand sich um die Kanten des Smartphones zusammen.

Ich kannte diese Scheiße nur allzu gut.

Die Hexenjagd war mit diesem Post offiziell eröffnet. Und den Kommentaren nach zu urteilen, hatten die ersten schon längst Blut geleckt.

»Wann ist das gepostet worden?« Meine Stimme klang wie ein dunkles Grollen. »Wann?«

Dean nahm mir das Handy aus der Hand und tippte wieder auf dem Display herum. »Vor ungefähr zwei Stunden.«

Kate und ich hatten Freitagnacht Sex gehabt, aber das Bild war nicht vor heute Morgen veröffentlicht worden, schön passend zu Unibeginn, wenn die ersten aufwachten und diese Scheiße wie einen Virus verbreiten konnten. Da hatte jemand eindeutig seine Hausaufgaben gemacht und genaustens kalkuliert, wie er mit diesem dämlichen Post den größtmöglichen Schaden anrichten konnte.

»Wer hat es hochgeladen?«

Dean zögerte einen Moment. »Die Campuszeitung.«

»Natürlich.« Ich verdrehte die Augen. »Für was anderes ist dieses dämliche Käseblatt ja auch nicht zu gebrauchen.«

Er musterte mich eindringlich. »Bist du okay?«

»Ja«, sagte ich schroff und dachte automatisch an Kate, die vermutlich wie immer mit diesem falschen Lächeln und perfekt gestylt in ihrer Vorlesung saß. »Ich bin nicht derjenige, auf den sie sich stürzen werden.«

Dean nickte gedankenversunken, und ich folgte seinem Blick zu April, die noch immer im Becken ihre Bahnen zog. »Sie werden sie in der Luft zerreißen, oder?«

»Ja.«

»Fuck.«

»Ja.« Ich ließ den Kopf in den Nacken sinken und betrachtete die Neonröhren, von der eine zu flackern begann. »Fuck.«

Eigentlich war ein One-Night-Stand nichts Besonderes. Immerhin wurde nirgendwo so viel herumgevögelt wie an der Uni. Klar, nicht jeder war wie ich, aber die meisten nutzten die Uni, um sich auszutoben. Gerade in den ersten zwei Jahren suchte absolut niemand nach der großen Liebe, und mal ganz ehrlich, so eine Banalität war keinen Artikel in der Campuszeitung wert. So was juckte normalerweise einfach keinen.

Aber an Kate Benoit war leider rein gar nichts normal.

Und genau darum ging es.

Für den One-Night-Stand an sich interessierte sich eigentlich niemand. Doch für die Frau, die daran beteiligt gewesen war, interessierten sich alle brennend. Ich war hier lediglich die Randnotiz, und mir war das nur recht so.

Ob sie es schon gesehen hatte?

Natürlich hatte sie das. Die Frau hing ständig an ihrem Handy und postete irgendetwas. Vermutlich war sie eine der Ersten, die es zu Gesicht bekommen hatte. Wie es ihr wohl damit ging?

Schnell schob ich diesen Gedanken von mir. Das Ganze ging mich absolut nichts an. Kate und ich hatten nichts miteinander zu tun. Wir waren keine Freunde, und ich würde einen Teufel tun, mich in diesen Unsinn mit hineinziehen zu lassen. Und sosehr es mich auch ankotzte, dass jemand ganz gepflegt auf meine Privatsphäre geschissen hatte, als er dieses Foto an die Campuszeitung geschickt hatte, war ich definitiv nicht bereit, deshalb einen Aufstand zu machen und die Aufmerksamkeit der Instagram-Schwarmintelligenz auf meine Person zu ziehen.

Ich hatte meine Lektion gelernt und würde nicht –

My Blood von Twenty One Pilots begann plötzlich lautstark zu spielen, und mein Kopf schnellte zu den Taschen auf der Bank. Wer zur Hölle hatte vergessen, sein verfluchtes Handy stumm zu schalten?

Als April sich aus dem Wasser hievte und mit trippelnden Schritten in Richtung der Bänke huschte, verengte ich die Augen.

Wollten mir heute echt alle auf den Sack gehen? »Was hatte ich zu Handys während des Trainings gesagt?«

Sie sah mich ertappt an, ehe sie die Schultern durchdrückte

und aufmüpfig das Kinn reckte. »Ach, und was hat Dean da in der Hand? Eine Fernbedienung, oder was?«

»Lass sie«, sagte Dean leise neben mir und deutete auf sein eigenes Handy. »Vielleicht ist es wichtig.«

April zerrte ein Handtuch aus ihrer Tasche hervor und trocknete damit notdürftig ihre Hände ab, bevor sie mit einem gezielten Griff ihr Handy zutage förderte. Sie guckte auf das Display und runzelte die Stirn, ehe sie antwortete. Sie war zu weit weg, als dass ich hätte verstehen können, was sie sagte. Doch ihre Miene wechselte sehr schnell von verwirrt zu fassungslos, und ihr wich jegliche Farbe aus dem Gesicht. Und als ihr Blick für den Bruchteil einer Sekunde zu mir wanderte, brauchte man wirklich kein Lippenleser zu sein, um zu wissen, worum es bei diesem Telefonat ging. Sie nickte ein paarmal abrupt, warf das Handy zurück in die Tasche und schloss sie mit einem Ruck.

Unsere Augen begegneten sich, und ich nickte in Richtung der Duschen, bevor April mit eiligen Schritten davonhastete, während sie sich die Badekappe so brutal vom Kopf zerrte, dass es an ein Wunder grenzte, wenn sie dabei nicht gerissen war.

»Das sieht nicht gut aus«, murmelte Dean.

»Hattest du wirklich was anderes erwartet?«

Er verzog das Gesicht. »Nein.«

»Gut.« Naivität war etwas, das man sich in dieser Welt leider nicht mehr leisten konnte. Gerade wenn man so war wie wir. Ich streckte den Arm aus und nahm Dean sein Handy ab. Dann schob ich ihn an der Schulter zum Beckenrand. »Und jetzt beende dein Training.«

»Aber –«

»Soll ich noch zehn Bahnen Swim and Run obendrauf packen?«

»Du Sadist.« Dean zeigte mir den Mittelfinger. Erst als er die Badekappe und seine Schwimmbrille aufgesetzt hatte, wandte ich mich um.

Die Neonröhre über mir zuckte noch immer ungleichmäßig vor sich hin. Und plötzlich, von einem Moment auf den nächsten, brannte sie durch, und ihr Licht erlosch.

11. KAPITEL

Kate

Ich wartete auf das laute Quietschen von Bremsen, die die Entgleisung meines Lebens verhindern würden, indem sie alles um mich herum zum Stillstand zwangen. Ich hoffte auf den Ruck, der mir kurz das Herz in die Hose rutschen lassen würde, bevor mich das Gefühl von Sicherheit und Erleichterung wie eine warme Decke einhüllte und mich mit der Gewissheit zurückließ, dass alles gut werden würde.

Aber nichts davon geschah.

Es fühlte sich eher an wie damals, als ich mit acht Jahren bei meinen Eltern von der großen Eiche direkt hinter unserem Haus gefallen war.

Ich hatte den Baum in- und auswendig gekannt, sein Geruch nach Harz und den grünen Blättern war mir so vertraut wie das blumige Parfum meiner Mutter oder das teure Aftershave meines Vaters. Ich hatte es geliebt, die Rinde unter meinen Händen zu spüren, wie sie sich rau in meine Haut gedrückt hatte. Es hatte etwas Beflügelndes gehabt, wenn ich die Hand um den Ast geschlossen hatte, um mich aus eigener Kraft hochzuziehen und die nächste Stufe zu erreichen.

Meine Mutter hatte es gehasst. Jedes Mal, wenn sie mich zwischen den Ästen entdeckt hatte, war sie fuchsteufelswild geworden, was ich nie begreifen konnte, da es mir vollkommen egal gewesen war, wenn das Harz mein Haar verklebt und die Rinde schmutzige Flecken auf meinen Kleidern hinterlassen hatte. Vielleicht war ich auch bloß aus diesem Grund an jenem Tag so hoch hinaufgeklettert, einfach weil ich sie hatte ärgern wollen. Selbstbewusst hatte ich nach den Ästen gegriffen, einen nach dem anderen und in zügigem Tempo, da ich genau gewusst hatte, wohin ich treten konnte und welcher Ast mich tragen würde. Doch gerade als ich mich nach dem nächsten Ast strecken wollte, euphorisch darüber, dass ich der Baumkrone so nah war wie noch nie, hatte der Ast unter mir plötzlich mit einem lauten Knacken nachgegeben, und ich war in die Tiefe gestürzt. In meinem kindlichen Leichtsinn hatte ich nicht einmal gemerkt, wie morsch der Zweig gewesen war.

Vierzehn Jahre, und trotzdem brachte die Erinnerung an die Angst und dieses beklemmende Gefühl des freien Falls mein Herz noch heute ins Stocken. Ich hatte laut geschrien und gehofft, dass mein Vater es hören würde, um mich aufzufangen. Dabei war er an dem Tag nicht einmal zu Hause gewesen.

Auf meinem Weg nach unten war ich an mehreren Ästen hängen geblieben, die mir die Haut oder die Kleidung aufgerissen hatten. Die Wunden hatten wie Feuer gebrannt, aber das alles war nichts gegen den Schmerz gewesen, den der Aufprall auf der ausgetrockneten Sommererde mit sich gebracht hatte. Er hatte mir alle Luft aus den Lungen gepresst. Die Sekunden, die ich gebraucht hatte, um flattrig den ersten flachen Atemzug zu tun, waren mir wie Minuten vorgekommen. Ich hatte danach auf den Wurzeln gelegen, unfähig mich zu bewegen, der Schock so tief in mir verankert, dass ich es nicht einmal gewagt hatte, zu weinen oder um Hilfe zu rufen. Da war nur dieser überwältigende Schmerz gewesen, der jede Phase meines Seins eingenommen hatte, während die Panik mit ihren unnachgiebigen Klauen nach mir griff.

Ich hatte mir eine Rippe und das linke Bein gebrochen. Meinen Sommer hatte ich schmollend auf unserer Terrasse verbracht, mit dick eingegipstem Fuß und unter der ständigen Beobachtung meiner Mutter, die noch im selben Monat die hundert Jahre alte Eiche fällen ließ.

Doch ich hatte eine Vorahnung, dass der freie Fall diesmal kein glimpfliches Ende nehmen würde, den ein einfacher Gips wieder richten konnte.

Das war mir genauso bewusst wie die Blicke meiner Kommilitonen, die vor mir die Köpfe zusammensteckten und tuschelten. Einige von ihnen drehten sich ab und an zu mir um, bevor sie wieder vorgaben, Professorin Harpers Vorlesung zu folgen. Andere starrten mich unverhohlen an, den Körper komplett mir zugewandt, augenscheinlich kein Stückchen daran interessiert, so etwas wie Anstand vorzutäuschen.

Ich hingegen konnte den Blick nicht von meinem Handy lösen, während die Vorlesung einfach so an mir vorbeizog, ohne dass ich auch nur ein einziges Wort davon wirklich mitbekam.

761 000 Follower.

Gestern Abend waren es noch 852 000 gewesen. Seitdem das Foto heute Morgen gegen sechs Uhr online gegangen war, hatte sich alles vollkommen verselbstständigt. Die Klatschpresse, die sich mit Bloggern befasste, hatte sich wie Piranhas auf die Story gestürzt und sie weiterverbreitet. Was vorher nur auf dem Account der Uni zu sehen gewesen war, war nun im Feed vieler eher zweifelhafter Magazine, die ihre Reichweite nutzten, um meinen Namen noch mehr in den Dreck zu ziehen, indem sie wie bei »Stille Post« die Tatsachen verdrehten. Während ich vorher nur mit Alec geschlafen hatte, nannte man mich nun längst ein promiskuitives Flittchen, das der Sexsucht verfallen war. Und obwohl ich gedacht hätte, dass es die reißerischen Überschriften wären, die mir am meisten zusetzen würden, waren es doch die Kommentare, die dafür sorgten, dass mir kotzübel wurde.

In nicht einmal vier Stunden hatte ich 61 000 Follower verloren. Wenn das in dem Tempo weiterging, dann würde ich morgen um dieselbe Zeit bei unter 400 000 liegen.

Ich hatte zehn Jahre gebraucht, um mir das alles aufzubauen. Mein erster Blogpost war eine Katastrophe gewesen, voller grammatikalischer Fehler und mit dem ganzen Halbwissen einer gelangweilten Dreizehnjährigen, die einfach nur die Jacke, die sie für ihre Schwester hübsch repariert hatte, mit der Welt hatte teilen wollen. Damals hatte ich zwar keine Ahnung von gar nichts gehabt, aber es hatte mir wahnsinnig viel Spaß gemacht. Und was als Therapie gegen die Langeweile in dem strengen Haus meiner Eltern begonnen hatte, war irgendwann zu meiner Passion geworden.

Mein ganzes Herzblut steckte in *SouthSideGirl*. Das und noch so viel mehr. Ich hatte mich mit Zähnen und Klauen dafür eingesetzt, hatte Nächte durchgemacht, mit blutigen Fingerkuppen und zu viel Kaffee, immer in dem Glauben, dass es das alles wert war. Die Uni war dafür häufig auf der Strecke geblieben, genauso wie das Essen. Ich hatte wegen des ganzen Chaos, den mein Blog zu Hause ausgelöst hatte, sogar die Highschool wechseln und deshalb ein Jahr wiederholen müssen.

Zehn Jahre harte Arbeit.

Und das alles wurde wegen eines einzigen Fotos innerhalb weniger Stunden zerstört.

Ich öffnete den Post, mit dem alles angefangen hatte, und starrte wieder auf das verschwommene Foto von mir und Alec, obwohl ich es jetzt schon so oft angesehen hatte, dass es sich wohl für immer in meinem Gedächtnis eingebrannt hatte.

Wie zur Hölle hatte ich das nicht bemerken können?

War ich tatsächlich so weggetreten gewesen? Wie hatte ich nur so verdammt unvorsichtig sein können? Ich wusste doch eigentlich, was Fotos wie dieses hier anrichten konnten. Hatte ich mich wirklich so sehr an die prüfenden Blicke anderer gewöhnt? Oder hatte Alec mir einfach zu stark das Hirn vernebelt?

Ich wusste es nicht, und eigentlich war es auch müßig, darüber nachzudenken. Die Bombe war hochgegangen. Und ich stand genau am Einschlagspunkt, ohne irgendein Versteck, in das ich mich verkriechen konnte, um den zerstörerischen herumfliegenden Trümmerteilen irgendwie auszuweichen.

Die Anzahl der Kommentare unter dem Post hatte sich längst vervielfacht. Die, die sonst vermutlich nicht einmal der Seite folgten, hatten plötzlich alle ihre Stimme erhoben, um mich an den Pranger zu stellen, ihre Worte wie Peitschenhiebe, die meine Haut aufrissen und mich in die Knie zwangen. Ich wollte sie nicht lesen. Wirklich nicht. Doch bevor ich realisierte, was ich da eigentlich gerade tat, hatte ich schon die Kommentarspalte ausgeklappt, während meine Augen so schnell über die Buchstaben glitten, wie sie nur konnten.

dw8eit08: Ob sie sich für den wohl gebückt hat? Hab gehört, der steht nur auf anal.

SaintsLOver: Ich hab sie am Freitag noch mit Scott flirten sehen. Was für ein Flittchen.

Zen_Is_Life: @SaintsLOver Der arme Scotty! Ob @scott_ saints weiß, dass die Schlange doppelt spielt?

Eath3n: Vielleicht macht ihn das ja an. Alec sagt sicherlich nicht Nein, wenn Scott ihn lieb bittet. Hab gehört, dass es für ihn nicht das erste Mal wäre.

BoOn: lol. Ihr Leben ist so was von vorbei. Der bleibt echt nichts anderes übrig, als sich umzubringen.

Das Handy begann in meiner Hand zu zittern, hektisch legte ich es auf dem kleinen Tischchen vor mir ab und schlug die Augen nieder. Ich spürte, wie der Kloß in meinem Hals mit jeder Sekunde größer wurde, und ich versuchte, tief durch die Nase ein- und durch den Mund wieder auszuatmen, damit ich mich irgendwie beruhigte.

Ich konnte hier jetzt nicht in Tränen ausbrechen. Vollkommen ausgeschlossen. Zu viele Menschen beobachteten mich, die alle nur darauf warteten, ihre Handys zu zücken, um den ersten Schnappschuss von der flennenden Kate Benoit hochzuladen, auf der Jagd nach Klicks und Likes.

»Okay alle zusammen, das war es für heute.« Mrs Harper schaltete den Beamer aus, und ich erhaschte einen letzten Blick auf die Folie, in der sie das Für und Wider diverser Papierstärken zusammengetragen hatte. Ich hatte also nicht allzu viel verpasst. »Denkt daran, dass in zwei Wochen die Finals anstehen.« Sie deutete Richtung Fenster, hinter denen die Sonne noch immer fröhlich vor sich hin strahlte. »Ich weiß, das Wetter ist viel zu schön für die Bibliothek, aber wer in den kommenden Klausuren durchfällt, wird im Sommer keinen Abschluss machen können. Also nehmt die Sache bitte ernst!«

Ein zustimmendes Murmeln ging durch den Raum, ehe alle ihre Sachen zusammensuchten. Mechanisch erhob ich mich und sammelte meine Tasche vom Boden auf, die ich nicht einmal ausgepackt hatte. Ich schulterte sie und wandte mich zur Tür.

Tu so, als wäre alles okay. Tu so, als wäre alles okay. Tu so, als –

»Kate?«, hörte ich Mrs Harpers Stimme da plötzlich hinter mir.

Ich blieb wie angewurzelt stehen, warf einen Blick über die Schulter und zwang mich zu einem Lächeln, das auch nicht verrutschte, als ich das erste Klicken einer Handykamera vernahm. »Ja?«

Sie stand mit dem Rücken gegen ihr Rednerpult gelehnt und winkte mich zu sich hinunter. »Komm mal bitte kurz. Es gibt da etwas, worüber ich mit dir sprechen möchte.«

Gequält schloss ich die Augen. Gott, hoffentlich hatte sie nicht auch schon davon gehört.

Ich drehte mich auf den Hacken um und stieg die Stufen zu Mrs Harper hinab. Ihren Kurs hielt sie in einem der kleineren Vorlesungssäle ab, der auch vollkommen dafür ausreichte, da dieser Kurs ausschließlich von uns Seniors besucht wurde, die allesamt kurz vor ihrem Abschluss standen. Und auch wenn viele es total langweilig fanden, über die Materialauswahl und die Verhandlungen mit den Druckereien zu sprechen, war der Kurs von Mrs Harper irgendwie einer meiner Lieblingskurse geworden. Was vielleicht daran lag, dass sie mit Mitte dreißig zu einer der jüngsten Lehrkräfte unserer Fakultät gehörte, die noch richtig für ihre Professur brannte und all ihre Kurse mit entsprechender Begeisterung unterrichtete. Oder daran, dass sie sich unwahrscheinlich für ihre Studenten engagierte und ihr tatsächlich etwas an ihnen lag, was mir allerdings gerade jetzt nicht wirklich zugutekam. Zum Glück musste ich nicht offiziell in ihrem Büro antanzen. Das wäre erst recht ein gefundenes Fressen für die Gerüchteküche der STU, da Mrs Harper als Guidance Counselor eigentlich nur die wirklich schweren Fälle betreute, denen aufgrund von privaten Problemen oder mangelnden akademischen Leistungen ein Rauswurf drohte.

Auf der letzten Stufe holte ich einmal tief Luft, um mich für das zu wappnen, was da vermutlich auf mich zukommen würde. Als ich direkt vor meiner Professorin stand, zwang ich mich erneut zu einem Lächeln. »Was kann ich – «

»Warte«, unterbrach sie mich sanft und verengte dann ihre grüngrauen Augen. »Ich kann mich nicht daran erinnern, dich auch zu dem Gespräch eingeladen zu haben, Alice.«

Alice Collins, eine meiner Kommilitoninnen, zuckte ertappt auf ihrem Platz zusammen und lachte künstlich. »Ich hätte noch eine Frage an Sie, Mrs Harper.«

»Dann stell sie bitte jetzt.« Mrs Harper stieß sich von ihrem Pult ab und ging auf Alice zu. »War irgendetwas während meiner Vorlesung unklar für dich?«

»Nicht wirklich.« Alice stockte. Ihr Blick huschte schnell zu mir, und ich realisierte, was sie wirklich vorgehabt hatte. »Ich … Also, ich hab mich nur gefragt, ob die Auswahl der Materialien im digitalen Zeitalter nicht eigentlich obsolet ist.«

»Das wäre eine fantastische Frage für die Vorlesung gewesen, Alice.« Der Enthusiasmus in Mrs Harpers Stimme klang etwas zu bemüht, um echt zu sein. »Merk sie dir für nächstes Mal, damit wir mit dem ganzen Kurs darüber diskutieren können, okay?«

Alice schob die Unterlippe vor und nickte.

»Wäre das dann alles?«

Noch ein knappes Nicken.

»Fantastisch. Würdest du uns dann bitte allein lassen?« Mrs Harpers Lächeln war so distanziert, dass es mich an das meiner Mutter erinnerte, wenn sie mich auf einer Feier vor anderen auf ihre ganz subtile Art und Weise zurechtgewiesen hatte.

»Natürlich.« Alice klappte ihren Tisch hoch und stand von ihrem Platz auf. Mit wütenden, beinahe stampfenden Schritten erklomm sie die wenigen Stufen. An der Tür hielt sie einen Moment inne. Sie holte ihr Handy hervor, zweifellos, um der ganzen Uni mitzuteilen, dass Mrs Harper mich um ein Gespräch gebeten hatte, bevor sie mit der Schulter die Tür aufdrückte und hinaus in den Flur schlüpfte.

»Wenn sie mal die gleiche Neugierde in meinem Kurs an den Tag legen würde.« Mrs Harper pustete sich eine der verirrten schwarzen Strähnen aus der Stirn und wandte sich mir zu. Eine Hand legte sie locker auf dem Pult ab und setzte dieses Pädagogen-Lächeln auf, das sagen sollte: *Ich habe immer ein offenes Ohr für dich.* »Kate, mir ist aufgefallen, dass du heute sehr still warst«, begann sie vorsichtig, als wollte sie mich nicht gleich verschrecken. »Nimm es mir nicht übel, aber du bist sonst eine der aktivsten und engagiertesten Studenten in diesem Kurs, dass ich mich einfach gefragt habe, ob bei dir alles okay ist.«

»Ja, es ist alles okay«, antwortete ich wie aus der Pistole geschossen, und Mrs Harper zog eine ihrer dünnen Augenbrauen hoch. Ich konnte ihr auf keinen Fall davon erzählen, auch wenn ihr weiches, etwas rundliches Gesicht einen geradezu einlud, sein Herz auszuschütten. Wenn ich jetzt den Mund aufmachte, dann hatte ich einen Termin in ihrem Büro so was von sicher, und wenn mich jemand dort sah, dann würde das alles nur noch schlimmer machen. »Ich fühle mich nur ein bisschen krank, das ist alles.«

»Du siehst auch ein bisschen blass aus«, murmelte sie und legte mir besorgt den Handrücken an die Stirn, die schmalen Lippen zu einem ernsten Strich verzogen. Automatisch bekam ich ein schlechtes Gewissen. »Fieber hast du keins«, sie schüttelte den Kopf, »aber vielleicht solltest du dich trotzdem für den Rest des Tages ausruhen. Mit einer verschleppten Grippe ist nicht zu spaßen. Gerade so knapp vor den Winter-Finals.« Sie ließ die Hand sinken und steckte sie in die Hosentasche ihrer weiten senfgelben Hose. »Fühlst du dich gut vorbereitet?«

»Ja.« Eine weitere Lüge, denn ich hatte mir bisher kaum Zeit genommen, zu lernen. Ich mied ihren Blick und wechselte von einem Fuß auf den anderen. Ich wollte nur noch hier raus.

Jetzt sofort. »Ich denke, Sie haben recht«, sagte ich, froh über die Ausrede, die sie mir unbewusst geboten hatte. »Ich sollte mich vielleicht wirklich etwas hinlegen.«

»Gute Entscheidung.« Sie klopfte mir auf die Schulter. »Sollte einer deiner Professoren wegen deiner Fehlzeit Druck machen, lass es mich wissen. Dann rede ich mal mit meinen Kollegen.«

»Danke, Mrs Harper.« Meine Hand krampfte sich um den Schulterriemen meiner Tasche. »Bis nächste Woche.«

»Bis nächste Woche.«

Ich ging mit großen Schritten die Treppe rauf, nahm immer zwei Stufen auf einmal, während ich ihren prüfenden Blick im Rücken spürte. Erleichterung durchflutete mich, als meine Hände schließlich die kühle Klinke umfassten.

»Ach, und Kate?«

Gequält schloss ich die Augen. »Ja, Mrs Harper?«

Ich drehte mich zu ihr um, sie sah mich ernst an. »Ich hoffe, du weißt, dass du immer zu mir kommen kannst.«

Ich schluckte leise. »Ja.«

»Gut.« Sie senkte den Kopf und blätterte in ihren Unterlagen. »Also, bis nächste Woche.«

Einen Moment lang verharrten meine Augen noch auf ihrem schwarzen Haarschopf, dann wandte ich mich zur Tür, zog sie auf und trat hinaus.

Der Flur war menschenleer. Ich lehnte meinen Rücken gegen die Tür, nachdem sie hinter mir ins Schloss gefallen war, und machte die Augen zu. Doch eine Sekunde später vibrierte mein Handy wie wild in meiner Hand. Ich guckte aufs Display. Eine unbekannte Nummer. Sofort drückte ich den Anruf weg.

Gott, könnte ich bitte endlich einfach aufwachen?

Als ich am Ende des Flurs leises Gekicher hörte und zwei junge Frauen entdeckte, die ihre Handys direkt auf mich gerichtet hielten, fluchte ich leise und stieß mich von der Tür ab. Ich musste hier weg. Irgendwohin. Und das so schnell wie möglich.

Ich hastete die Treppen hinunter und durchquerte das große Foyer des modernen Gebäudes, bis ich die großen Doppeltüren erreichte und hinaus in die Sonne trat. Aber egal, wie kräftig sie heute auch schien, mir war noch immer eiskalt. Ich schlang die Arme um mich selbst und sah zu Boden.

Wo sollte ich denn jetzt nur hin?

Allein bei der Vorstellung, mich in meiner nächsten Vorlesung wie ein Zirkustier anstarren lassen zu müssen, wurde mir kotzübel. Auch mein Verbindungshaus war keine Option. Nicht nach den Blicken, die meine Schwestern mir heute Morgen in der Küche zugeworfen hatten. Aber nicht zur Vorlesung zu erscheinen war eigentlich auch keine Option, weil das alles nur noch schlimmer machen und die Leute noch mehr zum Reden animieren würde. Außerdem würde ich dann vielleicht wichtigen Stoff verpassen, den ich für die Finals brauchte.

»Yo, Benoit.« Ich hob den Blick von meinen Schuhspitzen und schirmte mit der Hand meine Augen vor der Sonne ab. Auf der Wiese vor dem Vorlesungsgebäude war einer meiner Kommilitonen, mit dem ich vorher noch nie ein Wort gewechselt hatte. Er trug eine umgedrehte Snapback auf dem Kopf, und mit seiner großen Hakennase und seinen schlecht sitzenden Klamotten sah er wie einer dieser klassischen Antagonisten in einem Teenie-Drama aus. Auf seinen rissigen Lippen lag ein anzügliches Grinsen, als er mir, beflügelt von der Anwesenheit seiner Freunde, die ihn wie eine Traube umringten, zuwinkte. »Jetzt, wo du für alle die Beine breit machst, stell ich mich gleich mal in der Schlange an«, rief er quer über die Wiese. Ein paar Studenten um uns herum blieben wie angewurzelt stehen, damit sie bloß nichts von diesem Schauspiel verpassten. Der Kerl lachte verächtlich und machte ein paar Schritte in meine Richtung. »Ich meine, wenn du mal einen richtig guten Fick brauchst.«

»Da hätte sie bei mir sicherlich bessere Chancen, Arschloch«, bellte eine vertraute Stimme vom anderen Ende der Wiese.

Meine Augen brannten verräterisch, als ich April und Raelyn erkannte, die sich an den gaffenden Studenten vorbeidrängelten und in meine Richtung eilten. Während Raelyn mich besorgt musterte, waren Aprils Augen einzig und allein auf den Kerl gerichtet, an dessen Namen ich mich partout nicht erinnern konnte, obwohl ich mehr als nur einen Kurs mit ihm zusammen besuchte.

Kaum hatten sie mich erreicht, schob April sich schützend vor mich. Raelyns Finger legten sich sanft um meinen Unterarm, und sie zog mich an ihre Seite. Sie wollte mich umarmen, aber ich schüttelte kaum merklich den Kopf. Zum Glück begriff sie sofort. Wenn Raelyn mich erst einmal in den Arm nahm, dann würde ich die Tränen ganz bestimmt nicht mehr zurückhalten können. Und wenn ich schon heulen musste, dann bitte ohne Publikum.

Der Kerl schnaubte belustigt. »Klar, Gartenzwerg.«

»Dieser Gartenzwerg sorgt gleich dafür, dass du dich vor deinen Freunden ganz fürchterlich blamierst.« April verschränkte die Arme vor der Brust, die sonst so warmen und freundlichen Augen jetzt kalt und angriffslustig. »Also pack dein lächerlich kleines Ego wieder ein, und halt einfach die Klappe!«

Der Kerl musterte April, so als würde er abwägen, ob diese Sache die Mühe wert war, ehe er mit den Schultern zuckte. »Beruhig dich, Pippi Langstrumpf. Wir haben uns lediglich unterhalten.«

»Dann ist diese Unterhaltung jetzt offiziell beendet.«

Der Kerl sah mich über Aprils Kopf hinweg an, das Grinsen so anzüglich, dass ich am liebsten gekotzt hätte. »Melde dich, wenn du es dir anders überlegst.« Seine Freunde stimmten in sein dümmliches Lachen ein, das schrillend in meinem Kopf widerhallte wie eine gesprungene Schallplatte.

»Bist du okay?«, fragte April. Die Wut stand ihr deutlich ins Gesicht geschrieben, und ihre Hände zitterten.

»Nein«, presste ich mühsam hervor. »Nein, nichts ist okay.«

Raelyn zupfte sanft an meinem Unterarm. »Komm, lass uns verschwinden.«

Ich konnte nur nicken und stolperte über meine eigenen Füße, als Raelyn und April mich zwischen sich nahmen und wegführten. Ich folgte ihnen blind, die Augen weiterhin gen Boden gerichtet, und ich versuchte, die anzüglichen Rufe zu ignorieren, die mich bei jedem meiner Schritte begleiteten und wie Gift in meine Adern sickerten. Sie nisteten sich in meinem Inneren ein und wurden zu einem grausamen Chor, der mit hasserfülltem Singsang meinen gesamten Kopf auszufüllen schien, bis nichts anderes mehr darin Platz hatte. Meine Gedanken überschlugen sich wild, spielten jedes noch so verrückte Szenario durch, wie ich diese Krise irgendwie doch noch abwenden konnte, doch nichts davon ergab einen Sinn.

Mein Leben war ungebremst von jemandem mit einer schlechten Handykamera vor die Wand gefahren worden. Und ich konnte nichts tun, um das Wrack zu bergen.

Das leise Klicken einer Tür beförderte mich zurück ins Hier und Jetzt, und ich blinzelte verwirrt. Ich wusste zwar nicht, wie wir hierhergekommen waren, aber ich realisierte, dass wir uns in Aprils und Raelyns Zimmer befanden, als ich den flauschigen weichen Teppich erkannte, der von Aprils Haarfärbemittel schon ein paar rote Flecken hatte. Noch vor Kurzem hatte ich darauf gesessen, ein Stück Pizza in der Hand und ein Magazin auf dem Schoß, während Raelyn und April mit der Switch gespielt hatten. Dieser ruhige, gemütliche Abend war nur wenige Wochen her, und trotzdem kam es mir gerade wie Jahre vor.

»Kate?« April legte mir vorsichtig eine Hand auf die Schulter. »Hey, bist du noch da?«

Ich betrachtete ihr Gesicht, doch bevor ich irgendetwas darauf antworten konnte, verschwamm mir die Sicht. Und als Raelyn und April mich in ihre Arme nahmen und ich spürte, wie jemand über mein Haar strich, war es, als würde meine ganze Welt, die ich mir so mühsam aufgebaut hatte und in der es eigentlich keinen Platz für Schwäche gab, in sich zusammenbrechen.

Mit einem lauten Aufschluchzen gaben meine Beine unter mir nach, und ich war froh, dass die beiden mich aufrecht hielten, während ich meinen Kopf an Raelyns Schulter vergrub, die all die Tränen auffing, die ich nicht mehr zurückhalten konnte.

12. KAPITEL

Alec

Immer noch ein Zehntel dran vorbei. Verfluchte Scheiße.

Frustriert starrte ich die Tabelle mit den Zeiten vor mir an. Von meinen fünfundzwanzig Schwimmern hatten fünf eine Chance, für die Nationalmeisterschaften der Universitäten zugelassen zu werden. Das waren zwar fünf mehr als vorher, aber ich bezweifelte, dass es dem Dekan ausreichen würde, um für uns die Kasse der STU zu öffnen. Dabei brauchte dieses Team dringend einen richtigen Coach. Nicht jemanden wie mich, der lieber jede Sekunde des Trainings im Wasser statt am Beckenrand verbracht hätte.

Einen einzigen Coach.

Das war doch wohl nicht zu viel verlangt. Ich erwartete ja gar nicht, dass man, wie an der Duke, gleich ein ganzes siebenköpfiges Team engagierte. Das lohnte sich bei so einer kleinen Mannschaft auch gar nicht. Aber jemanden zu haben, der mir den Großteil der Arbeit abnahm, wäre schon ein echtes Geschenk des Himmels. Allein der ganze administrative Mist fraß eine Menge der Zeit, die ich eigentlich besser in mein eigenes Training und meine Noten investieren sollte. Zumindest wenn ich meine letzte Chance nutzen wollte, es in die Nationalmannschaft zu schaffen.

Ich stand von dem Stuhl im Büro des ehemaligen Coaches auf und öffnete meine Schwimmtasche, bevor ich die Tabelle mit den Zeiten zurück auf ihren Platz legte. Wo zum Teufel hatte ich mein Klemmbrett mit den individuellen Trainingsplänen gelassen?

»Ist schon irgendwie krass, wie sich alle auf sie stürzen, oder?«

Meine Hände stoppten mitten in der hektischen Suche nach dem schwarzen Klemmbrett. Ich hob den Kopf und machte die Quelle der Stimme aus. Durch den Spalt der angelehnten Tür entdeckte ich Jonathan und Lucas, die einige Meter entfernt von mir bei den Bänken standen. Ich verspannte mich augenblicklich. Gott, die beiden sprachen laut genug miteinander, um das ganze beschissene Schwimmbad zu unterhalten.

»Wenn du mich fragst, geschieht ihr das ganz recht.« Jonathan zog sein Shirt aus, warf es in seine Tasche und zuckte mit den massigen Schultern. »Das passiert halt mit Leuten, die meinen, sie wären was Besseres.«

»Findest du?« Lucas, der zwar groß, aber sehr dürr war, band sich das lange blonde Haar im Nacken zusammen und nahm sich seine Badekappe. »Ich fand sie eigentlich immer super sympathisch.«

»Oh, ich bitte dich. Dieses Dauerlächeln und diese Überfreundlichkeit sind doch nur Fake. Genauso wie dieses künstliche Sauberfrau-Image.« Jonathan lachte spöttisch und zog die Bänder an seiner knielangen Badehose fester. »Oder glaubst du ernsthaft, dass so eine Verbindungsbarbie sich sonst mit einem Totalausfall wie Hunter Johnsen abgeben würde?«

Lucas runzelte verwirrt die Stirn. »Hunter Johnsen?«

Ich kannte ihn. Ich war ihm einmal bei einer Party von Malik begegnet. Ein eher mürrischer Zeitgenosse, doch kein übler Kerl. Ganz anders als Jonathan, der sich hier so fleißig das Maul über Dinge zerriss, von denen er keine Ahnung hatte. Aus persönlichen Gründen hätte ich den Mistkerl am liebsten schon längst aus dem Team geworfen, aber so einfach war das leider nicht.

»Den kennst du nicht?«, fragte Jonathan erstaunt, bevor er sich mit der flachen Hand vor die zu hohe Stirn schlug. »Ach, fuck, stimmt. Du bist ja ein Fresher.« Er klopfte Lucas auf der Schulter, der etwas ins Schwanken geriet. »Der hat im Sommer seinen Abschluss gemacht. So einer mit langen Haaren und sauvielen Tattoos. Hab gehört, dass er seine Ex immer verprügelt haben soll. Total abgefuckt, der Typ.« Jonathan schnaubte, und ich schüttelte den Kopf. Er hatte doch selbst mehr als nur ein Tattoo. Was für ein Heuchler. »Ich wette, ihre Freundschaft ist auch nur Fake, damit sie aller Welt dieses Samariter-Image vorgaukeln kann.«

»Mir tut sie trotzdem irgendwie leid.« Lucas rieb sich die Schulter und verzog kaum merklich sein Gesicht mit der Adlernase. »Ich meine, wie lange ist die Sache jetzt her? Eine Woche? Und die Leute reden immer noch die ganze Zeit über sie.«

Jonathan schnalzte missbilligend mit der Zunge. »Tja, das hat sie davon, wenn sie ihr Gesicht in jede beschissene Kamera halten muss.«

Ich hatte echt genug gehört. Ich schnappte mir meine Tasche und trat aus dem Büro heraus, aber diese beiden Idioten bemerkten mich nicht mal, als ich an der Seite des Beckens in ihre Richtung ging. All meine Muskeln waren zum Zerreißen gespannt. Ein paar der anderen unterbrachen ihre Gespräche und sahen interessiert zu Lucas und Jonathan herüber, der sich natürlich schnurstracks gerader hinstellte. Aufmerksamkeitsgeiles Arschloch. Meine Augen scannten schnell die Anwesenden ab, und ich schüttelte den Kopf. Natürlich erlaubte er sich so eine Scheiße nur, wenn April nicht da war. Anscheinend wurde er jetzt mutiger, weil ihm seit einer Woche niemand mehr Kontra gab. April war seit dem Vorfall nicht mehr zum Training erschienen. Und wo war Dean überhaupt?

Lucas setzte seine Badekappe auf, die mit einem lauten Schnalzen gegen seine Haut prallte. »Du kannst sie echt nicht leiden, oder?«

Jonathan zog die Oberlippe etwas hoch. Wollte er jetzt den Paten nachahmen? »Mir ist sie eigentlich vollkommen egal.«

»Dafür weißt du aber 'ne Menge über sie.«

»Der konnte man ja auch nirgendwo aus dem Weg gehen. Irgendwer hat immer über sie geredet oder ihre Posts geteilt. Und der ganze Trubel jetzt um sie kotzt mich auch irgendwie an. Jeden Morgen muss ich ihr Gesicht sehen, wenn ich Instagram aufmache.« Jonathan lachte gehässig und schlurfte zum Beckenrand, die Schwimmbrille locker von den Fingern baumelnd. »Aber wart's mal ab, das ist auch ganz schnell wieder vorbei.« Er grinste hämisch, lehnte sich vor und tauchte seine Schwimmbrille ins Wasser. »Und dann interessiert sich nämlich keine Sau mehr für sie.«

Lautstark stellte ich meine Tasche auf der Bank ab, doch bevor ich auch nur die Gelegenheit hatte, etwas zu diesem ganzen Mist zu sagen, sah ich schon aus dem Augenwinkel, wie Deans Tasche auf mich zugeflogen kam. Ich fing sie überrascht auf, während Dean ausholte und mit einem lauten Klatscher Jonathan direkt auf den Arsch haute.

»Oh darling, spill the tea!«, rief er laut mit übertrieben hoher Stimme, und ich presste die Lippen fest aufeinander, um nicht in schallendes Gelächter auszubrechen. Ich setzte mich auf die Bank, diese Show wollte ich mir in aller Ruhe ansehen. Das Großmaul hatte nichts Besseres verdient.

Das Gesicht voller hochroter Wutflecken drehte Jonathan sich zu Dean um und sah ihn an, als wollte er ihn am liebsten umbringen.

»Ich dachte, jetzt wo du dir wie ein Weltmeister das Maul über andere zerreißt, hättest du endlich das Ufer gewechselt.« Dean riss die Augen übertrieben weit auf, bevor er sich die Hand vor den Mund schlug. »Mist, da hab ich wohl wieder die ganzen Stereotype durcheinandergebracht, die Arschlöcher wie du so über uns verbreiten.« Er sah mich wimpernklimpernd an, und Jonathan zuckte zusammen, als er mich endlich bemerkte. »Darling, hab ich was falsch gemacht?«

Ich schmunzelte nur und stellte seine Tasche direkt neben meine auf die Bank. Das hatte Jonathan sich selbst eingebrockt. »Ich glaube, das Vorurteil gilt nur für die femininen Schwulen.«

»Oh, echt?« Dean winkte wie eine alte Lady im Fernsehen ab. »Du weißt ja, ich kenn mich mit diesem ganzen engstirnigen Schubladendenken und toxischen Geschlechterstereotypen nicht so aus.«

Ich nahm mein Klemmbrett aus der Tasche und nickte bekräftigend. Auch wenn ich Jonathan selbst keine Lektion erteilen konnte, so durfte ich mich zumindest ein bisschen an Deans Spielchen beteiligen. Zumindest so lange, bis meinem Kumpel die Sicherungen durchbrannten.

»Danke, Mann.« Dean trat einen großen Schritt auf mich zu und streckte die Hand aus.

»Kein Thema«, sagte ich und schlug ein.

»Sorry, Jonathan.« Mein bester Freund gab sich noch immer wie ein dämliches Blondchen, obwohl seine Augen diesen herausfordernden Ausdruck hatten, der uns in schon mehr als eine Schlägerei verwickelt hatte. Das konnte ja heiter werden. »Ich bin aber auch ein vergessliches Dummerchen.«

»Fick dich, Harris.« Jonathan ging auf Dean zu und schubste ihn brutal rückwärts. Ich hörte jemanden erschrocken nach Luft schnappen. Vielleicht wurde es Zeit, dass ich dazwischenging. »Packst du mich noch einmal an, breche ich dir den Arm.«

Dean reckte das Kinn, er hatte die Lippen zu einem spöttischen Grinsen verzogen. Die beiden standen so dicht voreinander, dass ihre Köpfe fast gegeneinanderstießen. »Soll das eine Drohung sein?«

Okay, das genügte. Ich legte das Klemmbrett oben auf meiner Tasche ab und erhob mich.

»Eher ein Versprechen.«

»Vielleicht steh ich ja auf genau so was.«

»Wir sind hier im Schwimmteam und nicht beim MMA. Also spart euch diesen ganzen Scheiß.« Ich trat zwischen die beiden und schob sie entschieden auseinander. »Das Training hat schon vor einer Weile angefangen, ab mit euch ins Wasser!«

Jonathan war noch immer feuerrot. Die hektischen Flecken hatten sich jetzt schon auf seinem Hals und auf seiner Brust ausgebreitet. »Aber er hat –«

»Wenn du jetzt sagst, *er hat aber angefangen*, wie im beschissenen Kindergarten, schwimmst du heute deinen Satz doppelt.« Als ich sah, wie Dean den Mund aufmachte, warf ich ihm einen strengen Blick zu. »Das Gleiche gilt für dich.«

»Geht klar, Coach.« Dean wandte sich zuerst ab und ging zu seiner Schwimmtasche. Er zog den Reißverschluss auf und schnappte sich seine Badekappe und seine Schwimmbrille. Dann lief er zum Becken. Jonathan schenkte ihm einen vernichtenden Blick und stand noch immer wie angewurzelt da.

»Muss ich das ein zweites Mal sagen?« Ich deutete in Richtung Becken. »Los.«

Jonathan grummelte leise etwas vor sich hin, was ich nicht wirklich verstand, wobei es sich aber sicherlich nicht um süße Nettigkeiten handelte, ehe er ruckartig auf den Hacken kehrtmachte. Ich ließ ihn nicht aus den Augen, bis er seine

Schwimmbrille aufgesetzt hatte und ins Wasser gesprungen war. Natürlich auf der Bahn, die so weit wie möglich von Dean entfernt war.

Ich wandte mich um und den anderen zu, die noch immer auf den Bänken hockten. »Ja, ihr auch. Abmarsch, einschwimmen!«

Augenblicklich kam Bewegung ins Team, und alle eilten zum Wasser, als befürchteten sie, dass meine Wut sich als Nächstes gegen sie richten würde, was nach der Nummer von Dean und Jonathan gar nicht so unwahrscheinlich war.

Ich löste die Trainingspläne vom Klemmbrett und überflog sie. Als ich bei dem von April ankam, knirschte ich mit den Zähnen. Wenn sie noch länger fehlte, dann würde mir nichts anderes übrig bleiben, als sie von der Kandidatenliste für das Universitätsteam bei den Nationalmannschaften zu streichen.

Automatisch dachte ich an ihre kurze Nachricht zurück, mit der sie sich ohne jegliche Erklärungen bei mir auf unbestimmte Zeit abgemeldet hatte. Ich wusste natürlich, warum sie nicht zum Training erschien. Doch obwohl ich es verstand, konnte ich ihr nicht noch mehr entgegenkommen. Die anderen im Team hatten jetzt schon häufiger nach April gefragt, und wenn ich ihr weiterhin eine Sonderbehandlung zukommen ließ, würde ich bald ganz andere Problem als eine fehlende Schwimmerin bei den Nationalmeisterschaften bekommen.

Ich blickte aufs Wasser, das über den Rand des Beckens schwappte und dann in einem der Abläufe verschwand.

Wie es ihr wohl ging?

Ich hatte Kate zwar hin und wieder auf dem Campus gesehen, aber immer nur aus der Ferne und nur für den Bruchteil einer Sekunde, wenn sie mit eingezogenem Kopf und entweder von Raelyn oder April begleitet von einem Gebäude zum anderen gehuscht war. Scheiße, diese ganze Situation war doch zum Kotzen.

Als ich das leise Tapsen von nackten Füßen auf den Fliesen hörte, schaute ich auf. Die Tür der Frauenduschen fiel gerade zu, und April kam mit klatschnassem Haar direkt auf mich zu. Die schmalen Schultern ließ sie etwas herunterhängen, und sie war ungewöhnlich blass. Mit steifen Schritten ging sie an mir vorbei, bevor sie ihre Tasche neben Deans auf die Bank stellte. Nachdem sie ihre Badekappe und Schwimmbrille herausgeholt hatte, drehte sie sich um, den Blick stur aufs Becken gerichtet. Hatte sie allen Ernstes vor, mich zu ignorieren?

»Du bist zu spät«, stellte ich trocken fest.

Sie sah mich an und setzte die Badekappe auf. »Tut mir leid.«

»Schon okay.« Ich kramte ihren individuellen Trainingsplan aus meinen Unterlagen hervor und hielt ihn ihr hin. »Sieh einfach zu, dass du so schnell wie möglich ins Wasser kommst.«

Ihre Finger, die sie nach dem Stück Papier ausgestreckt hatte, hielten mitten in der Bewegung inne. »Wer bist du und was hast du mit meinem Coach gemacht?«

»Ha, ha. Sehr witzig.« Das war schon besser als dieser kleinlaute Tonfall, den sie gerade bei ihrer Entschuldigung angeschlagen hatte. Ich schüttelte das Stück Papier, das raschelnd um ihre Aufmerksamkeit bettelte. »Jetzt nimm schon.«

»Ich weiß.« Sie nahm ihren Trainingsplan und ließ die Augen darübergleiten. »Ich wäre die geborene Late-Night-Hostess.«

Immer ein treffendes Comeback parat, genau wie Dean. Kein Wunder, dass die beiden sich so gut verstanden. »Genug reden tust du dafür auf alle Fälle.«

April schlang sich das Band ihrer Schwimmbrille um die Finger und zwinkerte mir zu. »Das klingt schon eher nach dir, Volkov.«

Mit dem Trainingsplan in der Hand wandte sie sich ihrer Tasche zu und begann darin herumzukramen, während sie zwischen ihrer Tasche und dem Trainingsplan hin und her sah, um das Passende von ihren Sachen herauszuholen. Erst der quietschgelbe und bemalte Pullkick, dann die roten Hand-Paddels zum zusätzlichen Krafttraining ihrer Arme.

Jetzt, aus der Nähe, fiel mir auf, wie schlecht sie eigentlich aussah. Sie zog die Sachen beinah mechanisch hervor, und ihren Augen fehlte der sonstige Funken, der einen wissen ließ, dass diese kleine Frau es faustdick hinter den Ohren hatte. Ihre Haut war fahl, und sie hatte tiefe Augenringe, so als würden ihr einige Nächte ausgiebiger Schlaf fehlen.

»Wie geht's ihr?« Die Frage war mir entwischt, bevor ich sie hatte zurückhalten können. Ich erinnerte mich nur zu gut daran, wie ich mich gefühlt hatte, als das Leben mir den Boden unter den Füßen weggerissen hatte. Bei Gott, ich hoffte wirklich, dass sie mit dieser ganzen Sache besser umging als ich damals. Immerhin ging sie noch zu den Vorlesungen. Damit war sie mir schon mal einen großen Schritt voraus.

April erstarrte mitten in ihrer Bewegung, die schwere Wasserflasche noch halb in der Tasche. »Wem?«

Wollte sie sich ernsthaft dumm stellen? »Du weißt genau, wen ich meine.«

Ruckartig schnellte ihr Kopf herum. »Ja, weiß ich. Allerdings hatte ich gehofft, dass du mich nicht wirklich nach Kate fragst.«

Verwirrt runzelte ich die Stirn. »Wieso?«

»Weil ich dir dann sagen muss, dass es dich einen Scheißdreck angeht.« Sie zog die Flasche heraus und klemmte sie sich unter den Arm, ehe sie sich ihr Equipment schnappte. »Sorry, wenn das vielleicht etwas harsch klingt, aber du bist nicht gerade unschuldig an dieser ganzen Sache.«

Was hatte ich denn bitte mit diesem ganzen Chaos zu tun?
»Weil ich mit ihr geschlafen habe?«

»Nein. Ihr seid erwachsen. Ihr könnt tun und lassen, was ihr wollt.« Sie stemmte die freie Hand in die Hüfte, als sie mich ansah. »Eher, weil dein Ruf als herumhurender Campus-Playboy alles nur noch schlimmer macht.«

Für einen Moment blieb mir der Mund offen stehen. »Dir ist schon klar, dass du hier gerade mit deinem Coach redest, oder?«

»Ja. Aber der hat zuerst die Grenze überschritten, indem er mich nach jemandem gefragt hat, der mit dem Training absolut gar nichts zu tun hat.« Ihre Züge verhärteten sich, während sie mir klarzumachen versuchte, dass sie nicht vorhatte, mir meine Frage zu beantworten. »Und wenn du privat mit mir sprichst, werde ich dir nicht Honig um den Bart schmieren. Das habe ich dir schon mehr als einmal gesagt.«

Mit einem leisen Murren gab ich nach. Scheiße, warum musste dieser Zwerg nur so häufig recht behalten? »Punkt für dich.«

April nickte abrupt. »Ich weiß«, gab sie zurück und lief los Richtung Startblöcke, ohne mir die Chance zu geben, weiter nachzubohren.

Ich sah auf ihren zarten Rücken und lächelte. Ob Kate wusste, was für eine gute Freundin sie hatte?

Auf halbem Weg blieb April plötzlich stehen. Sie wechselte kurz von einem Fuß auf den anderen, bevor sie ein frustriertes Stöhnen ausstieß und zu mir zurückkam.

Was zur Hölle war denn jetzt schon wieder los?

Sie stellte sich vor mich und legte mir ihre schmale Hand auf die Schulter, die sie sanft drückte. »Du meinst es bestimmt nur gut, aber halt dich einfach von ihr fern und streich sie aus deinem Gedächtnis, okay?«

»Was?«

»Das Letzte, was ihr beide jetzt braucht, ist noch ein gemeinsames Foto.« April klang so eindringlich, dass ich gar nicht anders konnte, als ihr einfach stumm zuzuhören. »Ich weiß, dir ist dein Ruf egal, Kates Welt sieht jedoch anders aus. Diese eine Nacht mit dir hat ihr ganzes Leben auf den Kopf gestellt. Das Mindeste, was du jetzt tun kannst, ist, es nicht noch schlimmer zu machen.«

Ich schob ihre Hand von meiner Schulter. Das sollte doch wohl ein schlechter Scherz sein. »Ich wollte nur wissen –«

»– wie es ihr geht. Schon klar.« April hob beschwichtigend die Hand und beeilte sich, weiterzusprechen. »Du bist zwar nur mein Coach, und wenn ich ehrlich sein soll, kannst du manchmal ein echter Arsch sein, aber ich weiß genau, dass du die Füße nicht still halten kannst, wenn es jemandem beschissen geht, den du kennst.« Ihr Tonfall war schwer zu deuten, und ich hatte keine Ahnung, ob das nun als Kompliment gemeint war oder ob sie mich gerade indirekt aufdringlich genannt hatte. »Und egal, was alle anderen sagen, glaube ich, dass du eigentlich ein ziemlicher Softie bist.« Ich machte den Mund auf, um etwas zu sagen, doch sie schnitt mir mit einer einfachen Geste das Wort ab. »Aber bitte, vergiss diese ganze Sache einfach, okay? Das ist das Beste für alle.« Sie lächelte mich schwach an, ehe sie bekräftigend nickte. »Raelyn und ich haben das im Griff.«

Sie hatte recht. Kates Leben ging mich nichts an. Das war eine Sache, die ihre Freundinnen übernehmen mussten. »Okay.«

Erleichtert stieß April die Luft aus, so als wäre gerade eine Riesenlast von ihr abgefallen. »Danke«, sagte sie. »Wusste doch, dass du kein Vollidiot bist.«

Nachdem April zu den Startblöcken gegangen und zu den anderen ins Wasser gesprungen war, stand ich von meinem

Platz auf der Bank auf und verschränkte die Arme vor der Brust.

Eigentlich wollte ich das Training aufmerksam verfolgen, aber meine Gedanken drifteten immer wieder zu Kate ab. Wieder und wieder sah ich sie mit dieser versteinerten Miene über den Campus huschen, der ihr bis vor einer Woche noch zu Füßen gelegen hatte.

Ich wusste leider nur allzu gut, wie sich das anfühlte. Und wie tief der Fall vom Olymp des Lebens bis in die Unterwelt der Ausgestoßenen war. Was genau der Grund war, warum ich ihr hatte helfen wollen.

Aber April hatte recht.

Kate und mich verband nichts außer dieser einen Nacht, und die hatte für sie alles zerstört. Es war besser, wenn ich sie in Ruhe ließ.

Als sich ein bitterer Geschmack in meinem Mund ausbreitete, holte ich eine Wasserflasche aus meiner Tasche und nahm einen großen Zug. Doch egal, wie viele Schlucke ich auch trank, er wollte beim besten Willen nicht verschwinden.

13. KAPITEL

Kate

prem_03: Ist das dein beschissener Ernst?

MvP3: Lächerlich. Meinst du echt, dass auch nur irgendwer gerade dein verlogenes Gesicht sehen will? Du bist doch echt ein Witz.

Arianna_LivingHerLife: Es wäre besser, wenn du mal in dich gehst und über das nachdenkst, was du da getan hast, anstatt irgendwelche Bilder hochzuladen. #SaveYourselfForMarriage #GodIsAlwaysWatching

Dayzer: Ich hätte es ja besser gefunden, wenn du weniger angehabt hättest.

Du hättest es besser wissen müssen, ätzte die Stimme in meinem Kopf, während ich die Kommentarspalte hinunterscrollte. *Hast du echt geglaubt, die ganze Sache ist nach zwei Wochen einfach so gegessen?*

Nein, das hatte ich nicht. Aber mit dieser Welle aus Hass, die über mir zusammenschlug, hatte ich nicht gerechnet. Dabei war ich überzeugt gewesen, für alles gewappnet zu sein, als ich das Bild von mir in meinem Lieblingsoutfit vor unserer Mensa hochgeladen hatte. Aber das war wohl ein Irrtum, wenn man dem faden Geschmack Glauben schenken durfte, der sich in meinem Mund ausbreitete und der mich um ein Haar das verräterische Brennen meiner Augen vergessen ließ, das in den letzten vierzehn Tagen mein verlässlicher Begleiter gewesen war.

Ich schloss das Bild und schluckte leise.

98 000. Mehr Follower waren nicht mehr übrig.

Eine einzige Nacht hatte also tatsächlich ausgereicht, um alles, was ich mir über Jahre hinweg aufgebaut hatte, zu zerstören.

Ich fuhr mit dem Daumen über das Icon meiner Seite, das mich mit einem strahlenden Lächeln zeigte. Eine Momentaufnahme ohne perfektes Licht, perfektes Outfit oder den perfekten Fotografen. Es war entstanden, als wir voriges Jahr im September an Tylers letztem Tag alle zusammen am Strand gewesen waren, bevor er nach Japan aufgebrochen war. Wir hatten den ganzen Tag dort verbracht, hatten faul in der Sonne gelegen, ohne auch nur einen Gedanken an unsere Kurse oder den bevorstehenden Abschied zu verschwenden. Abends hatten wir ein Lagerfeuer gemacht und bei Bier und Cola S'Mores gegessen und einfach nur das Meeresrauschen genossen. Eine Erinnerung, die zwar bittersüß war, mir aber trotzdem immer wieder ein Lächeln auf die Lippen zaubern konnte. Nur jetzt gerade wollte es nicht wirklich funktionieren.

Komisch, dass das erst letztes Jahr gewesen sein sollte. Mir kam es nämlich wie eine halbe Ewigkeit vor, in der ich mindestens um die zehn Jahre gealtert war. Seitdem hatte sich so viel verändert, und mein krampfhafter Versuch, an dieser einen Sache festzuhalten, die die letzten Jahre mein Leben bestimmt und für mein Einkommen gesorgt hatte, war gerade eindeutig gescheitert.

»Alles okay bei dir?« Als Aprils besorgte Stimme an mein Ohr drang, sah ich auf und lächelte, ehe ich mein Handy sperrte und es in meine hintere Hosentasche steckte.

»Klar.« Ich wich ihrem Blick aus, kletterte von der Matratze und ging zum Spiegel, um meinen Lippenstift zu überprüfen, der noch genauso makellos war wie vor drei Minuten.

April zog eine Augenbraue hoch. »Sieht nicht so aus.«

»Doch, alles okay.« Mein Spiegelbild lächelte sie an, und ich richtete die lange Kette um meinen Hals, auch wenn sie keinen Millimeter verrutscht war. »Es braucht ja wohl mehr als ein paar hässliche Kommentare, damit ich mich unterkriegen lasse. Stimmt's oder hab ich recht?«

Raelyn stellte ihre leere Bierflasche auf meinen Nachttisch und rückte an die Kante meines Bettes. »Wir müssen nicht feiern gehen.«

April nickte bekräftigend. »Wir können auch einfach hier was trinken.«

»Spinnt ihr?« Ich lachte auf. Leider fiel mir selbst auf, wie unecht es wirkte. »Ich hab nicht den halben Abend mit euren Haaren und eurem Make-up verbracht, damit wir jetzt hierbleiben.«

Meine beiden besten Freundinnen wechselten einen skeptischen Blick, der mich in meiner Entscheidung nur noch mehr bekräftigte. Die beiden hatten sich wirklich genug Sorgen um mich gemacht, nachdem ich die erste Woche nach dem Vorfall weinend in ihrem Zimmer verbracht hatte. Seitdem behandelten sie mich wie ein rohes Ei. Sicherlich hätte ich mich nicht anders verhalten, wenn es um eine von ihnen gegangen wäre, trotzdem konnte ich es nicht leiden, wie besorgt sie mich betrachteten. Ich wollte das nicht länger. Dass ich die dunkle Wolke war, die über unser aller Leben schwebte. Immerhin war das hier mein letztes Jahr, und unsere gemeinsame Zeit lief langsam, aber stetig ab. Die zwei letzten Monate, die uns noch zusammen an der STU blieben, sollten nicht damit verschwendet werden, sich vierundzwanzig-sieben den Kopf über mich zu zerbrechen. Wir alle brauchten wieder etwas mehr Normalität. Und was war da besser als eine Verbindungsparty?

»Na los.« Ich scheuchte die beiden mit einem breiten Grinsen vom Bett und bemühte mich, die düstere Stimmung zu vertreiben. »Bevor der ganze gute Alkohol weg ist.«

April schnappte sich seufzend ihre dunkelroten Chucks, die ich ihr für heute durchgehen ließ, obwohl sie nicht wirklich zu dem dunkelgrünen Kleid passten, das sie sich von mir geborgt hatte. »Sicher, dass du okay bist?«

Ich schlüpfte in meine Pumps und zog das Riemchen am Knöchel fest. »Klar.«

Raelyn kam zu mir herüber und warf ihr Handy in meine Clutch, weil sie wie immer keine Lust hatte, eine eigene Tasche mitzunehmen. »Wäre kein Problem, wenn dir nicht mehr danach ist.«

»Ich lasse mir doch keine Party von Delta entgehen.« Ich klemmte mir meine Clutch unter den Arm und nahm ihre Hand. »Erst recht nicht, wenn ich sie selbst organisiert habe.«

»Kate …«

Sanft drückte ich zu. »Ist schon gut, Rae. Wirklich.«

»Ganz sicher?«

»Ja.« Ich zwinkerte ihr zu. »Ich bin wie eine Katze. Die landen auch immer wieder auf ihren Füßen.«

»Alles klar.« Raelyn ließ meine Hand zögerlich los, in den Augen noch immer Tausende Zweifel, von denen ich wusste, dass kein falsches Lächeln dieser Welt sie auslöschen konnte.

»Dann los.« Ich zog mir meine Jacke an, während April die Dockingstation ausschaltete und Raelyn sich die leeren Bierflaschen griff und ihr abgetragenes Paar Schuhe anzog.

Wir traten hinaus auf den Flur, und mit einem festen Ruck machte ich die Zimmertür hinter uns zu. Aus meiner Hosentasche fischte ich meinen Zimmerschlüssel und schloss ab. Erst als ich den Schlüssel zweimal herumgedreht und noch mal an der Tür geruckelt hatte, wandte ich mich zum Gehen um. Eine Party bei Delta würde mich ganz bestimmt auf andere Gedanken bringen. Außerdem würden viele Mitglieder anderer Verbindungen dort sein, was mir die ganze Sache deutlich leichter machen sollte. Eine durchzechte Nacht war vielleicht genau das, was wir alle brauchten. Und einfach so weiterzumachen wie bisher war die beste Methode, um den Skandal im Keim zu ersticken und dafür zu sorgen, dass alles wieder so wurde wie vorher. Bestimmt würden nach den Finals alle vergessen haben, dass –

»Kate? Kommst du bitte mal?«

Ich blieb wie angewurzelt stehen, als Lauras Stimme aus ihrem Zimmer zu uns herübertönte. Ich fluchte leise. Die Tür am Ende des Flurs stand, wie gewohnt, einen Spaltbreit offen. Laura war also zu Hause. Verdammt.

»Ja, sofort.« Ich legte April eine Hand auf die Schulter und sah Raelyn an. »Wartet unten auf mich. Das dauert nicht lange.«

»Sicher?« Aprils Augen glitten misstrauisch zu der offenen Tür. »Wir können auch hier oben warten?«

»Nein, nicht nötig.« Ich versuchte mich an meinem besten, selbstsichersten Lächeln und hoffte, dass es einigermaßen überzeugend war, obwohl mir das Herz bis zum Hals schlug. »Es geht bestimmt nur um den Frühlingsball.«

»Wenn du meinst.« Raelyn nickte Richtung Treppe. »Komm, April.«

April blickte noch mal zu mir zurück, und ich winkte ihr. Erst als sie am Fuß der Treppe angekommen waren, sah ich wieder zu der offenen Tür.

Es war Dezember, und die Finals standen kurz bevor. Auf keinen Fall ging es um den Frühlingsball im Mai. Ich fuhr mit den Händen über meine Oberschenkel, atmete tief durch und setzte mich in Bewegung.

Ich klopfte kurz gegen den Türrahmen, bevor ich Lauras Zimmer betrat. Das Hellblau ihrer Wände strahlte mir entgegen, und mir lief ein eiskalter Schauer den Rücken herunter, obwohl es in Lauras Zimmer eigentlich kuschelig warm war. Wie immer war es penibel aufgeräumt und ordentlich. Nichts lag herum. Nicht einmal eine einzige Socke. Bei Laura war stets alles perfekt, und was ich früher bewundert hatte, fand ich jetzt einengend und bedrückend.

Laura saß an ihrem weißen Schreibtisch am Fenster. Sie drehte sich zu mir um, nahm die elegante Lesebrille von der Nase und verstaute sie sorgfältig im Etui.

»Setz dich«, sagte sie kühl und deutete auf das kleine Sofa, um das sie alle mindestens genauso sehr beneideten wie um ihr fünfundzwanzig Quadratmeter großes Zimmer. Das war einer der Vorzüge, wenn man die Vorsitzende war. »Du kannst dir sicher denken, worum es geht?«

Ich nickte wortlos und betrachtete dabei meine Hände, die gefaltet in meinem Schoß lagen.

»Gut. Noch so eine Eskapade kann keiner von uns gebrauchen. Von daher gehe ich davon aus, dass klar ist, wie du dich heute Abend zu benehmen hast. Eigentlich wollte ich nicht zwischen Tür und Angel mit dir darüber reden, aber ich werde die nächsten Wochen ziemlich eingespannt sein. Also muss es jetzt so reichen.« Laura stand nicht auf und setzte sich zu mir. Sie thronte auf ihrem Schreibtischstuhl, mir vollständig zugewandt, und hatte die Arme ebenso verschränkt wie ihre Beine. »Während der kommenden Winterferien möchte ich, dass du dir Gedanken darüber machst, wie du den Schaden wieder beheben kannst, den du angerichtet hast.« Sie klang dermaßen enttäuscht, dass ich das Gefühl hatte, nicht mehr atmen zu können. »Durch deinen ... Ausrutscher ist unsere Verbindung stark in Verruf geraten. Viele der Schwestern fühlen sich damit nicht sonderlich wohl.« Laura hielt sich nicht zurück, ihre Worte stachen wie schuldgetränkte Nadeln in mich hinein und hinterließen dort ein hässliches Bild der Schande, das ich wie ein Tattoo immer mit mir tragen würde. Und wie bei einem Tattoo verlangte sie von mir, es mit einer dicken Schicht Make-up abzudecken, um kein Aufsehen zu erregen. »Wie mir scheint, wäre es einigen sogar lieber, dich aus der Verbindung zu werfen, aber ich denke, jeder hat eine zweite Chance verdient. Und wir sind uns doch einig, dass du deine Lektion gelernt hast, oder nicht?«

Die subtile Drohung war unmissverständlich. *Tu, was ich dir sage, oder ich setze dich vor die Tür.*

Ich presste die Handflächen fest aneinander und war froh, dass mein weit sitzender Mantel das Zittern verbarg. »Ja.«

»Sehr gut.« Lauras Lächeln wirkte mindestens genauso falsch wie mein eigenes. Genauso wie wir beide wussten, dass sie als Vorsitzende gegen die Statuten der Verbindung verstieß, weil sie tatenlos dabei zusah, wie meine Schwestern mich ausgrenzten und schikanierten, ohne einzuschreiten. »Die letzte Zeit war bestimmt hart für dich, aber wir Kappas lassen uns nicht unterkriegen. Also, besinn dich auf das Wesentliche, während du zu Hause bist, und komm dann mit einem detaillierten Plan zu mir zurück.«

»Danke, Laura«, zwang ich mich zu sagen, anstatt ihr vorzuwerfen, dass sie entschieden zu weit ging. Ich tat bereits mein Möglichstes, auch wenn das nicht gut genug war. Weder für sie noch für mich.

»Kein Problem.« Sie lehnte sich vor und tätschelte mir die Hand, und ich ertrug es für ein paar Sekunden, bevor ich ruckartig aufstand.

»Ich sollte dann los.«

»Na klar. Viel Spaß mit den beiden.« Laura versuchte zwar, freundlich zu klingen, aber ich wusste genau, dass etwas völlig anderes hinter dem sanften Singsang ihrer Stimme lauerte. Sie hasste April und Raelyn. Und das würde sich auch niemals ändern. »Grüß Scott von mir.«

»Mach ich.« Ich steckte die Hände in meine Manteltaschen und ging zur Tür, um so schnell wie möglich diesem Albtraum zu entkommen. Nur noch ein paar Meter, dann wäre diese ganze erniedrigende Tortur endlich vorbei.

»Ach, und, Kate?« Ich schaute über die Schulter zurück zu der Frau, die ich einst so bewundert hatte. Sie lächelte nicht mehr. Stattdessen sprühten ihre Augen Funken, und die Lippen waren zu einem festen Strich zusammengepresst. Ihr Blick durchbohrte mich eindringlich und bedrohlich. »Mehr Freiwilligenarbeit und passable Noten in den Finals reichen nicht. Ich hoffe, das ist dir klar.«

Ich schluckte leise. Oh, ich wusste genau, was sie von mir erwartete. Vollkommenen Gehorsam. Das, was sie in letzter Zeit so bitterlich von mir vermisst hatte. »Ja.«

»Fantastisch.« Sie klatschte enthusiastisch in die Hände, doch für mich klang es wie eine Tür, die laut hinter mir zuschlug. »Dann viel Spaß heute Abend.«

Ich lächelte knapp und murmelte einen ähnlich leeren Wunsch. Dann verließ ich das Zimmer so schnell ich konnte. Ich hastete zu den Treppen, ohne zuzulassen, auch nur den Bruchteil einer Sekunde über das nachzudenken, was da eigentlich gerade passiert war.

Bei der letzten Stufe zogen meine Mundwinkel sich wie von selbst nach oben. Meine eiligen Schritte führten mich schnurstracks auf die Haustür zu, vor der April und Raelyn mit besorgten Gesichtern auf mich warteten, die mir das Atmen mindestens genauso schwer machten wie die Gewichte, die Laura gerade auf meine Schultern gelegt hatte.

»Was wollte sie?«, fragte April sofort und sah mich angespannt an. Meine Mundwinkel schmerzten, ebenso wie der nutzlose Muskel in meiner Brust, der weiterhin Blut und Sauerstoff durch mich hindurch pumpte.

»Nichts Besonderes«, log ich und hakte mich bei den beiden unter. »Also, ich weiß ja nicht, wie es euch geht, aber ich könnte jetzt einen Tequila vertragen.«

14. KAPITEL

Alec

Meide jegliche Verbindungspartys, wenn du einem Verbindungsmädchen aus dem Weg gehen willst. Das war eine der neuen Regeln, dich ich meinem inneren Kompendium hinzufügte, als ich wie der letzte Vollidiot draußen an der Hauswand von Delta lehnte. Eigentlich war es viel zu kalt für die Terrasse, zumal mein heißes Tinder-Date drinnen auf mich wartete. Mit seinen braunen Haaren, den blauen Augen und dem selbstsicheren Schmunzeln war der Kerl eigentlich genau mein Typ. Trotzdem war ich weder besonders scharf darauf, zu ihm zurückzukehren, noch zu den unzähligen Augenpaaren, die sich auf mich gerichtet hatten, als Kate Benoit mit dem perfekten – und vor allem – falschen Lächeln fünf Minuten zuvor durch die Haustür stolziert war.

Für einen Moment hatte ich gedacht, dass mein Verstand mir einen Streich spielte. Der kannte nämlich seit unserer gemeinsamen Nacht wie mein erster eigener Fernseher nur einen einzigen Sender mit immer demselben Bild. Aber als alle um mich herum begonnen hatten, einander anzustoßen und wild zu tuscheln, war mir klar geworden, dass ich sie mir nicht nur einbildete, sondern dass Kate tatsächlich auf der Party aufgekreuzt war. Zumindest mein Tinder-Date hatte sie dafür zu feige gehalten, nachdem Kate wohl in den letzten zwei Wochen doch die ein oder andere Vorlesung hatte sausen lassen.

Man hätte fast meinen können, die Zeit wäre stehen geblieben. Niemand rührte sich oder sagte etwas, bis Kate mit ihren Freundinnen in der Küche verschwunden war. Und dann hatten plötzlich alle mich angestarrt, und ich hatte die Flucht ergriffen, bevor noch irgendjemand auf die dämliche Idee kam, mich auf Kate anzusprechen, was mir zugebenermaßen in letzter Zeit deutlich häufiger passiert war, als mir lieb gewesen wäre und was mir, um ehrlich zu sein, ziemlich auf den Sack gegangen war, weil es mich ständig an sie erinnerte.

Als würden mich nicht auch so schon oft genug die Erinnerung an ihr schönes, helles Lachen heimsuchen. Oder die an ihre weiche Haut, wie sie sich unter meiner anfühlte. An ihren Duft nach Sandelholz und Jasmin, der auf einmal jeder Frau anzuhaften schien, mit der ich schlief. Ganz zu schweigen davon, dass kein einziger Kuss mit jemand anderem annähernd so sehr brannte wie dieser eine von ihr hinter dem *Nightingale*.

Ich ballte die Hände in meinen Hosentaschen zu Fäusten und verbot mir jeglichen Gedanken an diese Nacht, obwohl das verdammt schwer war, wenn man bedachte, dass ich mich auch jetzt ausgerechnet auf eine Terrasse geflüchtet hatte. Als bräuchte mein Gehirn ernsthaft eine Auffrischung davon. Unsere gemeinsamen Stunden auf den Palettenmöbeln liefen in meinem Kopf genauso in Dauerschleife wie der Moment, in dem Kate sich mir im Halbdunkel meines Zimmers entgegengebogen hatte. Wie sie meinen Namen hauchte, wenn sie kam. Wie ihre Nägel sich in meine Haut gegraben hatten, wenn ich –

Ich zuckte zusammen, als die Tür zur Terrasse plötzlich aufgestoßen wurde, und machte einen großen Schritt zur Seite in den Schatten, den die angrenzende Garage warf. Gerne hätte ich noch eine Weile meine Ruhe gehabt, aber augenscheinlich wagte sich noch ein armer Tropf bei diesen Temperaturen nach draußen, um der dröhnenden Musik und den ganzen Leuten drinnen zu entkommen.

»Scott! Was zur Hölle …?« Ich kannte die Stimme. Ebenso wie diesen feuerroten Lockenschopf, zu dem sie gehörte. April hastete die Stufen hinunter, und ich blickte zu der kleinen Gruppe, die gerade aus der Tür getreten war.

»Schon okay, April.« Kate hob beschwichtigend die Hand und nickte April zu, die neben der Frau mit den vielen Tattoos stand, mit der ich sie häufiger zusammen sah. Kate würdigte Scott Brooks, der wütend auf sie herunterstarrte, keines Blicks, sondern entzog ihm bestimmt ihren Unterarm, während sie April seelenruhig anlächelte und Richtung Haus deutete. »Wie wäre es, wenn ihr beide euch schon mal was zu trinken holt? Ich komme gleich nach.«

April schüttelte heftig den Kopf. »Ich will dich echt nicht mit ihm allein lassen.«

»Wir sind nicht allein.« Kate deutete auf die Fenster, an denen ein paar Leute sich bereits die Nasen platt drückten. »Es ist wirklich okay.«

»Ich bringe dir was mit.« Die Frau mit den vielen Tattoos legte April den Arm um die Schulter und führte sie die wenigen Stufen hinauf zur Tür, bevor sie noch mal stehen blieb. »Wenn du in einer Viertelstunde nicht wieder drinnen bist, kommen wird nach dir sehen.«

»Alles klar.« Wieder dieses sanfte Lächeln, das nicht ihre Augen erreichte. »Danke, Raelyn.«

Die beiden Frauen verschwanden im Haus, und ich überlegte einen Moment lang, ihnen zu folgen, aber wenn ich nun aus dem Schatten trat, dann wäre das Chaos perfekt. Die Leute würden glauben, ich hätte den beiden hier draußen aufgelauert, und die wildesten Gerüchte würden augenblicklich die Runde machen. Also lehnte ich mich wieder gegen die Wand und verschränkte die Arme vor der Brust. Ich konnte mir echt etwas Schöneres vorstellen, als das hier jetzt miterleben zu müssen, aber den nächsten Campusskandal auszulösen wäre noch schlimmer. Außerdem hatte ich so ein Auge auf Scott, denn dem Typ drang der Zorn aus allen Poren. Wie ein Tiger im Käfig ging er vor Kate auf und ab. Quälende Sekunden sagte keiner etwas. Aber dann endlich blieb Scott stehen.

»Du hast echt Nerven herzukommen.« Seine Stimme klang mehr wie das Grollen eines wilden Tieres, und instinktiv verspannte ich mich.

»Scott, ich habe diese Feier mitorganisiert und bin genau wie du an der STU.« Kate wirkte vollkommen unbeeindruckt, doch mir fiel auf, wie wachsam ihre Augen auf Scott lagen. »Ich habe das gleiche Recht herzukommen wie alle anderen auch.«

»Das hast du dir verspielt, als du für diesen Wichser die Beine breitgemacht hast.« Scott spuckte auf das Holz der Terrasse und schnitt angewidert eine Grimasse. »Alec Volkov.« Er sprach meinen Namen aus wie eine Krankheit. »Im Ernst, Kate?«

Sie verzog keine Miene. Denn vermutlich wusste sie genau, wie viele neugierige Augenpaare gerade durch die Fenster auf sie beide gerichtet waren. »Mit wem ich schlafe, geht dich überhaupt nichts an.«

»Es geht mich sehr wohl was an.« Scott war nicht annähernd so kontrolliert wie Kate, er warf die Hände in die Luft, und der angestaute Frust, der in seinen Worten mitschwang, machte mich nur noch besorgter. »Ich hab jahrelang mit dir geflirtet und mich für dich zum Affen gemacht. Du glaubst gar nicht, wie viel Scheiß ich mir deshalb von meinen Brüdern anhören musste. Was glaubst du wohl, warum ich dir bei den Partys immer völlig freie Hand gelassen hab, hm?« Scott streckte die Hand nach Kate aus, doch sie wich zurück. Bellend und bitter lachte er auf, bevor er ihr mit einem großen Schritt folgte. Mir gefiel nicht, wie dicht Scott jetzt bei ihr stand, da er verbal auch noch direkt nachsetzte. »Wenn du es so nötig hattest, hättest du besser zu mir kommen sollen, anstatt herumzuhuren.«

»Herumhuren?« Es klang so, als wäre Kates gesamte Stimme gerade eine komplette Oktave nach oben gerutscht. »Ich hatte einen einzigen One-Night-Stand.«

»Na klar, das kannst du weismachen, wem du willst.« Scott schnaube verächtlich. Ich hatte diesen Kerl echt noch nie leiden können, und was er hier gerade abzog, bestätigte mich nur noch mehr in meiner Meinung. »Ich hab das Foto gesehen, Kate. Wie du ihm die Zunge in den Hals gesteckt hast.« Er schüttelte sich in übertriebenem Ekel, und ich konnte nicht anders, als mit den Augen zu rollen. »Hast die ganze Zeit einen auf Miss Perfect gemacht, dabei hurst du genauso rum wie alle anderen wertlosen Flittchen aus deiner Verbindung.«

Nun entgleisten Kates Gesichtszüge das erste Mal, und ich konnte verstehen, warum ihr der Mund offen stand, denn ich war ähnlich sprachlos, auch wenn ich von jemandem wie Scott Brooks eigentlich nichts anderes erwartet hatte.

Was für ein chauvinistisches Arschloch.

Kate fing sich jedoch deutlich schneller als ich, und die Art, wie sie aufmüpfig das Kinn vorreckte, ließ mich schmunzeln. Das war schon eher die Kate, die mir zusagte. Nicht diese eingeschüchterte und farblose Version von ihr, die ich in der letzten Woche ab und an über den Campus hatte hasten sehen. »Mit wie vielen Männern ich schlafe, geht dich einen Scheißdreck an, Scott. Selbst wenn es zweihundert gewesen wären, würde dir das nicht das Recht geben, so mit mir zu reden.«

»Kommst du mit zweihundert überhaupt noch hin?«

»Fick dich, Scott.« Kate klemmte sich die Hände unter die Arme, und ihr ganzer Körper bebte, doch als ihr Blick zu den

Fenstern huschte, legte sie ein nichtssagendes Lächeln auf. »Ich hatte einen einzigen One-Night-Stand. Seitdem ich dich kenne, bist du mit mindestens zwanzig Frauen ins Bett gegangen. Wo ist da bitte der Unterschied?«

»Das ist ganz einfach.« Scott trat einen weiteren Schritt auf Kate zu, aber diesmal wich sie nicht zurück, sondern bot ihm die Stirn, und ich wusste nicht wirklich, ob ich das nun ziemlich mutig oder unfassbar dumm finden sollte. Aber ich tendierte zu Letzterem, weil ich das gehässige Grinsen sah, das Scotts Gesicht entstellte. »Wenn man mit einem Schlüssel alle Schlösser öffnen kann, dann hat man den Generalschlüssel. Wenn ein Schloss bei jedem x-beliebigen Schlüssel aufspringt, dann hat man einfach nur ein *sehr, sehr billiges* erwischt.«

Kate zuckte heftig zusammen, und es kostete mich jeden Funken Selbstbeherrschung, den ich gerade noch aufbringen konnte, damit ich nicht sofort aus dem Schatten trat und diesem Mistkerl die Abreibung verpasste, nach der er mit jedem einzelnen seiner Worte zu verlangen schien. Aber da Kate nicht in Tränen ausbrach, sondern sich bloß abwandte, hielt ich mich zurück.

»Ich werde so tun, als hätte ich das nicht gehört, und wieder reingehen.« Sie würdigte Scott keines Blickes mehr und ging mit staksigen Schritten auf die drei Stufen zu. »Ich denke, keiner von uns beiden ist scharf darauf, auf der Instagram-Seite der Campuszeitung zu landen.«

Ich beobachtete Scott argwöhnisch. Die Art, wie er die Hände zu Fäusten ballte. Wie seine Brust sich schnell hob und senkte.

Mach keine Scheiße, Mann. Lass sie einfach gehen. Nur noch ein paar Schritte und –

»Ich bin noch lange nicht fertig mit dir.« Scott und ich machten gleichzeitig einen Satz nach vorn, und ich fluchte, als seine Hand Kates Oberarm umfasste und er sie die Stufen herunterzerrte und gegen die Hauswand drückte.

Scheiß auf die Gaffer.

»Scott, du bist betrunken.«

Scott beugte sich mit einem dunklen Grollen zu ihr herunter. Ich hatte bereits die halbe Terrasse überquert. »Denkst du, du kannst kommen und gehen, wie es dir verflucht noch mal passt?«

»Lass mich los.« Doch Scott packte nur noch fester zu, sodass seine Fingerknöchel weiß hervortraten. Kates Gesichtszüge verkrampften sich. »Scott, du tust mir weh.«

»Lass sie los, Mann.« Ich legte meine Hand auf Scotts Unterarm und drückte warnend zu. Ich war ihm jetzt nahe genug, dass ich den scharfen Geruch von Alkohol riechen konnte. »Bevor du noch tiefer sinkst.«

»Verpiss dich einfach, Volkov.« Seine Augen waren glasig. »Das ist eine Sache zwischen mir und Kate.«

Ich ignorierte Scott und musterte Kate prüfend, die mich mit schreckgeweiteten Augen so entsetzt anstarrte, als wäre ich der letzte Mensch, mit dem sie jetzt gerechnet hätte. »Alles okay bei dir?«

Sie nickte knapp, bevor sie sich ruckartig aus Scotts Umklammerung befreite. »Ja, alles okay.«

»Gut.« Grob zog ich Scott rückwärts, der heftig ins Stolpern geriet und der Länge nach auf dem Boden landete. »Komm, ich bringe dich zu deinen Freundinnen.«

Kurz schien sie zu zögern, doch als sie den am Boden liegenden Scott sah, dessen Kopf jetzt hochrot angelaufen war, nickte sie. »Okay.«

Scott kam taumelnd auf die Füße, und ich fluchte, als er seine Augen wieder auf Kate heftete, so als wäre sie alles, was er wahrnehmen konnte. Der Drang, ihm eine reinzuhauen und eine Abreibung zu verpassen, war übermächtig, und ich ballte die Hände zu Fäusten, um das wütende Zittern in den Griff zu bekommen.

Scott schnaubte verächtlich und klopfte sich den Dreck von den Klamotten. »Du hast deinen Kläffer ja ziemlich gut abgerichtet, Kate.« Sein Gesicht glich einer fiesen Fratze, als er die Zähne zeigte. »Sie muss dir echt das Hirn rausgevögelt haben, wenn du meinst, dass du jetzt einfach so hier hinausspazieren kannst, Volkov.«

Ich sah den Schlag zum Glück kommen, weil Scott heftig schwankte, während er ausholte, sodass ich es schaffte, mich darunter her zu ducken. Ich machte einen schnellen Satz nach vorn und packte seinen Wurfarm, ehe ich ihm diesen auf den Rücken drehte und ihn unsanft mit dem Gesicht gegen die Hauswand presste. Die Stunden Selbstverteidigung, die meine Eltern mir aufs Auge gedrückt hatten, machten sich endlich mal bezahlt.

»Hör auf mit dem Scheiß«, zischte ich leise, »oder willst du neben deiner Würde auch noch deine Karriere aus dem Fenster werfen, Star-Quarterback?«

»Fick dich, Mann.« Scott versuchte unbeholfen, sich aus meinem Griff zu lösen, aber er war viel zu betrunken, um das noch hinzubekommen. »Du bist tot, wenn meine Jungs dich in die Finger kriegen.«

»Dir mag alles scheißegal sein, aber ich werde deinetwegen bestimmt keine Sperre riskieren. Das bist du nicht wert.« Ich spuckte die Worte beinah aus. Abrupt ließ ich ihn los und trat einen großen Schritt zurück, als er zu mir herumwirbelte. »Und deine Jungs interessiert es sicherlich brennend, wie ihr Teamkapitän sich hier wegen seines verletzten Stolzes zum Affen macht.«

Scott blinzelte träge, und mein Blick fiel auf die Schürfwunde an seiner Wange. Doch bevor dieser Idiot auf noch weitere dämliche Ideen kommen konnte, lief er plötzlich grün an und ließ sich mit dem Rücken gegen die Wand sinken. Was für ein erbärmlicher Mistkerl. Aber das war unsere Chance, zu verschwinden.

Als ich mich umwandte, ging Kate bereits mit hochgezogenen Schultern auf die Terrassentür zu. Sofort schloss ich zu ihr auf. Ich bemerkte erst, wie sehr Kate zitterte, als sie den Türknauf herumdrehen wollte. Ich legte ihr die Hand in den Rücken, und als sie überrascht zu mir aufblickte, versuchte ich es mit einem aufmunternden Lächeln. Sie sah mich allerdings nur völlig entgeistert an, zog die Tür auf, und wir beide traten in das überfüllte Wohnzimmer, wo sich nicht nur auf der Stelle alle Augenpaare, sondern auch unzählige Handykameras auf uns richteten.

Fuck.

»Weißt du, wo die beiden sind?«, fragte ich Kate gerade laut genug, dass sie mich über den donnernden Bass hinweg verstehen konnte.

»Ja.« Als sie wieder dieses nichtssagende Lächeln auflegte und ihre Augen einen Moment zu lang an den Kameras hängen blieb, wurde mir speiübel. »Wahrscheinlich in der Küche. Aber ich schaff das schon allein.«

»Alles klar.« Ich spähte über die Menge hinweg zum Flur. Es war unmöglich, unauffällig da durchzukommen, aber ich würde Kate auf keinen Fall dieser Meute allein zum Fraß vorwerfen. Ich wollte sichergehen, dass sie bei ihren beiden Freundinnen war. Und dann würde ich verdammt noch mal verschwinden. Mein Abend war so oder so gelaufen.

Gemeinsam schoben wir uns mühsam durch die Menge, und Ärger stieg in mir auf, weil man mir ununterbrochen Handys vor die Nase hielt. Das Stimmengewirr übertönte die Musik, und mit jedem Millimeter, den wir uns vorarbeiteten, schien es nur noch schlimmer zu werden. Ich spürte, wie mir der kalte Schweiß ausbrach, als jemand gegen mich stieß.

Coach Volkov! Coach Volkov, ein Statement bitte!

Alec, stimmt es, was man online liest?

Glaubst du, einer deiner Rivalen hat das Bild hochgeladen, um deiner Karriere zu schaden?

Was passiert jetzt mit Ihrem Sohn, Coach Volkov?

Schnell schüttelte ich die unangenehmen Erinnerungen ab. Ich hatte jetzt keine Zeit für diesen Scheiß.

Alle riefen durcheinander. Mal Kates Namen. Mal meinen. Einige uncharmante Schimpfwörter mischten sich ebenfalls darunter, und spätestens im Flur war mir vollkommen klar, dass Kate genauso wenig hierbleiben konnte wie ich.

Ich reckte den Hals Richtung Küche, und als ich April erblickte, zeigte ich auf die Haustür und gab ihr zu verstehen, dass sie mir folgen sollte. Ihre Augen waren geweitet und voller Sorge. Mit dem Tattoo-Mädchen im Schlepptau versuchte sie, sich zu uns durchzudrängeln. Und das war das Letzte, was ich von ihr sah, bevor sich die nächste Menschentraube um uns bildete.

Wir mussten hier schleunigst raus.

Ich umschloss Kates Hand ganz fest und bahnte uns einen Weg zur Haustür. Draußen führte ich sie rasch die Stufen der Veranda hinunter, und kurz darauf hatten wir auch schon den Vorgarten durchquert. Niemand folgte uns, wenigstens etwas. Dafür starrten sie uns wie die Geier hinterher, die Handys direkt auf uns gerichtet.

»Alles in Ordnung?«, fragte ich und blieb auf dem Gehweg vor dem Haus, ein paar Meter entfernt von der Straßenlaterne, stehen. Ich sah prüfend in Kates Gesicht, das unheimlich blass war.

Sie blickte zum Haus zurück und schüttelte den Kopf. »Nicht wirklich.« Ihre Stimme klang zittrig, und sie räusperte sich kurz, bevor sie sich von mir löste. Ich hörte ihr Handy wie wild in ihrer Clutch vibrieren, aber sie holte es nicht heraus, sondern klemmte sich die Handtasche nur noch fester unter den Oberarm.

»Wegen dem, was Scott gesagt hat – «

»Du solltest gehen.« Kate hob abwehrend die Hand, die Schultern hochgezogen, als sie einen großen Schritt von mir zurücktrat. »Ich bin mir sicher, dass die Jungs von Delta dich nicht einfach so ziehen lassen werden, wenn du weiterhin hier draußen rumstehst.«

Wieder sah ich zu den Gaffern auf der Veranda und schüttelte den Kopf. »Ich lasse dich hier nicht allein.«

»Ich bin nicht allein.« Nachlässig deutete sie zu den Treppen, und als ich einen knallroten Lockenschopf erkannte, atmete ich erleichtert auf. »Geh schon. Ich komme klar.«

Ich wusste, dass sie recht hatte. Spätestens wenn Scotts Hofstaat Wind von unserer Auseinandersetzung bekam, war ich dran. Trotzdem fühlte es sich falsch an, sie auch nur für fünf Sekunden aus den Augen zu lassen. Zumal ihre Hände noch immer zitterten. »Sicher?«

Bekräftigend nickte sie. »Ganz sicher.«

Als ich das Quietschen des Gartentors hörte, wandte ich mich zum Gehen. Ihre Freundinnen waren so gut wie bei ihr. Ich konnte also ruhigen Gewissens –

»Alec?«

Ich drehte mich um und sah zu Kate zurück, die mit hängenden Schultern auf dem Gehweg stand. »Ja?«

»Danke für deine Hilfe.«

»Kein Problem.« April hatte Kate erreicht, und ich machte kehrt, um, so schnell es ging, so viele Meter wie möglich zwischen mich und dieses verfluchte Verbindungshaus zu bringen. Ich hielt erst ein paar Straßen weiter an, weil mein Handy wie wild in meiner Hosentasche vibrierte. Ich zog es heraus und biss die Zähne fest aufeinander, als ich die Nachricht von Dean las, der unzählige Screenshots von Instagram folgten, die alle das gleiche Bild von mir und Kate zeigten, wie wir uns gemeinsam durch die Menge schoben.

Dean [0:05 Uhr]: Was zur Hölle hast du dir dabei gedacht?

Ich antwortete nicht. Stattdessen steckte ich das Handy zurück in meine Hosentasche und steuerte die Schwimmhalle an. Zum Glück hatte ich den Schlüssel immer bei mir und eine gepackte Notfalltasche im Büro. Doch egal, wie viele Bahnen ich auch zog, ich fand keine Antwort auf Deans Frage.

Ich wusste selbst nicht, was ich mir dabei gedacht hatte. Ich wusste nicht mal, ob ich überhaupt nachgedacht hatte. Aber als ich zwei Stunden später aus dem Wasser stieg und den letzten Screenshot sah, den Dean mir von all den neuen Hasskommentaren auf Kates Instagram-Seite geschickt hatte, wusste ich eine Sache ganz sicher:

April hatte recht gehabt. Und Kate zahlte jetzt den Preis dafür.

15. KAPITEL

Kate

Alle redeten wie wild durcheinander und lachten laut. Das war genau die Art von Normalität, die ich gebraucht hatte. Auch wenn es nur über einen Bildschirm möglich war. Ich stieg über das Kabel des Ladegeräts, um meinen Laptop nicht von meinem Schreibtischstuhl zu reißen, den ich für unsere spontane Videokonferenz vor das Bett gerollt hatte. Ein kaputter Laptop hätte mir jetzt gerade genauso noch gefehlt wie ein Loch im Kopf.

»Warum skypen wir eigentlich nicht öfter alle zusammen?«

Auf der rechten Hälfte des Bildschirms lehnte Hunter sich gerade in dem Sessel zurück, der vor dem Fenster seiner New Yorker Wohnung stand, und gähnte herzhaft. »Weil Zeitzonen 'ne Bitch sind.«

April, die eigentlich nur hergekommen war, um sich zu verabschieden und Raelyn beim Tragen zu helfen, hatte es sich mittlerweile neben Raelyn auf meinem Bett gemütlich gemacht. Sie verdrehte die Augen. »Wie immer eloquent auf den Punkt gebracht, Hunter.«

»Ich hab den ganzen Tag gearbeitet, also geh mir nicht auf den Sack, Zwerg. Und nur zu deiner Info, hier an der Ostküste ist es schon fast Mitternacht.« Er zeigte April den Mittelfinger und löste seinen Haarknoten. Seine lange Mähne fiel ihm jetzt offen über Schultern und Rücken. Himmel, wann hatte er sie das letzte Mal geschnitten? »Außerdem sind blumige Umschreibungen dein Job und nicht meiner.«

Raelyn schüttelte belustigt den Kopf. »Seid nett zueinander.«

»Sind wir doch«, antworteten die beiden Streithähne im Chor, und ich kicherte vor mich hin. Nach den letzten Wochen war das hier wie Balsam für die Seele.

»Hast du eigentlich vor auszuziehen, oder was soll das werden?« Tyler, der auf der linken Seite des Bildschirms zu sehen war, deutete interessiert auf den großen Koffer, den ich während unseres Chats langsam, aber stetig gefüllt hatte.

»Quatsch.« Ich ging zu meinem Wandschrank und ließ die Augen über all die Klamotten gleiten, die die Kleiderstange mit ihrem enormen Gewicht längst durchgebogen hatten. »Ich will einfach ein paar Sachen bei meinen Großeltern einlagern.«

»Ist vielleicht auch besser so.« April fing das silberne Paillettenkleid auf, das ich ihr zuwarf, und drehte es im Licht der Deckenlampe, bevor sie es ordentlich faltete und in den Koffer legte. »Kates Kleiderschrank platzt wie immer aus allen Nähten.«

Ich griff mir einen Minirock aus weißem veganen Leder und strich über die perfekten Nähte, ehe ich zum Koffer hinüberging und ihn einpackte. »Das ist ja jetzt vorbei.«

Tyler verzog das Gesicht. »Die Lage hat sich immer noch nicht beruhigt?«

»Nein.« Bis vor der Sache bei Delta letzte Woche war ich noch optimistisch gewesen, aber mittlerweile musste ich mir wohl eingestehen, dass nichts wieder so werden würde wie vorher. Und das sollte ich langsam auch akzeptieren. »Ich bin heute unter die 50 oooer-Marke gefallen.«

Hunter zog scharf die Luft ein. »Fuck.«

»Ja. Fuck.« Ich griff nach der einen Seite des Koffers und lächelte Raelyn dankbar an, als sie mir dabei half, das Monster zu schließen. »Aber wenigstens hab ich jetzt mehr Zeit. Das ist ja auch ganz schön.«

»Kommst du klar?« Tyler klang genauso besorgt wie bei unserem letzten Telefonat, und mir wurde das Herz schwer. »Soll ich Mrs Clarke fragen, ob du meinen alten Job haben kannst?«

»Das ist super lieb, aber das lohnt sich nicht wirklich. Bis sie mich angelernt hat, bin ich mit der Uni fertig.« Ich hatte sofort meinen Kontostand gecheckt, nachdem mir auch der letzte Sponsor seine Kooperation gekündigt hatte, und das Geld sollte reichen, ohne dass ich meine Großeltern würde anpumpen müssen. »Mit meinen Ersparnissen komme ich bis dahin noch aus. Mach dir keine Sorgen.«

Hunter zog eine Augenbraue hoch, ein verräterisches Zucken um die Mundwinkel. »Dir ist schon klar, dass du ihm genauso sagen könntest, er solle nicht atmen, oder?«

Gespielt empört schnappte Tyler nach Luft. »Was soll das denn heißen?«

April lachte auf, und es ließ mich fast die dunklen Schatten unter ihren Augen vergessen. »Das soll heißen, dass du eine Glucke bist, Ty.«

»Das ist doch gar nicht wahr!«

Ich wuchtete den Koffer vom Bett und streckte mich neben April und Raelyn aus. »Schon ein bisschen.«

Tyler blieb der Mund offen stehen. Dieser überdramatische Vollidiot. »Fall du mir jetzt nicht auch noch in den Rücken, Kitty Kat.«

»Du hast eben über meine ganzen Klamotten gelästert.« Ich zuckte mit den Schultern. »Aber so wie es aussieht, darfst du das eigentlich nicht mehr.«

»Wo sie recht hat, Mann.« Hunter beugte sich etwas näher in Richtung Kamera vor und verengte die Augen, während er

Tyler aufmerksam musterte. »Trägst du einen Rollkragenpullover?«

Dafür fing Hunter sich den nächsten Mittelfinger des Abends ein. »Hier in Seoul ist es zurzeit arschkalt, also spar dir jeglichen dämlichen Kommentar.«

Aprils Finger glitten zu ihren zahllosen bunten Armbändern, und sofort zupfte sie daran herum. »Also, ich finde, er steht dir irgendwie.«

»April hat recht. Zeig mal richtig.« Ich schmunzelte, als Tyler von seinem Schreibtischstuhl aufstand und die Kamera seines Laptops etwas anders ausrichtete. Er trat ein paar Meter zurück, damit wir ihn ganz sehen konnten, und drehte sich ein wenig hin und her.

Seit ich Tyler kannte, hatte ich ihn noch nie in einer Hose gesehen, die nicht blau oder schwarz gewesen war, weshalb der Anblick der dunkelgrünen Chino mehr als nur gewöhnungsbedürftig war. Er trug dazu einen schwarzen Rollkragenpullover, den er locker in die Hose gesteckt hatte und der mit seinem eng anliegenden Schnitt Tylers drahtigen Körperbau gut zur Geltung brachte. In dem sanften Morgenlicht schimmerte seine neue Frisur in einem rötlich braunen Ton, den er gegen das natürliche Pechschwarz seiner Haare ausgetauscht hatte. Ich wusste, dass er sie schon in Japan mal ab und an blondiert und gefärbt hatte, aber dieses dunkle Rotbraun war definitiv sein bisher mutigstes Experiment, das mich doch sehr an einen gewissen anderen Rotschopf erinnerte. Außerdem war es im Gegensatz zu früher länger und fiel ihm jetzt weich ins Gesicht, anstatt aufwendig aus der Stirn gestylt worden zu sein. Am linken Ohr trug er einen schlichten schwarzen Ring, und ich konnte ein silbernes, grobgliedriges Armband an seinem rechten Handgelenk erkennen.

Tyler war zwar auch vorher nie schlecht angezogen gewesen,

aber das hier war etwas völlig anderes. Er schien tatsächlich Interesse und Gefallen an diesen Dingen zu finden, und auch wenn ich mich tierisch darüber freute, versetzte es mir auch einen leichten Stich.

Einer meiner besten Freunde veränderte sich. Und ich war nicht direkt an seiner Seite, um es mitzuerleben.

Ich schob die dunkle Wolke beiseite und pfiff stattdessen anerkennend durch die Zähne. »Wirklich schick.«

»Danke.« Tyler setzte sich wieder hin und grinste schief. »Hyun-Joon hat beim Aussuchen geholfen.«

Raelyn runzelte die Stirn und schien einen Moment zu brauchen, bevor sie verstand. »Dein Cousin, bei dem du wohnst, oder?«

Tyler nickte, und ich lächelte verschmitzt. So sehr hatte er sich also doch noch nicht verändert. »Wusste ich doch, dass das nicht allein auf deinem Mist gewachsen ist.«

Schmollend schob er seine volle Unterlippe vor. »Das Lob hat ja lange gehalten«, murmelte er sarkastisch.

Hunter gab mir einen Daumen hoch. »Hast du was anderes erwartet?«

»Kein bisschen.« Tyler sah anklagend von Raelyn zu April, bei der seine Augen wie immer einen Moment länger hängen blieben. »Kann mir nicht einer von euch mal helfen?«

April legte ihr Kinn auf meine Schulter und betrachtete Tyler unbeeindruckt. »Warum sollte ich, wenn Kate zur Feier des Tages eine Runde Pizza springen lässt?«

Hunter fluchte und setzte sich etwas gerader hin, weil ihm eben erst aufgefallen war, dass die Wintersemesterferien morgen anfangen würden. »Stimmt ja, wie sind die Finals überhaupt gelaufen?«

Ich versuchte mein Möglichstes, um mich nicht vollkommen zu verspannen, als ich an die Prüfungen dachte. Ich konnte mich an kaum eine einzige Frage wirklich erinnern, geschweige denn, was ich als Antwort hingekritzelt hatte. Alles war wie ein nie enden wollender Strom an mir vorbeigezogen. »Ganz okay.«

»Bei mir auch.« April hob ihren Kopf von meiner Schulter und setzte sich in den Schneidersitz. »Irgendwie waren die Klausuren diesmal echt zum Kotzen.«

Raelyn sah irritiert zwischen April und mir hin und her, so, als hätten wir beide völlig den Verstand verloren. »Also, meine liefen gut.«

»Natürlich.« April nahm Raelyn in den Schwitzkasten, die ein erschrockenes Keuchen von sich gab, ehe April das wohl zuckersüßeste gespielte Lächeln auflegte, das sie zu bieten hatte. »Hunter, würde es dir was ausmachen, wenn ich deine Freundin umbringe? Dann hättest du die Wohnung über Weihnachten ganz für dich allein.«

Hunter zeigte uns sein schiefes Grinsen und schüttelte den Kopf. »Verlockend, aber leider liebe ich diese Frau. Wehe, du krümmst ihr ein Haar.«

April ließ Raelyn los und würgte übertrieben. »Gott, ich glaub, ich muss brechen.«

Raelyn warf ihr einen bösen Seitenblick zu und versuchte, ihre Haare wieder in Ordnung zu bringen, auch wenn das ein ziemlich aussichtloses Unterfangen war, so zerzaust, wie es aussah. »Da spricht doch nur der Neid aus dir.«

Ich unterdrückte ein Kichern, als April einen Augenblick zu lang auf die linke Seite des Bildschirms linste. Sie schnaubte empört. »Und wovon träumst du nachts?«

Hunter zwinkerte Raelyn zu und streckte sich. »Hoffentlich von mir.«

»Okay, jetzt wird's langsam wirklich ekelhaft.« April schüttelte sich wie ein nasser Hund und rieb sich die Arme. »Kate, wann geht euer Wagen zum Flughafen noch gleich?«

Ich griff mir mein Handy, ignorierte die rote Zahl am Instagram-Icon und öffnete stattdessen meine Mails, um nach der von dem Fahrer zu suchen, bei dem ich unsere Fahrt gebucht hatte. Ich war zwar nicht sonderlich scharf auf die zwölfstündige Heimreise, aber ich konnte es kaum erwarten, wieder in Louisiana bei meiner Nanna zu sein. Ich sehnte mich nach ihrer innigen Umarmung. Auch wenn ich das nie im Leben zugeben würde. »Um eins.«

»Gott sei Dank.« April strich mir eine Strähne zurück hinters Ohr und legte Raelyn eine Hand auf den Arm, der Sarkasmus in ihrer Stimme war unverkennbar. »Dann bin ich euch beide erst mal für zwei Wochen los.«

Raelyn schnalzte mit der Zunge, weil sie genau wie ich wusste, dass April das nicht im Entferntesten ernst meinte. »Als würdest du ohne uns vor Langeweile nicht umkommen.«

»Vielleicht ein bisschen«, gab April leise zu, bevor sie sich wieder dem Bildschirm zuwandte. Das Lächeln, das sich auf ihren Lippen ausbreitete, war genauso ungewohnt wie diese Funken, die in ihren Augen zu tanzen begannen. »Hast du eigentlich schon gepackt, Ty?«

»Stimmt.« Aufregung machte sich in mir breit, und ich setzte mich auf. Tyler würde nach Neujahr zurückkommen und mit uns das nächste Term zusammen starten. Und ihn wieder hier zu haben würde meine letzten Monate an der STU erträglicher machen. »Musst du bei den ganzen neuen Klamotten Übergepäck bezahlen?«

Aber meine Aufregung verschwand sofort, als Tylers Gesichtsausdruck sich schlagartig änderte. »Darüber wollte ich mit euch reden.«

Ich spürte, wie April sich neben mir verspannte, und Raelyn rückte unauffällig etwas näher an sie heran. »Du kommst noch immer nicht nach Hause, oder?«

Ich legte April die Hand auf den Rücken und wartete atemlos auf Tylers Antwort, auch wenn ich sie eigentlich schon kannte.

»Nein, ich bleibe noch eine Weile in Seoul.« Seine Finger spielten an dem silbernen Armband herum, und ich verfluchte mich innerlich dafür, dass ich das nicht hatte kommen sehen, obwohl Tyler eigentlich nie Zeit für Videoanrufe hatte. »Ich habe echt lange mit mir gerungen, weil ich dann wieder ein Jahr verliere, aber …« Er rieb sich mit der flachen Hand über das Brustbein, das Gesicht blass, während er den Blick gesenkt hielt. »Ich glaube einfach, dass es gerade gut für mich ist hierzubleiben.«

»Klingt doch super«, presste ich hervor. Kälte breitete sich von meiner Brust in meinem ganzen Körper aus, als sich die Hoffnung, einen meiner besten Freunde bald wieder an meiner Seite zu wissen, in Luft auflöste.

Jetzt sei nicht so ein egoistisches Miststück, Kate.

Hunter nickte zwar, aber der harte Zug um seinen Mund war unmissverständlich. »Was sagen deine Eltern dazu?«

Tyler zögerte merklich, ehe er antwortete. »Es ist okay für sie. Meine Mom freut sich richtig, dass ich jetzt mal mehr Zeit mit der Seite ihrer Familie verbringe.«

Der Kloß in meinem Hals wurde immer dicker. »Das ist doch schön.«

»Mein Versprechen steht trotzdem noch.« Tyler sah entschuldigend in die Kamera, doch gerade konnte ich kein bisschen Trost daraus ziehen. »Ich komme auf jeden Fall zu Kates Abschluss im Frühjahr.«

Versprich doch nichts, was du dann eh nicht einhältst.

»Ich freu mich für dich.« April zeigte als Erste wieder ein Lächeln, und sie drückte den Rücken durch. »Seoul scheint dir echt gutzutun.«

Tyler musterte sie einen Moment, bevor er tief ausatmete. »Tut es auch. Ich hab –«

Tyler brach ab, als ein lautes Klopfen ertönte. Kurz darauf erschien ein junger Mann hinter Tyler, der entfernt Ähnlichkeit mit ihm hatte. Ich kannte ihn von den Fotos, die Tyler aus Seoul geschickt hatte.

Tyler hatte sich zu ihm umgedreht, und der junge Mann sprach auf Koranisch mit ihm. Je länger er redete, desto genervter schien Tyler zu werden. Ungeduldig rutschte er auf seinem Stuhl hin und her. Schließlich nickte er, und der junge Mann verschwand. Tyler stand auf, schnappte sich sein Portemonnaie, das wohl neben dem Laptop auf dem Schreibtisch gelegen hatte, und warf einen unsicheren Blick in Richtung Kamera. »Sorry, das war Hyun-Joon. Wie es aussieht, müssen wir jetzt gleich ein paar Besorgungen für meine Tante machen, die nicht warten können.« Tyler seufzte leise, offensichtlich alles andere als begeistert davon, was der Tag ihm noch so bringen würde. »Sie hatte die glorreiche Idee, mal ein amerikanisches Weihnachten zu feiern, und hat prompt meine Eltern eingeladen, die in ein paar Stunden landen werden. Jetzt bin ich irgendwie der neue Weihnachtsbeauftragte der Familie.«

April kicherte belustigt, es klang allerdings ziemlich gestelzt. »Wo du doch so ein Fan von Weihnachten bist.«

»Total.« Der Sarkasmus troff Tyler förmlich von der Zunge, doch dann zuckte er schicksalsergeben die Achseln. »Na ja, was soll's. Hyun-Ah und Hyun-Sik freuen sich schon total. Da will ich nicht den Grinch raushängen lassen.«

»Alles klar. Ich sollte mich jetzt auch mal hinhauen.« Hunter rieb sich über das Gesicht. »Ich bin saumüde.«

»Okay.« Ich klatschte in die Hände, bemüht, den lockeren und enthusiastischen Ton vom Anfang unserer Videokonferenz wiederzufinden. »Schön, dass es so spontan bei allen geklappt hat.«

Die anderen stimmten mir zu, bevor ein wildes Durcheinander aus Verabschiedungen, Weihnachts- und Neujahrswünschen folgte, obwohl wir einander sowieso während der Feiertage anrufen würden. Dann legten wir auf, und die Stille, die sich über mein Zimmer legte, kam mir ohrenbetäubend laut vor.

April war die Erste, die etwas sagte. »Er kommt also noch immer nicht nach Hause.«

Raelyn legte ihr einen Arm um die Schulter und zog sie an sich, doch April schob sie sanft von sich und zupfte an ihren bunten Armbändern herum.

»Sieht ganz so aus.« Ich spürte, wie der Kloß in meinem Hals sich löste und meine Augen zu brennen begannen. Sofort sprang ich vom Bett auf und ging zu meiner gepackten Handtasche, die ich ins Flugzeug mitnehmen wollte. »Also, ich könnte einen Kaffee vertragen, sonst penn ich gleich ein. Und ihr?«

Raelyn verzog das Gesicht. »Von unten, aus eurer Küche?«

»Nee. Ich dachte mehr an richtigen Kaffee. Mit extra Espresso-Shots.« Hastig fingerte ich in der Tasche herum und suchte nach meinem Portemonnaie. Ich fand es zwischen der neuen Ausgabe der *VOGUE* und meinem iPad. »Dieses eine Campuscafé ist ja nicht weit von hier.«

»Klingt gut.« April kuschelte sich an Raelyn, als diese wieder den Arm um ihre Schulter schlang. »Ich nehme einen Latte macchiato.«

»Und du, Rae? Schokoladenmocca wie immer?«

»Ja.« Raelyn strich April über die Hand und legte die Wange auf Aprils roten Schopf. »Soll ich mitkommen und dir tragen helfen?«

»Nein, das geht schon.« Wenn ich ehrlich war, wollte ich für einen Moment mit meinen Gedanken allein sein. Ich zog dreißig Dollar aus meinem Portemonnaie und drückte sie Raelyn in die freie Hand. »Bestellt ihr zwei schon mal Pizza?«

April hob den Daumen und fischte bereits ihr Handy aus der Hosentasche, ohne von Raelyn abzurücken. »Geht klar.«

Ich lächelte den beiden zu, schnappte meine Jacke und ging nach unten. Ich spürte die unzähligen Augenpaare auf mir, als ich polternd die Treppe hinunterkam und direkt auf die Haustür zusteuerte. Niemand fragte mich, wohin ich so spät noch unterwegs war. Niemand sagte etwas zu mir. Kein Sterbenswort. Sie glotzten mir einfach nur nach und tuschelten hinter meinem Rücken.

Verbindungsschwestern? Dass ich nicht lachte.

Ich schlüpfte in meine Schuhe, die ich für die Fahrt heute Nacht schon in den Hausflur gestellt hatte, damit wir nicht das ganze Haus aufweckten, wenn Raelyn und ich uns aufmachten. Ich richtete meine Jacke, prüfte mein Aussehen im Spiegel, meine Hände zupften routiniert meinen langen Zopf und den dünnen Schal um meinem Hals zurecht.

Tyler würde nach den Winterferien nicht zurückkommen. Er würde weiterhin am anderen Ende der Welt sein, so unendlich weit weg und nur über ein Display erreichbar. Eigentlich sollte mich das nicht wundern. Als er von Tokio nach Seoul geflogen war, um Zeit mit seiner Familie zu verbringen, hätte ich bereits ahnen können, dass er seinen geplanten Aufenthalt vermutlich verlängern würde. Und trotzdem hatte ich mich an die Hoffnung geklammert, dass er es nicht tat. Sein bissiger Sarkasmus und seine Sprüche hätten mich genauso wie Aprils Neckereien und Raelyns spitze Kommentare von der Tatsache ablenken können, dass mein altes Leben an der STU der Vergangenheit angehörte.

Aber so bald würde er nicht zurückkommen.

Und Raelyn und April hatten mich auch weiterhin mit all diesem Mist allein am Hals. Ihre Sorge um mich stand ihnen deutlich ins Gesicht geschrieben, und ganz egal, wie sehr ich auch versuchte so zu tun, als wäre alles okay, wir alle wussten, dass dem nicht so war.

Tyler brauchte diese Zeit in Seoul. Brauchte diese Verbindung zu dem Teil seiner Familie, den er so lange vernachlässigt hatte. Aber ein kleiner, sehr egoistischer Part in mir wollte, dass er jetzt sofort zurückkehrte.

Was für eine tolle Freundin ich doch war.

Völlig in meine Gedanken versunken verließ ich das Haus und ging los. Der kalte Wind schlug mir entgegen, und ich fröstelte. Ich realisierte erst, dass ich an dem Café vorbeigelaufen sein musste, als ich aus dem Augenwinkel das Gebäude rechts von mir erkannte.

Ich fluchte leise, als einen Moment später die Türen der Schwimmhalle aufschwangen und einige Studenten herausströmten, die wohl an dem letzten Training vor den Ferien teilgenommen hatten. Da es freiwillig war, hatte April es uns zuliebe sausen lassen. Alle waren in Gespräche vertieft und schenkten mir zunächst keinerlei Beachtung, bis einer von ihnen mich erkannte und so abrupt stehen blieb, dass der hinter ihm fast in ihn hineinrannte. Das lenkte leider die komplette Aufmerksamkeit auf mich, und von einem Augenblick auf den anderen kam die Welt ringsherum zum Stillstand. Niemand ging weiter, alle brachen ihre bisherigen Unterhaltungen ab. Einige steckten die Köpfe zusammen und tuschelten, ihre Blicke auf mich gerichtet. Ich stand nur da wie ein Reh im Scheinwerferlicht und rührte mich nicht, obwohl ich ganz genau wusste, dass ich besser verschwinden sollte, weil meine Anwesenheit vor der Schwimmhalle allem Anschein nach zu wilden Spekulationen führte. Besonders nach der Sache bei Delta, die dafür gesorgt hatte, dass ich jetzt nicht nur die Hure vom Campus, sondern auch noch eine billige Fremdgeherin war, die unserem Star-Quarterback das Herz gebrochen hatte. Auch wenn er zweifellos keins besaß.

Kurz wägte ich ab, ob es klüger wäre, mich auf den Hacken umzudrehen und davonzulaufen, oder ob ich einfach ruhig weiterspazieren sollte, so als wäre nichts gewesen. Aber all meine Gedanken erstarben, genau wie das Getuschel um mich herum, als der Coach des Teams im nächsten Moment durch die Tür trat.

Alec stand vor den Eingangstüren zur Halle, seine grauen Augen direkt auf mich gerichtet. Er hatte die Hände in den Taschen seiner Jogginghose vergraben, und sein blondes Haar glänzte nass unter dem Licht der Straßenlaterne. Seine vollen Lippen waren nichts weiter als ein schmaler Strich, während er mich wachsam musterte, so als würde er nach irgendetwas an mir suchen, was nur er sehen konnte. Die Intensität seines Blicks war entwaffnend, und als unsere Augen sich begegneten, blieb sie mir komplett weg.

Ich wusste nicht, warum. Wegen des Mitleids, der Sorge oder des Verständnisses, die in seinem Blick lagen? All diese Dinge quetschten mir das Herz zusammen, während ich ihn weiter ansah und mich nicht abwenden konnte.

Es war unsere erste Begegnung seit der Party, nach der unser zweites gemeinsames Foto mein Leben in einen noch größeren Scherbenhafen verwandelt hatte. Doch alles, woran ich denken konnte, war, wie er den Arm um meine Schulter gelegt und mich sicher aus dem Chaos geführt hatte, das um mich herum geherrscht hatte. Instinktiv trat ich einen Schritt auf ihn zu, auch wenn ich eigentlich in die andere Richtung davonlaufen sollte. Aber ich wollte mich zumindest noch mal dafür bedanken, was er an dem Abend für mich getan hatte. Und vielleicht, ganz vielleicht, wollte ich auch einfach nur mit ihm reden und mich wieder genauso sicher fühlen wie in dem Moment, in dem er den Arm um meine Schultern gelegt hatte.

Doch dann drehte Alec sich plötzlich um, verschloss die Halle und verschwand. Ohne jeglichen Gruß entfernte er sich mit großen Schritten und tat so, als hätte er mich nicht gesehen.

Und das tat mehr weh als all die Kommentare und Anzüglichkeiten, die ich in den letzten zwei Wochen hatte ertragen müssen.

Gedemütigt und verletzt machte ich auf dem Absatz kehrt und ging in die andere Richtung.

Was hatte ich denn erwartet? War ich ernsthaft schon verzweifelt genug, um auf das Mitgefühl eines Playboys zu hoffen, der sich nur für sich selbst interessierte? Der keinen zweiten Gedanken an jemanden verschwendete, mit dem er mal geschlafen hatte? Hatte ich geglaubt, dass diese ganze Sache bei Delta uns einander nähergebracht hatte und mich zu mehr machte als irgendeinen anderen seiner One-Night-Stands?

Gott, war ich dämlich.

Natürlich wandte er sich einfach von mir ab. Uns verband nichts außer einer einzigen Nacht. Und während sich die Welt für ihn einfach weiterdrehte, als wäre nichts gewesen, hatte ich keine Ahnung, was jetzt aus mir werden würde und wie ich das alles aushalten sollte.

16. KAPITEL

Kate

Und drei, zwei, eins.

Ich lächelte, als meine Nanna Grace sich zurück auf ihre Hacken sinken ließ und das Gesicht frustriert verzog, ehe sie die Hände in die vollen Hüften stemmte und mit verengten Augen zu dem obersten Regalbrett im Schrank so grimmig aufsah, als wäre es ihr schlimmster Feind. Ihr silberweißes Haar schimmerte im sanften Licht der Mittagssonne, das durch das geöffnete Fenster hereinfiel und die milde Dezemberluft Louisianas mit sich brachte.

»Pumpkin«, sie drehte sich zu mir herum und deutete auf den weißen Hängeschrank, »könntest du mir bitte den Kaffee herunterholen?«

»Klar.« Ich stand auf und ging zu Nanna hinüber, die einen halben Kopf kleiner war als ich. Ich stellte mich auf die Zehenspitzen und streckte mich nach dem bauchigen Vorratsglas, das meine Großeltern, seitdem ich mich erinnern konnte, für ihren Kaffee benutzten. Als meine Fingerspitzen es zu greifen bekamen, zog ich es heraus und reichte es ihr.

»Danke schön.« Sie lächelte mich warm an und legte ihre Hand an meine Wange. Ihr Daumen strich über meinen Wangenknochen, und ich spürte die Wärme ihrer Haut, die wie Klebstoff in die Risse meines Innersten sickerte und sie verschwinden ließ. »Du hast schon wieder abgenommen, oder?«

»Das sagst du jedes Mal.«

»Und es stimmt auch jedes Mal.« Sie nahm ihre Hand von meinem Gesicht und wandte sich der Kaffeemaschine zu, die sicherlich mindestens so alt war wie ich. »Was wiegst du momentan?«

Ich ging zurück zum Tresen und setzte mich wieder auf den hölzernen Barhocker. Nonchalant zuckte ich mit den Schultern, während meine Finger die Maserung der hölzernen Arbeitsplatte nachzeichneten. »Keine Ahnung.«

»Katherine.«

Ich zuckte zusammen, als sie mich mit meinem vollen Namen ansprach, den ich nicht mehr gehört hatte, seitdem ich meinem Elternhaus in Lafayette den Rücken gekehrt hatte. Damals hatte sie versucht, durch die vielen Tränen und mein zusammenhangloses Gestammel irgendwie zu mir durchzudringen. Seither hatte sie ihn nie wieder benutzt. Für meine Nanna war ich immer Pumpkin. Oder Kate. Aber nie Katherine.

»Ich weiß es wirklich nicht, Nanna.« Ich wich ihren blauen Augen gekonnt aus und sah zur Tür, weil ich die schweren Schritte meines Grandpas im Flur hörte. »Ich hab in San Teresa keine Waage.«

»Verkauf deine Nanna nicht für dumm, Schätzchen.« Er legte mir die große Hand auf die Schulter und drückte einen Kuss auf meinen Scheitel, bevor er zu Nanna trat. Er musste sich weit herunterlehnen, um sie auf die Wange zu küssen, da er mit seinen ein Meter neunzig ein echter Hüne war, aber er tat es jedes Mal, wenn er sie begrüßte. Selbst dann, wenn er nur, wie jetzt gerade, einen Spaziergang über die Plantage gemacht hatte. »Niemand glaubt dir, dass es in einem Haus voller Verbindungsmädchen keine einzige Waage gibt.«

»Danke, Laurent.« In Nannas Blick, mit dem sie Grandpa bedachte, lag so viel Liebe, als wäre er immer noch der stattliche zwanzigjährige Zitronenfarmer von all den Fotos überall im Haus, in den sie sich damals verliebt hatte.

»Immer, Liebling.« Grandpa grinste und zeigte dabei seine Reihe perfekt geformter dritter Zähne. Dann tätschelte er ihr die Hand, ging zum Kühlschrank und holte den Rest vom frisch gepressten Orangensaft vom heutigen Weihnachtsfrühstück heraus. »Möchtest du auch ein Glas, Schätzchen?«

Ich nickte. »Danke, Grandpa.«

»Wenn du nicht darüber reden möchtest, dann ist das okay, Pumpkin.« Nanna sah mich wieder an, und ich wand mich unbehaglich auf meinem Hocker. »Dein Grandpa und ich machen uns nur Sorgen um dich.« Bei ihren Worten nickte Grandpa bestätigend und brachte mir das große Glas, das er bis zum Rand gefüllt hatte.

»Du bist so dürr. Außerdem siehst du aus, als hättest du nächtelang nicht geschlafen.« Mein Grandpa strich mir liebevoll über die Wange und setzte sich mit seinem eigenen Glas neben mich. Mir wurde das Herz schwer, als er meine Hand ergriff und sie sanft drückte. Seine Hand war groß, sonnengegerbt und rau, genauso wie ich sie in Erinnerung hatte. »Ich weiß zwar nicht, was bei dir los ist, aber ich bin mir sicher: Auch das geht wieder vorbei.«

»Dein Großvater hat recht.« Meine Nanna setzte den Kaffee auf und klatschte in die Hände. »Komm, ich mach dir ein bisschen *Pain Perdu*. Dann geht es dir bestimmt gleich besser.«

In Windeseile stürzte ich meinen Orangensaft hinunter und hob abwehrend die Hände. »Nanna, ich bin noch pappsatt vom Frühstück.«

»Papperlapapp!« Sie winkte einfach ab und ignorierte meinen Protest. »Das ist auch schon wieder vier Stunden her.«

»Nanna, wirklich ich –«

»Lass sie einfach machen, Schätzchen. Außerdem hat sie

recht.« Mein Grandpa lächelte schwach, das attraktive, braun gebrannte Gesicht voller Falten, die ihn in meinen Augen nur noch besser aussehen ließen. »Du weißt, für mich bist du neben deiner Nanna die schönste Frau der Welt, aber du siehst wirklich furchtbar aus.«

»Und was ist mit mir?«

Überrascht sahen wir alle zur Tür, und Nanna stieß hoch erfreut ein euphorisches Quietschen aus.

»Mary!« Nanna eilte um die Kücheninsel herum zur Tür, wo sie meine kleine Schwester fest in die Arme schloss. Sie küsste sie überschwänglich auf beide Wangen. »Sugar, ich dachte, du kommst erst morgen.«

Mary kicherte und nahm Nannas Hände fest in ihre. »Wollte ich auch eigentlich, aber dann hab ich euch so sehr vermisst, dass ich einfach herkommen musste.«

»Eine Silberzunge wie dein Vater.« Nanna hob ihre ineinander verschränkten Hände an die Lippen und drückte ihr einen schnellen Kuss auf die Knöchel. »Wie bist du hergekommen?«

»Mit dem Auto.«

Ich verspannte mich sofort. Lafayette war etwas über drei Stunden von Port Sulphur entfernt. Mary musste also spätestens um elf Uhr dort losgefahren sein, wenn sie jetzt schon hier war. Was bedeutete, dass sie den alljährlichen Weihnachtsbrunch meiner Eltern, zu dem sie all ihre wichtigen Freunde und Bekannte einluden, entweder geschwänzt oder frühzeitig verlassen hatte. Und so wie ich meine Mutter kannte, würde das eindeutig Ärger nach sich ziehen.

Grandpa stand von seinem Platz auf und ging zu Mary, die Nanna losließ und ihre Arme um ihn schlang, bevor sie ihr Gesicht an seiner Brust vergrub. Er hielt sie fest und strich ihr über das aschblonde Haar, während er meiner Nanna fest in die Augen sah, die kaum merklich nickte. Ich kannte diese wortlose Kommunikation der beiden nur allzu gut. Immerhin hatte ich die letzten drei Jahre meiner Highschool-Zeit und davor jeden Sommer bei ihnen verbracht.

»Setz dich, Sugar«, sagte meine Nanna, als die beiden sich voneinander lösten, und deutete auf den freien Platz neben mir. »Ich wollte gerade *Pain Perdu* für deine Schwester machen. Möchtest du auch welches?«

»Hey!« Ich schob schmollend die Unterlippe vor und versuchte so, die etwas angespannte Stimmung wieder zu lockern. »Wieso wird sie gefragt und ich nicht?«

Mary kam zu mir herübergeschlendert und stellte sich direkt neben mich. Ihre dunkelbraunen Augen glitten prüfend über mich. »Weil ich nicht aussehe wie ein Hungerhaken.«

Mir blieb für einen Moment der Mund offen stehen. »Freut mich auch, dich zu sehen, Nervensäge.«

Nanna warf uns einen ermahnenden Blick zu, ehe sie zu dem großen Kühlschrank hinübertrippelte. »Seid nett zueinander.«

»Sind wir doch«, antworteten wir beide wie aus einem Mund, und ich lächelte, als ich Marys zwitscherndes Lachen hörte.

Gott, es war wirklich ewig her, dass ich sie zuletzt gesehen hatte. Das musste im Sommer gewesen sein, als sie uns für eine Woche hier besucht hatte. Ihr langes Haar hatte sie noch etwas länger wachsen lassen, sodass es ihr bis zur Taille reichte. Sie war mit großer Wahrscheinlichkeit vor ihrer Abfahrt heute beim Brunch gewesen, denn es war tadellos frisiert, mit perfekt platzierten großen Locken in den Längen. Als ich sie noch mal genauer betrachtete, war es beinah schmerzhaft offensichtlich, dass sie mittendrin abgehauen sein musste. Niemand fuhr freiwillig drei Stunden in einem weißen Bleistiftrock mit passendem Blazer, Bluse und Pumps Auto. Was wohl vorgefallen war? Ich suchte nach Antworten, doch der Ausdruck in ihrem diamantförmigen Gesicht, das meinem eigenen so ähnlich war, wirkte verschlossen. Ich kannte dieses nichtssagende Lächeln, immerhin hatte ich es selbst perfektioniert. Sie wurde mir immer ähnlicher, denn ihr Gesicht verlor mehr und mehr von seiner Kindlichkeit und wechselte zu den Gesichtszügen einer jungen Frau. Kaum zu glauben, dass sie wirklich schon achtzehn war und bald ihren Highschoolabschluss machen würde. Mir kam es wie gestern vor, dass sie Laufen gelernt hatte.

Ich hatte so viel verpasst. So schrecklich viel. Und obwohl ich wusste, dass es damals die richtige Entscheidung gewesen war, mit fünfzehn Jahren mein Elternhaus zu verlassen, durchfuhr mich die Reue trotzdem wie ein Messerstich. Mary war damals erst zehn gewesen. Und auch wenn ich oft mit ihr telefoniert hatte, gab es dennoch eine Menge Dinge, die ich nicht mitbekommen hatte. Sie hätte ihre große Schwester gebraucht. Und ich war nicht für sie da gewesen.

Ich beugte mich vor, schlang die Arme um ihre Taille und zog sie an mich. »Ich hab dich vermisst, Monsterchen.«

»Ich dich auch, Katesie.« Sie zog die Nase kraus, auf der im Sommer immer Tausende kleiner Sommersprossen zu sehen waren. »Hättest ruhig mal häufiger anrufen können.«

Ich konnte an ihrem Tonfall zwar hören, dass sie es gar nicht so ernst meinte, aber trotzdem überkamen mich Schuldgefühle. »Tut mir leid.«

»Schon okay.« Sie löste sich sanft von mir und setzte sich auf den Hocker neben mich. »Ich weiß ja, dass du viel um die Ohren hast.«

»Das ist schon besser.« Nanna sah zwischen uns beiden hin und her und nickte zufrieden. »Also, Sugar, möchtest du jetzt *Pain Perdu?*«

»Ja, gerne, Nanna.« Sie lehnte sich zu mir herüber und senkte die Stimme. »Ich bin am Verhungern.«

Nanna begann sofort, die Zutaten aus dem Kühlschrank zu holen und sie auf die Arbeitsplatte zu legen. »Laurent, holst du mir noch etwas Brioche aus der Vorratskammer?«

Schnell sprang ich auf. »Das kann ich doch auch machen, Nanna.«

»Bleib sitzen, Schätzchen. Ich bin zwar alt, aber noch längst nicht so alt.« Mein Grandpa zwinkerte mir zu. Er hatte recht, er war alles andere als ein alter, gebrechlicher Mann. Durch die Arbeit auf der Farm war mein Grandpa auch mit Ende sechzig noch topfit. »Außerdem hat deine Nanna mal wieder den ganzen Vorratsschrank umsortiert. Du würdest eh nichts finden.«

»Schon wieder?«

»Was?« Nanna gab sich von meinen Worten unbeeindruckt und stellte den Karton mit den Eiern zu der Milch und dem Mascarpone, bevor sie den Kühlschrank schloss und einen ihrer vielen Hängeschränke mit den altmodischen Griffen öffnete. »Mir war langweilig.«

Ich schüttelte den Kopf. »Du bist echt unverbesserlich.«

»Armer Grandpa.« Mary strich ihre blassrosa Bluse etwas glatt, auf den Lippen ein warmes Schmunzeln. »Hast du wenigstens seine Chocolate Chip Cookies behalten?«

»Aber natürlich.« Nanna warf eine Packung mit Mandeln zu den Zutaten aus dem Kühlschrank. »Ich bin ja kein Unmensch.«

»Stimmt, die Kekse hast du mir gelassen.« Mein Grandpa schlenderte Richtung Vorratskammer am anderen Ende der Küche, die besonders zur Weihnachtszeit immer aus allen Nähten zu platzen drohte. »Dafür hast du meinen Brandy weggeschmissen.«

»Der schmeckt ja auch furchtbar.«

»Was auch immer du sagst, *ma moitié*«, murmelte mein Grandpa und verschwand in der großen Vorratskammer.

»Pumpkin, hilf Mary doch dabei, ihre Sachen aus dem Auto zu holen und in ihr Zimmer zu tragen. Oh, und ich bin noch nicht dazu gekommen, ihr Bett zu beziehen. Das Bettzeug ist im Schrank. Aber das wisst ihr ja.« Nanna holte eine flache Auflaufform aus einer Schublade, in die sie die Milch kippte und dann vier Eier hineinschlug. »Du bleibst doch sicher ein paar Tage, oder, Sugar?«

»Ja.« Mary blickte auf ihre Hände, und ich bemerkte sofort den schmalen Silberring an ihrem Ringfinger. Der konnte auf keinen Fall von Mom sein. Dafür war er viel zu schlicht. »Ich denke, ich bleibe diesmal vielleicht so lange wie Katesie.«

Nanna hielt kurz inne, fing sich jedoch gleich wieder und rührte weiter. Sie lächelte meine Schwester an. »Das freut mich, Sugar.« Sie deutete zur Küchentür. »Na los. Ich rufe euch beide, wenn das *Pain Perdu* fertig ist.«

Mary stand zuerst auf, schlurfte zu Nanna und legte ihr das Kinn auf die Schulter. »Danke, Nanna.«

»Kein Problem, Sugar.« Nanna lehnte ihren Kopf kurz gegen den von Mary und schloss für einen Moment die Augen. Dann gab sie Zimt in die Eiermilch und verquirlte alles. »Du weißt, du hast hier immer ein Zuhause.«

Mary schluckte leise. »Ja, weiß ich.«

Ich stand auf und ging zu den beiden hinüber. Ich drückte meiner Nanna einen schnellen Kuss auf die Wange und tippte Mary auffordernd mit dem Finger auf den Rücken. Wenn ich die beiden jetzt nicht trennte, dann würde mindestens eine von ihnen in Tränen ausbrechen, und da hätte niemand was von. »Komm, lass uns deine Sachen holen.«

Mary nickte knapp, und gemeinsam verließen wir die Küche. Im Flur legte ich ihr den Arm um die Schultern, und wir traten hinaus auf die große Veranda, die das gesamte zweistöckige Haus mit dem weißen Anstrich umgab.

Ich war froh, dass meine Großeltern bisher sämtliche Anfragen von Fotografen abgelehnt hatten, die alle danach lechzten, das Anwesen aus dem späten neunzehnten Jahrhundert abzulichten. Es kam mir falsch vor, die grünen, geschnitzten Verzierungen der Veranda oder die schönen Fensterläden, die in dem gleichen Ton erstrahlten, in irgendeinem Hochglanzmagazin abgebildet zu sehen. Das hier war immerhin unser Zuhause, welches die Benoits seit Generationen instand hielten und stetig renovierten. Es war kein unberührtes, architektonisches Wunderwerk seiner Zeit.

Als wir die Treppen der Veranda herunterstiegen, wanderte mein Blick über die unzähligen Hektar Land, die uns vom Rest der Zivilisation trennten und auf denen unzählige Zitronen-, Mandarinen- und Orangenbäume standen.

Das hier war meine Heimat. Nicht die schicke Stadtvilla in Lafayette oder mein Zimmer in San Teresa.

Nein, meine Wurzeln waren hier, und ich war nicht bereit, diesen Rückzugsort mit irgendjemandem zu teilen. Ich atmete tief durch und ließ zu, dass der vertraute, erdige Geruch mich vollkommen erfüllte. Das hier war genau das, was ich gebraucht hatte.

Abstand. Geborgenheit. Und vielleicht auch ein bisschen Realitätsferne.

Mary hatte es wahrhaftig verdammt eilig gehabt, denn ihr silberner Audi war direkt hinter Grandpas Jeep in der runden Kiesauffahrt vor dem Haus geparkt, anstatt neben Nannas Ford Explorer in der Scheune, die meinen Großeltern schon lange als Garage diente. Sie fischte den Autoschlüssel aus der Innentasche ihres Blazers und öffnete den Kofferraum.

Beim Anblick des großen Rollkoffers ließ ich meinen Arm von ihrer Schulter sinken. »Das ist aber eine Menge Gepäck für zwei Wochen.«

»Ich kann mich halt nie entscheiden, was ich anziehen soll.«
Sie lachte nervös und trat von einem Bein aufs andere. »Hab
ich wohl von meiner großen Schwester.«

*Das und die Tatsache, dass du anscheinend genauso schlecht über
deine Probleme reden kannst wie ich.*

Wortlos nahm ich ihren Koffer und unterdrückte ein Keuchen. Er war nicht nur groß, sondern auch verdammt schwer.
»Was zur Hölle hast du da bitte alles drin?«

Mit einem beherzten Schwung schlug Mary den Kofferraum und schloss den Wagen ab. »Dies und das.«

»Hast du wieder deine halbe Bibliothek eingepackt?« Meine kleine Schwester war, im Gegensatz zu mir, ein echter Bücherwurm, der stundenlang auf der Veranda sitzen und lesen
konnte. Ich war dafür viel zu unruhig. Meine Hände mussten
ständig in Bewegung sein. Vielleicht war genau das der Grund,
warum ich so früh mit dem Nähen angefangen hatte.

Mary verdrehte die Augen. »Fünf Bücher sind kaum meine
halbe Bibliothek.« Sie streckte die Hand nach dem Koffer aus.
»Wenn er dir zu schwer ist, kann ich ihn auch selbst tragen.«

»Nein, ist schon gut.« Ich schleppte ihn zur Veranda und
verfluchte mich für mein viel zu großes Mundwerk. Das würde
bei all den Treppen verdammt anstrengend werden. Und tatsächlich war ich ziemlich aus der Puste, als ich mit dem schweren Koffer endlich vor Marys Zimmertür ankam, die direkt
gegenüber von meiner im ersten Stock lag.

Mary öffnete die dunkle Holztür und ich schob den Koffer
über die Schwelle. Es war beruhigend zu sehen, dass hier noch
alles beim Alten war. Von der türkisfarbenen Tapete über den
weißen Stuck bis hin zu den kitschigen Figürchen in Marys
altem Bücherregal. In all den Jahren hatte sich hier überhaupt
nichts verändert. Ich zog den Koffer zum Fußende des großen
Doppelbetts, in dem wir zusammen geschlafen hatten, bis ich

zu einem pubertierenden Teenager mutiert war und auf mein eigenes Zimmer bestanden hatte. Meine Finger strichen über den Bettrahmen, und ich schmunzelte. Kein einziges Staubkorn. Natürlich nicht.

Mary schloss die Tür hinter uns und ging zu dem großen Wandschrank, dessen klemmende Türen sie mit einem geübten Ruck öffnete. Ich fing das Kissen auf, das sie mir zuwarf, ehe sie die flauschige Decke herausholte und sie über den hölzernen Säulen des Himmelbettes aufhängte. Sie nahm das Bettzeug aus einem Fach, und ich öffnete die Fenster, um frische Luft hereinzulassen. Mary warf mir eine Seite des Lakens zu, und gemeinsam begannen wir das Bett zu beziehen, unsere Hände noch genauso koordiniert und gut eingespielt wie damals.

»Willst du drüber reden?«, fragte ich und strich meine Seite des Lakens glatt. Es roch nach Nannas Weichspüler und einem Hauch von Orangenblüten.

Mary schüttelte den Kopf. »Nicht wirklich.«

»Okay.« Ich griff mir den Kissenbezug und das Kissen. Ich wusste genau, dass es keinen Sinn hatte, bei Mary nachzubohren. Früher oder später, wenn sie bereit war, würde sie schon mit mir reden. Und offensichtlich hatten wir die nächsten zwei Wochen dafür Zeit.

Schweigend bezogen wir das Bett. Als ich Mary half, die Decke auszubreiten, hörte ich sie plötzlich schwer seufzen, ehe sie sich auf die Bettkannte setzte und den Kopf hängen ließ. Anstatt sie anzustarren, ging ich zu ihrem Koffer und öffnete ihn, um ihn auszuräumen, während ich darauf wartete, dass sie zu sprechen begann.

»Du erinnerst dich, dass ich ihnen schon vor einer Weile gesagt habe, dass ich nicht direkt studieren, sondern erst mal ein Jahr Auszeit nehmen möchte?«, begann Mary, während ich ihre Sachen aus dem Koffer nahm und anfing, sie in den Wandschrank einzuräumen. »Und dass ich mir meine Uni eigentlich auch ganz gerne selbst aussuchen möchte?«

Ich gab ein zustimmendes Brummen von mir. Ich erinnerte mich verdammt gut an das Telefongespräch. Und ich erinnerte mich auch an die ganzen Tränen, die Mary vergossen hatte.

»Rate mal, wen sie zu unserem Brunch eingeladen haben.«

Ich wollte mich gerade nach dem nächsten Kleidungsstück aus ihrem Koffer bücken, hielt nun aber erstarrt inne. »Nee, oder?«

»Doch, sicher. Den verfluchten Dekan der Ole Miss.« Mary spuckte die Worte geradewegs aus, doch ich sah genau den verräterischen, feuchten Glanz von Tränen in ihren Augen. »Sie haben mich präsentiert wie ein verdammtes Rennpferd. Dass ich erst mal eine Auszeit nehmen will, haben sie mit keinem Wort erwähnt. So, als wären meine Wünsche vollkommen irrelevant.«

Ich setzte mich neben Mary aufs Bett und ergriff ihre Hand, um sie etwas zu beschwichtigen, obwohl in mir ein wütender Sturm tobte. Unsere Eltern hatten sich echt kein bisschen geändert. Ich sah ihr eindringlich in die Augen. »Monsterchen, rede doch noch mal mit ihnen.«

Mary schnaubte verächtlich. »So wie du?«

Ich legte den Kopf schief, bemüht, nicht zu zeigen, wie sehr ihre Worte mich getroffen hatten. »Das ist was anderes.«

»Nicht wirklich.«

»Doch. Und das weißt du auch.« Ich stieß sie sanft mit der Schulter an. »Mom und Dad wollen nur das Beste für dich.«

»Das weiß ich doch.« Die erste Träne kullerte über ihre Wange, und ich drückte ihre Hand fester. »Es ist nur … Seitdem du weg bist, ist alles so anders. Ich hab das Gefühl, in diesem Haus zu ersticken.«

Gequält schloss ich die Augen. Der Kloß in meinem Hals

drohte mich zu ersticken bei dem Gedanken daran, dass der ganze Druck, den meine Eltern ausübten, jetzt allein auf diesen schmalen Schultern lastete, die ich eigentlich immer vor allem hatte bewahren wollen. »Tut mir leid.«

Mary strich sich hastig die Tränen von den Wangen und runzelte die Stirn. »Was?«

»Dass du jetzt allein den ganzen Druck ertragen musst.«

»Schon okay. Das ist mir tausendmal lieber, als wenn sie dich gezwungen hätten, an die Ole Miss zu gehen.« Sie lächelte mich an, und ich fragte mich, wann sie so erwachsen geworden war. »Im Gegensatz zu dir will ich ja wenigstens Lehrerin werden.«

»Wie geht es den beiden?« Die Frage entschlüpfte mir, bevor ich sie zurückhalten konnte, und ich presste die Lippen aufeinander. Eigentlich hatte ich mir geschworen, das niemals zu fragen. Ich hatte mit den beiden abgeschlossen, als ich meine Koffer gepackt hatte und fortgegangen war.

»Mom und Dad?«

Ich nickte wortlos.

»Dad geht es gut. Seine Schule ist wieder die beste im ganzen Bundesstaat. Und Mom …« Mary legte den Kopf in den Nacken und sah für einen Moment an die Decke. »Mom ist halt Mom.«

Ich lachte freudlos auf. »Also alles beim Alten?«

Mary zuckte mit den Schultern, auf ihrem Gesicht erschien ein so schicksalsergebener Ausdruck, dass es mir das Herz brach. »Viel Wahlkampf, wenig Substanz. Du kennst das ja.«

Ja. Das kannte ich nur zu gut. Ich hob die Hand und strich Mary eine weitere Träne von der Wange, die ihren Augen entschlüpft war. »Und wie geht's dir?«

»Bis auf die Tatsache, dass ich mir schon auf dem Weg hierher vor Frust die Augen ausgeweint habe, geht's.«

Ich ließ ihre Hand los und legte ihr den Arm um die Schultern, in der Hoffnung, ihr irgendwie zeigen zu können, dass sie nicht allein war. Dabei fiel mein Blick auf den Silberring. »Zwischen dir und David auch alles okay?«

»Ja, alles bestens. Er plant schon eifrig unsere Tour durch Europa.« Ich war froh über Marys Lächeln, mit dem sie den Ring an ihrem Finger ganz verliebt betrachtete.

»Sag mir aber bitte, dass das nur ein Partnerschaftsring ist und kein Verlobungsring.«

»Für wie verrückt hältst du mich eigentlich?« Mary lachte unvermittelt auf. »Er hat ihn mir zum Geburtstag geschenkt und sich einen zurechtgestammelt.« Sie strich mit den Fingern über den schmalen Ring. »David und ich, das ist im Moment das Einzige, was mich vorm Durchdrehen bewahrt.« Plötzlich beäugte sie mich von der Seite. »Wo wir beim Thema Männer sind«, begann sie, und ich verspannte mich sofort. Ich ahnte, wohin dieses Gespräch führte. »Ist bei dir alles okay?«

»Klar.« Die Lüge kam mir auf beängstigende Weise sehr glaubhaft über die Lippen.

»Bist du dir sicher?« Mary musterte mich genauer, und ich beeilte mich, brav zu lächeln, damit sie aufhörte, sich Sorgen zu machen. »Du siehst nämlich überhaupt nicht so aus.«

»Was habt ihr denn heute alle?« Ich ließ sie los und legte mir die Hände an die Wangen, die ich wie ein Kugelfisch aufplusterte. »Da trägt man einmal kein Make-up, und schon sagen einem alle, wie scheiße man aussieht.«

Mary ließ sich von meiner kleinen Einlage nicht beeindrucken, auch wenn ihre Mundwinkel kurz zuckten. »Du weißt genau, dass es nicht das ist, was wir meinen.«

»Ja, ich weiß.« Ich ließ die Hände sinken und winkte ab. Es zu leugnen, ergab keinen Sinn. Ich wusste, dass Mary mir auf Instagram folgte und das ganze Drama sicherlich mitbekommen hatte, ob ich nun wollte oder nicht. Ich konnte also nicht so tun, als wäre nichts passiert, sondern musste es, so gut es ging, herunterspielen und hoffen, dass meine kleine Schwester mich wegen alldem jetzt nicht mit anderen Augen sah. »Mach dir keinen Kopf, Monsterchen. Diese Gerüchte sind völlig überzogen.«

»Mir ist scheißegal, was alle anderen über dich sagen. Von mir aus könntest du mit Hunderten Typen geschlafen haben.« Sie schüttelte den Kopf, die Mundwinkel herabgezogen, was sie um Jahre älter aussehen ließ. »Mir ist nur wichtig, wie es dir damit geht. Was die Leute über dich verbreitet haben, war schon echt übel.«

»Echt? Ich hab das meiste gar nicht gelesen.« Wieder bewegten meine Lippen sich, ohne dass ich etwas dagegen unternehmen konnte, und so langsam fragte ich mich, ob ich zu einer pathologischen Lügnerin wurde. »Aber das geht auch wieder vorbei. Glaub mir, nachdem das neue Jahr angefangen hat, interessiert sich da niemand mehr für.«

Skeptisch betrachtete sie mich. »Sicher?«

»Ganz sicher.« Ich nickte. »Sag mal, willst du dich nicht umziehen?«

Verdattert blickte Mary an sich herab, sprang dann auf und riss sich die Bluse regelrecht vom Körper. »Netter Versuch, das Thema zu wechseln.« Sie schlüpfte aus dem Rock und warf dann beides in die Ecke. »Weiß Nanna davon?«

Ich sah Mary mit ernster Miene an. »Es gibt Dinge, die auch Nanna nicht wissen muss.« Nanna hatte meinetwegen schon genug durchgemacht. Neben den immensen Kosten für mein Studium sprach sie aus Loyalität zu mir auch noch kaum mit ihrem eigenen Sohn. Da musste ich das nicht auch noch obendrauf packen.

»Okay.« Mary zog sich einen weiten Pulli und eine Jeans an,

drehte sich zu mir um und blickte mich an. »Aber ... Wenn du jemanden zum Reden brauchst, dann ruf mich einfach an, okay?«

»Klar.« Noch bevor das Wort meinen Mund verließ, wussten wir beide, dass ich das niemals tun würde. Ich war die Ältere von uns beiden. Es war meine Aufgabe, Marys Sorgen mit ihr zu teilen, nicht meine eigenen auf ihre schmalen Schultern abzuwälzen.

»Und jetzt raus mit der Sprache: Wer war das auf dem Foto eigentlich?« Sie zog sich ein paar flauschige Socken über, ehe sie sich wieder neben mich aufs Bett setzte und mit den Augenbrauen wackelte. »Sah schon echt heiß aus.«

Automatisch hatte ich wieder das Bild von Alec und seinem durchdringenden Blick vor Augen, wie er sich dann genauso wie all die anderen von mir abwandte. Und wie er mit langen Schritten davonging, ohne sich noch einmal nach mir umzudrehen.

»Niemand«, brachte ich kaum heraus und räusperte mich. »Absolut niemand.«

Mary öffnete den Mund, zweifellos, um weiter nachzuhaken, und ich seufzte beim Klang von Nannas Stimme vor Erleichterung fast auf.

»Sugar! Pumpkin!«, rief sie, und ich konnte sie vor mir sehen, wie sie mit in die Hüften gestemmten Händen am Fuß der Treppe stand. »Das *Pain Perdu* ist fertig!«

Ich sprang auf und hielt Mary die Hand hin. »Komm, lass uns nach unten gehen.«

»Aber –«

»Er ist wirklich nicht von Bedeutung, Monsterchen.« Ich rieb mir über die Brust, wagte es aber nicht zu hinterfragen, warum meine Lungen sich plötzlich wie eingeschnürt anfühlten. »Ein One-Night-Stand. Das ist alles.«

»Na gut, wenn du das sagst.« Mary ergriff meine Hand und ich zog sie auf die Füße. »Wie heißt er denn?«

Ich lachte auf und schubste sie Richtung Zimmertür. »Abmarsch jetzt, bevor das *Pain Perdu* noch kalt wird.«

»Okay.« An der Tür hielt sie inne und sah mich über die Schulter hinweg an. »Aber, Katesie, dafür, dass er ein Niemand ist, wirkst du ganz schön traurig, wenn man dich nach ihm fragt.«

Mit diesen Worten verschwand sie durch die Tür und ließ mich mit dieser Stimme im Kopf zurück, die wispernd fragte, warum es mir überhaupt so viel ausmachte, dass Alec sich von mir abgewandt hatte, wenn er doch wirklich nur ein One-Night-Stand gewesen war. Wenn er nichts weiter war als eine flüchtige Erinnerung, die bald verblassen würde.

Ich stöhnte frustriert auf und raufte mir die Haare, ehe ich entschlossen den Kopf schüttelte. Nein, ich würde nicht über die STU, Instagram oder Alec Volkov nachdenken. Ich war hergekommen, um zu vergessen. Um zu heilen. Und davon würde mich kein Sturm dieser Welt abhalten, auch wenn allein die Erinnerung an seine grauen Augen mich fast mit sich davontrug.

»Wenn du nicht bald kommst, esse ich alles allein!« Als ich Marys Ruf hörte, fluchte ich leise und eilte in Richtung Treppe. Ich hatte wegen Alec schon genug verloren, da würde ich mir seinetwegen nicht auch noch das *Pain Perdu* entgehen lassen.

Auf meinem Weg nach unten nahm ich immer zwei Stufen auf einmal. »Wag es ja nicht!«

17. KAPITEL

Alec

»Alles klar.« Meine Mutter drückte meinen linken Arm nach der Untersuchung sanft nach unten. Sie nahm sich ein Paar Latexhandschuhe von der Anrichte und zog sie an. Ihre Handgriffe waren wie gewohnt routiniert, und ich konnte mich nicht daran erinnern, wann sie mal nicht nach Desinfektionsmittel gerochen hatte. »Deine Nerven haben sich wieder wegen der Überbelastung der Muskeln entzündet.«

»Erklärt, warum ich beim Schmetterling am liebsten die Wände raufgehen würde.« Ich legte mir die Hand auf die Schulter, die mir schon seit zwei Tagen Probleme machte, und der Schmerz, der durch meinen Körper jagte, ließ mich erahnen, was auf mich zukommen würde. »Wie lange bin ich auf Eis?«

Meine Mutter kramte einen kleinen Schlüssel aus einer der Schubladen und schloss damit das Hängeschränkchen mit den Medikamenten und Spritzen auf, das stets bis zum Bersten gefüllt war und so aussah, als hätte meine Mutter sich für einen Ausnahmezustand eingedeckt. Sie holte eine der Ampullen und eine steril verpackte Spritze heraus und drehte sich wieder zu mir um. »Zwei Wochen, wenn du die Schulter jetzt brav ruhig hältst.«

Gequält kniff ich die Augen zusammen. Leider konnte ich nicht vorgeben, ihr Russisch nicht verstanden zu haben. Das fiel mir immer nur in den ersten paar Tagen etwas schwer, und ich war schon seit über einer Woche zu Hause. Eigentlich war von Anfang an klar gewesen, was mir bevorstand, denn es war nicht das erste Mal, dass meine Schulter mir Probleme machte. Aber das machte das Urteil meiner Mutter nicht weniger beschissen. »Fuck.«

»Ausdrucksweise, Aleksej.« Sie zog die Spritze auf und stellte sie in einem kleinen Metallschälchen beiseite, dann deutete sie auf meine Hand, die ich sofort zur Faust ballte. Wir zwei hatten leider etwas zu viel Übung in dieser Sache, die mich als Teenager fast alle acht Wochen in dieses Zimmer befördert hatte, bis meine Mutter mich für den Rest der Saison aus dem Verkehr gezogen hatte, um meine Schulter und damit auch meine Karriere als Schwimmer zu retten. »Ich weiß, dass es dich frustriert, nicht trainieren zu können, wir haben das allerdings schon oft genug diskutiert. Wenn du mit der Schulter zu früh wieder ins Wasser gehst, dann riskierst du eine dauerhafte Verletzung.« Mit den Fingern tastete sie vorsichtig nach der geeigneten Einstichstelle, ihre dunkelgrauen Augen mit dem blauen Ring um die Iris funkelten hochkonzentriert, während ihr Daumen beruhigend über meine Haut strich. »Es sind nur vierzehn Tage, Schätzchen. Dann kannst du zurück in dein geliebtes Wasser.« Sie nickte, mehr zu sich selbst als zu mir, bevor sie meine Armbeuge desinfizierte. »Die nächsten zwei Tage mache ich dir morgens und abends einen Retterspitz-Wickel, und danach tape ich die Schulter, um deine Muskeln etwas zu unterstützen.« Als sie die Kappe der Spritze abnahm, guckte ich in die andere Richtung. »Gehst du noch zu Dr. Rodríguez?«

Ich dachte an die untersetzte Orthopädin mit dem grauen Haar und dem freundlichen Lächeln, die ihre Praxis unweit vom Campus hatte, und die wie der verlängerte Arm meiner Mutter war, der bis nach Kalifornien reichte. »Ja.«

»Gut. Ich rufe sie übermorgen an und mache dir einen Termin, damit sie das Tape erneuert, wenn du wieder in San Teresa bist. Außerdem fühle ich mich besser, wenn sie ein Auge auf dich hat, damit du nicht wieder unvernünftig wirst.« Ich knirschte mit den Zähnen, als ich spürte, wie sie die Nadel durch die Haut stach. Kälte breitete sich in meinem Arm aus. Einen Moment später führte sie meine Hand auf den Tupfer, und ich drückte zu. »So, gleich dürften die Schmerzen etwas nachlassen.«

Erst jetzt sah ich meine Mutter wieder an, die mich mit einem belustigten Schmunzeln musterte, das kleine Fältchen in ihr gebräuntes Gesicht zeichnete. »Danke, Mom.«

»Wofür hat man denn eine Sport-Orthopädin als Mutter.« Sie tippte mit einem Grinsen auf ihre eingerahmte Abschlussurkunde der Columbia, die sie in ihrem kleinen Behandlungsraum bei uns zu Hause aufgehängt hatte anstatt in ihrer Praxis in der Stadt. Es war immer wieder seltsam, den vollen Namen meiner Mutter irgendwo zu lesen. Für mich war sie einfach Mom und nie Dr. Natasha Volkov. »Ich freue mich natürlich nicht darüber, dass du Schmerzen hast, aber wenigstens habe ich dich so ein paar Stunden lang nur für mich, jetzt, wo dein Vater und deine Geschwister dich nicht jeden Tag mit zum Training schleppen können.«

Ich betrachtete ihren schmalen Rücken, als sie die Spritze entsorgte und das Verbandsmaterial für den Umschlag zusammensammelte. Mein schlechtes Gewissen überfiel mich mit Zähnen und Klauen. Ich hatte tatsächlich kaum Zeit mit meiner Mom verbracht. Stattdessen waren Mila, Yuri und ich jeden Tag nach dem Frühstück mit Dad zur Schwimmhalle gefahren, und abends war ich nach dem Essen direkt immer hundemüde ins Bett gefallen, weil ich mich beim Training so verausgabt hatte. Sogar Silvester hatte ich deshalb verschlafen, und jetzt zahlte ich den Preis für diesen Irrsinn, mit dem ich versucht hatte, dem enttäuschten braunen Augenpaar zu entkommen, das mich verfolgte.

»Tut mir leid, Mom.«

»Schon okay, Aljoschka.« Sie kam mit dem Verbandsmaterial und einem roten Fläschchen zurück, das ich nur zu gut kannte. »Ich weiß ja, wie sehr ihr alle das Schwimmen liebt. Und ich bin die Letzte, die eure Ambitionen nicht unterstützt.« Der Geruch von Minzöl breitete sich im ganzen Raum aus und erinnerte mich an die Erkältungsbäder, die ich als Kind oft hatte nehmen müssen. Meine Mutter umwickelte meine Schulter mit dem getränkten Stoff. Ihre Hände waren wie immer angenehm warm, als sie den Umschlag anlegte. »Aber es wäre schön, wenn ihr das wenigstens über die Feiertage mal herunterschrauben könntet und ich euch nicht auch noch an Weihnachten aus dem Schwimmbecken zerren muss.«

Bei der Erinnerung an ihr enttäuschtes und wütendes Gesicht an Weihnachten wurde der Stein in meinem Magen nur noch schwerer. »Ich hab die Zeit total vergessen.«

»Das passiert dir im Wasser immer.« Das Retterspitz begann, sich kalt auf meiner Haut anzufühlen. Meine Mutter wusch es von ihren Händen und schob den kleinen Hocker zu der kaffeebraunen Behandlungsliege, die wir mindestens schon fünfzehn Jahre hatten und die immer noch wie neu aussah. Sie setzte sich auf den Hocker und warf einen kurzen Blick auf die magentafarbene Armbanduhr aus Holz, die Dad ihr dieses Jahr zu Weihnachten geschenkt hatte. »Außerdem wäre es an deinem Vater gewesen, euch zeitig nach Hause zu schaffen.«

Der anklagende Ton in ihrer Stimme war nicht zu überhören. Die Streitereien wegen des Schwimmens waren also noch nicht weniger geworden, seitdem ich ausgezogen war. »Du kennst ihn doch.«

»Ja. Das heißt aber nicht, dass ich es auch gut finde.« Sie streckte die Beine aus und überkreuzte sie an den Knöcheln. »Nur weil euer Vater offenbar nicht in der Lage ist, mit euch anders Zeit zu verbringen als beim Training, besteht meine einzige gemeinsame Zeit mit unseren Kindern an Weihnachten und Neujahr dann daraus, sie wieder zusammenzuflicken.« Ihre wachsamen Augen richteten sich auf mich, und ich wand mich unbehaglich unter dem allwissenden Blick meiner Mutter, dem leider nie etwas entging. »Also, willst du darüber reden?«

Ich stellte mich dumm, in der Hoffnung, dieses Gespräch direkt im Keim ersticken zu können. »Worüber?«

Sie zog eine blonde Augenbraue hoch, und mir fiel auf, wie ähnlich meine Schwester Mila ihr mittlerweile sah. »Über den Grund für deine Schulter.«

Sofort tauchte Kate vor meinem inneren Auge auf, wie sie so verloren unter dem fahlen Licht der Laterne gestanden und mich angesehen hatte. Und ich hatte mich einfach umgedreht. Gott, konnten die fünfzehn Minuten, die dieser dämliche Umschlag wirken musste, nicht etwas schneller herumgehen? »Es ist alles okay.«

»Ich hab dich zur Welt gebracht, Aleksej. Deine Lügen kannst du dir also sparen.« Mom legte mir eine Hand aufs Knie und drückte sanft zu, mit diesem verständnisvollen Ausdruck im Gesicht, der mir schon so oft die Worte entlockt hatte. »Ohne Sinn und Verstand trainierst du nur, wenn du was auf dem Herzen hast.« Das liebevolle Lächeln auf ihren Lippen erinnerte mich an eine Zeit, in der wir solche Gespräche täglich geführt hatten. Ich schluckte schwer, als ich an die eingeworfenen Fenster und die Schmierereien an der Hauswand dachte, die schon seit Jahren unter dem neuen Anstrich verschwunden waren. »Eine Sache, die du, wie Mila und Yuri, von deinem Vater geerbt hast.«

Beim Gedanken an meine kleinen Geschwister musste ich grinsen. Yuri hatte gestern Morgen tatsächlich seine eigene Bestzeit geschlagen. Kaum zu glauben, dass er schon vierzehn war. »Die beiden sind echt so gut geworden.«

Der Stolz stand Mom ins Gesicht geschrieben, als sie mit den Schultern zuckte. »Hattest du etwas anderes erwartet?« Sie zwinkerte mir zu. »Die beiden eifern immerhin ihrem großen Bruder nach.«

Das Lachen, das sich meiner Kehle entrang, klang selbst in meinen eigenen Ohren nervös. »Ob das jetzt gut oder schlecht ist, sei mal dahingestellt.«

Der kleine Klaps gegen mein Knie folgte sofort. »Du bist ein toller großer Bruder und ein fantastisches Vorbild.« Mom griff nach meiner Hand und nahm sie fest in ihre. Die Haut auf den Knöcheln war wie gewohnt rot und gereizt von all dem Desinfektionsmittel, das ihre Schuppenflechte nur noch schlimmer werden ließ. »Dein Vater ist der gleichen Meinung wie ich. So einen Unsinn will ich also nicht mal als Scherz gemeint hören, verstanden?«

»Wow.« Ich machte große Augen. »Wenn Dad und du euch mal bei was einig seid, dann muss es ja stimmen.«

»Jetzt werd nicht frech, junger Mann.« Mom betrachtete den Ring an meinem Daumen. »Glaub nicht, dass ich nicht gemerkt habe, wie du gerade das Thema gewechselt hast.«

Ich verzog das Gesicht und schmunzelte, als sie leise gluckste. »War nicht sonderlich subtil, oder?«

»Überhaupt nicht.« Mit einem Blick auf die Uhr stand sie auf. »Wenn du nicht darüber reden möchtest, dann ist das vollkommen okay. Wir wissen beide, dass es nichts bringt, dich zu drängen.« Stoffbahn für Stoffbahn nahm sie den Umschlag ab, der meine Schulter gekühlt hatte. »Aber ich hoffe, du weißt, dass du immer und mit allem zu mir kommen kannst.«

»Ja, ich weiß.« Als sie mir zunickte, bewegte ich vorsichtig die Schulter. Dank des Schmerzmittels zischte ich nur noch leise, anstatt laut aufzujaulen. »Danke, Mom.«

Sie warf das Verbandszeug weg und tätschelte mir liebevoll die Wange, ehe sie zur Tür deutete. »Komm, wir schnappen uns Alik und laufen dir ein bisschen was von deiner nervösen Energie von der Seele.«

Ich runzelte die Stirn, bemerkte aber dann, dass mein Bein ein Eigenleben entwickelt hatte. Scheiße, so machte ich Klopfer aus Bambi echt Konkurrenz. »Klingt gut.«

Meine Mutter reichte mir meinen Hoodie, der mir früher mal zwei Nummern zu groß gewesen war und jetzt an den Schultern spannte. Ich schlüpfte hinein, bevor ich ihr in den Flur folgte. Alik, unser großer weißer Samojede, der mich und Mila jeden Morgen beim Laufen begleitete, sprang sofort von seinem Platz auf den Dielen auf und begrüßte uns mit wedelndem Schwanz. Meine Mutter hockte sich hin und kraulte dem quirligen explodierten Wattebausch kurz die Ohren, bevor wir gemeinsam Richtung Haustür gingen. In dem langen Flur mit den cremefarbenen Wänden und dunklen Dielen hatte sich absolut nichts verändert. Noch immer hingen überall die Medaillen, Auszeichnungen und Rekordurkunden, die meine Geschwister und ich über die Jahre angesammelt hatten. Als Teenager war mir das immer total peinlich gewesen, aber jetzt konnte ich es verstehen. Es war Dads Art, uns zu zeigen, wie stolz er auf uns war, ohne dass er es in Worte fassen musste. Mit den Fingern strich ich über den Rahmen eines Fotos von meinem ersten Wettkampf. Ich war damals gerade mal fünf Jahre alt gewesen und hatte ganz fürchterlich geheult, als ich ins kalte Wasser hatte springen müssen. Aber von da an hatte ich einfach nie mehr damit aufhören können. Meine Augen wanderten zu dem Mann, der auf dem Foto hinter mir stand und dessen große Hände auf meinen damals schmalen Schultern lagen.

Scheiße, ich sah Dad echt ähnlich. Von den blonden Haaren bis hin zu den dichten dunklen Augenbrauen und den hohen Wangenknochen. Nur die grauen Augen, die hatte ich von meiner Mutter geerbt.

»Kommst du, Aljoschka?« Meine Mom stand an der Tür und guckte mich abwartend an. Sie hatte den Hund bereits angeleint und sich mit dicker Jacke und Gummistiefeln gerüstet.

»Ja.« Ich warf noch einen letzten Blick auf das Foto, das den Moment, in dem alles begonnen hatte, verewigte. Dann zog ich meine Jacke über und stieg in die schwarzen Gummistiefel, die meine Mutter immer für mich parat hatte, wann immer ich nach Hause kam. Wir gingen durch die Eingangstür, und ich schloss ab, während Mom schon mit großen Schritten den Wald ansteuerte, der an unser Grundstück grenzte. Ich holte sie rasch ein und legte ihr den rechten Arm um die Schulter, als sie Alik von der Leine ließ, der sofort zwischen den Bäumen verschwand, mit seinem schneeweißen Fell aber ungefähr so gut zu sehen war wie ein Neonschild bei Nacht.

Mom schlang mir den Arm um die Taille, und wir stapften durch das Unterholz, bis wir den regulären Wanderweg erreichten, wo ich schon unzählige Male mit Alik unterwegs gewesen war. »Hat die Uni sich eigentlich mittlerweile um einen neuen Coach bemüht?«

»Leider nicht.« Ich spürte, wie sie sich neben mir verspannte, ehe sie eine russische Verwünschung ausspuckte, die sie nie im Leben vor Mila oder Yuri in den Mund genommen hätte. »Dad hat gesagt, er hört sich mal um, ob einer seiner Kollegen einen Job sucht, damit ich konkrete Vorschläge machen kann, wenn es so weit ist.«

»Typisch dein Vater.« Sie sah mich von der Seite her an, den Kopf gegen meine Schulter gelehnt. »Also bist du momentan noch der Coach?«

»Genau.«

»Kein Wunder, dass du nie jemanden mit nach Hause bringst.« Sie zog die Nase kraus und schüttelte den Kopf. »Du hast ja überhaupt keine Zeit, wen kennenzulernen, wenn du immer nur in der Schwimmhalle bist.«

Ihr Lachen erklang in meinem Kopf, bevor ich überhaupt nur an ihr Gesicht denken konnte. Schnell schob ich die Erinnerungen an Kate weg, nicht bereit, mich auch nur eine Sekunde damit auseinanderzusetzen, warum sie mir ausgerechnet jetzt in den Sinn kam. »Dates stehen momentan nicht sonderlich weit oben auf meiner Prioritätenliste.«

Nur das Knacken der Äste unter unseren Füßen und das aufgeregte Schnüffeln von Alik waren zu hören, bevor meine Mutter tief und lang gezogen seufzte. »So krieg ich dich ja nie unter die Haube.«

Dieser Satz hätte mich vielleicht aufgebracht, wenn ich ihn nicht schon hundertmal gehört hätte. »Mom, ich bin einundzwanzig.«

»Ich war in deinem Alter längst verheiratet.« Mom hob die Hand und zeigte mir ihren Ehering, der nach sechsundzwanzig Jahren ziemlich abgenutzt aussah. »Ich möchte nur, dass du glücklich bist, Aljoschka. Und ich glaube, es wäre schön für dich, jemanden an deiner Seite zu haben, mit dem du dein Leben teilen könntest.«

Ich verkniff mir zwar den bissigen Kommentar, aber die endlose Liste an gescheiterten Versuchen in diese Richtung lief sofort wie ein mahnender Abspann in meinem Kopf ab, der mich daran erinnerte, dass Liebe für Leute wie mich nicht funktionierte. Denn wenn man von Männern gesagt bekam, man wäre nicht schwul genug, und von Frauen zu hören kriegte, man wäre nicht hetero genug, fing man irgendwann an zu glauben, dass einfach niemand zu einem passen würde. Liebe wurde dann zu einer erloschenen Hoffnung, und man beschränkte sich auf Freundschafen und Orgasmen. Es lag also nicht daran, dass ich es nicht gewollt hatte, sondern daran, dass es einfach nicht klappte und jedes Mal mit den gleichen Vorwürfen endete. Ganz egal, wie oft ich mir auch etwas anderes gewünscht hätte.

Als sich der Duft von Jasmin und Sandelholz in meiner Nase ausbreitete, obwohl ich außer Kiefer und Moos eigentlich gar nichts hätte riechen dürfen, schüttelte ich heftig den Kopf. Was zur Hölle war denn heute los mit mir? »Ich bin auch so glücklich.«

»Wenn du meinst.« Meine Mom musterte mich etwas skeptisch, ehe ihre Lippen sich zu einem schiefen Grinsen verzogen. »Wie geht es eigentlich Dean?«

Ich wusste ganz genau, worauf sie hinauswollte. »Dean wird niemals dein Schwiegersohn werden, Mom.«

»Eine Mutter darf ja wohl noch träumen.«

»Nicht doch lieber von einer Schwiegertochter?«

Meine Mutter blieb stehen und betrachtete mich mit so ernster Miene, dass mir die nächsten Worte im Hals stecken blieben.

»Das spielt für mich überhaupt keine Rolle, Aleksej.« Sie löste sich von meiner Seite und legte mir die Hände an die Wangen. »Dein Glück ist meine oberste Priorität. Alles andere ist mir nicht wichtig.« Mir wurde mal wieder klar, wie dankbar ich mich schätzen konnte, eine Mutter wie sie zu haben.

Und ich wusste nicht, warum ich bei ihren Worten ausgerechnet wieder an Kate dachte. Ich wusste nur, dass das endlich aufhören musste.

»Ich weiß, Mom.« Ich legte meiner Mutter wieder den Arm um die Schultern, und wir folgten Aliks weißem Fell tiefer in den Wald, dessen dichte Baumkronen Muster mit den Lichtstrahlen der Januarsonne auf den Boden zeichneten und die dunklen Erinnerungen vertrieben, die uns beide über einen steinigen und tränenreichen Weg hierhergeführt hatten. »Ich weiß.«

18. KAPITEL

Kate

»Sicher, dass du von hier aus zu Fuß laufen willst?« Skeptisch musterte Raelyn meinen großen Rollkoffer, während sie die Autotür zuschlug und ihren Rucksack schulterte.

»Ja, in dem Koffer ist ja kaum noch was drin«, sagte ich und schüttelte das rote Monstrum zum Beweis. Die ganzen Klamotten, die ich mit zu meinen Großeltern geschleppt hatte, waren dortgeblieben. Meine Weihnachtsgeschenke und die wenigen anderen Dinge, die im Gepäck geblieben waren, wogen nicht viel.

»Das Ding ist trotzdem noch riesig.« Raelyn zog ihr Smartphone heraus und blickte die Straße hinunter. »Lass mich Mrs Bright anrufen. Es macht ihr bestimmt nichts aus, noch mal umzudrehen und – «

»Nein, hab Erbarmen mit mir!«, rief ich übertrieben panisch. »Wenn ich noch fünf Minuten länger Duran Duran hören muss, erschieße ich mich.«

Raelyn guckte mich einen Moment lang verdattert an, ehe sie lauthals zu lachen begann. »Okay, Punkt für dich. Die sind echt nur schwer zu ertragen.« Sie steckte das Handy zurück in die Bauchtasche ihres Hoodies, den ich im Frühjahr noch an Hunter gesehen hatte und zu dem sie eine dünn gefütterte Jeansjacke trug. »Wie hieß der Song noch gleich, den sie auf dem Hinweg rauf und runter gespielt hat?«

»*New Moon on Monday.*« Ich schüttelte mich. Ich mochte Mrs Bright zwar und war ihr unglaublich dankbar dafür, dass sie für die Semesterferien immer einen günstigen Fahrdienst zum Flughafen von Los Angeles anbot, aber ihr Musikgeschmack war wirklich grausam und in den späten Siebzigern und frühen Achtzigern hängen geblieben. »Außerdem tun mir ein paar Schritte nach der langen Fahrt ganz gut.«

»Wie du meinst.« Raelyn setzte sich die Kapuze auf, unter ihren Augen lagen tiefe Schatten. Sie hatte einen ziemlich frühen Flug genommen, um Geld zu sparen. »Sehen wir uns heute Abend?«

»Gerne.« Auf der gemeinsamen Rückfahrt hatten wir kaum miteinander gesprochen, weil wir beide auf dem Rücksitz eingeschlafen waren. »Wie wäre es mit Ramen bei *Ikigai?*«

»Sorry.« Raelyn verbarg ein Gähnen hinter ihrer Hand und schüttelte sich. »Klingt himmlisch.«

»Abgemacht. Um sieben bei mir?« Raelyn nickte träge, und ich klatschte enthusiastisch in die Hände. Auch wenn Nannas Essen fantastisch war, freute ich mich darauf, mir den Bauch mal wieder mit etwas anderem als der typischen Südstaatenkost vollzuschlagen. »Klasse. Sagst du April Bescheid?«

»Wird gemacht.« Müde rieb Raelyn sich die Augen, und unweigerlich schmunzelte ich. Sie war einfach immer noch unverschämt niedlich. Aber das würde ich ihr mit Sicherheit nicht auf die Nase binden. Immerhin hing ich an meinem Leben. »Bis später, Kate.«

»Bis später, Rae.«

Ich schaute ihr einen Moment lang nach, wie sie mit hochgezogenen Schultern in Richtung ihres Wohnheims hastete. Sie mochte mit ihren helleren Haaren, den Boots und den Tattoos zwar tougher aussehen als damals, aber ab und an kam doch noch das schüchterne Mädchen von früher durch, das kaum die Zähne auseinanderbekam und bis zum Scheitel hochrot anlief.

Seitdem ich sie vor Ewigkeiten am *Tag der Freshman-Tränen* angesprochen hatte, war so viel anders geworden. Manches hatte sich in rasender Geschwindigkeit verändert, einiges schleichend langsam. Und während sich die Welt unaufhörlich weiterdrehte, war ich dankbar, dass zumindest das ein oder andere gleich geblieben war.

Als Raelyn hinter der Häuserecke ihres Wohnheims verschwand, machte auch ich mich auf den Weg. Ihr Wohnheim war zwar nicht weit von meinem Verbindungshaus entfernt, aber ich freute mich über jede Minute, die ich noch nicht den geifernden Blicken meiner Verbindungsschwestern ausgeliefert war.

Langsam trödelte ich den Bürgersteig entlang, setzte bedächtig einen Fuß vor den anderen und summte leise vor mich hin. Ich blieb einen Augenblick stehen und genoss die angenehme Januarsonne auf meiner Haut. Sie fühlte sich warm an, konnte jedoch der kühlen Ozeanbrise nichts anhaben.

Heute war es zum ersten Mal seit Monaten richtig kalt, nicht mehr als zehn Grad, nahm ich an. Der Wind, der vom Meer herüberwehte, fuhr mir unter den Kragen meines Rollkragenpullovers und ließ mich in meinem wadenlangen Trenchcoat frösteln, weshalb ich mich schon bald wieder in Bewegung setzte.

Gestern noch hatte ich in einem leichten Cardigan mit Mary auf der Veranda meiner Großeltern mit Blick auf die Plantage gesessen und Nannas selbst gemachten Sweet Tea geschlürft.

Zwei Wochen Abstand von alldem, was mich derzeitig beschäftigte, hatte wirklich Wunder gewirkt. In Louisiana hatte ich das erste Mal seit Langem wieder die Nächte durchgeschlafen, und mein Appetit war auch zurückgekehrt. Vor allem die letzten zwei Tage hatte ich so viel *Pain Perdu* gefuttert, dass ich höchstwahrscheinlich in keine meiner Sachen mehr hineinpassen würde. Aber Nannas strahlendes Lächeln war es definitiv wert gewesen.

Irgendwie hatte es gutgetan, zur Abwechslung mal nicht über den nächsten Post oder mögliche Kollaborationen nachzudenken, sondern einfach Zeit mit meiner Familie zu verbringen. Bei ihnen zu sein. Den Moment zu genießen, anstatt mit den Gedanken ganz woanders zu sein.

Ich hatte viel mit Mary gequatscht, war mit Grandpa über die Plantage spaziert oder hatte mit Nanna gebacken. Abends hatten wir alle zusammen im Wohnzimmer gesessen und Filme geguckt oder uns mit irgendwelchen Spielen die Zeit vertrieben, was ich zuletzt gemacht hatte, als ich noch zur Schule ging.

Ich hatte loslassen können und mir erlaubt, zumindest für einen kurzen Augenblick mal zur Ruhe zu kommen. Und nachdem ich damit aufgehört hatte, ununterbrochen über meine aktuelle Situation nachzugrübeln, hatte sich das Chaos in meinem Kopf auch ein wenig gelichtet. Meine Akkus waren frisch aufgeladen, und ich konnte wieder klar denken.

Ich war in meinem letzten Jahr, nur Monate von meinem Abschluss entfernt. Die würde ich hier auch noch durchstehen, bevor für mich ein ganz neuer Lebensabschnitt begann, den ich bisher sträflich vernachlässigt hatte.

Während andere Pläne darüber geschmiedet hatten, was sie nach der Uni machen und bei welchen Firmen sie sich bewerben wollten, hatte ich nicht einen einzigen Gedanken an meine Zukunft verschwendet. Ich hatte jede freie Sekunde in *South-SideGirl* gesteckt, ohne auch nur die Möglichkeit in Betracht zu ziehen, dass das Bloggerleben für mich irgendwann mal ein Ende finden könnte. Und jetzt stand ich hier, ohne einen Plan, ohne einen Blog und mit einer Zukunft konfrontiert, die ungeduldig an meiner Haustür kratzte.

Die letzten Monate an der STU würde ich also damit verbringen, herauszufinden, wie es jetzt für mich weiterging. Was
ich eigentlich überhaupt mit meinem Leben anfangen wollte,
jetzt da es so völlig aus den Fugen geraten war.

Wenn ich die ganze Sache in aller Ruhe aussaß, würden die
Leute diesen Skandal vielleicht in ein paar Monaten vergessen haben. Und eventuell könnte ich dann mit *SouthSideGirl*
einfach weitermachen, als wäre nie etwas passiert. Immerhin
war ich eine Benoit, und die ließen sich nicht so leicht unterkriegen. Was waren schon ein paar Tausend Follower. Ich
konnte doch noch mal von vorn anfangen.

Noch mal ganz von vorn anfangen. Das war leider einfacher gesagt als getan. Mode kostete eine Menge Geld, und da
mein Blog sich hauptsächlich darum drehte, würde es nicht
leicht werden, ihn am Leben zu halten, wenn ich keine Kleider zur Verfügung gestellt bekam. Zumal ich erst mal gründ-
lich durchrechnen musste, wie lange meine Ersparnisse überhaupt noch reichen würden. Ich hatte zwar immer so viel wie
möglich von meinen Kooperationen und Werbedeals zur Seite
gelegt, aber vor dieser einen Nacht mit Alec hatte ich gerade
in eine neue Kamera und einen neuen Laptop investiert, was
die Summe auf meinem Konto erheblich hatte schrumpfen
lassen.

Ich musste mir dringend einen genauen Überblick über
meine Finanzen verschaffen. Ich wollte meinen Großeltern
auf keinen Fall auf der Tasche liegen. Sie hatten schon mehr
als genug Geld für mich ausgegeben. Und auch mehr als genug
Opfer für mich gebracht.

Ich würde das schon irgendwie hinkriegen und einen Weg
finden, bis zu meinem Abschluss von meinen Ersparnissen zu
leben. Und wenn nicht, dann musste ich mir halt einen Nebenjob im Ort suchen. Auf dem Campus zu arbeiten kam nicht

infrage. Ich konnte zu keiner einzigen Vorlesung gehen, ohne dass mir einer meiner Kommilitonen auf die Pelle rückte. Ein Job im Ort war die einzige Option. Mit etwas Glück könnte ich irgendwo als Kassiererin oder Kellnerin anfangen. Das sollte doch auch ohne Berufserfahrung möglich sein, oder?

Ich zog meinen Trenchcoat fester um mich herum zusammen, als ich in meine Straße einbog. Wenigstens brauchte ich mir keine Gedanken um die Miete zu machen. Als Mitglied von Kappa zahlte ich zwar einen monatlichen Abschlag für mein Zimmer, die Kosten dafür waren jedoch nicht annähernd so hoch wie die für die Wohnheime der Universität.

Natürlich hatte ich aufgrund der vielen Events der Verbindung mehr Ausgaben an anderer Stelle, aber ich würde ja vielleicht das ein oder andere sausen lassen können oder hin und wieder dasselbe Kleid zwei- oder dreimal tragen, dann müsste ich vermutlich auch so mit meinen Ersparnissen hinkommen, auch wenn ich in diesem kleinen kalifornischen Nest keinen Nebenjob ergatterte.

Ich musste einfach positiv denken. Dann würde ich die letzten Monate bis zu meinem Abschluss mit links meistern.

Unsanft wurde ich vom lauten Bellen des Hundes unserer Nachbarn von gegenüber aus meinen Gedanken gerissen. Koda, der weiße Samojede, der mich ein bisschen an einen explodierten Wattebausch erinnerte, drückte seine Nase gegen den dunklen Holzzaun und schnüffelte hektisch.

»Hey, Koda.« Ich blieb stehen und streckte die Hand durch den Zaun nach ihm aus, doch anders als sonst kam er nicht sofort freudig zu mir gerannt, sondern bellte weiter wie wild vor sich hin. »Hey, was hast du denn? Komm her, mein Kleiner!«

Nachdem er noch immer nicht auf meine Rufe reagierte, drehte ich mich um und suchte nach der Ursache für Kodas Aufregung.

Ich erstarrte, als ich die zwei Streifenwagen bemerkte, die vor unserem Verbindungshaus parkten. Ein paar meiner Schwestern tummelten sich, in dicke Jacken gehüllt, im Vorgarten. So dicht aneinandergedrängt, wie sie dastanden, sahen sie fast aus wie Pinguine, die sich gegenseitig wärmten, und ihr lautes, aufgebrachtes Geschnatter war bis zu mir zu hören. Zwei Polizisten, die zuvor auf der Veranda gestanden hatten, verschwanden in unserem Haus.

Was zum Teufel war hier los?

Ich überquerte die Straße und eilte durch das offene Gartentor. Meinen Koffer ließ ich am Zaun stehen und lief über den Rasen zu meinen Schwestern. Ich schlang die Arme um mich selbst und unterdrückte das beklemmende Gefühl, das mich überkam, als mir auffiel, dass unsere Haustür offenbar von einem Polizisten mit grimmiger Miene bewacht wurde.

»Was ist passiert?«, fragte ich Summer, die mir am nächsten war. Beim Klang meiner Stimme zuckte sie zusammen, und urplötzlich war es totenstill. Alle Augen richteten sich auf mich.

»Das solltest du besser mit Laura besprechen«, sagte Summer kleinlaut. »Sie sucht dich sicherlich schon.«

Augenblicklich drehte sich mir der Magen um, doch ich bemühte mich, ruhig zu wirken, auch wenn meine Gedanken gerade wie wild Achterbahn fuhren. Laura suchte mich? Warum? Ich wartete ein paar Sekunden, ob Summer sich noch weiter äußern würde, doch mir schlug nichts weiter als Stille entgegen. Ich öffnete den Mund, um nachzuhaken, sparte mir aber die Mühe, als alle kollektiv einen Schritt von mir zurücktraten. Ein eindeutiges Zeichen, dass dieses Gespräch hiermit beendet war.

War das ihr Ernst? Irgendetwas war zweifelsohne vorgefallen, und trotzdem hielt es scheinbar niemand für notwendig, mich wenigstens kurz aufzuklären.

Ich versuchte, das Ziehen in meiner Brust zu ignorieren, während ich die Augen über die Anwesenden gleiten ließ. Zehn von fünfunddreißig. Mein Herz setzte kurz aus, und alarmiert blickte ich über die Schulter zurück zur Straße. Ich atmete erleichtert aus, als nirgendwo ein Krankenwagen zu sehen war. Gott sei Dank! Zumindest war wohl niemand verletzt. Nur sehr langsam verschwand die Panik wieder, die gerade von mir Besitz ergriffen hatte, und ich verfluchte mich innerlich selbst. Natürlich waren die anderen nicht hier. Die meisten von ihnen würden erst heute im Laufe des späten Nachmittags aus den Ferien zurückkehren, bevor morgen die Uni wieder losging. Ich strich mir mit beiden Händen übers Gesicht, um mich zu beruhigen.

Ich musste Laura finden. Summer hatte gesagt, dass sie mich suchte. Ich trat zurück auf die Pflastersteine, die den Weg von der Straße zu unserem Haus kennzeichneten, und spähte Richtung Tür. Ob Laura vielleicht drinnen war?

Meine Frage erübrigte sich, als ich sie neben der Treppe zur Terrasse entdeckte. Laura hatte die Arme vor der Brust verschränkt, und ihre Lippen bewegten sich schnell, während sie mit der Polizistin neben sich sprach. Unsere Blicke trafen sich, und sie brach ab. Plötzlich hatte ich das Gefühl, ins Bodenlose zu fallen.

Sie winkte mich heran und wandte sich wieder der Polizistin zu. Ich zwang meine Beine, mir zu gehorchen, auch wenn sie sich wie Pudding anfühlten, und ging zu den beiden hinüber.

»Laura, was –« Ich hielt abrupt inne. Ihre eisigen Augen verengten sich zu mahnenden Schlitzen. Eine Gänsehaut breitete sich auf meinem ganzen Körper aus, und meine Kehle wurde eng, bevor sie den Blick gen Boden senkte.

»Sie sind Miss Katherine Benoit?« Die Polizistin, mit der Laura geredet hatte, war eine hochgewachsene Frau mit dunklem Teint und schwarzem Haar, die ich auf Mitte dreißig schätzte. Ihre wachsamen Augen glitten kurz über mich, und sie trat einen Schritt auf mich zu.

»Kate. Nennen Sie mich bitte Kate.«

»In Ordnung, Kate. Mein Name ist Officer Molino.« Sie setzte ein einstudiertes Lächeln auf. »Meine Kollegen und ich sind wegen eines Einbruchs hier«, sagte sie mit sanfter und einfühlsamer Stimme, die leider die Wucht der Worte nicht abmildern konnte, die mich wie ein Blitz trafen. »Dürfte ich Sie um Ihren Ausweis bitten.«

Meine Hand schloss sich fester um den Riemen meiner Handtasche. Ein Einbruch? In unserem Haus?

»Okay«, murmelte ich leise und deutete auf meine Handtasche. »Mein Pass ist hier drin. In der Innentasche. Darf ich ihn rausholen?« Erst als Officer Molino mir bestätigend zunickte, traute ich mich, mich überhaupt zu rühren. Zum Glück wusste ich genau, wo ich ihn verstaut hatte, sodass es nur ein paar Sekunden dauerte, bis ich das blaue Dokument zu fassen bekam. Schnell reichte ich ihn Officer Molino, die ihn mit geübten Fingern aufschlug. Ich bemerkte erst jetzt, dass meine Hände ein wenig zitterten, und ich steckte sie in die Taschen meines dünnen Trenchcoats.

»Katherine Benoit, geboren am 17. September 1996 in Lafayette, Louisiana?« Nachdem sie meine Identität bestätigt hatte, gab Officer Molino mir meinen Pass zurück und holte ein altmodisches, schwarzes Büchlein aus einer der vielen Taschen an ihrer dunkelblauen Uniform. Sie schlug das Büchlein auf und zog einen Kugelschreiber hervor, ehe sie mich wieder anschaute. »Ich muss Ihnen jetzt ein paar Fragen stellen, okay? Haben Sie keine Angst und antworten Sie mir bitte wahrheitsgemäß, ja?«

»Natürlich.«

»Also, Kate. Sie sind Mitglied dieser Verbindung?«

»Ja, Officer.« Ich sah das Haus an, in das ich eingezogen war, nachdem ich die ersten obligatorischen sechs Monate in Avila Hall verbracht hatte. »Ich bin direkt als Freshman beigetreten.«

»Und Sie wohnen in diesem Haus im dritten Stock?«

Ich runzelte verwirrt die Stirn und guckte Laura an, doch ihr Blick war immer noch starr auf den Boden gerichtet. »Ja.« Ich räusperte mich, weil meine Stimme wegbrach. »Ja, mein Zimmer befindet sich im dritten Stock. Es ist schräg gegenüber von der Treppe.« Ich versuchte, mir einen Reim auf ihre Fragen zu machen, doch mein Verstand konnte kein zusammenhängendes Bild aus den Schnipseln zusammensetzen. Panik überkam mich erneut. »Wieso? Stecke ich in Schwierigkeiten?«

»Nein, keine Sorge.« Officer Molino legte mir eine Hand auf die Schulter und drückte sanft zu. »Woher kommen Sie gerade?«

»Vom Flughafen. Ich habe in den Weihnachtsferien meine Großeltern in Louisiana besucht.«

»Verstehe.« Sie zögerte einen Moment. »Wussten viele, dass Sie in den Ferien wegfahren?«

»Denke schon. Ich fahre immer über Weihnachten nach Hause. So wie alle anderen auch.« Mit jeder Sekunde ergab diese absurde Situation für mich weniger Sinn. Warum wurde ich derartig ins Kreuzverhör genommen? Ich war überhaupt nicht hier gewesen und konnte dementsprechend auch keine hilfreiche Zeugenaussage machen. Hatte sie diese Fragen allen Mitgliedern der Verbindung gestellt und ich war nur der nächste Name auf ihrer Liste? Ich holte tief Luft und bemühte mich, ruhig zu bleiben, während meine Gedanken weiterhin Achterbahn fuhren. »Entschuldigen Sie, Officer Molino, ich will nicht unhöflich sein, aber wäre es nicht sinnvoller, jemanden zu befragen, der zum Zeitpunkt des Einbruchs hier war?«

»Die Zeugenaussagen haben wir schon aufgenommen.« Sie sah mich an, einen Ausdruck im Gesicht, den ich nicht wirklich deuten konnte. Wieso guckte sie mich mit dieser Mischung aus Mitleid und Sorge an? Als sie einen Schritt auf mich zumachte, wäre ich am liebsten zurückgewichen, doch ich war wie versteinert. »Ich weiß, dass es vielleicht etwas beängstigend ist, doch ich müsste Sie bitten, mit mir ins Haus zu kommen, um festzustellen, ob etwas gestohlen wurde.«

»Natürlich«, antwortete ich wie aus der Pistole geschossen, ehe ich mich selbst stoppte. Wieso sollte ausgerechnet ich mit hineingehen? Alle anderen wussten doch genauso, was sich in unseren Gemeinschaftsräumen befand. »Aber, ich bin doch gar nicht die Verbindungsvorsitzende.« Mein Blick huschte zu Laura, die noch immer kein einziges Wort gesagt hatte. »Ich verstehe nicht ganz –«

Laura stieß ein genervtes Stöhnen aus. »Gott, bist du wirklich so schwer von Begriff oder tust du nur so?«

»Was?«

»Ich bin mit der Polizei schon längst durchs Haus gegangen.« Sie verdrehte die Augen, ihre Stimme schneidend, so, als wäre ich es gewesen, die in unser Haus eingebrochen war. »Im restlichen Haus ist nirgendwo etwas gestohlen oder zerstört worden, Kate. Hier geht es nur um *dein* Zimmer.« Sie verschränkte die Arme vor der Brust und sah mir direkt in die Augen, als sie die Lippen öffnete, um den Satz auf mich abzufeuern, der mich über den Abgrund stürzen ließ. »Schnallst du es jetzt endlich? Wer auch immer hier eingebrochen ist, hatte es einzig und allein auf dich abgesehen.«

19. KAPITEL

Kate

Ich fühlte mich wie betäubt, als Officer Molino sich von mir verabschiedete. Ich wusste nicht, wie ich es geschafft hatte, meine Sachen durchzugehen, um zu sehen, ob etwas gestohlen worden war. Völlig abwesend und emotionslos hatte ich nachgesehen und alles, was fehlte, der langen Liste hinzugefügt, die die Polizei aufnahm, um den genauen Schaden bestimmen zu können, den der Einbrecher angerichtet hatte.

Während wir alles abgearbeitet und die Formalitäten erledigt hatten, war mir sämtliches Zeitgefühl abhandengekommen. Als wir begonnen hatten, war es noch hell gewesen, doch wenn ich jetzt aus dem Fenster sah, schlug mir komplette Dunkelheit entgegen. Wir mussten Stunden damit zugebracht haben, alles für die Hausratsversicherung auszufüllen, die ich auf Grandpas Wunsch abgeschlossen hatte. Nach ewigen Diskussionen war ich eingeknickt und hatte murrend zugestimmt, in dem Glauben, mein Geld zum Fenster hinauszuwerfen, da ich sie eh nie brauchen würde. Eine weitere Sache, bei der ich mich geirrt hatte.

Kraftlos setzte ich mich auf meine Bettkante und ließ den Kopf in die Hände sinken. Jetzt, wo ich nicht mehr funktionieren musste, war es, als würde all das, was ich die letzten Stunden unterdrückt hatte, mit einem Mal auf mich einprasseln. Ich rieb mir mit den Handballen über die Augen und versuchte das laute, panische Schreien in meinem Kopf aufzuhalten, welches sich einen Weg in meine Kehle bahnen wollte.

Ich sammelte mich noch einen Moment, bevor ich den Kopf wieder hob und die Hände von den Augen nahm. Als ich das Ausmaß der Zerstörung vor mir sah, kam ich langsam wieder in der Realität an.

Mein Zimmer war ein einziges Chaos.

Alle Sachen lagen überall im Raum verteilt, die Schranktüren waren ausgerissen und die Schubladen in Einzelteile zerlegt. Davon übrig gebliebene Holzstücke mischten sich mit meinem teuren Schmuck, den der Einbrecher anscheinend nicht interessiert hatte, was ein sehr deutliches Bild davon zeichnete, worauf er es wirklich abgesehen hatte. Ich bückte mich und streckte meine zitternden Hände nach der Unterwäsche aus, doch ich brachte es nicht über mich, sie aufzuheben. Mir wurde speiübel, selbst die war von diesem Anfall aus Wut und Zerstörung nicht verschont geblieben. Ich presste die Lippen fest aufeinander, während ich mich wieder aufrichtete. Von dieser Bewegung wurden ein paar Federn aufgewirbelt, die aus den aufgeschlitzten Daunenkissen quollen. Nicht mal meine Unisachen waren noch unversehrt. Die Lehrbücher hatte jemand aus dem kleinen Schränkchen unter meinem Schreibtisch gezerrt, und von meinem Make-up waren nur noch feine Bröckchen übrig, mit denen der Einbrecher das Wort *SCHLAMPE* quer über die weiße Schreibtischplatte geschmiert hatte.

Gequält schloss ich die Augen und krallte meine Hand in die Matratze unter mir, um mich irgendwie im Hier und Jetzt zu halten. Doch es gelang mir nicht. Alles, woran ich denken konnte, war, dass ein völlig Fremder meine Tür eingetreten und mir das letzte bisschen Sicherheit entrissen hatte, das mir hier noch geblieben war.

Ich sackte zusammen und kämpfte mit den Tränen, wobei ich den Würgereflex unterdrückte, der in mir hochstieg, als ich mir vorstellte, wie der Einbrecher all meine Sachen angefasst hatte. Wie er meine Privatsphäre mit genau diesen Händen in Stücke gerissen hatte, von der nun nichts mehr übrig war.

Mein gesamtes Hab und Gut war zerstört, mein Zimmer ein Tatort, und der einzige Ort, an dem ich mich noch sicher gefühlt hatte, von nun an das Epizentrum meiner Angst.

Am liebsten hätte ich laut gelacht, weil mir das alles so absurd vorkam. Ein bisschen wie diese Teenager-Hollywood-Serien, die ich mit ihren unzähligen Intrigen und Racheaktionen immer für völlig überzogen gehalten hatte, bis ich selbst in einer gelandet war.

Konnte ich nicht endlich einfach aus diesem Albtraum aufwachen?

»Du musst gehen.« Ich atmete zitternd ein und richtete mich auf, als ich Lauras eisige Stimme hörte. Sie lehnte im Türrahmen, die Arme vor der Brust verschränkt und die Augen teilnahmslos, während sie sie über das Chaos gleiten ließ, das mal mein Leben gewesen war. »Es ist eine Sache, wenn du unseren Ruf in den Dreck ziehst, weil du mit so widerlichen Typen wie Volkov in die Kiste steigst.« Angeekelt schob Laura mit ihrer Schuhspitze mein Shirt, das im Flur auf dem Fußboden gelegen hatte, in mein Zimmer. »Allerdings ist es eine völlig andere, wenn du dadurch die Sicherheit meiner Schwestern gefährdest, Kate.« Sie hob den Blick von ihren Sneakers und sah mich an. Sie bedachte mich mit einem fiesen, distanzierten Lächeln, das mich wie ein Schlag in die Magengrube traf. »Viele von ihnen fühlen sich bei dem Gedanken, dass so etwas noch mal passieren könnte, einfach nicht mehr wohl. Ich hoffe doch sehr, dass du das verstehst.«

Ich brauchte einen Moment, um wirklich zu begreifen, was Laura da gerade zu mir gesagt hatte. Doch als es endlich klick machte, konnte ich sie nur fassungslos anstarren.

Laura hatte mich gerade offiziell aus der Verbindung geworfen.

Ich war nicht länger eine Kappa Alpha Phi.

Mir schossen die Tränen in die Augen, und ich konnte kaum atmen. Auch wenn ich in letzter Zeit ein paar Probleme mit meinen Schwestern gehabt hatte, war es mir immer wichtig gewesen, eine Kappa zu sein.

Ich hatte es als Ehre empfunden. Als Privileg.

Den ganzen sexistischen Mist, der damit einherging, hatte ich ignoriert und einfach das Gefühl genossen, Teil von etwas zu sein, das mich mein Leben lang begleiten würde. Sogar nachdem ich mich etwas zurückgezogen hatte, weil die Erwartungen der Verbindung mich beinah erstickt hätten, war ich trotzdem weiterhin ein stolzes Mitglied von Kappa Alpha Phi gewesen. Egal, wie schwierig es momentan mit allen hier sein mochte, konnte man die letzten dreieinhalb Jahre, die ich mit ihnen verbracht hatte, nicht einfach auslöschen.

Ich hatte mein ganzes Studentenleben nach der Verbindung ausgerichtet, hatte Veranstaltungen organisiert, mich dem Druck und den Ansprüchen unterworfen und die Kommentare anderer ertragen, die das Verbindungsleben nicht verstanden.

Dreieinhalb Jahre hatte ich mit den Frauen in diesem Haus verbracht. Sie waren meine Schwestern. Daran änderte auch die Tatsache nichts, dass ich sie für meinen Blog und andere Freunde vernachlässigt hatte oder dass sie mich seit der Sache mit Alec wie eine Aussätzige behandelten. Ich war mir immer sicher gewesen, dass wir irgendwann wieder zueinanderfinden würden.

Aber das war von nun an unmöglich.

Ich war nicht länger eine von ihnen. Und ich würde es auch nie wieder sein.

»Ich –«

Laura schnitt mir mit der Hand das Wort ab und schüttelte vehement den Kopf, so, als hätte sie nicht die Geduld, sich auch nur ein einziges meiner Worte anzuhören. »Du hast eine Woche, um deine Sachen zu packen. Danach will ich dich hier nicht mehr sehen.« Abschätzig sah sie mich an, wie eine lästige Kakerlake, die es zu zertreten galt. »Du hast schon genug Schaden angerichtet.«

Ich wollte etwas sagen. Wollte versuchen, sie umzustimmen. Doch mein Mund fühlte sich staubtrocken an, und ich brachte kein einziges Wort heraus. Als ich spürte, wie die erste Träne meine Wange hinablief, senkte ich den Blick. Scheiße, ich wollte nicht, dass sie mich jetzt auch noch weinen sah.

»Die Nummer kannst du dir sparen.« Laura schnalzte missbilligend mit der Zunge. »Für Tränen ist es entschieden zu spät.«

»Für ein Herz ebenso, Miststück.«

Überrascht keuchte ich auf, als Laura am Oberarm grob nach hinten gezogen wurde und April sich wie eine schützende Mauer zwischen uns beiden aufbaute. Wo war sie denn so plötzlich hergekommen? »Einmal Kappa, immer Kappa, was?«

Raelyn würdigte Laura keines Blickes, sondern schob sich energisch an den beiden Frauen im Flur vorbei. Auf der Schwelle zu meinem Zimmer blieb sie kurz stehen, und ihre Augen weiteten sich, als sie das Chaos erblickte. Doch dann kam sie einfach herein, mit großen und entschlossenen Schritten. Als sie sich neben mich auf die Matratze setzte, bemühte ich mich um ein Lächeln, doch Raelyn schüttelte nur stumm den Kopf, bevor sie mich in ihre Arme nahm. Ich wollte von ihr wegrücken und sagen, dass alles okay war, doch ihr Griff war fest. Sie strich behutsam über mein Haar, und ich krallte mich in den Stoff ihrer Jacke, in dem verzweifelten Versuch, nicht auch noch das letzte bisschen Selbstbeherrschung zu verlieren, das mir noch geblieben war.

Verdammt, ich hatte zwar keine Ahnung, wie die beiden von der Sache erfahren hatten, aber das war mir auch vollkommen egal. Alles, was zählte, war, dass sie jetzt hier waren.

»Eure ganze Schwesternschaftsscheiße ist doch nichts weiter als ein schlechter Witz.« April spuckte die Worte regelrecht aus und ließ Laura dann mit einem Ruck los. »Es ist mitten im Jahr. Du weißt ganz genau, dass es so gut wie unmöglich ist, irgendwo ein Zimmer zu bekommen. Du setzt sie praktisch auf die Straße.«

»Sie hat in dem Moment aufgehört, eine Kappa zu sein, als sie mit ihrer Rumhurerei unseren guten Ruf in den Dreck gezogen hat.« Laura verzog das Gesicht und rieb sich den Oberarm.

»Rumhurerei?« April warf die Hände in die Luft. »Sie hat mit einem einzigen Kerl geschlafen und keine Orgie gefeiert, verdammt noch mal!« Sie schüttelte den Kopf. »Zieh endlich mal dein Königinnenhaupt aus dem Arsch und erinnere dich daran, dass Kate immer noch ein Mensch ist und du sie auch so behandeln solltest.«

»Ihr könnt froh sein, dass ich ihr überhaupt eine Woche gebe.«

»Sicher. Ich fall gleich vor Dankbarkeit auf die Knie. Allerdings erst, wenn die Hölle zufriert«, zischte April, ihr Gesicht vor lauter Wut beinah so rot wie ihre Locken. »Aber keine Sorge. So lange werden wir gar nicht brauchen.« Sie ging einen Schritt auf Laura zu, die sofort zurückwich. »Ich lasse sie nämlich keine Sekunde länger bei euch Heuchlerinnen, die immer nur so getan haben, als würde ihnen was an ihr liegen.«

»Perfekt.« Laura lächelte eisig. »Je schneller sie verschwunden ist, desto besser.«

»Du mieses …«

»Lass gut sein, April.« Raelyn warf April einen mahnenden Blick zu, während ihre Arme mich fest umschlungen hielten. »Sehen wir einfach zu, dass wir Kate hier rausschaffen.«

April brauchte einen Moment, doch dann nickte sie langsam, bevor sie sich von Laura abwandte und zu uns ins Zimmer trat.

»Ihr habt eine Woche. Nicht eine Sekunde länger.« Laura sah mir direkt in die Augen. Ihre Mundwinkel zuckten, und ihr Gesicht glich eher dem eines Reptils als dem der Frau, die ich so lange für meine Verbindungsschwester gehalten hatte. »Ach, und Kate? Denk bitte daran, was in deinem Mietvertrag steht, ja? Dass du dein Zimmer so zu übergeben hast, wie du es vorgefunden hast, verstanden?«

April blieb wie angewurzelt mitten im Raum stehen. Dann wirbelte sie wie ein Feuersturm herum, und ich sah zwar nur ihren Rücken, doch Lauras entsetztes Gesicht ließ Aprils Furcht einflößenden Blick erahnen. »Verschwinde, Blondie! Sonst vergesse ich mich gleich und breche dir deine operierte Nase.«

Laura zögerte kurz, machte dann aber auf dem Absatz kehrt. Ich hielt die Luft an und wartete angespannt, ob sie es sich anders überlegen und zurückkommen würde. Doch dann fiel ihre Tür mit einem lauten Knall ins Schloss, und ich stieß erleichtert den Atem aus.

»Diese Frau ist echt nicht zu fassen«, zeterte April und stieg über die vielen Holzsplitter hinweg in Richtung meines zerstörten Wandschranks. »Der Koffer unten im Flur ist deiner, oder?«

»Ja.« Meine Stimme klang so brüchig, dass ich sie kaum als meine eigene erkannte. Vorsichtig ließ Raelyn mich los, strich aber weiter beruhigend mit einer Hand über meinen Rücken. »Ich glaube, die Polizisten haben ihn heute Mittag mit reingebracht.«

»Heute Mittag?« April fluchte. »Scheiße, Kate, warum hast du denn nicht angerufen?«

Schuldbewusst guckte ich auf meine Hände. »Ich weiß nicht. Ich …« Meine Stimme brach.

»Schon okay«, murmelte Raelyn leise. »Wir sind ja jetzt da.« April fuhr sich mit beiden Händen durchs Haar, ehe sie damit anfing, die wenigen Sachen, die noch auf Bügeln hingen, herauszunehmen. »In dem Koffer ist alles drin, was du unbedingt brauchst, oder?«

Ich nickte, unfähig, auch nur ein einziges Wort hervorzubringen.

»Gut.« Sie faltete die Sachen auf ihrem Arm und sah dann auffordernd zu uns herüber. »Dann los.«

»Okay.« Mit zitternden Fingern griff ich nach meinem Handy, das noch immer in meiner Hosentasche steckte. »Lass mich eben schnell beim Motel im Ort anrufen. Vielleicht haben die noch ein Zi–«

Raelyn nahm mir das Handy ab und starrte mich an, als hätte ich vollkommen den Verstand verloren. Vermutlich hatte sie damit sogar recht. Ich fühlte mich auf jeden Fall nicht wie ich selbst.

»Du brauchst kein Motel. Als ob wir dich ernsthaft mit dieser Scheiße hier allein lassen würden«, sagte April leise und kam zu uns herüber. Ihre Hand legte sich sanft auf meine Schulter. »Du kommst natürlich mit zu uns.«

Ich spürte die heißen Tränen auf meinen Wangen, bevor ich überhaupt realisierte, dass ich weinte. Hilflos sah ich zwischen Raelyn und April hin und her, während mein Körper von einem heftigen Schluchzen erschüttert wurde.

In mir herrschte das totale Chaos.

Ich fühlte so viele Dinge auf einmal, dass ich sie nicht in Worte fassen konnte. Gleichzeitig war da in mir diese vollkommene Leere. Ich taumelte zwischen beidem hin und her und konnte keinen einzigen klaren Gedanken fassen.

In meiner Brust öffnete sich eine klaffende Wunde, aus der nun ungehindert alles herausfloss, was ich die letzten Wochen so inbrünstig zurückgehalten hatte.

Ich weinte und weinte und weinte, ohne festmachen zu können, wofür genau ich in diesem Moment all die Tränen vergoss. Ich heulte wegen allem und gleichzeitig wegen nichts, während mein Herz, das sich in Louisiana doch gerade erst halbwegs wieder erholt hatte, von jetzt auf gleich entzweibrach.

Ich ließ den Schmerz über mich hinwegrollen, ließ zu, dass er mich mit sich fortriss, vertraute darauf, dass meine beiden Freundinnen mich nicht darin ertrinken lassen würden. Ließ einfach los, während Raelyn mich im Arm hielt und April mit sanfter Stimme versprach, dass alles wieder gut werden würde, obwohl wir alle wussten, dass es dafür längst zu spät war.

20. KAPITEL

Alec

Ich war nicht so der religiöse Typ, aber als ich an diesem Mittwochvormittag mit der heilen Schulter die Tür zum Studierendensekretariat öffnete, schickte ich ein Stoßgebet gen Himmel. Die vier vollen Kaffeebecher in meinen Händen gerieten beträchtlich ins Wanken, und ich fluchte innerlich. Der Scheiß hatte mich ganze zwölf Dollar und fünfzehn nervenaufreibende Minuten in der wohl langsamsten Schlange der Welt gekostet. Ich würde verdammt sein, wenn ich jetzt hinnahm, dass der heiße Kaffee diesen hässlichen grauen Linoleumboden dekorierte. Ich huschte hinein und grinste breit, als die Tür hinter mir zufiel, ohne dass ich etwas verschüttete und mir dabei die Hände verbrühte.

Damit stand meinem billigen Bestechungsversuch nichts mehr im Wege. Die drei leeren Stühle in dem schmalen Wartebereich, auf denen ich meinen Arsch schon mehr als einmal hatte parken müssen, ließ ich direkt links liegen und ging gleich ohne Umschweife auf den hohen Tresen zu, hinter dem die Schreibtische der Mitarbeiter des Sekretariats standen.

Ich stellte den Kaffee darauf ab, um es nicht doch noch in letzter Sekunde zu versauen, bevor ich mein gewinnbringendstes Lächeln auflegte. Wenn es nötig werden würde, war ich mehr als bereit, mich charmant zu Tode zu diskutieren.

»Guten Morgen alle zu–« Ich brach augenblicklich ab, als

Mrs Griffin den Zeigefinger hob und mir andeutete, still zu sein. Sie hielt sich das Telefon ans Ohr und hörte aufmerksam zu, während sie hin und wieder bestätigendes Gemurmel von sich gab. Sie warf mir ein entschuldigendes Lächeln zu, ehe sie sich einen ihrer vielen bunten Zettelchen schnappte, die ihren chaotischen Schreibtisch regierten. Mit ihrem Kugelschreiber kritzelte sie etwas darauf und hielt ihn mir hin. Ich kniff die Augen zusammen, um ihre krakelige Handschrift entziffern zu können.

Wird noch dauern. V ist krank. Warte am besten auf C.

Ich hob den Daumen und gab ihr zu verstehen, dass ich kapiert hatte, was sie mir mitteilen wollte. Dann deutete ich auf die Kaffeebecher vor mir auf dem Tresen, von denen somit wohl einer übrig bleiben würde. Als Mrs Griffin sie sah, schenkte sie mir ein dankbares Lächeln, und ich quittierte es mit einem Zwinkern. Mr Valez, Mrs Campbell und Mrs Griffin ertrugen mich meist kommentarlos und hatten mir schon das ein oder andere Mal den Rücken freigehalten oder mir mit dem Dekan geholfen, da ich wegen des ganzen administrativen Krams fürs Schwimmteam ungefähr alle zwei Wochen hier auf der Matte stand. Da brach mir der ein oder andere Bestechungskaffee keinen Zacken aus der Krone, um sicherzustellen, dass das auch so blieb.

Ich nahm mir meinen eigenen Kaffee und sah zu Mrs Campbell. In der Regel war sie eine von der schnellen Sorte und ließ sich nicht großartig auf Diskussionen ein. Auch wenn es heute nicht so wichtig war, weil ich eh noch eine Woche aussetzen musste, bevor ich das Training wieder aufnehmen konnte. Dennoch sollte es nicht allzu lange dauern, bis ich bei Mrs Campbell an der Reihe –

»Können Sie nicht bitte noch mal prüfen, ob irgendwo anders ein Platz frei ist?«

Kate stand ein paar Meter von mir entfernt, die Arme auf den Tresen gestützt und mit einem so verkniffenen Zug um den Mund, dass ich einen Moment brauchte, um sie wiederzuerkennen. Das Haar hatte sie unordentlich zu einem Dutt auf ihrem Hinterkopf zusammengebunden und es sah verdächtig danach aus, als hätte sie heute Morgen nicht geduscht und sich direkt nach dem Aufstehen hierhin aufgemacht. Ihre Haut, die sonst golden glänzte, war unheimlich blass und stand in starkem Kontrast zu dem übergroßen schwarzen Kapuzenpulli, in dem ihre schmale Statur vollkommen unterging, während die schlabbrige graue Jogginghose an ihren Beinen so überhaupt nicht zu ihren sonstigen Designerklamotten passen wollte. Ob das überhaupt ihre eigenen Klamotten waren?

Dreh dich weg und tu so, als hättest du sie nicht gesehen. Diese ganze Scheiße geht dich nichts an. Das Ding, das du bei Delta abgezogen hast, sollte dir eigentlich Lehre genug gewesen sein, du Vollpfosten!

»Ms Benoit, ich habe jetzt sechsmal nachgeguckt.« Mrs Campbell sprach in ihrem typisch bestimmten, aber dezent genervten Tonfall, den ich schon so häufig bei ihr gehört hatte. »Ich habe wirklich nur noch dieses eine Zimmer frei, und das auch mehr aus Zufall, weil der Mieter ganz überraschend ausgezogen ist.« Sie tippte mit dem Finger auf einen ausgedruckten Zettel, der zwischen den beiden auf dem Tresen lag. »Sie haben also Glück im Unglück, da wir noch nicht dazu gekommen sind, es neu auszuschreiben.«

»Glück. Klar.« Kate schnaubte sarkastisch, was dafür sorgte, dass Mrs Campbell entrüstet die Lippen spitzte. Kate begab sich hier gerade wirklich auf verdammt dünnes Eis. »Wie viel kostet es noch gleich?«

Mrs Campbell verengte die Augen, ehe sie wieder auf den Zettel blickte. »Regulär kostet ein Zimmer dort für das ganze

Jahr neuntausendzweihundert, da Sie aber nur einen Mietvertrag bis zum Ende des akademischen Jahres bekommen können, sind es nur noch viertausendsechshundert.«

»Nur noch?« Kate legte den Kopf in den Nacken, und als das kühle Licht der Neonröhren direkt auf ihr Gesicht fiel, konnte ich sehen, *wie* blass sie wirklich war. »Fuck.«

»Ms Benoit!« Mrs Campbell schnalzte missbilligend mit der Zunge. »Ich verstehe zwar, dass Sie frustriert sind, aber achten Sie bitte auf Ihre Ausdrucksweise.«

»Verzeihung.« Kate rieb sich mit den Händen über die Augen, und mir fiel auf, dass sie gar kein Make-up trug. Ihren großen, dunkelbraunen Augen fehlte der übliche Eyelinerstrich und ließ sie so viel weicher und verletzlicher wirken, als man sie kannte. Kate stieß ein resigniertes Seufzen aus. »Okay, ich nehme es.«

»In Ordnung.« Mrs Campbell wandte sich ab und ging zu ihrem Schreibtisch, wo sie aus einem großen Ordner einen Stapel Blätter zog und damit zu Kate zurückkam. »Hier ist der Mietvertrag mit allen notwendigen Unterlagen. Bringen Sie ihn mir bitte morgen ausgefüllt wieder, dann kümmere ich mich darum, dass Sie so schnell wie möglich einziehen können.«

Ich biss die Zähne fest aufeinander, damit ich nicht lautstark fluchte. Man musste echt kein Genie sein, um eins und eins zusammenzuzählen. Ich hatte zwar keinen blassen Schimmer von diesem Verbindungsmist, wusste aber, dass die meisten von ihnen gemeinsam in Häusern außerhalb vom Campus wohnten. Bruder- wie Schwesternschaften. Für so ein Zimmer musste man allerdings Mitglied sein, und so wie Kate heute aussah, vermutete ich mal, dass ihre Zeit bei Kappa zu einem abrupten und vor allem unfreiwilligen Ende gekommen war. Das Nächste, auf das die Hyänen vom Campus sich stürzen würden.

»Danke.« Kate nahm die Dokumente vom Tresen und begutachtete sie einen Moment lang. Ihre sonst so flüssigen Bewegungen wirkten abgehackt, als sie den Mietvertrag hastig zusammenrollte und mit staksigen Schritten Richtung Tür ging. Es war das erste Mal, dass ich mehr von ihr zu sehen bekam als ihr Profil, und um ehrlich zu sein, hatte ich ziemliche Probleme, sie überhaupt wiederzuerkennen.

Kate sah, gelinde gesagt, furchtbar aus.

Blutleere Lippen und dunkle Augenringe schrien einem ihre schlaflosen Nächte entgegen und verliehen ihr etwas Geisterhaftes, das mich schaudern ließ. Der Zug um ihren Mund war hart und zeichnete Falten in ihre junge Haut, der der übliche rosige Glanz fehlte. Die herabgesunkenen Schultern waren ein trauriges Zeugnis dessen, was sie die letzten Wochen hatte durchmachen müssen, und ihre sonst so aufmerksamen Augen hatte sie niedergeschlagen. Aber es war das Zittern der Finger ihrer rechten Hand, als sie sie an die Kapuze ihres Pullovers hob, um sie sich wieder aufzusetzen, was diesen inneren Zwang in mir aufsteigen ließ, zu ihr hinübergehen zu wollen. Erst als sie ihr Gesicht unter der Kapuze verbergen konnte, schien sie sich ein wenig zu entspannen.

Zumindest so lange, bis sie mich entdeckte.

Ich wusste nicht warum, aber ich hielt automatisch den Atem an, als ihr Blick sich in meinen bohrte. Sie wich einen Schritt zurück, und ich hörte das Rascheln von Papier, während sich ihre Finger fester um den zusammengerollten Mietvertrag krampften.

»Vorsicht«, murmelte ich leise und deutete auf den Vertrag in ihrer Hand.

Ihr Mund öffnete sich, doch sie blieb stumm, dann schüttelte sie den Kopf. Als ihre Augen erneut auf meine trafen, flackerte darin ein zorniges Feuer.

»Kate …«

Sie ließ mich nicht ausreden. Stattdessen stürzte sie an mir vorbei und zur Tür hinaus. Die Scharniere ächzten unter der Wucht, mit der sie sie aufgestoßen hatte, und ihre Schritte halten noch einen Moment im Flur nach, bevor sie um die nächste Ecke bog und verschwand.

»Mr Volkov.« Beim Klang meines Namens zuckte ich unwillkürlich zusammen. »Ich nehme an, Sie sind wegen Ihres Antrags für das Trainingscamp im Sommer hier?«

»Ja.« Ich starrte noch immer auf die Tür, die in ihren Angeln bebte, die Hand fest um die Kante des Tresens gekrallt, um mich davon abzuhalten, ihr nachzulaufen. »Genau.«

Dieser ganze Kram ging mich überhaupt nichts an. Kate war nicht mein Problem. Selbst dann, wenn sie ungefähr so lebendig aussah wie der wandelnde Tod und mich mit ihren Blicken wohl am liebsten ermordet hätte. Wenn ich ihr jetzt hinterherrannte, würde ich wahrscheinlich alles nur noch schlimmer machen. Mein Aussetzer bei Delta war doch der beste Beweis dafür, dass April mit ihrer Warnung von Anfang an recht gehabt hatte. Außerdem hatte Kate Freunde, die sich um sie kümmerten. Sollte sie doch weiter zum Wrack mutieren, das offenbar in Selbstmitleid ertrank. Ich würde sicherlich nicht –

Das reicht. Ich sehe keine Sekunde weiter dabei zu, wie du das alles weiter in dich hineinfrisst. Du wirst jetzt mit mir reden, Aleksej. Ob es dir passt oder nicht.

Ich schloss gequält die Augen, als ich mich an die Worte meiner Mutter erinnerte, die damals alles für mich verändert hatten. So viel zum Thema Raushalten.

»Verdammte Scheiße, Benoit.« Ich griff mir den übrig gebliebenen Kaffee und verfluchte mich innerlich für meine eigene Dummheit, als ich Richtung Tür eilte. »Tut mir leid, Mrs Campbell. Ich komme morgen wieder.«

Ich wartete nicht mal auf eine Antwort, sondern lief einfach auf den Flur und hastete zum Ausgang. Die kühle Januarluft drang sofort durch meine Jacke, als ich hinaustrat, und ich ließ meinen Blick über die große Wiese vor dem Verwaltungsgebäude schweifen. Sie konnte unmöglich weit gekommen sein. Nur vereinzelt waren Studenten unterwegs, da die meisten ihre Vorlesungen besuchten. Es war ein Leichtes, Kate ausfindig zu machen, die mit gesenktem Kopf und im Stechschritt die Wohnheime ansteuerte.

Ich umklammerte die beiden Kaffeebecher fester und joggte ihr hinterher. Sportarten an Land waren echt nicht mein Ding. Konnte sie nicht mal kurz stehen bleiben?

»Kate!«

Eigentlich hatte ich damit gerechnet, dass sie mich ignorieren und so schnell wie möglich von hier verschwinden würde. Doch sie drehte sich mitten auf dem gepflasterten Weg auf den Hacken um, und ihre braunen Augen funkelten zornig. Sie ging auf mich zu. Überrascht stoppte ich und bekam mit, wie auch ein paar der anderen Studenten stehen blieben und zu uns herübersahen. Na, das konnte ja heiter werden.

»Ach, jetzt weißt du auf einmal wieder, wer ich bin, hm?« Ihre Stimme überschlug sich förmlich, und es war ziemlich klar erkennbar, dass sie vor Wut schäumte.

Beschwichtigend hob ich eine Hand. »Kate, ich –«

»Nee, komm. Spar dir den Scheiß.« Sie ließ ihren Blick abschätzig über mich gleiten, ehe sie sich wieder abwandte. »Ich will deine dämlichen Ausreden echt nicht hören, Volkov.«

»Kate, jetzt hör mir doch bitte wenigstens kurz zu.« Bevor ich wirklich wusste, was ich tat, überholte ich sie und stellte mich ihr direkt in den Weg. »Ich wollte dich nicht ignorieren.«

»Klar, du hast mich natürlich nur aus Versehen vor der Schwimmhalle nicht gegrüßt und dich demonstrativ in die andere Richtung gedreht.« Sie zischte leise, das zornige Rot auf ihren Wangen war ein starker Kontrast zu ihrem sonst eher leblosen Teint. »Wem willst du das denn erzählen?«

»Ich wollte es nicht schon wieder noch schlimmer machen.« Ich blickte mich um, als ich das Gemurmel neben uns hörte. Einige Studenten waren etwas näher herangekommen, und zweifelsohne war längst mehr als eine Handykamera auf uns gerichtet. Ich trat einen Schritt auf Kate zu und senkte die Stimme. »Was glaubst du, was passiert wäre, wenn ich mit dir geredet hätte? Das letzte Mal ist uns beiden das doch schon gehörig um die Ohren geflogen.«

»Das ist im Moment wohl das Motto meines Lebens.« Die Zornesröte verschwand langsam von ihren Wangen. Mit einem tiefen Seufzen ließ Kate wieder die Schultern hängen. Sie lachte freudlos, in den Augen ein verräterisches Glänzen, bei dem ich mich sofort verspannte. »Und irgendwie hört es einfach nicht auf.«

Scheiß drauf. Ich konnte sie auf keinen Fall hier so zurücklassen. Nicht wenn sie den Tränen nah war, und die Leute nur darauf warteten, direkt das nächste Bild ins Netz zu stellen, um Kate noch weiter zu demütigen. Wir mussten hier weg. Bestenfalls, bevor wir beide den nächsten Campusskandal lostraten.

»Komm«, murmelte ich leise und hob die beiden Kaffeebecher an, die ich immer noch in den Händen hielt. »Ich lad dich auf einen Kaffee ein, okay? Du siehst so aus, als könntest du jemanden zum Reden brauchen.«

»Ich weiß nicht.« Kate sah mich skeptisch an, bevor sie über ihre Schulter linste. Anscheinend hatte sie jetzt auch die Geier bemerkt, die um uns kreisten, denn sie zog die Kapuze sofort etwas tiefer in ihr Gesicht. »Okay.«

Ich hatte nicht die geringste Ahnung, wohin ich mit ihr gehen sollte, da sie an der gesamten Uni bekannt wie ein bunter

Hund war, also führte ich sie eine Weile schweigend und ziellos über den Campus, bis die Mauern in Sicht kamen, die das Gelände vom Rest der Stadt trennten. Ich warf einen Blick hinter uns, doch tatsächlich waren wir allein, also steuerte ich die nächstbeste Parkbank unter einer der hohen Eschen an und ließ mich darauffallen. Ich deutete auf den freien Platz neben mir. »Setz dich.«

Kate verschränkte die Arme vor der Brust und wechselte von einem Fuß auf den anderen, ehe sie laut aufstöhnte. Doch dann setzte sie sich neben mich.

Wortlos hielt ich ihr einen der Kaffeebecher hin.

Zögerlich nahm sie ihn entgegen. »Danke.«

»Kein Thema.« Ich zuckte mit den Schultern. »Ist vermutlich mittlerweile eh Eiskaffee.«

Sie trank den ersten Schluck und verzog das Gesicht. »Nee. Aber lauwarm.«

»Was noch schlimmer ist als kalt.«

»Mhm.« Kate strich mit dem Daumen über das Logo des Pappbechers. »Trinkst du immer Milchkaffee?«

»Nein. Deiner war für Mr Valez.« Ich deutete auf meinen eigenen Becher. »Ich trinke meinen immer schwarz mit zwei extra Espresso-Shots.«

Entsetzt riss sie die Augen auf. Diese Reaktion bekam ich echt von jedem, der meine Bestellung hörte, inklusive des Baristas. »Warum?«

»Weil meine Nächte verdammt kurz sind und ich tagsüber funktionieren muss.«

»Kommt mir bekannt vor.« Sie zog sich die Kapuze vom Kopf und schlug die Beine übereinander. Nachdenklich sah sie auf den Becher, während sie ihn in ihrer Hand drehte. »Wobei ich das ganze Koffein jetzt eigentlich nicht mehr brauche. Von meinem Leben ist eh nichts mehr übrig.«

»Was daran liegt, dass du dich in Selbstmitleid suhlst.« Noch bevor Kate mit einem wütenden Schnauben aufsprang, wusste ich, dass ich einen Fehler gemacht hatte. Warum war ich bei dieser Art von Gesprächen nur so verdammt schlecht? Nach den ganzen Dramen mit Dean sollte ich doch eigentlich mehr Übung darin haben. Aber wenn es um Kate ging, schienen all meine Gehirnwindungen durchzubrennen. Bevor sie davonlaufen konnte, griff ich nach dem Saum ihres Hoodies. »Jetzt warte, das kam falsch rüber.«

»Nein, kam es nicht.« Sie schlug meine Hand weg und sah zornig auf mich herab, in ihren Augen bemerkte ich wieder diesen Glanz, der dafür sorgte, dass mein Brustkorb sich drei Nummern zu klein anfühlte. »Du hast keine Ahnung, wie das ist, Alec, wenn plötzlich alles, wofür du jahrelang geschuftet hast, wegen einer einzigen Sache in Flammen aufgeht.«

»Doch. Das weiß ich.« Ich grub meine Finger wieder in den Stoff des unförmigen Hoodies, während mein Herz bereits alle Alarmglocken schrillen ließ, in der Hoffnung, dass mein Verstand den Selbstschutz aktivieren und meine Zunge lahmlegen würde. Doch mein Mund bewegte sich, ich hatte jegliche Kontrolle darüber verloren. »Ich weiß sogar sehr genau, wie du dich fühlst.« Ich hielt ihren Blick fest, um mich im Hier und Jetzt zu verankern, anstatt meinen Erinnerungen nach Hause zu folgen. Das warme Braun half, vertrieb aber nicht die eisige Kälte, die meinen Magen jedes Mal flutete, wenn ich die Wörter *Facebook*, *Instagram* oder *Twitter* auch nur hörte. »Du fühlst dich leer. Verloren. So, als hätte rein gar nichts, was du die letzten Jahre getan hast, überhaupt noch irgendeine Bedeutung. Morgens aufzustehen kommt dir absolut sinnlos vor, weil du eh nichts mit dir selbst anzufangen weißt und jeder Tag sich so anfühlt, als würdest du vom Leben direkt wieder eins auf die Fresse kriegen.« Ich wusste nicht, warum ich in diesen

Morast aus Erinnerungen hinabstieg, den ich die letzten Jahre so erfolgreich gemieden hatte. Ich wusste nur, dass Kate sich verstanden fühlen sollte und begriff, dass sie nicht allein war. Auch wenn der Preis dafür einige sehr unruhige Nächte mit sich bringen würde. »Passt das ungefähr?«

Kate starrte mich an, ihr Gesicht wirkte seltsam weich und offen, als sie sich wieder neben mich setzte. Sofort ließ ich ihren Hoodie los und räusperte mich. In der Ferne konnte ich ein paar Studenten über den Campus schlendern sehen, aber niemand kam in unsere Richtung.

»Hast du echt geglaubt, du wärst der einzige Mensch an der STU, dem dieser ganze Social Media-Bullshit das Leben versaut hat?« Ich verzog das Gesicht, weil die Kommentare von damals wie Momentaufnahmen vor meinem inneren Auge auftauchten.

Du bist eine Schande für deine ganze Familie. Tu ihnen den Gefallen und bring dich einfach um. Abschaum wie du ist echt das Letzte.

Ich atmete tief durch und trank einen Schluck Kaffee, der noch bitterer war als meine Erinnerungen. »Ist schon toll, dass es im einundzwanzigsten Jahrhundert nicht mehr als ein Foto und ein paar aufmerksamkeitsgeile Wichser braucht, um alles zu zerstören, was man sich aufgebaut hat.«

Kate legte ihre Hand auf meinen Unterarm und drückte sanft zu. Ihre Finger waren kalt, dennoch brannte meine Haut wie Feuer unter ihren Fingerabdrücken. »Was genau ist passiert?«

Ich drückte den Rücken durch und entzog ihr meinen Arm. »Ich war ein herausragender Schwimmer, kurz vor der Aufnahme in die Nationalmannschaft, und dann hat ein einziger Post das alles zunichte gemacht.« Das war alles, was sie wissen musste. Es war eine Sache, ihr die Narben zu zeigen. Die

Wunden wieder aufzureißen, die ich so mühsam zugeflickt hatte, war eine völlig andere. Ich setzte mein bestes sarkastisches Grinsen auf und stieß sie mit der Schulter an. »Lange Rede, kurzer Sinn: Ich weiß ungefähr, wie du dich fühlst, und darf deshalb auch mit schlauen Ratschlägen um mich werfen.«

»Ich hatte mich schon gefragt, warum jemand wie du an der STU gelandet ist.« Kate zog ihre Unterlippe zwischen ihre Zähne und betrachtete die bunten Blätter, die den Weg zu unseren Füßen bedeckten. »Tut mir sehr leid für dich.«

»Das Leben geht weiter.« Ich rieb mir mit dem Handballen über mein Brustbein, um irgendwie dieses beklemmende Gefühl loszuwerden, das sich irgendwo zwischen Erleichterung und Panik befand. »Meinst du, wir sollten jetzt unsere eigene Selbsthilfegruppe aufmachen?«

Kate verengte die Augen. »Das ist nicht witzig, Alec.«

»Natürlich nicht, aber glaub mir, alles ist erträglicher, wenn man es mit Humor nimmt.« Die letzten Jahre an der Highschool hatten mir das wieder und wieder vor Augen geführt, und es war eins der wenigen guten Dinge, die diese ganze Online-Attacke mit sich gebracht hatte. »Die Welt dreht sich weiter, Kate. Ganz egal, was irgendwelche fremden Arschlöscher über dich verbreiten.«

Sie schlug wieder die langen Beine übereinander. Mein Blick fiel auf ihre weißen Turnschuhe, sie waren auf seltsame Weise makellos. »Fühlt sich gerade nur nicht so an.«

»Ich weiß. Und das wird auch eine Weile so bleiben.«

Sie schnaubte. »Wow. Wie aufmunternd.«

»Bin halt kein großer Fan von Lügen.« Ich legte meinen Arm auf der Lehne hinter ihr ab und trank die letzten Schlucke meines kalten Kaffees. »Was ich sagen wollte, war, dass es okay ist, deine Wunden zu lecken, solange du irgendwie weitermachst.« Ich zerdrückte den Becher in meiner Hand und warf ihn in den Mülleimer, der gegenüber von uns auf der anderen Seite des Weges stand. »Und du machst nicht weiter, Kate. Du versteckst dich.«

»Warum interessiert dich das überhaupt?« Kate beäugte mich so misstrauisch, dass man meinen könnte, ich wäre es gewesen, der dieses Foto von uns beiden hochgeladen hatte. »Ist ja nicht so, als wären wir Freunde.«

Ich ballte die Hand hinter ihrem Rücken zur Faust. »Fremde sind wir aber auch nicht.«

Kate sagte nichts, sondern sah mich nur an, während das leise Rascheln der Blätter zu unseren Füßen sich anhörte wie ein aufkommender Sturm. Ich wusste nicht, wie lange wir dasaßen, aber es war das erste Mal, dass ich den kleinen goldenen Fleck in ihrem linken Auge direkt neben ihrer Pupille bemerkte. Er war kaum größer als ein Stecknadelkopf und leicht zu übersehen. Ich rückte etwas näher an sie heran, doch bevor ich einen genaueren Blick darauf werfen konnte, stand Kate plötzlich auf.

»Ich sollte gehen. April und Raelyn fragen sich sicherlich schon, wo ich bleibe.« Mit langsamen Schritten ging sie zum Mülleimer und warf ihren leeren Becher hinein. »Danke für den Kaffee.«

Ich blieb sitzen. »Kein Thema.«

Sie nickte mir noch einmal kurz zu, ehe sie den Weg zurück in Richtung Wohnheim antrat, den Mietvertrag noch immer fest in ihrer Hand. Aber wenigstens zitterte sie nicht mehr. Überrascht runzelte ich die Stirn, als sie plötzlich stehen blieb und sich zu mir umdrehte. »Alec?«

Sie sah mich ernst an, und ich setzte mich etwas gerader auf. »Ja?«

»Vergiss das alles einfach, okay?« Sie zog die Kapuze wieder auf, und ihr Gesicht verschwand fast komplett darunter. »Das alles ...« Sie brach ab und wechselte von einem Fuß auf den anderen. »Es ist nicht deine Schuld.«

Mit diesen Worten ließ sie mich einfach sitzen, und alles, was ich tun konnte, war ihr nachzuschauen, während sie mit schnellen Schritten und gesenktem Kopf verschwand.

Ein Hauch ihres Parfums lag noch immer in der Luft, und ich erwischte mich dabei, wie ich den Duft tief in mich einsog.

Mein schlechtes Gewissen zu vergessen war einfach.

Aber ob das mit Kate Benoit genauso leicht klappen würde, das war eine ganz andere Sache.

21. KAPITEL

Kate

»Sauber eingeparkt.« April zwinkerte mir zu, als ich scheppernd die Tür des Pick-ups zuschlug und um die Motorhaube herumging. Ich trat neben sie auf den Gehweg vor meinem neuen Wohnheim, und April legte mir die Hand auf die Schulter und drückte sanft zu.

»Wenn ich das nicht geschafft hätte, dann hätte mein Grandpa mich enterbt.« Ich linste zum Wagen, den ich mit Mühe und Not in eine der letzten Parkplätze direkt an der Straße gequetscht hatte. Die Räder standen auf den weißen Begrenzungslinien, und ich wusste schon jetzt, dass die Fahrer der beiden Sardinenbüchsen daneben mir die Hölle heißmachen würden, falls sie während meines Umzugs irgendwohin mussten.

»Ihr Südstaatler und eure Pick-ups.« Raelyn band sich das Haar zu einem hohen Pferdeschwanz zusammen und steckte die Hände in die Taschen ihrer mintfarbenen Kapuzenjacke. »Ich dachte immer, das wäre nur ein Vorurteil, aber wohl nicht.« Sie lachte leise und sah mich von der Seite an. »Im Ernst, ich verstehe immer noch nicht, warum du auf einen Ford bestanden hast, anstatt einfach den Dodge zu nehmen. Der Typ von der Vermietung tat mir fast ein bisschen leid.«

Verständnislos runzelte ich die Stirn. »Ich war doch total freundlich.«

»Ja, schon, du hattest allerdings die ganze Zeit diesen professionellen und sehr bestimmten Kate-Tonfall drauf, der einem sofort klarmacht, dass jede Diskussion zwecklos ist.« Skeptisch sah sie zu der vollen Ladefläche. »Vielleicht hätten wir doch besser einen Transporter nehmen sollen.«

»Wir haben doch alles mit einem Schwung herbekommen, oder nicht?« April zuckte nonchalant mit den Schultern, so, als hätten wir nicht den ganzen Samstagvormittag damit verbracht, mit meinen Möbeln und Kisten Tetris zu spielen, um alles mitzukriegen.

Ich lockerte meine Arme ein wenig und schluckte leise. Wir hatten das Unvermeidliche jetzt lange genug aufgeschoben. »Sollen wir dann?«

»Ja.« April nickte und deutete auf die großen elektrischen Schiebetüren. »Lass uns erst mal hochgehen und uns das Zimmer ansehen, bevor wir alles planlos reinstellen.«

»Gute Idee.« Ich machte einen Schritt Richtung Wohnheim, doch dann fiel mein Blick auf die silberne Säule am Eingang. »Argh, verdammt. Mein Studentenausweis.«

April zog eine Augenbraue hoch. »Wofür brauchst du den denn jetzt?«

Ich tastete meine Taschen ab, aber außer einer Packung Kaugummi, zwei Haarbändern und einer Menge Haarspangen war nichts zu finden. »Damit öffnet man die Türen.«

Raelyn runzelte die Stirn. »Im Ernst?«

»Ja.« Wo zum Teufel hatte ich ihn nur? Ich war gestern, nachdem ich den Pick-up abgeholt hatte, zum Studierendensekretariat gefahren, um ihn für das Wohnheim freischalten zu lassen. Danach hatte ich … Genervt guckte ich zum Wagen und legte den Kopf in den Nacken. Ich war doch echt so ein Genie. »Er ist in der Mittelkonsole.«

Raelyn nahm mir den Autoschlüssel aus der Hand. »Ich hole ihn eben fix.«

»Danke, Rae.«

»Gar kein Thema.« Und schon war sie verschwunden.

April schlang mir einen Arm um die Taille und deutete zum Wohnheim. »Es hätte dich echt schlechter treffen können.«

Objektiv gesehen hatte sie natürlich recht. Ginsburg Hall war das modernste Wohnheim auf dem Campus, und das einzige Wohnheim, welches Einzelzimmer zu bieten hatte. Es gab ein ausgereiftes Sicherheitssystem, einen Fitnessraum im Keller und eine funktionierende Klimaanlage, was nur ein paar der vielen Gründe waren, warum die Leute über den fehlenden Fahrstuhl und die hohe Miete hinwegsahen. Mit seinen drei Stockwerken und den rund sechzig Zimmern war es kleiner als die restlichen Studentenunterkünfte und bot mir damit die Privatsphäre, die ich so dringend brauchte.

Der bittere Beigeschmack blieb trotzdem.

Ich war nur aus einem einzigen Grund hier, und dieser Grund hatte mich nicht nur meinen Ruf, meine Karriere und meine Verbindung gekostet, sondern zusätzlich auch noch um fünftausend Dollar erleichtert, was eigentlich nicht drin war, wenn ich bis Ende des Studiums mit meinen Ersparnissen über die Runden kommen wollte.

»Ja«, sagte ich und zwang mich zu einem optimistischen Lächeln. »Da hast du wohl recht.«

Ich warf einen Blick über die Schulter, als ich eine Autotür zuschlagen hörte. Raelyn kam mit einem breiten Grinsen auf dem Gesicht und meinem Studentenausweis in der Hand zu uns zurück.

»Also dann: Auf geht's.«

Ich sah auf den Studentenausweis, den Raelyn mir in die Hand drückte. Es gab eh keinen Weg zurück. Alles war längst in Flammen aufgegangen. Mir blieb also nur die Flucht nach vorn.

Ich war froh, in diesem Moment nicht allein zu sein. Mit meinem Ausweis öffnete ich die gläsernen Schiebetüren und betrat das große Foyer. Die bodentiefen Fenster fluteten den Eingangsbereich mit Licht, sodass der graue Boden und die hellen Wände nicht zu trostlos wirkten. Ich ging an dem einladenden Aufenthaltsbereich mit den großen Sofas vorbei und steuerte direkt auf die Treppe mit dem dunklen Geländer zu.

April schloss zu mir auf und nahm immer zwei Stufen auf einmal. »Welcher Stock?«

»Dritter.«

Raelyn stöhnte hinter mir auf, was ich ihr wirklich nicht verübeln konnte. »Na, klasse.«

Im dritten Stock angekommen blickte ich den langen Flur hinunter und seufzte leise. Mit dem dunklen Parkett und den weißen Wänden kam mir der Flur irgendwie bekannt vor, aber wahrscheinlich sahen die Korridore der Wohnheime alle recht ähnlich aus.

»Welches ist deins?«, fragte Raelyn und hakte sich bei mir unter.

»Das ganz hinten rechts.« Ich zog einen kleinen Zettel aus meiner hinteren Hosentasche heraus, auf dem ich mir gestern im Sekretariat die wichtigsten Details schnell und leider auch sehr unordentlich notiert hatte. »Nummer 320.«

Wir gingen an vielen schwarzen Türen mit silbernen Ziffern vorbei, ehe wir vor meiner stehen blieben. Ich drehte den Studentenausweis in meiner Hand, bevor ich ihn vor den Sensor am Türschloss hielt. Das Schloss gab kurz ein mechanisches Brummen von sich, ehe es mit einem leisen Klicken entriegelt wurde. Ich drückte die Klinke herunter und trat mit einem großen Schritt über die Schwelle meines neuen Zuhauses.

»Heilige Scheiße«, murmelte April neben mir, während sie den Blick durch das Zimmer schweifen ließ. »Wie schön.«

Keinen Schimmer, was sie meinte. Klar war es allemal besser, als weiterhin Raelyn und April zur Last zu fallen, aber mir kam das quadratische Zimmer erdrückend klein und wahnsinnig nackt vor. Mit den weißen Wänden, dem grauen Parkett und den schwarzen Möbeln wirkte es so steril, dass es mir das Atmen schwer machte. Ich ging ein paar Schritte weiter hinein und schlang die Arme um mich selbst. Das große Doppelbett nahm den meisten Platz im Zimmer ein. Der Schreibtisch war gerade groß genug, dass ich zumindest daran arbeiten könnte, und der Wandschrank würde aus allen Nähten platzen, wenn ich meine Sachen erst mal darin verstaut hätte. Und das, obwohl ich nur noch einen Bruchteil meiner Klamotten hier hatte. Ich schob den Schreibtischstuhl mit dem Fuß etwas weiter unter den Tisch und ließ den Blick schweifen. Ich schätzte das Zimmer auf zehn bis zwölf Quadratmeter. Deutlich kleiner als meins im Verbindungshaus. Ich hatte nicht die leiseste Ahnung, wie ich mein ganzes Leben hier unterbringen sollte.

»Oh Mann, für das Teil musst du dir unbedingt die Bedienungsanleitung durchlesen«, sagte Raelyn bewundernd und ließ die Hand von der Wandkonsole sinken, mit der man vermutlich die Klimaanlage steuerte. »Und, hast du schon eine Vorstellung, wie du es einrichten willst?«

»Nein.« Und wenn ich ehrlich sein sollte, dann wollte ich auch keinen einzigen Gedanken daran verschwenden. Auch wenn das Zimmer durch die zwei großen Fenster freundlich und hell wirkte, wusste ich doch, dass es niemals mein Zuhause werden könnte. Ich wusste nicht mal, ob ich mich überhaupt jemals wieder irgendwo auf dem Campus wohlfühlen würde. Denn es sah nach dem derzeitigen Ermittlungsstand der Polizei wohl danach aus, dass jemand aus der Verbindung den Täter in unser Haus gelassen hatte, und man hatte mir mitgeteilt, dass die Untersuchungen somit vermutlich eingestellt würden. Ich war anscheinend nirgendwo mehr sicher.

Dieses Zimmer diente einzig und allein dem Zweck, meine letzten Monate an der STU herumzubekommen, bevor im Sommer ein neuer Lebensabschnitt begann. Nicht mehr und nicht weniger.

April beäugte mich von der Seite, ehe sie mich mit der Schulter anstieß. »Ach komm, aus diesem Zimmer lässt sich was richtig Schönes machen. Wie wäre es mit –«

»Wusste ich doch, dass ich eine vertraute Stimme gehört habe.«

Ich fuhr zur Tür herum, als ich eine mir unbekannte Männerstimme hörte. Ein hochgewachsener, schwarzhaariger Mann lehnte mit einem Lächeln im Gesicht im Türrahmen. Seine schilfgrünen Augen waren auf April gerichtet.

»Dean!« April ging auf ihn zu und begrüßte ihn mit einer kurzen Umarmung. »Was machst du denn hier?«

Das war also Dean, von dem April schon so oft erzählt hatte. Er musste sich bei ihrer Umarmung weit herunterlehnen. Mit seinen breiten Schultern und den schmalen Hüften erinnerte er mich sofort an Alec, doch bevor ich diesem Gedanken weiter nachgehen konnte, schob ich ihn entschlossen von mir. Seit unserem Gespräch auf dem Campus, das online wieder ordentlich Staub aufgewirbelt hatte, versuchte ich, ihm aus dem Weg zu gehen, wo ich nur konnte, in der Hoffnung, dass dann irgendwann Gras über die Sache wachsen würde. Da hatte er in meinen Gedanken erst recht nichts zu suchen.

»Ich wohne hier, du Genie.« Dean grinste schief. »Also, wer von euch wird meine neue Flurgenossin?« Er sah zwischen Raelyn und mir hin und her, bevor er sich wieder April zuwandte und panisch nach Luft schnappte. »Doch nicht etwa du, Dreikäsehoch?«

Sie boxte ihm gegen den Oberarm. »Fick dich, Dean.«

»Küsst du mit dem Mund auch deine Mutter?«

Um zu verhindern, dass April mit noch mehr Nettigkeiten um sich warf, machte ich einen großen Schritt auf Dean zu und hielt ihm die Hand hin. »Das wäre dann wohl ich.« Ich stellte mich vor, obwohl ich mir recht sicher war, dass er, wie fast alle an der Uni, längst von mir gehört hatte. »Kate. Freut mich sehr.« Ich zeigte auf Raelyn, die die Hand zum Gruß hob. »Und das ist Raelyn.«

»Dean.« Er schüttelte meine Hand und deutete dann zum Flur. »Ich wohne vier Zimmer weiter den Flur rauf. Direkt neben der Küche. Wenn du was brauchst oder Fragen hast, wie die Dinge hier laufen, dann klopf einfach an.«

Gott, ich mochte ihn jetzt schon. »Danke, Dean.«

Er winkte ab, so als wäre seine Freundlichkeit keine große Sache, während sie mir das Herz schwer werden ließ. »Gar kein Thema.«

April sah ihn schockiert an. »Wow, du kannst ja richtig nett sein.«

»Klar. Bei Hexen mach ich allerdings Ausnahmen.« Spielerisch zog er an einer von Aprils Korkenzieherlocken und zwinkerte ihr zu. »Seht ihr euch heute nur um, oder ziehst du schon ein, Kate?«

»Ich ziehe heute ein.«

Dean strich sich mit einer Hand durch das pechschwarze Haar, das er oben etwas länger und an den Seiten ausrasiert trug. »Wow, dann haben die ja echt schnell Ersatz für Peter gefunden.«

Verwirrt runzelte ich die Stirn. »Peter?«

Er nickte. »Der Typ, der vor dir hier gewohnt hat. Totales Arschloch.«

Raelyn lachte. »Hast du eigentlich auch einen Filter?«

»Nein, wieso? Sollte ich?«

April verdrehte die Augen. »Weil sich das so gehört?«

»Anstand wird völlig überbewertet.« Dean steckte die Hände in die Hosentaschen seiner abgetragenen Jogginghose und tat einen Schritt rückwärts. »Also dann Ladys, es war schön, euch –«

»Vergiss es.« April stellte sich auf die Zehnspitzen und packte Dean am Ohrläppchen. »Du kommst mit.«

Dean fluchte und stolperte ihr hinterher aus dem Zimmer. »Und wohin?«

»Nach unten.« Sie ließ sein Ohr los. »Du kannst beim Tragen helfen.«

Dean rieb sich das Ohr und verengte die Augen. »Du könntest wenigstens Bitte sagen.«

»Wie war das?« April legte ihr Klugscheißergrinsen auf, das ich nur zu gut kannte. »Anstand wird völlig überbewertet?«

»Bleib ruhig hier.« Ich folgte den beiden auf den Flur, während Raelyn die Tür zu meinem Zimmer hinter uns zuzog. »Wir drei kommen schon klar. Es ist gar nicht so viel.«

»Nein, meine Mutter hat mich gut erzogen, auch wenn es vielleicht nicht den Anschein macht.« Dean klang, als wäre das vollkommen selbstverständlich. »Außerdem sitze ich dann nicht nur rum. Gibt mir eh viel zu viel Zeit zum Grübeln.«

Überrascht musterte ich ihn. Als ich sein kesses Grinsen etwas genauer betrachtete, stockte ich. Das Funkeln reichte nicht bis zu seinen Augen. Die Leichtigkeit, die er verkörpern wollte, schaffte es nicht, die Schwere aus seiner Stimme zu vertreiben. Es war wie in einen Spiegel zu sehen. »Das verstehe ich.«

Wir schauten uns kurz an, und Dean zuckte mit den Schultern. Wir gingen die Treppe hinunter, und automatisch verfiel ich mit ihm in einen Gleichschritt, während wir auf unserem Weg nach unten über belangloses Zeug quatschten.

Draußen vor dem Pick-up blieb Dean abrupt stehen. »Hattest du nicht gesagt, es ist gar nicht so viel?«

Ich folgte seinem Blick zur Ladefläche und zu den ganzen Kisten und Koffern, die sich darauf stapelten. Ganz sicher würde ich diesen ganzen Kram da oben niemals untergebracht kriegen.

»Sicher, dass du keine Hilfe mehr brauchst?«

»Ja, ganz sicher. Es ist ja nur noch eine Kiste.« Ich sah zu Dean, der gerade den großen kupferfarbenen Blumentopf mit der letzten Pflanze abstellte. Der Schweiß glänzte auf seiner Stirn, und seine Brust hob und senkte sich schnell von dem ganzen Rauf und Runter. Auch meine Lungen und Beine brannten wie Feuer nach einem ganzen Nachmittag voller Umzugsstress. Draußen war es längst dunkel, und Raelyn und April hatte ich vorhin schon nach Hause geschickt, damit die beiden zumindest noch ein bisschen was von ihrem Wochenende hatten. Dean hatte darauf bestanden, als letzte Amtshandlung den schweren Topf mit einer meiner Zimmerpflanzen zu schleppen, während ich eine große Tasche voller Kleinkram hochgetragen hatte. »Danke für deine Hilfe.«

»Kein Ding.« Er richtete sich auf und stützte die Hände in seinen Rücken, das Gesicht vor Schmerz verzogen. »Meine Ritterlichkeit werde ich Montag beim Training so was von bereuen.«

»Tut mir leid.«

»Ich hab freiwillig geholfen, Kate.« Dean hob die Arme über den Kopf und streckte sich, offensichtlich völlig entspannt. »Ist nicht so, als hättest du mir die Pistole auf die Brust gesetzt und mich gezwungen.«

»Nein, aber ich bin mit April befreundet, und das ist ungefähr dasselbe.«

»Wo du recht hast.« Lachend ließ er die Arme sinken und zuckte mit den Schultern. »Sagen wir einfach, ich hab jetzt was gut bei dir und fertig ist.« Sein Blick glitt durch den Raum, und er verzog mitfühlend das Gesicht. »Viel Spaß noch beim Auspacken.«

Ich betrachtete das Chaos aus Kisten und Taschen. Es würde ewig dauern, alles auszupacken, und wenn ich ganz ehrlich war, hatte ich wenig Lust darauf.

Normalerweise freute ich mich auf so etwas. Ich liebte es, Dinge umzugestalten, zu dekorieren und einen so sterilen Raum in ein gemütliches Zuhause zu verwandeln. Da dieser Umzug allerdings alles andere als freiwillig gewesen war, hielt sich mein Verlangen danach in Grenzen. Und ich würde ja sowieso nicht mehr lange an der STU bleiben. Wozu also all die Mühe? Vielleicht packte ich auch nur das Notwendigste aus und schickte den Rest schon mal zu meinen Großeltern. Dann würde ich ihnen allerdings erklären müssen, was hier los war, und das war wirklich das Letzte, was ich wollte.

»Danke.« Ich steckte die Hände in die Taschen meines Hoodies und folgte Dean hinaus auf den Flur, ehe ich die Tür zu meinem Zimmer hinter uns schloss. Wir verabschiedeten uns, und Dean verschwand in seinem Zimmer. Dann machte ich mich auf den Weg nach unten. Wenn ich mir jetzt auch nur einen Moment Ruhe zugestand, würde ich meinen Arsch heute definitiv nicht mehr hochkriegen. Und da mir nur noch eine gute Stunde blieb, bis der Pick-up zurückmusste, sollte ich mich besser beeilen.

Ich trat hinaus in die kühle Abendluft und kuschelte mich in meinen Hoodie. Mein Blick fiel auf die Ladefläche, nur noch eine einzige Kiste und eine Tasche mit Kleinkram, dann hatte ich es geschafft. Zumindest wäre damit dieses Kapitel in meinem derzeit eher albtraumhaften Leben endlich abgeschlossen.

Ich krempelte die Ärmel hoch. Doch als ich die Hände nach der Kiste ausstreckte, stockte ich.

War ich überhaupt so weit?

Ich ging zur Fahrertür, die ich mit einem Ruck aufzog, und schnappte mir die Wasserflasche, die ich gestern Abend dort deponiert hatte. Dann schlurfte ich um die Motorhaube herum und trank einen Schluck. Ich lehnte den Rücken gegen den Kühlergrill und spähte zum Wohnheim.

Es war das erste Mal, dass ich heute allein war, und ich ließ mir einen Moment Zeit, um diesen Tag einfach auf mich wirken zu lassen. Bis auf die ersten sechs Monate an der STU hatte ich nie in einem Wohnheim gelebt. Ich war eine Kappa gewesen und hatte immer mit meinen Schwestern zusammengewohnt. Aber das war jetzt vorbei. Als ich Laura heute Vormittag den Schlüssel überreicht hatte, war meine Mitgliedschaft offiziell beendet gewesen. Auch wenn dort immer ein enormer Druck auf mir gelastet hatte, war Kappa doch irgendwie mein Zuhause gewesen. Ein Teil von mir. Und das sollte jetzt einfach so vorbei sein? Und das alles nur wegen einer einzigen Nacht. Wegen eines Fotos?

Mit steifen Fingern zog ich mein Handy aus der Hosentasche und hielt den Atem an, während ich Instagram öffnete. Ich wusste nicht, warum ich es nicht über mich brachte, die App zu löschen, zumal mein Instagram-Feed und meine Inbox noch immer bis zum Bersten mit Hass und Grausamkeiten gefüllt waren.

Obwohl meine Nacht mit Alec schon eine Weile her war und ich eine Menge Follower und Reichweite verloren hatte, betrachteten die Leute es noch immer als ihre Mission, mein Privatleben breitzutreten. Posts über meinen Auszug mischten sich mit den letzten Aufnahmen von Alec und mir vor dem Verwaltungsgebäude. Die wildesten Spekulationen kursierten und ließen meinen Namen in den Hashtags wieder nach oben schnellen. Dabei wünschte ich mir so sehr, dass er ganz verschwand. Ich brauchte eine Pause von diesem ganzen Online-Drama. Brauchte ein wenig Ruhe, um wieder durchatmen zu können. Stattdessen wurde ich wieder und wieder in den Fokus gezerrt, wurde fotografiert und beäugt, obwohl ich nichts weiter tat, als mit meinem Leben weiterzumachen.

Ich war so müde von alldem. Ich wollte Frieden. Wollte, dass die stürmische See nicht länger versuchte, mein Boot zu kentern, mit der Absicht, mich in den Wellen zu ertränken. Stattdessen wollte ich endlich in einem sicheren Hafen anlegen. Das konnte doch nicht zu viel verlangt sein, oder?

»Kate?«

Ich verspannte mich sofort und blickte ruckartig von meinem Display auf. Alec stand ein paar Meter von mir entfernt und starrte mich an, als hätte er gerade ein Gespenst gesehen.

Mein Kopf war wie leer gefegt, also platzte ich mit dem Ersten heraus, das mir in den Sinn kam. »Was zur Hölle machst du hier?«

Er runzelte die Stirn. »Ich wohne hier.« Nachlässig nickte er Richtung Wohnheim, und ich hielt den Atem an. »Und du?«

Das sollte doch wohl alles ein schlechter Witz sein! »Ich bin heute eingezogen.«

»Oh.« Alec kratzte sich an der Nase und wich meinem Blick aus, zweifellos genauso wenig begeistert von diesem grausamen Scherz des Schicksals wie ich.

»Ja …« Ich fixierte die Spitzen meiner abgetragenen Turnschuhe, die nicht mehr weiß waren, sondern schon grau. »Ich habe es gar nicht erkannt.«

»Es war ja auch mitten in der Nacht.« Sein Lachen klang nervös, und ich biss die Zähne fest aufeinander. Als ich das

Wohnheim am nächsten Morgen verlassen hatte, hatte ich keinen einzigen Blick zurückgeworfen. Das hatte ich nun davon. »Und wir waren auch mit anderen Dingen beschäftigt.«

»Stimmt wohl.« Ich schob die Hände in die Taschen meines Hoodies und widerstand dem Drang, vor Frust laut aufzuschreien. Unser gemeinsamer Kaffee hatte bewiesen, dass es besser war, wenn wir uns voneinander fernhielten. Ich war ihm die ganze Woche gezielt aus dem Weg gegangen und hatte sogar Umwege in Kauf genommen, um ihm nicht zufällig noch mal zu begegnen, was sicherlich zu einem erneuten Aufruhr auf Instagram geführt hätte, den ich um jeden Preis vermeiden wollte. Und jetzt das hier. Das durfte doch echt nicht wahr sein. Ich stieß mich vom Kühlergrill ab und ging zur Ladefläche, bevor irgendjemand uns wieder zusammen sah. »Also dann …« Ich warf ihm ein halbherziges Lächeln zu und griff nach dem Karton und der Tasche. Ihr Gewicht brachte mich leicht ins Schwanken. »Schönen Abend noch.«

Ich hastete mit schnellen Schritten Richtung Eingang und war froh, dass der Wagen nach wenigen Minuten von allein verriegelt werden würde, sodass ich keine Sekunde länger draußen stehen bleiben musste. Allerdings hatte ich bei meiner Flucht nach vorn nicht bedacht, dass ich ja irgendwie die Tür vom Wohnheim aufbekommen musste. Und mein Studentenausweis steckte in der Bauchtasche meines Hoodies. Genau die Tasche, die jetzt vom Gewicht der Kiste gegen meinen Körper gedrückt wurde.

Ich wusste, auch ohne über die Schulter zu sehen, wer die Tür geöffnet hatte, als die Schiebetüren sich mit einem leisen Surren beiseiteschoben. »Kann ich dir irgendwie helfen?«

»Geht schon.« Ich huschte hinein und blieb am Fuß der Treppen stehen. Meine Arme und Beine brannten von der ganzen Kistenschlepperei wie die Hölle. Ich blickte trotzig die Stufen hinauf. Ein letztes Mal. Das sollte doch wohl drin sein. Ich holte tief Luft und setzte den Fuß auf die erste Stufe, aber weiter kam ich nicht, denn plötzlich tauchten Alecs große Hände vor mir auf, die mir die schwere Kiste abnahmen. Protestierend öffnete ich den Mund, schloss ihn jedoch wieder, als ich Schritte auf der Treppe hörte.

Er mied meinen Blick und deutete die Stufen hinauf. »Geh vor.«

»Ich sagte doch, ich schaff das allein.« Ich streckte die Hände nach der Kiste aus, ließ sie einen Augenblick später allerdings wieder sinken, weil die Schritte plötzlich stoppten. Zwei junge Frauen standen oben auf dem Absatz und musterten uns unsicher. Ich ließ ihnen keine Chance, ihre Handys hervorzuziehen, sondern setzte meine Kapuze auf und stieg mit großen Schritten die Treppe hoch.

Weder Alec noch ich sagten etwas, während wir Etage um Etage hinter uns brachten. Die Stille war erstickend, aber ich brachte kein einziges Wort heraus. Worüber sollte ich auch mit ihm reden? Zwischen uns war alles geklärt, und trotzdem gab es so vieles, das ich nicht in Worte fassen konnte. Erschwerend kam hinzu, dass ich nicht vorhatte, mehr Zeit mit ihm zu verbringen als unbedingt notwendig. Und das nicht nur um meinetwillen. Ich hatte Alec immerhin in dieses ganze Chaos mit hineingezogen, und sein Name war mehr in aller Munde denn je. Und das wünschte man niemandem.

Endlich standen wir vor meiner Zimmertür, und ich machte sie schnell auf, bevor ich mich zu Alec umdrehte, der noch blasser war als sonst. Schweißperlen glänzten auf seiner Stirn, und er hatte die Lippen leicht geöffnet. War er nicht Leistungssportler? Wie konnte er da mehr außer Atem sein als ich?

»Du kannst sie mir jetzt geben.« Alec nickte abrupt und verzog das Gesicht, als er mir die Kiste reichte. Als er sich herunterbeugte, blieb mein Blick an dem blauen Streifen hängen, der unter seinem Shirt hervorguckte. War das etwa Tape? Die Sorge, die in mir hochstieg, schluckte ich entschlossen hinunter. »Danke.«

»Kein Problem.« Alec kratzte sich am Hinterkopf, seine Augen tänzelten in einem ständigen Wechsel zwischen dem Boden und meiner Tür. »Also, wenn du irgendwelche Fragen hast oder was brauchst«, begann er mit rauer Stimme, »dann klopf einfach.« Nachlässig zeigte er auf die Tür direkt neben meiner. »Wir sind ja jetzt so was wie Zimmernachbarn.«

Fassungslos starrte ich auf die Tür mit der silbernen 318. Falls uns irgendjemand auch nur auf dem gleichen Flur zusammen sah, würde die Gerüchteküche wieder brodeln. Was also würde wohl passieren, wenn der ganze Campus herausfand, dass wir Zimmernachbarn waren? Daran wollte ich nicht einmal denken. Weder Alec noch ich konnten es brauchen, dass unser Leben weiter auf den Kopf gestellt wurde. Aber das Schicksal machte es uns beiden nicht gerade einfach.

»Das ist sehr nett von dir.« Meine Stimme klang blechern und steif. Ich wollte nur weglaufen, sonst nichts. »Ich sollte jetzt los. Ich muss den Pick-up zurückgeben und auspacken und so.«

»Ja, klar.« Alec trat einen Schritt zurück und verschränkte die Arme vor der Brust, bevor er mich das erste Mal wieder direkt ansah, in den Augen ein Sturm, der uns beide beachtlich ins Wanken bringen würde, wenn ich mich jetzt nicht sofort in Bewegung setzte. »Schönen Abend noch, Kate.«

»Danke, dir auch, Alec.«

Ich verschwand in Windeseile im Zimmer und kickte die Tür mit dem Fuß zu. Als sie ins Schloss fiel und sich mit einem leisen Surren verriegelte, lehnte ich mich mit dem Rücken dagegen und machte erschöpft die Augen zu, als mir klar wurde, dass ich jegliche Hoffnung auf Ruhe begraben konnte. Ich presste die Kiste an meinen Körper und rutschte an der Tür entlang zu Boden.

Konnte mein Leben eigentlich noch beschissener werden?

22. KAPITEL

Kate

Du bist echt so bescheuert.
Ich beschloss meine innere Stimme zu ignorieren und presste mein Ohr etwas fester gegen das Holz meiner Zimmertür. Angespannt horchte ich, ob ich auch nur das geringste Lebenszeichen hören konnte, doch es blieb mucksmäuschenstill. »Gott sei Dank«, murmelte ich leise, während mein Magen ein lautes Knurren von sich gab. Ich legte die Hand an meinen Bauch und spürte, wie hungrig ich tatsächlich war. Ich hatte heute in aller Herrgottsfrühe auf die Schnelle eine Schale Müsli in der Gemeinschaftsküche heruntergeschlungen, aber jetzt war es längst Abend, und bis auf das ganze Wasser, das ich heute getrunken hatte, war mein Magen komplett leer. Eigentlich machte es mir nichts aus, nichts essen zu können. Für Fotoshootings hatte ich viel längere Strecken ohne Essen und Trinken durchgehalten, damit mein Gesicht nicht angeschwollen war und mein Körper das ganze eingelagerte Wasser verbrauchte. Doch anscheinend war von nun an jegliches Aufschieben von Mahlzeiten absolut indiskutabel, wo es keinem größeren Zweck mehr diente. Und Alec aus dem Weg gehen zu wollen reichte als Grund wohl nicht aus.

Als mein Magen sich erneut mit einem lauten, wütenden Knurren bemerkbar machte, schlüpfte ich in meine Krümelmonsterhausschuhe, die Raelyn mir zu Weihnachten geschenkt

hatte. Ich würde mir rasch eine Packung Instantnudeln auf-
kochen und mich damit wieder in meinem Zimmer verkriechen. Das würde höchstens zehn Minuten dauern. Alec in der
kurzen Zeit zu begegnen war sehr unwahrscheinlich. So viel
Pech konnte nicht mal ich haben. Ich warf mir meine flauschige
dunkelrote Strickjacke über, die an dem Haken neben der Tür
hing, und trat auf den Flur hinaus. Prüfend sah ich nach rechts
und links, besorgt, dass er doch plötzlich irgendwo auftauchen
würde, aber zum Glück war die Luft rein. Also huschte ich mit
eingezogenem Kopf schnell in Richtung Gemeinschaftsküche.

Die Küche war menschenleer. Niemand saß an den fünf
runden Tischen, an denen ich schon häufig andere Bewohner
meiner Etage hatte sitzen sehen, wenn ich abends nach meinen Vorlesungen nach Hause gekommen war. Obwohl zwanzig Studenten auf diesem Stockwerk hausten, war die moderne
Küche immer gespenstisch sauber, so als würde hier niemals
gekocht, auch wenn die abgespülten Pfannen und Töpfe, die
jemand zum Abtropfen an der Spüle hatte stehen lassen, gerade dagegensprachen.

Ich schlurfte zu dem großen Regalschrank, der an der Wand
direkt neben der Tür angebracht war und in dem wir jeder ein
eigenes Fach hatten, und suchte ihn nach meiner Zimmernummer ab. Gott, nach einer Woche sollte ich es doch eigentlich
raushaben, oder nicht? Ich fand mein Fach schließlich, hockte mich hin und öffnete das elektronische Schloss mit meinem
Studentenausweis.

Instantnudeln, Instantnudeln, Instantnudeln …

Zwischen der Packung Müsli und meinem Wasser reihten
sich ein paar grellgelbe Becher aneinander, und ich nahm einen
heraus. Ich schloss die Tür zu meinem Fach und ging mit dem
Becher zu der Küchenzeile hinüber, die groß genug war, dass
mehrere Leute problemlos gleichzeitig kochen konnten. Um

die drei großen Gasherde kümmerte ich mich erst gar nicht, sondern stellte einfach den Wasserkocher an, der auf dem kleinen Tresen am Fenster neben einer Auswahl von löslichem Kaffee und Teebeuteln stand.

Während das Wasser aufkochte, riss ich die Packung auf und fischte eine Gabel aus der Schublade. Dann verschränkte ich die Arme vor der Brust und schaute aus dem Fenster. Die Sonne war schon vor einer ganzen Weile untergegangen, und der dunkle Abendhimmel hatte sich über Kalifornien ausgebreitet. In der Ferne konnte ich die Beauvoir-Mensa erkennen, die hell erleuchtet war und in der sicherlich gerade, trotz der späten Stunde, noch einige Studenten zusammensaßen, ihr gemeinsames Abendessen genossen und über ihre Erlebnisse vom Tag quatschten.

Und ich stand hier, mutterseelenallein in einer leeren Gemeinschaftsküche, mit meinem ungesunden Becher Instantnudeln.

Raelyn und April hatten mich mehr als einmal zu einem Treffen in der Mensa zu überreden versucht, aber ich hätte mir eher die Zunge abgebissen, als auch nur einen Fuß dort hineinzusetzen. Ich besuchte die Vorlesungen nur noch, weil ich es musste, ansonsten verließ ich mein Zimmer so wenig wie möglich. Ich hatte mir über die letzten Wochen genug anhören müssen, und mein Kontingent an Beleidigungen, das ich ertragen und herunterschlucken konnte, war längst erschöpft. Ich joggte entweder mitten in der Nacht oder in den frühen Morgenstunden, um allen aus dem Weg zu gehen, und war dazu übergegangen, die meiste Zeit des Tages mit Kopfhörern zu verbringen, um die ganzen hässlichen Kommentare auszublenden. Ich war weiterhin als Aussätzige gebrandmarkt, und während ich vor Weihnachten noch darauf gehofft hatte, dass sich alle irgendwann beruhigen würden, glaubte ich nun nicht mehr daran.

Ich ließ den Kopf hängen und seufzte tief. Scheiße, so hatte ich mir mein letztes Semester an der STU echt nicht vorgestellt.

»Dein Wasser ist fertig.«

Ich zuckte zusammen, als Deans Stimme mich aus meinen Gedanken riss. Das laute Kreischen des Wasserkochers brachte meine Ohren zum Klingeln, und ich beeilte mich, ihn abzuschalten.

»Danke«, sagte ich über die Schulter hinweg und goss das heiße Wasser in den Becher. Ich klappte den Deckel herunter, damit die Nudeln durchziehen konnten.

»Kein Thema.« Dean schlenderte in die Küche und ging zu einem der drei großen Edelstahlkühlschränke. »Ich hab das laute Pfeifen gehört und gedacht, dass irgendwo ein Feueralarm ausgelöst wurde.« Er nahm zwei Eier, etwas Kohl, ein Stück Hühnerbrust und Möhren aus dem Kühlschrank und legte die Sachen auf die Arbeitsplatte neben einem der Gasherde. »Aber gut, dass wir nicht alle sterben müssen, weil was abfackelt.«

»Keine Sorge. Wenn ich vorhabe, unser Wohnheim niederzubrennen, sag ich dir vorher Bescheid.«

»Wie großzügig von dir.« Dean zwinkerte mir zu, ehe er mit geübten Griffen ein Schneidbrett und ein großes Messer hervorholte. Er deutete mit der Klinge auf den Wasserkocher. »Ist da noch was drin?«

Ich hob den Wasserkocher an und schwenkte ihn ein wenig. »Ja.«

»Klasse.« Dean holte aus seinem Fach im großen Regalschrank eine Chilischote, eine Zwiebel und einige Gewürze. »Könntest du mir eben schnell einen Tee aufgießen? Du stehst ja direkt daneben.«

»Klar.« Ich mochte Dean, und es würde schon nicht die Welt davon untergehen, wenn ich fünf Sekunden länger in der Küche blieb. Ich schnappte mir eine Tasse und begutachtete die große Auswahl an Teebeuteln. »Welchen willst du?«

Dean ging zurück zum Herd, und es klapperte kurz, als er eine Pfanne hervorkramte. Er gab etwas Öl hinein und feuerte den Gasherd an, dann griff er zum Messer. Mit flinken, routinierten Bewegungen schälte er die Zwiebel und schnitt sie in perfekte kleine Würfel. »Irgendeinen.«

»Das ist nicht sehr präzise.«

»Nimm einfach den, den du trinken würdest.«

»Okay.« Ich nickte knapp und goss ihm einen roten Früchtetee auf, da das der einzige ohne Koffein war. Die Tasse stellte ich ihm direkt neben den Herd. »Bitte schön.«

Dean sah kurz auf und lächelte mich an. »Danke.«

»Kein Ding.« Ich legte den Kopf schief und beobachtete fasziniert, wie er den Kohl in dünne Streifen schnitt. Er war erstaunlich geübt mit dem Messer. Das rhythmische Klacken der Klinge auf dem Brett erinnerte mich unwillkürlich an meine Nanna. »Arbeitest du irgendwo in einer Küche?«

»Nicht mehr«, antwortete Dean grinsend, während er die Möhre schälte und in dünne Scheiben hackte. »Ich bin aber praktisch in einer groß geworden.« Er zuckte mit den Schultern. »Gastronomen scheren sich anscheinend nicht um so was wie Kinderarbeit.«

Ich lachte leise. »Klingt hart.«

»Es gibt sicherlich Schlimmeres.« Er deutete auf meinen Becher mit den Instantnudeln. »Sind die gut?««

Ich sah auf das gelbe Label. »Die sind ganz lecker.«

»Und sicherlich auch super nahrhaft.« Er zerteilte das Hähnchen in grobe Streifen und warf es zusammen mit den übrigen Zutaten in das heiße Öl. Bei dem Geruch, der sich kurz darauf in der Küche ausbreitete, lief mir das Wasser im Mund zusammen. »Ist das Essen in der Mensa nicht so dein Ding?«

»Nein«, log ich und zog meine Strickjacke etwas fester um mich herum zusammen. »Es ist ja doch irgendwie immer das Gleiche.«

»Sagt die, die seit einer Woche die gleiche Sorte Instantnudeln futtert.«

Woher zum Teufel wusste er das?

Als könnte er meine Gedanken lesen, nickte Dean Richtung Mülleimer. »Ich hab die leeren Becher gesehen. Die sind erst im Rudel hier aufgetaucht, nachdem du eingezogen bist.«

»Sorry«, murmelte ich und warf einen Blick auf die Uhr. Meine Nudeln waren fertig. Zeit, den Rückzug anzutreten. Ich nahm mir den Becher vom Tresen und ging zur Tür. »Viel Spaß noch beim Kochen.«

Deans Hand schnellte hervor, und er hielt mich am Unterarm fest. »Wo willst du hin?«

Ich blinzelte verwirrt. »In mein Zimmer.«

»Du kannst nicht einfach mit meiner Hauptzutat weglaufen.« Ich sah Dean verdattert dabei zu, wie er mir den Becher Instantnudeln aus der Hand grapschte und zum Spülbecken huschte, wo er den Großteil des Wassers aus dem Becher abgoss. Dann warf er einfach meine Nudeln zu seinen Zutaten in die Pfanne.

»Dean!« Mir klappte der Mund auf und mein Magen grummelte in lautem Protest. Aber sollte ich jetzt wirklich wegen eines Bechers Instantnudeln für einen Dollar einen Aufstand machen? Außerdem hatte er für seine Hilfe beim Umzug eh noch einen gut bei mir. »Das war mein Abendessen.«

»Ich weiß.« Er guckte mich nicht mal an, sondern schwenkte nur gekonnt die Pfanne hin und her.

»Du hättest mich wenigstens fragen können.« Ich stapfte zu meinem Regalfach. Tja, musste ich mir wohl einen neuen Becher aufgießen. »Ich hätte doch mit dir geteilt.«

»Das trifft sich gut.« Bevor ich mein Fach öffnen konnte, tappte Dean zu mir herüber und schleifte mich hinter sich her zum Herd. Er deutete in die Pfanne, in dem die Zutaten zischend vor sich hin brutzelten. »Lust auf gebratene Nudeln?«

Bevor ich mich stoppen konnte, hatte mein hungriges Hirn schon ein enthusiastisches Nicken veranlasst.

»Gut. Die Teller sind in dem Schrank da vorn.« Er ließ mich los, schlug noch zwei Eier in die Pfanne, holte einen Pfannenwender heraus und vermischte die Zutaten miteinander. »Bedingung ist allerdings, dass du mit mir in der Küche isst, anstatt dich direkt wieder zu verpissen.«

Ich presste die Lippen fest aufeinander und spähte zur Uhr. Alec würde vermutlich bald vom Training zurückkommen, und ich hatte wirklich überhaupt gar kein Verlangen danach, ihm zu begegnen. »Das ist Erpressung.«

»Nenn es, wie du willst.« Dean schenkte mir ein schiefes Grinsen. »Die Nudeln sind es wert.«

Ich haderte einen Moment mit mir, doch dann ging ich zu dem Schrank und holte zwei Teller heraus. Ich musste ja nicht allzu lange bleiben. Und um ehrlich zu sein, fand ich es eigentlich auch ganz schön, nicht schon wieder allein essen zu müssen.

»Du hast nicht zufällig Ingwer, oder?«, fragte Dean mich unvermittelt, und ich schnaubte leise.

Ich stellte die Teller auf einen der Tische, legte das Besteck dazu und ließ mich auf den Stuhl fallen. »Leider nein. Das letzte bisschen hab ich gestern für meinen Tee verbraucht.«

Dean schaltete den Gasherd ab und kam mit der Pfanne zum Tisch herüber. »Dann muss es halt ohne gehen.« Er verteilte die Nudeln auf unsere Teller, und ich schluckte.

Ich hatte keine Ahnung, wie ich diese riesige Portion aufessen sollte, aber mein Magen knurrte beim Anblick des Essens so laut, dass sogar Dean es gehört haben musste. Wenn ja, ließ er sich jedenfalls nichts anmerken, sondern schlurfte zur Spüle und legte die Pfanne hinein, ehe er sich seinen Tee nahm und sich zu mir setzte.

»Guten Hunger«, sagte er und griff sich seine Gabel.

»Danke fürs Kochen«, grummelte ich und steckte mir meine volle Gabel in den Mund. Als die Schärfe der Chili sich auf meiner Zunge ausbreitete, stieß ich ein zufriedenes Seufzen aus und nahm sofort den nächsten Bissen. All meine Geschmacksnerven sangen Halleluja, dass sie nicht schon wieder den gleichen Fraß wie die letzten Tage vorgesetzt bekamen, und ich schlang gierig eine Gabel nach der anderen herunter. Gott, war das gut!

Dean betrachtete mich mit einem Lächeln. »Sieht so aus, als würde es schmecken.«

Ich nickte und schluckte schnell das Essen herunter. »Es ist wirklich superlecker.«

»Freut mich.« Dean hatte es mit dem Essen nicht ganz so eilig wie ich und trank einen Schluck Tee. »Kannst du kochen?«

»Ein bisschen. Meine Nanna hat es mir beigebracht, aber richtig gut darin bin ich nicht.« Ich dachte an die vielen Sonntage, die ich mit ihr in der Küche verbracht hatte, und unweigerlich musste ich lächeln. Da ich immer lieber süße Sachen gegessen hatte, hatte ich stur darauf bestanden, dass sie mir das Backen beibrachte, anstatt meine Zeit mit anderen Dingen zu verschwenden. »Ich kann besser backen, glaube ich.«

Dean machte eine Geste, die die ganze Küche mit einschloss. »Hier hättest du genug Platz, um so viel zu kochen und zu backen, wie du willst.«

Ich nickte wortlos, froh darum, dass mein voller Mund mir die Antwort ersparte. Ich musste Dean ja nicht auf die Nase binden, wie unwahrscheinlich das war. Ich hatte schließlich nicht vor, sonderlich viel Zeit außerhalb meines Zimmers zu verbringen.

»Außerdem schuldest du mir noch was für die ganze Schlepperei.« Dean zwinkerte mir zu. »Nur als Tipp: Ich esse sehr gerne Schokokuchen.«

Ich verschluckte mich an einer Nudel und schlug mir hustend auf die Brust. »Du bist ein ziemlicher Opportunist, oder?«

Dean lachte auf. »Ich hole halt stets das Beste aus allem heraus.«

»Sieht ganz so aus.«

Nonchalant zuckte er mit den Schultern, als er seinen Tee zu mir herüberschob, damit ich mein Essen hinunterspülen konnte. »Außerdem, wenn Süßkram für mich dabei rausspringt, dich aus deinem Schneckenhaus herauszuholen, dann ist das definitiv ein netter Bonus.«

Ich musterte ihn eindringlich über den Rand der Tasse hinweg, bevor ich sie langsam auf dem Tisch absetzte. »Hat April dich darauf angesetzt?«

»Nein. Ich bin tatsächlich einfach ein netter Kerl.« Dean seufzte theatralisch. »Ist ein ziemlich schweres Schicksal, kann ich dir sagen.«

Meine Brust wurde eng, und ich hustete, um den Kloß loszuwerden, der sich in meiner Kehle bildete. »Danke, aber ich komm schon klar.«

»Sicher.« Er zog das Wort so sehr in die Länge, dass ich die Hände zu Fäusten ballte.

Ich schob meine Nudeln auf meinem Teller hin und her. Plötzlich war mir der Appetit vergangen. »Ich komme wirklich klar.«

»Sich zu verkriechen und nichts als Instantnudeln zu verdrücken ist nicht wirklich damit klarkommen.« Dean atmete schwer aus, weil ich seinem Blick auswich. »Was ich eigentlich damit sagen wollte, war, dass du dich hier nicht verkriechen musst. Du hast nichts getan, weswegen du dich verstecken müsstest.«

»Ich bin mir sicher, dass mindestens die Hälfte der STU dir widersprechen würde.«

»Scheiß doch drauf.« Dean aß unbeirrt weiter. »Wir alle haben unsere Geschichte. Niemand ist ein unbeschriebenes Blatt. So einfach ist das.« Er kaute einen großen Bissen und schluckte ihn hinunter, das Zucken seiner Schultern wirkte genauso unbekümmert wie der Ausdruck in seinen Augen. »Es kommt einfach darauf an, was du daraus machst.«

Ich fuhr mit den Fingerspitzen über das kühle Metall meiner Gabel. »Was ist deine?«

»Meine Geschichte?« Dean trank von seinem Tee, und ein sarkastisches Schmunzeln lag auf seinen Lippen, als er die Tasse abstellte. »Die ist leider total vorhersehbar. Ich bin behütet aufgewachsen und habe mich als Teenager geoutet, was meine Highschool-Zeit in die reinste Hölle verwandelt hat. Meine Eltern haben mich vor die Tür gesetzt, und ich bin bis zu meinem Abschluss bei meiner Geschichtslehrerin auf der Couch untergekommen.« Dean ratterte die Worte so runter, als würde er nicht gerade seine eigene Lebensgeschichte offenlegen, sondern die eines Fremden. Allein der harte Zug um seinen Mund verriet, dass ihn das Ganze nicht so kalt ließ, wie er es mir verkaufen wollte. »Sie war mehr eine Mom für mich als meine eigene. Sie hat mir die Fotografie nähergebracht und mir vorgeschlagen, mein Talent doch für was Sinnvolles zu nutzen. Und jetzt bin ich hier, finanziere mein Studium mit einem Stipendium und kann durch *The face of …?* Leuten wie mir eine Stimme geben, die sonst ungehört blieben.« Er wischte sich mit dem Handrücken über den Mund und sah mir in die Augen. »Nur weil das Leben einem auf die Fresse haut, muss man nicht am Boden liegen bleiben.«

»Stopp. Wie bitte?« Meine Hand zitterte, während ich mein Handy aus der Hosentasche zog. Vollkommen unmöglich. Ich musste mich verhört haben. Sofort öffnete ich meine Lieblingsseite auf Instagram und hielt Dean das Handy hin. »Du bist der Fotograf hinter dieser Seite?«

Dean lehnte sich auf seinem Stuhl nach vorn und nickte, als ich in dem wunderschönen schwarz-weißen Feed etwas weiter nach unten scrollte. »Ja.«

»Im Ernst?«

Er schob sich eine weitere Gabel voll Essen in den Mund und nickte noch mal gleichgültig, so als hätte er mir nicht gerade ein gut gehütetes Geheimnis verraten, über das es auf Instagram seit Jahren nichts weiter als Spekulationen gab. So, als würden seine zweihunderttausend Follower nichts bedeuten. »Im Ernst.«

Oh mein Gott.

Ich legte die Hände in den Schoß und drückte sie fest zusammen. Irgendwie musste ich die Welle aus Unglauben, die mich gerade überkam, bewältigen, ohne meine bisherige Ahnungslosigkeit darüber zu offensichtlich zu machen, dass Dean der Fotograf meiner Lieblings-Instagram-Seite war, die ich so sehr dafür bewunderte, wirklich etwas verändern zu wollen. Die so viel mehr war als nur ein einfacher Fotografie-Blog. Die so viel mehr bedeutete als das.

Mein Kopf war gleichzeitig wie leer gefegt und übervoll, es fiel mir schwer, einen klaren Gedanken zu fassen. In mir herrschte Chaos. Ich taumelte irgendwo zwischen Euphorie und Skepsis, während sich auch eine gehörige Portion Fassungslosigkeit mit daruntermischte.

»Warum sagst du das keinem?«

»Was genau?« Dean sah nicht mal auf, sondern rollte weiter Nudeln auf seine Gabel.

»Dass dir *The face of ...?* gehört.«

Dean hielt inne. Dann schaute er endlich auf, und der intensive Blick in seinen schilfgrünen Augen war mehr, als ich ertragen konnte. »Was würde das ändern?«, fragte er, doch bevor ich antworten konnte, fuhr er fort. »Ich bin immer noch Dean, oder nicht? Ob ich jetzt einen Follower habe oder eine Million. Außerdem ...«, er tippte auf das Display mit all den Porträtaufnahmen von Menschen, die so mutig waren und ihre Geschichten teilten, »... geht es bei *The face of ...?* nicht um mich. Kein bisschen. Ich bin lediglich der Kerl hinter der Kamera. Nichts Besonderes. Nur ein Fotograf.« Er schnaubte leise. »Ich will nicht das eine Gesicht sein. Will keine Marke sein. Alles, was ich will, ist genau den Leuten eine Plattform zu geben, die sonst nie wahrgenommen würden. Das ist alles.«

Ich dachte an den Shitstorm, den ich hatte erdulden müssen. Dachte an die ganzen grausamen Kommentare und diese gemeinen Menschen, denen das Internet einen Schutzmantel der Anonymität bot, den sie wie eine Rüstung trugen, während sie sich von ihrer hässlichsten Seite zeigten. »Hast du keine Angst?«

»Doch. Aber gerade deshalb muss ich versuchen, etwas zu verändern. Und wenn das richtige Bild nicht die Macht dazu hat, dann weiß ich auch nicht.« Als er mich diesmal anguckte, war da kein Sarkasmus und kein Schalk in seinem Blick. Keine Mauer aus scheinbarem Desinteresse, hinter die er sich zurückzog. Da war so viel mehr, was ich nicht in Worte fassen konnte, aber die Überzeugung in mir wachsen ließ, dass Dean und ich sehr gute Freunde werden würden. »Meinst du nicht auch?«

»Doch.« Ich blinzelte schnell, weil mir Tränen in die Augen traten. »Doch, du hast recht.«

Er lächelte mich an und schien zu wissen, welche Bedeutung seine Worte für mich hatten.

»Danke«, schniefte ich nach einer Weile in die Stille hinein. Das Gefühl, jemanden gefunden zu haben, der mich genau verstand, überwältigte mich. »Ganz ehrlich Dean ... vielen Dank.«

»Warte, bis du meine Rechnung kriegst.« Er trank einen Schluck von seinem Tee, ehe er wieder dieses schiefe Grinsen auflegte, das anscheinend einfach zu ihm gehörte und es einem verdammt schwer machte, ihn nicht zu mögen. »Ich nehme zwar keine Schecks, aber ich bin bereit, Kuchen als Bezahlung zu akzeptieren.«

Während Dean seine Lieblingskuchensorten aufzählte, dachte ich über das nach, was er gesagt hatte. Darüber, dass wir alle unsere Geschichte hatten, und dass es am Ende des Tages vielmehr darauf ankam, was wir daraus machten.

Unwillkürlich erschien Alecs Gesicht vor meinem inneren Auge, und brennende Neugier erfasste mich. Wenn wir alle unsere Geschichte hatten, was war dann wohl seine?

23. KAPITEL

Alec

»Deine Zeiten sehen gut aus.« Ich öffnete meine dicke Jacke, als ich von draußen in das kuschelig warme Wohnheim trat, dessen Heizung meiner Meinung nach etwas *zu* gut funktionierte. Das Russisch meines Vaters am anderen Ende der Leitung klang durchs Handy ein wenig blechern. »Jetzt müssen wir nur noch an deinen Rollwenden arbeiten. Da verlierst du zu viele wertvolle Hundertstel.«

»Ja.« Automatisch fiel mein Blick auf den Goldring an meinem Daumen, den ich nicht mal fürs Training abnahm, und meine Kehle wurde eng. »Ich werde einfach noch eine halbe Stunde an mein Training dranhängen und zusehen, dass ich die Beine schneller herumkriege.«

Mein Vater gab ein Murren von sich, von dem ich wusste, dass es einer Zustimmung gleichkam. »Wie viel Zeit verbringst du am Tag im Wasser, Aleksej?«

»Wie gehabt drei Stunden.« Ich drückte das Handy etwas fester an mein Ohr, die Finger um die Kanten gekrallt. Ich setzte den rechten Fuß auf den untersten Treppenabsatz und stieg die Stufen hinauf, obwohl die Muskeln in meinen Oberschenkeln sich aufgrund des intensiven Beintrainings vorhin protestierend verkrampften. »Anderthalb morgens und anderthalb abends.«

»Okay.« Ich hörte seinen Bleistift über das Papier kratzen,

als mein Vater sich Notizen für seine detaillierte Analyse über meinen Trainingsstand machte. »Mit der neuen Wendeneinheit dann also vier?«

Ich nickte, ehe ich mich daran erinnerte, dass ich ja am Telefon war. »Ja.«

Wieder ein Brummen. »Gewichte?«

»Jeden Tag eine Stunde.« Zum Glück hatte ich das heute Mittag zwischen meinen Vorlesungen schon erledigt. Was tat man nicht alles für die Chance auf die Aufnahme in den Kader der Nationalmannschaft.

»Sehr gut.« Ich vernahm das rhythmische Klicken des Bleistifts, das stets ertönte, wenn mein Vater ihn beim Grübeln gegen die Kante des Schreibtischs tippte. Vermutlich saß er wie immer in seinem Büro bei uns zu Hause, mit den dunkelbraunen Wänden und den grässlichen Vorhängen, die meine Mutter schon seit Jahren ausmisten wollte. »Deine Wettkämpfe beginnen im März, richtig?«

»Ja. Der erste Wettkampf ist am siebten.« Ich richtete die schwere Sporttasche auf meiner Schulter, als ich endlich in meinem Stockwerk ankam. Aus der Gemeinschaftsküche drangen Stimmen zu mir herüber, die ich aber ausblendete, um mich auf das Gespräch mit meinem Vater konzentrieren zu können. Er hasste es nämlich zutiefst, sich wiederholen zu müssen.

»In Ordnung.« Mein Vater hielt einen Moment lang inne. »Ich schicke dir morgen einen neuen Trainingsplan und einen daran angepassten Ernährungsplan. Du isst nicht genug. Als du über die Feiertage hier warst, sahst du viel zu hager aus.«

Ich versuchte erst gar nicht, mich zu rechtfertigen, denn mein Vater hatte recht. Ich wog derzeit vierundachtzig Kilo. Mein Idealgewicht lag allerdings bei neunzig. Wenn ich jetzt noch eine Stunde Training pro Tag hinzufügte, dann würden die Kilos nur noch weiter purzeln. »Was schlägst du vor?«

»Wir springen von sechstausend Kalorien am Tag zu achttausend. Iss abends nicht mehr in der Mensa. Nimm Kohlenhydrate zu dir. Dein Körper ist wie ein Hochofen. Der verbrennt alles. Ich schicke dir mehr Geld. Schnapp dir Dean und geh mit ihm einkaufen.« Der Tonfall meines Vaters war unmissverständlich. Vladimir Volkov, Headcoach des Schwimmteams der Duke University, duldete keinen Widerspruch. »Pass seinen Essensplan an deinen an, damit ihr nicht zweimal kochen müsst. Der Junge ist auch viel zu dünn.«

Nur mein Vater würde einen einundzwanzigjährigen, ein Meter fünfundachtzig großen Kerl mit einem Gewicht von achtundsiebzig Kilo als dünnen Jungen bezeichnen. »Geht klar.«

»Sehr gut.« Eine Pause entstand, so wie immer, wenn mein Vater und ich aufhörten, über das Schwimmen zu reden. Es war so, als würden wir beide einen Moment brauchen, um uns daran zu erinnern, dass wir Vater und Sohn waren und nicht Coach und Schwimmer. Er räusperte sich geräuschvoll, und ich hörte das Knatschen von Leder. »Mila und Yuri vermissen dich.«

»Ich bin doch noch gar nicht so lange weg, Dad.« Ich stapfte langsam den Flur entlang, setzte bedächtig einen Fuß vor den anderen, um uns beiden etwas Zeit zu verschaffen. Ich wusste genau, was mein Vater eigentlich hatte sagen wollen, auch wenn er es nicht schaffte, diesen einen simplen Satz über die Lippen zu bringen, ohne meine jüngeren Geschwister als Ausrede vorzuschieben. »Ich versuche, im Sommer für länger zu kommen.«

»Im Sommer bist du mit Trainingscamps beschäftigt.« Mit diesen einfachen Worten war mein Besuch im Sommer vom Tisch. Er würde mich keinen Fuß in sein Haus setzen lassen, bevor ich mein Training nicht abgeschlossen hatte. »Aber ich richte es den beiden aus.«

»Okay.« Ich protestierte nicht. Immerhin war es meine Schuld, dass mein Vater den Traum hatte aufgeben müssen, seinen Sohn an der Duke selbst zu trainieren. »Ich muss los.«

»Alles klar.« Mein Vater atmete hörbar ein. »Dann bis nächste Woche.«

»Bis nächste Woche.« Nachdem ich aufgelegt hatte, strich ich mit dem Daumen über das Display, auf dem der Name meines Vaters noch einen Moment lang zu sehen war, ehe der Bildschirm ganz schwarz wurde. Vielleicht sollte ich ihn die Tage einfach mal anrufen, ohne mit ihm über mein Training zu sprechen, wenn der alte, mürrische Emotionskrüppel mich jetzt schon vermisste.

Ich steckte das Handy zurück in meine Jackentasche und schlurfte in Richtung meines Zimmers. Gott, ich konnte es kaum erwarten, endlich ins Bett zu fallen. Aber vorher musste ich noch etwas essen. Und das so schnell wie möglich, denn mein Wecker würde morgen wie immer um fünf Uhr klingeln, ohne Rücksicht auf Verluste.

Ich zog meine Zimmertür auf und warf meine Tasche achtlos mitten in den kleinen Eingangsbereich, dann drehte ich mich auf den Hacken um und machte mich auf zur Gemeinschaftsküche. Ich musste heute noch an die zweitausend Kalorien verputzen. Es wäre also am besten, wenn ich eine große Portion braunen Reis mit Hähnchen, Eiern und Gemüse aß. Dazu würden vermutlich ein paar Sandwiches herhalten mü–

»Jetzt warte noch fünf Sekunden!« Überrascht blieb ich im Türrahmen stehen, als ich Kate erblickte. Sie war echt die letzte Person, mit der ich gerechnet hatte. Schon gar nicht in diesem Aufzug, mit der schwarzen Leggins, dem schwarzen Pulli und der flauschigen dunkelroten Strickjacke, die ihr viel zu groß und auf der einen Seite von der Schulter gerutscht war. Seitdem sie eingezogen war, hatte ich sie noch kein einziges Mal zu Gesicht bekommen, und jetzt wurde mir direkt die heimelige Kate mitsamt unordentlichem Dutt präsentiert? Sie hatte mich offensichtlich noch nicht bemerkt, denn ihr Blick war fest auf Dean gerichtet, den sie mit Argusaugen beobachtete, während sie ein Stück Plastikfolie von der Rolle abriss. »Der muss noch abkühlen.«

»Kommt überhaupt nicht infrage!« Dean hatte allerdings nicht vor, auf sie zu hören, denn er versenkte den großen Löffel in seiner Hand einfach in dem Topf vor sich auf der Herdplatte. Der Raum war von einem himmlischen Schokoladenduft erfüllt, dessen Ursprung wohl in dem dampfenden Topf zu finden war.

»Dean!« Alarmiert machte Kate einen Satz noch vorn, doch Dean streckte lediglich den Arm aus und platzierte seine Hand auf ihrer Stirn, so wie ich es mit meinen Geschwistern tat, wenn ich sie davon abhalten wollte, mir ein Stück von Mamas *Ptichye Moloko* streitig zu machen.

Dean holte den vollen Löffel aus der Schüssel und steckte ihn sich in den Mund. Er verzog das Gesicht und atmete mit geöffneten Lippen. »Fuck, ist das heiß!«

Ich ließ irritiert den Blick durch die Küche schweifen, in der alle Bewohner unseres Stockwerks versammelt zu sein schienen und die beiden belustigt beobachteten, jeder mit einer kleinen Schüssel in der Hand. Erst kam sie tagelang nicht aus ihrem Zimmer, und jetzt war sie auf einmal die Heldin der Kü–

»Hey, Alec!« Ich zuckte zusammen, als Ashton, ebenfalls ein Mitbewohner unserer Etage, mich plötzlich ansprach. Aus dem Augenwinkel konnte ich genau sehen, wie Kate sich versteifte. »Kate hat selbst gemachten Schokopudding gekocht. Willst du auch?«

»Wer hat gesagt, dass ich mit dem da teile?« Dean nahm den Topf hoch und fluchte, bevor er praktisch zum Waschbecken sprintete, um seine Finger unter kühles Wasser zu halten. »Kate hat den nur für mich gekocht!«

»Jetzt sei kein egoistisches Arschloch.« Ashton zwinkerte und zeigte ihm ein fieses Grinsen. »Außerdem, hast du nicht irgendwelche Zutaten aus seinem Fach geklaut?«

Kate sah verstohlen zu mir herüber, und ich wechselte unruhig von einem Fuß auf den anderen. Ich spürte die neugierigen Blicke der anderen, die zu uns herüberlinsten, und versuchte, die seltsame Stimmung auszublenden, die sich wie eine Gewitterwolke über der Küche ausbreitete.

»Kein Grund, mich gleich zu verpetzen, Mann.« Dean guckte zu mir herüber und wackelte mit seinen Brauen, um irgendwie die angespannte Atmosphäre aufzulockern. »Was dein ist, ist auch mein, oder Baby?«

»Ich erinnere dich dran, wenn ich das nächste Mal irgendwas von dir brauche, du alte Zecke.« Ich vergrub die Hände in meinen Hosentaschen und zog die Schultern hoch. Wenn ich jetzt verschwand, würde es nur noch seltsamer wirken, also beschloss ich, es weiter durchzuziehen. »Und wo wir schon mal beim Thema sind, können wir ja gleich mit dem Pudding anfangen.«

»Mieser Scheißkerl.«

»Denk nicht mal dran«, fauchte Kate, als Dean die Hand unter dem kühlenden Wasserstrahl hervorziehen wollte. »Ich mach das schon.«

Sie wandte Dean den Rücken zu und holte eine Schüssel aus der Schublade. Dean bedachte mich währenddessen mit einem vielsagenden Blick.

»Danke«, sagte ich und schloss die Hand um die Schüssel mit dem warmen Pudding, die Kate mir einen Moment später überreichte. Er roch herrlich nach Schokolade, und ich glaubte auch einen Hauch von Vanille wahrzunehmen. Die Farbe des Puddings war ein sattes Dunkelbraun, das nichts mit dem Zeug aus der Tüte gemeinsam hatte und mir das Wasser im Mund zusammenlaufen ließ.

»Kein Thema.« Kate zuckte zwar mit den Schultern, aber der Ausdruck in ihren Augen verriet eindeutig, dass es überhaupt nicht okay war. Sie rieb sich mit einer Hand über den Unterarm und hüstelte leise. Ihre Augen huschten kurz zu mir herüber, dann zurück zu Dean. »Ich sollte dann mal los.«

Seine Mundwinkel sanken herab. »Schon?«

Kate legte wieder dieses Lächeln auf, bei dem sich mir die Nackenhaare aufstellten. »Ja, ist spät.«

Wie alle anderen sah auch ich zur Uhr. Es war gerade mal zehn. Ausgeschlossen, dass sie jetzt schlafen ging, auch wenn ich längst reif fürs Bett war.

Kate unterbrach rasch die Stille und zeigte auf den Puddingtopf. »Vergiss nicht, dass da Eier drin sind. Wenn was übrig bleibt, musst du es in den Kühlschrank stellen.«

»Geht klar, allerdings glaube ich nicht, dass das der Fall sein wird.« Dean zog eine Hand unter dem Wasserstrahl hervor und winkte ihr zu. »Glaub aber bloß nicht, dass der Pudding dich von der Bürde des Kuchens befreit.«

»Natürlich nicht. Ich hatte ja versprochen, dir einen traditionellen *Chocolate Cream Pie* zu backen.«

Etwas verdattert sah ich zwischen den beiden hin und her. Jetzt schuldete sie ihm auch noch einen Kuchen? Seit wann waren die zwei denn so dicke?

Dean strahlte bis über beide Ohren, wie immer, wenn man ihm etwas zu essen in Aussicht stellte. »Perfekt! Dann muss ich mir mal einen Tag lang keine Sorgen um meine viertausend Kalorien machen.«

Kate wurde blass. »Viertausend Kalorien?«

»Erklär ich dir ein andermal.« Dean drehte den Wasserhahn zu und sah auf seine Hände. »Gute Nacht, Kate.«

Alle stimmten in das kollektive Gute Nacht ein, und Kate wandte sich zum Gehen. Als unsere Blicke sich trafen, wusste ich ganz genau, warum sie den Rückzug antrat.

Sofort richteten sich alle Augen erwartungsvoll auf mich. Und mir war klar, was sie wollten. Wir wohnten alle im selben Haus. Kate und ich würden auf Dauer miteinander auskommen müssen. Und je schneller wir diese verkrampfte Atmosphäre zwischen uns loswurden, desto besser.

Ich behielt den Pudding in der Hand und folgte ihr auf den Flur. »Du gehst mir aus dem Weg, oder?«

»Quatsch.« Ihr Tonfall klang ungewöhnlich hoch, und sie drehte sich langsam mit gekräuselten Lippen zu mir um. »Wie kommst du denn darauf?«

»Weil du in dem Zimmer direkt neben meinem wohnst und ich dich noch kein einziges Mal gesehen habe.«

Sie schnaubte leise. »Du bist ja auch nie da.«

»Was du nur wissen kannst, wenn du explizit darauf geachtet hast, wann ich komme und gehe.«

Kate verengte die Augen. »Ich geh dir nicht aus dem Weg, Alec.«

»Dann hatte nur ich gerade das Gefühl, an der erdrückenden Stimmung zwischen uns zu ersticken?« Ich spielte auf die Situation in der Küche an und wusste, dass sie mir folgen konnte, als sich eine steile Falte zwischen ihren Augenbrauen bildete. »Komm mit. Eine Unterhaltung mit mir wird dich nicht umbringen.«

»Das nicht.« Sie stemmte die Hände in die Hüften. »Aber vielleicht bringe ich dich ja um.«

»Das Risiko gehe ich ein.« Sie sah mich unsicher an, und

ich seufzte leise. Ich hasste es, diese Karte zu spielen, aber so stur, wie sie war, ließ sie mir keine andere Wahl. »Was hast du schon noch zu verlieren? Dein Ruf ist eh im Eimer.« Ich machte einen Schritt auf sie zu. »Ein einziges Gespräch, Kate. Mehr will ich doch gar nicht.«

Sie sah mir in die Augen, und die Sekunden schienen sich in Minuten zu verwandeln, während die Stimmen aus der Küche weiterhin zu uns herüberschallten.

»Okay«, flüsterte sie nach einer Weile mit einem schweren Seufzen, das meine Professoren auch immer draufhatten, wenn ich meinen Willen durchsetzte. »Aber nur damit es für alle anderen nicht so seltsam ist.«

»Natürlich.« Ich deutete den Flur hinunter und machte mich auf Richtung Feuertreppe. Ich kannte den perfekten Ort. Dahin würde uns sicherlich keine einzige Kamera folgen.

Vor der Tür blieb Kate misstrauisch stehen. »Hey, warte. Wohin gehen wir?«, fragte sie alarmiert.

Ich schob die Tür auf und trat hinaus. »Ein paar Hausregeln brechen.«

24. KAPITEL

Alec

»Vorsicht bei der letzten Stufe.« Ich schmunzelte, als Kate skeptisch auf die letzte Stufe der Feuerleiter starrte, die vorher unter meinem Gewicht geächzt hatte, obwohl sie, wie das ganze Gebäude, alles andere als alt war. Ich wusste genau, dass sie halten würde. Immerhin kam ich häufig hier rauf.

Bedächtig setzte sie einen Fuß auf die Stufe aus grobem Metall. »Weißt du, wenn du mich umbringen willst, dann sag es einfach.«

»Stand eigentlich nicht auf meiner heutigen To-do-Liste.« Ich lehnte mich ihr ein Stück entgegen, bemüht, irgendwie durch diese angespannte Atmosphäre zu brechen, um das zurückzuholen, was wir auf der Parkbank gehabt hatten. »Aber wenn du darauf bestehst, dann lässt sich das sicherlich einrichten.«

Argwöhnisch verengte sie die Augen. »Sehr witzig.«

»Ich weiß. Ich sollte Komiker werden.« Ich wartete, bis sie auch den anderen Fuß auf die Treppenstufe gesetzt hatte und sicher oben angekommen war. Dann trat ich auf das Dach des Wohnheims. Damit sie nicht stolperte, deutete ich nach unten. »Vorsicht, Kabel.«

Sie senkte nicht mal den Blick, sondern hob einfach die Füße etwas mehr an, während sie spöttisch das Gesicht verzog. »Da sehe ich eher keine Karriere für dich.«

»So ein Mist aber auch.« Ich entspannte mich etwas, weil jetzt dieses belustigte Funkeln in ihren Augen tänzelte, welches ihr dunkles Braun strahlen und mich wissen ließ, dass sie mich nicht so sehr verachtete, wie es zwischendurch den Anschein haben mochte. »Dabei hatte ich ja genau darauf gebaut.«

»Fang lieber als Callboy an. Dann wist du reich und kannst früh in Rente –« Plötzlich verstummte sie. Ihr Blick wanderte umher, das silbrige Mondlicht spendete gerade genug Licht, damit ich die Begeisterung von ihrem Gesicht ablesen konnte. »Wow.«

Sie hatte recht. Auch ich konnte mich noch immer nicht an diesem Ausblick vom Flachdach sattsehen, und ich lebte dank ein paar Sonderrechten, die ich als Leistungssportler genoss, schon seit meinem ersten Jahr hier. Ich beobachtete Kate dabei, wie sie auf dem Dach etwas weiter vor ging und den Hals neugierig reckte, als wüsste sie nicht, wohin sie zuerst gucken sollte. Zu dem Vordach mit den Lamellen aus Plexiglas oder doch lieber zu der großen Malerei des Logos der Universität auf dem Boden?

Mit jedem Schritt, den sie tat, schien sie sich mehr zu entspannen, auch wenn ihre Augen noch immer ständig Richtung Treppe schnellten, als erwartete sie, dass jeden Moment jemand auftauchen könnte. »Ich wusste nicht, dass ihr eine Dachterrasse habt.«

»Haben wir offiziell auch nicht.« Ich grinste, als sie mich misstrauisch beäugte, und stellte den Pudding, den ich von unten mitgenommen hatte, auf der halbhohen Mauer ab, die das Dach umgab und wahrscheinlich mögliche Unfälle verhindern sollte. »Kurz nach der Eröffnung haben sich alle zusammengetan und das hier oben aufgebaut. Meistens spätabends, wenn die Profs schon längst zu Hause sind. Siehst du die Sitzecke?« Ich zeigte auf die große Sitzlandschaft aus Paletten, auf der jetzt eine dicke, durchsichtige Plastikhülle lag, um die Kissen vor der Feuchtigkeit im Winter zu schützen. Automatisch dachte ich an ein anderes Palettensofa, erstickte die Erinnerungen an diesen Abend aber augenblicklich im Keim, weil sie hier nichts zu suchen hatten. »Dean und ich haben die Paletten damals zusammen mit ein paar Seniors an Seilen die drei Stockwerke hochgezogen.« Ich hob meine linke Hand und deutete auf die kleine Narbe an meiner Handkante. »Dabei hab ich mir dieses Ding hier zugezogen. Hab den riesigen Splitter nicht gesehen.«

»Ich würde sagen, das bisschen Blut war es wert.« Kate ging zu der selbst gebauten und leicht schiefen Bar, die ebenfalls mit einer Plane abgedeckt war und an der ich schon häufig mit den anderen Bewohnern von *Ginsburg Hall* das ein oder andere Bier getrunken hatte. »Wie kommt es, dass ihr hier noch nie eine Party geschmissen habt? Ich meine«, sie breitete die Arme aus, »das wäre die ultimative Location.«

»Weil die Leitung der Uni das Ganze hier dann sofort dicht machen würde.« Ich steckte meine Hände in die Jackentaschen und guckte zu, wie sie alles inspizierte. Ihre Schritte wurden größer. »Ich glaube, der Dekan weiß davon, duldet es aber, solange wir keine wilden Partys schmeißen. Das hier ist mehr so was wie ein Rückzugsort für unser Wohnheim. Keine Außenstehenden erlaubt.«

Kates Finger strichen vorsichtig über einen der derzeitig kahlen Äste der großen Topfpflanzen, die im Sommer in allen möglichen Farben erblühten, weil sich glücklicherweise immer jemand um sie kümmerte. »Doch ich weiß ja jetzt davon.«

»Du bist ja jetzt auch eine von uns.«

Ihre Bewegungen erstarben. Sie war so weit weg von mir, dass ich im Mondlicht nur ihr Profil erkennen konnte. Sie ließ die Pflanze los, ehe sie zu mir zurückkam. »Du hast mich also hergebracht, um mit der Terrasse anzugeben, ja?« Sie kuschelte sich noch mehr in ihre flauschige Strickjacke und beäugte mich misstrauisch von der Seite. »Hat funktioniert.« Eine Sekunde später hob sie den Zeigefinger und verengte die Augen. »Aber glaub ja nicht, dass du mich damit rumkriegst, Casanova.«

»Ich hab dich schon mal rumgekriegt, ganz ohne Dachterrasse.« Ich zog meine dicke Jacke aus und legte sie auf die Mauer. Es war zwar kühl, doch es würde schon gehen. »Außerdem, ob du es glaubst oder nicht, es ist nicht immer mein Ziel, mit jemandem in der Kiste zu landen, nur weil ich mich mit ihm unterhalte.«

»Nicht?« Kate riss theatralisch die Augen auf und erinnerte mich mit jeder Sekunde mehr und mehr an die Frau, die mir im *Nightingale* so den Kopf verdreht hatte. »Dann stimmt es also gar nicht, dass du ein promiskuitiver Mistkerl bist, der alles vögelt, was nicht bei drei auf den Bäumen ist?«

Nonchalant zuckte ich mit den Schultern. »Ich mag Sex. Das ist kein Verbrechen. Und solange ich niemandem die große Liebe vorspiele und alle Parteien wissen, worauf sie sich einlassen, bin ich eigentlich auch kein Mistkerl. Obwohl …« Ich stemmte mich hoch und setzte mich auf meine Jacke, bevor ich mich herumdrehte und meine Füße über den Abgrund baumeln ließ. »Okay, das mit dem Mistkerl stimmt schon. Aber aus anderen Gründen.«

»Was tust du da?«, fragte sie alarmiert und kam mit schnellen Schritten näher.

Ich klopfte auf den freien Platz neben mir auf der Mauer und nickte Richtung Mond. »Von hier aus hat man den besseren Ausblick.«

»Bist du irre?« Sie spähte über den Rand und erschauderte. Sofort wich sie einen großen Schritt zurück, als befürchtete sie, dass ich sie gleich über die Mauer zerren und vom Dach stoßen würde. »Ich meine, ist ja deine Sache, wenn du mit deinem Leben bereits abgeschlossen hast, ich würde allerdings gerne zumindest dreißig werden.«

»Sei mal nicht so gierig.« Ich konnte sie nicht zwingen, sich zu mir zu setzen, aber ich hoffte dennoch, dass sie es tun würde. »Du bist schon näher dran als ich.«

»Aber ich sehe wenigstens nicht danach aus.«

Ich lachte rau auf und sah sie an. »Wie kommt es eigentlich, dass du nur bei mir so eine dicke Lippe riskierst, und sonst über den Campus huschst, als wärst du eine verschreckte Maus?«

Eigentlich sollte es nur ein Scherz sein. Ein einfacher Witz. Aber als unsere Blicke sich trafen, hatte ich das Gefühl, den Halt zu verlieren. In ihren dunkelbraunen Augen lag etwas, das ich nicht benennen konnte, und der Graben, der sich in meinem Magen auftat, riet mir auch dringend davon ab, weiter darüber nachzudenken. Automatisch fiel mein Blick auf ihre vollen Lippen, die sie ein kleines bisschen öffnete. Ich wartete auf eine schlagfertige Antwort. Auf den nächsten Tiefschlag. Doch stattdessen murmelte sie nur ein sanftes *Ich weiß es nicht* in die Finsternis hinein.

»Vertrau mir«, sagte ich und konnte dabei nicht aufhören, sie anzusehen. »Nur für fünf Minuten.«

Kate zögerte einen Moment, aber dann nickte sie vorsichtig. »Okay.«

Ich rückte etwas zur Seite, damit sie mehr Platz auf der Jacke hatte.

Skeptisch sah sie zu dem Mauerrand. »Du hast nicht vor, mich zu schubsen, sobald ich auf der Mauer sitze, oder?«

Diese Frau war wirklich paranoid. »Nein. Ehrenwort.«

Zittrig atmete sie ein, bevor sie sich hochstemmte und neben mich setzte. Sofort legte sie ihre Hände um die Kante der Mauer und hielt sich so sehr fest, dass ihre Knöchel weiß hervortraten, während ihre Füße über dem Rand hingen. »Ich muss echt vollkommen übergeschnappt sein.«

»Na ja, so richtig bei Verstand bist du definitiv nicht.« Die Mauer war so breit wie meine Unterarme lang waren, und die Steine fühlten sich kalt unter meinem Hintern an. Ich fröstelte ein wenig, gab mir aber die größte Mühe, mir das nicht anmerken zu lassen. »Macht das Leben allerdings deutlich interessanter.«

»Aber auch kürzer.«

»Wer nicht wagt, der nicht gewinnt.« Ich verschränkte die Arme vor der Brust und nickte geradeaus. »Jetzt hör auf, nach unten zu starren, und guck nach vorn.«

Sie hob nur zögerlich den Kopf, doch als ihr Mund aufklappte und sie staunend auf der Mauer ein Stückchen weiter vorrückte, schmunzelte ich nur und gönnte mir selbst einen Moment, um die Aussicht zu genießen.

Von unserem Wohnheim aus, das sich ganz am Rand des Campus auf einem kleinen Hügel befand, hatte man einen fantastischen Blick über das verschlafene Städtchen San Teresa, in dem kaum ein Haus höher als drei Stockwerke war, sodass man bis zum Ozean blicken konnte. Der Mond war fast voll, er hing tief am Himmel und tauchte die Dächer der Häuser im Ort in silbernes Licht. Es war erst Viertel nach zehn und viele Fenster waren noch hell erleuchtet, aber das tat der schönen Aussicht keinen Abbruch.

»Wahnsinn«, hauchte Kate neben mir, und ich lächelte in mich hinein.

»Das war das Risiko doch wert, oder?« Als sie euphorisch nickte, griff ich mir den Pudding, den ich auf der Mauer abgestellt hatte, und rührte ihn mit dem Löffel durch, um die Milchhaut aufzubrechen. »Krieg ich dich damit jetzt doch rum?«

Kate lachte auf, was eine prickelnde Gänsehaut auf meinem Rücken verursachte. »Träum weiter, Alec.«

Alec. Nicht Volkov. Das war doch schon mal ein Anfang. »Man kann es ja mal versuchen.«

Schweigend aß ich meinen Pudding, während sie zum Mond sah, und zum ersten Mal war die Stille zwischen uns nicht eigenartig.

»Jetzt mal Spaß beiseite«, sagte sie nach einer Weile, in der ich nur das leise Rascheln der Blätter im Nachtwind und das Kratzen meines Löffels auf dem Boden der Schale gehört hatte. »Wieso hast du mich wirklich hergebracht?«

»Damit du in deinem eigenen Wohnheim nicht wie auf rohen Eiern durch die Gegend läufst.« Ich linste auf den Boden der Schüssel, entschlossen, nicht einen einzigen Rest Pudding darin zu lassen. »Und um die Nerven unserer Mitbewohner zu schonen. Niemand wohnt gern mit Leuten zusammen, die seltsam miteinander umgehen.«

»Ich weiß nicht …«

»Ich sage ja nicht, dass wir ständig zusammen abhängen müssen, so geht es aber auch nicht weiter.« Allein bei der Erinnerung an die unangenehme Stimmung in der Küche stellten sich mir die Nackenhaare auf. »Ich weiß, dass das leichter gesagt ist als getan, aber lass es uns wenigstens versuchen.« Ich setzte ein schiefes Grinsen auf. »Meinst du, das kriegst du hin?«

Sie überlegte einen Moment, und ich rechnete fast damit, dass sie mir sagte, es wäre unmöglich, aber dann nickte sie. Langsam und bedächtig. »Ich denke, hier im Wohnheim sollte das irgendwie gehen.«

»Gut. Mehr erwarte ich auch gar nicht.«

Sie wandte ihr Gesicht wieder dem Mond zu. In seinem silbrigen Licht sah ihre Haut noch heller aus als sonst. »Ich dachte, es wäre seltsam, mich mit dir zu unterhalten.«

»Weil wir Sex hatten?« Ich stellte die leere Schale neben mir ab und stützte mich auf meine Hände, der Mond scheinbar nur wenige Meter von mir entfernt.

»Ja.« Kate zog ihren unordentlichen Dutt nach, die Geste wirkte fast genervt, dann schnaubte sie. »Total bescheuert.«

»Bist du mir deshalb aus dem Weg gegangen?«

»Nein.« Sie presste die Lippen fest aufeinander. »Ich wollte nicht riskieren, noch mal mit dir fotografiert zu werden.« Kate schloss die Augen, als eine sanfte Brise zu uns herüberwehte. »Ich will einfach nur, dass Gras über die Sache wächst. Ich hoffe, du verstehst das.«

Ich verstand es mehr, als mir lieb war. »Also willst du mir nicht die Augen auskratzen?«

»Nein. Überhaupt nicht.« Sie schmunzelte und schüttelte den Kopf. »Ich dachte echt, mit dir zu reden, wäre vielleicht komisch. Ist es aber gar nicht. Irgendwie ist es …«, sie brach ab, öffnete die Augen, und ihre Hände schwebten in der Luft, als würde sie nach den richtigen Worten suchen, »… irgendwie ist es einfach.« Sie ließ die Hände sinken und lächelte mich zaghaft an. »Tut mir leid, das klingt total bescheuert.«

Unauffällig rieb ich mir mit der flachen Hand über die Brust. Okay, ich sollte mich echt mal auf Herzrhythmusstörungen untersuchen lassen, so wie mein Ticker gerade verrücktspielte.

»Nur wenn du es bescheuert findest.« Innerlich machte ich drei Kreuze, als sie zu lachen anfing. »Ich hab dir ja gesagt, dass ich nicht so übel bin, wie alle meinen.«

»Sieht ganz so aus.« Kate musterte mich von der Seite, und ich konnte nicht verhindern, dass meine Augen gierig über ihre Züge glitten, auf die der Mond eigenwillige Schatten warf.

Sie war einfach unbeschreiblich schön. Vollkommen egal, ob mit offenem Haar oder einem unordentlichen Dutt. Ob mit Make-up oder, wie heute, vollkommen ohne. Sie hatte die Art

Gesicht, das auf jedem gottverdammten Werbeplakat des Landes abgebildet sein könnte und die Leute sich trotzdem nicht daran sattsehen würden. Oder vielleicht ging es auch einfach nur mir so. Wer wusste das schon.

»Kann ich dich was fragen?« Ihre Stimme riss mich aus meinen Gedanken, und ich nickte, ohne weiter darüber nachzudenken. »Trägst du den eigentlich immer?« Sie zeigte auf den schlichten Goldring an meinem Daumen, und augenblicklich verspannte ich mich. »Ich hab dich noch nie ohne ihn gesehen.«

Ich sah auf meine Hand und fuhr mit den Fingerspitzen über den Ring, den ich seit meinem sechzehnten Geburtstag nicht mehr abgenommen hatte. »Ja. Ich ziehe ihn nie aus.« Ich wusste nicht, warum ich nicht hier stoppte. Warum mein Mund sich weiter bewegte, obwohl ich das bisher kaum jemandem erzählt hatte. »Mein Vater hat ihn mir zum sechzehnten Geburtstag geschenkt, als er mir mitteilte, dass der Trainer der amerikanischen Nationalmannschaft sich nach mir erkundigt hat.« Ich erinnerte mich verdammt gut an diesen Tag. An das stolze Lächeln meines Vaters. An das aufgeregte Quietschen meiner Schwester. An die feste Umarmung meiner Mom. Und kurz danach war dann alles in Flammen aufgegangen. Millimeter für Millimeter schob ich ihn von meinem Finger, die Haut darunter viel heller als der Rest, ehe ich ihn Kate reichte, die scharf die Luft einsog, bevor sie ihn in die Hand nahm. Sofort fühlte ich mich nackt. »Ich trage ihn, um mich jeden Tag daran zu erinnern, welches Versprechen ich noch zu erfüllen habe.«

Behutsam drehte Kate den Ring in ihren Fingern. »Er ist wirklich schön.« Sie runzelte die Stirn und hob den Ring näher an ihr Gesicht, als sie die Gravur auf der Innenseite entdeckte, die ich seit Jahren nicht mehr angesehen hatte. »Ist das Russisch?«

Ich nickte, der Kloß in meinem Hals war plötzlich so dick, dass ich das Gefühl hatte, daran zu ersticken.

Den Blick, den sie mir zuwarf, konnte ich nicht deuten. Und ich war mir nicht sicher, ob ich das überhaupt wollte. »Was heißt es?«

»Mein ganzer Stolz.« Ich nahm ihr den Ring ab und zog ihn wieder an. Drehte ihn hin und her und wartete, bis mein dröhnender Herzschlag sich etwas beruhigte. Für mich war der Ring zu einem Sinnbild dessen geworden, was ich erreichen wollte. Erst war sein Gewicht mir erdrückend vorgekommen, aber jetzt begrüßte ich es als das, was es war: meine Motivation, dafür alles zu tun, was ich tun musste, um es in den Kader der amerikanischen Nationalmannschaft zu schaffen. Koste es, was es wolle.

»Der Ring ist wunderschön.« Kates Stimme klang verständnisvoll, aber ich glaubte auch, einen traurigen Unterton heraushören zu können. Doch bevor ich sie danach fragen konnte, ließ ein plötzlicher Windstoß Kate erschauern. »Ich sollte jetzt besser reingehen.«

Ich nickte knapp. Ich hatte sie schon viel länger hierbehalten als eigentlich geplant. »Alles klar.« Ich schwang schnell die Beine über den Rand und sprang von der Mauer. Als sie es mir gleichtat, machte ich einen Schritt auf sie zu, doch sie kam auch ohne mich zurecht, und zwei Sekunden später landete sie direkt neben mir.

»Also dann …« Kate zog meine Jacke von der Mauer und hielt sie mir entgegen. Sofort nahm ich sie ihr ab und schlüpfte hinein. »Bis dann.«

Während ich den Reißverschluss hochschob, blickte ich ihr nach, wie sie Richtung Feuertreppe ging, die Arme fest um sich selbst geschlungen. Sie erinnerte mich an eine Katze, die lautlos versuchte, den Ort des Geschehens zu verlassen, nachdem sie ein Wasserglas umgestoßen hatte. Als sie den Fuß auf die Treppe setzte, lehnte ich mich mit dem Rücken gegen die Mauer.

»Hey, Kate!«

Bei meinem Ruf blieb sie stehen. »Geh mir einfach nicht mehr die ganze Zeit aus dem Weg, okay? Immerhin sind wir keine Fremden mehr.«

»Ich gebe mir Mühe.« Sie sah über die Schulter zu mir zurück, aber sie war zu weit entfernt, als dass ich in ihrem Gesicht irgendetwas lesen konnte. Sie guckte kurz zum Mond hoch, bevor ich ihre Augen wieder auf mir spürte. »Wenn wir keine Fremden mehr sind, was sind wir dann?«

»Freunde?«

Einen Moment lang glaubte ich, darauf keine Antwort zu erhalten, doch dann nickte sie zögerlich. »Okay.« Sie rieb sich die Arme, und ich konnte ihr Lächeln erkennen. »Ich denke, wir könnten beide mehr davon gebrauchen.« Plötzlich schlug sie sich schockiert die Hände vor den Mund. »Ich muss jetzt aber nicht plötzlich nett zu dir sein, oder?«

Ich warf den Kopf in den Nacken und lachte laut. Das Eis war also erfolgreich gebrochen. Oder es war zumindest angetaut. »Nein, damit käme ich gar nicht klar.«

»Dann ist es ja gut.« Sie hob die Hand und wandte sich wieder der Treppe zu. »Also dann, gute Nacht, Alec.«

»Gute Nacht, Kate.«

Ich lauschte noch eine Weile ihrem melodischen Pfeifen, bis sie die Treppen hinuntergestiegen war und die Sicherheitstür zuschnappte. Dann stützte ich meine Unterarme auf der Mauer ab und sah zum Mond hinauf. Irgendwie fühlte sich sein silbriges Licht auf einmal fast so warm an wie Sonnenschein.

25. KAPITEL

Kate

»Du weißt, warum ich dich hergebeten habe, oder?«

Ich mied Mrs Harpers stechenden Blick und blickte stattdessen an ihr vorbei zu dem großen Fenster direkt hinter ihrem Schreibtisch, auch wenn ich außer meinem eigenen Spiegelbild nichts erkennen konnte, weil es draußen längst dunkel war. Es war schon eigenartig, dieser hohe braune Pferdeschwanz, der Schmollmund, der von einem dezenten Lippenstift betont wurde, die großen Rehaugen mit dem exakten Lidstrich, der mich nach jahrelanger Übung keine fünf Minuten kostete: all das sollte mir so vertraut sein, immerhin hatte ich sehr viel Zeit damit zugebracht, meinen Stil und mein Make-up zu perfektionieren. Und trotzdem hatte ich das Gefühl, einer völlig Fremden gegenüberzusitzen, die absolut gar nichts mit mir gemeinsam hatte, bis auf die Tatsache, dass wir das gleiche Gesicht teilten.

»Kate?«

Ich hob wie mechanisch die Hände und richtete die goldene Kragenkette an meiner dunkelgrünen Bluse, die etwas verrutscht war. Meine Fingerspitzen strichen über die feingliedrige Kette, die die ahornblattförmigen Broschen miteinander verband. Am liebsten hätte ich meine Finger fest darum geschlossen und sie abgerissen, damit ich endlich wieder Luft bekam.

Klar. Als läge das an der Bluse und nicht an der Tatsache, dass Mrs Harper mich heute Morgen mit einer kryptischen E-Mail in ihr Büro gebeten hatte.

»Kate?« Mrs Harper klopfte mit den Fingerknöcheln auf die weiße Schreibtischplatte, die unter den Stapeln bunter Akten kaum zu sehen war, ihr Tonfall gleichermaßen besorgt wie ungeduldig. »Hörst du mir überhaupt zu?«

»Ja, Mrs Harper.« Wieder richtete ich die Brosche, obwohl sie perfekt saß. »Und nein, ich weiß leider nicht, warum Sie mich hergebeten haben.«

Wir wussten beide, dass das eine glatte Lüge war, aber Mrs Harper sagte nichts, sondern schlug stattdessen die mintgrüne Akte auf, die direkt vor ihr lag.

»Es geht um deine Ergebnisse der letzten Prüfungen.« Sie setzte eine Lesebrille mit dünnem, feinem Gestell auf, die ich zuvor noch nie bei ihr gesehen hatte, ehe ihre Finger durch die Akte blätterten. »Über die wollte ich gerne mit dir sprechen.«

»Ich habe die Ergebnisse noch nicht bekommen«, sagte ich geistreich, als wäre ihr das nicht vollkommen klar. Die Ergebnisse würden erst morgen nach und nach im Prüfungsportal veröffentlicht werden, so wie jedes Semester.

»Ich habe mich mit deinen Professoren darauf geeinigt, dass ich sie dir mündlich mitteile.« Sie legte die Akte auf dem Schreibtisch ab, ihr kurzes schwarzes Haar stand in einem unordentlichen Chaos von ihrem Kopf ab, als hätte sie es sich gerauft. »Kate, einige deiner Professoren haben mich auf deine Ergebnisse angesprochen, weil sie nicht deinen sonstigen Leistungen entsprechen.«

Ich runzelte die Stirn. Meine Noten waren bisher immer gut bis sehr gut gewesen. Klar, ich war keine Raelyn, aber ein kleiner Leistungseinbruch sollte meinen GPA nicht zu stark ins Straucheln bringen.

»Ich fürchte, ich verstehe nicht ganz.« Ich rutschte auf meinem Stuhl weiter nach vorn und hoffte, so einen Blick auf die noch aufgeschlagene Akte werfen zu können. »Ich habe einen GPA von 3.2. Selbst wenn ich diesmal etwas schlechter abgeschnitten habe, sollte ich immer noch über 3.0 liegen.«

»Kate.« Mrs Harper faltete die Hände über meiner Akte und richtete ihre Augen auf meine. Als ich den besorgten Ausdruck darin bemerkte, wurde mir eiskalt, obwohl es in dem Büro mollig warm war. »Erinnerst du dich daran, was ich vor den Weihnachtsferien zu euch gesagt habe?«

Ich versuchte, mir all ihre Vorlesungen ins Gedächtnis zu rufen, aber da in meinem Leben in letzter Zeit so ein Chaos geherrscht hatte, fiel mir gerade kaum etwas davon ein. Schuldbewusst schürzte ich die Lippen.

»Ich befürchte nicht.« Ich legte ein entschuldigendes Lächeln auf, das ich seit Jahren nicht verwendet hatte und das mir genauso fremd vorkam wie mein Spiegelbild. »Es ging bei mir etwas drunter und drüber. Sind meine Ergebnisse denn wirklich so schlecht?«

»Kate ...«

Ich plapperte einfach weiter, als ich den ernsten Ausdruck in ihren Augen sah, bei dem mir kotzübel wurde. »Eine 3.0 wäre ja nicht schlecht. Ich hab gehört, dass sich heute kaum noch ein Arbeitgeber für den GPA interessiert. Ich muss einfach ein paar mehr Praktika absolvieren, dann sollte das schon gehen.« Ich lachte auf, ohne zu wissen, warum. Es klang schrill, panisch und einfach nur falsch. »Außerdem habe ich viele Zusatzqualifikationen gesammelt, sodass es nach meinem Abschluss kei–«

Ich hielt inne, weil Mrs Harper unvermittelt meine Hand nahm und sie ganz fest drückte. Ihr rundliches, weiches Gesicht wirkte auf mich mit einem Schlag nicht mehr sanft und einladend, sondern angsteinflößend.

»Kate«, begann sie in so sanftem Tonfall, dass alle meine Alarmglocken schrillend losgingen. »Du bist in vier deiner fünf Prüfungen durchgefallen.«

Ich starrte sie an, doch ich begriff nicht wirklich, was sie da eigentlich gerade von sich gegeben hatte. Seit der Highschool war ich nicht mehr in irgendeiner Prüfung durchgefallen.

»Es tut mir wirklich leid«, ihre Worte kamen verzerrt bei mir an, so als würde sie in Zeitlupe sprechen, »aber du wirst deinen Abschluss im Sommer nicht machen können.«

»Was?«, würgte ich hervor. Ich hatte mich verhört. Ganz bestimmt. Alles andere war ausgeschlossen.

Mrs Harper ließ die Augen prüfend über mein Gesicht wandern. »Du wirst im Sommer keinen Abschluss machen können, Kate.«

Sie redete weiter, und vermutlich ratterte sie gerade die ganzen leeren Floskeln herunter, wie *Mach dir keine Sorgen* oder *Die Regelstudienzeit schafft kaum jemand* oder *Du bist noch jung, und das eine Jahr mehr oder weniger ist nicht so schlimm*. Aber ich hörte nichts davon, obwohl ich ganz genau sah, wie ihre Lippen jedes einzelne Wort sorgfältig formten.

Da war nur dieses aufdringliche Rauschen in meinen Ohren, welches alles andere um mich herum in den Hintergrund verdrängte.

Du wirst im Sommer keinen Abschluss machen können, Kate.

Anstatt mich im Hier und Jetzt zu verankern, spulte mein Verstand diese Worte wieder und wieder ab wie eine gesprungene Platte, die nur noch einen einzigen Song spielen konnte.

Ein weiteres Jahr.

Ein weiteres Jahr voller Beleidigungen.

Ein weiteres Jahr des Versteckspielens.

Ein weiteres Jahr an dem Ort, der für mich mit jedem Tag unerträglicher wurde.

Wie sollte ich das aushalten? Ich konnte nicht weiterhin jeden Morgen aufstehen und so tun, als wäre nichts gewesen. Das Wissen, dass ich die STU bald hinter mir lassen würde, hatte mich durch jeden Tag getragen. Der baldige Abschluss war das, woran ich mich geklammert hatte, um irgendwie weiterzumachen. Die Aussicht darauf, hier bald herauszukommen, ein silberner Streifen am Horizont, auf den ich zurannte, in der Hoffnung, ihn so schnell wie möglich zu erreichen. Und jetzt, wo er zum Greifen nah war, hatte man ihn mir einfach entrissen.

Und ich hatte das niemand anderem zuzuschreiben als mir selbst. Ich hatte versagt. Schon wieder. Und diesmal würde nicht nur ich die Konsequenzen tragen müssen.

Scheiße, wie sollte ich denn jetzt bitte weitermachen?

Wie sollte ich mir das Wohnheim leisten? Ich konnte die Miete kaum bis zum Sommer aufbringen. Würde ich einen Job finden können? Und wenn nicht, was dann? Wie sollte ich das alles meinen Großeltern beichten? Wie sollte ich den beiden erklären, dass ich sie weitere fünfzehntausend Dollar kosten würde? Meine Nanna und mein Grandpa wurden langsam zu alt, um weiterhin meinetwegen Tag für Tag auf der Plantage zu schuften. Wie sollten sie klarkommen? Ich wusste, dass sie nicht am Hungertuch nagten, aber meine Studiengebühren hatten ihre zusammengesparte Altersvorsorge ordentlich dezimiert. Was, wenn meinem Grandpa jetzt etwas zustieß? Auf was sollten sie dann zurückgreifen? Und was sollten wir dann machen? Würden dann die letzten vier Jahre umsonst gewesen sein, weil ich mein Studium abbrechen musste? Oder wäre ich dann auf meine Eltern angewiesen?

»Kate!« Der alarmierte Ausruf von Mrs Harper drang kaum zu mir durch, aber es reichte aus, um mich genug in die Realität zurückzuholen, damit ich bemerkte, dass sie neben mir hockte und mich mit großen Augen ansah.

Aber warum? Warum sah sie mich denn nur so an?

Und dann spürte ich sie. Die heißen Tränen, die auf meinen Wangen brannten, während ich zitternd nach Atem rang.

»Kate, beruhige dich«, sagte Mrs Harper eindringlich, doch sosehr ich auch versuchte, tief durchzuatmen, es gelang mir einfach nicht. Meine Lungen fühlten sich an wie eingeschnürt, und ich konnte nur gierig nach Luft ringen, um irgendwie an Sauerstoff zu kommen, weil ich das Gefühl hatte, zu ersticken. Doch meine Atmung normalisierte sich nicht, stattdessen begann die Welt um mich herum mehr und mehr zu verschwimmen.

Mrs Harper hielt meine Hand fest und redete beruhigend auf mich ein, doch ihre Worte prallten einfach an mir ab, während meine Gedanken Achterbahn fuhren.

Gott, was hatte ich nur getan?

Ich hätte lernen sollen. Ich hätte alles tun sollen, um meinen Großeltern nicht weiter zur Last zu fallen, die wegen mir eh schon genug mitgemacht hatten. Ich hätte nur ein einziges Mal in meinem Leben nicht so verdammt egoistisch sein und mich einfach mal zusammenreißen sollen. Aber nein, ich hatte lieber in meinem Selbstmitleid gebadet, hatte sinnlose Tränen vergossen und alles um mich herum ausgeblendet.

Das Gesicht meiner Nanna erschien vor meinem inneren Auge, wie sie mich in der Küche angelächelt hatte, nachdem ich mit gerade einmal fünfzehn Jahren und gepackten Koffern vor ihr gestanden hatte.

Es gibt für alles eine Lösung, Pumpkin. Mach dir keine Sorgen. Dein Grandpa und ich, wir stehen immer hinter dir.

Sie hatten alles für mich getan. Und was machte ich?

Ich trat es mit Füßen.

»Ich …«, japste ich und starrte Mrs Harper an. »Ich kann nicht atmen.«

Mrs Harper reagierte sofort und sprang auf. Sie eilte zum Fenster und riss es sperrangelweit auf.

Die kalte Januarluft strömte herein und traf auf meine nassen Wangen, doch sie war nicht in der Lage, meine Panikattacke zu lindern. Das Herz in meiner Brust krampfte sich schmerzhaft zusammen, und ich sackte auf meinem Stuhl nach vorn. Für klare Gedanken war kein Platz. Mein Hirn schaffte es nicht, schnell genug einen Plan B zu entwerfen und mir einen Ausweg aus dieser ganzen Misere zu liefern. Schaffte es nicht, das alles zu relativieren und mir einzutrichtern, dass ich nur ein Jahr wiederholen müsste und nicht mein ganzes Studium sein jähes Ende fände.

Stattdessen kreisten meine Gedanken nur darum, dass alles, wofür ich in den letzten vier Jahren so hart gearbeitet hatte, wofür ich mich für Shootings runtergehungert und sexistische Kommentare ertragen und Tag für Tag zwanghaft gelächelt hatte, gerade den Bach heruntergegangen war. Ich hatte meine Privatsphäre verkauft, um die Menschen zu entlasten, die alles für mich aufgegeben hatten. Sogar ihren eigenen Sohn.

Und wozu hatte es geführt? Zu absolut gar nichts.

»Kate.« Ich wusste nicht, seit wann Mrs Harper wieder neben mir hockte und meine Hände fest in ihren hielt. »Konzentrier dich nur auf mich.«

Heftig schüttelte ich den Kopf.

»Doch, du kannst. Sieh mich an.«

Ich versuchte mich auf sie zu fokussieren und nicht darauf zu konzentrieren, dass die Ränder meines Sichtfeldes immer dunkler wurden, während ich weiterhin panisch nach Atem rang. Ich sah in ihre Augen, auf ihre Nasenspitze, auf ihre Haarsträhnen, mein Blick zu unstet, um irgendetwas Spezifisches an ihr wahrzunehmen.

Angst überkam mich, klinkte sich in mein Nervensystem

und öffnete allen Gefühlen, die ich bisher tief in mir vergraben hatte, Tür und Tor. Wie eine Welle schlugen sie über mir zusammen, rissen mich in die bodenlose Tiefe des schwarzen Ozeans und schlangen sich wie ein Anker um mich, der mich nur noch weiter in die Dunkelheit zog, die ich die letzten Wochen so sehr von mir geschoben hatte.

Ich konnte nicht mehr dagegen anschwimmen. Konnte nicht mehr verzweifelt in Richtung Oberfläche paddeln, die ich doch so dringend erreichen wollte, um irgendwann wieder Licht zu sehen. Mir fehlte die Kraft dazu.

Ich hatte sie aufgebraucht. Restlos. Jedes Mal, wenn ich so getan hatte, als würde ich die Worte meiner Kommilitonen nicht hören. Jeden Augenblick, den ich allein in meinem Zimmer gesessen hatte, ohne in Tränen auszubrechen.

Ich ließ zu, dass der dunkle Ozean jetzt meine Lungen flutete. Dass er meine Gedanken überschwemmte. Ich hörte auf, mich gegen ihn zu wehren, auch wenn ich keine Ahnung hatte, wann ich wieder aus ihm auftauchen würde.

Oder ob ich es überhaupt jemals wieder schaffen konnte.

26. KAPITEL

Alec

Ich rieb mir mit einer Hand übers Gesicht, als ich müde ins Foyer des Wohnheims schlurfte, in dem sich zu dieser Uhrzeit niemand mehr aufhielt. Die Sofas standen verlassen da, die Uhr tickte unüberhörbar in der Stille der Nacht, was dem beklemmenden Gefühl in meiner Brustgegend einen perfiden Soundtrack verlieh. Ich zerrte mir die Jacke von den Schultern und versuchte, den holzig-süßlichen Geruch von Ryans Aftershave zu ignorieren, der an mir haftete wie Kaugummi und den ich einfach nicht abschütteln konnte.

Er war überall auf mir. In meinen Klamotten, meinen Haaren, auf meiner Haut. Und ich wollte nichts mehr, als ihn loswerden.

Ich schloss gequält die Augen und setzte den ersten Fuß ins Treppenhaus. Zeitverzögert reagierte der Bewegungsmelder, und ich wusste nicht, ob es daran lag, dass dieses dämliche Ding immer zu langsam war, oder weil ich heute einen Gang wie ein Faultier draufhatte, da mir alles wehtat. Ich zweifelte allerdings mittlerweile daran, dass es allein am harten Training der letzten Wochen lag.

Scheiße, wie hatte diese ganze Sache nur dermaßen aus dem Ruder laufen können?

Alles, wonach ich mich gesehnt hatte, war, nach diesem eher bescheidenen Tag zwischen den Laken etwas Dampf abzulassen. Also hatte ich Ryan angerufen, weil ich jemanden gebraucht hatte, der mich kannte und dem ich nicht erst erklären musste, was ich im Bett wollte. Aber das alles hatte zu überhaupt nichts geführt. Ich hatte mich kein bisschen auf ihn einlassen können. Genauso wenig wie auf sonst jemanden, seitdem ich nach den Weihnachtsferien an die STU zurückgekehrt war.

Schwerfällig nahm ich eine Stufe nach der nächsten und verfluchte mich selbst dafür, geglaubt zu haben, dass es mit Ryan vielleicht besser funktionieren würde. Dass ich mich nach dem Sex nicht so leer fühlen würde. Nicht so ... frustriert. Aber der Schweiß war getrocknet, und ich hatte es keine Sekunde länger in diesem Bett ausgehalten.

Ich rieb mir mit der flachen Hand über die Brust und rollte mit den Schultern. Das lag vermutlich einfach daran, dass ich insgesamt so frustriert war. Das musste es sein. Mein sonstiger Blitzableiter funktionierte nicht mehr. Das war alles. Ich musste vielleicht einfach mal ein paar neue Dinge wagen. Oder mir neue Hook-ups suchen. Auch wenn ich nicht besonders scharf auf den ganzen Prozess des Anlernens war.

Automatisch wanderten meine Gedanken zurück zu Kate.

Sie hatte es ganz genau gewusst. So als hätte sie einen direkten Draht zu mir gehabt. Jede ihrer Berührungen hatte mich wie ein Stromstoß erfasst, und jeder Kuss hatte mich bis ins Mark versengt, bis ich am Ende der Nacht alles um mich herum vergessen hatte. Ich glaubte wieder, ihr Parfum in der Nase zu haben, dieser unverkennbare Mix aus Sandelholz und Jasmin, der es sogar schaffte, Ryans Aftershave zu übertünchen, während meine Gedanken vollständig von ihr in Besitz genommen wurden. Wie ihre Finger sich in meine Haut gruben. Wie sie meinen Namen stöhnte. Wie sie sich um mich zusammenzog, als sie kam.

Kate war genau das, was ich brauchte. Aber mir war klar, dass etwas mit ihr anzufangen nicht funktionieren würde. Denn auch wenn diese eine Nacht mit ihr umwerfend gewesen war und wir jetzt versuchten, so etwas wie Freunde zu sein, wusste ich eigentlich ganz genau, dass sie nicht der Typ für etwas Unverbindliches war.

Ihre großen einsamen Augen schrien geradezu nach Liebe.

Und irgendwie hoffte ich, es würde für immer so bleiben und sie eben nicht erkannte, dass sie ohne Liebe besser dran war als mit.

Ein lautes Knacken riss mich aus meinen Gedanken, und ich blieb wie angewurzelt stehen, als ich spürte, dass ich auf etwas getreten sein musste. Ich sah zu meinen Schuhen hinunter und fluchte laut, als ich das Lipglossfläschchen entdeckte, dessen pinker Inhalt sich auf die Stufe ergoss.

Na, wenn das nicht zum Rest meines Tages passte.

Das Zeug klebte an meinen Schuhen und färbte die Sohle meiner teuren Nikes schweinchenrosa. Na, bravo.

»So eine verfi–«

Ich stoppte, weil ich realisierte, dass der unverkennbare Geruch von Kates Parfum eben nicht von meinen Erinnerungen herrührte. Stattdessen lag er schwer in der Luft und erfüllte das ganze Treppenhaus. Verwirrt sah ich mich um, und mein Magen krampfte sich zusammen, als ich erkannte, woran das lag.

Kate hockte auf dem letzten Treppenabsatz vor unserer Etage. Sie hatte sich so klein zusammengekauert, dass es bei ihrer schmalen Statur ein Leichtes gewesen wäre, sie zu übersehen. Ihr Gesicht war vor mir verborgen, denn sie hatte die Arme um ihre Knie geschlungen, hinter denen sie sich versteckte. Ich konnte sehen, wie ihre Schultern bebten, während ihr leises Schluchzen an meine Ohren drang, welches ich vorher, so dermaßen in meinen Gedanken versunken, gar nicht bemerkt hatte.

Überrascht sah ich auf meine Armbanduhr. Es war kurz nach Mitternacht. Was zum Geier machte sie hier um diese Uhrzeit, allein und weinend mitten im Treppenhaus?

Ich trat eine Stufe höher und suchte mit den Augen die Umgebung ab, in der Hoffnung, mir irgendeinen Reim auf diese ganze Sache machen zu können. Dabei versuchte ich, ihr Schluchzen auszublenden, das dafür sorgte, dass mir der kalte Schweiß ausbrach.

Auf der Treppe lag eine schwarze Handtasche offen da, der ganze bunte Inhalt quer überall auf den Stufen verteilt. Ich erkannte eine rosegoldene Powerbank und die Scherben eines Handspiegels, die sich mit den kleineren Stückchen der gebrochenen Parfumflasche mischten, dessen Inhalt von einer Stufe auf die nächste tropfte. Mein Blick blieb an dem gerissenen Schulterriemen hängen, aber ich ahnte, dass die kaputte Tasche nicht der Grund für das Schluchzen war, das herzzerreißend von den Wänden im Treppenhaus widerhallte. Nur zögerlich setzten meine Füße sich in Bewegung, vorbei an dem Puder, das sich zusammen mit dem Kleingeld aus Kates offenem Portemonnaie überall verteilt hatte, und Stufe um Stufe näherte ich mich ihr, obwohl ich keine Ahnung hatte, wie ich mit dieser ganzen Sache umgehen sollte.

Weinende Menschen waren nicht so mein Spezialgebiet.

»Kate?« Ich bemerkte, wie sie zusammenzuckte, als sie meine Stimme hörte, ehe sie ihr Gesicht noch dichter an ihre Knie presste. »Hey ...« Ich bemühte mich, ruhig zu klingen. »Was ist los?«

Sie schüttelte den Kopf, ohne ihn zu heben, und das Schluchzen, das gerade noch kaum hörbar gewesen war, wurde mit einem Mal lauter.

»Rede mit mir«, sagte ich mit Nachdruck und begutachtete sie etwas genauer. Ihre seidene dunkelgrüne Bluse und ihre schwarze Leinenhose waren in einem tadellosen Zustand, aber ihre Hände waren aufgeschürft und ihr dünner Trenchcoat lag neben ihr auf den Stufen. Ich setzte mich neben sie auf die Treppe, wagte es aber nicht, sie anzufassen. Mein Blick fiel auf das zerrissene Leder der Tasche, und ich verspannte mich, als ich an all die Statistiken dachte, die in mir den Wunsch weckten, dass Mila niemals studieren würde. »Hat dich jemand überfallen?«

»Gefallen.« Ich verstand sie erst nach ein paar Anläufen, denn sie würgte das Wort mehr hervor, als dass sie es wirklich aussprach. Und dass sie ihr Gesicht an ihren Knien verbarg, machte es nicht unbedingt leichter. »Ich bin hingefallen.«

Deshalb waren ihre Hände also aufgeschürft. Vermutlich war sie über ihre eigene Tasche gestolpert und hatte dann versucht, sich mit den Händen abzufangen. Ich entspannte mich etwas. Okay, also musste ich zumindest nicht die Polizei rufen. »Hast du dir wehgetan?«

Sie schüttelte wieder den Kopf, verwehrte mir aber noch immer einen Blick auf ihr Gesicht.

Meine Hand glitt zu meinem Nacken, und ich grub meine Finger fest in meine Haut. »Warum sitzt du dann noch hier?«

»Ich ...« Wieder ein Schluchzer, und in meinem Magen rumorte es. »Ich kann nicht in mein Zimmer.«

»Wieso nicht?«

Sie sagte nichts, sondern hob nur ihre linke Hand ein wenig, die bedenklich zitterte. Erst jetzt bemerkte ich, dass sie ein blaues Band mit den Fingern umklammert hielt, an dem ihr Studentenausweis baumelte. Oder zumindest das, was davon übrig geblieben war, denn die untere Hälfte der recht robusten Plastikkarte fehlte. Kates Foto war zweigeteilt. Ihr sonstiges

Lächeln fehlte darauf, und ihre dunkelbraunen Augen wirkten auf dem Bild so leer, dass es mir fast den Atem raubte. Ich blickte zurück zu dem Chaos auf der Treppe und fluchte, als ich den Rest des Ausweises zwischen Kates Sachen entdeckte. Der war definitiv hinüber. Er musste kaputtgegangen sein, als sie hingefallen war.

Ich rieb mir mit den Händen über mein kurzes Haar, während ich versuchte, nachzuvollziehen, was hier vermutlich passiert war. Denn auch wenn ein kaputter Studentenausweis ziemlich beschissen war, besonders wenn er gleichzeitig als Zimmerschlüssel diente, war das nichts, was ein Anruf bei der Notfallnummer der Wohnheimverwaltung nicht regeln konnte.

»Komm«, sagte ich etwas unbeholfen und stand auf, obwohl meine Gelenke sich anfühlten, als hätte jemand Bolzen hineingeschlagen. »Du kannst nicht die ganze Nacht hier sitzen und dir die Augen ausheulen.«

Ihre Finger verkrampften sich, aber wenigstens hörte sie auf zu schluchzen. »Lass mich bitte einfach in Ruhe, Alec.«

»Würde ich ja gerne, aber mein Anstand verbietet das.« Ich beugte mich hinunter und zog den Schuh aus, an dem der Lipgloss klebte und schon pinke Spuren auf den Stufen hinterlassen hatte. »Du musst mir nicht erzählen, was passiert ist. Wir müssen überhaupt nicht reden. Aber komm wenigstens mit und lass uns den Notdienst der Wohnheimverwaltung anrufen, damit du in dein Zimmer kannst.« Ich stieg zu ihrer Tasche hinunter und sammelte die Einzelteile ihres Lebens vorsichtig auf. Dann schob ich die Scherben vorsichtig mit einer Hand beiseite, damit nicht mitten in der Nacht irgendwer hineintrat, klemmte mir die kaputte Tasche unter den Arm und ging zu ihr zurück. »Na los.« Ich hörte, wie sie etwas in ihre Knie hineinmurmelte, und lehnte mich zu ihr hinunter. Meine

Hand umfasste behutsam ihren schmalen Oberarm. »Das war kein Vorschlag, Kate.«

Ich zog sie nicht sofort auf die Füße, sondern gab ihr einen Moment, und als sie den Kopf hob und mich endlich ansah, konnte ich nicht verhindern, dass ich scharf die Luft einsog. »So schlimm?«, fragte sie krächzend.

Schlimmer.

Diese Antwort ersparte ich ihr allerdings. Ich zog sie nur auf die Füße, peinlich darauf bedacht, sie nicht zu sehr anzustarren. Mit ihren roten, geschwollenen Augen, dem verwischten Make-up und den Tränenspuren auf ihren Wangen erkannte ich sie kaum wieder. Offensichtlich hatte ihr das Leben erneut übel mitgespielt, obwohl sie längst am Boden lag, und unweigerlich fragte ich mich, was wohl passiert sein mochte, aber ich würde zu meinem Wort stehen und nicht weiter nachfragen.

Manchmal gab es einfach Momente, in denen man nicht reden wollte. Und ich würde einen Teufel tun, das nicht zu respektieren.

»Alles halb so wild«, grummelte ich stattdessen und ließ ihren Oberarm los, ehe ich mit einem Schuh in meiner Hand die verbliebenen Treppenstufen hinaufdeutete. »Nach dir.«

Sie schniefte und wischte sich wie ein kleines Kind mit dem Handrücken über die Wangen. Dann streckte sie die Hände nach ihrer Tasche aus, aber ich schüttelte nur den Kopf und schob sie an der Schulter sanft, aber bestimmt vor mir her.

»Ich kann meine Sachen selbst tragen.«

»Nur weil du es kannst, musst du es aber nicht.« Ich erklomm mit ihr die Stufen, und wir schritten den Flur entlang. Als sie in die Gemeinschaftsküche abbiegen wollte, legte ich ihr eine Hand in den Nacken und dirigierte sie zu meiner Zimmertür. Als ob ich zulassen würde, dass sie jemand in diesem Zustand zu Gesicht bekam. Das Letzte, was sie brauchte, war noch ein Foto von sich auf irgendeiner Klatschseite im Internet, wo sich die Leute wieder ungeniert über sie das Maul zerrissen, weil sie sich hinter der Anonymität ihrer Bildschirme verstecken konnten.

Sie schnaubte und sah zu Boden. »Ich dachte, es sei halb so wild.«

Ich verkniff mir jeglichen Kommentar und drückte ihr jetzt doch ihre kaputte Handtasche in den Arm, um meinen Studentenausweis und mein Handy aus der Hosentasche zu fischen. Als das Schloss sich mit einem Klicken entriegelte, hielt ich ihr die Tür auf. Kate zögerte kurz und trat dann über die Schwelle. Ich schaltete das Licht ein und folgte ihr, bevor ich mein Handy entsperrte und die Tür hinter mir zumachte. Ich ließ meinen ruinierten Schuh fallen, suchte nach der Notfallnummer, blieb dann aber an einem gänzlich anderen Namen hängen.

King, April.

Verstohlen sah ich zu Kate, die sich ihre kaputte Handtasche an die Brust drückte. Wieso hatte sie April nicht angerufen? Oder eine andere Freundin? Hatte das, was ihr zugestoßen war, sie so sehr aus der Bahn geworfen, dass sie es einfach vergessen hatte? Oder …

Ich musterte sie einen Augenblick. Kates Fingerspitzen glitten über die Anrichte im Flur, und sie presste die Lippen zusammen, ehe sie so schwer ausatmete, dass mir übel wurde. Die Tränen hatten Spuren in ihr Make-up gezeichnet und ließen ihre Wangen fleckig erscheinen. Ihre großen braunen Augen wirkten glasig, und ihre Haut war so blass, dass sie aussah wie ein Gespenst.

Sie brauchte eindeutig Hilfe. Aber nicht vom Notdienst.

»Kate?« Ihr Kopf bewegte sich nur sehr träge, aber dann sah sie mich an. »Ich rufe zuerst April an, okay? Dann kann sie dich –«

Mit dem schnellen Satz, den Kate nach vorne machte, hatte ich nicht gerechnet, weshalb ich auch nicht verhindern konnte, dass ihre Hand sich um meine schloss. Eindringlich drückte sie zu. »Bitte nicht.« Sie schüttelte den Kopf. »Ich ... Ich kann das gerade nicht.«

»Was kannst du nicht?«

Kate presste die Lippen noch fester aufeinander und atmete zittrig ein. Sofort liefen ihr wieder Tränen über die Wangen, mit denen ich so vollkommen überfordert war. »Jemandem erzählen, dass ich nicht zu den Abschlussprüfungen antreten kann.«

Keine Abschlussprüfungen bedeutete kein Abschluss und damit ein weiteres Jahr an der STU. Heilige Scheiße.

»Kennst du das, wenn ...« Sie brach ab, und als ich ihr leises Schluchzen hörte, spannte sich jeder Muskel in meinem Körper an. »Kennst du das, wenn du das Gefühl hast, dass alles, was du bisher in deinem Leben gemacht hast, absolut wertlos ist?«

Ich antwortete, ohne auch nur einen Moment darüber nachdenken zu müssen. »Ja.«

Sie sah mich mit großen Augen an, und dann, als hätte jemand den Stecker gezogen, ließ sie ihren Kopf nach vorn sinken. »Ich kann den beiden das gerade nicht sagen. Ich kann einfach nicht.« Ihre Schultern bebten, und ihre Hand ließ meine los und fiel kraftlos nach unten. »Ich sage es ihnen morgen. Wenn ich geschlafen und mich sortiert hab. Ich will nicht ...« Sie stoppte mitten im Satz und schluchzte wieder. »Ich will nicht, dass sie sich noch mehr Sorgen machen.«

Ich stand da, unfähig, mich auch nur einen Millimeter zu bewegen, während ich Kates Schopf betrachtete. Sie anzusehen war wie in eine Zeitkapsel zu steigen, und ich konnte nicht behaupten, dass mir das gefiel. Aber verdammt, ich verstand sie. Die Menschen in Sorge zu sehen, die man am meisten liebte, tat höllisch weh. Und es war etwas, das man nicht vergessen konnte, egal wie sehr man es auch versuchte.

»Okay.« Ich ließ das Handy sinken, auch wenn ich nicht wusste, ob das wirklich die richtige Entscheidung war, so verloren, wie Kate aussah. »Aber nur, wenn du mir versprichst, dass du dich morgen direkt bei den beiden meldest.«

»Aber …«

»Glaub mir, es ist schlimmer, wenn sie es von selbst herausfinden.« Ich rollte mit den Schultern, um das beklemmende Gefühl in der Brust loszuwerden. »Dann machen sie sich nämlich erst recht Sorgen.«

Kate biss sich auf die Unterlippe und nickte langsam.

»Sehr gut.« Ich steckte das Handy in meine Hosentasche und ging zu meinem Wandschrank. »Möchtest du vielleicht duschen, während ich versuche, den Notdienst zu erreichen?« Ich zog ein Handtuch aus dem Schrank und blickte prüfend über die Schulter zu Kate zurück. Ich hatte keine Ahnung, wie lange wir auf den Notdienst würden warten müssen, und ihre Sachen sahen verdammt unbequem aus. Wenn ich ihr eine Trainingshose mit Bändern und den engsten Pulli gab, den ich hatte, würde es schon gehen. Schnell suchte ich ihr die Sachen heraus und legte meine Kulturtasche dazu. Wortlos hielt ich ihr alles hin.

Sie sah zwischen mir und dem Stapel an Sachen hin und her, als wüsste sie nicht so richtig, was sie damit anfangen sollte.

»Du wirst dich danach besser fühlen.« Ich nahm ihr die Tasche aus dem Arm und legte stattdessen meine Sachen hinein. »Vertrau mir.« Ich warf ihre Tasche auf das Bett und vergrub die Hände in den Hosentaschen. »Ich kümmere mich in der Zwischenzeit um alles Weitere.«

Ihre Finger fuhren über den Saum des Handtuchs. »Ist das wirklich okay?«

»Ich würde es nicht vorschlagen, wenn nicht.« Sanft schob ich sie an der Schulter in Richtung Tür. »Jetzt geh schon.«

Zögerlich ging sie zur Tür. Als ihre Finger sich um die Klinke schlossen, drehte sie sich noch einmal zu mir um. »Danke, Alec.«

Geistesabwesend nickte ich, unfähig etwas anderes wahrzunehmen als ihre großen, verlorenen Augen, bevor sie auf den Flur trat und verschwand. Hektisch schüttelte ich den Kopf und zog mein Handy wieder aus der Hosentasche. Zum Glück hatte ich keine Zeit, über dieses Ziehen in meiner Brust nachzudenken, sondern wählte stattdessen die Notfallnummer der Hausverwaltung.

Es klingelte eine ganze Weile, ehe jemand abnahm. »Notdienst der Studentischen Hausverwaltung, Boulder am Apparat«, grummelte ein Mann am anderen Ende der Leitung, der alles andere als wach klang.

»Guten Abend, Sir. Alec Volkov hier.« Ich ließ den Blick durch das Zimmer schweifen und biss die Zähne aufeinander, als ich den Wäscheberg bemerkte. Mit ein paar gezielten Tritten beförderte ich ihn unters Bett. »Tut mir leid, dass ich Sie so spät noch stören muss, aber der Studentenausweis meiner Nachbarin ist leider zerbrochen, und sie kommt nicht mehr in ihr Zimmer.« Mit den Händen schob ich den unordentlichen Stapel Bücher auf meinem Schreibtisch zurecht und rümpfte die Nase über die halb volle Kaffeetasse. »Könnten Sie vielleicht herkommen und ihre Tür öffnen? Sie besorgt sich dann direkt morgen einen neuen Ausweis.«

Ich hörte das Rascheln von Laken, während ich meine eigenen glattstrich. »Wie heißt Ihre Nachbarin und in welchem Wohnheim sind Sie?«

»Benoit, Kate. Und wir wohnen in Ginsburg Hall. Ihre Zimmernummer ist die 320.«

Schlurfende Schritte, gefolgt von einem Gähnen, ließen mich wissen, dass das alles vielleicht einen Moment länger dauern würde. »Könnte ich sie vielleicht sprechen?«

Ich zog die Schublade von meinem Nachtschrank auf und schmiss die halb leere Kaugummipackung hinein. »Sie duscht gerade.«

»Mhm. Okay.« Ich hörte das Ächzen eines Stuhls und kurz darauf die unverkennbare Melodie eines hochfahrenden PCs nach der Anmeldung. »Matrikelnummer?«

Ich sah zu Kates Tasche und fluchte leise. Eigentlich war das eine Grenze, die ich keinesfalls überschreiten wollte, aber ich hatte weder die Zeit, auf Kate zu warten, noch machte es wirklich einen Unterschied, da ich den Inhalt der Tasche selbst von der Treppe aufgelesen hatte. Blind tastete ich darin nach dem Überbleibsel ihres Studentenausweises, dessen scharfe Kanten sich in meine Haut bohrten, als ich ihn endlich zu fassen bekam. Ich drehte ihn um und war erleichtert, als ich feststellte, dass zumindest ihre Matrikelnummer noch komplett lesbar war. »9 529 243.«

»Ah, da hab ich sie.« Ein kurzes Tippen, dann schien Mr Boulder endlich die richtige Studentin gefunden zu haben. »Katherine Benoit. Alles klar. Ich melde den Ausweis direkt als beschädigt, dann sollte es morgen keine Probleme bei der Beantragung des neuen geben.«

»Danke.« Ich schaute mich in meinem Zimmer um, das zumindest nicht mehr ganz so unordentlich wirkte. »Wann können Sie ungefähr hier sein?«

»Heute leider nicht mehr.« Mr Boulder klang so, als täte es ihm ernsthaft leid, was wohl der einzige Grund war, warum ich nicht auf der Stelle explodierte. »Meine Frau hatte heute Geburtstag und ich habe getrunken. Ich hab den Notdienst in letzter Minute übernommen, weil meine Kollegin krank ist.«

Er lachte nervös. »Es passiert sonst nie was. Aber natürlich ausgerechnet heute, wo ich mir mal mehr als ein Glas Wein genehmige.«

Ich verbot mir jeglichen bissigen Kommentar. Es wäre sicherlich nicht besonders clever, jemandem von der Hausverwaltung ans Bein zu pinkeln. »Und jetzt?«

»Ich komme direkt morgen früh und bringe ihr einen vorläufigen Schlüssel mit, den sie benutzen kann, bis ihr neuer Ausweis fertig ist.« Ich konnte Mr Boulder am anderen Ende der Leitung erneut gähnen hören. »Sagen Sie ihr, dass sie dafür auf jeden Fall ihren Personalausweis braucht, damit ich sie identifizieren kann. Kann Ms Benoit heute noch irgendwo unterkommen?«

Für den Bruchteil einer Sekunde überlegte ich, April anzurufen, doch dann erinnerte ich mich, wie vehement Kate mich vorhin davon abgehalten hatte. »Ja. Das kriegen wir schon irgendwie hin.«

»Gut. Ich komme morgen um acht.« Mr Boulder stockte kurz. »Sagen Sie ihr bitte, dass es mir wirklich leidtut.«

»Schon okay«, antwortete ich. Wo bekam ich jetzt nur einen geeigneten Schlafplatz für Kate her? »Dann eine ruhige restliche Nacht.«

»Danke schön. Die wünsche ich Ihnen auch, Mr Volkov.«

Ich legte auf und ließ die Hand sinken, als mein Blick an meinem eigenen Bett hängen blieb. Tja, es gab wohl nur eine einzige Option. Kate brauchte den Schlaf eindeutig dringender als ich. Wie gut, dass Dean nur ein paar Zimmer weiter wohnte. Das würde mich zwar ordentlich was kosten, war aber tausendmal besser, als ziellos über den Campus zu streifen, bis die Hausverwaltung hier auftauchte. Ein leises Klopfen unterbrach meine Gedanken, und ich öffnete schnell die Tür, stockte aber sofort bei Kates Anblick.

Sie ging in meinen Sachen völlig unter. Der dunkelgraue Pullover, der bei mir wie eine zweite Haut anlag, war an ihr so groß, dass er von ihrer rechten Schulter rutschte. Die schwarze Jogginghose hatte sie mehrfach umgeschlagen, und das Band war so festgezurrt, dass ein gutes Stück davon vorne herauslugte. Das verschmierte Make-up hatte sie abgewaschen und offenbar sehr heiß geduscht, denn ihre Wangen waren leicht rot. Sie war barfuß, das Haar hing in langen, nassen Strähnen über ihren Schultern, und der Geruch von meinem Duschgel mischte sich mit dem süßlichen Duft ihrer Haut. Ich legte die Hand auf die Anrichte und hielt mich fest, weil ich befürchtete, dass meine Beine gleich unter mir nachgeben würden. Ich trat einen Schritt beiseite, um sie reinzulassen.

Heilige Scheiße. Höchste Zeit, dass ich zu Dean verschwand.

»Und, hast du jemanden erreicht?« Kate ging an mir vorbei, ehe sie vor dem Wäschekorb stehen blieb und ihre benutzten Handtücher hineinwarf.

»Ja. Aber heute wird das leider nichts mehr. Er kommt direkt morgen um acht und bringt dir einen vorläufigen Schlüssel. Dafür brauchst du aber deinen Personalausweis.« Als ich mir sicher war, dass meine Beine mich wieder tragen würden, wagte ich es, die Anrichte loszulassen. Ich hastete zum Nachttisch und schnappte mir mein Ladegerät, bevor ich mich zur Wohnungstür umwandte. »Du kannst heute Nacht hier schlafen. Ich geh rüber zu Dean.«

Kate schüttelte den Kopf und legte ihre Anziehsachen auf meinen Schreibtisch. »Kommt nicht infrage. Ich vertreibe dich doch nicht aus deinem eigenen Zimmer.«

»Du vertreibst mich nicht. Ich biete es dir an. Das ist was anderes.« Bevor ich die Tür öffnete, hielt ich inne. Was, wenn sie sich nicht wohl dabei fühlte, in meinem Zimmer zu bleiben? Unmöglich war es nicht. Sie hatte das letzte Mal schließlich auch die Flucht ergriffen. »Soll ich doch April anrufen? Wäre dir das lieber?«

Sie verbarg ihre Hände in den viel zu langen Ärmeln meines Pullovers. »Nein.«

»Dann gehe ich rüber zu Dean.« Als sie den Mund aufmachte, um mir zu widersprechen, warf ich schnell ein: »Wenn ich hierbleibe und das irgendwer rauskriegt, bricht wieder die Hölle los.« Ihre Mundwinkel sanken herab, und ich schmunzelte. »Es ist echt kein Thema, Kate.«

»Ganz sicher?«

»Ja.«

Sie brauchte wohl einen Moment, um sich an den Gedanken zu gewöhnen, aber dann nickte sie endlich. »Okay. Dann ... vielen Dank.«

»Übertreib es mit dem Bedanken nicht. Nachher gewöhn ich mich noch daran.« Ihr halbherziges Lächeln war besser als die Tränen von zuvor, und für heute würde ich es als einen kleinen Sieg betrachten. »Also dann, gute Nacht.«

»Könntest du noch kurz bleiben?« Bei ihrer Frage blieb ich wie versteinert stehen. »Tut mir leid. Ich weiß, das ist viel verlangt, aber ich will gerade irgendwie nicht allein sein.«

Anscheinend hatten ihre Worte die Verbindung zwischen meiner Zunge und meinem Hirn gekappt, denn ich brachte kein einziges Wort heraus. Meine Muskeln waren zum Zerreißen gespannt, als der Geruch ihrer Haut sich mehr und mehr in meinem Zimmer ausbreitete. Ihre Augen wanderten durch den Raum, und es fühlte sich auf seltsame Art fast intim an, was mir alles andere als gefiel. Die Medaillen erregten ihre Aufmerksamkeit, und ihre Finger berührten zaghaft das Metall, das für manche wertlos war, aber für mich so viel mehr bedeutete als eine platte Scheibe mit einer Nummer darauf.

»Schwimmen ist echt alles für dich, oder?« Die Medaillen klimperten leise aneinander, nachdem Kate sie losgelassen hatte.

Ich atmete einmal tief ein und sammelte mich, ehe ich zu einer Antwort ansetzte. »Mehr oder minder.«

»Wann hast du damit angefangen?«

»Schwimmen gelernt habe ich mit drei oder vier.« Es war so lange her, dass ich tatsächlich einen Moment hatte überlegen müssen. »Meinen ersten Wettkampf hatte ich mit fünf.«

»Wow.« Ihre Augen schienen noch größer zu werden. »Das ist ganz schön früh.«

»Ist in meiner Familie halt so.« Als sie mir einen erstaunten Blick zuwarf, kratzte ich mich am Hinterkopf und schlenderte etwas weiter in den Raum hinein. »Mein Vater ist Headcoach des Schwimmteams der Duke.«

Sie reagierte nicht wie die meisten anderen und fragte mich über meinen Vater aus. Stattdessen drehte sie sich wieder zu den Medaillen um, ihre Finger strichen über die Goldmedaille für zweihundert Meter Rücken, die ich gewonnen hatte, nachdem ich nach meiner Pause das erste Mal wieder an einem Wettkampf teilgenommen hatte. »Wolltest du immer schon Schwimmer werden?«

»Nein.« Ich setzte mich auf das Bett und verfluchte mich innerlich, dass ich meine Sporttasche auf dem Schreibtischstuhl geparkt hatte. »Ich war wie alle anderen Kinder auch. Ich wollte Rennfahrer werden. Oder Astronaut. Oder sonst irgendwas.«

Sie ließ die Medaille los und lehnte sich mit der Hüfte gegen den Schreibtisch. »Wann wusstest du denn, dass du schwimmen willst?«

Darüber musste ich nicht einmal eine Sekunde lang nachdenken. »Seit 2004.«

Neugier flammte in ihren Augen auf, und ich wusste, dass ich aus dieser Nummer nicht allzu schnell herauskommen würde. »Warum 2004?«

»Wegen der Olympischen Spiele in Athen.« Sie sah mich erwartungsvoll an, also sprach ich weiter. »Das war das erste Mal, dass ich die Spiele wirklich mitbekommen habe. Ich war sieben und hab mir jede Aufzeichnung angeguckt. Hab mir die Nase fast am Fernseher platt gedrückt.« Ich lachte leise bei der Erinnerung daran. In dem Sommer war es brütend heiß gewesen, aber das hatte mich nicht im Mindesten interessiert. Ich hatte mir die Spiele jeden Tag angeschaut. »Michael Phelps hat Gold über zweihundert Meter Schmetterling geholt, und da hat es irgendwie klick gemacht. Ich hab nie wieder etwas gesehen, was mich so fasziniert hat. Seitdem wollte ich nichts anderes mehr machen.«

»Was hat dich daran so fasziniert?«

»Die Art, wie er schwimmt, ist anders. Die Art, wie er die Arme aus dem Wasser nimmt. Wie er den Kopf dreht. Sein Beinschlag. Seine Form ist einfach …« Ich bemerkte, wie seltsam das für jemanden klingen musste, der keine Ahnung vom Schwimmen hatte. »Es ist schwer zu erklären.«

Sie stieß sich vom Schreibtisch ab und kam auf das Bett zu. »Kannst du es mir zeigen?«

»Wirklich?«, fragte ich etwas ungläubig.

»Ja.« Kate zögerte einen Moment, aber dann setzte sie sich zu mir aufs Bett. »Wenn es dir nichts ausmacht.«

»Nein, es macht mir nichts aus.« Ich nahm mein Tablet vom Nachttisch und öffnete YouTube. Ich musste nicht lange suchen, um das Rennen zu finden, das für mich alles verändert hatte. Ich startete das Video mit der eher mäßigen Qualität und rückte etwas näher an Kate heran, damit sie besser sehen konnte. »Das war vier Jahre nach seinem Olympischen Debüt.

Er war in Athen neunzehn Jahre alt.« Ich wurde still, denn auch wenn ich das Video schon oft angeschaut hatte, hielt ich jedes Mal wieder den Atem an, wenn Phelps auf den Startblock stieg. Meine Finger zuckten, als das Signal zum Start gegeben wurde, und ich zeigte ihr, auf welcher Bahn Phelps schwamm. »Siehst du, wie seine Schultern sich bewegen?« Ich deutete auf Phelps' Schultergelenk. »Wie er den Oberkörper aus dem Wasser nimmt, ist bemerkenswert.«

Kate stellte mir eine Frage nach der anderen, und ich erklärte ihr Phelps' einzigartigen Schmetterlingsstil, steigerte mich in meine Bewunderung für Natalie Coughlin hinein und erzählte ihr mehr über die Errungenschaften von Mark Spitz. Die Zeit verlor völlig an Bedeutung, während ich ganz dicht neben Kate saß, unsere Arme sich berührten und ihre Wärme ebenso präsent war wie der Duft ihrer Haut. Aus einem Video wurden zwei. Aus zwei wurden zehn. Und später konnte ich gar nicht mehr genau sagen, wie viele Videos wir uns gemeinsam angesehen hatten.

Als ich am nächsten Morgen aufwachte, noch immer in meiner Jacke und mit einem Schuh an den Füßen, wusste ich nicht, wer von uns zuerst eingeschlafen war. Ich wusste nur, dass ich es nicht wagte, mich zu bewegen. Nicht, wenn Kates Gesicht nur wenige Zentimeter von meinem entfernt war und ihre Finger den Saum meiner Jacke so fest umklammerten, als wollte sie mich nie wieder loslassen.

27. KAPITEL

Kate

Träge schlug ich die Augen auf, als ein lautes Klopfen an der Tür mich aus meinen Träumen riss. Es war so hell, dass ich hektisch blinzelte und mich mal wieder dafür verfluchte, noch immer keine Vorhänge besorgt zu haben. Ich rieb mir mit den Händen über die schmerzenden Augen und tastete direkt nach meinem Handy auf dem Nachtschränkchen, wie ich es jeden Morgen nach dem Aufwachen machte, auch wenn es kaum noch Nachrichten gab, auf die ich sofort reagieren musste. Manche Angewohnheiten legt man wohl doch nicht so einfach ab. Als ich es entsperrte, dauerte es einen Moment, bis mein Hirn den Ziffern am oberen Bildschirmrand eine Bedeutung beimaß.

Es war Sonntag. Halb eins mittags.

Schwerfällig rollte ich mich auf den Rücken und setzte mich auf, jeder Muskel in meinem Körper war vollkommen verspannt vom ganzen Herumliegen. Ich hatte unfassbar viel geschlafen. Gestern war ich schon gegen sieben Uhr abends weggedämmert. Trotzdem fühlte ich mich nach wie vor völlig ausgelaugt und hatte meiner Müdigkeit kaum etwas entgegenzusetzen. Der süße Schlaf versuchte mich mit der verführerischen Wärme meiner Decken zurück ins Traumland zu locken. Ich streckte mich und kuschelte mich wieder hinein, die Arme fest um das pinke Kissen geschlungen, das aussah wie ein Hasenkopf. Meine Hände fuhren über die samtig weichen Ohren, und ein Kloß bildete sich in meinem Hals, während ich mich an Tylers Skype-Anruf erinnerte und wie er darauf bestanden hatte, mein Geburtstagsgeschenk nicht ohne ihn auszupacken. Anfangs hatte ich das Kissen irgendwie dämlich gefunden. Aber jetzt war es mein Lieblingsstück, obwohl es vielleicht ein wenig kitschig war.

Ich wartete noch einen Moment und horchte in die Stille hinein, in der Hoffnung, dass ich mich verhört hatte und das laute Hämmern von Alecs Tür kam und nicht von meiner. Doch als das laute Klopfen wieder erklang, stöhnte ich frustriert auf, ehe ich die Decke zurückschlug und aufstand. Vermutlich war es April. Oder Raelyn. Eher April, so energisch, wie das Klopfen klang. Seitdem ich den beiden erzählt hatte, dass ich das Jahr wiederholen musste, kamen sie täglich vorbei. Ihr Schichtsystem war unverkennbar, und auch wenn ich es nie wagen würde, es zu sagen, nervte es mich ein bisschen. Ich liebte die beiden über alles, aber im Moment wollte ich eigentlich lieber allein sein.

Der Holzboden war kalt unter meinen nackten Füßen, und fröstelnd schlang ich die Arme um mich selbst. Wütend sah ich zur Klimaanlage. Ich hätte vielleicht mal die Bedienungsanleitung lesen sollen, aber das dünne Heftchen mit all den Erklärungen zu dieser mysteriösen Konsole an der Wand war irgendwo zwischen den Kartons verschollen, die sich hier noch immer stapelten. Aber eigentlich war es eh egal, da ich die meiste Zeit im Bett und unter meinen dicken Decken verbrachte.

Und genau dahin wollte ich auch zurück. Am liebsten jetzt sofort.

Doch anscheinend hatte April es sich mal wieder zur Mission gemacht, mich aus meiner Höhle zu locken, obwohl das das Letzte war, was ich wollte. Denn solange ich mich dort verkroch und schlief, konnte ich mir vormachen, dass ich gerade nur einen furchtbaren Albtraum hatte. Dass nichts von alldem der Wirklichkeit entsprach. Doch die Enttäuschung hinterließ einen bitteren Geschmack auf meiner Zunge, jedes Mal wenn ich die Augen aufschlug und mit meiner neuen Realität konfrontiert war, für die es sich meiner Meinung nach gar nicht erst lohnte, aus dem Bett aufzustehen.

Ich hatte keine Vorlesungen mehr, zu denen ich gehen musste. Keine Kurse, für die ich zu lernen hatte, und auch keine Abgaben oder Fristen. Keinen Job.

Ich hatte gar nichts mehr.

»Ich komme ja schon«, rief ich, als es erneut klopfte. Auf dem Weg zur Tür wagte ich nicht mal einen kurzen Blick in den Spiegel. Ich ahnte auch so, was mich da erwarten würde, und ich war definitiv nicht bereit, mich dem zu stellen, weil es nur ein weiterer Beweis dafür sein würde, wie sehr mein Leben entgleist war. Meine Hand schloss sich um den Knauf und ich zog die Tür mit einem Ruck auf. »April, könntest du bitte nicht den halben Flur –«

»Nicht April.« Mir blieb der Mund offen stehen. Alec lehnte im Türrahmen und musterte mich von Kopf bis Fuß. Mit einem Räuspern deutete er auf meine nackten Beine, was mich schlagartig daran erinnerten, dass ich mir gestern dummerweise keine Schlafanzughose übergezogen hatte. »Willst du dir vielleicht erst was anziehen?«

»Alec!« Ich zog am Saum meines T-Shirts und betete innerlich, so meine grässliche Unterwäsche vor ihm verbergen zu können, die ich sonst eigentlich nur trug, wenn ich meine Tage hatte.

Alec hingegen sah unverschämt gut aus. Am liebsten wäre ich im Boden versunken. Das Brennen auf meinen Wangen war mir überdeutlich bewusst, während ich panisch darüber nachdachte, ob ich zu dem Stapel Klamotten vor meinem Bett hechten sollte. Aber um an meine Jogginghose zu kommen, müsste ich mich bücken und Alec einen Blick auf den grässlichen Blumenprint meines Slips gewähren. Und das kam auf gar keinen Fall infrage. »Was zum Teufel machst du hier?«

»Dich abholen.« Alec beugte sich ein Stück in meine Richtung, und instinktiv wich ich vor ihm zurück. Ich dachte an den Morgen, an dem ich neben ihm aufgewacht war, sein Gesicht nur wenige Zentimeter von meinem entfernt. Es war das erste Mal, dass ich ihn seitdem wiedersah, und ich war noch nicht annähernd so weit. Er zog eine Augenbraue hoch, griff dann aber an mir vorbei nach meiner neonblauen Trainingsjacke, die an der Garderobe hinter mir hing, und reichte sie mir.

Verwirrt blickte ich zwischen ihm und der Jacke in seiner Hand hin und her, nicht gewillt, den Saum meines T-Shirts loszulassen. »Abholen? Wozu?«

»Um nach Santa Maria zu fahren.« Da ich mich noch immer keinen Millimeter rührte, schlang Alec mir kurzerhand die Jacke um die Hüften. Als ich realisierte, was er da tat, ließ ich zögerlich mein T-Shirt los, und er verknotete die Jacke so, dass sie fast als Rock hätte durchgehen können und zumindest das Nötigste verdeckte. Einen Moment lang betrachtete er mich kritisch, doch dann nickte er, offenbar ganz zufrieden mit seinem Werk. »Los, ab unter die Dusche! Und zieh dir Sportklamotten an.«

Sportklamotten? Ich begutachtete ihn jetzt etwas genauer und runzelte die Stirn über sein Outfit. Er trug eine schwarze, tief auf den Hüften sitzende Jogginghose mit einem modernen Design zu einem weißen T-Shirt, das wie eine zweite Haut anlag. Darüber hatte er eine schwarze Jacke mit orangem Innenfutter gezogen, deren Logo mir verdammt bekannt vorkam und die zu seinen Laufschuhen passte.

Er sah aus wie ein *Mens Health*-Model. Und ich stand hier in meiner geblümten Unterwäsche und einem ausgewaschenen Shirt mit einer Katze drauf. Ganz großartig.

»Sorry, aber ich bleibe lieber hier.« Allein bei dem Gedanken, das Wohnheim zu verlassen, wurde mir schlecht, und die Erinnerungen an das letzte Mal kamen mit voller Wucht zurück. »Mir ist nicht nach Sport.«

»Das war keine Frage, Kate.« Alecs Ton war unmissverständlich. »Wir fahren nach Santa Maria. So oder so. Du hast lediglich die Wahl, ob du freiwillig mitkommst, frisch geduscht und in sauberen Sportklamotten, oder ob ich dich jetzt einfach so über meine Schulter werfe und alle dich mit fettigen Haaren und in deinem jetzigen Aufzug zu Gesicht bekommen.«

War das sein Ernst? Er konnte vielleicht mit den Leuten in seinem Team so umspringen, aber sicherlich nicht mit mir. »Alec, was soll das?«

»Ich glaube, das nennt man eine Intervention.«

Sofort verspannte ich mich. »Das ist nicht nötig.«

Alecs Mundwinkel sanken herab. »Wann hast du das letzte Mal dein Zimmer verlassen?« Er hob abwehrend die Hand, als ich zu einer Antwort ansetzte. »Und ich meine nicht, um dir schnell was zu essen zu holen oder mal kurz unter die Dusche zu springen.« Das Schnalzen seiner Zunge kam mir übermäßig laut vor. »Obwohl Letzteres auch schon etwas her sein dürfte.«

»Gestern.«

»Bullshit.« War meine Lüge so offensichtlich? »April hat gesagt, du wärst seit Mittwochmorgen nicht mehr vor die Tür gegangen.«

April. Natürlich. »Dann frag mich doch nicht, wenn du die Antwort schon weißt.«

»Ich wollte wissen, ob du mich anlügst oder nicht.«

»Und, zufrieden?«

»Nicht wirklich.« Alec deutete über seine Schulter Richtung Gemeinschaftsbad, sein Ton war genauso streng wie sein Blick, der keine Widerrede duldete. Das sanfte Verständnis von Dienstagnacht war passé. »Geh duschen und zieh dich um. Jetzt.«

»Krieg dich ein, Mr Grey.« Er mochte seine Schwimmer herumkommandieren können, bei mir biss er da jedoch eindeutig auf Granit. »Sorry, aber auf solch einen Befehlston reagiere ich allergisch.«

Ich konnte sehen, wie die Ader an seinem Hals hervortrat.

»Kate.«

»Ich bleibe –« Die Worte blieben mir im Halse stecken, als Alec sich einfach das Band mit meinem neuen Studentenausweis vom Garderobenhaken schnappte und sich plötzlich herunterbeugte. Ich versuchte, einen Satz rückwärts zu machen, doch er war schneller, und mir entfuhr ein hohes Quietschen, weil er mich über seine Schulter warf wie einen Sack Kartoffeln.

»LASS MICH RUNTER!« Ich trommelte mit den Fäusten gegen seinen breiten Rücken, doch er zuckte nicht einmal zusammen, während er die Tür hinter uns zuzog und mich den Flur entlangtrug. Ich strampelte mit den Füßen, um einen Treffer gegen seine Hüfte zu landen, aber er schlang kurzerhand einen seiner massiven Arme darum und hielt mich, wo ich war. Nachdem sich eine weitere Tür geöffnet hatte und ich Fliesen unter uns erkennen konnte, dämmerte mir langsam, dass Alec mich in das Frauengemeinschaftsbad geschleppt hatte. Er ließ mich runter.

»Bist du völlig wahnsinnig geworden?«, fauchte ich. Alec schien das allerdings wenig zu interessieren. Er deutete lediglich auf eine der vier Duschkabinen.

»Geh duschen.« Als ich mich noch immer keinen Millimeter rührte, packte Alec mich unsanft am Oberarm und schleifte mich zu der Kabine ganz hinten.

Hektisch sah ich mich um, doch wir waren vollkommen allein. »Du stehst in der Frauendusche.«

»Ist mir aufgefallen. Wäre dir die Männerdusche lieber gewesen?« Er zog die Tür der Duschkabine auf und stellte mit einer Hand das Wasser an, bevor er sie prüfend unter den Strahl hielt.

»Bist du immer so übergriffig?«

»Nein, eigentlich nicht. Ich hab es mehrfach auf die sanfte Tour versucht, aber die bringt bei dir anscheinend nichts. Und anders als deine Freundinnen hab ich nicht länger die Geduld, dir bei deiner Selbstmitleidsorgie zuzusehen.« Er wischte sich die nasse Hand an seiner Jacke ab und schob mich in die Kabine. »Du lässt mir also keine andere Wahl.«

»Du könntest mich einfach in Ruhe lassen. Wie wäre das?«

»Hab ich seit Mittwoch versucht. Hat nicht funktioniert. Das ist der Nachteil daran, wenn man mit mir befreundet ist. Kannst Dean fragen.« Alec stieß ein ungeduldiges Murren aus. »Worauf wartest du? Oder soll ich dich auch noch ausziehen und mit dir unter die Dusche steigen, damit du endlich in die Gänge kommst?«

»Nein. Ich mach ja schon.« Ich legte die Hände an mein T-Shirt, hielt dann aber inne, weil Alec nach wie vor in der Tür zur Duschkabine stand. »Willst du jetzt auch noch zusehen?«

Er zuckte mit den Schultern, auf den Lippen ein Schmunzeln, das mir verriet, dass hinter dieser harten Coach-Fassade noch immer der Mann steckte, der sich mit mir auf eine Parkbank gesetzt hatte, als ich nicht einmal gewusst hatte, dass ich jemanden zum Reden brauchte. »Wenn du mich einlädst.«

Ich schlug ihm mit der Hand gegen die Brust. »Verschwinde, Volkov.«

»Okay, wird gemacht.« Kaum hatte er die Duschkabine verlassen, verschloss ich die Tür. »Wo hast du deine Handtücher und dein Duschzeug?«

Mir fiel auch erst jetzt auf, dass ich ja gar nichts dabeihatte. Ich überlegte. »Liegt ganz oben auf einer der Kisten, glaube ich.«

Für einen kurzen Moment war nur das Rauschen des Wassers zu hören. »Du hast immer noch nicht ausgepackt?«

Ich versuchte den Stich zu ignorieren, der mich bei seinem leicht vorwurfsvollen Tonfall durchfuhr. »Hol einfach meine Sachen.«

»Geht klar.« Ich hörte Alecs Schritte, die sich nur langsam entfernten, als befürchtete er, dass ich gleich aus der Kabine sprang und weglief. Erst als die Tür zum Gemeinschaftsbad zufiel, zog ich meine Kleider aus. Unter der Dusche tat sich ein Krater in meiner Magengegend auf.

Das Wasser hatte die perfekte Temperatur.

Ich schloss die Augen und hoffte inständig, dass das Wasser alles mit sich davonspülte.

»Wenn du mich weiter so anstarrst, glaube ich noch, du stehst auf mich, Benoit.«

Ertappt zuckte ich zusammen, als Alec so plötzlich die Stille zwischen uns unterbrach, die vorher nur vom Radio gefüllt worden war. Ich sackte etwas mehr auf dem Beifahrersitz zusammen. »Eigentlich habe ich gerade darüber nachgedacht, wie ich es schaffe, die Kontrolle über den Wagen zu bekommen und umzudrehen.«

»Da hat wohl jemand zu oft *Mission Impossible* gesehen.« Alec stellte das Radio etwas leiser. Er war deutlich besser ge-

launt, seit er sein Ziel erreicht hatte, mich aus dem Wohnheim
zu zerren. »Ein Tag außerhalb deines Zimmers wird dich nicht
umbringen.«

»Da bin ich mir nicht so sicher.« Ich guckte skeptisch nach
draußen, wo es Bindfäden regnete, die heftig gegen Alecs
schwarzen Chevy prasselten. »Ich weiß ja nicht mal, wo wir
hinfahren.«

»Ich hab dir gesagt, wohin.« Er beäugte mich von der Seite.
Aus dem Augenwinkel bemerkte ich sein schelmisches Grinsen. »Nach Santa Maria.«

Ich rollte mit den Augen. »Du weißt genau, was ich meine.«

Alec wechselte die Spur und überholte einen Kleinwagen,
der bei dem Starkregen über den Highway kroch. »Lass dich
einfach überraschen.«

»Ich finde, ich hatte in den letzten Wochen und Monaten
wirklich genug Überraschungen.«

»Das hier ist eine von der guten Sorte.« Mein Blick blieb
an dem Goldring an seinem Daumen hängen, als Alec damit
über das Leder des Lenkrads strich. Wie er das Gewicht dieses
Versprechens Tag für Tag tragen konnte, war mir schleierhaft.
»Vertrau mir einfach.«

»Warum machst du das überhaupt?«

Alec runzelte die Stirn. »Was?«

»Das hier.« Ich machte eine Geste, die uns und den ganzen
Wagen mit einschloss. »Was auch immer das werden soll.«

»Intervention ist das Wort, das du suchst.«

Ich schluckte leise. »Ich brauche keine Intervention.«

Das Zischen, das Alec ausstieß, war wie ein Schlag ins Gesicht. »Hätte ich dich mit deiner beginnenden Depression dir
selbst überlassen sollen?«

Ich setzte mich kerzengerade auf, die Hände um meinen
Gurt gekrallt. »Ich bin nicht depressiv.«

»Sicher.« Alec starrte stur geradeaus auf die Straße, während der Sarkasmus nur so von seinen Lippen tropfte. »Weißt du, Kate, nur weil du dir eine Sache einredest, macht sie das nicht real.«

»Du kannst manchmal echt so ein Arschloch sein.«

»Mag sein. Aber ich bin lieber ein Arschloch als ein Lügner. Und da wir gerade bei harten Wahrheiten sind«, Alecs Hand schloss sich fester um das Lenkrad, »es wird Zeit, dass du mit deinem Leben endlich mal weitermachst.«

»Mache ich doch.« Meiner hastigen Antwort folgte nichts weiter als Stille, aber der Blick, den er mir zuwarf, sprach Bände. Er glaubte mir kein einziges Wort. Und wenn ich ehrlich war, glaubte ich mir diesen ganzen Mist ja nicht einmal selbst.

»Ich weiß nicht wie, okay?«, murmelte ich nach einer Weile und sah wieder aus dem Fenster. Blitze zuckten durch die Wolken und zerrissen das dunkle Grau, dem ich nicht entkommen konnte. »Nichts, wofür ich mein ganzes Leben geschuftet habe, ist noch da. Mir ist alles um die Ohren geflogen.«

»Dann bau es wieder auf. Oder finde etwas Neues.« Ich riss den Kopf herum. Wie konnte er so mit mir reden? Hatte er nicht gesagt, dass wir dasselbe durchgemacht hatten? Sollte er da nicht mehr Verständnis für mich aufbringen? »Dein Leben ist nicht vorbei, nur weil es gegen deinen Willen eine Kehrtwendung gemacht hat.«

»So einfach ist das nicht.«

»Doch. Genau so einfach ist es.«

»Nein, ist es nicht.« Meine Hände krallten sich noch fester in den Gurt, während mein ganzer Körper bebte. »Und auch wenn du sagst, dass du verstehst, was ich durchmache, heißt das nicht, dass du ganz genau weißt, wie ich mich fühle, okay? Wenn ich morgens wach werde, dann –«

»Fragst du dich, wofür, weil dein ganzer Tagesablauf, dem du seit Jahren beinah sklavisch gefolgt bist, mit einem Mal hinfällig ist.« Unsere Blicke begegneten sich flüchtig, und ich wusste nicht, was genau in seinen Augen mich dazu veranlasste, still zu sein und ihm zuzuhören. Aber ich tat es. »Jeder Schritt kommt dir zu viel vor, das Atmen fällt dir höllisch schwer, schlafen ist eigentlich das Einzige, wonach dir ist, und wenn du auf dein Leben zurückschaust, hast du das Gefühl, der totale Versager zu sein.« Alec lächelte freudlos. »Fasst es das einigermaßen zusammen?«

Ich öffnete den Mund, um ihm zu widersprechen, aber das Wissen, dass er den Nagel auf den Kopf getroffen hatte, lag genauso schwer zwischen uns in der Luft wie der Geruch von Alecs Aftershave.

»Du bist nicht der einzige Mensch auf diesem Planeten, dem sein Leben um die Ohren geflogen ist, Kate. So was passiert. Und du kannst nichts dagegen tun. Aber was du tun kannst, ist, eine Entscheidung zu treffen.« Ich konnte nicht aufhören ihn anzusehen, während er mit ruhiger Stimme weitersprach. »Lässt du zu, dass das Schicksal dich in die Knie zwingt, oder stehst du auf, klopfst dir den Dreck von den Knien und machst einfach weiter?«

»Wie?« Das eine Wort fand seinen Weg über meine Lippen, ohne dass ich es aufhalten konnte.

»Wie was?«

»Wie macht man weiter?« Ich blickte auf meine Hände hinab, die noch immer den Gurt umklammert hielten. »Mein ganzes Leben hat sich um Social Media gedreht. Das war alles für mich. Und jetzt …« Ich schloss die Augen, als ich an diese Leere dachte, die sich seitdem in meiner Brust eingenistet hatte. »Ich hab doch nur *SouthSideGirl*.«

Ich war überrascht, dass Alec nicht sofort eine Antwort parat hatte. Unsicher sah ich zu ihm hinüber, doch er hatte den Blick nach vorn gerichtet. Seine eine Hand fuhr über die starke Linie seines Kiefers, über den sich ein dunkelblonder Bartschatten zog. »Was hast du früher gerne gemacht? Bevor das mit deinem Blog losging?«

Ich stolperte über die plötzliche Frage. »Ich hab sehr gerne genäht«, antwortete ich nach kurzer Überlegung. Alec verzog das Gesicht, und unwillkürlich lachte ich auf. »Meinen Vater hat das Rattern der Nähmaschine auch immer wahnsinnig gemacht.«

Ich erstarrte. Was zur Hölle hatte ich da gerade gesagt?

Alec stoppte kurz an einer Kreuzung, bevor er rechts abbog. »Dein Dad war also kein Fan deiner Hobbys?«

»Nein. Nicht wirklich.« Ich versuchte mir nicht anmerken zu lassen, wie unangenehm dieses Thema für mich war, das ich sonst stets konsequent vermied, meine verräterische Zunge aber ausgerechnet bei Alec nicht gezügelt hatte. »Meine Eltern waren beide gegen diese ganze Blogger-Sache. Sie haben immer gesagt, dass solche Dinge eh keine Zukunft haben.« Ich schnaubte und sah auf meine Nägel. »Sieht so aus, als hätten sie damit recht behalten.«

»Das weißt du nicht.« Alec zuckte mit den Schultern. »Du bist erst Anfang zwanzig. Dein Leben ist noch lange nicht vorbei.«

Jetzt war es an mir, das Gesicht zu verziehen. »Du bist echt ein ekelhafter Optimist.«

»Eigentlich nicht.« Das traurige Lächeln, das seine Lippen umspielte, war nur so kurz da, dass ich mich fragte, ob ich es mir vielleicht nur eingebildet hatte, ehe Alec zu seinem schiefen Grinsen zurückfand. »Aber um deinem Modeimperium nicht im Weg zu stehen, verkaufe ich mich gerne als einer und würde wegen deiner grässlichen Nähmaschine sogar schlaflose

Nächte in Kauf nehmen.« Er zwinkerte mir zu. »Vergiss nur nicht, mir Anteile zum Freundschaftspreis anzubieten, bevor du *Chanel* in den Hintern trittst.«

»Modeimperium?« Ich lachte auf, froh über den Themenwechsel und gewillt, auf Alecs saudämliche Idee einzugehen. »Im Ernst jetzt?«

»Wieso nicht? Du weißt nie, was das Leben mit dir vorhat.« Ich wusste, dass er scherzte, doch irgendetwas in seinem Tonfall machte mich neugierig. Was Alecs Leben wohl bisher schon für Pläne mit ihm gehabt hatte? »Und Träume zu haben ist allemal besser, als den Kopf in den Sand zu stecken.«

»Alles klar, Life-Coach.« Ich zog meine Laufschuhe aus, legte meine Füße auf das Armaturenbrett und guckte aus dem Fenster. Der Regen ließ langsam nach. »Danke«, wisperte ich nach einer Weile.

»Langsam nimmt das mit dem Dank echt überhand, Kate.« Alec lenkte den Wagen auf eine lang gezogene Landstraße, die uns von der kalifornischen Küste weg und tiefer ins Landesinnere führte. »Das ist echt nicht nötig.«

Während die Landschaft an uns vorbeiflog und Alec mit einer Hand am Steuer den Song im Radio mitsummte, erwischte ich mich dabei, wie ich die Träume, die Alec mir soeben eingeflüstert hatte, im Geiste mit der Was-wäre-wenn-Frage durchspielte.

Was wäre, wenn ich wirklich mal wieder Nadel und Faden in die Hand nähme? Was wäre, wenn ich tatsächlich wieder auf die Füße käme und meinen Weg zurückfände? Was wäre, wenn diese ganze Sache irgendwann nichts weiter wäre als eine Erfahrung?

Im Moment kam mir das unmöglich vor. Aber vielleicht, nur ganz vielleicht, hatte Alec ja recht.

Ich tauchte erst aus meiner kleinen Traumwelt wieder auf,

als Alec plötzlich die Musik wieder aufdrehte. »Der Song ist klasse. Kennst du den?«

You need to calm down dröhnte aus den Boxen, und überrascht sah ich zu Alec, den ich niemals für einen Taylor Swift-Fan gehalten hätte. »Du magst Taylor Swift?«

»Hin und wieder.« Mein dummes Herz setzte einen Moment lang aus, als unsere Blicke sich trafen, und Alecs Mundwinkel sich wieder zu dem mir schon irgendwie vertrauten Grinsen verzogen.

Erst jetzt bemerkte ich die kleinen Grübchen, die dabei einen kurzen Gastauftritt auf seinen Wangen hatten, und ich verspannte mich, als meine Gedanken mir plötzlich eine neue Was-wäre-wenn-Frage stellten.

Was wäre, wenn Alec und ich mehr sein könnten als gute Freunde?

28. KAPITEL

Kate

»Das ist nicht dein Ernst.«

»Und wie das mein Ernst ist.«

Ungläubig blickte ich die Kletterwand hinauf, die mir endlos hoch zu sein schien. Die ganzen farbigen Griffe, die wie Smarties aussahen, brachten meinen Kopf zum Schwirren, und allein bei dem Gedanken, dort hinaufzumüssen, wurden meine Hände schwitzig.

»Ich weiß nicht, Alec.« In der Kletterhalle roch es nach Magnesium, und es herrschte ein lautes und buntes Treiben. Die Halle war ziemlich voll, was wohl an dem starken Regen lag, der Kalifornien heute fest im Griff hatte. »Das letzte Mal, dass ich irgendwo raufgeklettert bin, ist Jahre her.« Vierzehn, um genau zu sein, und es hatte mit einer gebrochenen Rippe und einem gebrochenen Bein geendet. Nachdem auf Anordnung meiner Mutter die hundertjährige Eiche gefällt worden war, hatte ich nie wieder gewagt, irgendwo hinaufzuklettern. Die Erinnerung an den furchterregenden freien Fall in die Tiefe hatte mich seitdem davon abgehalten.

»Dann wird es mal wieder Zeit.« Alec steckte die Hände in den kleinen Beutel mit Magnesium, den wir zusammen mit den Kletterseilen und den Schuhen am Eingang bekommen hatten. »Oder hast du etwa Höhenangst?«

»Nicht direkt.« Ich wich zurück, als Alec in die Hände

345

klatschte und eine weiße Wolke aus Magnesium durch die Luft wirbelte.

»Bedeutet?«

Meine Hände nestelten an den verstellbaren Beinschlaufen des Klettergurts herum, als ich zum x-ten Mal überprüfte, ob diese auch wirklich festsaßen. »Ich bin als Kind oft auf Bäume geklettert.«

Alec trat einen Schritt näher an mich heran. »Wieso machst du dann den Eindruck, als würde man dich zur Schlachtbank führen und nicht einfach nur eine harmlose Kletterwand hinauf?« Seine Hände schoben meine beiseite, und er zurrte alle Gurte wieder fest, die ich mit meinen ungeschickten Fingern versehentlich gelockert hatte.

»Ich bin mit neun von der Eiche hinter unserem Haus gefallen.« Als er sich vor mich kniete, um die Beinschlaufen an meinen Oberschenkeln noch mal festzuziehen, legte ich meine Hand auf seiner Schulter ab. »Ich hab mir das linke Bein und eine Rippe gebrochen.«

Alecs Hände stoppten kurz, ehe er sich räusperte und meine Ausrüstung weiter überprüfte. »Dann heile ich heute ja gleich zwei Traumata auf einmal.« Er stand auf, und ich musterte meine Beine. Seine Hände hatten weiße Magnesiumspuren auf den malvenfarbigen Leggins hinterlassen. »Lucky me.«

»Traumata?« Ich lachte pikiert auf. »Du studierst BWL. Was weißt du schon über Traumata?«

Alec zog das Haarband von meinem Handgelenk und trat hinter mich. »Leg den Kopf in den Nacken.«

»Ich bin dreiundzwanzig. Nicht drei.« Ich blickte ihn über die Schulter hinweg an. »Ich kann mir die Haare selbst zusammenbinden.«

»Dreiundzwanzig? So alt?« Er schnalzte mit der Zunge. »Ich nehme alles zurück, was ich im Auto gesagt habe. Dein Leben ist so was von vorbei.« Er wich meinem Schlag aus und bekam einige Haarsträhnen von mir zu fassen. Widerwillig legte ich den Kopf in den Nacken und ignorierte Alecs selbstzufriedenes Grinsen. Seine Finger fuhren sanft über meine Kopfhaut, als er mein Haar behutsam nach hinten strich.

»Hat dir eigentlich schon mal jemand gesagt, dass du echt einen Kontrollzwang hast?« Viele der anderen Besucher sahen zu uns herüber, und einige Frauen warfen Alec bewundernde Blicke zu, während sie miteinander tuschelten. Ich spürte, wie sich eine Gänsehaut auf meinem Körper ausbreitete. Ein Glück, dass ich noch immer meine anthrazitfarbene Jacke trug, sonst wäre ich vermutlich in Erklärungsnot geraten, denn in der Kletterhalle war es alles andere als kalt. »Oder ist es dein Hobby, Frauen die Haare zu machen?«

»Dean sagt ständig, dass ich so einen Zwang habe. Und es ist nicht mein Hobby. Ich weiß nur, wie es geht, weil ich früher meiner Schwester Mila ab und an mal die Haare frisiert habe.« Er band mir einen Zopf auf dem Hinterkopf zusammen, und ich war überrascht, wie fest er sich anfühlte. »Eigentlich wollte ich nur wissen, wie du mit weißen Haaren aussiehst.«

Entsetzt riss ich die Augen auf und starrte auf seine Hände, die nun nicht mehr weiß waren. Ich eilte zu dem großen Fenster, das den Blick auf den Eingangsbereich der Halle freigab, und entdeckte im Spiegelbild sofort die weißen Strähnen, die seine Hände überall hinterlassen hatten. »Du Arsch!«

»Du wirst jedenfalls später mal eine ziemlich heiße Großmutter sein. Das steht fest.« Er stellte sich hinter mich, seine Augen waren durch die Reflexion direkt auf mich gerichtet. »Hast du dich jetzt wieder eingekriegt?«

Ich runzelte die Stirn. »Wieder eingekriegt?«

»Deine Hände zittern nicht mehr. Das werte ich dann mal als Ja.« Ich drehte mich zu ihm um, doch Alec hatte sich bereits abgewendet und schlenderte zu unserem Platz an der Kletterwand zurück.

Ich betrachtete sein breites Kreuz und spürte ein Flattern in meinem Bauch, das mir, um ehrlich zu sein, viel mehr Angst machte als die Kletterwand, die auf mich wartete.

»Na los.« Alec hob die Hand und winkte das Personal der Kletterhalle zu uns herüber. »Bevor du wieder anfangen kannst, alles zu zerdenken.«

Meine Füße trugen mich Alec entgegen, und mein Herz schlug mir bis zum Hals, als ich erneut die Kletterwand begutachtete. »Können wir es nicht an der Kinderwand versuchen?«

»Nein.« Alec hielt mir die Hand hin, und ich ergriff sie. Ich stieg über die Kante auf die weichen Matten, die die komplette Kletterwand umgaben. Er ließ mich los, nachdem ich neben ihm einen sicheren Stand gefunden hatte, und deutete die Wand rauf. »Du brauchst keine Kinderwand. Du kannst das.«

»Du bist echt ein Optimist.«

»Nenn es, wie du willst.« Alec nickte dem Mann zu, der ein T-Shirt mit dem Logo der Halle trug. »Aber du wirst diese Wand hochklettern. Und wenn es den ganzen Tag dauert.«

Ich wollte ihm widersprechen, hielt aber den Mund, weil in dem Moment der Mann mit uns zu reden begann und uns eine kurze Sicherheitseinweisung gab. Er erklärte uns ein paar grundlegende Dinge, wie die Tatsache, dass wir ständig gesichert sein mussten, wie wir mit dem Sichernden zu kommunizieren hatten und wo und wie wir unsere Haken setzen mussten, ehe er zu ein paar Tipps und Tricks überging, die den Aufstieg erleichtern sollten.

»Also ...«, sagte er mit seinem breiten weißen Zahnpastagrinsen, »... seid ihr bereit?«

Wenn er damit meine Bereitschaft zum Weglaufen meinte, dann auf jeden Fall. Ansonsten eher weniger. Mir war nicht sonderlich wohl bei dem Gedanken, meine Sicherheit in die Hände eines völlig Fremden zu legen, vollkommen egal, wie erfahren er auch sein mochte.

»Los geht's, Benoit.« Alec schob mich näher an die Wand, dann beugte er sich zum Sicherungsseil hinunter und hakte es in meinen Klettergurt ein. »Einfach einen Schritt nach dem anderen, alles klar?«

Leichter gesagt als getan. Ich starrte auf die vielen verschiedenfarbigen Griffe und hatte keine Ahnung, wo ich anfangen sollte. Der Angestellte der Halle hatte gesagt, dass ich einfach jeden Griff nehmen konnte, den ich wollte. Dass ich keinem bestimmten Trail zu folgen hatte. Aber die freie Auswahl zu haben machte mich irgendwie nur noch nervöser.

Ich streckte die Hände aus. Ließ sie wieder sinken. Streckte sie wieder aus, ohne auch nur nach irgendetwas zu greifen, bevor ich sie endgültig ganz fallen ließ.

Warum tat ich mir das hier eigentlich an? Ich musste das nicht machen. Ich konnte mich einfach auf den Hacken umdrehen und warten, bis Alec mit seiner kleinen Kletterpartie fertig war. Sicher, es wäre schade um die fünfzehn Dollar Eintritt, aber da Alec bezahlt hatte, musste mich auch das eigentlich nicht kümmern.

Diese dämliche Intervention war sowieso total unsinnig. Was sollte es mir bringen, so eine blöde Wand hochzuklettern? Am Ende würde ich nur völlig verschwitzt sein und mich noch genauso bescheiden fühlen wie jetzt gerade auch. Nur dass ich dann auch noch schlecht riechen würde.

»Nicht denken. Jetzt gerade hast du nur ein einziges Ziel, und das ist, da oben anzukommen.« Ertappt zuckte ich zusammen, als Alec mich ansprach. Seine große Hand umfasste einen der schwarzen Griffe, und die Venen in seinem Unterarm spannten sich an, während er seine Füße an die Wand setzte. »Klettere einfach.«

»Ich wusste noch gar nicht, dass mein Gehirn einen Schalter hat.« Ich hörte mich an wie ein bissiger Hund, der sich in die Ecke gedrängt fühlte, und irgendwie stimmte das ja auch. Alec hatte mich hergebracht, hatte mir keine Wahl gelassen, und jetzt erwartete er, dass ich einfach grinsend eine steile Wand hochkletterte und meine Ängste vergaß?

Wohl kaum.

Alec stieß ein so tiefes Seufzen aus, als wäre er derjenige, der gegen seinen Willen in eine Kletterhalle geschleift worden war, bevor er die Griffe wieder losließ und federnd auf der Matte landete.

»Alles okay?«, fragte der Angestellte der Halle, und Alec hob die Hand in einer entschuldigenden Geste.

»Ja, sorry, Mann. Gib uns einen Moment.« Alec stellte sich so dicht neben mich, dass seine breiten Schultern mich vom Rest der Halle abschirmten. »Wovor hast du solche Angst?«

War das sein Ernst? Ich deutete auf die Wand hinter mir. »Eventuell aus fünfzehn Metern Höhe in die Tiefe zu stürzen und mir das Genick zu brechen?«

»Das hier ist nicht der Baum bei deinen Eltern, Kate.« Alec sagte die Worte mit so einem Nachdruck, dass es sich anfühlte, als hätte er mich gerade verbal bei den Schultern gepackt und geschüttelt. »Du bist gesichert. Mehrfach.« Er ruckelte an dem Gurt um meine Hüften, und ich schwankte ihm entgegen, doch er fing mich auf, seine Brust direkt an meiner, während er den Arm um meine Taille schlang. »Dir kann nichts passieren.«

Ich packte ihn am Shirt, hielt mich an ihm fest. »Das habe ich letztes Mal auch gedacht.«

Alec sah auf mich herab, seine große Hand lag gespreizt auf meinem Rücken. Er drückte mich näher an sich, und ich spürte, wie ruhig sein Herz pochte, während mein eigenes Purzelbäume schlug. »Dann tritt deiner Angst in den Arsch, Benoit.« Er lachte leise, und seine ganze Brust vibrierte unter meinen Fingerspitzen. »Scheiße, du hast auf der Kante eines dreistöckigen Hauses gesessen, ohne Netz und doppelten Boden, und jetzt hast du Panik davor, dreifach gesichert eine Wand hochzuklettern? Ist ein bisschen irrational, findest du nicht?«

Ich verengte die Augen. »Klugscheißer.«

»Ist dir eigentlich schon aufgefallen, dass du mir immer Nettigkeiten an den Kopf wirfst, wenn dir die Argumente ausgehen?«

Meine Hand verkrampfte sich in seinem Shirt. »Was soll das Ganze überhaupt bringen?«

»Wenn du das herausfinden willst, musst du die Wand hoch, Benoit.« Er sah mir eindringlich in die Augen. »So einfach ist das.«

»Ich weiß nicht, ob ich das kann.«

Alec zuckte mit den Schultern. »Und du wirst es auch weiterhin nicht wissen, wenn du es nicht versuchst.«

Die Buzzer ganz oben an der Kletterwand kamen mir nicht meter-, sondern meilenweit entfernt vor. »Ich hab echt Schiss.«

»Und das ist voll okay, solange du dich davon nicht von dieser Wand abhalten lässt.« Alec nickte in Richtung der beiden Angestellten, die abwartend zu uns herüberguckten. »Du bist hier so sicher, wie du nur sein kannst, Kate.«

Ich musterte die beiden, die uns sichern würden. Ihre starken Arme, ihre konzentrierten Blicke, ihre schwieligen Hände. »Du kletterst mit mir rauf?«

Alec schnaubte. »Ja, sicher. Ich hab doch keine fünfzehn Mäuse gezahlt, um nur zuzusehen.«

Ich atmete zittrig ein. »Okay.«

»Geht doch.« Alecs Hand strich beruhigend über meinen Rücken, dann wandte er sich wieder an die Männer, die uns sichern würden, und lächelte entschuldigend. »Sorry, wir sind jetzt so weit.«

Der größere von beiden, der für Alec zuständig war, nickte nur. »Gar kein Thema.«

Alec sah mich abwartend an, als ich wieder vor die Wand trat. Ich blickte auf meine Hände, auf denen der Schweiß glänzte, und holte tief Luft. Aus dem kleinen Beutel an meinem Gurt kippte ich eine große Portion von dem weißen Magnesiumpulver auf meine Hände und verrieb es sorgfältig. Ich gab mir alle Mühe, meinen dröhnenden Herzschlag auszublenden und bewegte noch mal jeden Finger einzeln.

»Denk nur über den nächsten Griff nach.« Alecs ruhige Stimme drang an mein Ohr, und ich streckte die Hand aus und schloss sie um einen der großen roten Griffe. Er fühlte sich fest unter meinen Fingern an. Der stabile Kunststoff drückte sich tief in meine Hand. »Lass alles andere hier unten.«

Ich holte erneut tief Luft, legte meine linke Hand um einen schwarzen Griff, ehe ich auch meine Füße an die Wand setzte. Sofort spürte ich mein eigenes Gewicht. Fühlte, wie es mich Richtung Boden zog. Meine Hand verkrampfte sich, noch bevor ich auch nur einen einzigen Schritt in die Höhe gemacht hatte.

»Wenn du nicht den nächsten Schritt wagst, wirst du nie herausfinden, warum ich dich hergeschleppt habe.« Ich sah zu Alec, der wie ich an der Wand hing, die Hände um die Griffe geschlossen. Er bewegte sich keinen Zentimeter. Er wartete auf mich. Wartete auf meinen nächsten Schritt. »Wäre echt schade um die Stunde Fahrt, oder?«

Ich richtete meinen Blick nach oben, fest auf den Buzzer

gerichtet. Erst dann reckte ich meine Finger nach dem nächsten Griff. Ich zog mich hoch, setzte meine Füße um. Wiederholte es wieder und wieder, während ich mich unermüdlich Richtung Hallendecke fortbewegte. Mit jedem Meter, den ich mich vom Boden entfernte, wurden auch meine Sorgen immer weniger, die mich zuvor noch so dröhnend laut angeschrien hatten. Alles, was jetzt gerade in meinem Kopf noch Platz hatte, war, welchen Weg ich nach oben wählen sollte. Ich nahm mir Zeit, hielt immer mal wieder inne und überlegte mir meinen nächsten Schritt. Meine Arme und Beine verfielen allmählich in einen koordinierten Rhythmus.

Meine Hände waren taub. Meine Muskeln zitterten unter der Anstrengung der lang vergessenen Belastung.

Aber es fühlte sich fantastisch an.

Mein Körper erinnerte sich genau an dieses Gefühl. Diese Euphorie, die jetzt wieder in mir aufstieg, als ich realisierte, dass der höchste Punkt zum Greifen nah war. Nur noch ein paar Meter, dann würde ich meine Hand auf diesen Buzzer legen können.

Ich umfasste mit der linken Hand den nächsten Griff, ein schmaler Grüner, der vielleicht mutig gewählt war, so weit, wie er von mir entfernt war. Aber ich wollte nach oben. Weiter und weiter. Ich schloss meine Finger um den Griff, doch als ich mein Gewicht darauf verlagerte, rutschte ich ab. Keuchend klammerte ich mich mit der rechten Hand fest, verharrte mitten in der Luft. Ein Zittern fuhr durch meinen Körper, als das Adrenalin sich ausbreitete und mir den Atem nahm.

»Du willst doch wohl jetzt nicht aufgeben, oder?« Ich sah zu Alec, der mit mir auf einer Höhe war. Ein Schmunzeln lag auf seinen Lippen, und er blickte mich herausfordernd an. »Oder brauchst du wieder eine inspirierende Ansprache? Dein Kontingent ist echt aufgebraucht. Die kosten bald extra.«

»Nein, danke«, sagte ich entschlossen und legte meine Finger wieder um den grünen Griff, bereit, es auf einen zweiten Versuch ankommen zu lassen. »Außerdem sind die eh grottenschlecht.«

»Lügnerin.«

Ich biss die Zähne aufeinander, während mir der Schweiß von der Stirn tropfte. Ich konnte das. Ich hatte es mit neun Jahren schon geschafft, ohne jegliche Absicherung. Also konnte ich das hier jetzt erst recht. Diesen Buzzer zu erreichen lag einzig und allein in meiner Hand. Und an der Entscheidung, ob ich meinen schmerzenden und zitternden Muskeln nachgab, oder ob ich weitermachte. Immer weiter vorwärts, unaufhörlich diesem einen Ziel entgegen, auch wenn es mit jedem Meter schwerer fiel durchzuhalten.

Aber ich würde durchhalten. Würde weitermachen.

Schon allein, weil ich jemanden direkt neben mir stolz machen wollte. Aus welchem absurden Grund auch immer.

Und als meine Finger kurze Zeit später endlich den roten Buzzer drückten und eine dämliche blecherne Melodie erklang, konnte ich gar nicht anders, als den Kopf in den Nacken zu legen und laut und erleichtert aufzulachen.

Ich hatte es tatsächlich geschafft.

Als diese Erkenntnis mich durchflutete, quittierten meine Muskeln sofort ihren Dienst, so als hätten sie nur darauf gewartet, dass diese Tortur endlich vorbei war. Ich rutschte ab, doch die Seile hielten mich, und ich sah noch immer lachend zu Alec, der mit einem breiten Lächeln ebenfalls auf den Buzzer schlug, ehe er sich von der Wand abdrückte und abseilte.

Nachdem ich wieder festen Boden unter den Füßen hatte, stützte ich, immer noch lachend, die Hände auf meine Knie. Meine Beine und Arme zitterten wie Espenlaub, und ich wusste genau, dass ich morgen einen höllischen Muskelkater haben würde. Meine Sportsachen klebten wie eine zweite Haut an mir, durchtränkt von der Anstrengung, die der Aufstieg mich gekostet hatte.

Aber das war es wert gewesen.

Alec landete neben mir auf der Matte und streckte mir die Hand entgegen. Ohne auch nur eine Sekunde zu zögern oder darüber nachzudenken, sprang ich hoch und schlang ihm die Arme um die Schultern. Kurz schwankte er in meiner plötzlichen Umarmung, doch dann hörte ich ihn leise lachen, ehe er sie erwiderte.

»Und?«, fragte er mich, als er sich gerade weit genug von mir löste, damit ich das stolze Grinsen sehen konnte, das mein Herz für einen Augenblick aus dem Tritt brachte. »Verstehst du jetzt, warum ich dich hergeschleppt habe?«

Ich sah zu dem Buzzer hinauf, der sich noch vor einigen Minuten unerreichbar angefühlt hatte, und mir wurde die Kehle eng. Ja, ich hatte verstanden. Und ich hatte keine Ahnung, wie ich ihm dafür danken sollte. Ich brachte kein einziges Wort heraus. Stattdessen drückte ich ihn wieder fester an mich und nickte.

Ich wusste später nicht mehr, wie lange wir so dagestanden hatten. Irgendwann löste Alec sich aus der Umarmung und strich mir eine Strähne aus dem Gesicht.

»Sehr gut.« Alec deutete hinauf zum Buzzer. »Wollen wir als Nächstes die Zwanzig-Meter-Wand testen?«

Ich richtete mich auf und stemmte die Hände in die Hüften, während ich den Blick zur nächsten hohen Wand gleiten ließ, die mir genauso unüberwindbar vorkam wie die Wand, die ich gerade erklommen hatte. »Auf jeden Fall.«

29. KAPITEL

Alec

Ich wich der Süßkartoffelpommes aus, die direkt auf mich zugeflogen kam, und lachte, als Kate einen Schmollmund zog. »Ich hätte das echt fotografieren sollen.«

»Ach, halt doch die Klappe.« Sie schnappte sich ihre Cola und trank den letzten Rest davon in einem Zug aus. Sie stellte das Glas auf den zerkratzten Tisch des Diners zurück, das ein Relikt vergangener Tage war, aber immer noch die besten Burger der Stadt zu bieten hatte. »Meine Beine haben einfach unter mir nachgegeben, okay? Sei nicht so fies.«

»Du hast flach auf dem Rücken gelegen wie ein Käfer.«

Kate verengte die Augen und sah zwischen mir und ihrer letzten Pommes hin und her, bevor sie sich diese genüsslich in den Mund steckte, anstatt sie als Wurfgeschoss zu verwenden. »Das ist eh alles nur deine Schuld.«

»Vorhin hast du noch behauptet, es hätte dir Spaß gemacht.« Ich wischte mir die Hände an der Serviette ab, setzte mich etwas gerader hin, während ich Kate belustigt musterte. Das Leder der in die Jahre gekommenen Sitzecke knarzte. Wenn wir nicht beide so verdammt verschwitzt und hungrig gewesen wären, wäre ich lieber woanders hingefahren als zu *Sophies Diner* am Rande der Stadt, das seit seiner Eröffnung in den Fünfzigern sicherlich nicht mehr renoviert worden war. Aber das Essen war saugut, die Bedienung freundlich, und vor allem traf man hier eher auf durchreisende Trucker als auf ausgehungerte Studenten.

»Hat es auch.« Kate ließ sich tiefer in die verblichene dunkelrote Polsterung sinken und wischte sich den Mund mit der Serviette sauber. »Aber morgen werde ich das so was von bereuen.«

Ich schnaubte nur, während mich das Ziehen in meiner kaum verheilten Schulter daran erinnerte, dass auch ich es vielleicht etwas übertrieben hatte. »Ich hab dir gesagt, dass die dritte Wand keine gute Idee ist.«

»Du hast es mir aber auch nicht ausgeredet.«

Ich hatte es gewollt, aber das Funkeln in ihren Augen hatte mich davon abgehalten. »Das ist auch nicht mein Job. Ich bin immerhin nicht dein Coach.«

»Kann ich das schriftlich kriegen?« Kate streckte auffordernd den Arm aus, und ich zog eine Augenbraue hoch. »Nur damit ich was in der Hand hab, wenn du mich mal wieder wie einen Sack Kartoffeln über deine Schulter schmeißen willst.«

»Autogramme kosten extra.« Ich schlug ein und gab mir alle Mühe, dem Lächeln auf Kates wunderschönen Lippen nicht allzu viel Beachtung zu schenken, weil mir davon ganz schwindlig wurde, so als hätte ich eben Wodka statt Wasser getrunken.

»Werde ich mir für die Zukunft merken.« Sie zog ihre Hand zurück und stützte ihr Kinn darauf. »Danke noch mal für heute.«

»Schon okay.«

»Nein, im Ernst.« Sie schob mit der anderen Hand unsere leeren Teller etwas näher zusammen. »Ich hab den Arschtritt echt gebraucht.«

»Den brauchen wir alle mal.« Ich sah aus dem Fenster in die Dunkelheit hinaus. Der Regen prasselte immer noch unaufhörlich gegen die Scheibe. »Außerdem wärst du auch ohne den wieder auf die Füße gekommen. Ich hab den Prozess lediglich etwas beschleunigt.«

»Du hast echt Probleme damit, ein Danke anzunehmen, oder?«

»Ich schick dir lieber irgendwann eine Rechnung.« Ich ließ den Blick langsam durch das Diner schweifen, während aus der Jukebox leise irgendein alter Song aus den Fünfzigern oder Sechzigern schallte.

An diesem verregneten Sonntagabend gab es kaum Gäste. Die Barhocker an der Theke waren, bis auf einen, alle unbesetzt. Ähnlich wie die Sitzecken. In einer saß ein altes Ehepaar, das sich leise beim Essen unterhielt. In der einzigen anderen besetzten Sitzecke quetschten sich sechs Leute zusammen. Vier Frauen und zwei Männer, alle ungefähr in unserem Alter. Eine von ihnen hatte blaue Augen und langes honigblondes Haar, das mir aus einer meiner Vorlesungen verdammt bekannt vorkam.

Studenten der STU. Fantastisch.

Erst jetzt bemerkte ich, dass sie mich die ganze Zeit anstarrten, die Köpfe zusammengesteckt und ein Handy gezückt hatten. Sie mussten nach uns gekommen sein, denn als Kate und ich vor ungefähr einer Stunde bestellt hatten, waren wir noch allein im Diner gewesen. Zum Glück lag unsere Sitzecke im hintersten Teil des Lokals und die Lehnen der Sitzbänke waren hoch, sodass es für diese Geier unmöglich war, Kate zu erspähen, die mit dem Rücken zum Gastraum saß. Ich ballte die Hand auf dem Tisch zur Faust und versuchte, tief durchzuatmen. Warum musste dieses Nest auch nur so verdammt klein sein?

Die Frau mit dem honigblonden Haar reckte den Hals, als unsere Blicke sich begegneten, ehe sie den bulligen Kerl neben sich anstieß, der kurz die Augenbrauen verzog und den Kopf schüttelte.

Zeit, das Weite zu suchen, bevor noch irgendeiner von denen auf die Idee kam, zu uns herüberzukommen. »Bist du fertig?«

»Ja, eigentlich schon.« Kate betrachtete die leeren Teller und griff nach der Karte. »Wobei ich noch mit dem Schokoladenmilchshake liebäugle.« Sie hielt inne und kniff sich in den flachen Bauch. »Wobei ich vermutlich besser keinen mehr trinken sollte.«

Ich verspannte mich und knirschte unmerklich mit den Zähnen. »Wenn du einen Milchshake willst, dann hol dir einen.« Ich zuckte mit den Schultern und tat ganz gelassen, während mein Verstand auf Hochtouren an einem Plan arbeitete, Kate hier wegzuschaffen, ohne ein neues Foto von uns beiden ablichten zu lassen, über das sich die Instagram-Meute dann sofort wieder das Maul zerreißen konnte, und der ganze Schwachsinn von vorn anfing. »Aber der im *The Saints Café* ist besser.«

»Stimmt auch wieder.« Sie grübelte einen Moment und kräuselte die Nase, bevor sie die Speisekarte zurücklegte. »Könnten wir da vielleicht auf dem Rückweg anhalten?«

»Klar.« Das Café lag eh auf dem Weg, und je schneller wir hier rauskamen, desto besser. Als die Kellnerin zu uns herübersah, winkte ich sie schnell heran. Ehe Kate protestieren konnte, beglich ich die Rechnung und stand auf. Sie guckte mich fragend an, als ich vor ihrer Bank stehen blieb und ihr die Hand hinhielt, um ihr aufzuhelfen, wobei ich eigentlich nur versuchte, unseren Beobachtern mit meinem Rücken den Blick auf sie zu versperren.

Kate ergriff meine Hand und rutschte von der Bank. »Alles okay?«

»Ja. Alles okay.« Ich nickte in Richtung des Seitenausgangs, der zwar weiter vom Parkplatz entfernt lag, aber wenigstens nicht direkt an der Sitzecke unserer Kommilitonen vorbeiführte. Wenn ich sie unauffällig etwas abschirmte, würde es schon gut gehen. »Lass uns verschwinden.«

Als ich den ersten Schritt in Richtung Tür machte, stutzte Kate und hielt mich zurück. »Wo willst du hin?«

Ich hörte, wie das Tuscheln lauter wurde, und ließ ihre Hand los. »Die Tür ist näher.«

Kate starrte mich an, als hätte ich völlig den Verstand verloren, und deutete auf die Fenster, hinter denen es noch immer wie aus Eimern schüttete. »Ja, aber bis wir am Wagen sind, sind wir klatschnass.«

Vorsichtig linste ich zum Haupteingang, aber die sechs glotzten nach wie vor zu uns herüber, die Hälse wie Giraffen gereckt. Als noch jemand sein Handy herausholte, war ich verdammt kurz davor, zu ihnen hinüberzugehen und es aus dem nächstbesten Fenster zu werfen, auch wenn ich wusste, dass das absolut nichts bringen würde. »Ist doch halb so wild.«

»Also, ich hab keine Lust, mich in einen begossenen Pudel zu verwandeln. Außerdem ist es arschkalt.« Kate schob mich an der Schulter vorwärts. »Wir gehen da lang.«

»Okay.« Ich griff nach der Kapuze ihrer Jacke, um sie ihr aufzusetzen, doch Kate packte mich am Handgelenk. Ihr Blick war für mich nicht zu deuten, doch das Kopfschütteln war genauso unmissverständlich wie die Tatsache, dass sie einen Schritt näher kam. »Kate –«

»Scheiß drauf.« Sie ging so dicht neben mir, dass ihr Arm meinen berührte, während sie mit durchgedrückten Schultern und hocherhobenem Haupt mit mir das Diner verließ. An dem Tisch mit unseren Kommilitonen brach völliges Chaos aus, alle versuchten, einen Schnappschuss von uns zu ergattern, um ihn vermutlich direkt an die Campuszeitung zu schicken und ihre fünf Sekunden Bekanntheit abzustauben.

Gott, kotzten mich diese Leute an.

Draußen unterm Vordach schloss ich den Wagen per Fernbedienung auf, und Kate setzte sich jetzt doch die Kapuze auf. Ich legte ihr den Arm um die Schulter und schirmte ihr Gesicht mit der Hand vom Regen ab, dann hasteten wir zum Auto. Ich brachte Kate erst auf die Beifahrerseite, und als ich einstieg und die Fahrertür zuschlug, waren meine Klamotten klatschnass. Für einen kurzen Moment hörte man nur den Regen, der auf das Autodach prasselte, und das Rascheln von Kates Kleidung, die es sich neben mir auf ihrem Sitz bequem machte. Ich steckte den Schlüssel ins Zündschloss, und das sanfte Licht des Armaturenbretts erhellte das Wageninnere gerade genug, dass ich einen Blick auf Kates Profil erhaschen konnte. »Bist du okay?«

Sie setzte die Kapuze ab und strich mit einer Hand über ihr Haar. »Ja, alles okay.«

»Sorry. Ich hätte nicht gedacht, dass wir hier Leute von der Uni treffen.« Ich startete den Motor, und die Scheibenwischer machten sich sofort an die Arbeit, während ich den Wagen vom Parkplatz lenkte.

»San Teresa ist winzig, Alec. Irgendwem begegnet man immer.« Der Radioempfang war wegen des starken Regens sehr schlecht, und Kate zuckte zusammen, als das statische Rauschen erklang. Sie blickte sich um, und ich zog blind eine CD aus dem Fach in der Fahrertür und hielt sie ihr hin. »Und um ehrlich zu sein, ist es mir auch vollkommen egal.«

Überrascht sah ich sie an. Meine Hand schwebte zwischen uns in der Luft, mein Verstand genauso leer wie meine Hand, nachdem sie sich die CD geschnappt hatte.

»Ich hatte heute wirklich viel Spaß, und das lasse ich mir von niemandem kaputt machen.« Sie legte die CD ein, drehte die

Hülle um und schaltete sich durch die Tracks. »Sollen sie doch Fotos machen und sich das Maul zerreißen, so viel sie wollen. Was können sie denn noch groß anrichten? *SouthSideGirl* kann ich eh für immer knicken. Außerdem hab ich ja wohl das Recht, meine Zeit zu verbringen, mit wem ich will.« Sie ließ die Hand sinken, und kurz darauf erklang *Fake Love* von Drake. Sie grinste breit, drehte die Musik lauter und lehnte sich zurück. »Klar, ich bin nicht scharf darauf, dass ein Foto von uns beiden alles wieder hochkochen lässt, aber das ist mir lieber, als weiterhin so tun zu müssen, als wären wir Fremde.«

Ich war vollkommen mundtot und mindestens genauso verwirrt wie überrascht. Kate schien sich aber nicht an meiner fehlenden Antwort zu stören, denn sie begann, leise vor sich hin zu summen und ihre Schultern zum Beat zu bewegen. Ich hatte sie noch nie so entspannt gesehen. Noch nie so ruhig und ausgelassen. Die Fahrt zum Café zog sich etwas, während ich den Wagen durch die regnerische Dunkelheit steuerte. Wir lauschten der Musik, ohne ein Wort zu wechseln, bis ich den Wagen auf den Parkstreifen an der Promenade lenkte.

»Möchtest du auch einen Milchshake?«, fragte Kate mich, als sie sich abschnallte und ihre Kapuze aufsetzte.

»Nein.« Steif schüttelte ich den Kopf, und obwohl ich nicht der Typ war, jemanden allein durch den Regen rennen zu lassen, brauchte ich einen Moment, um das Chaos in meinem Kopf zu sortieren. »Ich warte hier auf dich, okay?«

»Klar. Wir müssen ja nicht beide pitschnass werden.« Sie legte die Hand auf den Türgriff und sah mich mit einem schiefen Grinsen an. »Oh, und ich bringe dir trotzdem einen mit. Dean hat mir gesagt, ihr Schwimmer braucht viele Kalorien.«

Bevor ich protestieren konnte, stieß Kate schon die Tür auf und rannte durch den Regen. Ich stellte den Motor ab, und die Musik wurde abgewürgt. Ich beobachtete, wie Kate im Inneren des hell erleuchteten Cafés verschwand. Drinnen nahm sie die Kapuze ab und begrüßte die Frau hinter dem Tresen mit einem strahlenden Lächeln. Sie zeigte auf die Tafel, und ihre Lippen bewegten sich, bevor sie lachte.

Meine Hände glitten vom Lenkrad, ich konnte nicht aufhören, sie anzusehen. Wie sie ihr Haar ausschüttelte. Wie sie sich den Regen vom Gesicht strich. Wie ihre Augen fest auf die Frau geheftet waren, mit der sie sprach, und wie sie hin und wieder aufmerksam nickte. Ich ballte die Hände in meinem Schoß zu Fäusten, als ihr Duft, der im Wagen zurückgeblieben war, sich mit dem Geruch des Regens vermischte und ich wirklich zu begreifen begann, was Kate vorhin gesagt hatte.

Unsere Freundschaft war ihr wichtiger als Instagram.

Ich wusste nicht, was mir gerade mehr Angst machte. Dieses Geständnis oder die tausend Schmetterlinge in meinem Bauch, als Kate sich strahlend mit den Milchshakes in der Hand zu mir umdrehte, um sie mir wie ein aufgeregtes Kind zu zeigen.

Und mir brach der kalte Schweiß aus, wenn ich auch nur an die Möglichkeit dachte, dass dieses Lächeln, das sie mir zuwarf, irgendwann wieder verschwinden könnte.

30. KAPITEL

Alec

Warum zum Teufel war ich nur gestern mit Kate klettern gewesen? Diese Frage stellte ich mir wieder und wieder, als ich die Stufen zu unserem Stockwerk in der Mittagspause erklomm. Jeder Muskel brannte wie Feuer, und das, obwohl ich heute früh mein eigenes Training hatte ausfallen lassen, um meinem Körper ein bisschen Erholung zu gönnen. Noch mal schwänzen war absolut keine Option. Nicht bei den ganzen schnellen und vor allem jüngeren Schwimmern, die alle nur auf ihre Chance warteten, den Sprung in die Nationalmannschaft zu schaffen. Ich musste schneller sein als sie. Musste disziplinierter sein. Musste mehr sein, als ich jetzt war. Und jegliche Verletzungen konnten mir da einen gehörigen Strich durch die Rechnung machen. Zumal Dr. Rodríguez sich, anders als meine Mutter, nicht mit nur zwei Wochen Pause begnügen würde. Sie war eine von der alten Schule und hatte absolut kein Problem damit, mich wegen meiner Schulter für mindestens sechs Wochen aus dem Verkehr zu ziehen, vollkommen egal, ob meine Karriere dabei baden ging oder nicht.

Bei der letzten Stufe biss ich die Zähne fest zusammen und erreichte endlich meinen Flur. Ich schlurfte zu meinem Zimmer, in dem mein Bett schon laut nach mir schrie.

Gott, ich konnte mich nicht daran erinnern, wann ich das letzte Mal einen dermaßen mörderischen Muskelkater gehabt hatte. Klar, ich war zwar extrem fit, aber das Klettern war ungewohnt für meinen Körper gewesen, sodass mir alles wehtat. An der Behauptung, Schwimmer hätten außerhalb des Wassers absolut nichts drauf, war definitiv was dran.

Ich rieb mir mit der Hand über das Gesicht, um die Müdigkeit zu vertreiben, die mir seit gestern Abend tief in den Knochen steckte. Wenigstens war ich für heute mit den Vorlesungen durch, sodass ich eventuell etwas Schlaf nachholen konnte, bevor ich heute Abend wieder am Beckenrand stehen musste. Wobei ich vermutlich besser lernen sollte, zumal ich in Wirtschaftsrecht sowieso schon ziemlich hinterherhinkte. Ich stieg einfach nicht durch die unzähligen Regularien und Gesetze, bei denen ich langsam, aber sicher das Gefühl hatte, dass sie einzig und allein existierten, um BWL-Studenten wie mir das Leben schwer zu machen.

Schlafen oder lernen. Schlafen oder lernen. Schlafen oder …

Als mir die ganzen Umzugskisten und Taschen ins Auge sprangen, die sich vor Kates Zimmer türmten, war ich plötzlich hellwach. Meine Schritte beschleunigten sich wie von selbst, und ich ignorierte den scharfen Schmerz, der meine Beine hochschoss, ehe ich vor Kates Zimmertür stoppte. Mein Herz hämmerte wie wild in meiner Brust.

Die Kartons waren so hoch gestapelt, dass sie mir locker bis zur Brust reichten. Zweifelsohne hatten sie ein System, und keine einzige stand auch nur einen Millimeter schief. Sogar die Taschen, die aus allen Nähten zu platzen schienen, waren ordentlich vor den Kisten platziert, sodass ich mich fragte, ob Kate dafür wohl extra ein Maßband benutzt hatte. Farbige Post-its verrieten den Inhalt. Die pinken waren mit einer Zeichnung eines Kleiderhakens versehen, die gelben mit einem wilden Durcheinander aus Symbolen, und auf den grünen prangten Bilderrahmen und kleine Pflänzchen.

Ich versuchte, mir einen Reim auf das Ganze zu machen. Gestern noch war Kates Zimmer ein einziges Chaos gewesen, und heute standen ihre Kisten fein säuberlich aufgereiht und abholbereit auf dem Flur? Zog sie etwa aus, jetzt wo sie ihren Abschluss erst nächstes Jahr machen konnte? Nahm sie sich eine Auszeit von der STU und flog nach Hause? Verständlich wäre es, aber sie hatte die Miete doch schon gezahlt, oder nicht? Hätte sie nicht eine ungemeine Menge Geld verschwendet, wenn sie jetzt fortging?

Mein Magen schien ins Bodenlose zu fallen und meine Hände wurden klamm. Ich gab mir jedoch nicht die Zeit, darüber nachzudenken, warum ich mich fühlte, als hätte ich einen verdammten Eisblock verschluckt. Stattdessen hob ich die Hand und klopfte ungeduldig an die Tür, hinter der ich laute Musik hören konnte.

Die Musik wurde leiser, und ich vernahm Schritte. Fuck, was, wenn sie auszog? Angespannt steckte ich die Hände in die Hosentaschen, und als Kate die Tür öffnete, zwang ich mich krampfhaft zu einem Lächeln.

»Alec.« Kate wirkte überrascht, aber ihre vollen Lippen verzogen sich zu einem Grinsen. Schnell ließ ich meine Augen über sie gleiten und knirschte mit den Zähnen. Verwaschene Leggings, ein weites Shirt und ein Zopf. Eindeutig ein Umzugsoutfit. »Hey.«

»Hey.« Ich lehnte mich gegen den Türrahmen und spähte über ihren Kopf hinweg ins Zimmer. Beim Anblick des leeren Raums wurde mir speiübel. Ruppig nickte ich in Richtung der Kisten. »Was machst du?«

Kate zog ihren Zopf etwas fester und wischte sich mit dem Handrücken über die Stirn, auf der ein leichter Schweißfilm glänzte. »Ich packe aus.«

Ich spürte, wie sich alle meine Muskeln augenblicklich entspannten, und ein Gefühl der Wärme durchflutete mich. »Oh, echt?«

»Ja, ich finde, es wird Zeit.«

»Meinst du?«

»Den Sarkasmus kannst du dir sparen. Ich weiß selbst, dass ich mich viel zu lange davor gedrückt habe.« Sie schlug mir gegen die Brust und spähte zu den Kisten hinüber. »Aber ich weiß auch, warum. Vier Kisten später, und trotzdem wird es nicht weniger.«

»Brauchst du Hilfe?«, bot ich an, auch wenn jedes Körperteil allein bei dem Gedanken an die Kistenschlepperei streikte.

Unsicher sah sie über ihre Schulter in ihr Zimmer. »Ich weiß nicht wirklich, ob du mir dabei helfen kannst.«

»Na ja, vier Hände sind besser als zwei. Du musst mir halt nur sagen, wo was hinsoll.« Ich beugte mich etwas zu ihr hinunter, als sie skeptisch zwischen mir und den ganzen Kisten hin und her sah. »Das ist deine einmalige Chance, mich herumzukommandieren, Benoit. Willst du dir das echt entgehen lassen?«

»Na, wenn du es so formulierst, wäre ich ja dämlich, dein Angebot auszuschlagen.« Sie nahm sich eine Kiste mit einem pinken Aufkleber vom Stapel und ging zurück ins Zimmer. »Schnapp dir eine der Kisten und komm rein.«

Ich packte mir eine Kiste mit einem gelben Aufkleber und folgte Kate ins Zimmer, bevor ich die Tür mit dem Fuß zuschob. Mit dem Chaos von gestern hatte das Zimmer nicht mehr viel gemeinsam, und ich blieb verdattert stehen. Kate hatte nicht nur alle Kisten aus dem Raum geschafft, sondern auch noch das Bücherregal umgestellt und ein paar dezente Vorhänge aufgehängt.

Sie stellte den Karton auf dem Bett ab und sah zu mir herüber, die Augen ein wenig verengt, als sie versuchte, die krakelige Beschriftung auf der Seite zu lesen. Dann zeigte sie aufs Regal. »Das sind hauptsächlich Bücher und so. Die kannst du da einräumen.«

»Alles klar.«

Ich zog mir den Schreibtischstuhl heran und platzierte die Box darauf, während ich aus dem Augenwinkel beobachtete, wie Kate ihre Kiste umdrehte und sich ein Berg aus Kleidung auf ihrem Bett auftürmte. Ich spähte zum offenen Wandschrank, in dem schon eine beträchtliche Menge an Sachen hing, und runzelte die Stirn. Meine Güte, wie viele Klamotten besaß diese Frau? Aber für eine Modebloggerin war das vermutlich ganz normal, oder?

Ich schüttelte den Kopf und löste das Klebeband an meiner Kiste, in der ein buntes Chaos herrschte. Augenscheinlich hatte Kate nicht viel Zeit aufs Packen verwendet, denn alles lag kreuz und quer durcheinander. Ich zog den Klebezettel von der Kiste ab und betrachtete das Wirrwarr aus Symbolen. Alles klar. Gelb bedeutete also heilloses Durcheinander.

Vorsichtig griff ich hinein und förderte einen Stapel CDs zutage und wunderte mich über die Auswahl. Von David Bowie über ACDC bis hin zu Frank Sinatra war alles vertreten, sodass ich mich ernsthaft fragte, auf was für Musik Kate eigentlich stand, wenn sie gestern noch zu Drake ihren kleinen Schultertanz aufgeführt hatte, während jetzt gerade Daft Punk aus ihrem iPad schallte. Der Kunststoff an manchen der Hüllen war schon vergilbt oder sogar eingerissen, und bei vielen war noch der Aufkleber von einem Secondhandshop in Santa Maria zu finden, in den ich selbst noch nie einen Fuß gesetzt hatte. An ein oder zwei der CDs klebten Post-its mit Songempfehlungen in einer geschwungenen, aber eindeutig maskulinen Schrift. Ob ihr die ganzen CDs jemand geschenkt hatte? Unsicher, ob sie nicht irgendeinen tieferen sentimentalen

Wert hatten, räumte ich sie in das Regal, bevor ein paar Modezeitschriften mit unzähligen markierten Seiten und ein ganzer Batzen an Literatur zu Grafikdesign folgten. Die wenigen goldenen Dekoartikel, die ich fand, stellte ich beiseite. Die sollte Kate besser selbst einräumen, denn mein Talent in Sachen Deko hielt sich echt in Grenzen, das wollte ich ihr ersparen.

Als ich eine weiße Schnur entdeckte, zog ich neugierig daran, und unzählige Polaroids kamen zum Vorschein, die Kate mit goldenen Bindeklammern an der Leine festgemacht hatte. Ich lächelte, während ich die Schnappschüsse näher betrachtete. Das mussten ihre Freunde sein. Einige von ihnen kannte ich vom Sehen, anderen hingegen war ich noch nie begegnet. Auf ein paar Bildern war Kate selbst zu sehen, und ich hielt inne. Da war es wieder, dieses Lächeln, das mir mittlerweile so vertraut war, von dem ich aber wusste, dass es auf keinem einzigen Social Media-Post jemals zu finden sein würde.

Denn dieses Lächeln war nicht perfekt. Ihre Augen wirkten zu klein, die Nase kräuselte sich ein bisschen, und die Lippen waren zu schmal. Es war nicht glatt genug. Hatte für sie zu viele Ecken und Kanten. Aber für mich war es das ehrlichste und schönste Strahlen, das ich je gesehen hatte.

Als mir auffiel, wie lange ich schon auf ihr Foto starrte, legte ich die Schnur schnell wieder zu den anderen Dekoartikeln. Verstohlen spähte ich über die Schulter, aber Kate hatte es nicht bemerkt. Sie tänzelte vor ihrem Bett herum, den Kopf und die Hüften im Gleichtakt mit dem Beat, während ihre Hände emsig ihre Sachen nach Farben sortierten und in ein System ordneten, das sich mir absolut nicht erschloss.

Ich wandte mich wieder meiner Kiste zu und räumte ein paar Lehrbücher aus, ehe mir ein Exemplar von *Sturmhöhe* von Emily Brontë in die Hände fiel. Es war anscheinend das einzige Buch in Kates Besitz, das nichts mit ihrem Studium zu tun hatte, und es war unbestreitbar schon ziemlich alt. Das Buch war völlig abgegriffen, die Seiten längst vergilbt und die Farben des Covers völlig verblasst. Es war nicht gerade das Buch, das ich bei Kate erwartet hätte. Ich hätte eher mit etwas Modernerem gerechnet. Vielleicht sogar mit der Biografie einer berühmten Persönlichkeit anstelle eines Romans. Aber so konnte man sich irren. Etwas steckte zwischen den Seiten, und ohne weiter darüber nachzudenken, schlug ich das Buch auf, um zu sehen, an welcher Stelle Kate aufgehört hatte zu lesen. Aber die Worte auf den Seiten wurden für mich vollkommen unwichtig, als ich in das Gesicht der jugendlichen Kate blickte.

Es war ein klassisches Familienfoto, aufgenommen vor einem schicken und makellosen Stadthaus mit weißem Anstrich und in traditionell französischer Bauweise, die vor allem in Louisiana verbreitet war. Kate guckte direkt in die Kamera, die Augen genauso groß und strahlend wie heute, auch wenn über die Jahre die rundlichen Wangen den definierten Gesichtszügen gewichen waren, die sie so unglaublich schön machten. Das reservierte Lächeln auf ihren Lippen passte zu dem adretten blassgelben Kleid, das ihr bis zu den Waden reichte und den perfekten langen Locken in nichts nachstand. Ihre Füße steckten in weißen Schuhen mit einem dezenten Absatz, sodass sie neben dem hochgewachsenen Mann neben sich nicht völlig unterging, der einen Arm um ihre Schultern gelegt hatte und freundlich, aber distanziert in die Kamera lächelte.

Der Mann hatte markante Gesichtszüge und perfekt zurückgegeltes, kastanienbraunes Haar. Kate sah ihm recht ähnlich, weshalb ich davon ausging, dass das wohl ihr Vater sein musste. Er trug einen maßgeschneiderten dunkelblauen Anzug mit Einstecktuch und der amerikanischen Flagge als Stecknadel am Revers. Das passte irgendwie zu seiner ganzen eher steifen und formellen Haltung, die dadurch abgerundet wurde, dass seine Hand auf der Schulter eines kleinen Mädchens lag, das aussah wie eine jüngere Version von Kate, auch wenn ihr Lächeln mit den vielen Zahnlücken nicht ganz gleich war. Ihre Nase war ebenfalls leicht anders und erinnerte mehr an die Frau mit dem blonden Haar und jenem aufgesetzten Lächeln, das ich auch schon so oft bei Kate gesehen hatte. Sie hatte sich bei ihrem Mann untergehakt und ihm eine Hand auf die Brust gelegt und trug ein Kleid in der gleichen Farbe wie das von Kate und ihre Mini-Ausgabe.

Das Foto wirkte gestelzt und inszeniert, aber es war unleugbar eine Erinnerung, die Kate behalten wollte, wenn sie es sogar als Lesezeichen benutzte.

Schmunzelnd drehte ich mich zu Kate um. »Du warst als Teenager echt niedlich.«

Augenblicklich hielt sie mitten in der Bewegung inne und stand wie festgefroren da. »Was?«

»Das bist du doch, oder?« Ich hielt das Foto hoch, damit sie es sehen konnte, und tippte mit dem Finger darauf.

Kate sagte kein Wort. Stattdessen legte sie das grüne Kleid auf den Stapel von Anziehsachen und kam um das Bett herum. Sie nahm mir das Bild aus der Hand und betrachtete es einen Augenblick lang schweigend. Langsam strich sie mit den Fingern über das Bild, die dabei leicht zuckten. »Ja.«

»Wie alt warst du da?«

»Vierzehn.« Das traurige Lächeln auf ihren Lippen verriet, dass ich wohl gerade aus Versehen eine Wunde aufgerissen hatte, die noch lange nicht verheilt war. »Wahnsinn. Wie ewig das her ist.«

»Ist das deine Schwester?«, fragte ich sie, anstatt das Thema zu wechseln. Jetzt gab es eh kein Zurück mehr, und irgendetwas in mir wollte der Trauer in ihren Augen auf den Grund gehen. Ich wusste, dass Kate aus Louisiana stammte. Das war allgemein bekannt. Aber über ihre Familie hatte sie nie wirklich etwas preisgegeben. Sie wollte zwar anscheinend, dass man wusste, aus welchem Bundesstaat sie kam, aber ihre tatsächlichen Wurzeln versuchte sie zu verheimlichen.

»Ja. Das ist Mary.« Sie deutete auf das kleine Mädchen im Vordergrund, dem ein paar Zähne fehlten und das als Einzige ehrlich lächelte. »Das war an ihrem ersten Tag an der Middle School.«

Ich begutachtete Kates Schwester neugierig. Middle School. Dann musste sie ungefähr so alt sein wie Mila. »Wie viele Jahre liegen zwischen euch?«

»Fünf. Mary ist achtzehn und macht dieses Jahr ihren Highschool-Abschluss.« Sie sah von dem Foto auf, und der Sturm an Emotionen in ihren Augen versetzte mir einen Stich. »Du hast auch Geschwister, oder?«

»Ja. Eine Schwester und einen Bruder.« Zur Ablenkung zog ich mein Handy hervor und entsperrte es, damit Kate einen Blick auf meinen Hintergrund werfen konnte, in dem die beiden um die Wette strahlten. »Mila ist genauso alt wie Mary. Und Yuri wird im Mai vierzehn.«

»Die beiden sehen dir echt wahnsinnig ähnlich.« Sie nahm mir das Handy aus der Hand und guckte sich das Foto etwas genauer an, das ich erst in den letzten Semesterferien in unserer Schwimmhalle gemacht hatte. »Schwimmen sie auch?«

»Jup. Alle beide. Mila geht im Sommer an die Duke, und Yuri will 2021 bei den FINA World Junior Swimming Championships antreten.« Sie gab mir das Handy zurück, und ich steckte es wieder in meine Hosentasche. Sogar ich konnte den Stolz in meiner Stimme heraushören. »Er ist stinkig, weil er dieses Jahr noch zu jung dafür ist.« Ich zögerte kurz, doch dann siegte mein Wunsch, mehr über Kate zu erfahren. »Was ist mit Mary?«

»Mary ist ein Bücherwurm durch und durch. Aber seitdem sie David kennt, interessiert sie sich auch fürs Reisen.« Der warme Tonfall in ihrer Stimme ließ keinen Zweifel daran, wie sehr sie ihre kleine Schwester liebte. Da lag der Hund also nicht begraben. »Die beiden wollen nach ihrem Abschluss ein Jahr Auszeit nehmen und durch Europa reisen.«

Ich kramte in der Kiste, damit ich Kate nicht die ganze Zeit anstarrte, und räumte einen weiteren Stapel mit Magazinen ein. »Ist David ihr Freund?«

»Ja.« Sie griff sich mit der freien Hand einen der Dekoartikel, den ich zur Seite gestellt hatte. »Er ist ganz anders als sie, aber die beiden passen gut zusammen.«

»Mögen deine Eltern ihn auch?«

»Keine Ahnung.« Ich wusste nicht, was für einen Blick ich ihr zugeworfen hatte, aber sie seufzte schwer und drehte das goldene Teelicht hin und her, bevor sie es im Regal platzierte. »Ich habe seit acht Jahren nicht mehr mit ihnen gesprochen.«

Ich bemühte mich, mir meine Überraschung nicht anmerken zu lassen, sondern packte einfach weiter den Karton aus, auch wenn ich längst nicht mehr darauf achtete, welche Dinge ich da gerade herausholte. »Wieso?«

Sie sog zitternd die Luft ein, und ihre Stimme klang so gebrochen, dass ich sie kaum wiedererkannte. »Weil meine Eltern mir unmissverständlich klargemacht haben, dass ich nicht länger ihre Tochter bin, wenn ich vorhabe, nichts weiter als eine gewaltige Enttäuschung zu sein.«

Ich ließ das Magazin in meiner Hand sinken und warf es achtlos zurück in die Kiste. Ich reagierte aus einem Impuls heraus – der Wunsch, ihr dieses Gefühl der Verlorenheit und Traurigkeit zu nehmen, war zu stark, um ihn zu ignorieren. Anstatt irgendeinen Unsinn zu stammeln, legte ich ihr die Hand in den Nacken und strich mit dem Daumen sanft über ihre Haut, während ich nach den richtigen Worten suchte, die ihr vielleicht ein wenig helfen würden. Aber es gab dafür keine. Also sagte ich das Einzige, was mir in diesem Moment in den Sinn kam, auch wenn es wie eine absolut hohle und wertlose Floskel klang. Denn ich meinte es vollkommen ernst. »Du bist keine Enttäuschung.«

»Das erkläre mal meinen Eltern. Für sie gibt es nur einen einzigen Weg, und das ist ein Lehramtstudium.« Sie lachte bitter auf, die Hand mit dem Foto zitterte. »Mein Dad ist Rektor an einer Highschool, und er wollte, dass wir das Gleiche machen wie er, damit einer von uns ihn eines Tages beerben kann.« Sie sprach zwar sehr leise, doch sie stand so dicht neben mir, dass ich keinerlei Probleme hatte, sie zu verstehen. »Dass ich etwas Kreatives machen wollte, kam für meinen Dad einer persönlichen Beleidigung gleich, und wir haben uns furchtbar gestritten. Also hab ich meine Sachen gepackt, bin in den nächsten Bus gestiegen und zu meinen Großeltern gezogen.« Als ihre Unterlippe zu beben begann, zog ich sie sanft noch ein Stückchen näher an mich heran. »Meine Nanna hat versucht, zwischen uns zu vermitteln, aber das hat nichts gebracht.«

»Das tut mir leid.« Gott, ich kam mir wie ein totaler Vollidiot vor, weil ich nichts Besseres zu sagen wusste.

»Schon okay.« Sie presste die Lippen fest aufeinander. »Es ist lange her.«

»Vermisst du die beiden?«

»Jeden Tag.« Die Tränen, die gerade noch in ihren Augen geglänzt hatten, kullerten jetzt über ihre Wangen, und Kate strich sie fahrig mit dem Handrücken fort. »Entschuldige. Voll peinlich.«

Ich überlegte nicht lange und zog Kate in meine Arme. Es war das Einzige, was ich in diesem Moment für sie tun konnte, ihr einen Ort zu geben, an dem sie sicher und geborgen war. An dem sie weinen konnte, so viel sie wollte. An dem sie den Schmerz, der sie noch so fest im Griff hatte, nicht leugnen musste. Ich nahm die Hand von ihrem Nacken und legte sie stattdessen auf ihren Hinterkopf. Zärtlich streichelte ich über ihr Haar und lehnte meine Wange gegen ihren Kopf, während ich sie ganz fest umschlungen hielt.

Zuerst rechnete ich damit, dass sie mich von sich schieben würde. Doch dann legte sie ihre Hände auf meine Hüften und atmete zitternd ein. Ich spürte, wie ihre Schultern zu beben begannen, und als sie ihre Wange an meine Brust schmiegte, konnte ich kaum noch atmen.

Ich hatte beim letzten Mal schon nicht ertragen können, sie weinen zu sehen. Aber diesmal war es fast so, als hätte jemand mein Herz in eine beschissene Schraubzwinge gespannt. Und mit jedem leisen Schniefen zogen die Schrauben nur noch fester an.

Sekunden wurden zu Minuten, und ich verlor jegliches Zeitgefühl, je länger wir so dastanden. Allmählich beruhigte Kate sich, und irgendwann hob sie den Kopf. Ihre Wangen waren noch feucht, doch dieser traurige Glanz aus ihren Augen verschwunden.

Ich löste unsere Umarmung, hob die Hände an ihr Gesicht und fuhr behutsam mit den Daumen über ihre Wangen, bevor ich mich wieder der Kiste zuwandte, als wäre nichts gewesen. Wortlos nahm ich das Buch aus dem Regal und schlug es irgendwo auf. Kate legte das Foto zwischen die Seiten, und ich klappte es zu und schob es ins Regal, wo es glücklicherweise zwischen den ganzen dicken Wälzern mit den hohen Buchrücken heillos unterging.

Ich spürte Kates Blick auf mir, räumte aber einfach unbeirrt weiter den Karton aus, nahm ein Teil nach dem anderen heraus und stellte es ins Regal. Sie zögerte, widmete sich dann aber den goldenen Dekoartikeln, allerdings so dicht neben mir, dass ihr Arm jedes Mal meinen berührte, wenn sie eine Sache irgendwo platzierte.

Wir arbeiteten erst schweigend, bis Kate irgendwann fragte, ob ich einen Stapel Bücher für sie hochheben könnte, oder wie mir die Anordnung ihrer Sachen gefiel.

Nachdem die erste Kiste geleert war, holte ich uns eine neue.

»Danke.« Kate murmelte die Worte mehr, als dass sie sie wirklich aussprach. Ich ließ die Kiste auf den Schreibtischstuhl fallen und riss das Klebeband ab.

»Rechnung kommt.« Ich öffnete die Kiste, in der das gleiche Chaos herrschte wie in der davor, und warf Kate einen vorwurfsvollen Blick zu, den sie mit einem entschuldigenden Lächeln quittierte. »Sisyphusarbeit wie diese hier kommt dich übrigens besonders teuer zu stehen.«

Sie kicherte und stieß mich mit der Schulter an. »Dann sollte ich mir wohl besser was überlegen, womit ich dir das alles zurückzahlen kann.«

»Zu einem schicken Sportwagen würde ich nicht Nein sagen.«

Sie stockte, die Hand fest um den kleinen goldumrandeten Spiegel geschlossen, der unerklärlicherweise irgendwie heil geblieben war. »Mach mal halblang, Alec.«

»Kann auch ein gebrauchter sein.«

Als ihr lautes Lachen sich mit der Musik mischte, hatte ich das Gefühl, endlich wieder atmen zu können.

31. KAPITEL

Kate

»Ist sie unversehrt angekommen?«

»Ja, danke, Nanna.« Meine Finger strichen über die schwarze Verkleidung meiner Nähmaschine, die ich so viele Jahre schmerzlich vernachlässigt hatte. Ich lächelte, als ich an die drei riesigen Kartons dachte, die der Kurier heute gebracht hatte, nachdem ich Nanna aus einer Laune heraus letzte Woche gefragt hatte, ob sie mir meine Nähsachen schicken könnte. Von dem Stapel schicker Stoffe, die sicherlich alles andere als billig gewesen waren, war allerdings nie die Rede gewesen. »Du hättest aber nicht auch noch neue Stoffe schicken brauchen.«

»Ach, Pumpkin, lass mich dir doch wenigstens ab und an mal eine Freude machen.« Ich konnte an ihrer Stimme erkennen, dass sie vermutlich mit den Augen rollte, während im Hintergrund das vertraute Geräusch von klapperndem Geschirr zu hören war. »Außerdem freue ich mich, dass du wieder mit dem Nähen anfangen willst.«

»Wirklich?« Ich ließ die Hand von der Nähmaschine sinken, die auf meinem Schreibtisch Platz gefunden hatte, und den ich bis zum nächsten Semester sowieso kaum für etwas anderes brauchen würde. Selbst in meinen eigenen Ohren klang meine Stimme eher skeptisch. Sollte meine Nanna mich nicht eigentlich davon abhalten, jetzt wo sie wusste, dass ich ein Jahr wiederholen musste? Sollte sie mir nicht eine Standpauke halten und mir sagen, dass ich mich besser auf die Uni konzentrieren sollte, anstatt mein altes Hobby wieder aufleben zu lassen?

»Ja, wirklich. Deine Augen haben immer so gestrahlt, wenn du genäht hast.« Einen Moment lang herrschte Stille in der Leitung, bevor meine Nanna sich räusperte. »Das hab ich in letzter Zeit bei dir vermisst.«

Meine Kehle fühlte sich plötzlich staubtrocken an, und ich setzte mich auf meine Bettkante. »Tut mir leid.«

»Dafür brauchst du dich doch nicht zu entschuldigen, Katherine. Du bist eine Benoit. Ihr seid wie Muscheln. Euch muss man immer erst knacken, wenn man einen Blick in euer Innerstes werfen will. Hat mich bei deinem Grandpa Jahre gekostet, bis er aufgehört hat, alles in sich hineinzufressen. Dein Vater und Mary sind genauso.« Bei den Worten meiner Großmutter schloss ich die Augen. Ich konnte gar nicht in Worte fassen, wie dankbar ich ihr war. Gott, womit hatte ich sie nur verdient? »Versprich mir einfach, dass du nächstes Mal sofort mit mir redest, wenn du irgendwas auf dem Herzen hast, okay?«

Ich brauchte einen Augenblick, bevor ich in der Lage war, ihr zu antworten, denn ich wollte nicht, dass sie mitbekam, wie sehr ihre Worte mich aufwühlten. »Versprochen.«

Ich hörte ein leises Schniefen, ehe Nanna wieder zur Tagesordnung überging, als wäre nichts gewesen. »Also, weißt du schon, was du als Erstes nähen willst?«

Ich blickte zu der Schneiderpuppe, die ich nur mit Müh und Not in der kleinen Ecke neben dem Wandschrank hatte unterbringen können. »Nein, keine Ahnung.«

»Aber du weißt, für wen.«

»Ja.« Automatisch schob sich das Bild von Alec vor mein inneres Auge, wie er mit mir die Kisten auspackte, die Hände ruhig und routiniert, während wir der Musik gelauscht hatten.

»Ich hab noch eine Schuld zu begleichen, auch wenn ich nicht weiß, ob er sich darüber freuen wird.«

Nanna schnalzte mit der Zunge, und ich schmunzelte. »Natürlich wird er sich freuen. Deine Sachen sind immer so unbeschreiblich schön.«

Natürlich sagte sie das. Sie war ja auch meine Nanna. »Das ist lieb von dir.«

»Ich sag nur die Wahrheit. Ich hab dir doch schon tausendmal erzählt, wie oft ich in der Stadt Komplimente für die Sachen bekomme, die du für mich gemacht hast.« Der Stolz in ihrer Stimme sorgte dafür, dass die Wärme sich von meiner Brust in meinem ganzen Körper ausbreitete. »Wenn du das nächste Mal nach Hause kommst, möchte ich alles über ihn erfahren. Oder bring ihn am besten gleich mit.« Ich stockte. »Es bleibt bei Frühling, oder?«

»Ja, das hatte ich dir doch versprochen. Aber da gibt es nicht viel zu erfahren, und ich werde ihn auch ganz bestimmt nicht mitbringen, Nanna.« Ich sah auf meine Krümelmonsterpuschen hinab, die mich mit großen Kulleraugen erwartungsvoll anglotzten. Meine Finger gruben sich in die Tagesdecke. »Wir sind nur Freunde.«

»Papperlapapp. Du klingst nicht so, wenn du von Tyler oder Hunter sprichst, also erzähl mir nicht, dass ihr nur Freunde seid.« Wie immer hielt meine Nanna mit ihrer Meinung nicht hinterm Berg, und ich dachte daran, wie Alec mich im Arm gehalten hatte, als ich geweint hatte. War da vielleicht doch mehr zwischen uns? »Ich kenne dich ganze dreiundzwanzig Jahre, mein Schatz. Ich merke ganz genau, wenn du dich in jemanden verguckt hast. Näh ihm was, und sag ihm, was du für ihn empfindest.«

Ich zog an den losen Fäden von meiner Tagesdecke und biss mir auf die Unterlippe. Alec war tatsächlich der einzige

Mensch an der STU, mit dem ich jemals so offen über meine Familie gesprochen hatte. »Ganz so einfach ist das nicht.«

»Natürlich ist es das. Warum müsst ihr jungen Leute es immer so kompliziert machen?« Ihre Worte brachten mich zum Schmunzeln. Früher war sicherlich alles einfacher. »Wie heißt dieser junge Mann überhaupt, der dir so den Kopf verdreht hat?«

»Alec.« Ertappt zuckte ich zusammen und unterdrückte einen Fluch. Ich musste dieses Missverständnis auf der Stelle aufklären, bevor meine Nanna noch auf irgendwelche absurden Ideen kommen konnte. »Und er hat mir nicht den Kopf verdreht, Nanna.«

»Ja, ja. Wie du meinst, Pumpkin.« Es war unumstößlich, dass sie mir kein einziges Wort glaubte. Und wenn ich ehrlich war, wusste ich auch nicht, ob ich mir selbst glauben konnte. »Tut mir leid, Schätzchen, aber ich muss jetzt Schluss machen. Dein Grandpa kommt gerade die Straße rauf und sieht so sauer aus wie die Zitronen. Vermutlich hat er sich wieder mit einem der Erntehelfer in der Wolle. Ich sag dir, der wird auf seine alten Tage wirklich ein sturer Bock.«

Ich konnte mir bildlich vorstellen, wie mein Großvater den langen Weg vor unserem Haus hochstiefelte, im Stechschritt und mit lauter Flüchen auf den Lippen, für die er von Nanna so richtig Ärger kriegen würde. »Grandpa war immer schon stur.«

»Wo du recht hast.« Sie kicherte, und das Klappern im Hintergrund stoppte, als ich hörte, wie die Tür laut ins Schloss fiel. »Rufst du die Tage wieder an?«

»Ja, mache ich«, beeilte ich mich zu sagen, weil ich wusste, dass nur Nanna meinen Großvater beruhigen konnte, wenn er erst mal richtig sauer war. »Hab dich lieb, Nanna.«

»Ich dich auch, Pumpkin.« Sie schickte mir einen Kuss durch das Telefon, und ich lächelte. »Bis ganz bald.«

Ich legte auf und ließ mich rückwärts aufs Bett fallen. Meine Gedanken kreisten, aber ich versuchte, nicht über das nachzudenken, was Nanna gerade eben gesagt hatte. Stattdessen sprang ich auf und holte den männlichen Aufsatz der Schneiderpuppe aus dem Wandschrank, den ich früher mal gekauft hatte, um Sachen für meinen Grandpa zu nähen und den Nanna in weiser Voraussicht mitgeschickt hatte.

Meine Hände waren auch nach all den Jahren noch ziemlich routiniert, und ich musste mich nicht sonderlich auf das, was ich tat, konzentrieren, sodass meine Gedanken sofort wieder auf Wanderschaft gingen. Ich bremste sie direkt aus, als sie darüber nachsinnen wollten, ob Alec mir wirklich den Kopf verdreht hatte, und lenkte sie stattdessen in eine andere Richtung, die produktiver und eindeutig weniger frustrierend war.

Was konnte ich für Alec nähen?

Ich wusste so ungefähr, was sein Stil war, da ich ihn mittlerweile fast täglich sah. Es wäre also ein Leichtes gewesen, etwas zu schneidern, das zu seiner sonstigen Garderobe passte. Aber irgendwie fand ich das zu langweilig. Ich wollte ihm nicht ein Hemd schenken, das er einfach zu seiner Sammlung hinzufügen konnte. Ich wollte etwas ganz Besonderes für ihn anfertigen. Etwas, das ihn an mich erinnerte, wann immer er es trug. Und was er auch wirklich brauchen konnte. Ich wollte ihn unterstützen, so wie er mich in den letzten Wochen unterstützt hatte. Allerdings hatte ich keine Ahnung, welche Kleidungsstücke ein Schwimmer brauchen konnte, abgesehen von einer Badehose natürlich, an die ich mich aber im Leben nicht heranwagen würde, nachdem Alec mir an dem einen Abend in seinem Zimmer erklärt hatte, wie viele Unterschiede es da gab und wie viele tausend Auflagen man zu beachten hatte, als ich ihn während der Videos auf die Badehosen angesprochen hatte.

Vielleicht fand ich im Internet Infos darüber, was Schwimmer so brauchten. Ich fuhr meinen Laptop hoch und sah auf die Uhr. Es war kurz nach elf. Ich hatte also noch ein paar Stunden Zeit, bevor ich heute Nachmittag zu einer Vorlesung gehen würde, auf die ich mich schon irrsinnig freute. Es war einer dieser freiwilligen Zusatzkurse, von denen ich jetzt einige belegte, um das Semester irgendwie noch sinnvoll zu nutzen. Mir war es zwar immer noch unangenehm, derartig begafft zu werden, aber mit jedem Tag, an dem ich mich auf dem Campus blicken ließ, wurde es weniger unerträglich. Mittlerweile aß ich sogar hin und wieder mit April und Raelyn in der Mensa, auch wenn mir dabei manchmal der Appetit verging.

Ich schnappte mein Tablet und den Eingabestift und öffnete die Zeichen-App, dann platzierte ich beides ordentlich neben dem Laptop und drehte mich auf den Hacken um. Recherche funktionierte einfach nicht ohne Kaffee, vollkommen egal, worum es ging.

Ich marschierte in die Küche und ertappte Dean dabei, wie er gerade Kaffee in einen großen To-go-Becher kippte, und die Kanne restlos leerte. Es war ziemlich offensichtlich, dass er auf dem Weg nach draußen war, denn er trug eine schwarze Jeansjacke zu einem Paar an den Knöcheln umgeschlagenen Jeans sowie auf Hochglanz polierte Boots, und seine Kameratasche baumelte von seiner Schulter. Er schraubte den Becher zu und drehte sich um. Als er mich sah, wünschte er mir einen Guten Morgen und schlenderte mir entgegen.

Dean war ebenfalls Schwimmer und noch dazu Alecs bester Freund. Das war meine Chance.

»Hey, Dean!« Ich hielt ihn am Arm zurück, als er an mir vorbeigehen wollte. »Sorry, hättest du einen Moment?«

Er blieb stehen und warf einen Blick auf seine Armbanduhr mit dem großen schwarzen Zifferblatt. »Schieß los.«

»Gibt es irgendetwas, das Alec fürs Schwimmen braucht?«

Er nahm den Becher von den Lippen, aus dem er gerade einen Schluck hatte trinken wollen, und sah mich mit gerunzelter Stirn an. »Hä?«

Nervös wechselte ich von einem Fuß auf den anderen, angestrengt bemüht, mir bloß nichts anmerken zu lassen. »Ich wollte ihm als Dankeschön für seine ganze Hilfe in letzter Zeit was nähen, weiß aber nicht, was er gebrauchen könnte. Fällt dir irgendwas ein?«

»Ach so.« Das Grinsen auf seinem Gesicht sprach Bände, aber ich verkniff mir den Versuch, irgendetwas richtigzustellen, er würde mir ja eh nicht glauben. Dean grübelte einen Moment lang und kratzte sich am Kinn. »Er will schon seit einer Weile einen Wärmemantel haben, aber da er so ein langes Elend ist, findet er keinen passenden.«

Fragend legte ich den Kopf schief. »Was ist ein Wärmemantel?«

»So was Ähnliches wie ein Bademantel, aber viel wärmer und für draußen gedacht. Wir tragen sie oft, wenn wir draußen Wettkämpfe haben und es etwas kälter ist. Die Dinger werden normalerweise hauptsächlich von Triathleten verwendet, aber sie sind total klasse, um zwischen den Läufen deine Muskeln warm zu halten.« Er schaute mir in die Augen, und was immer er auch darin fand, ließ ihn schmunzeln. »Ich hab so einen.« Er packte mich am Arm und schleifte mich hinter sich her. »Komm mit.«

Ich folgte Dean zu seinem Zimmer und wartete davor auf dem Flur, während er zu seinem Schrank ging. Dennoch riskierte ich einen Blick ins Innere und war wenig überrascht, als ich wunderschöne Schwarz-Weiß-Aufnahmen entdeckte, die Dean an die Wand gehängt hatte. Alles in seinem Zimmer war entweder grau, weiß oder schwarz, und ich blieb an dem Regal neben seinem Schreibtisch hängen, in dem er unzählige Objektive und Kameras aufgereiht hatte. Er war wohl tatsächlich ein Fotograf mit Leib und Seele.

Dean kramte in seinem Wandschrank, ehe er die Tür wieder zuschob und mit einem langen Mantel zu mir herüberkam und ihn mir in die Hand drückte. »Du kannst den als Muster verwenden. Ich brauch den eh erst für die Wettkämpfe in ein paar Wochen.«

Ich fuhr mit den Fingern über das Material. Softshell. Interessant. »Danke, Dean.«

»Kein Thema.« Er schloss seine Tür und wandte sich zum Gehen, hielt dann aber noch mal inne. »Ah, wenn du ihm so ein Ding wirklich nähen willst, würde ich dir raten, Maß zu nehmen. Der Kerl hat einen echt seltsamen Körper.«

Ein Bild von Alecs Waschbrettbauch und seinen nackten Schultern schob sich vor mein inneres Auge, und ich spürte wie mir die Hitze in die Wangen schoss. Ich atmete tief ein und versuchte, nicht zu stammeln. »Danke für den Tipp.«

»Immer wieder gerne.« Er grinste wissend, und ich verfluchte mich innerlich dafür, dass ich ihn überhaupt gefragt hatte. »Ich muss jetzt echt los. Mein Model wartet nicht ewig auf mich.«

»Für Instagram?« Als er nickte, quietschte ich leise auf. »Dann warte ich ungeduldig auf deinen nächsten Post.«

»Danke.« Er hob die Hand zum Gruß und eilte den Flur hinunter. »Vielleicht zeige ich dir die Tage mal eine exklusive Preview.«

Ich presste den Wärmemantel fester an mich und lächelte. »Du bist der Beste.«

»Ich weiß«, rief er mir über die Schulter zu, bevor er losjoggte. »Bis dann, Kate.«

In meinem Zimmer zog ich der Schneiderpuppe den Wärmemantel an, trat ein paar Schritte zurück und betrachtete ihn genauer. Auf den ersten Blick erkannte ich, dass das ein aufwendigeres Projekt werden und mich vermutlich mehr Zeit kosten würde, als ich angenommen hatte, aber die Freude, die mich bei dem Gedanken daran durchflutete, erfüllte mich von Kopf bis Fuß, und mein Herzschlag beschleunigte sich bei jedem Schritt, den ich mich der Schneiderpuppe wieder näherte.

Ich schnappte mir mein Tablet und machte Skizzen und Notizen zu der Länge und den verwendeten Stoffen, während ich jede Naht inspizierte, das dünne Fleece auf der Innenseite betastete und völlig die Zeit und den Kaffee vergaß, den ich eigentlich hatte trinken wollen.

32. KAPITEL

Alec

Heb einfach die Hand und klopf, du Vollidiot. Ist nicht so, als wärst du das erste Mal in ihrem Zimmer.

Die Stimme in meinem Kopf hatte zwar durchaus recht, aber ich stand trotzdem weiterhin reglos wie ein Trottel vor Kates Zimmertür, während sich ein flaues Gefühl in meinem Magen breitmachte, das hoffentlich mit dem eher fragwürdigen Mensaessen von heute Mittag zusammenhing und nicht mit der Nachricht, die sie mir vor knapp zwei Stunden geschickt hatte. Ich zog mein Handy aus der Hosentasche und überflog erneut unseren kurzen Chatverlauf.

> *Kate [15:55]: Hey, Alec. Du, sag mal, hättest du heute vor dem Training kurz Zeit, bei mir vorbeizukommen? Bin ab 18 Uhr da.*
> *Alec [15:58]: Klar, muss allerdings um 19:00 in der Halle sein. Was gibt's denn?*
> *Kate [16:01]: Okay, das sollte reichen. Und das verrate ich dir, wenn du da bist. Bis später!*

Ich steckte das Handy zurück in meine Hosentasche und starrte auf die dunkle Tür vor mir. Was zur Hölle war denn bitte los mit mir? Warum zum Geier machte mich so eine Nachricht dermaßen nervös? Das war doch absolut lächerlich. Auch wenn, so viel zu meiner Verteidigung, Kates Worte wirklich kryptisch waren.

Meine Kopfhaut kribbelte und mein Blut schien sich in kleine blubbernde Bläschen zu verwandeln, als ich endlich anklopfte. Ich würde nur herausfinden, was sie von mir wollte, wenn ich jetzt nicht kniff. Ich legte die Hand um den Schulterriemen meiner Schwimmtasche und krallte mich daran fest, als ich Schritte hörte. Es war keine Woche her, dass ich schon mal bei ihr geklopft und dann beim Auspacken geholfen hatte. Da hatte ich auch nicht so ein Theater gemacht. Zwischen uns hatte sich absolut nichts geändert. Wir waren Freunde. Was zum Henker stimmte also heute nicht mit mir?

Kate riss die Tür auf und begrüßte mich mit diesem umwerfenden Strahlen, was mich tatsächlich beinah umhaute, sodass ich mich gegen den Türrahmen lehnen musste, um irgendwo Halt zu finden.

An ihrem Outfit war an und für sich nichts Besonderes. Während der letzten Woche hatte ich sie auf dem Flur und in der Mensa immer mal wieder in ihren alten Sachen gesehen. Vorbei waren die Tage der Leggings und Schlabbershirts, und zurück waren das dezente Make-up und die gepflegte Haut. Weder an den schwarzen Jeans, die sich eng an ihre Beine schmiegten, noch an der dunkelroten Seidenbluse, die ihre Haut leuchten ließ, war irgendetwas besonders auffällig. Aber verdammt, sie trug ihr langes braunes Haar offen, und ausgerechnet heute wanderten meine Gedanken immer wieder zu der Nacht zurück, in der sie mich das Haarband hatte lösen lassen. Das Bild, wie ihr Haar ihre nackten Schultern bedeckt hatte, war genauso fest in meiner Erinnerung verankert wie das Gefühl, als ich meine Hände hatte hindurchgleiten lassen.

»Da bist du ja.« Kate legte ihre Hände um meinen Unterarm

und zog mich sanft, aber bestimmt über die Türschwelle in ihr Zimmer. »Danke, dass du es extra dazwischenschiebst.«

»Kein Thema.« Ich folgte ihr und versuchte, die Erinnerungen abzuschütteln. »Auch wenn ich keine Ahnung habe, was genau ich eigentlich dazwischenschiebe.« Ich stellte meine Tasche ab und ließ den Blick durchs Zimmer schweifen, das jetzt deutlich wohnlicher aussah als letzte Woche. Mein Blick blieb an etwas hängen, das vor einer Woche noch nicht da gewesen war, und ich guckte Kate verdattert an, die mich stolz anlächelte. »Ist es das, was ich denke, was es ist?«

»Hast du etwa noch nie eine Nähmaschine gesehen?«

»Nicht so eine.« Ich trat etwas näher auf die schicke, schwarze Nähmaschine zu, die so viele Rädchen hatte, dass ich mich fragte, wie Kate da überhaupt den Überblick behielt. »Fängst du wieder mit dem Nähen an?«

Sie kam neben mich, und ihre Finger strichen sanft über die Verkleidung der Maschine, die sie selig lächelnd betrachtete. »Ja.«

»Wie cool.« Ich dachte an unser Gespräch auf dem Weg nach Santa Maria zurück und verzog gespielt das Gesicht. »Muss ich mir jetzt Kopfhörer besorgen?«

Kate knuffte mich in die Seite und lachte auf. »Da ich durch die dünnen Wände jeden Morgen um fünf deinen Wecker ertragen muss, wirst du das bisschen Nähmaschinenlärm ja wohl überleben.«

»Ist der echt so laut?«

»Sagen wir mal so, ich frage mich, ob du nachts tot bist, wenn du ihn so laut stellen musst, um wieder zum Leben erweckt zu werden.« Sie verschränkte die Arme vor der Brust, ehe sie mir zuzwinkerte, in den Augen ein verschmitztes Funkeln. »Aber mittlerweile habe ich mich so sehr an den Song gewöhnt, dass ich es kaum noch höre.«

Meine Gedanken wanderten zurück zu unserer ersten Begegnung im *Nightingale*, und ich grinste schief. »Na ja, aber wenigstens ist das Rätsel jetzt gelöst.«

»Stimmt.« Sie schnalzte leise mit der Zunge und kicherte gehässig. »Aber *Hotline Bling*? Im Ernst?«

»Hey, mit Drake kannst du nie was falsch machen.« Ich zuckte mit den Schultern. »Also, hast du mich nur herbestellt, um über meinen Musikgeschmack herzuziehen oder hatte das noch einen anderen Grund?«

Sie lachte und huschte zu der Schneiderpuppe in der Ecke, auf der ein Mantel hing, den ich verdammt gut kannte. Sie nahm den Mantel herunter und legte ihn auf ihrem Bett ab, bevor sie vor dem Bücherregal in die Hocke ging und eine große Kiste zutage förderte. »Ich wollte deine Maße nehmen.«

Definitiv nicht die Antwort, die ich erwartet hatte. »Du wolltest was?«

»Deine Maße nehmen.« Sie öffnete die schwarze Kiste, zog ein mintfarbenes Maßband heraus und zeigte auf meine Jacke. »Zieh die bitte aus.«

Ich öffnete den Reißverschluss meiner Jacke, hielt dann aber inne. »Wofür brauchst du denn meine Maße?«

»Ich möchte dir einen Wärmemantel nähen.« Sie griff sich ein Zopfgummi vom Schreibtisch und band sich das Haar zusammen. Dann legte sie sich das Maßband locker um den Hals und nahm ihr Tablet mit dem dazugehörigen Stift in die Hand. »Dean hat gesagt, dass du einen gebrauchen könntest, aber keinen findest, weil du so groß bist.«

Ich starrte Kate ungläubig an, während mein Hirn drei Schritte hinterherhinkte. »Du willst mir was nähen?«

Sie stemmte die Hände in die Hüften und sah mich abwartend an. »Ja.«

Ich wusste nicht, warum, aber irgendwie ließ ihre Antwort mein Herz etwas schneller schlagen. »Wieso?«

Sie blickte auf ihre Hände hinab, an denen sie heute ein paar dünne Goldringe trug. »Als Dankeschön.«

»Kate, das ist wirklich nicht nötig.«

»Ich weiß. Ich möchte es aber.« Sie trat näher an mich heran und sah mir direkt in die Augen, so als wollte sie unmissverständlich klarmachen, dass es hier keinen Verhandlungsspielraum gab. »Also, kannst du einen Wärmemantel gebrauchen oder nicht?«

Ich kratzte mich am Hinterkopf. »Ja, schon, aber –«

»Gut.« Sie zupfte an dem Revers meiner Jacke, und ihr Duft nach Sandelholz und Jasmin traf mich völlig unvorbereitet, sodass ich fast ins Schwanken geriet. »Dann runter mit der Jacke.«

Ich fing mich wieder einigermaßen und spähte zu Deans Wärmemantel auf Kates Bett. »Ist das nicht extrem aufwendig?«

»Es ist schon etwas aufwendiger, aber ich freue mich schon riesig darauf.« Wieder zupfte sie an meiner Jacke, diesmal allerdings mit mehr Nachdruck, während sie mit großen, bittenden Augen zu mir aufblickte. »Also, lass mich das einfach für dich machen, okay?«

Das tat sie doch mit Absicht. Ich schälte mich aus der Jacke und warf sie achtlos auf Deans Mantel. »Ich kann dich eh nicht davon abbringen, oder?«

»Nein.« Sie grinste zufrieden und deutete hinter mich. »Stell dich genau da hin und streck die Arme aus.«

Ich trat ein paar Schritte zurück, bis ich die Stelle erreicht hatte, auf die sie so ungeduldig gezeigt hatte. »Dass du mich beim Auspacken herumkommandieren durftest, ist dir wohl zu Kopf gestiegen, was?«

»Streck einfach die Arme aus, Volkov.« Sie entsperrte ihr Tablet, und ich beobachtete, wie sie irgendeine App öffnete, bevor sie etwas aufschrieb und mich musterte. »Wie groß bist du eigentlich genau?«

»Eins Vierundneunzig.«

Als sie ihre Augen langsam über mich gleiten ließ, fühlte es sich fast wie eine Berührung an. »Kein Wunder, dass du keinen Mantel in deiner Länge findest.«

Als sie auf mich zukam, streckte ich die Arme aus, und Kate nahm das Maßband von ihrem Hals. Sie maß die Länge meiner Arme von der Schulter bis zur Hand und stand dabei so dicht neben mir, dass ich keine Chance hatte, ihrem Parfum zu entkommen, das mich ganz schwindlig werden ließ. Mit ihren zierlichen Händen korrigierte sie meine Position, wobei ich die Wärme ihrer Haut selbst durch meinen Pullover hindurch spüren konnte. Ich suchte krampfhaft nach einem Thema, worüber ich mich mit ihr unterhalten konnte, um mich irgendwie abzulenken. »Hast du dir die Maschine eigentlich neu gekauft?«

Kate wirkte hochgradig konzentriert, während sie erst meinen rechten und dann meinen linken Arm vermaß. »Nein, meine Nanna hat sie mir geschickt. Genauso wie die Schneiderpuppe da vorn.«

»Das heißt, den ganzen Kram hattest du schon?«

»Ja.« Beinah hätte ich erleichtert aufgeatmet, als Kate einen Schritt von mir zurücktrat und sich über ihr Tablet beugte, das auf dem Schreibtisch lag.

Ich ließ die Arme sinken und schüttelte sie ein bisschen aus, um die versteiften Muskeln zu lösen. »Warum hast du das Zeug nicht schon mitgebracht, als du an die STU gekommen bist?«

»Weil ich nicht dachte, dass ich hier Zeit dafür haben würde, und so war es ja auch. *SouthSideGirl* und Kappa haben all meine Zeit verschluckt.« Sie notierte etwas auf ihrem Tablet, doch dann stockte ihre Hand, und sie guckte mich an. Tiefe Falten bildeten sich auf ihrer Stirn, als sie den Eingabestift hinlegte und zu mir zurückkam. Sie zeigte auf meine Arme, und ich hob sie brav wieder an, während ich ihr dabei zusah, wie sie noch mal nachmaß.

Mir wurde schlagartig klar, warum sie so verwirrt war, und ich schmunzelte vor mich hin und ließ die Arme wieder sinken. »Ja, meine Armspannweite ist länger als ich groß bin.«

»Wow. Okay.« Sie ging zurück zum Tablet und schrieb noch etwas auf. »Und ich dachte schon, ich hätte mich vermessen.«

»Nein, hast du nicht.« Als sie wieder mit dem Maßband herüberkam, hielt ich den Atem an. »Passende Pullover oder Hemden zu finden, ist immer ein ziemliches Abenteuer.«

»Das glaube ich sofort.« Sie deutete mir wieder an, die Arme zu heben, und nachdem ich gehorcht hatte, schlang sie mir das Maßband um die Brust und fügte die Zahlen ihren Notizen hinzu. »Du musst alles anpassen lassen, oder?«

»Ja, so ziemlich.« Als sie hinter mich trat, um meine Schultern auszumessen, war ich froh, dass sie mir nicht ins Gesicht sehen konnte. Denn dann hätte sie vermutlich mitbekommen, was diese federleichten Berührungen ihrer Finger mit mir machten, wenn sie über meine Schultern und meinen Rücken glitten. Ich spürte sie bis ins Mark, auch wenn ich keine Ahnung hatte, warum. Vielleicht musste ich einfach mal wieder mit irgendjemandem schlafen. Das letzte Mal war immerhin schon eine Weile her. Aber allein bei dem Gedanken, die Nacht mit jemand anderem zu verbringen als dieser Frau mit den braunen Haaren, braunen Augen und jenem unvergleichlichen Duft, drehte sich mir der Magen um.

»Alec?«

Ich schüttelte den Kopf und blickte geradewegs in Kates große Rehaugen, weil sie plötzlich genau vor mir stand. Wann und wie war sie denn auf einmal dahin gekommen? »Ja?«

Sie zog eine Augenbraue hoch und nahm das Tablet in die Hand, ehe sie sich wieder Notizen machte. »Ich habe dich gefragt, ob du eine Lieblingsfarbe hast.«

»Sorry, hab ich nicht gehört.« Ich nahm die Arme herunter und überlegte einen Moment. »Dunkelblau. Ich mag Dunkelblau.«

Das warme Lächeln auf ihren Lippen durchfuhr mich wie ein Stromstoß. »Wie der Ozean?«

»Bingo.« Mein Blick blieb an den goldenen Flecken in ihrem linken Auge hängen, die in dem sanften Licht ihrer neuen Lampe besonders gut zur Geltung kamen. »Gold ist allerdings auch schön.«

»Alles klar. Ich schau mal, ob ich beide Farben verwenden kann.« Sie schien völlig in ihre Gedanken versunken zu sein und sagte eine Weile gar nichts, während sie immer wieder zwischen mir und dem Tablet hin und her sah und zeichnete. Als sie unerwartet einen Schritt auf mich zumachte, zuckte ich beinah zusammen. »Was hältst du von einer Stickerei auf der Brust?« Sie legte ihre Hand direkt über mein Herz, das eindeutig viel zu schnell schlug, dafür dass ich nur herumstand. Mein ganzer Körper spannte sich an. »Dein Name vielleicht? Oder irgendetwas auf Russisch?«

»Das überlasse ich dir.« Zum Glück war Kate zu sehr in ihrer eigenen Welt gefangen, um meine raue Stimme zu bemerken.

»Alles klar.« Kate wiegte den Kopf hin und her und tippte sich mit dem Stift gegen ihre Wange. Dann legte sie ihn zusammen mit dem Tablet zurück auf den Tisch und griff wieder zum Maßband. Um ein Haar stöhnte ich gequält auf. »Ich würde den Kragen gern etwas höher machen, damit du auch wirklich warm bleibst, aber dafür brauche ich deinen Halsumfang.« Sie deutete zwischen dem Maßband und meinem Hals hin und her und sah mich unsicher an. »Ich müsste also das Maßband um deinen Hals legen. Wäre das okay?«

»Ja, ist okay«, antwortete ich, ohne nachzudenken, und verfluchte mich direkt in der Sekunde, in der Kate so nah an mich herantrat, dass nur wenige Zentimeter zwischen uns waren.

Mir blieb heute auch nichts erspart, oder?

Ich lehnte mich etwas zu ihr herunter, als sie mir das Maßband um den Nacken legte. Ihre Finger strichen über meine Haut, als sie es vorsichtig zurechtrückte. Sie befürchtete anscheinend, dass ich gleich in Panik ausbrechen und davonlaufen würde. Klar, eine Schlinge um den Hals zu haben war nicht besonders angenehm, doch ich bekam davon eh kaum was mit, solange Kate mir so nah war.

Sie hatte sich auf die Zehnspitzen gestellt und stand jetzt ganz dicht neben mir, sodass ihr Atem heiß auf meinen Hals traf, als sie die Zahl auf dem Band ablas.

Ich wollte wegsehen. Wollte irgendetwas anderes finden, auf das ich mich konzentrieren konnte. Aber alles, was ich sah, war der gesunde Glanz auf ihren Wangen und die langen Wimpern, die ihre großen Augen umrandeten, die es so einfach machten, alles andere um sich herum zu vergessen. Ich ballte die Hände zu Fäusten, um sie nicht an ihre Wangen zu heben. Um nicht mit dem Daumen die Linie ihres Wangenknochens nachzufahren und die zarte Haut unter meinen Fingerspitzen zu spüren. Um nicht mit federleichten Berührungen ihr wunderschönes Gesicht zu erkunden, das jetzt, wo sie anscheinend zu sich selbst zurückgefunden hatte, strahlte wie tausend Sonnen. Ich wollte die Linie ihres Kiefers nachzeichnen und dem Schwung ihrer Nase folgen. Wollte mir Zeit nehmen, um nicht das kleinste Detail auszulassen, und es in meinen Erinnerungen verankern, damit ich es nie verlieren würde. Und ich wollte sie küssen. Mehr als alles andere auf dieser Welt.

Automatisch fielen meine Augen auf ihre vollen Lippen, auf denen sie keinen Lippenstift trug, und ich fühlte, wie meine Hände zu zittern begannen unter der schieren Anstrengung der Zurückhaltung. Gott, wenn ich nicht sofort aufhörte, sie anzusehen, dann würde ich mich zu ihr herunterlehnen und sie küssen, ohne einen Scheiß darauf zu geben, was für ein Chaos das zwischen uns auslösen würde. Ich musste wirklich …

Meine Gedanken erstarben vollkommen, als ich bemerkte, dass Kate mich anguckte, mit einem Ausdruck in den Augen, der keinen Zweifel daran ließ, dass sie mich dabei erwischt hatte, wie ich ihre Lippen angestarrt hatte.

Sie war genauso regungslos wie ich, während sie mir in die Augen sah, und plötzlich war da wieder dieses Knistern in der Luft, das uns beiden schon im *Nightingale* zum Verhängnis geworden war. Ich wollte einen Schritt zurückweichen, aber meine Füße waren wie auf der Stelle festgeklebt, und wir standen einfach da und starrten einander an.

Ich spürte, wie Kate nach einer Weile die Hände um das Maßband lockerte. Sie griff sich die Enden, und ehe ich mich versah, zog sie mich behutsam damit zu sich hinunter. Heiß prallte ihr Atem auf meine Lippen, als sie die Augen schloss und sich gegen meine Brust sinken ließ. Mein Verstand war wie leer gefegt. Ich legte eine Hand in ihren Rücken und senkte den Kopf. Sanft strich ich mit meinen Lippen über ihre, und eine Gänsehaut breitete sich auf meinem ganzen Körper aus, als ich hörte, wie sie leise seufzte.

Langsam wanderte meine Hand über ihren Rücken bis zu ihrem Nacken hinauf, meine Lippen noch immer nicht ganz auf ihren, aber mein dröhnender Herzschlag so laut in meinen

Ohren, dass ich fürchtete, davon taub zu werden. Gott, ich realisierte erst jetzt, dass ich seit der Nacht im *Nightingale* auf diesen Moment gewartet hatte, in dem ich endlich wieder –

Kate und ich zuckten zusammen, als mein Handy lautstark in meiner Hosentasche zu klingeln begann. Ich rührte mich keinen Zentimeter, aber Kate machte einen großen Satz nach hinten. Ihre Wangen glühten feuerrot. Sie geriet kurz ins Straucheln und suchte Halt an der Lehne ihres Schreibtischstuhls. Sie sah mich genauso fassungslos an, wie ich befürchtet hatte, und ich verfluchte mich innerlich, bevor ich das Handy hervorzerrte und den Anruf annahm, ohne vorher aufs Display zu gucken.

»Was?«, bellte ich in den Hörer, und Kate sah mitfühlend zu meinem Handy.

»Mann, wo bist du?« Ich konnte den belustigten Tonfall in Deans Stimme bei seiner Frage heraushören, und ich rieb mir mit einer Hand über die Stirn.

»Wo soll ich denn sein?«

»In der Halle?« Mein Blick flog zu dem goldenen Wecker auf Kates Schreibtisch, und ich zischte laut. Dean lachte leise. »Das Training hat vor zehn Minuten angefangen.«

»Fuck. Ich hab völlig die Zeit vergessen.« Ich griff mir meine Jacke vom Bett und stürzte zu meiner Tasche, wobei ich fast über meine eigenen Füße stolperte. »Bin sofort da. Schick die anderen schon mal ins Wasser und sag ihnen, sie sollen sich wie gewohnt einschwimmen.«

»Geht klar.« Ich hörte, wie Dean meine Anweisung laut weitergab, ehe er wieder ins Telefon sprach. »Und beeil dich. Ich hab super Neuigkeiten.«

»Die können bis nach dem Training warten. Ab mit dir ins Wasser.« Ich sparte mir die Abschiedsfloskel und legte auf. Dann schlüpfte ich in meine Jacke und schulterte die Tasche, bevor ich Kate ansah, die etwas verloren dastand und mich unsicher musterte. »Sorry, ich muss los. Hast du alles?«

»Ja.« Sie nickte knapp. Ihre Wangen waren noch immer ein wenig rötlich, und ihre Augen glitten zu meinen Lippen. »Danke.«

»Kein Thema.« Ich hastete zur Tür, doch als meine Hand sich um den Türgriff schloss, hielt ich inne. Alles in mir schrie danach, mich auf den Hacken umzudrehen und ihren Mund zu erobern. Ich wollte hierbleiben, bei Kate, anstatt ins Wasser zu springen, das mich gerade nicht im Mindesten so sehr lockte wie ihre Arme. Ich erschrak, als ich mich bei diesem Gedanken ertappte, und riss die Tür mit einem Ruck auf. »Also … bis dann.«

Ich ging auf den Flur hinaus und zog die Tür hektisch hinter mir zu, und erst als ich sie zuschnappen hörte, wagte ich es, den Türgriff loszulassen. Mein ganzer Körper stand unter Strom, und ich hetzte mit langen, schnellen Schritten Richtung Schwimmhalle, während mir klar wurde, dass Kate der einzige Mensch war, für den ich überhaupt jemals mein Training hatte sausen lassen wollen.

Und das jagte mir eine Heidenangst ein. Mehr, als ich bereit war zuzugeben.

33. KAPITEL

Alec

»Bis morgen, Alec.«

»Bis morgen.« Ich sah nicht mal von meinen Unterlagen auf, als mein Team nach und nach an meinem Büro vorbeiging und die Halle verließ. Nach dem Training hatte ich mich sofort in meinem Büro verschanzt. Ich war viel zu aufgewühlt und nervös, um mit den anderen zusammenzuhocken und die letzte Einheit des Tages Revue passieren zu lassen. Stattdessen sortierte ich alte Trainingspläne aus, legte wichtige Rechnungen beiseite und stapelte die Unterlagen, die für das Trainingslager im Sommer anfielen.

Ich fühlte mich heute Abend auf seltsame Art eingeengt und gefangen in diesem winzigen Büro, während ich zwischen den drei Aktenschränken und dem Schreibtisch hin und her lief. Eigentlich hätte ich nur ein Stück mit dem Schreibtischstuhl zurückrollen müssen, um mit ausgestrecktem Arm die wichtigsten Ordner zu erreichen, aber ich verspürte den Drang, mich zu bewegen, konnte keine Sekunde still sitzen.

Ich hörte ein leises Klopfen und blickte auf, doch meine Augen richteten sich sofort wieder auf die Akten in meiner Hand, als ich einen schwarzen Haarschopf und schilfgrüne Augen erkannte.

»Wer hätte gedacht, dass der große Alec Volkov auch mal zu spät zum Training kommen würde.« Dean, der offenbar schon geduscht hatte und einen lockeren Trainingsanzug trug, ließ sich auf das kleine Ledersofa fallen und sah mich mit einem so breiten Grinsen an, dass er mich jetzt schon nervte.

Geräuschvoll schmiss ich einen alten Stapel mit Trainingsplänen in den Müll und warf ihm einen mahnenden Blick zu. »Wenn du mir auf den Sack gehen willst, dann spar dir das heute lieber, Mann. Ich bin echt nicht in Stimmung.«

»Okay, okay.« Abwehrend hob er die Hände und beugte sich herunter, um die Beine seiner dunkelroten Jogginghose etwas weiter hochzukrempeln. »Ich weiß zwar nicht, was genau dir über die Leber gelaufen ist, aber ich bin hier, wenn du jemanden zum Reden brauchst.«

Ich verkniff mir einen bissigen Kommentar, was mir gerade höllisch schwerfiel. Dean konnte aber nichts dafür, dass in meinem Kopf das reinste Chaos herrschte, seitdem ich Kates Zimmer verlassen hatte. Mich ihm gegenüber wie ein Arschloch zu benehmen würde mir auch nicht weiterhelfen. »Danke.«

»Kein Thema.« Dean setzte sich wieder gerade hin und streckte die Beine aus, ehe er die Arme hinterm Kopf verschränkte. »Außerdem hatte ich ja angekündigt, dass ich großartige Neuigkeiten habe. Ich bin mir ziemlich sicher, dass die dich aufmuntern werden.«

Ich bezweifelte das zwar, da ich nicht mal wusste, was eigentlich genau mit mir los war, doch ich war durchaus gewillt, ihm eine Chance zu geben. Ich stieg über seine Beine hinweg und fläzte mich auf den Schreibtischstuhl, der wie immer bedrohlich unter meinem Gewicht knarzte. »Schieß los.«

Deans Grinsen wurde noch etwas breiter. »Ich war vorhin im Sekretariat, um was wegen meiner nächsten Abwesenheit zu klären, und bin da dem Dekan begegnet.«

Als der Mistkerl eine dramatische Pause einlegte, stieß ich ungeduldig sein Bein mit meinem Fuß an. »Und?«

»Er hat mich gebeten, dir auszurichten, dass die *Swimming World* bei der STU angerufen und Interesse an einem Interview mit dir kundgetan hat.« Deans Worte wurden von einem statischen Rauschen begleitet, das es mir schwermachte, ihn zu verstehen, während mir der kalte Schweiß ausbrach, obwohl es hier in der Schwimmhalle brütend heiß war. »Sie wollen ein Feature über herausragende Nachwuchstalente dieser Saison herausbringen, und du bist eins davon.«

»Was?«, krächzte ich.

»Die *Swimming World* will dich interviewen.« Dean setzte sich aufrecht hin, die aufmerksamen schilfgrünen Augen direkt auf mich gerichtet. »Eine ganze Doppelseite, Mann. Wie geil ist das denn?«

Ich sah, wie Deans Mund sich weiterbewegte, konnte aber nicht mehr hören, was er sagte. Alles ging in dem wilden Stimmengewirr in meinem Kopf unter, in dem sich Gegenwart und Vergangenheit zu einem morbiden Cocktail mixten, der meinen gesunden Menschenverstand vollkommen ausschaltete. Die Blitze von Kameras explodierten vor meinen Augen, während ich die Arme meines Vaters zu spüren glaubte, die mich durch die Meute aus Lokalreportern vor unserem Haus schoben. Wilde Rufe und Beleidigungen mischten sich mit dem statischen Rauschen, und ein scharfer Schmerz bohrte sich in meinen Schädel, als würden meine Erinnerungen auf ihrem Weg nach draußen versuchen, ihn zu spalten. Meine Lunge zog sich zusammen, ich sprang auf und verließ das enge Büro, so schnell ich nur konnte. Ohne Umwege führten meine Füße mich zu meiner Schwimmtasche, die wie immer auf der Bank neben dem Becken stand, und mit fahrigen Bewegungen zog ich so heftig am Reißverschluss, dass dieser zu reißen drohte. Erst als meine Hände das Gummi meiner Schwimmbrille und den Kunststoff der Paddels ertasteten, beruhigte ich mich genug, um überhaupt wieder etwas um mich herum wahrnehmen zu können. Jetzt spürte ich auch Deans Hand auf meiner Schulter. Ich zuckte zusammen.

Sofort zog er seine Hand zurück. »Sag mal, hast du mir gerade nicht zugehört?«

Meine Bewegungen waren mechanisch, als ich aus meinem T-Shirt schlüpfte und es achtlos in die Tasche warf, ehe meine Trainingshose folgte. »Doch, hab ich.«

»Und warum rastest du dann nicht vor Freude aus?« Ich antwortete nicht, sondern band die Schnüre meiner Badehose zusammen. Dean packte meinen Arm, sein Griff war dermaßen fest, dass seine Finger Abdrücke auf meiner Haut hinterließen. »Ein Interview mit der *Swimming World*. Weißt du, was das heißt? Coaches werden sich ein Bein ausreißen, um dich hier trainieren zu können, und Sponsoren und Scouts werden dich in einer Tour anrufen. Dann sind die Zeiten endlich vorbei, in denen du dich zweiteilen musst. Dann kannst du dich wieder nur auf das Schwimmen konzentrieren, Mann.«

»Ich werde es nicht machen.«

Bei meinen Worten entglitten Dean sämtliche Gesichtszüge. »Was?«

»Ich werde es nicht machen.« Ich schüttelte seine Hand ab und kramte meine Wasserflasche aus der Tasche. »Es gibt andere Schwimmer, die wesentlich jünger und wesentlich schneller sind als ich. Warum also glaubst du, wollen sie ausgerechnet mich, huh?«

»Weil du ein Ausnahmetalent bist?«

»Ja, klar.« Ich lachte freudlos auf und sah Dean an, der die Zähne so fest aufeinanderbiss, dass die Linie seines Kiefers scharf hervortrat. »Das hat natürlich nichts mit meinem Vater zu tun. Oder mit meiner Vorgeschichte.« Mein verächtliches Schnauben hallte von den Wänden wider und mischte sich mit dem Geräusch des Wassers, das über den Beckenrand schwappte. »Ich werde sicherlich nicht das Aushängeschild für irgendeine beschissene Gleichbehandlungskampagne.«

»Was zum Teufel wäre denn bitte so schlimm daran?« Deans Ton war so eindringlich, dass er an meinen Nerven zerrte, die eh schon zum Zerreißen gespannt waren. »Lass sie doch schreiben, dass du bi bist. Weißt du, wie vielen Leuten du damit Mut machen könntest? Wie viele Kids es da draußen gibt, die so sind wie wir und die den Profisport wie die Pest meiden, weil sie Angst davor haben, was passiert, wenn rauskommt, dass sie nicht hetero sind? Weißt du, was du für die Repräsentation von LGBTQ+ im Sport bewegen könntest?«

»Komm mir nicht damit, Mann.« Ich wusste, dass er versuchte, an meinen moralischen Kompass zu appellieren, der mir sagte, dass er recht hatte, aber diesmal stieß er auf taube Ohren. »Als ob ein verficktes Interview die Welt retten kann.«

»Die Welt sicherlich nicht, aber dafür vielleicht den ein oder anderen Teenager.«

»Fick dich, Dean. Ganz im Ernst.« Ich schloss meine Hand fester um die Wasserflasche und war kurz davor, sie meinem besten Freund an den Kopf zu werfen, der heute keine Gnade mit mir zu haben schien. »Ich hab keinen Bock, mich noch mal wie ein Tier ausschlachten zu lassen. Letztes Mal hat gereicht. Kein Bedarf.«

»Okay, dann vergiss den ganzen moralischen Kram und mach es aus egoistischen Gründen.« Er packte mich bei den Schultern und schüttelte mich. »Du hast tausendmal gesagt, wie viel einfacher und freier dein Leben werden würde, wenn wir einen neuen Coach hätten. Das ist die Chance, dass die STU endlich die Kohle springen lässt und jemanden einstellt.«

Mit einem Ruck befreite ich mich von ihm und schüttelte den Kopf. »Wenn ich mich dafür verkaufen muss, verzichte ich darauf.«

»Willst du lieber dein verdammtes Leben vor die Wand fahren?« Frustriert warf Dean die Hände in die Luft, zornige, rote Flecken zogen sich über seinen Hals. »Was meinst du, wie lange das so noch gut geht, hm? Wie lange du diese Scheiße noch treiben kannst, bevor dein Körper dir mal die Grenzen zeigt?« Er schlug mir gegen die linke Schulter, und ich fluchte leise. »Glaubst du, ich hab nicht gemerkt, dass deine Schulter wieder Ärger macht? Der ständige Schlafentzug, das viele Lernen und das harte Training werden sich irgendwann rächen, und dann kannst du dir das mit der Nationalmannschaft ein für alle Mal abschminken.« Seine Worte fühlten sich an wie ein Schlag in die Magengrube. »Ist das dein dämlicher Stolz echt wert?«

»Du hast dir den falschen Tag ausgesucht, um mir auf den Sack zu gehen.« Mein Blick blieb an dem Ring an meinem Daumen hängen, und zum ersten Mal wollte ich ihn ausziehen und wegwerfen. »Sieh zu, dass du verschwindest, bevor ich mich vergesse.«

»Dann vergiss dich doch einfach mal für fünf Sekunden und komm von deinem beschissenen hohen Ross runter.« Dean stieß mich an der Schulter rückwärts, aber ich blieb stur stehen. »Du bist zwar mein Coach, allerdings auch mein bester Freund, und ich werde dir sicherlich nicht dabei zusehen, wie du einen so saudämlichen Fehler machst.«

Ich sah rot. Dean hatte absolut keine Ahnung, wovon er redete. Keine Ahnung, wie es war, wenn einem Reporter ihre Kamera unter die Nase hielten, während sie dein Leben öffentlich ausschlachteten und alles nur noch schlimmer machten. »Das ist kein Fehler, also tu mir den Gefallen und halt dich einfach raus. Kümmere dich um deinen eigenen Scheiß.«

Dean holte tief Luft, doch anstatt mich wütend anzubrüllen, atmete er schwer aus. Seine Schultern hingen herab, und er musterte mich besorgt. »Ich will dir doch nur helfen.«

»Ich brauch deine beschissene Hilfe nicht. Und ich will sie auch nicht.« Mein Mund bewegte sich, bevor mein Verstand ihn stoppen konnte, und so griff ich direkt in die dunkelste und schmerzhafteste Kiste, die ich finden konnte, nur um mich nicht mehr wie ein in die Enge getriebenes Tier zu fühlen. »Anstatt dir den Kopf über mein Leben zu zerbrechen, solltest du lieber mal dein eigenes auf die Reihe kriegen und aufhören, einem dämlichen Wichser nachzuheulen, der sich eh nie im Leben für dich entschieden hätte.«

Als Dean sämtliche Farbe aus dem zuvor noch zornig roten Gesicht wich, wusste ich, was ich angerichtet hatte. Ich hatte meine Hände schamlos in eine Wunde gelegt, die noch lange nicht verheilt war und die noch immer blutete, ganz egal, wie viele Pflaster Dean auch versucht hatte daraufzukleben.

Reue erfasste mich und begrub mich unter sich, aber mein Stolz verbot es mir, mich zu entschuldigen. Ich war zu wütend, zu aufgewühlt, zu stur, um das, was ich gesagt hatte, zurückzunehmen. Alles, woran ich denken konnte, war meine eigene Wut und mein eigener Schmerz, den ich so lange unterdrückt hatte, und der für mich genauso wenig Sinn ergab wie alles, was ich fühlte, wenn ich in Kates Nähe war.

Als ich es nicht mehr ertrug, Dean anzusehen, pfefferte ich die Wasserflasche in meine Tasche, drehte mich auf den Hacken um und sprang ins Wasser, das mich mit seiner vertrauten Kühle direkt willkommen hieß. Ich begann mit meinem üblichen Training und fand schnell meinen Rhythmus. Meine Muskeln schienen nicht gewillt zu sein, sich von dem lauten Schreien meines schlechten Gewissens ablenken zu lassen, das es mir unmöglich machte, an etwas anderes zu denken als die

Worte, die ich gerade eben meinem besten Freund an den Kopf geworfen hatte.

Dean blieb noch eine Weile am Beckenrand stehen, die traurigen und vorwurfsvollen Augen direkt auf mich gerichtet, was mich nur noch mehr antrieb. Ich schwamm Bahn für Bahn, um dieser brennenden Schuld zu entkommen, die meine Arme und Beine schwerfällig machte. Ich sah Dean jedes Mal, wenn ich den Kopf zum Luftholen aus dem Wasser hob. Doch dann, nach der nächsten Wende, war er plötzlich verschwunden. Und ich hatte keine Ahnung, ob und wann er zurückkommen würde.

34. KAPITEL

Kate

»Ist es wirklich okay, dass du das Training sausen lässt?« Skeptisch spähte ich zu April hinüber, die neben dem Schreibtisch auf dem Boden saß. Munter futterte sie Chips, während sie in der neusten Ausgabe der *Vogue* herumblätterte. Ganz offensichtlich war sie nicht im Mindesten darüber besorgt, was Alec von ihrer Abwesenheit halten würde. Rasch lenkte ich meine Aufmerksamkeit wieder auf die Nintendo Switch, die zwischen Raelyn und mir auf dem Boden stand und auf der wir uns gerade ein wildes Rennen bei Mario Kart lieferten. Unser letzter Mädelsabend lag schon eine Weile zurück, und es tat unvorstellbar gut, mit Videospielen und sonstigem sinnlosen Kram die Zeit zu vertrödeln, auch wenn ich, bevor ich April kennengelernt hatte, nie gedacht hätte, dass mir das Spaß machen könnte.

»Stimmt.« Raelyn fluchte und lehnte sich mit dem ganzen Körper in die Kurve, obwohl das für das Spiel nicht den geringsten Unterschied machte. »Nicht dass wir auch noch den Zorn von Coach Volkov auf uns ziehen.«

»Macht euch darüber mal keine Gedanken. Ich bezweifle, dass er das überhaupt mitbekommt.« Nachlässig winkte April ab, bevor sie schwer seufzend die Zeitschrift sinken ließ. »Außerdem brauchte ich echt eine Pause vom Training. In der Halle hat man momentan das Gefühl, zu ersticken.«

Ich runzelte die Stirn, war allerdings zu sehr von dem Schildkrötenpanzer abgelenkt, der direkt auf mich zugeflogen kam. »Warum?«

»Weil Dean und Alec nicht mehr miteinander reden.«

»Im Ernst jetzt?« Raelyn griff nach meinem Controller und versuchte, mich von meinem Kurs abzubringen. »Hattest du nicht gesagt, die beiden sind beste Freunde?«

»Sind sie auch, aber momentan gucken sie sich mit dem Arsch nicht an.« April stieß Raelyn mit dem Fuß an und warf ihr einen mahnenden Blick zu, sodass sie mit ihrem Sabotageversuch aufhörte. »Ich meine, ich bete Dean an, aber zurzeit wäre es mir echt fast lieber, wenn er nicht beim Training aufschlagen würde, bei der Anspannung, die in der Luft liegt.«

»Weißt du, was vorgefallen ist?«, fragte ich, bemüht, mir nicht anmerken zu lassen, wie sehr diese Information mich wirklich vom Spiel ablenkte.

»Nein, keine Ahnung. Ich weiß nur, dass ich nach einer Woche mieser Stimmung zwischen den beiden dringend eine Pause brauche.« Als Raelyn den Mund öffnete, verdrehte April die Augen, steckte ihr aber trotzdem ein paar Chips hinein. »Aber wer weiß, vielleicht gehen sie einander heute endlich an die Gurgel und morgen ist dann wieder alles beim Alten.«

Meine Gedanken drifteten ab, und ich presste die Lippen aufeinander. Ich hatte mich schon gefragt, warum ich Alec die ganze letzte Woche höchstens mal kurz auf dem Campus zu Gesicht bekommen hatte, und befürchtete schon, dass es vielleicht an unserem Beinahe-Kuss gelegen hatte. Doch wahrscheinlich ging er tatsächlich gar nicht mir aus dem Weg, sondern Dean, der mit uns auf einem Flur wohnte.

Ob Alec wohl okay war? Immerhin war Dean sein bester Freund, und wie es aussah, hatten die beiden sich heftig gestritten, wenn sie nicht mal ein Wort miteinander wechselten. Ob ich ihm schreiben sollte? Aber was, wenn er mir doch aus dem Weg ging und sein Verhalten gar nichts mit Dean, sondern doch mit mir zu tun hatte?

»Hey, Augen auf die Strecke!« Bei Aprils Aufruf zuckte ich zusammen, ehe ich realisierte, dass Raelyn gerade mit ihrem Flitzer über die Ziellinie fuhr. War sie nicht eben noch weit hinter mir gewesen?

»Mist.«

April stand von ihrem Platz auf und deutete mir an, rüberzurutschen, bevor sie sich auf meinen Platz setzte und die Hand ausstreckte. »Her mit dem Controller.«

Ich reichte ihr das rechteckige blaue Ding und ließ den Kopf gegen mein Bett sinken, während ich aus dem Augenwinkel mitbekam, wie Raelyn einen albernen Siegestanz mit ihren Schultern veranstaltete.

Doch dann plötzlich hielt sie inne und zeigte auf meine Schneiderpuppe. »Was nähst du da eigentlich?«

»Ach das?« Ich blickte zu den zusammengenähten Stoffbahnen aus dunkelblauem Fleece für das Innenfutter des Wärmemantels, die ich mit Stecknadeln an der Puppe festgemacht hatte. »Nur eine Jacke.«

Raelyn zog eine Augenbraue hoch, und ich wünschte mir inständig, dass sie das Thema einfach fallen ließ. »Sieht aber ein bisschen groß aus für dich.«

»Die ist auch nicht für Kate.« April sah nicht vom Spiel auf, doch ich konnte erkennen, wie ihre Finger sich fester um den Controller schlossen. »Die ist für Alec, stimmt's?«

Ich zögerte einen Moment, aber dann nickte ich stumm.

Sofort unterbrach April das Spiel und musterte mich mit ihren haselnussbraunen Augen mit den grünen Flecken darin. »Was läuft da eigentlich zwischen euch?«

Als auch Raelyn den Controller zur Seite legte, wusste ich, dass es kein Entkommen mehr gab, und ich horchte tief in mich hinein, ehe ich leise murmelnd antwortete. »Ich mag ihn. Glaube ich.«

April zog die Nase kraus. »Du glaubst? Was gibt es da zu glauben? Entweder du magst ihn oder eben nicht.«

»Also schön, ich mag ihn. Sehr.« Das war mir spätestens in dem Moment bewusst geworden, in dem seine Lippen sanft über meine gestrichen waren. »Aber ich weiß nicht, ob Alec das Gleiche fühlt.«

Raelyn lächelte mich auf ihre übliche verständnisvolle Art an. »Hast du es ihm schon gesagt?«

»Nein.«

Sie ergriff über Aprils Schoß hinweg einfach meine Hand und drückte sie kurz bestätigend, so, als wollte sie mir Mut machen. »Dann hör doch auf, dir darüber den Kopf zu zermartern, und sag es ihm einfach. Dann wirst du ja sehen, wie er darüber denkt.«

Aprils Augenbraue schoss sofort in die Höhe, und sie schnipste Raelyn gegen die Stirn, die fluchend vor ihr zurückwich. »Sagt ausgerechnet die, die als Freshman nach New York abgehauen ist, weil sie ihre Gefühle nicht sortieren konnte.«

Raelyn rieb sich die rote Stelle an der Stirn und ließ ein unzufriedenes Murren hören, das sie sich eindeutig von Hunter abgeguckt hatte. »Das wirst du mir auch ewig vorhalten, oder?«

»Absolut.« Als April ihre volle Aufmerksamkeit wieder auf mich richtete, verspannte ich mich ein wenig. »Aber ich bin ausnahmsweise mal Raelyns Meinung. Sag es ihm einfach. Du wirst ja sehen, wohin es dich führt.«

»Ich erinnere dich dran, wenn Tyler zurückkommt.«

April warf Raelyn einen bitterbösen Blick zu, während ihre Ohren sich rot verfärbten. »Das ist was anderes.«

Nonchalant zuckte Raelyn mit den Schultern. »Nicht wirklich.«

April machte eine wegwerfende Handbewegung, unwillig, weiter über ihre eigenen Gefühle zu reden. »Was ich sagen wollte, bevor Raelyn mich unterbrochen hat, ist, dass du es ihm wirklich sagen solltest. Auch wenn er offenkundig wenig Interesse an ernsthaften Beziehungen zeigt.« Als unsere Blicke sich wieder begegneten, war der Ausdruck in ihren Augen so eindringlich, dass ich nicht wegsehen konnte. »Du wirst es irgendwann bereuen, wenn du es nicht tust.«

»Ist das wirklich okay für dich?«, überlegte ich. Mir war gar nicht bewusst gewesen, wie sehr mir dieses Thema auf der Seele gelegen hatte.

Verständnislos sah April mich an. »Was? Dass du in Alec verliebt bist?«

»Ja.« Ich spürte, wie mein Herz einen kleinen, kindischen Hüpfer machte, als sie das Wort *verliebt* benutzte. Meine Nanna lag eindeutig richtig. Alec hatte mir wirklich den Kopf verdreht. »Immerhin ist er dein Coach.«

»Bist du glücklich, wenn du mit ihm zusammen bist?«, fragte April mich geradeheraus, und ich antwortete, ohne zu zögern. »Ja.«

Was auch immer April in meinen Augen fand, es war anscheinend Grund genug, um sie verständnisvoll lächeln zu lassen. »Dann ist es okay.« Sie stieß mich mit dem Ellenbogen an. »Und wenn er dir das Herz bricht, hab ich endlich eine gute Ausrede, diesem selbstgefälligen Arschloch alle Knochen zu brechen. Das ist doch ein netter Bonus.«

Raelyn lachte laut auf, und ich lehnte meinen Kopf an Aprils Schulter. »Danke, April.«

»Kein Ding.« Sie hielt einen Moment inne und rückte dann so abrupt von mir ab, dass ich mich nur mit Mühe und Not noch abfangen und verhindern konnte, dass ich ihr in den Schoß fiel. »Warte, hast du deshalb nichts gesagt? Weil du Schiss hattest, wie ich reagiere, wenn ich herausfinde, dass du auf meinen Coach stehst?«

»Nein.« Ich lächelte entschuldigend, als die beiden mich skeptisch musterten. »Na ja, vielleicht ein bisschen. Aber eigentlich mehr, weil ich selbst nicht wusste, was ich für ihn empfinde.«

Raelyn ließ ein frustriertes Schnauben hören. »Meine Güte, du musst echt aufhören, immer alles mit dir selbst auszumachen.«

»Wir haben mit Hunter schon einen von der Sorte Miesmuschel in unserer verkorksten kleinen Familie. Da brauchen wir echt keine zweite von.« April boxte mir gegen den Oberarm, und ich zuckte zusammen. »Ich liebe dich, aber manchmal bist du echt wahnsinnig anstrengend.«

»Sorry.«

»Schon okay.« Raelyn sah mich ernst an. »Aber du musst nicht immer die Welt retten. Du kannst dich zur Abwechslung auch mal retten lassen.«

Die Sorge in den Augen der beiden erfüllte mich gleichermaßen mit Reue sowie mit einer Wärme, die mich wissen ließ, dass ich bei ihnen immer sicher sein würde. Ich wusste, dass ich bei den beiden nicht immer stark sein musste. Dass sie mich mit meinen Fehlern akzeptierten und auch die hässlichsten Seiten von mir annahmen. Aber es war schwer, alte Angewohnheiten abzulegen. Besonders, wenn man wie ich niemanden enttäuschen wollte. »Ich werde es versuchen.«

April klatschte in die Hände und durchbrach damit die ernste und schwere Atmosphäre, die sich wie dichte Gewitterwolken über den Raum gelegt hatte. »Okay, eine Grundregel habe ich allerdings, wenn du wirklich anfängst, ihn zu daten.«

Aus Neugier spielte ich mit. »Die da wäre?«

»Ich will absolut nicht wissen, wie er im Bett ist.« April schüttelte sich angewidert, und ich konnte ein Kichern nicht unterdrücken. »Das sind Infos, auf die ich getrost verzichten kann.«

Raelyns aquamarinblaue Augen weiteten sich, und entrüstet schlug sie ihrer Mitbewohnerin gegen die Schulter. »April!«

»Also, wenn du es ganz genau wissen willst, dann –«

Bevor ich auch nur ein weiteres Wort sagen konnte, hatte April mir schon die Hand auf den Mund gepresst, während Raelyn uns alle mit einem panischen Satz nach vorn umriss. Ich landete mit dem Rücken auf dem Boden, meine Arme und Beine völlig verknotet mit den anderen beiden, und mir liefen vor Lachen die Tränen über die Wangen, als sie wild und mit gespielter Entrüstung auf mich einredeten, dass ich solche Dinge einfach für mich behalten sollte.

Erleichterung durchflutete mich, weil ich endlich laut ausgesprochen hatte, was mir seit einer Woche auf dem Herzen gelegen hatte. Ich empfand tatsächlich etwas für Alec. Und jetzt, wo ich es nicht mehr zwanghaft versteckte, breitete sich die Gewissheit in meinem ganzen Körper aus und hüllte mich wie eine schützende Decke ein.

Ich empfand etwas für ihn. Und das war vollkommen okay.

Automatisch fiel mein Blick auf den nicht einmal halb fertigen Mantel an der Schneiderpuppe, und ein Entschluss formte sich in meinem Kopf. Wenn ich ihm den Mantel schenkte, dann würde ich es ihm einfach sagen. Auch wenn allein der Gedanke daran, dass er meine Gefühle vielleicht nicht erwidern würde, mir eine höllische Angst einjagte, wusste ich genau, dass es jetzt kein Zurück mehr gab. Ich würde es nicht für immer für mich behalten können, und bevor sich diese Emotionen vollkommen unkontrolliert Bahn brechen würden, sollte ich es ihm besser sagen. Selbst wenn ich damit riskierte, ihn zu verlieren. Was eigentlich noch viel beängstigender war als die Möglichkeit, dass er vielleicht nicht das Gleiche empfand.

»Okay.« Raelyn richtete sich als Erste wieder auf und zog April mit sich hoch. »Können wir dann jetzt weiterspielen?«

»Klar. Wenn du es nicht erwarten kannst, meinen Staub zu fressen.«

Ich wischte mir die Lachtränen von den Wangen und stand auf, als es an der Tür klopfte. Ich machte sie auf, in Erwartung, einen meiner Flurnachbarn zu sehen, der sich beschwerte, weil wir zu laut waren und ihn beim Lernen störten. Aber stattdessen blickte ich in das blasse Gesicht von Dean, der mit einem niedergeschlagenen Lächeln die Hand zum Gruß hob.

»Dean, hey.« Ich versuchte, mir meine Überraschung nicht allzu sehr anmerken zu lassen. Sollte er nicht eigentlich, genau wie April, beim Training sein? »Was gibt's?«

»Hey, Kate.« Er spähte an mir vorbei und nickte Raelyn und April kurz zu, die ihn ungefähr so verwirrt ansahen, wie ich mich fühlte. »Entschuldige, ich komme später wieder. Ich wusste nicht, dass du Besuch hast.«

Ich schaute über die Schulter zu meinen Freundinnen, die eine unmissverständliche Kopfbewegung machten, also trat ich hinaus zu Dean auf den Flur und schloss leise die Tür hinter mir. »Schon okay.« Ich legte ihm vorsichtig die Hand auf den Oberarm. Es fiel mir schwer, in diesem Häuflein Elend meinen sonst so fröhlichen Flurnachbarn Dean wiederzuerkennen. »Was ist los?«

Dean fuhr sich mit der Hand durch das schwarze Haar. »Ich weiß gar nicht, wo ich anfangen soll.«

Ich führte ihn etwas von der Tür weg und lehnte mich mit ihm gegen das Fenster am Ende des Flurs, hinter dem sich dicke Gewitterwolken zusammenbrauten. »Fang einfach irgendwo an.«

»Okay.« Er vergrub die Hände in seinen Hosentaschen und begann zu sprechen. »Du weißt ja, dass Alec unser Coach ist.«

»Ja, das weiß ich.«

»Weißt du auch, dass er versucht, in den Kader der Nationalmannschaft aufgenommen zu werden?«

»Ja, er hat mir davon erzählt.« Ich hatte keine Ahnung, worauf Dean hinauswollte, bemühte mich aber, ihm zu folgen. »Er hat es doch schon mal fast geschafft, oder? Also sollten seine Chancen doch eigentlich gar nicht so schlecht stehen, richtig?«

»Das hat er dir erzählt?« Der Ton in Deans Stimme war ungläubig, sodass ich mich fragte, ob das vielleicht ein Geheimnis gewesen war.

Zögerlich nickte ich. »Ja.«

»Ich weiß nicht, ob ich erleichtert oder verletzt sein soll.« Dean ließ den Kopf gegen die Fensterscheibe sinken und sah zu den Deckenleuchten auf, die dem Flur ihr helles Licht spendeten. »Mich hat es anderthalb Jahre und eine Menge Nerven gekostet, das aus ihm herauszubekommen.« Er warf mir einen Seitenblick zu, den ich nicht deuten konnte. »Alec redet nämlich eigentlich nicht über die Zeit vor der STU.«

Ich wusste nicht recht, was ich mit dieser Information anfangen sollte, die meinen Verstand lahmlegte und gleichzeitig das Herz in meiner Brust zum Hopsen brachte. Was sollte das heißen? Und warum erzählte Dean mir das alles überhaupt?

Er wandte mir den Kopf zu, ohne ihn von der Fensterscheibe zu nehmen. »Ich wollte dich um einen Gefallen bitten.«

Ich verschränkte die Arme vor der Brust, nicht wissend, ob ich bereit war, ihm diesen auch zu erweisen, so mysteriös, wie Dean klang. »Okay.«

»Alec rackert sich kaputt und verliert wertvolle Zeit im Wasser, weil er den Posten als Coach für uns übernommen hat. Die ganzen Trainingspläne und der andere administrative Mist fressen das bisschen an Freizeit auf, das ihm neben dem Lernen bleibt. Und so langsam fange ich echt an, mir Sorgen zu machen.« Deans schilfgrüne Augen ließen meinen Blick nicht einen Moment lang los, als er mit eindringlicher Stimme sprach. »Ein wichtiges Sportmagazin fürs Schwimmen hat Interesse an einem Interview mit ihm bekundet, und wenn Alec darin erscheinen würde, könnte das eine Menge verändern. Die Aufmerksamkeit, die so ein Artikel erlangen könnte, würde eventuell Sponsoren und Scouts anlocken und dazu führen, dass sich haufenweise Coaches an der STU bewerben, die dann vielleicht endlich mal jemanden einstellen würde.«

Fragend sah ich ihn an, auch wenn eine leise Vorahnung sich mit einem Ziehen in meiner Magengegend bemerkbar machte. »Das ist doch super. Oder etwa nicht?«

»Doch. Aber er will es nicht machen.« Dean klang so entsetzlich frustriert, dass mir die Kehle eng wurde. »Ich hatte die Hoffnung, wenn man ihm einfach etwas Zeit gäbe, käme er zur Vernunft, aber der Dekan hat mich heute angesprochen und gebeten, noch mal auf Alec einzureden, damit er vielleicht seine Meinung ändert. Was bedeutet, dass er das Interview wirklich abgelehnt hat.« Als Dean mich wieder anguckte, dämmerte mir bereits, um welchen Gefallen er mich bitten würde. »Könntest du vielleicht mit ihm reden? Ich hab das Gefühl, dass du einen guten Draht zu ihm hast, und wenn ich ganz ehrlich sein soll, kann ich ihm im Moment nicht mal ins Gesicht sehen, ohne ihm eine verpassen zu wollen. Ich bin also derzeitig definitiv der Falsche für den Job.«

Ich dachte kurz darüber nach, obwohl es eigentlich nur eine einzige Antwort gab, da ich genauso wenig wie Dean wollte, dass Alec sich kaputt machte. »Ich kann dir nichts versprechen, aber ich kann es gerne versuchen.«

»Vielen Dank, Kate.« Er atmete erleichtert aus, beinah so, als hätte er damit gerechnet, ich würde ihn zum Teufel jagen. »Ich hoffe ehrlich, dass wenigstens du zu diesem sturen Vollidioten durchdringst, bevor er einen saudämlichen Fehler macht, den er bereuen wird.«

Ich betrachtete Deans herabhängende Mundwinkel und die tiefen Schatten unter seinen Augen. »Ist zwischen euch beiden alles okay?«

»Nicht wirklich, aber das ist eine Sache, die er und ich miteinander ausmachen müssen. Dabei kannst du leider nicht helfen.«

»Ganz sicher?«

»Ja, ganz sicher.« Dean versuchte sich an seinem üblichen schiefen Grinsen, aber es wollte ihm heute nicht wirklich gelingen. »Es wäre übrigens gut, wenn du bald mit ihm reden könntest, bevor das Angebot der *Swimming World* endgültig vom Tisch ist.«

»Alles klar.« Ich strich mir das Haar hinters Ohr, während mein Kopf bereits einen Plan schmiedete, wann und wo ich Alec am besten abfangen könnte. »Ich schaue mal, wann ich ihn zu fassen kriege.«

»Danke, Kate.« Dean stieß sich von der Fensterbank ab und nahm die Hände aus den Hosentaschen seiner ausgeblichenen grauen Jeans. »Und tut mir leid, dass ich dich da jetzt mit reinziehe. Aber ich weiß langsam echt nicht mehr weiter.«

»Schon okay.« Ich lächelte Dean an, um ihn zu beruhigen.

Einen Moment lang sagte keiner von uns etwas, dann räusperte Dean sich lautstark und hielt mir die Hand hin. »Sorry, ich wollte dich gar nicht so lange von den beiden fernhalten.«

»Mach dir darum mal keinen Kopf.« Ich ergriff seine Hand und ließ mich von ihm von der Fensterbank wegziehen. »Die beiden verstehen das.«

Wortlos schlenderten wir zu meiner Zimmertür, und ich atmete überrascht ein, als Dean mich davor plötzlich in seine Arme schloss.

»Danke«, murmelte er leise, während er mich so fest an sich drückte, dass ich befürchtete, meine Wirbelsäule würde gleich ein lautes Knacken von sich geben. Aber so unvermittelt, wie er mich in den Arm genommen hatte, ließ er mich auch wieder los, ehe er mit steifen Schritten und herabhängenden Schultern in Richtung seines Zimmers verschwand.

Ich würde heute Abend auf Alec warten und mit ihm sprechen. Vollkommen egal, wie lange es auch dauern mochte.

35. KAPITEL

Kate

Ich sah an der gläsernen Fassade der Schwimmhalle hinauf, in der sich das fahle Mondlicht spiegelte, und schlang die Arme fester um mich, weil ich fröstelte. Die Nächte Anfang Februar waren noch immer recht kalt, und besonders jetzt, nach Mitternacht und mit dem starken Wind, den das donnernde Gewitter von vorhin mit sich gebracht hatte, schien die Kälte direkt durch meine dicke Jacke zu kriechen. Wenigstens hatte ich das Wohnheim nicht in meinem Schlafanzug verlassen, obwohl die Sorge um Alec mich beinah verrückt gemacht hatte.

Nachdem Raelyn und April gegen zehn Uhr gegangen waren, hatte ich in der Stille meines Zimmers auf seine schweren Schritte gewartet. Ich hatte angestrengt gehorcht, auf das Zufallen seiner Tür oder irgendein anderes Lebenszeichen.

Aber aus zehn war elf geworden. Aus elf zwölf. Und jetzt war es kurz vor eins.

Sobald das Gewitter aufgehört hatte, hatte ich sofort meinen warmen Schlafanzug gegen Jeans und eine dicke Jacke getauscht und mich auf den Weg an den Ort gemacht, an dem ich ihn am ehesten vermutete. Aber die Halle lag verlassen da, nur die Nachtbeleuchtung flackerte in der Dunkelheit, und so langsam zweifelte ich daran, dass ich Alec wirklich hier finden würde.

Mein Magen sank ins Bodenlose, als ich daran dachte, dass er auch durchaus in irgendeinem anderen Bett sein konnte, und mit schnellen Schritten ging ich auf den Haupteingang zu. Zitternd streckte ich die Finger nach den Griffen aus und sendete innerlich ein Stoßgebet gen Himmel, dass sie nicht abgeschlossen waren. Und tatsächlich, als ich daran zog, öffnete sich die Tür. Ich lauschte angespannt, aber da war nichts weiter als Stille. Ich schlüpfte dennoch durch den schmalen Spalt hinein in das kleine Foyer und schaltete die Taschenlampe an meinem Smartphone ein. Gott, hoffentlich war er hier irgendwo, denn mit jedem Schritt, den ich durch die Vorhalle in Richtung der verlassenen Umkleidekabinen ging, kam mir das Schwimmbad mehr und mehr wie der perfekte Schauplatz für einen Horrorfilm vor.

Die Taschenlampe spendete mir nur notdürftig Licht, während ich mich an den ganzen Spinden vorbei in Richtung Schwimmhalle vorwagte. Jetzt hörte ich zumindest schon mal das leise Schwappen von Wasser, auch wenn mir das wenig Mut machte. Denn wenn Alec tatsächlich noch im Schwimmbecken war und trainierte, dann würde das deutlich mehr Lärm machen als diese seichten Wellen, in denen das Wasser in den Filtern verschwand.

Ich tappte durch die Frauenumkleide in die Halle und zog den Reißverschluss meiner Jacke auf, als mir die feuchtwarme Luft entgegenschlug, die in starkem Gegensatz zu der Kälte stand, aus der ich kam. Ich schlüpfte aus meiner Jacke und hielt einen Moment inne, um die gläserne Rückwand der Halle zu bestaunen, durch die man den sternenklaren Nachthimmel sehen konnte, der durch die großen Fenster endlos zu sein schien. Das Gewitter hatte sämtliche Unklarheiten aus der Luft gespült, sodass die Sterne ungehindert funkeln konnten und mit dem tief stehenden Vollmond ein so wunderschönes

Bild zeichneten, wie ich es sonst nur von dem Himmel über der Plantage in Louisiana kannte, weitab der Lichter der Stadt, mit denen die Sterne sonst konkurrieren mussten. Wie hypnotisiert trat ich etwas näher auf das Schwimmbecken zu, in dem das Wasser durch das Mondlicht silbern glänzte, blieb aber wie versteinert stehen, als ich Alec erblickte.

Er trieb mitten im Becken mit geschlossenen Augen auf dem Wasser, vollkommen ruhig und reglos. Mir fiel ein Riesenstein vom Herzen. Gott sei Dank war er hier. Und augenscheinlich ging es ihm gut, mir wurde fast schwindlig vor Erleichterung. Die Arme und Beine hatte er ausgestreckt, und er schien völlig in seiner eigenen Welt versunken zu sein, in der er vermutlich sämtliches Zeitgefühl verloren hatte. Für einen Moment überlegte ich, ob ich ihn rufen sollte, entschied mich dann aber dagegen, um ihn nicht zu erschrecken. Sein Anblick war zu friedlich, um ihn zu stören.

Stattdessen schlich ich am Beckenrand entlang zu der Seite mit den Startblöcken, wo der Rand etwas höher war und es ein trockenes Plätzchen für mich zum Sitzen geben würde. Ich legte meine Jacke auf den Startblock mit der Nummer drei und tastete mit der Hand ab, ob der Rand auch wirklich trocken war, ehe ich mich setzte. Ich zog meine Schuhe und Socken aus, den Blick fest auf Alec gerichtet, der aussah, als würde er in einem Becken aus Quecksilber schwimmen, während der Rest für mich in der Dunkelheit der Nacht völlig in den Hintergrund trat. Ich beobachtete, wie seine Brust sich stetig und kontrolliert hob und senkte, und krempelte dabei die Hosenbeine meiner Jeans hoch. Dann tauchte ich meine Füße ins Wasser, das mir gegen die feuchte Kälte von draußen, die durch den Stoff meiner Schuhe gedrungen war, herrlich warm vorkam.

Vorsichtig bewegte ich die Füße im Wasser, um nicht allzu viele Wellen zu schlagen, doch offenbar reichte das aus, damit

Alec die Augen aufriss und im Wasser versank. Er tauchte auf, und sein Blick suchte hektisch das Becken ab, bis er mich fand.

Ich versuchte, mir nichts darauf einzubilden, dass sämtliche Härte aus seinen Zügen wich, als unsere Augen sich begegneten, aber das war verdammt schwer, weil mein dämliches Herz mir nämlich unaufhörlich zuflüsterte, wie viel dieser Blick zu bedeuten hatte.

»Kate.« Alec hielt sich so mühelos über Wasser, dass ich mich fragte, wie er das anstellte. »Was machst du denn hier?«

Anstatt ihm zu antworten, ließ ich den Blick durch die Schwimmhalle schweifen, die mit dem Mondlicht und der notdürftigen Nachtbeleuchtung nicht mehr ganz so Furcht einflößend wirkte, jetzt, wo ich Alec gefunden hatte. »Das ist also der Ort, den du jeden Morgen um fünf Uhr deinem warmen Bett vorziehst.« Ich sah wieder zu ihm hinüber und rümpfte gespielt entrüstet die Nase. »Ich muss dich einfach hier und jetzt fragen: Bist du vollkommen irre?«

Sein Lachen war so leise und rau, dass es eine Gänsehaut auf meinem Körper hervorrief. »Du würdest es verstehen, wenn du Schwimmerin wärst.«

»Da wäre ich mir nicht so sicher.« Alec tauchte unter und brach dann ein paar Meter von mir entfernt wieder durch die Oberfläche. Durch seine kleine Lektion in Schwimmtechniken erkannte ich, wie atemberaubend schön seine Form war, als er im Freistil auf mich zu schwamm. Die Tropfen, die bei jedem seiner Züge entstanden, glänzten im Mondlicht, und mir stockte der Atem bei seinem letzten, kraftvollen Beinschlag, bevor er neben mir an der Wand anschlug. Ich schluckte schwer, unsicher, ob meine Stimme wohl zittrig klingen würde, weil ich an nichts anderes denken konnte als daran, wie seine Lippen über meine gestrichen waren. »Hat dir schon mal jemand gesagt, dass du ein ziemlicher Angeber bist?«

»Immer wieder.« Alec fuhr sich durch das nasse Haar, und für einen Moment erwartete ich, dass er sich hochstemmen und neben mich setzen würde. Stattdessen legte er die Hände rechts und links neben mir um die Kante des Beckenrandes, und ich spreizte die Beine ein wenig, um seinem massigen Körper etwas Platz zu schaffen, als er dazwischenglitt.

Für den Bruchteil einer Sekunde zog mich seine plötzliche Nähe völlig in den Bann, aber nur so lange, bis ich die dunklen Schatten unter seinen Augen bemerkte. Er sah aus, als hätte er mehrere Nächte nicht geschlafen, die Haut glanzlos und die Wangen von einem dichteren Bartschatten überzogen als sonst. Seine rauchgrauen Augen wirkten so traurig und angespannt, dass ich dem Impuls folgte und meine Hände zärtlich an seine Wangen legte. Scharf sog Alec die Luft ein, und ich merkte, wie er sich verkrampfte. Doch dann, fast so, als hätte jemand einen Stecker gezogen, verlor sein Körper sämtliche Spannung, und er ließ sich schlaff gegen den Rand hängen, wobei seine Füße unter ihm Halt fanden und er aufhörte sich zu bewegen. Anders, als ich erwartete hatte, wich er nicht vor mir zurück, sondern schob sich am Rand noch etwas näher an mich heran. Ich strich mit meinen Daumen behutsam über die empfindliche Haut unter seinen Augen.

»Du siehst ziemlich kaputt aus«, murmelte ich, und er schloss die Augen.

»Ich weiß«, brummte er leise, und mein Herz verkrampfte sich, als er seine Wange in meine Hand schmiegte.

»Wie wäre es, wenn du für heute Schluss machst?«, schlug ich vorsichtig vor, auch wenn ich ahnte, dass er gar nicht wegen seines Trainings hier war.

»Noch nicht«, sagte er mit einer so erschöpften Stimme, dass ich nichts mehr wollte, als die Arme um ihn zu schlingen und ihn nie wieder loszulassen. »Ich bin noch nicht fertig.«

»Du bist doch nicht fürs Training hier, oder?« Als er den Kopf schüttelte, atmete ich tief ein. »Warum bist du dann hier, Alec?«

Träge öffnete er die Augen. »Um nachzudenken.«

»Worüber?«

»Über alles.« Mit einer Hand ließ er die Kante des Beckenrands los und hob sie an die goldene Kette an meinem Hals. Er fingerte gedankenverloren an dem Sichelmondanhänger herum. »Über Dean. Das Schwimmen. Das Interview.«

Ich beschloss, dass die Wahrheit der beste Weg war und wählte deshalb den direkten Ansatz. »Warum willst du das Interview nicht machen?«

»Hat Dean dich geschickt?« Sofort ließ er meine Kette los und versuchte, mir sein Gesicht zu entziehen, doch ich hielt ihn sanft fest.

»Ja, hat er, aber deshalb bin ich nicht hier.« Ich nahm meine rechte Hand von seiner Wange und ließ sie durch sein nasses kurzes Haar gleiten. »Ich will dich weder umstimmen noch dir ein schlechtes Gewissen einreden, Alec. Ich will dich nur verstehen.« Als er mich skeptisch beäugte, lächelte ich ihn an. »Erklär es mir.«

Für einen Moment, der mir wie eine halbe Ewigkeit vorkam, blieb Alec stumm. Dann fasste er wieder nach meiner Kette und fuhr mit dem Daumen die Form des Mondes nach, während er langsam und bedächtig zu sprechen begann. »Ich hab doch gesagt, dass du nicht der einzige Mensch bist, dessen Leben von Social Media zerstört wurde.« Seine Stimme klang ein wenig wie die eines Nachrichtensprechers, als würde er versuchen, die Worte, die aus seinem Mund kamen, auf Abstand zu halten. »Das alles passierte im zweiten Jahr der Highschool. Ich stand kurz davor, in den Kader der Nationalmannschaft aufgenommen zu werden, meine Noten waren fantastisch, und ich hatte verdammt gute Chancen auf ein Stipendium an der Duke. Ich hatte das Gefühl, unbesiegbar zu sein, was mich hat unvorsichtig werden lassen.« Er ließ meine Kette los, schlang die Arme um meine Taille und zog mich näher an sich, als würde er mich jetzt gerade ganz dicht bei sich brauchen.

Dass seine Haut meine Kleidung durchnässte, interessierte mich kein bisschen. Ich legte die Arme locker um seine Schultern, um ihm weiterhin ins Gesicht sehen zu können.

»Ich hatte zu der Zeit meinen ersten Freund. Ein Freshman an der Duke, den ich zufällig während eines Besuchs bei meinem Dad auf dem Campus kennengelernt hatte.« Er räusperte sich, als seine Stimme etwas von der kühlen Distanz verlor. »Ich hab mich nie dafür geschämt, bisexuell zu sein, habe es aber für mich behalten, weil ich wusste, dass das besonders unter Sportlern nicht akzeptiert wird. Als ob es irgendeinen Unterschied macht, mit wem ich ins Bett gehe.« Ich spürte, wie seine Hände sich tiefer in mein Shirt gruben, als er sie in meinem Rücken zu Fäusten ballte. »Jedenfalls wusste niemand davon. Weder dass wir zusammen waren, noch dass mein Freund schwul war. Wir haben uns immer ganz gut versteckt, aber einmal, als ich von einem Wettkampf wiedergekommen bin, habe ich ihn besucht und nicht nachgedacht, sondern ihn einfach geküsst, weil ich dachte, dass das schon okay wäre.«

Eine dunkle Vorahnung überkam mich, und ich hielt den Atem an, während ich hoffte und flehte, dass ich falschlag. Dass Alec dieses Schicksal erspart geblieben war. Doch als Alec weitersprach, stellte sich genau das heraus, was ich befürchtet hatte. Sein Verständnis gegenüber mir und meiner Situation wurde plötzlich in ein ganz neues Licht gerückt.

»Am nächsten Tag war das Foto überall in den sozialen Medien. Wer auch immer das gepostet hat, hat sowohl meinen

Freund als auch mich gegen unseren Willen geoutet. Und das alles nur für ein paar beschissene Klicks und Likes.«

Er stieß ein bitteres Lachen aus, das vermuten ließ, was das mit ihm gemacht haben musste. Warum er allem und jedem mit diesem gelassenen Sarkasmus begegnete, der verhinderte, dass ihm irgendjemand zu nahe kommen konnte.

»Die lokale Presse hat sich natürlich sofort darauf gestürzt, weil mein Vater ein bekannter Coach ist, und hat meine Familie belagert, während meine Klassenkameraden bei uns zu Hause die Fenster eingeschmissen und mich in der Schule drangsaliert haben.«

Es fiel mir schwer, weiter zuzuhören, weil mehr und mehr Schmerz sich in Alecs Stimme mischte, als er mich an diesem dunklen Kapitel seines Lebens teilhaben ließ.

»Weil die Presse immer wieder das Thema aufgegriffen hat, beruhigte sich die Lage auch nach Wochen nicht, und sie haben alles fürchterlich aufgebauscht. Haben meinen Dad sowohl als Coach als auch als Vater infrage gestellt, was ihn fast den Job gekostet hätte. Und meiner Mom warf man vor, dass sie mein *unmoralisches* Verhalten zu verantworten hätte, da sie berufstätig ist und all so ein Mist. Sie haben sogar Mila abgepasst, um irgendwas aus ihr herauszubekommen. Sie war gerade mal dreizehn.«

Ich gab Alec einen Moment, um sich wieder zu fangen, und strich mit meinen Händen sanft über seine Schultern. »Ich war damals auf einer christlichen Privatschule, wo man mich auf Druck der ganzen fanatischen Eltern rausgeschmissen hat, sodass ich an eine öffentliche Highschool wechseln musste, was natürlich erst recht wieder ein gefundenes Fressen für die Klatschspalten war, und alles wieder von vorn losging. Sicherlich lag das auch teilweise daran, dass mein Dad in Durham so was wie ein Lokalprominenter ist.«

Alec senkte den Blick. »Obwohl meine Eltern mir den Rücken gestärkt haben, habe ich es irgendwann nicht mehr ausgehalten. Ich bin vollkommen abgestürzt, hab das Schwimmen und meinen Freund fallen lassen, der meinetwegen an der Uni durch die Hölle gegangen ist.« Was für Vorwürfe er sich deshalb machte, war unverkennbar, denn jeder Muskel in seinem Körper spannte sich an, während er die Worte beinah ausspuckte, so, als würden sie einen bitteren Nachgeschmack auf seiner Zunge hinterlassen. »Ich hab mich mit den völlig falschen Leuten abgegeben, und meine ganze sorgfältig geplante Zukunft stürzte in sich zusammen. Meine Noten sind abgesackt, und weil ich nicht mehr bei Wettkämpfen angetreten bin, hat sich natürlich auch kein Scout mehr für mich interessiert. Ich hab ein Jahr gebraucht, bis ich mein Leben wieder auf die Reihe gekriegt habe. Danach habe ich mir geschworen, nie mehr zu verheimlichen, wer ich bin, damit die Leute sich nicht wieder wie Wölfe darauf stürzen und es gegen mich verwenden können, wenn es irgendwann doch ans Licht kommt. Alles, was ich mir seit meiner Kindheit aufgebaut hatte, ist mir wegen eines einzigen Posts auf Social Media um die Ohren geflogen.« Er schluckte schwer, ehe er zögerlich den Kopf hob, seine Augen voll Unsicherheit, als er sie über mein Gesicht gleiten ließ, als fürchtete er darin so etwas wie Ablehnung zu finden, während doch das genaue Gegenteil der Fall war. »Verstehst du jetzt, warum ich nicht vorhabe, irgendwelche Interviews zu geben?«

Ich nickte wortlos, nicht in der Lage, auch nur ein einziges Wort zu sagen, da ich nicht wusste, ob meine Stimme brechen würde.

»Sie würden unter Garantie wieder alles von damals hervorkramen und versuchen, mich als tragischen LGBTQ+-Helden zu vermarkten.« Sein Kopf sank nach vorn, und meine Hand glitt in seinen Nacken, als er seine Stirn gegen mein Schlüsselbein lehnte. »Ich kann und werde diese Scheiße nicht noch mal mitmachen. Und ich werde sicherlich nicht riskieren, meine Familie da erneut mit reinzuziehen. Auf keinen Fall.«

Ich wartete, ob er noch etwas sagen würde, doch Alec blieb still. Und jetzt, wo alles gesagt war und es nichts mehr zu erklären gab, begann ich zu verstehen. Wirklich zu verstehen.

Was Alec durchgemacht hatte, war so viel schlimmer als das, was ich hatte aushalten müssen, und trotzdem hatte er nicht über mich geurteilt, sondern war an meiner Seite geblieben, obwohl ihm das alles andere als leichtgefallen sein konnte, mit den Kameras und der ganzen Aufmerksamkeit, die ständig auf uns gelegen hatte. Jedes Wort der Unterstützung, jede noch so kleine Geste und jeder Versuch, mich aus meiner Dunkelheit zu locken, bekamen durch seine Geschichte neues Gewicht, während langsam, aber sicher zu mir durchsickerte, wie viel Überwindung es Alec gekostet haben musste, sie mit mir zu teilen, so sehr, wie er sich jetzt an mich klammerte.

Und obwohl er alle anderen auf Abstand hielt, hatte er mich nahe genug an sich herangelassen, um mir einen Blick auf den Alec zu gewähren, der so viel mehr war als das, was man am Campus über ihn sagte. Der so viel stärker war als alle vermuteten. Und der so viel mehr zu geben hatte, als irgendjemand verdiente.

Und plötzlich machte irgendetwas tief in meinem Inneren klick. Wie ein Puzzleteil, das endlich an die richtige Stelle gerückt worden war.

Ich war nicht nur in Alec verliebt. Ich liebte ihn.

Und als er den Kopf hob und mich ansah, konnte ich nicht anders, als meine Lippen auf seine zu legen, in der Hoffnung, ihm damit alles sagen zu können, was ich nicht in Worte zu fassen vermochte.

36. KAPITEL

Alec

Ich wusste nicht, wie spät es war, als ich mit Kate meine Zimmertür erreichte. Wusste nicht, wie lange ich gebraucht hatte, um aus dem Wasser zu kommen. Wie viel Zeit es mich gekostet hatte, zu duschen. Wie ich mich angezogen hatte. Alles war wie ein dichter Nebel, in dem ich sämtliches Gefühl für Zeit und Raum verloren hatte, während alles, was mit Kate zu tun hatte, klar und deutlich zu erkennen war.

Wie sie geduldig vor der Umkleide auf mich gewartet hatte. Wie sie den Schlüssel aus meiner Hand genommen und die Türen zur Halle verschlossen hatte. Wie sie meine Hand ergriffen und ihre Finger mit meinen verflochten hatte, ihre Schritte im Gleichtakt mit meinen, als wir über das Campusgelände zurück zum Wohnheim gingen.

Seitdem sie mich im Schwimmbad geküsst hatte, hatte keiner von uns ein weiteres Wort gesagt, die Stille zwischen uns war jedoch nicht schwer und erdrückend, sondern eher beruhigend und befreiend. Die Unruhe, die mich seit einer Woche heimgesucht hatte, war zwar noch da, aber sie war nicht mehr so laut und fordernd. Als hätte Kate mit ihrem stummen Verständnis einfach den Schalter umgelegt und das dröhnende Surren abgestellt, das mich bisher jede Nacht ins Schwimmbad getrieben und mir den Schlaf geraubt hatte.

Und jetzt, wo wir zurück im Wohnheim waren, wollte ich

sie nicht einfach wieder gehen lassen. Ob aus Angst vor einer weiteren schlaflosen Nacht oder ob aus einem völlig anderen Grund, konnte ich nicht genau sagen. Ich wusste nur, dass ich nicht wollte, dass sie ging.

»Gute Nacht, Alec.« Kate stellte sich auf die Zehenspitzen, und ich kam ihr entgegen, ohne wirklich darüber nachzudenken. Ihre Lippen berührten meine nur kurz und viel zu flüchtig, um es wirklich einen Kuss nennen zu können, und als ihre Finger sich von meinen lösten, fühlte ich mich seltsam leer. »Schlaf gut.«

Ich blickte auf meine Hand hinab, und irgendwie störte es mich, ihre Finger nicht mehr zwischen meinen zu sehen. Die Wärme, die noch zuvor dort gewesen war, verschwand, und die Kälte, die zurückblieb, breitete sich rasend schnell in meinem ganzen Körper aus. Ich fröstelte und ergriff ihre Hand sofort wieder, hielt sie zurück, auch wenn ich wusste, dass ich nicht so ein egoistisches Arschloch sein und sie ihrem Schlaf überlassen sollte.

Aber ich wollte nicht allein sein. Und um ganz genau zu sein, wollte ich nicht ohne sie sein. Nicht jetzt. Nicht heute Nacht.

»Alec?« Beim Klang von Kates Stimme sah ich von unseren Händen auf, und als ich den besorgten Blick in ihren warmen braunen Augen entdeckte, wusste ich, dass ich sie nicht gehen lassen konnte. »Alles okay?«

Anstatt ihr zu antworten, zog ich sie an der Hand so nah zu mir, dass ihre Brust meine berührte. Ich umklammerte ihre Hand so fest, dass ich befürchtete, ihr wehzutun, doch Kate zuckte nicht mal mit der Wimper, sondern strich mit dem Daumen über meinen Handrücken.

Ruhig. Warm. Ohne jegliches Zögern.

Ich hob meine andere Hand an ihre Wange und ließ die Augen über ihr schönes Gesicht wandern, dem selbst die schlaflose Nacht und das sanfte Licht der Deckenbeleuchtung keinen Abbruch tun konnten. Ich betrachtete ihre gerade Nase, die feinen Augenbrauen und die goldenen Flecken in ihrem linken Auge, die mich mit jedem Mal, dem ich Kate nah genug war, um sie sehen zu können, mehr faszinierten. Ihre Lippen öffneten sich leicht, und ich konnte genau sehen, wie ihre Pupillen sich weiteten, als ich mit dem Daumen über ihre volle Unterlippe strich, während ich an unseren Kuss im Schwimmbad dachte, der mich bis ins Mark getroffen hatte.

Dieser Kuss war anders gewesen. Und was auch immer es gewesen war, ich wollte mehr davon. Mehr von ihrer Nähe. Mehr von diesem Gefühl, das sie in mir auslöste.

Einfach mehr von Kate.

Ich senkte den Kopf und legte meine Lippen auf ihre.

Wir waren genau dort, wo im letzten Jahr alles angefangen hatte. Wieder vor meiner Zimmertür. Wieder meine Lippen auf ihren. Und doch schien alles anders zu sein. Dieser blinde Hunger, den ich damals empfunden hatte, war etwas anderem gewichen, das ich nicht benennen konnte. Es war genauso drängend. Brannte genauso in meinen Adern und kannte genauso wenig irgendwelches Maß. Aber es war ein Gefühl, von dem ich instinktiv wusste, dass es zu niemand anderem gehörte als Kate.

Als sie leise an meinen Lippen seufzte, sie sich auf die Zehenspitzen stellte und mir entgegenkam, war mir klar, dass ich sie jetzt nicht gehen lassen würde. Nicht wenn sie sich so an mich schmiegte und küsste wie im Schwimmbad vorhin, ohne jede Eile, aber mit so viel mehr darin, als ich mir selbst erklären konnte.

Ich löste den Kuss, zog meinen Studentenausweis aus meiner Hosentasche und öffnete die Tür. Auf der Schwelle blieb ich stehen und sah Kate an, meine Finger noch immer mit ihren verflochten. Doch ich zog sie nicht mit mir. Die Einladung stand offen im Raum zwischen uns, und ich hielt den Atem an, während ich auf ihre Antwort wartete.

Kate betrachtete mich einen Moment lang, ihre Augen waren verhangen und ihre Lippen leicht geöffnet, und ihr Blick fiel auf unsere ineinander verschlungenen Hände. Und dann trat sie einen Schritt auf mich zu und folgte mir in mein Zimmer.

Leise schloss ich die Tür hinter uns und stellte meine Tasche ab, nicht gewillt, sie los oder mich hetzen zu lassen. Stattdessen schaltete ich das Licht ein, damit keine Dunkelheit mir den Blick auf sie länger als nötig verwehrte. Der Wunsch, ihr nahe zu sein, war so drängend, dass ich an nichts anderes denken konnte.

Wir befreiten gleichzeitig unsere Hände voneinander, nur um die Arme umeinander zu schlingen und wieder in einem Kuss zu versinken, der sich so viel intimer anfühlte als jeder Sex, den ich jemals gehabt hatte.

Das Streichen von Kates Zunge an meiner, der Geschmack ihrer Lippen und, wie sie sich an mich presste, erfüllte mich von Kopf bis Fuß, und die ganze Welt trat völlig in den Hintergrund, bis nur noch Kate übrig blieb.

Und obwohl nicht mal ein Blatt zwischen uns gepasst hätte, war es nicht nah genug. Nicht annähernd nah genug.

Ich löste den Kuss, und meine Hände fanden sofort den Reißverschluss ihrer Jacke, den ich aufmachte, bevor ich ihr das lästige Stück Stoff von den Schultern strich. Ihr dünnes weißes Longsleeve folgte direkt als Nächstes, ehe ich die Knöpfe ihrer Jeans öffnete, die ihr einfach von den Beinen rutschte, als ich sie über ihre Hüften schob. Ich ergriff Kates Hand, damit sie sich die Schuhe von den Füßen streifen und aus der Hose steigen konnte, und als sie dann vor mir stand, nur in ihrer schlichten violetten Unterwäsche ohne jegliche Verzierungen, nahm ich mir einen Moment, um sie einfach nur zu betrachten.

Von der eleganten Linie ihres Halses über ihre zarten Schlüsselbeine zu der atemberaubenden Wölbung ihrer Brüste, den nun weniger hervorstehenden Rippen und dem verführerischen Schwung ihrer Hüften bis hin zu ihren langen, schlanken Beinen.

Als Kate unruhig wurde und versuchte, sich mit ihren Händen vor mir zu verstecken, hielt ich ihre Handgelenke fest und schüttelte den Kopf. Ich sagte kein Wort, weil meine Kehle sich staubtrocken anfühlte, sondern hob sie einfach in einer flüssigen Bewegung auf meine Hüften und trug sie zum Bett.

Vorsichtig ließ ich mich mit ihr darauf nieder, hatte sie noch immer fest in meinen Armen, während ich sie wieder küsste, diesmal drängender als noch zuvor, und die Wärme in meinem Inneren verwandelte sich langsam, aber sicher in eine Hitze, der ich nicht entkommen konnte und von der ich wusste, dass sie mich verschlingen würde.

Als ich den Kuss vertiefte, bog Kate sich mir entgegen, und ich verfluchte mich selbst dafür, dass ich nicht einmal meine Jacke ausgezogen hatte. Ich wollte ihre Haut auf meiner und ihre Hände auf mir spüren und ganz in ihr versinken, bis jeder Zentimeter von ihr mir gehörte.

Ich stand vom Bett auf und zog meine Sachen aus, warf sie achtlos weit von mir weg. Ich hielt den Atem an, als ich sah, dass Kate den gleichen Gedanken gehabt haben musste, denn ich fand kein einziges störendes Stück Stoff mehr auf ihrem Körper, das mich davon abhalten konnte, sie überall auf mir zu fühlen.

Ich ging zu ihr hinüber, und sie streckte sofort ihre Hände nach mir aus. Sie berührte mich sanft, und ihr zufriedenes Seufzen mischte sich mit meinem kehligen Grollen, als ich mich behutsam auf sie legte. Ihre Beine schlangen sich um meine Hüften, und als ich ihre Hitze an meiner Erektion spüren konnte, fuhr eine Schauer durch meinen Körper.

Verdammt, ich hatte sie nur geküsst, hatte sie kaum berührt, und trotzdem schrie alles in mir fordernd und laut nach ihr. Aber ich zwang mich zur Ruhe, bremste mich selbst aus und erkundete jeden Zentimeter von ihr, den ich finden konnte, mit dem Mund und den Händen, bis wir beide atemlos keuchten und es in meinem Kopf nichts mehr gab außer Kate.

Nachdem ich mir das Kondom übergerollt hatte und endlich ganz in ihr versank, konnte ich fühlen, dass sich etwas zwischen uns verändert hatte. Denn als ich mich in ihr zu bewegen begann, ging es mir nicht darum, blind meinem Orgasmus nachzujagen.

Ich wollte mehr. So viel mehr.

Ich küsste sie leidenschaftlich, und sie klammerte sich stöhnend an mich. Und während sie mich heiß und eng umfing, machte sich die panische Angst in mir breit, dass ich es tatsächlich gefunden hatte.

Murrend schlug ich die Augen auf und verfluchte mich selbst dafür, dass ich vergessen hatte, die Vorhänge zuzuziehen. Hell schien die Sonne durch mein Fenster, und obwohl ihr Licht golden und angenehm war, wären mir dichte Regenwolken gerade tausendmal lieber gewesen. Ich rieb mir mit beiden Händen übers Gesicht, um den Schlaf zu vertreiben, der mir tief in den Knochen steckte. Für einen Moment horchte ich in mich hinein und runzelte die Stirn.

Ich war zwar müde, fühlte mich aber deutlich ausgeruhter als in der ganzen letzten Woche. Wie lange hatte ich denn wohl geschlafen?

Ich drehte mich auf die Seite und griff nach meinem Handy,

das normalerweise auf dem Nachttisch lag, hielt aber inne, als ich Kate erblickte.

Sie lag auf der Seite, direkt neben mir im Bett. Sie schlief friedlich mit leicht geöffneten Lippen. Die Decke hatte sie bis zu ihrer Brust hochgezogen, und ihre Hände waren darum geschlossen, so, als würde sie sich daran festhalten. Besorgt strich ich über ihre nackten Schultern, aber ihre Haut war warm, und ich schmunzelte, als ich die ganzen dunklen Male bemerkte, die mein Mund auf ihrem Hals und den Schultern hinterlassen hatte. Als sie leise seufzte, nahm ich die Hand wieder weg, um sie nicht aufzuwecken, ehe ich mich auf den Ellenbogen aufstützte und an ihr vorbei zum Nachttisch spähte. Aber mein Handy war nirgendwo zu sehen.

Kurz überlegte ich, wo zur Hölle ich es nur gelassen haben konnte, und dann fiel mir schlagartig ein, dass es vermutlich zusammen mit meinen Klamotten auf dem Boden lag, weil ich es gestern gar nicht mehr aus der Hosentasche genommen hatte. Vorsichtig rollte ich mich zur anderen Seite des Bettes, tastete auf dem Boden nach meiner Hose und ließ meine Hand in der Hosentasche verschwinden. Da war es. Ich zog mein Handy heraus und legte mich wieder hin. Als ich es entsperrte, fluchte ich schockiert.

Es war halb drei nachmittags.

Ich hatte weder meinen Wecker um fünf noch die siebzehn Anrufe von meinem Team gehört.

Sofort öffnete ich meine Mitteilungen und zögerte kurz, bevor ich die letzte Nachricht öffnete.

Dean [07:15]: Ich übernehme das Training.
Dean [07:15]: Gehe nach deinem letzten Trainingsplan vor.
Dean [07:16]: Hoffe, bei dir ist alles ok.

Als mein Handy mir eine Warnung wegen des geringen Akkustands gab, ließ ich es sinken und sah zur Decke. Klar, ich war schwer aufzuwecken, aber ich hatte noch nie ein Training verschlafen. Schon gar nicht, seitdem ich Coach war. Ich war immer der Erste in der Halle und trainierte, lange bevor der Rest der Schwimmer auftauchte. Und heute hatte ich es verpennt und auf nichts reagiert, sodass Dean das Training hatte leiten müssen, obwohl er wegen unseres Streits vermutlich immer noch einen tierischen Hals auf mich hatte. Was zur Hölle war verdammt noch mal los mit mir? Wie hatte das –

Ich hörte das leise Rascheln der Laken und sah zu Kate, die die Nase krauszog und träge die Augen aufschlug. Sie waren vom Schlaf noch ganz klein und verhangen, und ich lächelte, als sie mit ihrem Handrücken versuchte, das Gähnen zu verstecken. Sie blinzelte ein paarmal und rieb sich einen winzigen Schlafkrümel aus dem Augenwinkel, bevor sie mich anguckte. Bei dem Lächeln, das sich auf ihrem Gesicht ausbreitete, zog sich mein Magen zusammen, und vergessen war das Handy, während ich mich ihr zuwandte.

»Guten Morgen.« Sie legte mir die Hand in den Nacken und zog mich zu einem zärtlichen Kuss zu sich herunter.

»Morgen.« Ich legte ihr die Hand in den Rücken, als sie ein Stückchen näher zu mir heranrückte, ihr Geruch nach Jasmin und Sandelholz vermischte sich mit meinem Aftershave. »Hast du gut geschlafen?«

Sie nickte, drückte mir einen kleinen Kuss auf die nackte Brust und schmiegte ihre Wange an meine Haut. »Du auch?«

Ich lachte leise. »Offensichtlich gut genug, um meinen Wecker und siebzehn Anrufe zu verpassen.«

Das schien sie endgültig aufzuwecken, denn sie rückte ein Stück von mir ab und riss die Augen weit auf wie ein Reh im Scheinwerferlicht. »Was?«

Kommentarlos hielt ich ihr mein Handy hin und deutete auf die Uhrzeit. Sofort richtete Kate sich auf und schlug sich die Hand vor den Mund.

»Du hast mich vom Training abgehalten.« Ich nahm ihr das Handy ab und legte es auf den Nachttisch, bevor ich mich über Kate beugte und sie mit dem Rücken zurück auf die Matratze zwang. »Was haben Sie zu Ihrer Verteidigung vorzubringen, Ms Benoit?«

Prüfend sah sie mich an, aber was auch immer sie fand, genügte anscheinend, um breit grinsend die Arme um meine Schultern zu schlingen. »Wenn ich mich recht entsinne, hast doch wohl eher du mich den halben Morgen wach gehalten.«

Ich legte meine Lippen auf ihre, um mich von der Frage abzulenken, warum es mir nichts ausmachte, für Kate mein Training sausen zu lassen. »Mir kam es nicht so vor, als hättest du dich darüber beschweren wollen.«

»Das steht auf einem ganz anderen Blatt.«

Sie zog mich behutsam zu sich herunter, und ich verlor mich völlig in ihr, während wir uns lange und leidenschaftlich küssten. Mit der Zunge fuhr ich über ihre Unterlippe und spürte, wie sie in meinen Armen erschauderte, ehe ich den Kopf zurückzog und sie betrachtete.

Ich hatte keine Worte dafür, wie schön sie gerade aussah, mit ihrem zerzausten Haar, den geschwollenen Lippen und den großen Augen, die auf mich gerichtet waren. Ich strich mit den Fingern über ihre Wangen, auf denen ein leichter Rotschimmer lag, der mich fast vergessen ließ, wie blass und abgekämpft sie noch vor wenigen Wochen ausgesehen hatte. Ich drückte ihr einen Kuss auf die Nasenspitze, und als ich ihr wieder in die Augen guckte, sorgte etwas in ihrem Blick für ein flaues Gefühl in meiner Magengrube. Aber ich schob es beiseite und setzte mit meinen Fingerspitzen die Erkundungstour fort.

Sanft strich ich über ihr Ohrläppchen, und das Seufzen, mit dem sie es belohnte, ließ mich erst recht vergessen, wie spät es war. Ich senkte den Kopf, um –

»Ich liebe dich.«

Ich erstarrte mitten in der Bewegung. »Was?«

Kate starrte mich aus großen Augen an, offenbar genauso schockiert wie ich. »Gott, entschuldige. Das ist mir so rausgerutscht.«

Die Panik, die in mir hochstieg, bekam sofort einen Dämpfer, und erleichtert atmete ich aus und nickte. »Ah, okay.«

Kate runzelte die Stirn, fasste mich an den Schultern an und schob mich ein kleines Stück von sich. »Okay?«

»Ja, okay.« Der verletzte Ausdruck auf ihrem Gesicht verwirrte mich mindestens genauso sehr wie die eiskalte Angst und die warme Zuneigung, die in meiner Brust um die Vorherrschaft kämpften. »Du hast es ja nicht ernst gemeint.« Ich zuckte mit den Schultern. »Es ist dir ja nur rausgerutscht.«

»Das heißt nicht, dass es nicht wahr ist«, sagte sie mit so einem Nachdruck in der Stimme, dass das Blut in meinen Ohren zu rauschen begann. »Ich wollte dir das eigentlich längst noch nicht sagen, aber ich habe es durchaus ernst gemeint, Alec. Ich liebe dich.«

Ihre Worte hallten für einen Moment in der Stille nach, und als ich wirklich verstand, was sie da gerade gesagt hatte, fiel die nackte Panik mich mit gewetzten Klauen an. Kalt durchfuhr sie mich und ließ mich frösteln, während sich mir die Nackenhaare aufstellten, als mir das Gewicht von Kates Worten bewusst wurde. Ich öffnete den Mund, um etwas zu sagen, aber es kam kein einziger Ton heraus, da ich absolut nicht wusste, was ich eigentlich sagen sollte.

Ich hatte noch nie jemanden geliebt und war auch noch nie zuvor so von jemandem geliebt worden. Meine Versuche in

Richtung Beziehung waren, nach meiner ersten Vollkatastrophe, stets eher oberflächlich gewesen. Und wenn es doch mal ernster geworden war, hatten meine Partner mich immer mit der gleichen Ausrede, nämlich *Da du bisexuell bist, kann ich dir nicht vertrauen, weil du mir eh nur fremd gehen wirst,* fallen lassen, bevor von Liebe überhaupt die Rede hätte sein können. Also hatte ich aufgehört, danach zu suchen, und hatte meinem Spaß an Sex nachgegeben, ohne je weiter darüber nachzudenken. Es war der einfachere Weg. Der, bei dem ich weniger verletzt werden konnte. Und bisher hatte der auch verdammt gut für mich funktioniert. Zumindest bis ich Kate begegnet war.

Was, wenn ich sie liebte? Was, wenn ich es nicht tat?

Ich hatte in meinem Leben noch nie jemandem gesagt, dass ich ihn oder sie liebte. Und auch wenn ich wusste, dass ich für Kate mehr empfand als für irgendjemanden sonst, hatte ich keine Ahnung, ob das Liebe war. Ich wusste, wenn sie bei mir war, war mir alles andere egal. Das Training. Die Kameras. Das Gerede. Alles trat in den Hintergrund, weil es nur noch sie gab. Und wenn ich ganz ehrlich war, dann machte mir das, was ich für sie empfand, auch eine Scheißangst.

»Alec …« Kate berührte mich sanft, und ich wich ihr automatisch aus.

Ich würde nie vergessen, wie ihr die Tränen in die Augen traten. Wie sie fest die Lippen aufeinanderpresste, bevor sie aus dem Bett sprang und sich anzog. Wie sie zur Tür ging und verschwand.

Ich würde es nie vergessen.

Genauso wenig wie diese völlig neue Angst, die sich in mir breitmachte und mich lähmte, als die Tür hinter Kate mit ohrenbetäubender Endgültigkeit ins Schloss fiel.

Was, wenn sie nie zurückkommen würde?

37. KAPITEL

Alec

Kurz vor sieben. Und sie war immer noch nicht da.

Unruhig ging ich vor den Bänken in der Schwimmhalle auf und ab, den Blick fest auf die große Uhr gerichtet, während der Sekundenzeiger sich kaum zu bewegen schien. Aber eigentlich war es auch vollkommen egal, wie langsam oder schnell die Zeit verstrich, weil ich nicht einmal sicher war, ob April heute überhaupt zum Training erscheinen würde, oder ob sie weiterhin mit Abwesenheit glänzte. Sie blockierte meine Anrufe und ignorierte meine Nachrichten und gab mir damit null Chance, mit ihr zu reden.

Womit sie Kates Beispiel folgte.

Seit diesem einen Morgen war sie nicht mehr nach Hause gekommen. Ich hatte jeden Tag auf sie gewartet, aber in ihrem Zimmer war es totenstill geblieben. Auf dem Campus hatte ich sie auch keinmal gesehen, meine Nachrichten blieben unbeantwortet, und meine Anrufe landeten direkt auf der Mailbox.

Ich wusste nicht, wo sie war. Wusste nicht, wie es ihr ging.

Und vermutlich hatte ich das auch verdient, so wie ich mich ihr gegenüber benommen hatte, aber so langsam grenzte das Ganze echt an Folter. Denn während ich mich anfangs noch hatte erklären wollen, hätte ich mich jetzt schon damit zufriedengegeben, einfach nur einen Blick auf sie erhaschen zu können, um zu sehen, ob sie okay war.

Meine Augen wanderten zu Dean, der mich aufmerksam dabei beobachtete, wie ich beinah Löcher in die Fliesen lief. Ich hatte ihm Vorwürfe gemacht, weil er nicht von Gale loskam. Hatte ihm gesagt, dass er lächerlich war und sich zum Idioten machte.

Und hier war ich nun, hilflos und darauf angewiesen, dass sich irgendjemand meiner erbarmte und mir zumindest sagte, wie es der Frau ging, die ich so sehr verletzt hatte und deren tränennasse Augen nicht aus meinen Erinnerungen verschwinden wollten.

»Pril! Schön, dass du dich auch mal wieder blicken lässt.«

Bei Deans Ausruf sah ich zur Frauenumkleide und entdeckte die feuerroten Korkenzieherlocken. Als unsere Blicke sich begegneten, blieb April einen Moment unsicher stehen, ehe sie den Tragegurt ihrer Tasche zurechtrückte und mit durchgedrückten Schultern einfach an mir vorbei zu Dean hinübertappte.

Es interessierte mich einen Scheißdreck, dass sie mich gerade wie Luft behandelt hatte. Und es interessierte mich auch kein bisschen, dass alle uns anstarrten. Mich interessierte nur, dass sie hier war und somit die einzige Verbindung zu Kate zum Greifen nah war. Vorausgesetzt ich lag richtig, und sie war bei ihren Freundinnen untergekommen und nicht nach Louisiana geflogen.

Mit langen Schritten ging ich auf sie zu, doch bevor ich überhaupt irgendetwas sagen konnte, hob April abwehrend die Hand.

»Denk nicht mal dran, mich nach ihr zu fragen.« Ihre Augen funkelten zornig. »Darauf hast du dir echt jedes Recht verspielt.«

Ich wusste, dass durch Aprils Adern kein Blut, sondern Benzin floss und dass ein einziger Funke reichte, um sie zum Explodieren zu bringen, aber das konnte mir in diesem Moment nicht weniger egal sein. »Wie geht es ihr?«

Wütend warf sie ihre Tasche hin und drehte sich zu mir um. Jetzt hatte ich zumindest ihre volle Aufmerksamkeit. »Ist das dein beschissener Ernst?«

Ich war Dean wahnsinnig dankbar, als er aufstand und sich zu den anderen umdrehte, die uns alle anstarrten. »Na los, Leute. Einschwimmen! Hier gibt es nichts zu gucken.«

Jonathan schüttelte den Kopf. »Es ist noch nicht –«

»Einschwimmen!«, bellte Dean, und das brachte alle dazu, sich endlich murrend Richtung Wasser zu bewegen, während nur Dean, April und ich auf den Bänken zurückblieben.

Ich zuckte nicht mal mit der Wimper und war mehr als bereit, mich mit April anzulegen, wenn es unbedingt sein musste. »Sie ignoriert alle meine Anrufe und ist seit einer Woche nicht nach Hause gekommen.«

Aprils verächtliches Schnauben ließ mich wissen, dass Kate ihr alles erzählt haben musste, was wenig verwunderlich war, so eng wie die beiden befreundet waren. »Und was glaubst du wohl, an wem das liegt?«

»Du musst mir gar nicht viel erzählen. Sag mir einfach nur, wie es ihr geht.« Ich sah, wie sie zögerte. »Bitte, April.«

April stemmte die Hände in die Hüften, ihr Blick kalt und unnachgiebig, als sie mir endlich antwortete. »Es geht ihr beschissen. Wie soll es ihr auch sonst gehen, nach der Nummer, die du abgezogen hast?«

»Aber sie ist okay?«

»Ja. Sie ist okay.« April schüttelte den Kopf. »So okay, wie man halt in so einer Situation sein kann.«

»Gut.« Ich räusperte mich leise, war erleichtert, endlich Klarheit darüber zu haben, dass sie tatsächlich bei April und Raelyn war. »Das ist … gut.«

Wir schwiegen uns an, und die Geräusche des trainierenden Teams, die mich sonst eigentlich immer beruhigten, kamen mir heute unerträglich laut vor.

April verengte die Augen und legte den Kopf schief. »Wenn sie nichts weiter als ein Fick für dich ist, was interessiert es dich dann überhaupt?«

Das Loch, das sich in meinem Magen auftat, schien ins Bodenlose zu reichen. »Glaubt sie das?«

»Was soll sie denn sonst glauben?«

»Kate ist mehr für mich als ein One-Night-Stand, April.« Ich wusste nicht, wie ich es in Worte fassen sollte, was Kate eigentlich genau für mich war. Wusste nicht, wie ich es April begreiflich machen sollte, wo ich es selbst doch kaum verstand. »Viel mehr. Viel, viel mehr.«

»Warum hast du ihr das dann nicht gesagt?« Sie nahm die Hände von den Hüften. Ihre Gesichtszüge wurden etwas weicher. »Du hast ihr echt wehgetan, Volkov.«

»Ich weiß.« Als könnte ich je vergessen, wie sie mich angesehen hatte, als ich wie ein Vollidiot vor ihr zurückgezuckt war. »Könntest du ihr vielleicht –«

»Egal, worum du mich bitten willst, die Antwort lautet Nein.« April verschränkte die Arme vor der Brust, und es war mehr als klar, dass sie nicht vorhatte, auch nur einen einzigen Millimeter nachzugeben. »Ich bin dir dankbar für alles, was du für sie getan hast. Das bin ich wirklich. Aber Kate ist gerade erst wieder einigermaßen sie selbst, und ich werde einen Teufel tun und zulassen, dass du ihr das direkt wieder kaputt machst.« Sie fuhr sich mit der Zunge von innen über die Wange und schien ihre nächsten Worte mit Sorgfalt zu wählen. »Kate ist meine oberste Priorität, Alec. Und ich werde dir sicherlich nicht die Tür aufhalten, wenn du dir nicht zu hundert Prozent sicher bist, was du eigentlich für sie empfindest. Wenn du es ernst mit ihr meinst, dann lass dir gefälligst was einfallen. Ich werde dir auf keinen Fall dabei helfen.«

»Das ist nur fair.« Auch wenn ich mir eine andere Antwort gewünscht hätte, hatte ich auch nicht wirklich damit gerechnet. Und um ehrlich zu sein, war das ganze Gespräch, das ich gerade mit April führte, schon so viel mehr, als ich erwartet hatte.

»Fair wäre es, wenn ich dir den Kiefer brechen würde. Aber das hat Kate mir leider verboten.« Sie schnalzte mit der Zunge. »Du stehst bei ihr also noch nicht ganz auf der Abschussliste.«

Ich wusste, was sie mir damit sagen wollte, und ein kleiner Funke Hoffnung machte sich in mir breit. Ich legte April die Hand auf die Schulter und drückte sanft zu. »Danke, April.«

»Mach was draus, Volkov.« Sie schob meine Hand entschlossen von ihrer Schulter, schnappte sich ihre Badekappe und Schwimmbrille und marschierte in Richtung der Startblöcke, die ich nie wieder würde ansehen können, ohne an Kate zu denken.

Sie war überall. Ich konnte ihr nicht entkommen. Und das Schlimmste war eigentlich, dass ich das auch gar nicht wollte. Seitdem sie aus meinem Zimmer gestürmt war, klammerte ich mich an jede noch so winzige Erinnerung, die ich an sie hatte, versuchte, ihren Duft in meinen Laken zu halten und mir immer wieder ihr Lachen ins Gedächtnis zu rufen, wann immer ich an sie dachte, was verdammt häufig der Fall war.

»Dein Glück, dass Kate ihr verboten hat, dir eine reinzuhauen.« Ich sah zu Dean, der unfreiwillig in der ersten Reihe zu meinem persönlichen Drama gesessen hatte und der zum ersten Mal seit zwei Wochen überhaupt mit mir sprach. »Sah nämlich so aus, als hätte da nicht viel gefehlt.«

»Verdient hätte ich es auf jeden Fall.« Ich ließ mich auf die Bank direkt neben Dean fallen und blickte auf meine Hände hinab. Einen Moment lang wusste ich nicht, was ich sagen sollte, dann überließ ich meinem Mund einfach die Führung und legte mein Gehirn und meinen Stolz mal für fünf Sekunden auf Eis. »Ich versteh es endlich.«

Dean betrachtete das Schwimmbecken, in dem das Wasser spritzte und über den Rand schwappte. »Was genau?«

»Warum du an diesem Idioten hängst.« Ich fluchte leise und guckte meinen besten Freund direkt an, der den Blick noch immer stur geradeaus gerichtet hielt. »Es tut mir leid, Dean. Ich hab mich wie ein totales Arschloch benommen.«

»Hast du. Aber was ist daran neu?« Als Dean mich endlich ansah, lag auf seinen Lippen sein typisches schiefes Grinsen, das ich mehr vermisst hatte, als mir bewusst gewesen war. Und auch wenn eine Spur Unsicherheit in seinen Augen lag, wusste ich, dass die Dinge, die ich ihm an den Kopf geworfen hatte, nicht länger zwischen uns standen. Wir waren zum Glück beide beschissen in Entschuldigungen, was diese Freundschaft um so vieles einfacher machte. Er klopfte mir kurz auf den Rücken, ehe er wieder zum Becken zurückschaute. »Willst du drüber reden?«

Und zum ersten Mal wollte ich das tatsächlich.

Ich fing ganz von vorn an, erzählte ihm von all den Dingen, die ich bisher für mich behalten hatte, wie unserem Tag an der Kletterwand oder das Gespräch mit meiner Mutter, in dem ich immer wieder an Kate hatte denken müssen, bevor ich zugab, dass sie sich mehr und mehr in meinen Verstand eingenistet hatte und ich alles innerhalb von wenigen Sekunden komplett versaut hatte. »Und dann hab ich sie einfach gehen lassen.«

»Wow.« Dean atmete schwer aus und legte sich die Hand in den Nacken. »Das ist echt übel.«

Ich strich mir über mein kurzes Haar und nickte. »Ich weiß.«

»Und was hast du jetzt vor?«

»Ich hab nicht die leiseste Ahnung.«

»Dir ist schon klar, dass da ein einfaches *Tut mir leid* nicht reicht, oder?« Dean verschränkte die Arme vor der Brust und sah mich erwartungsvoll an. »Da muss schon mehr her als ein Blumenstrauß und deine hübschen Augen.«

»Ich weiß. Ich hab nur nicht den blassesten Schimmer, wie ich das anstellen soll.« Ich wusste echt nicht, wie ich das wieder geradebiegen sollte. Oder ob ich das überhaupt jemals konnte. Denn wenn ich an ihre großen braunen Augen und den Ausdruck darin dachte, als sie aus meinem Zimmer geflohen war, bezweifelte ich das. »Also, wenn du Vorschläge hast, immer gerne her damit.«

Dean schnalzte mit der Zunge. »Bist du dir sicher?«

Verwirrt runzelte ich die Stirn. »Womit?«

»Das du meinen Vorschlag hören willst.« Als unsere Augen aufeinandertrafen, hielt Dean meinen Blick fest, seine Stimme war so eindringlich, als wollte er sichergehen, dass ich jedes einzelne seiner Worte verstand. »Denn ich hätte da durchaus eine Idee, aber die beinhaltet, dass du den Kopf aus deinem Arsch ziehst und aufhörst, dich hinter deiner Vergangenheit zu verstecken.«

Sofort bekam ich eine Gänsehaut, und das Loch, das sich in meinem Magen aufgetan hatte, nahm die Ausmaße des Marianengrabens an. »Du hast nicht vor, es mir leicht zu machen, oder?«

»Weil ich weiß, dass sie es wert ist.« Dean zuckte mit den Schultern, so als wäre es absolut keine große Sache, alles hinter sich zu lassen, solange man es für den richtigen Menschen tat. »Also, willst du es versuchen?«

Und vielleicht hatte er recht damit. Denn bei dem Gedanken, Kate eventuell für immer verloren zu haben, war ich bereit, einfach alles zu tun, um noch eine letzte Chance von ihr zu bekommen. Und wenn das hieß, dass ich dafür durch meinen eigenen emotionalen Morast waten musste, dann war das halt so. Für sie würde ich noch viel mehr machen als das. Und so wie Dean mich ansah, wusste ich, dass der unangenehme Teil jetzt erst anfangen würde.

Ich rückte näher an meinen besten Freund heran und drehte den Ring an meinem Daumen. Dann nickte ich entschlossen.

»Na dann, lass hören.«

38. KAPITEL

Kate

»Sicher, dass du schon gehen willst?« Ich schmunzelte, während ich Raelyn betrachtete, die mich am Arm zurückhielt, als ich meine Jacke anziehen wollte. Sie sah wahnsinnig niedlich aus, wie sie mich mit ihren großen aquamarinblauen Augen anguckte, die Unterlippe vorgeschoben und mit dem bittenden Ausdruck im Gesicht, bei dem ich Hunter schon mehrfach hatte einknicken sehen.

April, die auf ihrem Bett saß, nickte bestätigend. »Es wäre echt kein Problem, wenn du noch bleibst.«

»Wirklich nicht.« Raelyn klopfte auf die Matratze des Queensize-Betts, das sie netterweise die letzten zwei Wochen mit mir geteilt hatte. So wie auch ihren gesamten Kleiderschrank und ein paar Sachen für die Uni. »Hier ist mehr als genug Platz.«

»Danke, Leute. Das ist total lieb, aber ich kann nicht ewig vor Alec davonlaufen.« Ich löste Raelyns Hand sanft von meinem Arm und schlüpfte in meine Jacke, während ich versuchte, nicht daran zu denken, dass es dieselbe Jacke war, die ich getragen hatte, als ich aus meinem eigenen Wohnheim geflohen und mich bei meinen beiden besten Freundinnen verkrochen hatte, um nicht dem Mann über den Weg zu laufen, der mir das Herz gebrochen hatte. »Mein Leben muss ja auch irgendwie weitergehen.«

Raelyn bettete ihren Kopf auf meine Schulter und klimperte übertrieben mit den Wimpern. »Ja, aber das kann es auch noch nächste Woche.«

Ich lachte leise auf und war ihr dankbar für den Versuch, mich von meiner Trauer und meiner Sorge, in Alec hineinzulaufen, abzulenken. »Du willst mich nur hierbehalten, damit dir nachts nicht kalt ist.«

Sie hob den Kopf und zwinkerte mir zu, auf den Lippen ein so breites und kindliches Grinsen, das absolut nicht zu ihren ganzen Tattoos passen wollte. »Bingo.«

»Na, wenn Hunter das hört«, neckte April und setzte sich in den Schneidersitz. »Nicht dass er denkt, du könntest mit seiner besten Freundin durchbrennen.«

Raelyn, ganz die Schauspielerin, schnappte panisch nach Luft, und es war erschreckend, wie täuschend echt es klang, als sie sich an mich klammerte. Was hatte ich mir auch damals dabei gedacht, ihr ausgerechnet den Schauspielclub vorzuschlagen? »Oh nein! Schnell, Kate! Sie haben unseren Plan durchschaut.«

»Ihr zwei seid echt solche Idioten«, kicherte ich. Die beiden machten es mir ernsthaft schwer, zu gehen. Es war so viel leichter, hier bei ihnen in dieser kleinen Blase zu bleiben, anstatt mich der Wirklichkeit zu stellen. Aber ich musste. Ich konnte nicht noch mal so abrutschen. Und ich wollte es auch nicht.

Raelyn plusterte die Wangen auf wie ein Kugelfisch, und ich presste die Lippen fest aufeinander, um nicht wieder laut loszulachen. »Du liebst uns trotzdem.«

»Leider wahr.«

»Was heißt denn hier leider?« April schüttelte entrüstet den Kopf, ihre roten Locken flogen dabei um ihren Kopf, weil sie es dermaßen übertrieb. »Vielleicht sollten wir für die letzten zwei Wochen doch Miete von dir verlangen.«

»Oh ja.« Enthusiastisch klatschte Raelyn in die Hände. »Ich könnte einen warmen Pulli gebrauchen. Der Klimaanlagenterrorist«, sie nickte in Aprils Richtung, die theatralisch mit den Augen rollte, »meint ja, einen auf Eisbär machen zu müssen.«

»Ich kann nichts dafür, dass dein Körper auch nach zweieinhalb Jahren noch nicht geschnallt hat, dass du mittlerweile in Kalifornien wohnst.«

»Ein Pulli sollte kein Problem sein«, unterbrach ich die beiden in ihrem kleinen Mitbewohnerinnendisput. »Was für eine Farbe möchtest du denn haben?«

Raelyn brauchte nicht mal eine Sekunde Bedenkzeit. »Ozeanblau.«

Ich schluckte schwer, da mir jemand anders in den Sinn kam, der dunkelblau ebenfalls mochte. »Das kriege ich hin.«

»Ich könnte neue Jeans gebrauchen, wenn das okay wäre. Dann hätte ich endlich mal eine, die ich nicht erst tausendmal umschlagen muss.« April streckte sich kurz und begann dann, mit den unzähligen Bändchen an ihrem Handgelenk zu spielen. »Hast du eigentlich noch mal über den Vorschlag deiner Nanna nachgedacht?«

»Du meinst das mit dem Online-Store?« Ich hatte durchaus schon darüber nachgedacht, war aber immer noch total unentschlossen. Klar gefiel es mir, Sachen zu designen und sie zu nähen. Das hatte ich wieder mal bemerkt, als ich den Wärmemantel für Alec geplant hatte, der noch immer unfertig auf meiner Schneiderpuppe hing. Aber ein Online-Store? Ich wusste, um ehrlich zu sein, nicht, ob ich einem Projekt in der Größenordnung gewachsen war.

April nickte bestätigend. »Genau.«

Ich biss mir auf die Unterlippe. »Ich weiß nicht, ob meine Sachen dafür gut genug sind.«

Raelyn schüttelte sofort den Kopf und ergriff meine Hand.

»Also, den Fotos nach zu urteilen, die du uns gezeigt hast, sah es verdammt danach aus.«

»Ja, aber dann müsste ich eine Internetseite erstellen und den ganzen Kram.« Da ich Grafikdesign studierte, wusste ich, dass das nicht so leicht war, wie viele sich das vielleicht vorstellten. Und da Website-Design einer der Kurse war, bei denen ich nicht so gut abgeschnitten hatte, war ich, was meine eigenen Fähigkeiten auf dem Gebiet anging, alles andere als zuversichtlich.

»Nicht zwangsläufig.« Raelyn drückte aufmunternd meine Hand, ihr ungebrochener Optimismus war irgendwie ansteckend. »Viele Leute verkaufen ihre Sachen heute über Instagram. Das ist eh viel einfacher und erreicht viel mehr Leute.«

Ich zuckte zusammen, als ich nur den Namen der App hörte, auf die ich seit Wochen keinen Blick mehr geworfen hatte. »Ich weiß nicht …«

»Versuch es doch einfach mal! Und wenn es dann nicht klappt, kannst du es immer noch sein lassen.«

»Genau. Du hast doch selbst gesagt, dass dir das Nähen super viel Spaß macht und du deinen Großeltern gerne weiterhin finanziell unter die Arme greifen möchtest.« April stieß mein Knie sanft mit der Hand an, und ich bemerkte, wie gut es sich anfühlte, so offen mit den beiden über alles reden zu können. »Das wäre doch ein guter Kompromiss.«

»Ich glaube nicht, dass das eine gute Idee ist.« Ich dachte an den Shitstorm, den ich abbekommen hatte und der mein Leben so hatte entgleisen lassen. »Auf Instagram hassen mich doch nach wie vor alle.«

»Es ist gar nicht mehr so schlimm.« April fischte ihr Handy aus ihrer Hosentasche und öffnete die App. »Nach dem letzten Post über dich und –« Sie brach ab und schaute unsicher zu mir herüber, während Raelyn sich neben mir verspannte.

»Er ist nicht Voldemort. Du kannst seinen Namen ruhig aussprechen.« Als die beiden mich skeptisch musterten, bemühte ich mich um ein bestätigendes Lächeln, das sicherlich noch immer deutlich trauriger aussah, als mir lieb war. »Klar tut es höllisch weh, aber ich hab schon Schlimmeres überstanden als ein gebrochenes Herz, oder nicht?«

»Schon«, sagte Raelyn eher kleinlaut, »doch deshalb müssen wir ja nicht Salz in die Wunde streuen.«

»Lieber das, als wenn ihr mich mit Samthandschuhen anpackt. Ich lass mich nicht noch mal so hängen. Versprochen.« Ich blickte zwischen den beiden hin und her und atmete tief durch, ehe ich das sagte, was ich schon vor einer Weile verstanden hatte. »Ich komme auch ohne Alec zurecht.«

Ich wollte Alec in meinem Leben. Aber ich brauchte ihn nicht. Und das war ein himmelweiter Unterschied.

Es tat wahnsinnig weh. Da brauchte ich niemandem etwas vorzumachen. Aber ich würde nicht noch einmal zulassen, dass mir mein eigenes Leben so entglitt. Ich würde weitermachen. Und irgendwann würde mein gebrochenes Herz schon wieder heilen. Es würde vermutlich eine Weile dauern. Aber es würde passieren. Und irgendwann wäre der Schmerz dann nichts weiter als eine Erinnerung.

Ich hoffte jedoch sehr darauf, dass mein Herz sich damit nicht allzu viel Zeit lassen würde.

Raelyn lächelte mich an und nahm mich in den Arm. »Ich bin sehr stolz auf dich.«

»Ich auch.« April grinste schelmisch und wackelte mit den Augenbrauen. »Darf ich ihm jetzt eine reinhauen?«

»Nein.«

»Spielverderberin«, beschwerte sie sich schmollend, senkte den Blick aber dann wieder auf ihr Handy. »Okay, also ich finde, dass es seit dem letzten Post aus dem Diner nicht mehr ganz so krass ist. Es ist zwar immer noch nicht besonders nett, aber wenigstens wünschen dir die Leute nicht mehr jeden Tag die Krätze an den Hals.«

»Echt? Ich hab schon länger nicht mehr reingeschaut, um ehrlich zu sein.« Um ganz genau zu sein, hatte ich aufgehört, Instagram wie eine Besessene zu checken, als ich angefangen hatte, mehr Zeit mit Alec zu verbringen. Doch daran wollte ich jetzt nicht denken, und darum schob ich all meine Erinnerungen an ihn entschlossen von mir. Solange mein Herz sich schmerzhaft zusammenzog, wenn ich an ihn dachte, würde ich eben einfach alles verdrängen müssen. Darin war ich mittlerweile ja Profi.

April nickte, doch dann wurde sie plötzlich ganz regungslos, bevor ihre Augen sich weiteten und sie sich das Handy näher vor die Nase hielt.

Besorgt wechselte ich einen Blick mir Raelyn, die nur mit den Schultern zuckte. »Alles okay?«

Ich runzelte die Stirn, als April zwischen ihrem Handy und mir hin und her sah, bevor sie ein frustriertes Murren hören ließ, das sonst eigentlich für Tyler oder Hunter reserviert war. »Ich habe diesem Mistkerl eigentlich gesagt, dass ich ihm nicht helfen werde.« Ich konnte ihr nicht wirklich folgen, aber dann hielt April mir plötzlich ihr Handy hin und wedelte ungeduldig damit. »Hier, nimm. Das willst du dir vielleicht ansehen.«

Ich zögerte einen Moment, bevor ich April das Handy aus der Hand nahm. Meine Bewegungen waren so zögerlich, als hätte sie mir gerade eine scharf gestellte Bombe überreicht. Beim Anblick des Instagram-Logos schlug mein Herz vor lauter Panik etwas schneller, und meine Hände wurden klamm. Dann erkannte ich das schwarze Icon, das mir fast so vertraut war wie mein eigenes. Doch als mir Deans neuster Beitrag ins Auge sprang, sog ich scharf die Luft ein.

Das schwarz-weiße Porträt von Alec war atemberaubend schön, und das, obwohl Dean nichts anders gemacht hatte als bei seinen anderen Fotos auch. Der Hintergrund war schwarz, genauso wie Alecs Shirt, damit nichts von seinem Gesicht ablenken konnte, dessen unglaubliche Symmetrie in dieser Nahaufnahme besonders auffiel. Zusammen mit seinen markanten Gesichtszügen, der geraden Nase und den dichten Augenbrauen war nicht zu leugnen, wie wunderschön er war.

Doch was dieses Foto besonders machte, war die Tatsache, dass er direkt in die Kamera sah. Und dass der Ausdruck in seinen Augen mir direkt die Tränen in die Augen trieb.

Ich kannte diesen Blick. Ich hatte ihn in der Nacht im Schwimmbad gesehen, als er mir erzählt hatte, was ihm passiert war. Als er endlich einmal vollkommen ehrlich gewesen war und es keinen Sarkasmus und keinen Spruch gegeben hatte, hinter dem er sich hätte verschanzen können.

Mein Magen krampfte sich zusammen, und ich grub die freie Hand tief in Raelyns Laken, da ich genau wusste, wie schlimm dieser Post für ihn sein musste. Wie viel Überwindung es ihn gekostet haben musste, sich ablichten zu lassen, auch wenn er Deans bester Freund war.

Warum zur Hölle hatte er das getan?

Mein Blick fiel auf die Beschreibung des Fotos, und als ich ein leises Schluchzen hörte, bemerkte ich erst eine Sekunde später, dass es von mir kam.

*The face of ...? **The face of regret***
Alec (21), San Teresa, CA
Es gibt zwei Dinge in meinem Leben, die ich bereue.
   1)   Dass ich nie die Chance hatte, mich selbst zu outen.
   2)   Dass ich ihr nicht gesagt habe, dass ich sie liebe, obwohl ich es eigentlich schon lange weiß.

Ich presste mir das Handy gegen die Brust und sah auf, meine Sicht so verschwommen, dass ich die Tränen erst wegblinzeln musste, um überhaupt etwas zu erkennen.

Ich hatte nicht einmal mitbekommen, dass April aufgestanden war, aber sie saß nicht mehr länger gegenüber von mir auf ihrem Bett. Sie stand an der Zimmertür und hielt sie weit für mich auf.

»Dean hat mir erzählt, dass Alec heute in der Halle sein Interview mit der *Swimming World* hat«, murmelte April und lächelte mich an. »Du müsstest ihn also dort finden.«

Ich sprang auf und stolperte beinah über meine eigenen Füße, als ich zur Tür eilte und April ihr Handy zurückgab. Hastig drückte ich sie an mich. »Danke.«

»Ja, ja.« April schob mich von sich und nickte in Richtung Wohnzimmer, in dem sich die Wohnungstür befand. »Jetzt geh schon, bevor ich es mir anders überlege.«

Ich zögerte keine einzige Sekunde. Stattdessen rannte ich los. Und als ich aus dem Wohnheim hinaus in die warme Nachmittagssonne stürmte und meine Beine mich so schnell es ging quer über den Campus trugen, betete ich, dass Alec noch immer in der Schwimmhalle war und ich ihn nicht verpasst hatte.

39. KAPITEL

Alec

»Vielen Dank, dass Sie sich die Zeit genommen haben, Mr Volkov.« Mr Flores, ein sportlich aussehender Endvierziger mit einem gewinnenden Lächeln und pechschwarzem Haar, schüttelte mir die Hand, während sein Assistent bereits das wenige Equipment einpackte, das sie zur Tonaufzeichnung des Interviews für die *Swimming World* dabeihatten.

»Ich habe zu danken, dass Sie extra den weiten Weg aus Phoenix hergekommen sind.« Ich ließ seine Hand los und lächelte ehrlich, denn jetzt, wo das Interview vorbei war, konnte ich mich wieder ein bisschen entspannen. »Und Sie können mich ruhig Alec nennen.«

»Danke, Alec.« Das Grinsen auf seinem Gesicht wurde breiter, als er abwinkte. »Ich hab drauf bestanden. Man hat immerhin nicht jeden Tag die Chance, ein Nachwuchstalent wie dich zu treffen.« Er klopfte mir auf die Schulter. »Ich verfolge deinen Werdegang schon eine Weile und hab mich wahnsinnig gefreut, deinen Namen wieder auf den Startlisten zu lesen. Ich und viele andere hoffen darauf, dich bald im Kader sehen zu können. Ich drücke dir auf jeden Fall die Daumen für die Wettkämpfe im Frühling.«

»Danke, Sir.«

»Raul, ich wäre dann so weit.« Der Assistent schulterte seine Tasche und kam dann auf mich zu, um mir zum Abschied die

Hand zu schütteln, bevor er sich auch von Dean verabschiedete. Die beiden sprachen kurz leise miteinander, und ich bemerkte, wie der Assistent zwischen Dean und der Kamera hin und her deutete. Dann nickte er und verschwand.

Mr Ramirez hob die Hand zum Gruß, als er in Richtung Ausgang schlenderte. »Ich schicke dir das Interview zur Ansicht, bevor es in Druck geht.« An der Tür drehte er sich noch mal um. »Viel Erfolg, Alec.«

»Vielen Dank.« Ich sah dem Team der *Swimming World* noch einen Moment lang nach, ehe ich tief ausatmete und mich auf die Bank hinter mir fallen ließ. Gott sei Dank war das endlich überstanden.

Dean lachte und fläzte sich neben mich hin, die Kamera baumelte noch immer von seiner Schulter. »Das war doch alles halb so wild, oder?«

»Du hast ja auch nicht auf dem beschissenen Stuhl gesessen.« Ich riss mir praktisch die Krawatte vom Hals und öffnete die ersten drei Knöpfe an meinem Hemd. »Sind die Fotos einigermaßen was geworden?«

»Natürlich.« Dean klang derart beleidigt, dass man meinen könnte, ich hätte ihn auf das Schlimmste beschimpft. »Schließlich sind sie von mir.«

»Schlau von dir, das als Bedingung auszuhandeln.«

»Sie wären dämlich, wenn sie mich nicht genommen hätten.«

Als Dean mir ein Taschentuch hinhielt, nahm ich es entgegen und wischte mir damit die aufgeschminkte Regenbogenflagge von der Wange, auf die Dean für die Fotos bestanden hatte. »Dein Ego passt auch irgendwann nicht mehr durch die Tür, oder?«

»Ich dachte, die hätten für deins überall an der STU schon Türen in Überbreite gebaut?« Dean runzelte die Stirn, nahm mir das Taschentuch aus der Hand und wischte den letzten Rest Farbe weg. »Außerdem bin ich gut in dem, was ich tue.«

»Stimmt wohl.« Ich war ziemlich froh, dass Dean der Fotograf gewesen war, da ich mich damit deutlich wohler gefühlt hatte. Denn auch wenn Mr Ramirez ein netter Kerl war, hatte diese ganze Nummer mich irre nervös gemacht. »Spaß beiseite ... Waren meine Antworten okay?«

»Ja, mehr als das.« Dean knüllte das Taschentuch zusammen und stopfte es in die Tasche seiner Jeans. »Ich bin echt stolz auf dich, Mann.«

»Danke.« Ich räusperte mich, als mir auffiel, wie erleichtert ich klang. »Aber ich muss dir jetzt nicht um den Hals fallen, oder?«

»Nein. Ich hab dir doch schon tausendmal gesagt, dass du nicht mein Typ bist.«

Ohne einen Deut auf seinen schnodderigen Protest zu geben, legte ich Dean den Arm um die Schultern. »Danke.«

»Schon okay.« Er schlug mir auf den Oberschenkel und löste sich wieder von mir. Ich war froh, dass Dean heute an meiner Seite gewesen war. Denn auch wenn wir nicht allein deshalb befreundet waren, hatte es uns damals schon ziemlich zusammengeschweißt, dass wir beide zur LGBTQ+-Community gehörten. »Wie fühlst du dich denn jetzt damit?«

Ich dachte an die Flut an Fragen, die Mr Ramirez innerhalb von zwei Stunden auf mich abgefeuert hatte, und überlegte einen Moment. Ich war froh, dass er sich hauptsächlich auf meine Erfolge als Schwimmer und meinen Einsatz als Coach konzentriert hatte, aber natürlich war er auch auf meine einjährige Pause zu sprechen gekommen, der unweigerlich eine längere Unterhaltung über die Situation bezüglich meiner Sexualität von damals und heute gefolgt war. Aber anders als ich erwartet hatte, hatte Mr Ramirez nicht versucht, das

Thema auszuschlachten. Stattdessen hatte er dem Ganzen erstaunlich offen gegenübergestanden und sich darauf eingelassen, was ich zu erzählen und zu sagen bereit war. Er hatte mich nicht in eine bestimme Richtung gedrängt, sondern sogar eine angeregte Diskussion über LGBTQ+-Athleten und deren Behandlung im Profisport mit mir geführt. Ich wusste zwar nicht genau, was er davon für sein Interview verwenden würde, aber ich hatte ein gutes Gefühl bei der Sache. Und jetzt, da ich das erste Mal darüber gesprochen hatte, fühlte es sich verdammt gut an, meiner Community Gehör zu verschaffen, auch wenn ich nach wie vor mit einem Shitstorm rechnen musste.

»Ich denke, das war lange überfällig«, gab ich nach einer Weile zu und sah Dean mit einem halben Lächeln an. »Hat sich irgendwie ziemlich gut angefühlt, mal mit den Gerüchten aufzuräumen und meine Seite der Geschichte zu erzählen. Und du hattest recht, wenn ich damit nur einem Einzigen von uns irgendwie Mut machen kann, dann war es das irgendwie schon wert.« Ich lachte verlegen und deutete an mir herab, meine Klamotten klebten wie eine zweite Haut an mir. »Ich hab aber vor Nervosität geschwitzt wie ein Bulle.«

»Dein Glück, dass es kein Fernsehinterview war.« Dean tippte mir gegen die Stirn. »Du glänzt wie eine Discokugel.«

Ich schlüpfte aus meinem dunkelgrauen Jackett und krempelte die Ärmel meines weißen Hemdes bis zu den Ellenbogen hoch. Was musste es in der Halle auch so verdammt heiß sein? »Heute bist du echt wieder ein richtiger Charmebolzen, oder?«

Dean zuckte nur mit den Schultern. »Ich hab noch einiges gut bei dir.«

»Ich dachte, du hättest mir verziehen?«

»Schon, aber dein schlechtes Gewissen auskosten kann ich ja trotzdem ein bisschen.«

Sofort zeigte ich ihm den Mittelfinger, froh über die Ablenkung, obwohl meine Gedanken immer wieder zu Kate abdrifteten. »Wenn du nicht mein bester Freund wärst, würde ich dich jetzt erwürgen.«

Dean lachte nur und stieß mich mit der Schulter an. »Dann hab ich ja Glück, dass du heute mal den Pazifisten raushängen lässt.«

Ich ließ meinen Blick durch die Schwimmhalle wandern und seufzte leise. Wenn unser Plan aufging und mein Interview wirklich dazu führen würde, dass die STU einen Coach einstellte, dann würde ich in Zukunft deutlich weniger Zeit an dem Ort verbringen, der die letzten anderthalb Jahre das Zentrum meines Universums gewesen war. Mein Leben würde sich grundlegend verändern. Ich würde mehr schlafen können, würde die Zeit, die ich jetzt in administrativen Mist steckte, in mein Training investieren und einiges an Freizeit zurückgewinnen.

Und ich wusste auch ganz genau, mit wem ich diese am liebsten verbringen wollte.

Die Startblöcke erinnerten mich an Kate. Wie sie auf dem hohen Rand saß, die Füße im Wasser und ihre Hände an meinen Wangen. Wie ihre Daumen über meine Haut strichen und wie sie mit sanfter Stimme mit mir sprach, in den Augen so viel Sorge und Verständnis, dass es mir die Luft aus den Lungen presste, bevor ihr Kuss die vielen kleinen Einzelteile von mir wieder an die richtige Stelle rückte, ohne dass ich es bemerkte.

Die letzten zwei Wochen ohne sie waren mir endlos vorgekommen. Sie nicht im Wohnheim auf dem Flur zu sehen, nicht ihr Lachen aus der Küche oder zumindest die Musik aus ihrem Zimmer zu hören, hatte mir jeden Tag aufs Neue einen Stich versetzt. Die Tage, an denen ich noch nicht mal eine Nachricht von ihr auf meinem Handy hatte, zogen sich wie Kaugummi, und die Ungewissheit, ob sie jemals wieder mit mir reden würde, verwandelte mich in ein unausstehliches Nervenbündel, wogegen nicht mal mehr das Schwimmen richtig zu helfen schien. Ich hatte mir unzählige Nächte in der Halle um die Ohren geschlagen, in der Hoffnung, mich genug zu verausgaben, dass ich zu erschöpft wäre, um über sie nachzudenken. Aber spätestens, wenn ich in meinem Bett gelegen hatte, war sie direkt wieder mit mir dort gewesen, mit ihren großen Augen, in denen Tränen schimmerten, als ich Vollidiot sie aus Angst von mir gestoßen hatte.

Ich strich mir mit den Händen durch das kurze Haar und versuchte, sie aus meinem Kopf zu vertreiben, obwohl ich wusste, dass es zwecklos war. »Hast du schon was von ihr gehört?«

»Nein. Gib dem Ganzen ein bisschen, vermutlich checkt sie Instagram nicht mehr so oft.« Dean klopfte mir beruhigend auf den Rücken. »Sie wird es sehen, Alec. Keine Sorge.«

»Dein Wort in Gottes Ohr.« Ich betrachtete den Ring an meinem Daumen, den sie so behutsam zwischen ihren Fingern gedreht hatte, noch bevor sie gewusst hatte, was er mir bedeutete. »Ich hoffe einfach, dass sie mir die Chance gibt, mich zumindest zu erklären.«

»Du vermisst sie ziemlich, oder?«

»Du machst dir kein Bild.«

»Heilige Scheiße.« Dean verzog mitleidig das Gesicht, was mich bei jedem anderen Thema zur Weißglut getrieben hätte. »Dich hat es echt schwer erwischt, was?«

»Sieht ganz so aus.«

»Du arme Sau.«

Das trockene Lachen, das sich meiner Kehle entrang, klang bitter und kaum nach mir selbst. Aber seitdem Kate mein Zimmer verlassen hatte, schien ich eh kaum noch ich selbst zu sein. Ich hatte zugelassen, dass sie einen Platz in meinem Leben eingenommen und es sich dort bequem gemacht hatte. Und jetzt, wo sie nicht mehr dort war, kam mir alles seltsam leer vor.

»Nur wenn sie mich zum Teufel jagt.«

»Sieht so aus, als würdest du es gleich herausfinden.«

Dean deutete Richtung Umkleiden, und ich schoss überrascht in die Höhe. Als ich das lange braune Haar und die großen braunen Augen entdeckte, sprang ich sofort auf.

Kate stand an der Tür zur Damenumkleide und ließ den Blick unruhig durch das Schwimmbad gleiten. Ihre Brust hob und senkte sich schnell, während sie sich mit der Hand an der Wand abstützte. Sie hatte die gleiche dicke Jacke und dieselben Jeans und Turnschuhe an, die sie an dem Tag getragen hatte, an dem sie aus meinem Zimmer gestürzt war. Ihr Haar war, wie so oft, zusammengebunden, und auf ihrer Stirn glänzte ein dünner Schweißfilm, als wäre sie gerannt.

Als unsere Augen sich endlich trafen, geriet ich vor Erleichterung beinah ins Schwanken.

Scheiße, sie hatte mir so unfassbar gefehlt.

Einen Moment lang bewegte sich keiner von uns auch nur einen Millimeter, die Luft zwischen uns wie elektrisch aufgeladen. Doch als ihre Hand von der Wand rutschte, ging ich sofort auf sie zu, unfähig, mich auch nur eine Sekunde länger von ihr fernzuhalten, weil alles in mir danach schrie, sie in meine Arme zu ziehen, wenn sie mich nur ließ.

»Kate, es tut mir so leid.« Ich machte große Schritte, auch wenn ich in meinen Anzugschuhen fast auf den glatten Fliesen ausrutschte. Doch das Risiko einer Gehirnerschütterung war nicht annähernd so Furcht einflößend wie die Aussicht darauf, die Distanz zwischen uns nicht überbrücken zu können. »Ich wollte echt nicht –«

Überrascht blieb ich stehen, als Kate plötzlich auf mich zurannte. Panisch sah ich auf ihre Schuhe und wollte sie vor dem rutschigen Boden warnen, aber da hatte sie mich schon erreicht und war mit einem einzigen Satz in meine Arme gesprungen. Ich taumelte rückwärts und geriet ins Straucheln, als sie die Beine um meine Hüften schlang. Ich versuchte noch, mich am Ausstieg des Beckens festzuhalten, doch als sie ihre Lippen auf meine presste, verpasste ich das kühle Metall um wenige Millimeter und verlor endgültig das Gleichgewicht.

Wir kippten um, aber das hätte mich in diesem Moment nicht weniger interessieren können, denn alles, worauf ich mich konzentrieren konnte, war Kate.

Wie ihre Arme sich um meine Schultern legten. Wie ihre Finger sich in mein Hemd krallten. Wie ihre Lippen auf meinen brannten. Und wie ihr vertrauter Geruch nach Jasmin und Sandelholz mich vollkommen einhüllte, ehe wir rückwärts ins Wasser fielen.

Kate löste sich nur kurz von mir, damit wir beide auftauchen konnten. Als ich am Beckenrand Halt fand, schlang ich den Arm um ihre Taille und zog sie fest an mich, während ihre Lippen wieder meine fanden und sie mich küsste, bis wir beide kaum noch Luft bekamen.

»Ich liebe dich.« Die Worte, die ich ihr so dringend hatte sagen wollen, platzten einfach aus mir heraus, als wir uns voneinander lösten und ich ihr nach zwei Wochen endlich wieder in die Augen sehen konnte, die mir so vertraut geworden waren wie meine eigenen. »Fuck, ich liebe dich, und es tut mir so le–«

Sie ließ mir gar nicht die Chance, mich um Kopf und Kragen zu reden, denn sie küsste mich wieder, die Arme hinter meinem Nacken verschränkt, mir unendlich nah und doch nicht annähernd nah genug.

»Sag das noch mal«, murmelte sie atemlos an meinen Lippen, als sie mich wieder ansah, die goldenen Flecken in ihren Augen genau so warm wie ihr Lächeln.

Ich lehnte meine Stirn gegen ihre. »Ich liebe dich.«

Sie küsste mich wieder, flüchtig und unendlich süß. »Noch mal.«

»Ich liebe dich.« Erleichterung durchflutete mich, so als wäre eine Last von meinen Schultern genommen worden, jetzt wo ich endlich laut aussprach, was ich wirklich für sie fühlte. Und jetzt, da es erst mal raus war, fragte ich mich, wie ich es nicht früher hatte bemerken können.

Denn ich liebte sie. Alles an ihr.

Ihr helles Lachen, die Art, wie sie die Nase kraus zog, wie sie sich an mir festhielt, wenn sie weinte, und wie sie mich ansah, wenn wir ganz allein waren. Verdammt, sogar wenn sie sich wütend zu mir umdrehte und mir fast den Kopf abriss, weil sie vor Wut und Frust nicht wusste, wohin mit sich.

Ich liebte sie. Und ich Vollidiot hatte sie fast verloren, nur weil ich diese simple Tatsache nicht viel eher begriffen hatte.

»Noch mal.«

Ich lachte, als ich sie fester an mich drückte, und das strahlende Lächeln, das sich auf Kates Lippen ausbreitete, speicherte ich direkt in meinen Erinnerungen ab, damit ich es niemals vergessen würde.

»Ich liebe dich.«

Als sie mich innig küsste, ließ ich mich ganz in den Kuss sinken, der so viel mehr bedeutete, als ich in Worte fassen konnte. Und während ich keinen Deut auf das Klicken von Deans Kamera oder meinen nassen Anzug gab, der mich in die Tiefe zu ziehen drohte, hielt ich Kate so fest wie nur irgend möglich, nicht gewillt, sie jemals wieder loszulassen.

EPILOG

Kate

Heute

»Und jetzt kennt ihr die ganze Geschichte.«

Ich blickte in die Kamera und betrachtete mein eigenes Bild. Die rosigen Wangen, das zerzauste Haar, der übergroße Pulli und das Funkeln in den Augen, das endlich nicht mehr nur ein kurzes Aufflackern, sondern ein dauerhafter Gast war.

Ich sah aus wie jeder andere an einem gemütlichen Sonntagnachmittag auch. Mit meinem jetzt etwas rundlicheren Gesicht und der leicht gebräunten Haut, die von der kalifornischen Sonne und viel Frischluft zeugte, wirkte ich gesund. Aber vor allem wirkte ich glücklich.

Denn das war ich auch tatsächlich. Und ich würde mir das nie mehr kaputt machen lassen. Schon gar nicht von einem Haufen Fremder, die mich nicht kannten und die sich nur für das perfekte Image interessierten, das ich nicht länger zu verkaufen bereit war.

Ich wusste endlich, wer ich war, was ich wollte und zu wem ich gehörte. Und das war mehr wert als jeder Like, jeder Kommentar und jede Kooperation dieser Welt.

»Ich weiß, dass viele von euch diesen Livestream gleich schließen werden, ohne auch nur einen weiteren Gedanken an mich und meine Geschichte zu verschwenden«, sagte ich emotionslos und zuckte gelassen mit den Schultern, weil ich wusste, dass ein einziger Livestream einer in Ungnade gefallenen Bloggerin nicht die Welt verändern würde. Aber es war ein Anfang. Und für mich war es der Abschluss eines Kapitels in meinem Leben, das dringend geschlossen werden musste, damit ich es zum Verstauben ins Regal stellen konnte. »Ich hoffe trotzdem, dass der ein oder andere vielleicht etwas hiervon mitnimmt und das nächste Mal erst darüber nachdenkt, was er mit seinen Worten anrichten kann, bevor er mit seinem Kommentar das Leben eines anderen zerstört.«

Ich trank den letzten Schluck von meinem längst kalten Tee, als ich bemerkte, wie kratzig meine Stimme vom vielen Sprechen klang. Schon jetzt sah ich die Beiträge vor mir, die mir Tränen und hysterisches Schluchzen nachsagen würden, obwohl beides nie passiert war. Die Gerüchteküche würde brodeln, und wenn ich nach dem Spring Break zurück an die STU kam, würde ich vermutlich direkt wieder die nächste Handykamera im Gesicht haben, während die Leute nur auf meinen nächsten Fauxpas warteten, den sie ausschlachten konnten, um sich von ihren eigenen Problemen und ihrem eigenen Leben abzulenken.

Mir sollte das nur recht sein. Ändern konnte ich sie nicht. Aber was ich ändern konnte, war, wie sehr diese Menschen, die sich hinter Anonymität und Hass versteckten, mir unter die Haut gingen. Das klappte nicht immer. Nicht jeden Tag. Aber zum Glück hatte ich jemanden an meiner Seite, der mich mit Freuden daran erinnerte, dass ich nichts von all dem war, was die Leute über mich sagten. Dass ich so viel mehr war als das. Und dass er mich genau deswegen liebte.

Ich stellte die Tasse ab und klatschte in die Hände, ehe ich mich auf meinem Stuhl etwas mehr aufrichtete. »Dieses Live heute war das letzte Mal, dass ich etwas aus meinem Privatleben mit euch geteilt habe.« Ich grinste breit, als ich die Freiheit spürte, die diese Worte mit sich brachten. »Und das hat zwei einfache Gründe. Erstens, weil *SouthSideGirl* sich von nun an nur noch um das drehen wird, was ich mit meiner Nähmaschine zaubere. An dieser Stelle vielen Dank an alle, die in den letzten zwei Wochen Bestellungen bei mir aufgegeben haben. Ich freue mich echt wahnsinnig darüber. Und zweitens, und das ist eigentlich viel wichtiger, weil es euch absolut nichts angeht.« Ich konnte sehen, wie die Kommentarspalte neu auflebte, aber ich verschwendete nicht einen einzigen Gedanken an den Hass, der da sicherlich gerade auf mich abgefeuert wurde.

»Das hier ist mein Leben. Und ich werde es so führen, wie ich es für richtig halte. Mit dem Nähen, das wieder zu meiner Passion geworden ist. Meinen Freunden, die mir die Welt bedeuten, und dem Mann, den ich liebe.« Als ich tief einatmete, fühlte es sich so an, als hätte jemand endlich die Backsteine von meiner Brust genommen, unter denen ich begraben gewesen war. »Und Instagram hat da einfach keinen Platz.«

Ich schmunzelte, als ich auf dem Bildschirm sah, wie die Tür zu meinem Zimmer geöffnet wurde und Alec den Kopf hineinsteckte.

»Bist du so weit?« Er deutete Richtung Handykamera. »Ich finde, Instagram hatte für heute genug von dir.«

»Ja, ich komme sofort.« Ich stand vom Stuhl auf und beugte mich zu der Kamera hinunter, während der Timer des Instagram Lives ablief, der mir sagte, dass meine Zeit so gut wie vorbei war. Also Zeit, sich zu verabschieden. Zum allerletzten Mal. »Vielen Dank fürs Zuschauen, und denkt immer daran: Euer Leben gehört nur euch. Also pfeift drauf, was der Rest der Welt dazu zu sagen hat, und lebt, wie ihr es verdammt noch mal wollt.« Mit einem breiten Grinsen im Gesicht winkte ich in die Kamera, bevor ich mich auf den Hacken umdrehte und nicht einmal zurückblickte, als der Timer endgültig ablief und der Stream endete.

Alec hob den Arm, als ich nah genug bei ihm war, und sofort schmiegte ich mich an seine Seite. Er zog mich an der Schulter dicht an sich und drückte mir einen Kuss auf die Schläfe.

»Ich bin stolz auf dich«, murmelte er leise an meinem Ohr. »Deine Nanna und ich haben unten zugesehen.«

»Und ich hab mich schon gewundert, warum dein Timing so perfekt war.« Ich boxte ihm in die Seite und grinste in den spielerischen Kuss, den Alec mir auf die Lippen presste. »Und, wie war es so ganz allein mit meiner Nanna?«

Alec und ich schlenderten aus meinem Zimmer durch den Flur zur langen Treppe, die wir langsam und gemächlich Stufe für Stufe nach unten gingen. »Sagen wir mal so«, begann er vorsichtig, »ich weiß jetzt definitiv, von wem du es hast, ständig Widerworte zu geben.« Er lachte leise auf. »Dein Grandpa tut mir fast ein bisschen leid.«

»Ich bin mir sicher, dass er dir sagen wird, dass ihre *Tarte au citron* das auf jeden Fall wert ist.« Ich sah ihn von der Seite her an und lächelte, als ich den leicht angespannten Zug um seine Lippen bemerkte. »Hast du immer noch nichts gehört?«

Etwas ruppig schüttelte er den Kopf. »Nein.«

»Er wird anrufen.« Wir nahmen die letzte Stufe und ich blieb mit ihm stehen, die Hand auf seine Brust gelegt, während ich ihm eindringlich in die Augen sah. »Du hast dich mit einem neuen Rekord für die Nationalmannschaften der Universitäten qualifiziert, Alec. Der Scout des Kaders wird anrufen.«

Alec atmete tief aus und strich mir eine verirrte Strähne hinters Ohr, bevor er sich herunterbeugte und mir einen kurzen Kuss stahl, nachdem er sich vergewissert hatte, dass meine

Großeltern nirgends in Reichweite waren. »Ich liebe deinen ungebrochenen Optimismus.«

»Das ist kein Optimismus. Das ist Realismus.« Ich löste mich von ihm und legte die Hände an seine Wangen, damit er sich meinem Blick nicht entziehen konnte. »Und selbst wenn es jetzt nicht klappt, dann klappt es im Herbst, Alec.« Ich streichelte mit den Daumen beruhigend über seine Wangen. »Diese Meisterschaften sind nur eine Formalität, und das weißt du auch. Das hat Coach O'Brian auch gesagt, und der kennt dich erst seit vier Wochen.«

Alec grinste mich liebevoll an. »Was würde ich nur ohne dich machen?«

»Offensichtlich vollkommen grundlos den Verstand verlieren.« Ich stellte mich auf die Zehenspitzen und küsste ihn sanft. Dann nahm ich die Hände von seinen Wangen und ergriff seinen Arm.

»Gott, du verbringst echt zu viel Zeit mit Dean.« Er folgte mir in Richtung Küche, das Lächeln auf seinen Lippen wirkte schon deutlich entspannter. »Wenn ich es nicht besser wüsste, würde ich mir fast Sorgen machen.«

Ich schüttelte den Kopf. »Vergiss es. So schnell wirst du mich nicht wieder los.«

Alec blieb abrupt stehen, und auch ich hielt inne. Der verführerische Duft und die Stimmen meiner Großeltern, die aus der Küche drangen, waren von jetzt auf gleich völlig vergessen, als ich den Ausdruck in Alecs Augen sah, der mein Herz ins Stolpern brachte.

Er zog mich näher an sich heran, beugte sich zu mir herunter und lehnte seine Stirn an meine. »Versprochen?«

»Versprochen.«

Und als er mich diesmal küsste, die Kälte des Goldrings ein vertrautes Gefühl auf meiner Haut, nachdem er die Hand in meinen Nacken gelegt hatte, verschwamm die Welt um mich herum. Ich genoss diesen Moment seiner Nähe, während mein kleines, dummes Herz in meiner Brust mit dem Wissen anschwoll, dass dieser Mann ganz allein mir gehörte. Genauso wie mein Leben.

DANKSAGUNG

Liebe Leser*innen,

der zweite Band der FOREVER-Reihe ist abgeschlossen, und ich sitze hier, starre auf das Ende und kann nicht glauben, dass ich es wirklich bis hierher geschafft habe.

Für einige von euch war es sicherlich nicht leicht, dieses Buch zu lesen. Der ein oder andere hat den Hass, der Kate entgegenschlägt, vielleicht sogar schon am eigenen Leib erfahren. Ich hoffe, dass euch diese Geschichte Trost und Kraft gibt und ihr euch verstanden fühlt.

Wenn ihr selbst oder jemand, den ihr kennt, unter Hass im Netz und Hatespeech leidet, sollt ihr wissen, dass ihr nicht allein seid. Wendet euch bitte an Organisationen wie *HateAid*, seid offen und lasst euch helfen. Lasst euch von niemandem sagen, dass das, was ihr fühlt, nicht echt oder relevant ist. Diese Form von Hass ist grausam, und niemand sollte das allein durchstehen müssen.

Kate, Alec und ich sind in jedem Fall auf eurer Seite.

FOREVER MINE war auch für mich ein sehr schwieriges Projekt und das auf mehr als nur einer Ebene. Ich habe viel geweint, vor Frust geschrien und an mir selbst gezweifelt. Es gab Tage, an denen kein einziges Wort zu Papier wollte, und noch mehr Tage, an denen ich mir absolut sicher war, dass ich dieses Buch niemals beenden und meine Karriere als Autorin in ein verfrühtes Grab schicken werde.

Aber ich hatte unrecht.

Alec und Kate haben doch noch die Chance bekommen, ihre Geschichte zu erzählen, und ich bin wahnsinnig glücklich darüber. Es ist ein sehr persönliches Projekt und ein Buch, das ich für lange Zeit nah bei mir tragen werde, und in den letzten Monaten sind mir die beiden so sehr ans Herz gewachsen, dass ich euch gar nicht wirklich beschreiben kann, wie es sich anfühlt, sie in wenigen Wochen in die Welt zu entlassen. Ich bin nervös, erleichtert und vor allem dankbar. Denn allein hätte ich FOREVER MINE niemals beenden können.

Fangen wir mal wieder mit dir an, liebe Katharina Schmidt. Ich hab keine Ahnung, wo ich ohne dich wäre. Ich weiß nur, dass ich ohne dich dieses Buch aufgegeben hätte. Du warst mir bei diesem Projekt eine wahnsinnige Stütze, und auch wenn ich das sicherlich schon tausendmal getan habe, kann ich nur immer wieder Danke sagen. Du bist die Beste, und ich hoffe, dass wir noch viele Jahre zusammenarbeiten können.

Das hoffe ich auch bei dir, liebe Steffi Janek. Wenn ich dich nicht hätte, wäre das Buch nie rechtzeitig fertig geworden und ich hätte vieles noch viel schwerer genommen als eh schon. Mit dir zu sprechen muntert mich immer auf und motiviert mich dazu, weiterzumachen und mich zu verbessern. Ich freue mich sehr, dass wir so ein tolles Team geworden sind, und ich würde dich nicht missen wollen. Vielen Dank für die ganzen Kommentare, Telefonate und die ein oder andere sehr schmeichelhafte Bemerkung über Alec, der uns wohl beiden ein wenig das Herz gestohlen hat ;)

Ein weiterer Dank geht raus an meinen lieben Sensitivity Reader Marius (@derunbekannteheld)! Alec und ich verdanken dir sehr viel. Es war schön, deine ganzen lieben Kommentare zu lesen, und deine Anmerkungen haben mir sehr dabei geholfen, mich selbst zu hinterfragen.

Mit Laura Kneidl und Sarah Sprinz möchte ich zwei Kolleginnen danken, die mir aufbauend mit Rat und Tat zur Seite gestanden haben. Danke, dass ich mich bei euch ausheulen durfte und dass ihr mich habt wissen lassen, dass ich mit meinen Problemen, Sorgen und Zweifeln nicht allein bin.

Ein ganz großer Dank geht diesmal raus an meine Freunde und Familie, die mich in den letzten Wochen und Monaten ausgehalten und unterstützt haben, obwohl es mit mir alles andere als einfach war.

Danke, Mom, dass du mich nicht aufgegeben hast, auch wenn ich einer Miesmuschel hätte Konkurrenz machen können.

Danke, Dad, dass du keine Fragen gestellt hast, als ich völlig fertig zu dir kam, sondern du mich einfach in den Arm genommen hast, als ich es am meisten brauchte.

Lea, Annalena und Lauren, die sich nie darüber beklagen, wie anstrengend es ist, eine Autorin als Schwester zu haben, sondern die mich immer unterstützen und mir sagen, wie stolz sie auf mich sind, auch wenn ich das eigentlich gar nicht verdient habe. Ich liebe euch drei, auch wenn ich nicht so gut darin bin, das zu zeigen.

Raina Niemeyer, du weißt eh, dass ich ohne dich schon längst meinen verdammten Verstand verloren hätte. Wenn dein und mein Chaos vorbei ist, brauchen wir Urlaub. Dringend.

Frauke Kuder, danke fürs Tränentrocknen, Plotten und In-den-Arm-Nehmen, wann immer ich es brauchte. Du bist ein elementarer Teil meines Lebens geworden, und ich würde es gar nicht anders wollen.

Vielen Dank auch an meine liebe Freundin Carolin Niemöller. Du nimmst dich immer zurück, verstehst und wartest, bis ich wieder aus meiner Schreibhöhle auftauche. Das kann nicht jeder, und wenn ich dürfte, würde ich dir am liebsten jetzt direkt um den Hals fallen.

Generell ein großes Dankeschön an all die Menschen, die mich auf ihre Art und Weise unterstützen. Ob Familie, Freunde oder Leser – ich bin froh, euch zu haben. *Forever Mine* ist für jeden von euch.

Kara Atkin
Osnabrück, 6. August 2020

*Freut euch auf die Liebesgeschichte
von April und Tyler!*

erscheint Mai 2021

Sie möchte endlich nach vorne blicken.
Er macht es ihr unmöglich

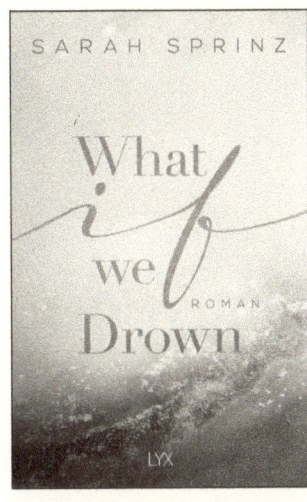

Sarah Sprinz
WHAT IF WE DROWN

400 Seiten
ISBN 978-3-7363-1448-1

Ein Neuanfang – das ist Lauries sehnlichster Wunsch, als sie nach dem tragischen Tod ihres Bruders an die Westküste Kanadas zieht. Noch vor der ersten Vorlesung ihres Medizinstudiums an der University of British Columbia lernt sie Sam kennen und spürt sofort, dass er sie auf eine nie gekannte Weise versteht. Unaufhaltsam schleicht sich der attraktive Jungmediziner in ihr Herz. Bis Laurie erkennt, wie tief er in die Ereignisse der Nacht verstrickt war, die ihren Bruder das Leben kostete ...

LYX

Kann ich es wagen, mein Herz über meinen Verstand zu stellen?

Laura Kneidl
SOMEONE TO STAY

432 Seiten
ISBN 978-3-7363-1452-8

Aliza weiß nicht, wo ihr der Kopf steht. Nicht nur versucht sie, ihr Jurastudium durchzuziehen, sie hat auch mit ihrem Instagram-Account alle Hände voll zu tun, und ihr erstes Kochbuch steht kurz vor der Veröffentlichung. Da kann sie sich keine Ablenkung erlauben – selbst dann nicht, wenn sie so attraktiv ist wie Lucien. Doch obwohl Aliza fest entschlossen ist, das Prickeln zwischen ihnen zu ignorieren, fällt es ihr immer schwerer, sich von Lucien fernzuhalten. Dabei hat dieser seine ganz eigenen Gründe, warum die Liebe für ihn zurzeit an letzter Stelle steht ...

»Ab der ersten Seite habe ich mich in die Geschichte verliebt.« LENISWORLDOFBOOKS über Someone Else

LYX

Triggerwarnung

Dieses Buch enthält Elemente, die triggern können.

Diese sind:
Slutshaming, Onlinemobbing, Homophobie.